U0063998

中華書局

中華

文言學習字典

| 印 務 | 排 版 | 版式設計 | 封面設計 | 校 對 | 責任編輯 |
|---|---|---|---|---|---|
| 劉漢舉 | 楊舜君 | 鄧佩儀 | 明日設計事務所 | 栗博遠 | 鍾昕恩 梁潔瑩 |

# 中華文言學習字典

□
**編著**
中華書局教育編輯部

□
**出版**
**中華教育**
**中華書局（香港）有限公司**
香港北角英皇道 499 號北角工業大廈 1 樓 B 室
電話：(852) 2137 2338　　傳真：(852) 2713 8202
電子郵件：info@chunghwabook.com.hk
網址：http://www.chunghwabook.com.hk

□
**發行**
**香港聯合書刊物流有限公司**
香港新界荃灣德士古道 220-248 號荃灣工業中心 16 樓
電話：(852) 2150 2100　　傳真：(852) 2407 3062
電子郵件：info@suplogistics.com.hk

□
**印刷**
**美雅印刷製本有限公司**
香港觀塘榮業街 6 號海濱工業大廈 4 樓 A 室

□
**版次**
**2023 年 7 月第 1 版第 1 次印刷**
© 2023　中華教育　中華書局（香港）有限公司

□
**規格**
**32 開（168 mm×118 mm）**

□
ISBN：978-988-8808-99-1

# 目錄

# 凡例

一、 本字典收錄 2523 個文言常用字，收字及例句主要來自香港
教育局最新推薦的「中國語文課程文言經典建議篇章」(下稱
「建議篇章」)，以及本地中小學語文教材、讀本中常見的古
詩文篇目；旁及更多凝結中華文化精粹的典籍，包括先秦典
籍、唐宋詩詞、古典文學名著等。

二、 針對「建議篇章」進行字頻統計，將字頻較高的單字列為學
習重點，於字頭旁以★號標記，共計 190 字。

三、 字頭按照漢語拼音音序排列。讀音相同的字頭按照筆畫總數
由少至多排序，讀音、筆畫總數相同的字頭按照起筆筆形
(一)(丨)(丿)(、)(一) 排序。

四、 字頭有漢語拼音、粵語拼音兩種注音。

漢語拼音採用通行的《漢語拼音方案》，注音為普通話標準
音，以 ⚌ 為標記。

粵語拼音採用香港語言學學會粵語拼音方案注音，以 ⚌ 為標
記。粵語拼音後標注聲、韻、調相同的直音字 (碧：⚌bik1璧)；
或選用聲、韻相同的常用字，再標出聲調 (過：⚌gwo3戈三聲)；
或採用反切取上下字的方法，另標出聲調 (急：⚌gap1機泣一聲)。

五、 多音字首排常見讀音，其他讀音列其後，用 一 二 三 等標示，
相應的義項分別排在後面。其他讀音則在相應位置另出字頭
及讀音，以「見某頁」的形式標示互見。

　　　　如「否」字：在 fǒu 音節下排列「否」字頭的內容，收
　　　「一⓵fǒu ⓷fau2浮二聲」、「二⓵pǐ ⓷pei2鄙」兩個音，
　　　相應的義項也分別排在後面；同時，在 pǐ 音節下列出「否」
　　　字頭，只注漢語拼音，釋義為「見 79 頁 fǒu」。

六、收錄義項以文言學習中常用的義項為主，較僻難的意義和
　　　職官名、地名等專有名詞一般不收。單一字頭有多於一個
　　　義項的，以 ❶❷❸ 等標示。

七、通假字標以「通某」，異體字標以「同某」，古今字標以「後
　　　來寫作某」。

八、出自「建議篇章」的例句，出處標注該教材所用的篇名。

　　　如：「一鼓作氣，再而衰，三而竭」一句，引文出處標為
　　　《左傳‧曹劌論戰》，而不標為《左傳‧莊公十年》。

九、例句中以「～」代表字頭或前列詞語，一個符號代表一個字。

十、例句中較為僻難的字詞附有釋義，難讀字附注漢語拼音，
　　　以（　）標示在相關字詞後。

十一、酌收少量教材中常見的詞語，以 [　] 標示。詞語有多於一
　　　　個釋義，以 ①②③ 等標示。

十二、部分字頭下設置欄目，進行簡明精當的說明或辨析。

　　　　ö　　提示字義、詞義在應用上要注意的地方。
　　　　Q　　辨析同義詞、近義詞。
　　　　▤▤　講解相關的文言小知識。

十三、設有漢語拼音音節索引、部首檢字表和筆畫檢字表。

# 漢語拼音音節索引

# 部首檢字表

**【說明】**

1. 《部首檢字表》包括《部首目錄》和《檢字表》兩部分。
2. 部首次序按筆畫數由少至多排列。
3. 同一部首的字按部首外筆畫數由少至多排列；相同筆畫數的字，依筆形「橫（一）」、「豎（丨）」、「撇（丿）」、「點（丶）」、「折（乛）」的順序排列。
4. 《部首目錄》中，部首右邊的數字是《檢字表》中的頁碼；《檢字表》中，每字右邊的數字是字典正文中的頁碼。

## （一）部首目錄

部首檢字表

部首檢字表

# (二) 檢字表

部首檢字表

部首檢字表

部首檢字表

部首檢字表

部首檢字表

部首檢字表

部首檢字表

部首檢字表

部首檢字表

部首檢字表

部首檢字表

部首檢字表

部首檢字表

部首檢字表

A

a

**阿**
〔一〕⦿ā ⦿aa3 亞
❶ 助詞，用於稱謂、名字前。北朝民歌《木蘭詩》：「～爺無大兒，木蘭無長兄。」❷ 語氣詞，表示疑問、肯定、乞求、招呼等語氣。元·無名氏《劉弘嫁婢》：「好苦惱～！好苦惱～！」這個意義後來寫作「啊」。
〔二〕⦿ē ⦿o1 柯
❶ 大土山，大丘陵。晉·陶潛《雜詩》：「白日淪西～，素月出東嶺。」❷ 山或水的彎曲處。漢·班固《西都賦》：「珊瑚碧樹，周～而生。」❸ 曲從，迎合。《管子·君臣下》：「明君之道，能據法而不～。」❹ 偏袒，徇私。《荀子·君道》：「內不可以～子弟，外不可以隱遠人。」❺ 房屋的正樑。《周禮·冬官考工記·匠人》：「王宮門～之制五雉。」

ai

**哀**
⦿āi ⦿oi1 埃
❶ 憐憫，同情。唐·柳宗元《捕蛇者説》：「君將～而生之乎？」❷ 悲傷。唐·白居易《慈烏夜啼》：「慈烏失其母，啞啞吐～音。」❸ 愛。《管子·侈靡》：「國雖弱，令必敬以～。」

**埃**
⦿āi ⦿oi1 哀
塵土。《荀子·勸學》：「上食～土，下飲黃泉，用心一也。」

**靄**
⦿ǎi ⦿oi2 藹
雲氣，煙霧。宋·柳永《雨霖鈴》：「暮～沉沉楚天闊。」

**愛**
⦿ài ⦿oi3 嬡
❶ 慈愛，仁愛。《左傳·昭公二十年》：「古之遺～也。」❷ 喜歡，喜愛。唐·杜牧《山行》：「停車坐～楓林晚，霜葉紅於二月花。」❸ 愛護，愛惜。唐·韓愈《師説》：「～其子，擇師而教之。」❹ 憐惜，同情。《左傳·僖公二十二年》：「～其二毛，則如服焉。」❺ 捨不得，吝嗇。《孟子·梁惠王上》：「齊國雖褊小，吾何～一牛。」

**噫**
⦿ài
見 362 頁 yī。

an

★**安**
⦿ān ⦿on1 鞍
❶ 安穩，安全。唐·杜甫《茅屋為秋風所破歌》：「風雨不動～如山。」❷ 安定，安寧。《詩經·小雅·常棣》：「喪亂既平，既～且寧。」❸ 安身。《左傳·曹劌論戰》：「衣食所～，弗敢專也，必以分人。」❹ 撫慰，安撫。《資治通鑑》卷六十五：「上下齊同，則宜撫～，與結盟好。」❺ 安逸，安樂。《論語·學而》：「君子食無求飽，居無求～。」❻ 安於，習慣於。《論語·里仁》：「仁者～仁，知者利仁。」❼ 疑問代詞，如何，甚麼。《禮記·檀弓上》：「泰山其頹，則吾將～仰？」❽ 疑問代詞，哪裏。《史記·項羽本紀》：「沛公～在？」❾ 豈，怎麼，表示反詰。《莊子·逍遙遊》：「無所可用，～所困苦哉！」

👉「安」在文言文中常與「能」、「得」、「可」組成「安能」、「安

A

得」、「安可」等詞，表示「哪裏」或「怎麼能」的意思，如北朝民歌《木蘭詩》：「兩兔傍地走，安能辨我是雄雌？」

**鞍** 普ān 粵on1 安
馬背上的騎墊。北朝民歌《木蘭詩》：「願為市～馬，從此替爺征。」

**按** 普àn 粵on3 案
❶ 用手往下壓。《史記·絳侯周勃世家》：「於是天子乃～轡徐行。」❷ 抑止，遏止。晉·陸機《文賦》：「思～之而逾深。」❸ 依照。《商君書·君臣》：「緣法而治，～功而賞。」❹ 審察，考核。《漢書·賈誼傳》：「驗之往古，～之當今之務。」❺ 巡視，巡行。《史記·衛將軍驃騎列傳》：「遂西定河南地，～榆谿（xī，同『溪』）舊塞。」❻ 擊。戰國楚·屈原《楚辭·招魂》：「陳鐘～鼓，造新歌些。」❼ 通「案」，几案。《太平廣記·沈羲傳》：「數玉女持金～玉盃，來賜羲曰：『此是神丹……。』」

**岸** 普àn 粵ngon6 臥汗六聲
❶ 水邊高出之地。晉·陶潛《桃花源記》：「忽逢桃花林，夾～數百步，中無雜樹。」❷ 高，雄偉。《漢書·江充傳》：「充為人魁～，容貌甚壯。」❸ 莊嚴，高傲。《新唐書·仇士良傳》：「李石輔政，稜稜有風～。」

**案** 普àn 粵on3 按
❶ 盛放食物的短足木托盤。《後漢書·梁鴻傳》：「妻為具食，不敢於鴻前仰視，舉～齊眉。」❷ 几桌，長桌。也指架起來的長方形木板。明·歸有光《項脊軒志》：「每移～，顧視無可置者。」❸ 官府的文書、案卷。唐·劉禹錫《陋室銘》：「無絲竹之亂耳，無～牘之勞形。」❹ 向下壓或摁。《莊子·盜跖》：「～劍瞋目，聲如乳虎。」❺ 停止，止息。《三國志·蜀書·諸葛亮傳》：「若不能當，何不～兵束甲。」❻ 依據，按照。《史記·廉頗藺相如列傳》：「召有司～圖，指從此以往十五都予趙。」❼ 考察，考核。漢·王充《論衡·問孔》：「～賢聖之言，上下多相違。」❽ 巡察，巡視。《三國志·蜀書·諸葛亮傳》：「宣王～行其營壘處所。」❾ 就，於是。《荀子·王制》：「財物積，國家～自富矣。」

💡 上述義項 ❹—❾ 多與「按」字通用。

**暗** 普àn 粵am3 庵三聲
❶ 光線不足，昏暗無光。宋·王安石《遊褒禪山記》：「至於幽～昏惑而無物以相之，亦不能至也。」❷ 夜。唐·元稹《聞樂天左降江州司馬》：「垂死病中驚坐起，～風吹雨入寒窗。」❸ 私下，暗地裏。《三國演義·楊修之死》：「操恐人～中謀害己身，常吩咐左右。」❹ 隱蔽，不顯露。唐·白居易《琵琶行》：「別有幽愁～恨生，此時無聲勝有聲。」❺ 愚昧，昏庸。宋·蘇洵《辨姦論》：「非德宗之鄙～，亦何從而用之？」❻ 默默地。宋·朱熹《熟讀精思》：「不可牽強～記。」

A

**黯** ㊦àn ㊧am2暗二聲
❶ 深黑色。《史記·孔子世家》：「丘得其為人，～然而黑，幾然而長。」❷ 暗淡無光澤。漢·王充《論衡·無形》：「老則膚黑，黑久則～，若有垢矣。」❸ 心情沮喪。宋·范仲淹《蘇幕遮》：「～鄉魂，追旅思，夜夜除非，好夢留人睡。」

### ang

**昂** ㊦áng ㊧ngong4俄杭四聲
❶ 高，與「低」相對。清·譚嗣同《仁學》：「日平力，不低不～，適劑（調配）其平。」❷ 抬起，仰起。宋·龐元英《談藪》：「黍熟頭低，麥熟頭～。」

### ao

**敖** ㊀㊦áo ㊧ngou4熬
❶ 遊玩，遊逛。《莊子·逍遙遊》：「卑身而伏，以候～者。」這個意義後來寫作「遨」。❷ 喧噪，喊叫。《荀子·彊國》：「而日為亂人之道，百姓讙～。」❸ 戲謔，放縱。《詩經·邶風·終風》：「謔浪笑～，中心是悼。」❹ 通「熬」，煎熬。《荀子·富國》：「天下～然，若燒若焦。」
㊁㊦ào ㊧ngou6傲
通「傲」，傲慢，驕傲。《漢書·蕭望之傳》：「遇丞相無禮，廉聲不聞，～慢不遜。」

**遨** ㊦áo ㊧ngou4熬
遊玩，遨遊。唐·柳宗元《始得西山宴遊記》：「攀援而登，箕踞而～。」

**螯** ㊦áo ㊧ngou4熬
❶ 螃蟹等節肢動物的第一對腳，形似鉗子，能開合，用以取食或自衛。《荀子·勸學》：「蟹六跪而二～。」❷ 螃蟹的代稱。宋·蘇軾《和穆父〈新涼〉詩》：「紫～應已肥，白酒誰能勸？」

**夭** ㊦ǎo
見 358 頁 yāo。

**敖** ㊦ào
見 3 頁 áo。

**傲** ㊦ào ㊧ngou6遨六聲
❶ 驕傲，傲慢。《韓非子·內儲說下》：「令尹～而好兵。」❷ 輕慢，輕視。唐·韓愈《祭鱷魚文》：「夫～天子之命吏，不聽其言。」❸ 急躁。《荀子·勸學》：「不問而告謂之～。」

🔍 傲、驕。見 137 頁「驕」。

**奧** ㊦ào ㊧ou3澳
❶ 室內西南角。古代尊者居處及祭神設牌位之處。《論語·八佾》：「與其媚於～，寧媚於竈（zào，灶）。」❷ 深。唐·柳宗元《永州韋使君新堂記》：「有石焉，翳（yì，遮蔽）於～草。」❸ 深奧，微妙。《老子》六十一章：「道者萬物之～。」

# B

## ba

**八** 🔊bā 🔊baat3 捌
數詞。《戰國策·鄒忌諷齊王納諫》：「鄒忌脩～尺有餘。」

**巴** 🔊bā 🔊baa1 爸
❶ 古代傳說中的一種大蛇。《山海經·海內南經》：「～蛇食象。」❷ 靠近，緊挨着。《西遊記》第五十六回：「前不～村，後不着店，那討香燭？」❸ 期待，盼望。宋·楊萬里《過沙頭》：「暗潮～到無人會，只有篙師識水痕。」

**拔** 🔊bá 🔊baat6 跋
❶ 抽取，連根拽出。《漢書·武帝紀》：「大風～木。」❷ 挑選，提升。三國蜀·諸葛亮《出師表》：「此皆良實，志慮忠純，是以先帝簡～以遺陛下。」❸ 超出，高出。《孟子·公孫丑上》：「出於其類，～乎其萃。」❹ 攻取。《史記·廉頗藺相如列傳》：「其後秦伐趙，～石城。」❺ 動搖，改變。宋·蘇軾《晁錯論》：「古之立大事者，不惟有超世之才，亦必有堅忍不～之志。」❻ 解救，拯救。明·宋濂《閱江樓記》：「此朕～諸水火，而登於衽席（指寢處）者也。」❼ 迅疾，急速。《禮記·少儀》：「毋～來，毋報往。」

**把** 🔊bǎ 🔊baa2 靶
❶ 執，抓握。唐·杜甫《兵車行》：「縱有健婦～鋤犁，禾生隴畝無東西。」❷ 控制，把持。《新五代史·宦者傳論》：「待其已信，然後懼以禍福而～持之。」❸ 看守，把守。《三國演義》第九十五回：「街亭有兵守～。」❹ 量詞，一手所握的。《三國志·吳書·陸遜傳》：「乃敕各持一～茅，以火攻拔之。」❺ 介詞，將。宋·蘇軾《飲湖上初晴後雨》：「欲～西湖比西子，淡妝濃抹總相宜。」

**伯** 🔊bà
見 18 頁 bó。

**罷** 〔一〕🔊bà 🔊baa6 吧
❶ 放遣，免職。唐·韓愈《送楊少尹序》：「中世士大夫，以官為家，～則無所於歸。」❷ 停止，休止。《論語·子罕》：「夫子循循然善誘人，博我以文，約我以禮，欲～不能。」❸ 完了，完畢。《史記·廉頗藺相如列傳》：「既～歸國，以相如功大，拜為上卿。」
〔二〕🔊pí 🔊pei4 皮
❶ 通「疲」，疲困，疲弱。《左傳·僖公十九年》：「民～而弗堪。」❷ 敗，失敗。《商君書·畫策》：「名卑地削，以至於亡者，何故？戰～者也。」

## bai

★**白** 🔊bái 🔊baak6 帛
❶ 白色。唐·駱賓王《詠鵝》：「～毛浮綠水。」❷ 潔淨。《史記·屈原賈生列傳》：「又安能以皓皓之～而蒙世俗之溫蠖乎！」❸ 明亮。宋·蘇軾《後赤壁賦》：「月～風清，如此良夜何？」❹ 清楚，明白。《戰國策·燕策二》：「臣恐侍御者之不察先王之所以畜幸臣之理，而又不～於臣之所以事先王之

心。」❺ 陳述，稟告。唐·韓愈《柳子厚墓誌銘》：「遇有以夢得事～上者，夢得於是改刺連州。」❻ 罰酒的杯子。泛指一般酒杯。晉·左思《吳都賦》：「飛觴舉～。」

> 「白丁」在文言文中可指「平民，沒有功名的人」，亦可指「不識字的人，沒有學問的人」。唐·劉禹錫《陋室銘》中「談笑有鴻儒，往來無白丁」兩句為對偶句，「白丁」與「鴻儒」相對，因此所指的是不識字、沒有學問的人。

★**百** 𣎴 băi 𣎴 baak3 伯
❶ 數詞，十的十倍數。《孟子·梁惠王上》：「～畝之田，勿奪其時，數口之家可以無飢矣。」❷ 概數，言其多。北朝民歌《木蘭詩》：「將軍～戰死，壯士十年歸。」❸ 百倍。《禮記·中庸》：「人一能之，己～之。」❹ 各種，所有。唐·韓愈《師說》：「巫、醫、樂師、～工之人，不恥相師。」

**陌** 𣎴 băi
見 203 頁 mò。

**拜** 𣎴 bài 𣎴 baai3 擺三聲
❶ 一種表示恭敬的禮節，後作為行禮的統稱。《史記·孔子世家》：「夫人自帷中再～。」❷ 拜訪，拜見。《論語·陽貨》：「孔子時其亡也，而往～之。」❸ 授官。《史記·廉頗藺相如列傳》：「～相如為上大夫。」❹ 奉，上。晉·李密《陳情表》：「謹～表以聞。」❺ 敬詞，恭敬地。唐·韓愈《送石處士序》：「先生不告於妻……～

受書禮於門內。」

**敗** 𣎴 bài 𣎴 baai6 拜六聲
❶ 滅亡，毀滅。《孟子·離婁上》：「不仁而可與言，則何亡國～家之有？」❷ 毀壞，破壞。南朝宋·劉義慶《世說新語·荀巨伯遠看友人疾》：「～義以求生，豈荀巨伯所行邪？」❸ 破損，破舊。唐·韓愈《進學解》：「牛溲（niúsōu，車前草的別名）馬勃，～鼓之皮，俱收並蓄。」❹ 腐爛，變質。《論語·鄉黨》：「魚餒（něi，魚腐爛）而肉～，不食。」❺ 凋殘，衰朽。宋·歐陽修《秋聲賦》：「其所以摧～零落者，乃其一氣之餘烈。」❻ 失敗，與「勝」、「成」相對。漢·賈誼《過秦論》：「然而成～異變，功業相反也。」❼ 打敗對方。《莊子·逍遙遊》：「冬與越人水戰，大～越人，裂地而封之。」❽ 不好，惡。《國語·周語上》：「行善而備～，所以阜財用衣食者也。」❾ 解除，消除。漢·賈誼《過秦論》：「於是從散約～，爭割地而賂秦。」

ban

**扳** ㊀ 𣎴 bān 𣎴 baan1 班
❶ 撥動，拉。宋·梅堯臣《和孫端叟蠶具·桑鈎》：「長鈎～桑枝，短鈎掛桑籠。」❷ 扭轉，回轉。《新唐書·則天武皇后》：「帝謂能奉己，故～公議立之。」
㊁ 𣎴 pān 𣎴 paan1 攀
通「攀」。❶ 攀爬，攀援。《西遊記》第四十回：「三個人附葛～藤，尋坡轉澗。」❷ 攀附，依附。《公

B

羊傳．隱公元年》：「隱長又賢，諸大夫～隱而立之。」❸ 挽。明．歸有光《吳山圖記》：「君之為縣有惠愛，百姓～留之，不能得。」❹ 引，帶。宋．王安石《傷仲永》：「日～仲永環丐於邑人。」

**班** [普] bān [粵] baan1 頒
❶ 發還瑞玉。瑞玉是古代玉質的信物，中分為二，各執一以為信。《尚書．虞書．舜典》：「～瑞于羣后。」❷ 分給，賞賜。《國語．周語中》：「而～先王之大物以賞私德。」❸ 等同，平列。《孟子．公孫丑上》：「伯夷、伊尹於孔子，若是～乎？」❹ 排列。《孟子．萬章下》：「周室～爵祿也，如之何？」❺ 回，還。南朝宋．劉義慶《世説新語．荀巨伯遠看友人疾》：「遂～軍而還，一郡並獲全。」

**半** [普] bàn [粵] bun3 搬三聲
❶ 二分之一，一半。唐．白居易《賣炭翁》：「～匹紅綃一丈綾。」❷ 中間。唐．白居易《慈烏夜啼》：「夜夜夜～啼，聞者為霑襟。」❸ 表約數，相當於「部分」。唐．杜甫《贈花卿》：「錦城絲管日紛紛，～入江風～入雲。」❹ 比喻很少。《史記．魏公子列傳》：「今吾且死，而侯生曾無一言～辭送我，我豈有所失哉？」

**伴** [普] bàn [粵] bun6 叛
❶ 同在一起而能互助的人。《三國志．蜀書．李嚴傳》：「吾與孔明俱受寄託，憂深責重，思得良～。」❷ 陪同，依隨。唐．李白《月下獨酌》：「暫～月將影，行樂須及春。」

## bang

**蚌** [普] bàng [粵] pong5 旁五聲
一種軟體動物，生活在淡水中，貝殼內有珍珠層，有的可產珍珠。《戰國策．鷸蚌相爭》：「～方出曝，而鷸啄其肉。」

**旁** [普] bàng
見 217 頁 páng。

**傍** [一] [普] bàng [粵] bong6 磅
靠近，依附。北朝民歌《木蘭詩》：「兩兔～地走，安能辨我是雄雌？」
[二] [普] páng [粵] pong4 龐
通「旁」，旁邊。《史記．滑稽列傳》：「賜酒大王之前，執法在～，御史在後。」

**謗** [普] bàng [粵] pong3 旁三聲
❶ 毀謗，誹謗。《史記．屈原賈生列傳》：「信而見疑，忠而被～，能無怨乎？」❷ 公開指責別人的過失。《戰國策．鄒忌諷齊王納諫》：「能～議於市朝，聞寡人之耳者，受下賞。」

🔍 謗、譏。二字都有指責別人的過錯或短處的意思，但有程度區別：「謗」指公開指責，甚至惡意攻擊；「譏」指微言譏諷，程度較輕。

## bao

**褒** [普] bāo [粵] bou1 煲
❶ 衣襟寬大。《新唐書．禮樂志十二》：「舞者高冠方履，～衣博帶。」❷ 嘉獎，表揚，與「貶」相對。漢．桓寬《鹽鐵論．論儒》：「齊宣王～儒尊學。」

**B**

**保** ⓖ bǎo ⓖ bou2 補
❶ 養育，護養。《孟子·滕文公上》：「儒者之道，古之人若～赤子。」❷ 安撫，安定。《孟子·梁惠王上》：「～民而王，莫之能禦也。」❸ 庇護，保全。晉·李密《陳情表》：「庶劉僥倖，卒～餘年。」❹ 守衛，防守。《史記·秦始皇本紀》：「阻其山以～魏之河內。」❺ 據有，佔有。明·歸有光《滄浪亭記》：「～有吳越，國富兵強，垂及四世。」

**飽** ⓖ bǎo ⓖ baau2 包二聲
❶ 吃足。唐·白居易《燕詩》：「青蟲不易捕，黃口無～期。」❷ 充足，飽滿。《詩經·大雅·既醉》：「既醉以酒，既～以德。」

**寶** ⓖ bǎo ⓖ bou2 保
❶ 珍貴物品。《史記·廉頗藺相如列傳》：「和氏璧，天下所共傳～也。」❷ 珍貴的，華美的。唐·李華《弔古戰場文》：「白刃交兮～刀折。」❸ 稱跟帝王有關的事物。唐·杜甫《贈司空王公思禮》：「肅宗登～位。」❹ 珍愛，珍重。宋·歐陽修《蘇氏文集序》：「其見遺於一時，必有收而～之於後世者。」❺ 善道，美德。《左傳·襄公十六年》：「我以不貪為～。」

**抱** ⓖ bào ⓖ pou5 普五聲
❶ 懷藏，懷有。唐·韓愈《與于襄陽書》：「側聞閣（gé，同『閣』）下～不世之才，特立而獨行。」❷ 帶着，背負。漢·司馬遷《報任安書》：「今少卿～不測之罪。」❸ 撫育，撫養。《漢書·外戚傳下》：「太子小，而傳太后～養之。」❹ 以雙臂合圍持物。宋·蘇洵《六國論》：「以地事秦，猶～薪救火。」❺ 環繞。唐·杜牧《阿房宮賦》：「各～地勢，鈎心鬥角。」

**報** ⓖ bào ⓖ bou3 布
❶ 判罪，審判。《韓非子·五蠹》：「以為直於君而曲於父，～而罪之。」❷ 回報，報答，報酬。三國蜀·諸葛亮《出師表》：「蓋追先帝之殊遇，欲～之於陛下也。」❸ 告知，報告。《史記·項羽本紀》：「具以沛公言～項王。」❹ 回覆，答覆。《史記·廉頗藺相如列傳》：「計未定，求人可使～秦者，未得。」❺ 報復，報仇。《國語·越語上》：「子而思～父母之仇，臣而思～君之仇，其有敢不盡力者乎？」❻ 報應。宋·蘇軾《三槐堂銘》：「善惡之～，至於子孫，則其定也久矣。」

**暴** 〔一〕ⓖ bào ⓖ bou6 步
❶ 暴露，顯示。《孟子·萬章上》：「昔者，堯薦舜於天，而天受之；～之於民，而民受之。」❷ 兇殘，殘暴。宋·蘇洵《六國論》：「～秦之欲無厭。」❸ 損害，侵凌。《莊子·盜跖》：「以強凌弱，以眾～寡。」❹ 猛烈，急促。北魏·酈道元《水經注·江水》：「其水並峻激奔～，魚鱉所不能游。」❺ 急躁。漢樂府《孔雀東南飛》：「我有親父兄，性行～如雷。」❻ 徒手搏擊。《論語·述而》：「～虎馮（píng，徒步涉水）河，死而無悔者，吾不與也。」❼ 副詞，突然。

《岳飛之少年時代》：「河決內黃，水～至。」

㈡ 粵pù 普buk6僕

曬。《荀子·勸學》：「雖有槁～、不復挺者，輮使之然也。」這個意義後來寫作「曝」。

**爆** 粵bào 普baau3包三聲

❶ 爆裂。南朝梁·宗懍《荊楚歲時記》：「正月一日……雞鳴而起，先於庭前～竹，以辟山臊惡鬼。」❷ 燃燒。宋·范成大《苦雨》之四：「濕薪未～先煙。」

## bei

**杯** 粵bēi 普bui1貝一聲

❶ 盛水、茶、酒等液體的器皿。唐·王翰《涼州詞》：「葡萄美酒夜光～。」❷ 量詞。唐·王維《送元二使安西》：「勸君更盡一～酒，西出陽關無故人。」

**卑** 粵bēi 普bei1悲

❶ 身分或職位低下。唐·韓愈《師說》：「位～則足羞，官盛則近諛。」❷ 低下，低俯。《莊子·逍遙遊》：「～身而伏，以候敖者。」❸ 低微，低劣。明·袁宏道《徐文長傳》：「雖其體格，時有～者，然匠心獨出，有王者氣。」❹ 貶低，輕視，鄙薄。《左傳·僖公二十三年》：「秦、晉匹也，何以～我？」❺ 謙恭，謙卑。《穀梁傳·僖公二年》：「晉國之使者，其辭～而幣重，必不便於虞。」❻ 衰微，沒落。《左傳·昭公三年》：「公室將～，其宗族枝葉先落。」

💡 「卑鄙」一詞今指「品行、言行惡劣低下」，在文言文中則還能解作「低微、鄙陋」，如三國蜀·諸葛亮《出師表》「先帝不以臣卑鄙，猥自枉屈，三顧臣於草廬之中」一句中的「卑鄙」，是諸葛亮自謙地位低微、見識鄙陋，而不是自貶人格低劣。

**背** 粵bēi

見9頁bèi。

**悲** 粵bēi 普bei1碑

❶ 哀痛，傷心。宋·蘇軾《水調歌頭並序》：「人有～歡離合，月有陰晴圓缺。」❷ 憐憫，慈悲。唐·王勃《滕王閣序》：「關山難越，誰～失路之人？」❸ 眷念，懷念，悵望。《史記·高祖本紀》：「遊子～故鄉。」

**★北** ㈠ 粵běi 普bak1兵德一聲

❶ 方位名，與「南」相對。漢·賈誼《過秦論》：「東割膏腴之地，～收要害之郡。」❷ 向北行。《呂氏春秋·孟春紀》：「候雁～。」❸ 敗，失敗。《史記·項羽本紀》：「未嘗敗～，遂霸有天下。」❹ 敗逃者。漢·賈誼《過秦論》：「追亡逐～，伏尸百萬。」

㈡ 粵bèi 普bui3貝

通「背」，背離，相背。《戰國策·齊策六》：「士無反～之心。」

💡 「東、南、西、北」四個方位詞，在文言文中常用作動詞，表示「向東、南、西、北去」。
📖 北面、南面，詳見209頁「南」。

**北** ⓐbèi
見 8 頁 běi。

**背** 〔一〕ⓐbèi ⓒbui3 貝
❶ 脊背。《莊子·逍遙遊》：「鵬之～，不知其幾千里也。」❷ 物體的後面或反面。明·魏學洢《核舟記》：「其船～稍夷，則題名其上。」❸ 以背對着。《國語·吳語》：「王～屏而立。」❹ 違反，背叛。《史記·項羽本紀》：「請往謂項伯，言沛公不敢～項王也。」❺ 離開，拋棄。唐·白居易《燕詩》：「思爾為雛日，高飛～母時。」

〔二〕ⓐbēi ⓒbui3 貝
用脊背馱負。清·方苞《左忠毅公軼事》：「使史更敝衣草屨，～筐，手長鑱，偽為除不潔者。」

**倍** ⓐbèi ⓒpui5 配五聲
❶ 違背，背叛。《荀子·天論》：「～道而妄行，則天不能使之吉。」❷ 背向。《史記·淮陰侯列傳》：「兵法右～山陵，前左水澤。」❸ 增加和原數相等的數。《孟子·公孫丑上》：「故事半古之人，功必～之，惟此時為然。」❹ 更加，加倍。唐·王維《九月九日憶山東兄弟》：「每逢佳節～思親。」

**狠** ⓐbèi ⓒbui3 貝
[狠狠] 見 169 頁「狠」。

**悖** ⓐbèi ⓒbui6 焙
❶ 糊塗，惑亂。《管子·度地》：「寡人～，不知四害之服奈何？」❷ 違背，違反。《禮記·中庸》：「萬物並育而不相害，道並行而不相～。」❸ 謬誤，荒謬。《公孫龍子·白馬》：「此天下之～言亂詞也。」

**被** 〔一〕ⓐbèi ⓒpei5 婢
❶ 被子。《三國演義·楊修之死》：「一日晝寢帳中，落～於地。」❷ 覆蓋。漢·張衡《東京賦》：「芙蓉覆水，秋蘭～涯。」

〔二〕ⓐbèi ⓒbei6 避
❶ 受，遭受。《漢書·趙充國傳》：「身～二十餘創。」❷ 介詞，用於被動句。唐·杜甫《兵車行》：「況復秦兵耐苦戰，～驅不異犬與雞。」

〔三〕ⓐpī ⓒpei披
❶ 披着，穿着。戰國楚·屈原《楚辭·九歌·國殤》：「操吳戈兮～犀甲。」❷ 散開，分散。《史記·屈原賈生列傳》：「屈原至於江濱，～髮行吟澤畔。」以上兩個義項後來均寫作「披」。

🔍 被、衾。見 235 頁「衾」。

**備** ⓐbèi ⓒbei6 鼻
❶ 具備，齊備。《荀子·勸學》：「積善成德，而神明自得，聖心～焉。」❷ 完備，詳盡。宋·范仲淹《岳陽樓記》：「此則岳陽樓之大觀也，前人之述～矣。」❸ 全，盡。《左傳·僖公二十八年》：「險阻艱難，～嘗之矣。」❹ 預備，準備。《尚書·商書·說命中》：「惟事事，乃其有～，有～無患。」❺ 防備，戒備。《國語·周語上》：「行善而～敗，其所以阜財用衣食者也。」❻ 設備，裝備。《呂氏春秋·愛類》：「於是公輸般設攻宋之械，墨子設守宋之～。」❼ 條件。《韓非子·難四》：「羣臣之未起難也，其～未

具也。」❽ 滿足，豐足。《荀子·禮論》：「故雖～家，必逾日然後能殯，三日而成服。」❾ 充數，充任。《漢書·楊敞傳》：「幸賴先人餘業，得～宿衛。」

**輩** 🔊bèi 🔊bui3 貝
❶ 等級，類別。《史記·孫子吳起列傳》：「馬有上、中、下～。」❷ 等，類（指人）。南朝宋·劉義慶《世說新語·荀巨伯遠看友人疾》：「我～無義之人，而入有義之國！」❸ 輩分，行輩。《晉書·吐谷渾傳》：「當在汝之子孫～耳。」❹ 比。《後漢書·循吏傳》：「時人以～前世趙（廣漢）張（敞）。」❺ 量詞，批，羣。《史記·張耳陳餘列傳》：「使者往十餘～，輒死，若何以能得王？」

## ben

**奔** 〔一〕🔊bēn 🔊ban1 賓
❶ 快跑，急馳。《詩經·周頌·清廟》：「駿～走在廟。」❷ 逃跑，流亡。《左傳·隱公元年》：「五月辛丑，大叔出～共。」❸ 私奔，男女沒有通過正當婚約而私自結合。《禮記·內則》：「聘則為妻，～則為妾。」
〔二〕🔊bèn 🔊ban1 賓
❶ 走向，投靠。《漢書·衛青傳》：「遂將其餘騎可八百～降單于。」❷ 接近（某年齡）。《紅樓夢》第七十六回：「我們雖然年輕，已經是十來年的夫妻，也～四十歲的人了。」

**本** 🔊běn 🔊bun2 般二聲
❶ 草木的根或莖幹。《莊子·

逍遙遊》：「其大～擁腫而不中繩墨。」❷ 事物的起始、根源；事物的基礎或主體。《禮記·大學》：「物有～末，事有終始。」❸ 本來，原來。《列子·愚公移山》：「太形、王屋二山……～在冀州之南，河陽之北。」❹ 原來的，固有的。《孟子·魚我所欲也》：「此之謂失其～心。」❺ 自己或自己方面的。唐·杜甫《相從歌》：「梓州豪俊大者誰，～州從事知名久。」❻ 當今的。《淮南子·氾論訓》：「立之於～朝之上，倚之於三公之位。」❼ 根據，依照。宋·歐陽修《縱囚論》：「是以堯舜三王之治，必～於人情。」❽ 探究，察究。《新五代史·伶官傳序》：「抑～其成敗之跡，而皆自於人歟？」❾ 本錢，本金。唐·韓愈《柳子厚墓誌銘》：「其俗以男女質錢，約不時贖，子～相侔（móu，相等），則沒為奴婢。」❿ 指書冊、字畫、碑帖、奏摺、公文書等。宋·文天祥《〈指南錄〉後序》：「今存其～不忍廢，道中手自鈔錄。」

**畚** 🔊běn 🔊bun2 本
用草繩或竹篾編織成的盛物器具。《列子·愚公移山》：「叩石墾壤，以箕～運於渤海之尾。」

**奔** 🔊bèn
見 10 頁 bēn。

## beng

**崩** 🔊bēng 🔊bang1 蹦
❶ 倒塌，塌陷。唐·李白《蜀道難》：「地～山摧壯士死，然後天梯石棧相鈎連。」❷ 敗壞，毀

B

壞。《論語·陽貨》:「君子三年不為禮,禮必壞;三年不為樂,樂必。」❸分裂。《論語·季氏》:「邦分～離析,而不能守也。」❹特指帝王之死。三國蜀·諸葛亮《出師表》:「先帝知臣謹慎,故臨～寄臣以大事也。」

🔍 崩、死、卒。見 285 頁「死」。

**迸** ⓷bèng ⓹bing3併
❶散走,奔散。《禮記·大學》:「唯仁人放流之,～諸四夷,不與同中國。」❷向外濺出或噴射。清·方苞《左忠毅公軼事》:「振衣裳,甲上冰霜～落。」❸向上冒,長出。宋·王禹偁《茶園十二韻》:「芽新撐老葉,土軟～新根。」

bi

**逼** ⓷bī ⓹bik1碧
❶接近,靠近。宋·蘇洵《心術》:「袒裼(tǎnxī,脱衣露臂)而案劍,則烏獲不敢～。」❷逼迫,脅迫。漢·賈誼《治安策》:「親者或亡分地以安天下,疏者或制大權以～天子。」❸驅逐,趕走。《孟子·萬章上》:「而居堯之宮,～堯之子,是篡也,非天與也。」❹緊迫,緊急。《後漢書·董卓傳》:「糧食乏絕,進退～急。」❺狹窄。三國魏·曹植《七啟》:「人稠網密,地～勢脅。」

**鼻** ⓷bí ⓹bei6避
❶人或動物的呼吸器官,具有嗅覺。明·劉基《賣柑者言》:「剖之如有煙撲口～。」❷器物隆起或凸出的部分。《周禮·冬官考工記·玉人》:「駔琮(zǔcóng,用作秤錘的玉)七寸,～寸有半寸,天子以為權。」❸創始,開端。《漢書·揚雄傳上》:「有周氏之蟬嫣兮,或～祖於汾隅。」

**比** 〔一〕⓷bǐ ⓹bei6避
舊讀bì。❶並列,齊同。漢·路温舒《尚德緩刑書》:「被刑之徒,～肩而立。」❷靠近,挨着。唐·王勃《送杜少府之任蜀州》:「海內存知己,天涯若～鄰。」❸親,親近。《周禮·夏官司馬·形方氏》:「使小國事大國,大國～小國。」❹合,相稱。《莊子·逍遙遊》:「故夫知效一官,行～一鄉,德合一君。」❺勾結,結黨營私。《論語·為政》:「君子周而不～,小人～而不周。」❻接連,屢次。《戰國策·燕策二》:「人有賣駿馬者,～三旦立市,人莫之知。」❼及,等到。《孟子·梁惠王下》:「～其反也,則凍餒其妻子,則如之何?」❽近來。唐·韓愈《祭十二郎文》:「～得軟腳病。」❾替,給。《孟子·梁惠王上》:「願～死者壹洒(xǐ,洗)之。」
〔二〕⓷bǐ ⓹bei2彼
❶比較,較量。漢·賈誼《過秦論》:「～權量力,則不可同年而語矣。」❷仿照,比照。《戰國策·齊策四》:「食之,～門下之客。」❸比擬,類似。宋·蘇軾《飲湖上初晴後雨》:「欲把西湖～西子,淡妝濃抹總相宜。」❹和……相比。用來比較性狀和程度的差別。

宋・王安石《遊褒禪山記》：「蓋予所至，～好遊者尚不能十一。」

**彼** 🔊bǐ 🔊bei2 比
❶ 那，與「此」相對。唐・韓愈《師説》：「～童子之師，授之書而習其句讀者。」❷ 他，別人，對方。《左傳・曹劌論戰》：「～竭我盈，故克之。」

**筆** 🔊bǐ 🔊bat1 畢
❶ 寫字、畫圖的用具。❷ 書寫，記載。唐・韓愈《原道》：「不惟舉之於其口，而又～之於其書。」❸ 指字畫詩文等作品。宋・沈括《夢溪筆談・書畫》：「凌跨羣書，曠代絕～。」❹ 文筆，寫文章的技巧。唐・李白《與韓荊州書》：「～參造化，學究天人。」

**鄙** 🔊bǐ 🔊pei2 痞
❶ 邊境，邊遠的地方。《左傳・隱公元年》：「既而大叔命西～、北～貳於己。」❷ 鄙陋，見識短淺。《左傳・曹劌論戰》：「肉食者～，未能遠謀。」❸ 質樸。《莊子・胠篋》：「焚符破璽，而民朴～。」❹ 惡，粗野。《莊子・人間世》：「始乎諒，常卒乎～。」❺ 輕視，鄙薄。《左傳・昭公十六年》：「我皆有禮，夫猶～我。」❻ 自謙詞。《戰國策・齊策一》：「～臣不敢以死為戲。」

**★必** 🔊bì 🔊bit1 別一聲
❶ 固執，堅持己見。《論語・子罕》：「子絕四：毋意，毋～，毋固，毋我。」❷ 肯定，確定。《韓非子・顯學》：「無參驗而～之者，愚也。」❸ 保證，確保。《漢書・匈奴傳下》：「又況單于，

能～其眾不犯約哉。」❹ 一定，必然。《論語・里仁》：「君子無終食之間違仁，造次～於是，顛沛～於是。」❺ 必須，必要。《戰國策・趙策四》：「～以長安君為質，兵乃出。」❻ 假使，如果。表示假設關係。《史記・廉頗藺相如列傳》：「王～無人，臣願奉璧往使。」

**拂** 🔊bì
見 81 頁 fú。

**陛** 🔊bì 🔊bai6 幣
階梯，臺階。《墨子・備城門》：「城上五十步一道～。」

> 📖「陛」也特指帝王宮殿的臺階，因而以「陛下」為對帝王的尊稱。

**畢** 🔊bì 🔊bat1 筆
❶ 古時打獵用的一種長柄網。❷ 完畢，終了。《禮記・大同與小康》：「事～，出遊於觀之上，喟然而歎。」❸ 全，皆，盡。晉・王羲之《〈蘭亭集〉序》：「羣賢～至，少長咸集。」

**閉** 🔊bì 🔊bai3 蔽
❶ 關門。《莊子・天運》：「其里之富人見之，堅～門而不出。」❷ 關閉，合攏。《史記・張儀列傳》：「願陳子～口，毋復言。」❸ 遮蓋。唐・李華《弔古戰場文》：「至若窮陰凝～，凜冽海隅。」❹ 阻塞，堵塞。《史記・扁鵲倉公列傳》：「會氣～而不通。」

**敝** 🔊bì 🔊bai6 幣
❶ 破舊。清・方苞《左忠毅公軼事》：「使史更～衣草屨。」❷ 殘損，破爛。唐・白居易《燕

B

詩》：「嘴爪雖欲～，心力不知疲。」❸ 損害。《左傳・僖公三十年》：「因人之力而～之，不仁。」❹ 衰敗，疲憊。《戰國策・燕策二》：「乘燕之～以伐燕。」❺ 自謙詞。《左傳・僖公四年》：「君惠徼（yāo，求）福於～邑之社稷。」

> 💡「敝」為自謙之詞，用於名詞前，向別人指稱跟自己有關的事物。這個用法在今天社會仍有使用，如：「敝校」、「敝姓」。

**愎** 🔊 bì 🔊 bik1 碧
任性，固執。《左傳・哀公二十六年》：「君～而虐。」

**禪** 〔一〕🔊 bì 🔊 bei1 卑
增加，補益。三國蜀・諸葛亮《出師表》：「必能～補闕漏，有所廣益。」
〔二〕🔊 pí 🔊 pei4 皮
副佐的。特指副將。《史記・項羽本紀》：「籍為～將。」

**辟** 〔一〕🔊 bì 🔊 bik1 壁
❶ 法度，刑法。漢・桓寬《鹽鐵論・周秦》：「故立法制～，若臨萬仞之壑。」❷ 天子，諸侯國君。《尚書・周書・洪範》：「惟～作福，惟～作威，惟～玉食。」❸ 召，徵召。唐・李白《與韓荊州書》：「昔王子師為豫州，未下車即～荀慈明；既下車，又～孔文舉。」
〔二〕🔊 bì 🔊 bei6 避
避開，躲避。《孟子・魚我所欲也》：「死亦我所惡，所惡有甚於死者，故患有所不～也。」這個意義後來寫作「避」。

〔三〕🔊 pì 🔊 pik1 闢
❶ 開闢，開拓。《孟子・梁惠王上》：「欲～土地，朝秦楚。」這個意義後來寫作「闢」。❷ 排除，駁斥。宋・王安石《答司馬諫議書》：「～邪説，難壬人（rénrén，小人）。」這個意義後來寫作「闢」。❸ 偏僻。《荀子・議兵》：「無幽閒～陋之國，莫不趨使而安樂之。」這個意義後來寫作「僻」。❹ 邪僻，行為不正。《孟子・梁惠王上》：「苟無恆心，放～邪侈，無不為已。」這個意義後來寫作「僻」。
〔四〕🔊 pì 🔊 pei3 譬
通「譬」，譬喻，打比方。《孟子・盡心上》：「有為者～若掘井，掘井九軔而不及泉，猶為棄井也。」

> 💡「辟」在文言文中具有今「辟」、「避」、「闢」、「僻」、「譬」等五個字的意義，閱讀時要注意根據上文下理推敲出正確字義。

**碧** 🔊 bì 🔊 bik1 壁
❶ 青綠色的玉石。《山海經・西山經》：「又西百五十里曰高山，其上多銀，其下多青～。」❷ 青綠色。宋・楊萬里《曉出淨慈寺送林子方》：「接天蓮葉無窮～。」

**弊** 🔊 bì 🔊 bai6 敝
❶ 衰敗，破敗。宋・蘇軾《潮州韓文公廟碑》：「自東漢以來，道喪文～，異端並起。」❷ 困乏，疲憊。三國蜀・諸葛亮《出師表》：「今天下三分，益州疲～，此誠危急存亡之秋也！」❸ 弊病，害處。宋・蘇洵《六國論》：「六國破滅，非兵不利，戰不善，～在賂秦。」

**幣** ⓤbì ⓥbai6 弊

❶ 即帛，古時以束帛為祭祀和贈送賓客的禮物。後來也指諸侯間通問修好、諸侯向天子進獻的禮物。《穀梁傳·僖公二年》：「晉國之使者，其辭卑而～重，必不便於虞。」❷ 財物。《戰國策·燕策三》：「持千金之資～物，厚遺秦王寵臣中庶子蒙嘉。」❸ 貨幣。宋·王安石《傷仲永》：「或以錢～丐之。」❹ 贈送，餽贈。《史記·趙世家》：「今以城市邑十七～吾國，此大利也。」

**蔽** ⓤbì ⓥbai3 閉

❶ 遮蓋，遮擋。《史記·項羽本紀》：「項伯亦拔劍起舞，常以身翼～沛公。」❷ 隱藏，掩飾。宋·蘇洵《心術》：「吾之所短，吾～而置之。」❸ 蒙蔽。《戰國策·鄒忌諷齊王納諫》：「由此觀之，王之～甚矣。」❹ 概括，總括。《論語·為政》：「詩三百，一言以～之，曰思無邪。」❺ 毛病，缺點。《論語·陽貨》：「好仁不好學，其～也愚。」

**壁** ⓤbì ⓥbik1 逼

❶ 牆壁。《史記·司馬相如列傳》：「家居徒四～立。」❷ 營壘。《史記·淮陰侯列傳》：「趙已先據便地為～。」❸ 築營壘，駐守。《史記·項羽本紀》：「項王軍～垓下。」❹ 險峻陡峭的山崖或石山。唐·李白《蜀道難》：「枯松倒掛倚絕～。」

**斃** ⓤbì ⓥbai6 弊

❶ 仆倒。《左傳·哀公二年》：「鄭人擊簡子中肩，～于車中。」❷ 死。《國語·晉語二》：「驪姬與犬肉，犬～；飲小臣酒，亦～。」❸ 敗亡，失敗。《左傳·隱公元年》：「多行不義必自～。」❹ 消滅，殺死。清·蒲松齡《聊齋志異·狼》：「屠暴起，以刀劈狼首，又數刀～之。」

**臂** ⓤbì ⓥbei3 庇

❶ 人的手臂，胳膊。《荀子·勸學》：「登高而招，～非加長也，而見者遠。」❷ 動物的前肢。《莊子·人間世》：「汝不知夫螳蜋乎？怒其～以當車轍。」

**避** ⓤbì ⓥbei6 鼻

❶ 迴避，躲避。《史記·項羽本紀》：「臣死且不～，卮酒安足辭！」❷ 去，離開。《晏子春秋·內篇雜下》：「晏子～席對曰。」❸ 亞於，比不上。漢·晁錯《論貴粟疏》：「今海內為一，土地人民之眾，不～禹湯。」

**璧** ⓤbì ⓥbik1 壁

❶ 古代的一種玉器，扁平、圓形而中心有孔。泛指美玉。《史記·廉頗藺相如列傳》：「趙惠文王時，得楚和氏～。」❷ 美稱。南朝宋·劉義慶《世說新語·容止》：「潘安仁、夏侯湛竝（bìng，同『並』）有美容，喜同行，時人謂之連～。」

---

bian

**鞭** ⓤbiān ⓥbin1 邊

❶ 鞭子，一種皮製的長軟器具，用來驅使牲口。北朝民歌《木蘭詩》：「南市買轡頭，北市買長～。」❷ 用鞭子抽打。《左傳·

僖公二十三年》：「公子怒，欲～之。」

**邊** [普] biān [粵] bin1 鞭
❶ 旁，畔。北朝民歌《木蘭詩》：「且辭爺娘去，暮宿黃河～。」❷ 邊境，邊界。唐·杜甫《兵車行》：「去時里正與裹頭，歸來頭白還戍～。」

**籩** [普] biān [粵] bin1 邊
古代祭祀或宴享時用來盛果脯的竹器。《儀禮·士冠禮》：「兩～栗脯。」

**貶** [普] biǎn [粵] bin2 扁
❶ 減少，減損，抑制。《左傳·僖公二十一年》：「脩城廓，～食、省用。」❷ 降職。唐·韓愈《左遷至藍關示姪孫湘》：「一封朝奏九重天，夕～潮陽路八千。」❸ 給予低的評價，與「褒」相對。唐·柳宗元《駁復讎議》：「窮理以定賞罰，本情以正褒～。」

**便** [一] [普] biàn [粵] bin6 辨
❶ 有利，便利。《史記·魏公子列傳》：「將在外，主令有所不受，以～國家。」❷ 合宜的時機。漢·賈誼《過秦論》：「因利乘～，宰割天下。」❸ 敏捷的，輕盈的。唐·韓愈《送李愿歸盤谷序》：「曲眉豐頰，清聲而～體，秀外而惠中。」❹ 簡易的，非正式的。《漢書·李陵傳》：「陵～衣獨步出營。」❺ 就，即。晉·陶潛《五柳先生傳》：「每有會意，～欣然忘食。」

[二] [普] pián [粵] pin4 駢
❶ 安適。《墨子·天志中》：「百姓皆得暖衣飽食，～寧無憂。」❷ 善辯，有口才。漢樂府《孔雀東南飛》：「年始十八九，～言多令才。」

**徧** [普] biàn [粵] pin3 片
同「遍」，遍及，全面。《左傳·曹劌論戰》：「小惠未～，民弗從也。」

**遍** [普] biàn [粵] pin3 片
❶ 普遍，到處。明·宋濂《送東陽馬生序》：「以是人多以書假余，余因得～觀羣書。」❷ 量詞，次，回。唐·韓愈《張中丞傳後敍》：「吾於書讀不過三～，終身不忘也。」

**辨** [普] biàn [粵] bin6 辯
❶ 辨別，區分。北朝民歌《木蘭詩》：「兩兔傍地走，安能～我是雄雌？」❷ 通「辯」，辯解，爭論。晉·陶潛《飲酒》：「此中有真意，欲～已忘言。」

> 🔍 辨、辯。見15頁「辯」。

**辯** [普] biàn [粵] bin6 辨
❶ 辯論，辯駁。《孟子·滕文公下》：「外人皆稱夫子好～，敢問何也？」❷ 口才。宋·蘇軾《潮州韓文公廟碑》：「（張）儀、（蘇）秦失其～。」❸ 通「辨」，辨別，區別。《孟子·魚我所欲也》：「萬鍾則不～禮義而受之。」❹ 通「變」，變化。《莊子·逍遙遊》：「若夫乘天地之正，而御六氣之～，以遊無窮者。」

> 🔍 辯、辨。二字本義不同，然因讀音相同，古籍多通用。

**變** [普] biàn [粵] bin3 邊三聲
❶ 改變，變化。戰國楚·屈原《楚辭·九章·涉江》：「吾不能～

心而從俗兮，固將愁苦而終窮。」❷ 移動，更換。《禮記·檀弓上》：「夫子之病革（jí，病重）矣，不可以～。」❸ 權變，變通。漢·桓寬《鹽鐵論·相刺》：「善言而不知～，未可謂能說也。」❹ 事變，變故。《三國志·蜀書·諸葛亮傳》：「天下有～。」❺ 特指自然災異，反常的自然現象。《漢書·杜周傳》：「後有日蝕地震之～。」

## biao

**杓** 〔一〕⑧ biāo ⑨ biu1 標
北斗柄部的三顆星。
〔二〕⑧ sháo ⑨ soek3 削
通「勺」，舀取水、酒、食物等的有柄器具。宋·歐陽修《賣油翁》：「徐以～酌油瀝之，自錢孔入，而錢不濕。」

**表** ⑧ biǎo ⑨ biu2 標二聲
❶ 外衣。《莊子·讓王》：「子貢乘大馬，中紺（gàn，紅黑色）而～素。」❷ 外，外面，與「裏」相對。宋·蘇軾《放鶴亭記》：「或立於陂田，或翔於雲～。」❸ 石碑，立碑。宋·歐陽修《瀧岡阡表》：「其子修始克～於其阡。」❹ 旗幟，布幌子。《晏子春秋·內篇問上》：「宋人有酤酒者，為器甚潔清，置～甚長，而酒酸不售。」❺ 標準，表率，儀範。《史記·太史公自序》：「國有賢相良將，民之師～也。」❻ 顯揚，表彰。漢·司馬遷《報任安書》：「恨私心有所不盡，鄙陋沒世，而文采不～於後世也。」❼ 文章的一種，臣下給皇帝的奏章，如晉·李

密有《陳情表》。❽ 墓表，墓誌。一種記敍死者生前事跡，表彰其功德的文體，如宋·歐陽修有《瀧岡阡表》。❾ 古代測日影以計時的標杆。《淮南子·本經訓》：「天地之大，可以矩～識也。」❿ 標誌。《呂氏春秋·察今》：「荊人弗知，循～而夜涉。」⓫ 標記，標明。《國語·周語中》：「列樹以～道，立鄙食以守路。」

## bie

**別** ⑧ bié ⑨ bit6 鱉
❶ 分開。《宋史·太祖本紀》：「詔荊蜀民祖父母、父母在者，子孫不得～財異居。」❷ 分別，離別。唐·白居易《賦得古原草送別》：「又送王孫去，萋萋滿～情。」❸ 辨別，區分。《左傳·僖公二十四年》：「目不～五色之章為昧。」❹ 差別，不同。《論語·為政》：「今之孝者，是謂能養。至於犬馬，皆能有養；不敬，何以～乎！」❺ 特別，特異。宋·楊萬里《曉出淨慈寺送林子方》：「映日荷花～樣紅。」❻ 另外。漢·李陵《答蘇武書》：「生為～世之人，死為異域之鬼。」

## bin

**賓** ⑧ bīn ⑨ ban1 彬
❶ 賓客，客人。漢·曹操《短歌行》：「我有嘉～，鼓瑟吹笙。」❷ 以賓客之禮相待。《淮南子·氾論訓》：「乃納鄭伯之命，稿以十二牛，～秦師而卻之。」❸ 作客，客居。《禮記·月令》：「鴻雁來～。」

❹ 服從，歸順。《尚書‧周書‧旅獒》：「明王慎德，四夷咸～。」

**濱** ⓟbīn ⓒban1 賓
❶ 水邊，靠近水的地方。唐‧王勃《滕王閣序》：「漁舟唱晚，響窮彭蠡之～。」❷ 邊，邊境。《詩經‧小雅‧北山》：「普天之下，莫非王土；率土之～，莫非王臣。」❸ 臨近，靠近。《列子‧説符》：「人有～河而居者，習於水。」

**繽** ⓟbīn ⓒban1 賓
繁盛，眾多。晉‧陶潛《桃花源記》：「芳草鮮美，落英～紛。」

**鬢** ⓟbìn ⓒban3 殯
靠近耳邊的頭髮。北朝民歌《木蘭詩》：「當窗理雲～，對鏡帖花黃。」

---

### bing

**冰** ⓟbīng ⓒbing1 兵
❶ 水在攝氏零度或零度以下凝結成的固體。《荀子‧勸學》：「～，水為之，而寒於水。」❷ 結冰，凍結。《禮記‧月令》：「水始～，地始凍。」❸ 純淨，高潔。唐‧王昌齡《芙蓉樓送辛漸》：「洛陽親友如相問，一片～心在玉壺。」

**兵** ⓟbīng ⓒbing1 冰
❶ 兵器，武器。宋‧蘇洵《六國論》：「六國破滅，非～不利，戰不善，弊在賂秦。」❷ 士卒，軍隊。《戰國策‧趙策四》：「必以長安君為質，～乃出。」❸ 戰爭，軍事。《莊子‧則陽》：「今～不起七年矣。」❹ 用兵器殺傷人。《史記‧伯夷列傳》：「左右欲～之。」❺ 與

軍事或戰爭有關的。《岳飛之少年時代》：「強記書傳，尤好《左氏春秋》及孫吳～法。」

🔍 兵、卒、士。見 425 頁「卒」。

**秉** ⓟbǐng ⓒbing2 丙
❶ 一束禾穀。《詩經‧小雅‧大田》：「彼有遺～，此有滯穗。」❷ 古代計量單位，十六斛為一秉。❸ 拿，執持。唐‧李白《春夜宴從弟桃花園序》：「古人～燭夜遊，良有以也。」❹ 保持，堅持。戰國楚‧屈原《楚辭‧九章‧橘頌》：「～德無私。」

**屏** ⓟbǐng
見 222 頁 píng。

**稟** ⓟbǐng ⓒban2 品
❶ 賦予，給予。《漢書‧禮樂志》：「人函天地陰陽之氣，有喜怒哀樂之情，天～其性而不能節也。」❷ 承受，領受。《左傳‧昭公二十六年》：「先王所～於天地，以為其民也。」❸ 下對上報告情況。《三國演義‧楊修之死》：「夏侯惇入帳，～請夜間口號。」

**并** ⓟbìng ⓒbing6 並
❶ 合併，吞併。《戰國策‧秦策一》：「可以～諸侯，吞天下。」這個意義後來寫作「併」。❷ 合，同。宋‧蘇洵《六國論》：「～力西嚮，則吾恐秦人食之不得下嚥也。」這個意義後來寫作「併」。❸ 一起，一齊。《戰國策‧鷸蚌相爭》：「兩者不肯相舍，漁者得而～擒之。」這個意義後來寫作「並」。

💡 在文言文中，「并」具有今「併」、「並」的意義。在現代漢

語中，「并」只用作山西省太原市的別稱，讀 bīng。

## 並 ⬛ bìng ⬛ bing6 冰六聲

❶ 一起，一齊。漢・賈誼《過秦論》：「山東豪俊，遂～起而亡秦族矣。」❷ 皆，俱，全。晉・陶潛《桃花源記》：「黃髮、垂髫，～怡然自樂。」❸ 而且。宋・王安石《傷仲永》：「即書詩四句，～自為其名。」

## 病 ⬛ bìng ⬛ bing6 並

❶ 病情加重。《莊子・徐無鬼》：「仲父之病～矣。」❷ 患病。《戰國策・趙策四》：「老臣～足，曾不能疾走。」❸ 苦，疾苦。《左傳・襄公二十四年》：「范宣子為政，諸侯之幣重，鄭人～之。」❹ 疲憊，困頓。《孟子・公孫丑上》：「今日～矣！予助苗長矣！」❺ 飢餓。《論語・衛靈公》：「在陳絕糧，從者～，莫能興。」❻ 缺點，弊病。三國魏・曹植《與楊德祖書》：「世人之著述，不能無～。」❼ 擔憂，憂慮。《論語・衛靈公》：「君子～無能焉，不～人之不己知也。」❽ 恥辱。《晏子春秋・內篇雜下》：「聖人非所與熙（戲弄）也，寡人反取～焉。」

### bo

## 波 ⬛ bō ⬛ bo1 玻

❶ 起伏的水面，水波。宋・范仲淹《岳陽樓記》：「至若春和景明，～瀾不驚。」❷ 動搖，變化。《後漢書・公孫述傳》：「方今四海～蕩，匹夫橫議。」❸ 影

響。《左傳・僖公二十三年》：「其～及晉國者，君之餘也。」❹ 流轉的目光。三國魏・曹植《洛神賦》：「無良媒以接歡兮，託微～而通辭。」

## 鉢 ⬛ bō ⬛ but3 撥三聲

用來盛酒或飯菜、裝東西的圓形器皿，形似盆而小。清・彭端淑《為學》：「吾一瓶一～足矣。」

## 撥 ⬛ bō ⬛ but6 勃

❶ 治理，整頓。《史記・太史公自序》：「～亂世反之正，莫近於《春秋》。」❷ 分開，撥開。唐・李白《暖酒》：「～卻白雲見青天。」❸ 碰撞，摩擦。唐・岑參《走馬川行奉送封大夫出師西征》：「半夜軍行戈相～，風頭如刀面如割。」❹ 彈撥絃樂器。唐・白居易《琵琶行》：「轉軸～絃三兩聲，未成曲調先有情。」❺ 廢棄，除去。《史記・太史公自序》：「秦～去古文，焚滅《詩》、《書》。」❻ 量詞，批。《宋史・禮志》：「每六十人作一～。」

## 蕃 ⬛ bō

見 72 頁 fán。

## 伯 ㊀ ⬛ bó ⬛ baak3 百

❶ 兄弟中排行第一者。《孟子・告子上》：「鄉人長於～兄一歲，則誰敬？」❷ 父親的兄長。晉・李密《陳情表》：「既無叔～，終鮮兄弟。」❸ 州長，地方長官。《禮記・王制》：「二百一十國以為州，州有～。」❹ 古代五等爵位「公、侯、伯、子、男」之一。❺ 在某方面堪為魁首的代表人物。《莊子・人間世》：「觀者如市，匠～

不顧，遂行不輟。」

三 ⓑ bà ⓒ baa3 霸

通「霸」。❶ 諸侯的盟主。漢·司馬遷《報任安書》：「絳侯誅諸呂，權傾五～，囚於請室。」❷ 稱霸。《荀子·儒效》：「諸侯為臣，用萬乘之國則舉錯而定，一朝而～。」

> 辨 古時兄弟姐妹以「伯（孟）、仲、叔、季」來排行。有成語「伯仲之間」形容兩人才能相當，不相上下。

帛 ⓑ bó ⓒ baak6 白

❶ 絲織物的總稱。《孟子·梁惠王上》：「五畝之宅，樹之以桑，五十者可以衣～矣。」❷ 幣帛，束帛，用於祭祀或餽贈的絲織品。《左傳·曹劌論戰》：「犧牲玉～，弗敢加也，必以信。」

怕 ⓑ bó

見 216 頁 pà。

泊 ⓑ bó ⓒ bok6 薄

❶ 停船靠岸。唐·杜甫《絕句》：「窗含西嶺千秋雪，門～東吳萬里船。」❷ 停留，停頓。宋·王安石《示張祕校》：「寒魚占窟聚，暝鳥投枝～。」❸ 淡泊，恬靜。宋·歐陽修《送楊寘序》：「喜怒哀樂，動人必深，而純古淡～。」

博 ⓑ bó ⓒ bok3 駁

❶ 寬大。《漢書·雋不疑傳》：「褒衣～帶，盛服至門上謁。」❷ 寬廣，廣闊。《荀子·勸學》：「吾嘗跂而望矣，不如登高之～見也。」❸ 廣泛，普遍。《荀子·勸學》：「君子～學而日參省乎己，則知明而行無過矣。」❹ 豐富，多。《史記·

伯夷列傳》：「夫學者載籍極～，猶考信於六藝。」❺ 謀求，討取。清·蒲松齡《聊齋志異·促織》：「顧念蓄劣物終無所用，不如拚～一笑。」❻ 古代的一種棋戲。後泛指賭博。《論語·陽貨》：「不有～弈者乎？為之，猶賢乎已。」

渤 ⓑ bó ⓒ but6 勃

❶ 水湧流的樣子。唐·元稹《有酒》：「鯨歸穴兮～溢，鰲載山兮低昂。」❷ 海名。《列子·愚公移山》：「投諸～海之尾，隱土之北。」

搏 ⓑ bó ⓒ bok3 博

❶ 捕捉。《孟子·盡心下》：「晉人有馮婦者，善～虎，卒為善士。」❷ 拾取，攫取。《史記·李斯列傳》：「鑠金百溢，盜跖不～。」❸ 撲，擊，拍。宋·蘇軾《石鐘山記》：「微風鼓浪，水石相～，聲如洪鐘。」❹ 打鬥，搏鬥。《戰國策·燕策三》：「而卒惶急，無以擊軻，而以手共～之。」

薄 ⓑ bó ⓒ bok6 雹

❶ 草木密集叢生處。《淮南子·俶真訓》：「夫鳥飛千仞之上，獸走叢～之中。」❷ 物體厚度小，與「厚」相對。《詩經·小雅·小旻》：「如臨深淵，如履～冰。」❸ 輕微，少。唐·杜甫《秋興八首》之三：「匡衡抗疏功名～。」❹ 不厚道，不寬厚。《孟子·萬章下》：「故聞柳下惠之風者，鄙夫寬，～夫敦。」❺ 稀薄，淡弱。晉·李密《陳情表》：「門衰祚～，晚有兒息。」❻ 削弱，減損。《孟子·梁惠王上》：「省刑罰，～稅斂，深

耕易耨。」❼ 輕視，看不起。《史記·孫子吳起列傳》：「其母死，起終不歸，曾子~之。」❽ 迫近，接近。晉·李密《陳情表》：「但以劉日~西山，氣息奄奄。」

## 擘 ⓐbò ⓒmaak3 麻客三聲

❶ 分開，分裂。《史記·刺客列傳》：「既至王前，專諸~魚，因以匕首刺王僚。」❷ 大拇指。比喻傑出的人物。《孟子·滕文公下》：「於齊國之士，吾必以仲子為巨~焉。」

### bu

## 逋 ⓐbū ⓒbou1 襃

❶ 逃亡。南朝齊·孔稚珪《北山移文》：「請迴俗士駕，為君謝~客。」❷ 拖延。晉·李密《陳情表》：「詔書切峻，責臣~慢。」

## 晡 ⓐbū ⓒbou1 襃

申時，即午後三時至五時。元·紀君祥《趙氏孤兒》：「為乘春令勸耕初，巡遍郊原日未~。」

## 卜 ⓐbǔ ⓒbuk1 僕一聲

❶ 古人用火灼燒龜甲取兆，以預測吉凶的行為。《詩經·大雅·文王有聲》：「考~維王，宅是鎬京。」❷ 選擇。唐·韓愈《送石處士序》：「於是撰書詞，具馬幣，~日以受使者。」❸ 推測，預料。唐·李商隱《馬嵬》：「海外徒聞更九州，他生未~此生休。」

## 捕 ⓐbǔ ⓒbou6 步

❶ 捉拿，捕捉。晉·陶潛《桃花源記》：「~魚為業。」❷ 舊時的衙門差役，擔任緝捕工作。

## 哺 ⓐbǔ ⓒbou6 步

❶ 口中含嚼的食物。唐·韓愈《後廿九日復上宰相書》：「方一食三吐其~，方一沐三握其髮。」❷ 餵養。漢·陳琳《飲馬長城窟行》：「生女~用哺。」

## 補 ⓐbǔ ⓒbou2 寶

❶ 縫補衣服，引申指修補破損的東西。唐·李賀《李憑箜篌引》：「女媧煉石~天處，石破天驚逗秋雨。」❷ 彌補，補救。三國蜀·諸葛亮《出師表》：「必能裨~闕漏，有所廣益。」❸ 補助，補充。《國語·越語上》：「去民之所惡，~民之不足。」❹ 裨益。《戰國策·秦策三》：「處必然之勢，可以少有~於秦，此臣之所大願也。」

## ★不 ㊀ ⓐbù ⓒbat1 畢

❶ 非，不是。《禮記·中庸》：「故曰：苟~至德，至道~凝焉。」❷ 毋，勿，不要。表示禁止。《孟子·滕文公上》：「病愈，我且往見，夷子~來！」❸ 表示否定。《論語·顏淵》：「君子~憂~懼。」❹ 表示反問。宋·歐陽修《賣油翁》：「吾射~亦精乎？」

㊁ ⓐfǒu ⓒfau2 否
同「否」。❶ 和肯定詞對用時，表示否定。唐·韓愈《師說》：「句讀之不知，惑之不解，或師焉，或~焉。」❷ 作為句末語氣助詞，表示疑問。《史記·廉頗藺相如列傳》：「秦王以十五城請易寡人之璧，可予~？」

> 💡 「不」為表示否定的副詞，常與後面含褒義的詞組合，用作謙

詞，如：「不才」、「不佞」指沒有才能，「不敏」指不聰敏，皆常用作自謙詞；「不穀」即不善，為古代王侯自稱的謙詞。

**布** ⓟbù ⓒbou3 報
❶ 棉、麻、葛等織物的統稱。❷ 古代的一種貨幣。《詩經·衛風·氓》：「抱～貿絲。」❸ 公佈，宣告。《左傳·成公二年》：「吾子～大命於諸侯，而日必質其母以為信。」❹ 分佈。《三國志·吳書·孫權傳》：「而天下英豪～在州郡。」❺ 散播，流傳。《史記·太史公自序》：「主上明聖而德不～聞，有司之過也。」❻ 佈施，施予。漢樂府《長歌行》：「陽春～德澤，萬物生光輝。」

　古代平民穿麻布衣服，因此常以「布衣」代指平民。

**步** ⓟbù ⓒbou6 部
❶ 行走，步行。《史記·項羽本紀》：「乃令騎皆下馬～行，持短兵接戰。」❷ 步伐。漢·張衡《東京賦》：「駕不亂～。」❸ 推算，測量。清·阮元《疇人傳·王錫闡下》：「余謂～曆固難，驗曆亦不易。」❹ 古代長度單位，其制歷代不一。《新唐書·地理志一》：「皇城長千九百一十五～，廣千二百～。」

🔍 步、踄。見165頁「踄」。

**怖** ⓟbù ⓒbou3 布
❶ 惶恐，害怕。晉·李密《陳情表》：「臣不勝犬馬～懼之情，謹拜表以聞。」❷ 恐嚇，使驚懼。明·張岱《西湖七月半》：「轎夫叫船上人，～以關門。」

**部** ⓟbù ⓒbou6 步
❶ 統領，統率。《史記·項羽本紀》：「漢王～五諸侯兵，凡五十六萬人，東伐楚。」❷ 安排，安置。《漢書·高帝紀上》：「～署諸將。」❸ 官署，部門。唐·韓愈《柳子厚墓誌銘》：「順宗即位，拜禮～員外郎。」❹ 門類，類別。南朝齊·孔稚珪《北山移文》：「談空空於釋～，覈玄玄於道流。」

　隋唐以後，中央行政機構分吏、戶、禮、兵、刑、工六部。歷朝各部的職事範圍不盡相同。至清末逐漸增設新部，如外務部、商部、學部等，六部之名遂廢。

**簿** ⓟbù ⓒbou6 步
❶ 登記、書寫所用的冊籍。清·吳敬梓《儒林外史》第三回：「閻王也不知叫判官在～子上記了你幾千條鐵棍。」❷ 造冊登記，清查。《魏書·太祖紀》：「～其珍寶畜產。」❸ 文書。唐·柳宗元《梓人傳》：「以恪勤為公，以～書為尊。」

# C

## cai

### 才 ⓟcái ⓠcoi4 財

❶ 才能。《論語 · 子罕》：「既竭吾～，如有所立卓爾。」❷ 人才。宋 · 蘇洵《六國論》：「以事秦之心，禮天下之奇～。」❸ 方，始。宋 · 楊萬里《小池》：「小荷～露尖尖角，早有蜻蜓立上頭。」❹ 僅僅。晉 · 陶潛《桃花源記》：「初極狹，～通人。」❺ 通「材」，資質。《孟子 · 告子上》：「富歲子弟多賴，凶歲子弟多暴，非天之降～爾殊也？」❻ 通「裁」，裁決。《戰國策 · 趙策一》：「願拜內之於王，唯王～之。」

💡 義項❸❹的副詞用法，在古籍中有時寫作「纔」。

🔍 才、材。見 22 頁「材」。

### 材 ⓟcái ⓠcoi4 才

❶ 木材。《孟子 · 梁惠王上》：「斧斤以時入山林，～木不可勝用也。」❷ 材料。《左傳 · 隱公五年》：「凡物不足以講大事，其～不足以備器用，則君不舉焉。」❸ 資質。唐 · 韓愈《雜說四》：「食之不能盡其～。」❹ 通「才」，才能，有才能的人。唐 · 李白《將進酒》：「天生我～必有用。」❺ 通「財」，財物。《荀子 · 君道》：「知尚賢使能之為長功也，知務本禁末之為多～也。」

🔍 材、才。「材」指木有用，「才」指人有用。木材、材料的

意義不能用「才」；指才能、有才能的人時，二字可通用。

### 財 ⓟcái ⓠcoi4 才

❶ 財物，財富。《韓非子 · 五蠹》：「人民少而～有餘，故民不爭。」❷ 通「材」，木材，木料。晉 · 左思《魏都賦》：「～以工化，賄以商通。」❸ 通「才」，才能，才智。《孟子 · 盡心上》：「有成德者，有達～者。」❹ 通「才」，僅僅，剛剛。《墨子 · 備穴》：「金與扶林長四尺，～自足。」❺ 通「裁」，節制。《管子 · 心術下》：「聖人因而～之。」

### 裁 ⓟcái ⓠcoi4 才

❶ 縫紉，剪裁。漢樂府《孔雀東南飛》：「十三能織素，十四學～衣。」❷ 減削，節制。《國語 · 吳語》：「救其不足，～其有餘，使貧富皆利之。」❸ 裁斷，裁決。《韓非子 · 初見秦》：「唯大王～其罪。」❹ 估量。《淮南子 · 主術訓》：「取民，則不～其力。」❺ 殺，自殺。漢 · 司馬遷《報任安書》：「及罪至罔加，不能引決自～。」❻ 創作。南朝宋 · 鮑照《奉始興王命作白紵舞曲啟》：「謹竭庸陋，～為四曲。」

### 采 〔一〕ⓟcǎi ⓠcoi2 彩

❶ 摘取。《詩經 · 周南 · 關雎》：「參差荇菜，左右～之。」❷ 選取，搜集。《漢書 · 藝文志》：「故古有～詩之官。」❸ 開採。漢 · 桓寬《鹽鐵論 · 復古》：「～鐵石鼓鑄煮鹽。」以上三個義項後來均寫作「採」。❹ 彩色絲織品。《禮

記‧雜記下》：「麻不加於～。」這個意義後來寫作「綵」。❺彩色。《史記‧項羽本紀》：「吾令人望其氣，皆為龍虎，成五～。」這個意義後來寫作「彩」。❻文采。戰國楚‧屈原《楚辭‧九章‧懷沙》：「眾不知余之異～。」❼神色，容態。《莊子‧人間世》：「～色不定。」

三 粵 cài 普 coi3 菜

古代諸侯封給卿大夫的土地。《禮記‧禮運》：「大夫有～以處其子孫。」

> 💡 「采」在文言文中具有今「采」、「採」、「綵」、「彩」等四個字的意義，閱讀時要注意根據上下文理推敲出正確字義。

**採** 粵 cǎi 普 coi2 彩
❶採摘。晉‧陶潛《飲酒》：「～菊東籬下，悠然見南山。」❷開採，挖掘。宋‧蘇軾《上皇帝書》：「～礦伐炭。」❸選取，搜集。漢‧王充《論衡‧卜筮》：「著書記者，～掇行事。」

**彩** 粵 cǎi 普 coi2 采
❶色彩，光彩。唐‧王勃《滕王閣序》：「虹銷雨霽，～徹雲衢。」❷文采，神采，風度。《晉書‧王戎傳》：「幼而穎悟，神～秀徹。」❸賭博中得勝獲得的金錢和物品。唐‧李白《送外甥鄭灌從軍》：「六博爭雄好～來，全盤一擲萬人開。」

**綵** 粵 cǎi 普 coi2 彩
❶彩色絲織物。《老子》五十三章：「服文～，帶利劍。」❷花紋，光彩。南朝宋‧鮑照《登大雷岸與

妹書》：「傳明散～，赫似絳天。」

**采** 粵 cài
見 22 頁 cǎi。

**菜** 粵 cài 普 coi3 賽
❶蔬類植物的總稱。❷菜餚，主食以外的食品。《北史‧胡叟傳》：「飯～精潔。」

---
can
---

**參** 一 粵 cān 普 caam1 攙
❶參加，參與。宋‧歐陽修《瀧岡阡表》：「修以非才入副樞密，遂～政事。」❷下級按一定禮節晉見上級。《戰國策‧秦策四》：「臣之義，不～拜。」❸研究，商討。《韓非子‧內儲說上》：「此不～之患也。」❹檢驗，驗證。《荀子‧勸學》：「君子博學而日～省乎己。」❺彈劾，檢舉。《紅樓夢》第二回：「不上兩年，便被上司尋了一個空隙，作成一本，～他『生性狡滑，擅纂禮儀。』」❻間雜。唐‧魏徵《論時政疏》：「～玉砌以土階。」

二 粵 cēn 普 caam1 攙
[參差 cī] ① 長短不齊的樣子。《詩經‧周南‧關雎》：「～～荇菜，左右流之。」② 差不多，幾乎。唐‧白居易《長恨歌》：「中有一人字太真，雪膚花貌～～是。」

三 粵 sān 普 saam1 三
同「三」。❶三分的。《左傳‧隱公元年》：「先王之制，大都不過～國之一。」❷與二物並列為三。《莊子‧在宥》：「吾與日月～光。」

四 粵 shēn 普 sam1 心
星宿名，二十八宿之一。

**餐** 🔊cān 🔊caan1 產一聲

❶ 吃，吞食。宋·岳飛《滿江紅》：「壯志飢～胡虜肉，笑談渴飲匈奴血。」❷ 飯食，飲食。唐·李紳《憫農》：「誰知盤中～，粒粒皆辛苦。」❸ 量詞，計算飲食次數的單位。《莊子·逍遙遊》：「適莽蒼者，三～而反。」❹ 通「飧」，熟食。《韓非子·外儲說下》：「箕鄭（人名）挈壺～而從。」

> 🔍 餐、飧。二字本義不同，「餐」是吃的意思，「飧」是熟食的意思，但在古籍中經常混用。

**驂** 🔊cān 🔊caam1 攙

❶ 三匹馬駕一輛車。《詩經·小雅·采菽》：「載～載駟，君子所屆。」❷ 在車旁駕車的兩匹馬。《史記·管晏列傳》：「解左～贖之。」❸ 乘，駕馭。戰國楚·屈原《楚辭·九章·涉江》：「駕青虯兮～白螭。」

> 📖 《史記·管晏列傳》記載晏子解下車旁的馬以贖出越石父。後以「解驂」比喻以財物救人之急，有成語「解驂推食」。

**殘** 🔊cán 🔊caan4 餐四聲

❶ 兇惡，殘暴。《左傳·昭公二十年》：「政寬則民慢，慢則糾之以猛，猛則民～。」❷ 殘暴無道的人。《史記·張耳陳餘列傳》：「為天下除～也。」❸ 殺戮。《周禮·夏官司馬·大司馬》：「放弒其君，則～之。」❹ 毀壞，破壞。漢·桓寬《鹽鐵論·大論》：「～材木以成室屋者，非良匠也。」❺ 殘害，陷害。清·薛福成《貓捕雀》：「乃

有憑權位，張爪牙，～民以自肥者，何也？」❻ 殘缺，不完整。《漢書·劉歆傳》：「孝成皇帝閔學～文缺。」❼ 殘存，剩餘。《列子·愚公移山》：「以～年餘力，曾不能毀山之一毛，其如土石何？」

**慚** 🔊cán 🔊caam4 蠶

❶ 羞愧。清·彭端淑《為學》：「越明年，貧者自南海還，以告富者，富者有～色。」❷ 恥辱。《左傳·昭公三十一年》：「一～之不忍，而終身～乎？」

**慘** 🔊cǎn 🔊caam2 蠶二聲

❶ 狠毒，兇惡。《三國志·吳書·吳主權傳》：「性苛～，用法深刻。」❷ 悲傷，悽慘。唐·李華《弔古戰場文》：「傷心～目，有如是耶？」❸ 程度嚴重，屬害。《荀子·天論》：「其菑（zāi，災）甚～。」❹ 通「黲」，暗淡無光。唐·蔣凝《望思臺賦》：「煙昏日～。」

---

### cang

**滄** 🔊cāng 🔊cong1 倉

❶ 寒冷。《列子·湯問》：「日初出，～～涼涼；及其日中，如探湯。」❷ 通「蒼」，深綠色。唐·杜甫《秋興八首》之五：「一臥～江驚歲晚。」

**蒼** 🔊cāng 🔊cong1 倉

❶ 草綠色或暗綠色。唐·李白《廬山謠寄盧侍御虛舟》：「謝公行處～苔沒。」❷ 深藍色。唐·柳宗元《始得西山宴遊記》：「～然暮色。」❸ 灰白色。唐·杜甫《贈衛八處士》：「少壯能幾時，鬢髮各已～。」❹ 蒼老。《水滸後傳》

第四回：「大官人你也～了些，不比那時標致了。」

**臧** ⓦcáng
見 394 頁 zāng 。

**藏** 一ⓦcáng ⓖcong4牀
❶ 收存，儲藏。明·劉基《賣柑者言》：「杭有賣果者，善～柑，涉寒暑不潰。」❷ 隱匿，潛藏。《論語·述而》：「用之則行，舍之則～。」❸ 懷有，藏在心中。《周易·繫辭下》：「君子～器於身，待時而動。」

二ⓦzàng ⓖzong6狀
❶ 儲存東西的地方。《史記·平準書》：「山海，天地之～也。」❷ 埋葬。《荀子·禮論》：「輿～而馬反，告不用也。」❸ 內臟。《淮南子·原道訓》：「夫心者，五～之主也。」這個意義後來寫作「臟」。❹ 佛教、道教經典的總稱。南朝梁·慧皎《高僧傳·安清》：「出家修道，博曉經～。」

cao

**操** 一ⓦcāo ⓖcou1粗
❶ 握着，拿着。戰國楚·屈原《楚辭·九歌·國殤》：「～吳戈兮被犀甲。」❷ 掌握，控制。《漢書·楚元王傳》：「夫大臣～權柄，持國政，未有不為害者也。」❸ 操作，駕駛工具；駕馭技藝。《莊子·達生》：「津人～舟若神。」❹ 從事，擔任。《孫子·用間》：「不得～事（指耕作）者七十萬家。」❺ 演習，操練。清·孔尚任《桃花扇》：「今日江上大～，看他兵馬過處，雞犬無聲，好不蕭靜。」❻ 琴曲。

《列子·湯問》：「乃援琴而鼓之，初為霖雨之～，更造崩山之音。」
二ⓦcāo ⓖcou3燥
操守，品德。《淮南子·主術訓》：「窮不易～。」

**曹** ⓦcáo ⓖcou4槽
❶ 對，雙，組。戰國楚·屈原《楚辭·招魂》：「分～並進，遒相迫些。」❷ 等輩，同類。漢·馬援《誡兄子嚴敦書》：「吾愛之重之，願汝～效之。」❸ 成羣，羣集。《左傳·昭公十二年》：「周原伯絞虐其輿臣，使～逃。」❹ 古時分部門辦公的官署。《墨子·號令》：「吏卒侍大門中者，～無過二人。」

**槽** ⓦcáo ⓖcou4曹
❶ 盛牲畜飼料的器皿。《晉書·宣帝紀》：「又嘗夢三馬同食一～。」❷ 水道，渠道。唐·元稹《酬劉猛見送》：「江流初滿～。」

★**草** ⓦcǎo ⓖcou2操二聲
❶ 草本植物的總稱。❷ 草野，荒野。《韓非子·顯學》：「耕田墾～以厚民產也。」❸ 指民間。唐·李白《梁甫吟》：「君不見高陽酒徒起～中。」❹ 粗糙，粗劣。《戰國策·齊策四》：「左右以君賤之也，食以～具。」❺ 創始，創立。《史記·孝武本紀》：「～巡狩封禪改曆服色事未就。」❻ 起草，草擬。《漢書·藝文志》：「漢興，蕭何～律。」❼ 草稿，底稿。清·方苞《左忠毅公軼事》：「廡下一生伏案臥，文方成～。」

📖 晉·李密《陳情表》中「臣生當隕首，死當結草」一句，運

用了《左傳》的典故：春秋晉人魏犨臨死時，囑咐兒子魏顆以妾殉葬。不過魏顆沒有聽從，並把父妾改嫁出去。後來魏顆作戰時，有一個老人用草把他的敵手纏倒。魏顆晚上夢知這個老人原來是魏犨妾的父親，前來報答。後以「結草」比喻死後報恩。

ce

**側** 普cè 粤zak1 則
❶ 旁邊，側面。《禮記·大同與小康》：「言偃在～，曰：『君子何歎？』」❷ 傾斜。《戰國策·秦策一》：「～耳而聽。」❸ 不正，邪僻。《尚書·周書·洪範》：「無反無～，王道正直。」❹ 置身，處於。《淮南子·原道訓》：「處窮僻之鄉，～谿谷之閒。」

**策** 普cè 粤caak3 冊
❶ 馬鞭。《禮記·曲禮上》：「君車將駕，則僕執～立於馬前。」❷ 鞭打。《論語·雍也》：「～其馬。」❸ 手杖，枴杖。《莊子·齊物論》：「師曠之枝（拄）～也。」❹ 督促，勉勵。南朝齊·蕭子良《與孔中丞稚圭書》：「孜孜～勵，良在於斯。」❺ 通「冊」，成編的竹簡或木簡。《孟子·盡心下》：「吾於《武成》，取二三～而已矣。」❻ 寫在策上，記載。北朝民歌《木蘭詩》：「～勳十二轉，賞賜百千彊。」❼ 策封，策命。《三國志·蜀書·諸葛亮傳》：「～亮為丞相。」❽ 計謀，謀略。《史記·廉頗藺相

如列傳》：「均之二～，寧許以負秦曲。」❾ 卜筮用的蓍草。宋·王安石《禮樂論》：「是故天之高也，日月星辰陰陽之氣，可端～而數也。」

**惻** 普cè 粤cak1 測
❶ 悲痛，憂傷。《孟子·論四端》：「今人乍見孺子將入於井，皆有怵惕～隱之心。」❷ 誠懇。《後漢書·史弼傳》：「詔書疾惡黨人，旨意懇～。」

**測** 普cè 粤cak1 側
❶ 度量水的深度。《荀子·勸學》：「譬之猶以指～河也。」❷ 測量，觀察。《太玄·測》：「夜則～陰，晝則～陽。」❸ 猜度，推測。《左傳·曹劌論戰》：「夫大國，難～也，懼有伏焉。」

cen

**參** 普cēn
見 23 頁 cān。

ceng

**曾** ㊀ 普céng 粤cang4 層
❶ 嘗，曾經。晉·李密《陳情表》：「臣侍湯藥，未～廢離。」❷ 通「層」，重疊。唐·杜甫《望嶽》：「蕩胸生～雲，決眥入歸鳥。」

㊁ 普zēng 粤zang1 增
❶ 指與自己中間隔着兩代的親屬，曾祖。❷ 增加。《孟子·告子下》：「所以動心忍性，～益其所不能。」這個意義後來寫作「增」。❸ 尚且，還。《列子·愚公移山》：「以君之力，～不能損魁父之丘，如太

形、王屋何？」❹ 竟然，乃。《論語·為政》：「有酒食，先生饌，～是以為孝乎？」

## 增 ⓟcéng

見 397 頁 zēng。

## 層 ⓟcéng ⓒcang4 曾

❶ 數重相疊的房屋，樓房。南朝梁·劉孝綽《棲隱寺碑》：「珠殿連雲，金～輝景。」❷ 重疊，堆疊。唐·王勃《滕王閣序》：「～巒聳翠，上出重霄。」❸ 高。北魏·酈道元《水經注·瀁水》：「山甚～峻。」❹ 階梯。唐·張籍《竹巖》：「獨入千竿裏，緣巖踏石～。」❺ 量詞，用於重疊的事物。唐·王之渙《登鸛雀樓》：「欲窮千里目，更上一～樓。」

### cha

## 差 ㊀ⓟchā ⓒcaa1 叉

❶ 差別，區別。《荀子·榮辱》：「使有貴賤之等，長幼之～。」❷ 差錯，失當。《史記·太史公自序》：「失之毫釐，～以千里。」❸ 副詞，表示程度的比較，相當於「比較」、「略微」。《漢書·匈奴傳下》：「匈奴來寇，少所蔽隱，從塞以南，徑深山谷，往來～難。」

㊁ⓟchāi ⓒcaai1 猜

❶ 選擇。戰國楚·宋玉《高唐賦》：「王將欲往見，必先齋戒，～時擇日。」❷ 派遣。《水滸傳》第五十五回：「出師之日，我自～官來點視。」❸ 公務，勞役。《後漢書·鄭玄傳》：「家今～多於昔，勤力務時，無恤飢寒。」

㊂ⓟcī ⓒci1 痴

❶ 次第，等級。《孟子·滕文公上》：「愛無～等，施由親始。」❷ 不整齊。唐·柳宗元《小石潭記》：「其岸勢犬牙～互。」❸ [參差] 見 23 頁「參」。

## 插 ⓟchā ⓒcaap3 策鴨三聲

❶ 刺入，扎入。《呂氏春秋·貴卒》：「（吳起）拔矢而走，伏尸～矢而疾言曰：『羣臣亂王。』」❷ 插栽，栽植。唐·高適《廣陵別鄭處士》：「溪水堪垂釣，江田耐～秧。」

## 察 ⓟchá ⓒcaat3 擦

❶ 觀察，細看。晉·王羲之《〈蘭亭集〉序》：「俯～品類之盛。」❷ 明辨，細究。《左傳·曹劌論戰》：「小大之獄，雖不能～，必以情。」❸ 考察，調查。《論語·衛靈公》：「眾惡之，必～焉；眾善之，必～焉。」❹ 察舉，經考察而加以推舉選拔。晉·李密《陳情表》：「前太守臣逵，～臣孝廉。」❺ 明智，精明。漢·王符《潛夫論·明忠》：「良吏必得～主乃能成其功。」

### chai

## 差 ⓟchāi

見 27 頁 chā。

## 豻 ⓟchái ⓒcaai4 柴

野獸名，外形像狼而較小，性兇猛。《詩經·小雅·巷伯》：「取彼譖人，投畀～虎。」

### chan

## 單 ⓟchán

見 50 頁 dān。

**嬋** 〔普〕chán 〔粵〕sim4 蟬

[嬋娟] ① 姿態美好的樣子。唐·李商隱《霜月》:「月中霜裏鬥〜〜。」② 指美女。唐·方干《贈趙崇侍御》:「便遣〜〜唱《竹枝》。」③ 指美好的月光。宋·蘇軾《水調歌頭並序》:「但願人長久,千里共〜〜。」

**禪** 〔一〕〔普〕chán 〔粵〕sim4 蟬

❶ 佛教用語,指靜坐默念。唐·杜甫《宿贊公房》:「虛空不離〜。」❷ 泛指佛教的事物。唐·常建《題破山寺後禪院》:「〜房花木深。」

〔二〕〔普〕shàn 〔粵〕sin6 善

❶ 古代帝王祭祀土地山川。《大戴禮記·保傅》:「是以封泰山而〜梁甫(泰山下的一座小山)。」❷ 禪讓,把帝位讓給別人。《韓非子·十過》:「舜〜天下而傳之於禹。」

> 回 「禪讓」指君主將統治權讓給賢能之人,而不是按血統關係世代傳承王位。傳說堯選擇了孝順、有才幹的舜為繼承人;舜晚年亦將王位傳給治水有功的禹。

**讒** 〔普〕chán 〔粵〕caam4 慚

❶ 説別人的壞話。《史記·屈原賈生列傳》:「上官大夫見而欲奪之,屈平不與,因〜之。」❷ 讒言,陷害別人的壞話。宋·范仲淹《岳陽樓記》:「憂〜畏譏。」❸ 奸邪的人,進讒言的人。漢·王充《論衡·答佞》:「〜與佞,俱小人也。」

**鑱** 〔普〕chán 〔粵〕caam4 慚

❶ 中醫用來治病的石鍼,形狀像箭頭。❷ 用鍼或針刺。《淮南子·泰族訓》:「夫刻肌膚,〜皮革,被創流血,至難也。」❸ 一種鐵製的掘土工具。清·方苞《左忠毅公軼事》:「使史更敝衣草屨,背筐,手長〜,偽為除不潔者。」

**產** 〔普〕chǎn 〔粵〕caan2 鏟

❶ 生,生育。《韓非子·六反》:「且父母之於子也,〜男則相賀。」❷ 出產。秦·李斯《諫逐客書》:「夫物不〜於秦,可寶者多。」❸ 財產,產業。《孟子·梁惠王上》:「是故明君制民之〜,必使仰足以事父母,俯足以畜妻子。」

**諂** 〔普〕chǎn 〔粵〕cim2 簽二聲

奉承,獻媚。《論語·學而》:「貧而無〜,富而無驕。」

> 🔍 諂、諛。見 381 頁「諛」。

---

### chang

**倡** 〔一〕〔普〕chāng 〔粵〕coeng1 窗

❶ 歌舞藝人。《晏子春秋·內篇問下》:「今君左為〜,右為優。」❷ 妓女。《古詩十九首·青青河畔草》:「昔為〜家女。」這個意義也寫作「娼」。

〔二〕〔普〕chàng 〔粵〕coeng3 唱

❶ 領唱。《詩經·鄭風·蘀兮》:「叔兮伯兮,〜予和女。」❷ 唱歌。戰國楚·屈原《楚辭·九歌·東皇太一》:「陳(列隊合奏)竽瑟兮浩〜。」❸ 倡導,帶頭。《漢書·陳勝傳》:「今誠以吾眾為天下〜,宜多應者。」

**★長** 〔一〕〔普〕cháng 〔粵〕coeng4 場

❶ 指空間距離較大,與「短」

相對。《荀子・勸學》:「登高而招，臂非加長也，而見者遠。」❷ 指時間間隔較大，與「短」相對。晉・李密《陳情表》:「是臣盡節於陛下之日~，報養劉之日短也。」❸ 長久，久遠。《尚書・商書・盤庚中》:「汝不謀~。」❹ 經常。《論語・述而》:「君子坦蕩蕩，小人~戚戚。」❺ 擅長。南朝宋・劉義慶《世說新語・文學》:「樂令善於清言，而不~於手筆。」❻ 長處，優點。《晏子春秋・內篇問上》:「任人之~，不彊其短。」

㊂ 粵zhǎng 粵zoeng2掌

❶ 年長，年紀較大。唐・韓愈《師說》:「是故無貴無賤，無~無少，道之所存，師之所存也。」❷ 排行最大。《魏書・折箭》:「緯代，~子也。」❸ 君長，首領，長官。《孟子・梁惠王下》:「君行仁政，斯民親其上，死其~矣。」❹ 統治，統率。《戰國策・楚策一》:「天帝使我~百獸。」❺ 生長，成長。《孟子・公孫丑上》:「予助苗~矣!」❻ 撫養，培育。《左傳・昭公十四年》:「~孤幼，養老疾。」❼ 滋長，助長。《詩經・小雅・巧言》:「君子屢盟，亂是用~。」

**常** 粵cháng 粵soeng4裳

❶ 永久，固定不變。唐・韓愈《師說》:「聖人無~師，孔子師郯子、萇弘、師襄、老聃。」❷ 規律，準則。《荀子・天論》:「天行有~，不為堯存，不為桀亡。」❸ 普通的，一般的。唐・韓愈《馬說》:「且欲與~馬等不可得，安求其能千里者?」❹ 經常，常常。

《史記・廉頗藺相如列傳》:「相如每朝時，~稱病，不欲與廉頗爭列。」❺ 古代長度單位，八尺為尋，兩尋為常。❻ 樹名，棠棣。《詩經・小雅・采薇》:「彼爾維何，維~之華。」❼ 通「嘗」，曾經。《韓非子・外儲說左上》:「主父~遊於此。」

**場** 粵cháng

見 30 頁 chǎng。

**腸** 粵cháng 粵coeng4場

❶ 內臟之一，消化器官的一部分。❷ 內心，感情。唐・杜甫《自京赴奉先詠懷》:「窮年憂黎元，歎息~內熱。」

★**嘗** 粵cháng 粵soeng4常

❶ 辨別滋味，吃。《禮記・曲禮下》:「君有疾，飲藥，臣先~之。」❷ 試，試探。宋・蘇洵《心術》:「故古之賢將，能以兵~敵。」❸ 經歷，經受。《左傳・僖公二十八年》:「險阻艱難，備~之矣。」❹ 曾經。《荀子・勸學》:「吾~終日而思矣，不如須臾之所學也。」❺ 通「常」，經常。《史記・刺客列傳》:「故~陰養謀臣以求立。」

> 在「辨別滋味」、「吃」的意義上，「嚐」是「嘗」的後起區別字。運用成語「臥薪嘗膽」、神話傳說「神農嘗百草」時，一般依古籍記載用「嘗」，不用「嚐」。

**裳** 粵cháng 粵soeng4常

❶ 古時指下身衣裙，男女皆服。後泛指衣服。北朝民歌《木

蘭詩》：「脱我戰時袍，著我舊時～。」❷［裳裳］鮮明的樣子。《詩經・小雅・裳裳者華》：「～～者華，其葉湑（xǔ，茂盛）兮。」

**償** [普] cháng [粵] soeng4 常
❶ 歸還，償還。漢・晁錯《論貴粟疏》：「於是有賣田宅，鬻子孫，以～債者矣。」❷ 補償，抵償。《史記・廉頗藺相如列傳》：「相如視趙王無意～趙城。」❸ 應對，回答。《左傳・僖公十五年》：「西鄰責言，不可～也。」❹ 報答。《史記・范雎蔡澤列傳》：「一飯之德必～，睚眥之怨必報。」❺ 實現，滿足。唐・韓愈《新修滕王閣記》：「儻（tǎng，倘）得一至其處，竊寄目～所願焉。」

**場** [一] [普] chǎng [粵] coeng4 祥
❶ 場所，處所。《戰國策・秦策一》：「綴甲厲兵，効勝於戰～。」❷ 泛指某個領域。漢・揚雄《劇秦美新》：「翱翔乎禮樂之～。」
[二] [普] cháng [粵] coeng4 祥
❶ 用於翻曬、收打糧食的平地。《詩經・豳風・七月》：「九月築～圃。」❷ 祭壇旁的平地。《孟子・滕文公上》：「子貢反，築室於～。」❸ 量詞，用於次數。唐・李白《短歌行》：「天公見玉女，大笑億千～。」

**廠** [普] chǎng [粵] cong2 敞
❶ 像棚子一樣沒有牆的簡陋房舍。北魏・賈思勰《齊民要術・養鵝鴨》：「欲於～屋下作窠。」❷ 明代的特務機構，有東廠、西廠。清・方苞《左忠毅公軼事》：「及左公下～獄，史朝夕窺獄門外。」

**倡** [普] chàng
見 28 頁 chāng。

**唱** [普] chàng [粵] coeng3 暢
❶ 領唱。《韓非子・解老》：「故竽先則鍾瑟皆隨，竽～則諸樂皆和。」這個意義也寫作「倡」。❷ 倡導，發起。《史記・陳涉世家》：「今誠以吾眾詐自稱公子扶蘇、項燕，為天下～，宜多應者。」這個意義後來寫作「倡」。❸ 歌唱。唐・劉禹錫《竹枝詞》：「楊柳青青江水平，聞郎江上～歌聲。」

**悵** [普] chàng [粵] coeng3 唱
失意，失望。戰國楚・屈原《楚辭・九歌・山鬼》：「怨公子兮～忘歸。」

**暢** [普] chàng [粵] coeng3 唱
❶ 通暢，通達。《周易・坤》：「美在其中，而～於四支。」❷ 舒暢，喜悦。唐・薛戎《遊爛柯山》：「悠然～心目，萬慮一時銷。」❸ 盡情，盡興。晉・王羲之《〈蘭亭集〉序》：「一觴一詠，亦足以～敍幽情。」❹ 旺盛。《孟子・滕文公上》：「草木～茂。」

## chao

**超** [普] chāo [粵] ciu1 昭
❶ 躍上。《左傳・昭公元年》：「子南戎服入，左右射，～乘而出。」❷ 越過。《孟子・梁惠王上》：「挾太山以～北海。」❸ 超出，勝過。《後漢書・馮衍傳》：「顯忠貞之節，立～世之功。」❹ 遙遠。戰國楚・屈原《楚辭・九歌・國殤》：「平原忽兮路～遠。」❺ 提拔，擢升。《漢書・朱博傳》：「遷

為京兆尹，數月～為大司空。」

**喁** ⓹cháo
見 401 頁 zhāo。

**巢** ⓹cháo ⓺caau4 抄四聲
❶ 鳥窩。也指蜂、蟻等動物的窩。❷ 築巢。《莊子・逍遙遊》：「鷦鷯～於深林，不過一枝。」❸ 上古民眾的簡陋住處。《韓非子・五蠹》：「有聖人作，構木為～，以避羣害。」❹ 居住，棲息。《漢書・敍傳上》：「媯～姜於孺筮兮。」❺ 盜匪、敵人等盤踞的地方。《新唐書・杜牧傳》：「不數月必覆賊～。」

**★朝** 〔一〕⓹cháo ⓺ciu4 潮
❶ 朝見。《戰國策・鄒忌諷齊王納諫》：「燕、趙、韓、魏聞之，皆～於齊。」❷ 會聚。《禮記・王制》：「耆老皆～于庠。」❸ 朝廷。《孟子・梁惠王上》：「使天下仕者皆欲立於王之～。」❹ 朝代。唐・杜牧《江南春》：「南～四百八十寺，多少樓臺煙雨中。」❺ 表示所針對的方向或對象，相當於「對」、「向」。宋・岳飛《滿江紅》：「待從頭，收拾舊山河，～天闕。」
〔二〕⓹zhāo ⓺ziu1 招
❶ 早晨。唐・李白《早發白帝城》：「～辭白帝彩雲間，千里江陵一日還。」❷ 日，天。《莊子・逍遙遊》：「今一～而鬻技百金，請與之。」❸ 初，始。《管子・立政》：「孟春之～，君乃聽朝。」

> 古代凡是見人均可稱「朝」，也特指臣見君、下級見上級、晚輩見長輩等。

**車** ⓹chē ⓺ce1 奢
❶ 車子，陸地上有輪子的交通工具。❷ 特指兵車。戰國楚・屈原《楚辭・九歌・國殤》：「～錯轂兮短兵接。」❸ 用輪軸旋轉的工具，如水車、紡車等。《後漢書・張讓傳》：「又作翻～渴烏（翻車，汲水用的水車；渴烏，汲水器），施於橋西。」❹ 牙牀。《左傳・僖公五年》：「輔（面頰）～相依，脣亡齒寒。」

**徹** ⓹chè ⓺cit3 設
❶ 通，穿，透。漢・王充《論衡・紀妖》：「音中宮商之聲，聲～于天。」❷ 終了，結束。唐・杜甫《茅屋為秋風所破歌》：「自經喪亂少睡眠，長夜沾濕何由～？」❸ 治理，開發。《詩經・大雅・江漢》：「式辟四方，～我疆土。」❹ 車跡。《老子》二十七章：「善行無～跡。」這個意義後來寫作「轍」。❺ 通「撤」，撤除，除去。《左傳・宣公十二年》：「雖諸侯相見，軍衞不～，警也。」❻ 通「澈」，清澄，清澈。明・袁宏道《滿井遊記》：「鱗浪層層，清～見底。」

**臣** ⓹chén ⓺san4 晨
❶ 男性奴隸，戰俘。《戰國策・韓策三》：「請男為～，女為妾。」❷ 國君所統屬的民眾。《孟子・萬章下》：「在國曰市井之～，在野曰草莽之～。」❸ 君主制時代的官吏。《論語・八佾》：「君使～

以禮，～事君以忠。」❹ 古人自稱的謙詞。用於臣對君、子對父。晉・李密《陳情表》：「～不勝犬馬怖懼之情，謹拜表以聞。」秦漢以前也可用於對一般人。《史記・項羽本紀》：「願伯具言～之不敢背德也。」❺ 盡臣的本分。《論語・顏淵》：「君君，臣～，父父，子子。」❻ 役使，統屬。《左傳・昭公七年》：「故王～公，公～大夫，大夫～士。」

**辰** 〔普〕chén 〔粵〕san4 臣
❶ 日子，時光。晉・陶潛《歸去來兮辭》：「懷良～以孤往。」❷ 日、月、星的通稱。《國語・魯語上》：「帝嚳能序三～以固民。」❸ 通「晨」，早晨。《詩經・齊風・東方未明》：「不能～夜，不夙則莫。」

**沉** 〔普〕chén 〔粵〕cam4 尋
同「沈」。

**沈** 〔普〕chén 〔粵〕cam4 尋
也作「沉」。❶ 沒入水中，沉沒。《詩經・小雅・菁菁者莪》：「汎汎楊舟，載～載浮。」❷ 深。南朝宋・鮑照《觀漏賦》：「注～穴而海漏。」❸ 程度深。唐・杜甫《新婚別》：「～痛迫中腸。」❹ 沉穩，慎重。《岳飛之少年時代》：「飛少負氣節，～厚寡言。」❺ 沉溺，迷戀。漢・鄒陽《獄中上梁王書》：「今人主～諂諛之辭。」❻ 埋沒，淪落。晉・左思《詠史》之二：「世冑躡高位，英俊～下僚。」❼ 降落，墜落。唐・李商隱《常娥》：「長河漸落曉星～。」❽ 低，低沉。唐・駱賓王《在獄詠蟬》：「風多

響易～。」❾ 陰，暗。宋・王安石《次韻張子野秋中久雨晚晴》：「天～四山黑。」

**陳** 〔一〕〔普〕chén 〔粵〕can4 塵
❶ 陳列，陳設。宋・歐陽修《醉翁亭記》：「雜然而前～者，太守宴也。」❷ 行列。《戰國策・齊策四》：「狗馬實外廄，美人充下～。」❸ 陳述。《孟子・公孫丑下》：「我非堯舜之道，不敢以～於王前。」❹ 顯示，呈現。唐・韓愈《爭臣論》〈愛直贈李君房別〉：「勇不動於氣，義不～乎色。」❺ 久，陳舊。晉・王羲之《〈蘭亭集〉序》：「向之所欣，俛仰之間，已為～跡。」
〔二〕〔普〕zhèn 〔粵〕zan6 陣
❶ 軍隊的戰鬥隊列。《論語・衛靈公》：「衛靈公問～於孔子。」❷ 佈陣。《史記・吳太伯世家》：「楚亦發兵拒吳，夾水～。」以上兩個義項後來均寫作「陣」。

> Q 陳、述、說、敍。見279頁「述」。

**塵** 〔普〕chén 〔粵〕can4 陳
❶ 飛揚的細土，塵土。唐・杜甫《兵車行》：「～埃不見咸陽橋。」❷ 蹤跡，事跡。晉・左思《魏都賦》：「列聖之遺～。」❸ 世俗，人間。南朝齊・孔稚珪《北山移文》：「夫以耿介拔俗之標，瀟灑出～之想。」

**稱** 〔普〕chèn
見 33 頁 chēng。

**齔** 〔普〕chèn 〔粵〕can3 趁
❶ 兒童換牙，乳齒脫換成恆

齒。《列子·愚公移山》:「鄰人京城氏之孀妻,有遺男,始～,跳往助之。」❷ 指年幼。《後漢書·皇后紀下》:「顯、景諸子年皆童～,並為黃門侍郎。」

### cheng

**稱** 〔一〕(普)chēng (粵)cing3秤
❶ 稱量,測定物品的輕重。《管子·明法》:「有權衡之～者,不可欺以輕重。」❷ 權衡,衡量。《晏子春秋·內篇問下》:「～財多寡而節用之。」

〔二〕(普)chēng (粵)cing1青
❶ 名號,稱謂。漢·班固《白虎通·爵》:「天子者,爵～也。」❷ 叫作,稱作。《論語·季氏》:「邦君之妻,君～之曰夫人。」❸ 述說,聲稱。《史記·廉頗藺相如列傳》:「相如每朝時,常～病,不欲與廉頗爭列。」❹ 稱道,稱讚。三國蜀·諸葛亮《出師表》:「先帝～之曰『能』,是以眾議舉寵為督。」❺ 顯揚,著稱。《論語·衛靈公》:「君子疾沒世而名不～焉。」

〔三〕(普)chèn (粵)cing3秤
適宜,相當。宋·王安石《傷仲永》:「令作詩,不能～前時之聞。」

**★成** (普)chéng (粵)sing4城
❶ 完成,實現。《論語·衛靈公》:「志士仁人,無求生以害仁,有殺身以～仁。」❷ 成功,成就,成績。唐·李白《化城寺大鐘銘》:「少蘊才略,壯而有～。」❸ 成為,變成。《荀子·勸學》:

「積土～山,風雨興焉。」❹ 成長,成熟。《莊子·逍遙遊》:「魏王貽我大瓠之種,我樹之～而實五石。」❺ 成全。《論語·顏淵》:「君子～人之美,不～人之惡。」❻ 和解,議和。《國語·越語上》:「夫差與之～而去之。」❼ 既定的,現成的。《通典·凶禮二》:「忌日舉哀,如昔～制。」

> 🖐 「成立」一詞今指「建立、創設」或「論點站得住腳」,在文言文中則有「長大成人,能夠自立」的意思,如晉·李密《陳情表》:「零丁孤苦,至於成立。」

**丞** (普)chéng (粵)sing4成
❶ 輔佐帝王處理國家政務的最高官吏。❷ 佐官,某些官員的副職,如大理丞、府丞、縣丞等。❸ 輔助。《呂氏春秋·介立》:「五蛇從之,為之～輔。」

**呈** (普)chéng (粵)cing4情
❶ 呈現,顯露。漢·司馬相如《美人賦》:「皓體～露。」❷ 恭敬地送上。清·方苞《左忠毅公軼事》:「～卷,即面署第一。」❸ 通「程」,標準,規則。《史記·秦始皇本紀》:「日夜有～,不中～,不得休息。」

**承** (普)chéng (粵)sing4成
❶ 捧着,托着。《左傳·成公十六年》:「使行人執榼(kè,盛酒的容器)飲。」❷ 接受,蒙受。《國語·周語中》:「各守爾典,以～天休。」❸ 擔負,擔當。《韓非子·難三》:「中期善～其任。」❹ 繼承,接續。《孟子·滕

文公下》：「我亦欲正人心，……以～三聖者。」❺ 通「乘」，趁着。《荀子·王制》：「伺彊大之閒，～彊大之敝。」

★**城** 🔊 chéng 🔊 sing4 成
❶ 城牆。《墨子·七患》：「～者，所以自守也。」❷ 都邑，城市。《史記·廉頗藺相如列傳》：「願以十五～請易璧。」❸ 築城。《詩經·小雅·出車》：「天子命我，～彼朔方。」

> 🔍 城、郭。一座城通常分為兩重，「城」指內城，「郭」指外城。二字連用時泛指城牆。

**乘** 〔一〕🔊 chéng 🔊 sing4 成
❶ 駕馭。《墨子·親士》：「良馬難～，然可以任重致遠。」❷ 乘坐。《國語·越語上》：「吾能居其地，吾能～其船，此其利也。」❸ 登，升。《列子·黃帝》：「俱～高臺。」❹ 趁着，憑藉。宋·蘇軾《水調歌頭並序》：「我欲～風歸去。」❺ 欺凌，侵犯。《國語·周語中》：「～人不義。」❻ 計算，籌劃。《周禮·天官冢宰·宰夫》：「～其財用之出入。」

〔二〕🔊 shèng 🔊 sing6 盛
❶ 量詞，用來計算車馬（一車四馬為一乘）、舟船、轎子等。《左傳·隱公元年》：「命子封帥車二百以伐京。」❷ 數詞，四的代稱。《孟子·離婁下》：「發～矢而後反。」❸ 春秋時晉國的史書，後泛稱一般史書。《孟子·離婁下》：「晉之～，楚之檮杌（táowù，古代楚國的史書），魯之春秋，一也。」

**盛** 🔊 chéng
見 265 頁 shèng。

**程** 🔊 chéng 🔊 cing4 呈
❶ 度量衡的總稱。《荀子·致仕》：「～者，物之準也。」❷ 衡量，品評。《漢書·東方朔傳》：「武帝既招英俊，～其器能，用之如不及。」❸ 法度，法式，規格。《韓非子·難一》：「中～者賞，弗中～者誅。」❹ 限度，期限。《漢書·刑法志》：「晝斷獄，夜理書，自～決事。」❺ 表現，顯示。漢·仲長統《昌言·理亂》：「擁甲兵與我角才智，～勇力與我競雌雄。」❻ 路徑，路程。《三國演義·楊修之死》：「各收拾行裝，準備歸～。」

**誠** 🔊 chéng 🔊 sing4 城
❶ 真誠，真心。《列子·愚公移山》：「帝感其～，命夸娥氏二子負二山。」❷ 真正，確實。三國蜀·諸葛亮《出師表》：「此～危急存亡之秋也！」❸ 如果，假如。《三國志·蜀書·諸葛亮傳》：「～如是，則霸業可成，漢室可興矣。」

**澄** 〔一〕🔊 chéng 🔊 cing4 呈
水清澈而靜止。宋·王安石《桂枝香·金陵懷古》：「千里～江似練。」

〔二〕🔊 dèng 🔊 dang6 鄧
使液體中的雜質沉澱。《三國志·吳書·孫靜傳》：「頃連雨水濁，兵飲之多腹痛，令促具罌（yīng，一種小口大肚的瓶子）缶數百口～水。」

**懲** 🔊 chéng 🔊 cing4 呈
❶ 戒懼，鑒戒。戰國楚·屈原《楚辭·九歌·國殤》：「首身

離兮心不～。」❷ 教訓，責罰。《韓非子‧難二》：「不誅過，則民不～而易為非。」❸ 苦於。《列子‧愚公移山》：「～山北之塞，出入之迂也。」

## 騁 <sup>普</sup>chěng <sup>粵</sup>cing2 拯

❶ 奔馳。戰國楚‧屈原《楚辭‧離騷》：「乘騏驥以馳～兮。」❷ 放縱，放任。《史記‧孝武本紀》：「羣儒既已不能辯明封禪事，又牽拘於詩書古文而不敢～。」❸ 盡情施展，顯示。《荀子‧君道》：「故由天子至於庶人也，莫不～其能，得其志，安樂其事。」

chi

## 池 <sup>普</sup>chí <sup>粵</sup>ci4 持

❶ 水塘。晉‧陶潛《桃花源記》：「有良田、美～、桑、竹之屬。」❷ 護城河。《左傳‧僖公四年》：「楚國方城以為城，漢水為～。」

## 弛 <sup>普</sup>chí <sup>粵</sup>ci4 池

❶ 放鬆弓弦。《左傳‧襄公十八年》：「乃～弓而自後縛之。」❷ 放下，解除。清‧蒲松齡《聊齋志異‧狼》：「～擔持刀。」❸ 鬆懈，放鬆。唐‧柳宗元《捕蛇者說》：「而吾蛇尚存，則～然而臥。」

## 持 <sup>普</sup>chí <sup>粵</sup>ci4 池

❶ 握，拿。《史記‧廉頗藺相如列傳》：「相如～其璧睨柱。」❷ 拿來，用作。三國魏‧曹植《七步詩》：「煮豆～作羹，漉豉以為汁。」❸ 治理，掌管。《韓非子‧五蠹》：「夫仁義辯智非所以～國也。」❹ 支撐，扶助。《論語‧季

氏》：「危而不～，顛而不扶。」❺ 保持，守。《孟子‧公孫丑上》：「～其志，無暴其氣。」❻ 控制，約束。唐‧韓愈《柳子厚墓誌銘》：「自～其身。」

## 匙 <sup>普</sup>chí <sup>粵</sup>ci4 池

一種小勺，用來舀取食物、流質液體等。《三國演義‧楊修之死》：「修入見之，竟取～與眾分食訖。」

## 馳 <sup>普</sup>chí <sup>粵</sup>ci4 池

❶ 車馬疾行。泛指疾走，快跑。唐‧韓愈《送李愿歸盤谷序》：「夾道而疾～。」❷ 追逐，追擊。《左傳‧曹劌論戰》：「齊師敗績。公將～之。」❸ 嚮往。戰國楚‧屈原《楚辭‧離騷》：「神高～之邈邈。」❹ 傳播。唐‧李白《贈從孫義興宰銘》：「名～三江外。」

## 遲 <sup>一</sup> <sup>普</sup>chí <sup>粵</sup>ci4 詞

❶ 慢慢地走。《詩經‧邶風‧谷風》：「行道～～，中心有違。」❷ 緩慢。漢‧賈誼《新書‧大政》：「自古至於今，與民為仇者，有～有速，而民必勝之。」❸ 晚，與「早」相對。《戰國策‧楚策四》：「亡羊而補牢，未為～也。」❹ 遲鈍，遲疑。《三國志‧魏書‧武帝紀》：「袁紹雖有大志，而見事～，必不動也。」

<sup>二</sup> <sup>普</sup>zhì <sup>粵</sup>zi6 自

❶ 等待，期望。晉‧謝安《與支遁書》：「終日感感，觸事惆悵，唯～君來。」❷ 及，等到。《漢書‧外戚傳上》：「～帝還，趙王死。」

## 尺 <sup>普</sup>chǐ <sup>粵</sup>cek3 赤

❶ 長度單位。《戰國策‧鄒

忌諷齊王納諫》：「鄒忌脩八～有餘。」❷ 尺子，量長度的器具。唐·杜甫《秋興八首》之一：「寒衣處處催刀～，白帝城高急暮砧。」❸ 短小，微小，狹小。《孟子·公孫丑上》：「～地莫非其有也，一民莫非其臣也。」❹ 中醫診脈的部位名稱。手掌後橈骨高處下為寸，寸下一指處為關，關下一指處為尺。

## 侈　⚇chǐ　⚈ci2　齒
❶ 奢華，浮豔。《左傳·莊公二十四年》：「儉，德之共也；～，惡之大也。」❷ 放縱，無節制。《孟子·梁惠王上》：「苟無恆心，放辟邪～，無不為已。」

## 恥　⚇chǐ　⚈ci2　齒
❶ 恥辱。宋·岳飛《滿江紅》：「靖康～，猶未雪；臣子恨，何時滅！」❷ 羞辱。《國語·越語上》：「昔者夫差～吾君於諸侯之國。」❸ 羞愧。明·劉基《賣柑者言》：「吏奸而不知禁，法斁而不知理，坐糜廩粟而不知～。」

## 豉　⚇chǐ　⚈si6　侍
豆類的總稱。三國魏·曹植《七步詩》：「煮豆持作羹，漉～以為汁。」

## 齒　⚇chǐ　⚈ci2　始
❶ 門牙。泛指牙齒。《戰國策·燕策三》：「此臣之日夜切～腐心也。」❷ 年齡，歲月。唐·柳宗元《捕蛇者說》：「退而甘食其土之有，以盡吾～。」❸ 齒形物。宋·葉紹翁《遊園不值》：「應憐屐～印蒼苔，小扣柴扉久不開。」❹ 並列，排列。唐·韓愈《師說》：

「巫、醫、樂師、百工之人，君子不～（不齒，即不與同列，表示鄙視）。」❺ 錄用。《三國志·蜀書·諸葛亮傳》：「循名責實，虛偽不～。」

> Q 齒、牙。古代「牙」指口腔後部的白齒，「齒」指口腔前部的門牙。成語「脣亡齒寒」，意思是嘴脣沒了，前面的門牙就會感到寒冷，比喻彼此關係密切，利害相關。

## 裭　⚇chǐ　⚈ci2　此
❶ 剝去衣服。《新唐書·諸帝公主》：「嘗～朝服，以項挽車。」❷ 剝奪，革除。晉·謝莊《上搜才表》：「張勃進陳湯而坐以～爵。」

## 叱　⚇chì　⚈cik1　斥
❶ 斥責，責罵。《史記·平原君虞卿列傳》：「王之所以～（毛）遂者，以楚國之眾也。」❷ 呼喊，怒喝。《史記·廉頗藺相如列傳》：「相如張目～之，左右皆靡。」❸ 表示呵斥的聲音。《莊子·大宗師》：「曰：『～，避！』」

## 斥　⚇chì　⚈cik1　戚
❶ 驅逐，排除。唐·韓愈《進學解》：「攘～佛老。」❷ 偵察，探測。《左傳·襄公十八年》：「晉人使司馬～山澤之險。」❸ 責罵。清·王夫之《論秦始皇廢分封立郡縣》：「～秦之私。」❹ 開拓。《史記·司馬相如列傳》：「除邊關，關益～。」

## 赤　⚇chì　⚈cek3　尺
❶ 紅色。清·姚鼐《登泰山記》：「日上，正～如丹。」❷ 空，

一無所有。《韓非子·十過》：「晉國大旱，～地三年。」❸ 光裸。唐·韓愈《山石》：「當流～足蹋澗石，水聲激激風吹衣。」❹ 純真，忠誠。南朝梁·丘遲《與陳伯之書》：「推～心於天下。」

Q 赤、朱、緋、丹、紅。見 415 頁「朱」。

**翅** ⓹chì ⓺ci3 次三聲
❶ 翅膀，鳥類的飛行器官。❷ 通「啻」，僅，只。《孟子·告子下》：「取食之重者，與禮之輕者而比之，奚～食重？」

**敕** ⓹chì ⓺cik1 斥
❶ 告誡。《史記·樂書》：「至於君臣相～，維是幾安。」❷ 特指皇帝的命令。《新唐書·太宗紀》：「～中書令、侍中朝堂受訟辭。」❸ 通「飭」，整治，整頓。《漢書·息夫躬傳》：「～武備，斬一郡守以立威。」

**飾** ⓹chì
見 272 頁 shì。

---

chong

**充** ⓹chōng ⓺cung1 匆
❶ 滿，實，與「虛」相對。《孟子·梁惠王下》：「君之倉廩實，府庫～。」❷ 充滿，填滿。唐·柳宗元《陸文通先生墓表》：「其為書，處則～棟宇，出則汗牛馬。」❸ 擴展，發揮。《孟子·論四端》：「凡有四端於我者，知皆擴而～之矣。」❹ 充當。唐·白居易《賣炭翁》：「半匹紅綃一丈綾，繫向牛頭～炭直。」❺ 假冒。《孟子·滕文公下》：「是尚為能～其類也乎？」

**衝** ⓵⓹chōng ⓺cung1 充
❶ 通途，交通要路。宋·蘇轍《六國論》：「韓、魏塞秦之～。」❷ 重要。清·朱彝尊《日下舊聞·三鎮邊務總要》：「又三里，至八達嶺，內外平險，為宣、大咽喉，極～。」❸ 衝擊，撞擊。《戰國策·齊策一》：「使輕車銳騎～雍門。」❹ 水流灌注或撞擊。唐·李白《蜀道難》：「上有六龍回日之高標，下有～波逆折之回川。」❺ 頂起，凸起。宋·岳飛《滿江紅》：「怒髮～冠。」
⓶⓹chòng ⓺cung3 充三聲
向着，對着。元·揭傒斯《衡山縣曉渡》：「鳥～行客過，山向野船開。」

**重** ⓹chóng
見 414 頁 zhòng。

**崇** ⓹chóng ⓺sung4 宋四聲
❶ 高。晉·王羲之《〈蘭亭集〉序》：「此地有～山峻嶺，茂林修竹。」❷ 高尚。《史記·屈原賈生列傳》：「明道德之廣～。」❸ 提倡，建立。《論語·顏淵》：「子張問～德辨惑。」❹ 尊重，推崇。《荀子·不苟》：「君子～人之德，揚人之美，非諂諛也。」❺ 重視，提拔。唐·韓愈《進學解》：「拔去兇邪，登～俊良。」❻ 增加。《左傳·襄公三十一年》：「以～大諸侯之館。」❼ 盛滿，充滿。宋·蘇洵《張益州畫像記》：「倉庾～～。」

**蟲** ⓹chóng ⓺cung4 松
❶ 古時對一切動物的統稱。

《莊子·逍遙遊》:「之二～(二蟲,指蜩與學鳩)又何知?」❷昆蟲。宋·歐陽修《秋聲賦》:「但聞四壁～聲唧唧。」

**寵** 🔊chǒng 🔊cung2 冢
❶榮耀。宋·范仲淹《岳陽樓記》:「登斯樓也,則有心曠神怡,～辱皆忘。」❷喜愛,寵愛。《左傳·昭公二年》:「少姜有～於晉侯。」❸驕橫。《左傳·桓公二年》:「官之失德,～賂章也。」

**衝** 🔊chòng
見37頁chōng。

### chou

**仇** 〔一〕🔊chóu 🔊sau4 愁
❶仇恨。《史記·刺客列傳》:「報將軍之～者。」❷仇敵。《新五代史·伶官傳序》:「梁,吾～也。」
〔二〕🔊qiú 🔊kau4 求
❶配偶。三國魏·曹植《浮萍篇》:「結髮辭嚴親,來為君子～。」❷同伴。《詩經·周南·兔罝》:「赳赳武夫,公侯好～。」

**酬** 🔊chóu 🔊cau4 籌
❶敬酒,勸酒。《史記·孔子世家》:「獻～之禮畢。」❷報答,酬報。《左傳·昭公二十七年》:「為惠已甚,吾無以～之。」❸償還。《後漢書·西羌傳》:「故得不～失,功不半勞。」❹實現。唐·李頻《春日思歸》:「壯志未～三尺劍,故鄉空隔萬重山。」

**稠** 🔊chóu 🔊cau4 酬
❶多而密。宋·蘇軾《范增論》:「識卿子冠軍於～人之中。」❷濃厚。宋·毛滂《阮郎歸·惜春》:「紅盡處,綠新～,穠華只暫留。」

**愁** ❶悲傷,憂傷。唐·崔顥《黃鶴樓》:「日暮鄉關何處是,煙波江上使人～。」❷苦。《左傳·襄公二十九年》:「哀而不～,樂而不荒。」❸景象慘淡。唐·岑參《白雪歌送武判官歸京》:「瀚海闌干百丈冰,～雲慘淡萬里凝。」

**綢** 🔊chóu 🔊cau4 酬
❶綢緞,一種絲織品。❷通「稠」,多,密。《北史·北海王傳》:「往來～密。」❸[綢繆 móu]①纏繞,引申為修補。清·朱柏廬《朱子家訓》:「宜未雨而～～,毋臨渴而掘井。」②纏綿。三國魏·嵇康《琴賦》:「激清響以赴會,何絃歌之～～。」

**疇** 🔊chóu 🔊cau4 酬
❶已經耕作的田地。晉·陶潛《歸去來兮辭》:「農人告余以春及,將有事於西～。」❷田界。《孟子·盡心上》:「易其田～,薄其稅歛。」❸同類。《荀子·勸學》:「草木～生,禽獸羣焉。」❹助詞,無實義。宋·蘇軾《後赤壁賦》:「～昔之夜。」

**讎** 🔊chóu 🔊cau4 酬
❶應答。《詩經·大雅·抑》:「無言不～,無德不報。」❷應驗。《史記·封禪書》:「其方盡,多不～。」❸賣。《史記·高祖本紀》:「高祖每酤留飲,酒～數倍。」❹校對。《新唐書·王珪傳》:「～定羣書。」❺仇恨,仇敵。《史記·廉頗藺相如列傳》:「吾所以為此者,以先國家之急而後私～也。」

**醜** 雷chǒu 粵cau2 丑

❶ 相貌難看。《莊子·天運》：「其里之～人見之而美之。」❷ 醜惡，不好。《荀子·不苟》：「君子能亦好不能亦好，小人能亦～不能亦～。」❸ 討厭，憎惡。《史記·孔子世家》：「孔子曰：『吾未見好德如好色者也。』於是～之，去衞，過曹。」❹ 恥辱。《史記·孔子世家》：「夫道之不脩也，是吾～也。」

🔍 醜、惡。二字都有醜陋、相貌難看的意思。先秦時多用「惡」，漢代以後始多用「醜」。

**臭** 〔一〕雷chòu 粵cau3 湊
難聞的氣味。三國魏·曹植《與楊德祖書》：「海畔有逐～之夫。」
〔二〕雷xiù 粵cau3 湊
❶ 聞，用鼻子辨別氣味。《荀子·榮辱》：「彼～之而無嗛（qiàn，不滿足）於鼻。」這個意義後來寫作「嗅」。❷ 氣味。《禮記·中庸》：「上天之載，無聲無～。」

---

chu

**★出** 雷chū 粵ceot1 齣
❶ 由裏及外，與「進」、「入」相對。《列子·愚公移山》：「懲山北之塞，～入之迂也。」❷ 外部，外面。《孟子·告子下》：「入則無法家拂士，～則無敵國外患者，國恆亡。」❸ 產生，發生。《荀子·勸學》：「肉腐～蟲。」❹ 表現，顯露。《論語·衞靈公》：「君子義以為質，禮以行之，孫以～之，信以成之。」❺ 卓越，超越。南朝梁·丘遲《與陳伯之書》：「將軍勇冠三國，才為世～。」❻ 超出，超過。《左傳·文公十四年》：「不～七月，宋、齊、晉之君皆將死亂。」❼ 發出，發佈。《史記·屈原賈生列傳》：「入則與王圖議國事，以～號令。」❽ 拿出，給予。晉·陶潛《桃花源記》：「餘人各復延至其家，皆～酒食。」❾ 逐出，遺棄。《孟子·離婁下》：「～妻屏子。」

**初** 雷chū 粵co1 蹉
❶ 開始，開頭。晉·陶潛《桃花源記》：「～極狹，才通人。」❷ 當初，本來。《左傳·隱公元年》：「遂為母子如～。」❸ 剛，才。《戰國策·鄒忌諷齊王納諫》：「令～下，羣臣進諫，門庭若市。」

**除** 雷chú 粵ceoi4 隨
❶ 宮殿的臺階。泛指臺階。《史記·魏公子列傳》：「趙王掃～自迎。」❷ 清除，去除。三國蜀·諸葛亮《出師表》：「庶竭駑鈍，攘～姦凶。」❸ 表示不計算在內。唐·元稹《離思五首》之四：「曾經滄海難為水，～卻巫山不是雲。」❹ 完結，過去。宋·王安石《元日》：「爆竹聲中一歲～。」❺ 授官。晉·李密《陳情表》：「尋蒙國恩，～臣洗馬。」

💬 「除」的本義是宮殿的臺階，「掃除」本指清掃殿前臺階，引申為清除、去除義。漢代稱除去舊職，擔任新官為「除」，晉以後授官也可稱「除」。因此，文言文中「除官」是表示「任命官職」，不要誤解為「罷免官職」。

**鋤** 普chú 粵co4 初四聲
❶ 鋤頭，用來鬆土、除草的工具。❷ 指用鋤頭鬆土、除草。唐・李紳《憫農》：「～禾日當午，汗滴禾下土。」❸ 剷除，誅滅。三國魏・曹冏《六代論》：「至令趙高之徒，誅～宗室。」

**廚** 普chú 粵cyu4 躇
❶ 廚房。《孟子・梁惠王上》：「是以君子遠庖～也。」❷ 廚師。《呂氏春秋・知分》：「鹿生於山，而命懸於～。」❸ 櫃子。《南齊書・文學傳》：「在～簏，可檢寫之，以存大意。」

**雛** 普chú 粵co1 初
❶ 幼禽。唐・白居易《燕詩》：「辛勤三十日，母瘦～漸肥。」❷ 幼兒。唐・杜甫《徐卿二子歌》：「丈夫生兒有如此二～者，名位豈肯卑微休。」

**處** 普chǔ
見 40 頁 chù。

**楚** 普chǔ 粵co2 礎
❶ 荊木，一種叢生的灌木。❷ 古時的一種刑具。漢・路溫舒《尚德緩刑書》：「棰～之下，何求而不得？」❸ 痛苦。《史記・孝文本紀》：「何其～痛而不德也。」❹ 美麗。南朝梁・沈約《少年新婚為之詠》：「衣服亦華～。」❺ 周代諸侯國名，戰國時為七雄之一。

**怵** 普chù 粵zeot1 卒
恐懼。《孟子・論四端》：「今人乍見孺子將入於井，皆有～惕惻隱之心。」

**畜** 〔一〕普chù 粵cuk1 促
家畜。《呂氏春秋・愛士》：

「夫殺人以活～，不亦不仁乎？」
〔二〕普xù 粵cuk1 促
❶ 畜養。《孟子・梁惠王上》：「雞豚狗彘之～，無失其時。」❷ 養家。《孟子・梁惠王上》：「仰足以事父母，俯足以～妻子。」❸ 積聚，儲存。漢・賈誼《論積貯疏》：「古之治天下，至纖至悉也，故其～積足恃。」

★**處** 〔一〕普chù 粵cyu3 柱三聲
❶ 處所，地方。唐・賀知章《回鄉偶書》：「笑問客從何～來？」❷ 時刻。宋・柳永《雨霖鈴》：「留戀～，蘭舟催發。」❸ 地位。漢・賈誼《治安策》：「假設陛下居齊桓之～，將不合諸侯而匡天下乎？」
〔二〕普chǔ 粵cyu2 柱二聲
❶ 休息，暫停。《孫子・軍爭》：「是故卷甲而趨，日夜不～。」❷ 居住。《公羊傳・宣公十五年》：「然則君請～於此。」❸ 處置，辦理。《三國志・蜀書・諸葛亮傳》：「將軍量力而～之。」❹ 安頓。《國語・魯語下》：「昔聖之～民也，擇瘠土而～之。」❺ 相處，交往。《莊子・德充符》：「久與賢人～則無過。」❻ 處於，置身。《論語・里仁》：「不仁者，不可以久～約，不可以長～樂。」

> 「處分」一詞多義，今指「對犯罪或犯錯的人按情節輕重懲罰」，在文言文中還能解作「處理、安排」，如「處分適兄意，那得自任專」（漢樂府《孔雀東南飛》）；或解作「吩咐、囑咐」，如「處分新霜且留菊，辭差寒日早開梅」（宋・楊萬里《晚興》）。

C

**黜** ⓟchù ⓒceot1 出
❶ 貶退，廢除。《國語·周語中》：「十八年，王～狄后。」❷ 摒棄。唐·魏徵《諫太宗十思疏》：「懼讒邪，則思正身以～惡。」

**觸** ⓟchù ⓒzuk1 竹
❶ 以角抵觸。《周易·大壯》：「羝羊～藩。」❷ 接觸。《莊子·養生主》：「手之所～，肩之所倚。」❸ 碰，撞。《韓非子·守株待兔》：「兔走～株，折頸而死。」❹ 觸犯。《漢書·元帝紀》：「去禮義，～刑法，豈不哀哉！」

### chuan

**穿** ⓟchuān ⓒcyun1 川
❶ 穿過，穿透。唐·李華《弔古戰場文》：「利鏃～骨。」❷ 通過。唐·杜甫《聞官軍收河南河北》：「即從巴峽～巫峽。」❸ 開鑿，挖掘。《呂氏春秋·察傳》：「丁氏～井得一人。」❹ 破敗。晉·陶潛《五柳先生傳》：「短褐～結。」❺ 着衣物。清·吳敬梓《儒林外史》第三回：「身～葵花色圓領。」

**船** ⓟchuán ⓒsyun4 旋
船隻，水上的交通工具。唐·杜甫《絕句》：「窗含西嶺千秋雪，門泊東吳萬里～。」

**椽** ⓟchuán ⓒcyun4 全
椽子，架在屋樑橫木上的木條，有承接木條和屋頂的作用。唐·白居易《燕詩》：「銜泥兩～間，一巢生四兒。」

**傳** 一 ⓟchuán ⓒcyun4 全
❶ 傳達，遞送。《史記·廉頗藺相如列傳》：「秦王大喜，～以示美人及左右。」❷ 教導，傳授。唐·韓愈《師說》：「師者，所以～道、受業、解惑也。」❸ 傳聞，傳說。唐·杜甫《聞官軍收河南河北》：「劍外忽～收薊北，初聞涕淚滿衣裳。」❹ 傳承，延續。清·彭端淑《為學》：「聖人之道，卒於魯也～之。」

二 ⓟzhuàn ⓒzyun3 鑽
❶ 驛站，驛舍。《史記·廉頗藺相如列傳》：「舍相如廣成～。」❷ 驛車或驛馬。唐·姚合《送韋瑤校書赴越》：「乘～出秦關。」

三 ⓟzhuàn ⓒzyun6 尊六聲
❶ 註釋或闡釋經義的文字、書籍。唐·韓愈《師說》：「六藝經～，皆通習之。」❷ 傳記，記載某人事跡的文字。《宋書·陶潛傳》：「潛少有高趣，嘗著《五柳先生～》以自況。」

> Q 傳、遞。二字都有傳遞的意思。中古以前一般用「傳」，中古以後「傳」、「遞」並用。「傳」側重於傳給他人，而「遞」側重於一個接一個地更替。

**舛** ⓟchuǎn ⓒcyun2 喘
❶ 相矛盾，相違背。《南齊書·武帝紀》：「陰陽～和，緯象愆度。」❷ 不順。唐·王勃《滕王閣序》：「時運不齊，命途多～。」

### chuang

**創** ⓟchuāng
見 42 頁 chuàng。

**窗** ⓟchuāng ⓒcoeng1 昌
建在屋頂上的天窗。泛指窗

戶。北朝民歌《木蘭詩》:「當～
理雲鬢,對鏡帖花黃。」

🔍 窗、牖。見 378 頁「牖」。

**牀** ⓟchuáng ⓒcong4藏
❶ 供人坐臥的用具。北朝
民歌《木蘭詩》:「開我東閣門,
坐我西閣～。」❷ 安放器物的支
架。徐陵《〈玉臺新詠〉序》:「翡
翠筆～,無時離手。」❸ 井上圍
欄。《宋書·樂志》:「後園鑿井銀
作～,金瓶素綆汲寒漿。」

**創** 〔一〕ⓟchuàng ⓒcong3倉三聲
❶ 開創,創造。三國蜀·諸
葛亮《出師表》:「先帝～業未半,
而中道崩殂。」❷ 撰寫。漢·司馬
遷《報任安書》:「草～未就,會
遭此禍。」❸ 懲罰。宋·蘇軾《刑
賞忠厚之至論》:「又從而哀矜懲～
之。」
〔二〕ⓟchuāng ⓒcong1倉
❶ 創傷,傷口。《戰國策·燕策
三》:「秦王復擊軻,被八～。」
❷ 損傷,傷害。清·高層雲《韶
陽道中》:「翠壁千篙攢,歲久石
受～。」❸ 通「瘡」,膿瘡。《禮
記·曲禮上》:「頭有～則沐。」

**愴** ⓟchuàng ⓒcong3創
悲傷。漢·曹操《讓縣自明
本志令》:「孤每讀此二人書,未
嘗不～然流涕也。」

chui

**吹** ⓟchuī ⓒceoi1崔
❶ 撮起嘴脣用力吐氣。《莊
子·逍遙遊》:「生物之以息相～
也。」❷ 風吹。唐·白居易《賦得

古原草送別》:「野火燒不盡,春
風～又生。」❸ 吹奏。宋·辛棄
疾《破陣子·為陳同甫賦壯詞以寄
之》:「醉裏挑燈看劍,夢回～角
連營。」

**垂** ⓟchuí ⓒseoi4誰
❶ 邊境,邊疆。《荀子·臣
道》:「邊境之臣處,則疆～不喪。」
這個意義後來寫作「陲」。❷ 自
上而下懸掛,垂落。唐·李白《行
路難三首》之一:「閒來～釣碧溪
上。」❸ 流傳。漢·司馬遷《報任
安書》:「思～空文以自見。」❹ 流
下,落下。《戰國策·燕策三》:「士
皆～淚涕泣。」❺ 接近,將近。唐·
元稹《聞樂天左降江州司馬》:「～
死病中驚坐起。」❻ 敬詞,常用以
表示尊長者的行為動作。《後漢書·
列女傳》:「慈親～愛,不敢逆命。」

**陲** ⓟchuí ⓒseoi4垂
邊塞,邊疆。明·宋濂《閱
江樓記》:「四～之遠,益思有以
柔之。」

**錘** ⓟchuí ⓒceoi4除
❶ 古時的重量單位,有六
銖、八銖、十二兩為一錘等多種說
法。❷ 捶擊器具。漢·王充《論衡·
辯崇》:「不動钁(jué,一種挖掘
工具)～,不更居處。」❸ 捶打。
明·于謙《石灰吟》:「千～萬擊
出深山,烈火焚燒若等閒。」

chun

★**春** ⓟchūn ⓒceon1蠢一聲
❶ 四季中的第一個季節。常
「春秋」連用而指四季、歲月。《莊
子·逍遙遊》:「朝菌不知晦朔,

蟪蛄不知～秋。」❷ 生機。唐・劉禹錫《酬樂天揚州初逢席上見贈》：「沉舟側畔千帆過，病樹前頭萬木～。」

> 📖 「春秋」也是古籍名，相傳由孔子據魯史修訂而成，為編年體史書，記載魯隱公元年至魯哀公十四年的事；後為編年史的通稱，如《呂氏春秋》。春秋時代名稱也由此而來，一般以周平王東遷至韓、趙、魏三家分晉（公元前 770－前 476 年）為春秋時代。

**純**　㊀ ⓖchún ⓔseon4 脣
❶ 絲，絲織品。《漢書・王褒傳》：「難與道～綿之麗密。」❷ 不含雜質。漢・曹操《上雜物疏》：「貴人公主有～銀香爐四枚。」❸ 專一。三國蜀・諸葛亮《出師表》：「此皆良實，志慮忠～。」❹ 善，美。《呂氏春秋・士容》：「故君子之容，～乎其若鍾山之玉。」
㊁ ⓖtún ⓔtyun4 團
❶ 捆，束。《詩經・召南・野有死麕》：「野有死麕，白茅～束。」❷ 疋。《戰國策・秦策一》：「革車百乘，錦繡千～。」

**醇**　ⓖchún ⓔseon4 純
❶ 酒味厚。明・劉基《賣柑者言》：「觀其坐高堂，騎大馬，醉～醴而飫肥鮮者。」❷ 淳厚，質樸。《漢書・景帝紀》：「黎民～厚。」❸ 通「純」，純粹，純淨。唐・張齊賢《儀坤廟樂章》：「畫幕雲舉，黃流玉～。」

## chuo

**綴**　ⓖchuò
見 420 頁 zhuì。

**輟**　ⓖchuò ⓔzyut3 拙
❶ 停止。《三國志・吳書・陸遜傳》：「臣聞志行萬里者，不中道而～足。」❷ 捨棄，離開。唐・韓愈《祭十二郎文》：「吾不以一日～汝而就也。」

## ci

**差**　ⓖcī
見 27 頁 chā。

**祠**　ⓖcí ⓔci4 詞
❶ 春祭名。❷ 謝神，祭祀。《漢書・元帝紀》：「～后土。」❸ 祭神的地方。《史記・陳涉世家》：「又閒令吳廣之次所旁叢～中。」❹ 供奉祖先、先賢的地方。唐・杜甫《登樓》：「可憐後主還～廟，日暮聊為梁甫吟。」

> 🔍 祠、寺、廟、觀。見 285 頁「寺」。

**詞**　ⓖcí ⓔci4 持
❶ 言詞。南朝梁・劉勰《文心雕龍・鎔裁》：「剪截浮～謂之裁。」❷ 文辭。宋・姜夔《揚州慢》：「縱豆蔻～工，青樓夢好，難賦深情。」❸ 盛行於宋代的一種韻文形式，又稱「詩餘」、「長短句」。

> 🔍 詞、辭。二字都有言詞、文辭的意思。先秦時一般只用「辭」，漢代以後「詞」逐漸取代「辭」。

**慈** 🔊cí 🔊ci4 詞

❶ 慈祥，慈愛。唐・韓愈《祭十二郎文》：「不孝不～，而不得與汝相養以生。」❷ 仁愛。《韓非子・五蠹》：「故罰薄不為～，誅嚴不為戾。」❸ 特指母親。宋・王安石《寄虔州江陰二妹》：「慰我堂上～。」

**雌** 🔊cí 🔊ci1 疵

❶ 雌性，與「雄」相對。北朝民歌《木蘭詩》：「雄兔腳撲朔，～兔眼迷離。」❷ 柔弱。《淮南子・原道訓》：「是故聖人守清道而抱～節。」

**辭** 🔊cí 🔊ci4 詞

❶ 口供。《周禮・秋官司寇・鄉士》：「聽其獄訟，察其～。」❷ 言詞，文辭。明・宋濂《送東陽馬生序》：「未嘗稍降～色。」❸ 離開，告別。唐・李白《早發白帝城》：「朝～白帝彩雲間，千里江陵一日還。」❹ 推卻，推辭。晉・李密《陳情表》：「臣以供養無主，～不赴命。」❺ 古時一種文體，如晉・陶潛有《歸去來兮辭》。

🔍 辭、詞。見 43 頁「詞」。

**★此** 🔊cǐ 🔊ci2 始

❶ 這，這個，與「彼」相對。晉・陶潛《桃花源記》：「村中聞有～人，咸來問訊。」❷ 這裏。宋・范仲淹《岳陽樓記》：「遷客騷人，多會於～。」❸ 如此，這樣。北周・庾信《哀江南賦》：「天何為而～醉！」

**次** 🔊cì 🔊ci3 刺

❶ 居於前項之後，第二。《孟子・盡心下》：「民為貴，社稷～之，君為輕。」❷ 順序。《史記・五帝本紀》：「余并論～，擇其言尤雅者，故著為本紀書首。」❸ 附近，旁邊。晉・王羲之《〈蘭亭集〉序》：「引以為流觴曲水，列坐其～。」❹ 中，間。南朝齊・孔稚珪《北山移文》：「爾乃眉軒席～，袂聳筵上。」❺ 駐紮。《左傳・僖公四年》：「遂伐楚，～于陘。」

**刺** 🔊cì 🔊ci3 次

❶ 以尖銳的物體戳穿。《呂氏春秋・簡選》：「今有利劍於此，以～則不中，以擊則不及。」❷ 殺，刺殺。《孟子・公孫丑上》：「視～萬乘之君，若～褐夫。」❸ 譏嘲，批評。《戰國策・鄒忌諷齊王納諫》：「羣臣吏民能面～寡人之過者，受上賞。」❹ 名帖。唐・宋之問《桂陽陪王都督晦日宴逍遙樓》：「投～登龍日，開懷納鳥晨。」

**賜** 🔊cì 🔊ci3 翅

❶（上對下）賞賜。北朝民歌《木蘭詩》：「策勳十二轉，賞～百千彊。」❷ 敬詞。《儀禮・士相見禮》：「某不足以辱命，請終～見。」❸ 盡。晉・潘岳《西征賦》：「超長懷以遐念，若循環之無～。」

cong

**聰** 🔊cōng 🔊cung1 充

❶ 聽清楚，聽覺靈敏。《荀子・勸學》：「耳不能兩聽而～。」❷ 聽覺。《周易・夬》：「聞言不信，～不明也。」❸ 有智慧。清・彭端淑《為學》：「自恃其～與敏

而不學者，自敗者也。」

💡「聰明」一詞，本指聽覺靈敏和視力好，今多指天資高、悟性強。

★從 ㊀⦿cóng ⦿cung4 叢
❶ 跟從。《史記‧廉頗藺相如列傳》：「趙王遂行，相如～。」❷ 帶領。《史記‧項羽本紀》：「沛公旦日～百餘騎來見項王。」❸ 聽從。《史記‧廉頗藺相如列傳》：「臣～其計，大王亦幸赦臣。」❹ 從事，參與。《論語‧微子》：「今之～政者殆而！」❺ 學習，效法。《論語‧述而》：「擇其善者而～之。」❻ 隨着，接着。《孟子‧梁惠王上》：「及陷於罪，然後～而刑之。」❼ 因為，由於。《左傳‧僖公三十三年》：「若～君惠而免之，三年將拜君賜。」❽ 介詞，由，自。《戰國策‧鄒忌諷齊王納諫》：「旦日，客～外來。」
㊁⦿zòng ⦿zung1 終
❶ 南北為縱。《詩經‧齊風‧南山》：「衡～其畝。」這個意義後來寫作「縱」。❷ 特指戰國時的「合從」策略。漢‧賈誼《過秦論》：「合～締交，相與為一。」

📖 古以東西為「橫」，南北為「從」。戰國時期，秦國位於西方，楚、齊、燕、韓、趙、魏六國位於其東。蘇秦提出六國南北向聯合抗秦的策略，名為「合從」（也作「合縱」）。張儀則提出利誘六國分別與秦結盟，形成東西向聯合的策略以反制，名為「連橫」（也作「連衡」）。

叢 ⦿cóng ⦿cung4 從
❶ 聚集。漢‧曹操《觀滄海》：「樹木～生，百草豐茂。」❷ 眾多，繁雜。《漢書‧酷吏傳》：「張湯死後，罔（網）密事～。」❸ 密集生長的草木。唐‧杜甫《秋興八首》之一：「～菊兩開他日淚，孤舟一繫故園心。」

粗 ⦿cū ⦿cou1 操
❶ 糙米。唐‧杜甫《有客》：「竟日淹留佳客坐，百年～糲（lì，糙米）腐儒餐。」❷ 粗糙，質量不好。《新唐書‧禮樂志十》：「凡喪，皆以服精～為序。」❸ 大略，不精細。宋‧贊寧《宋高僧傳‧唐羅浮山石樓寺懷迪傳》：「七略九流，～加尋究。」❹ 魯莽，粗野。唐‧杜甫《青絲》：「青絲白馬誰家子，～豪且逐風塵起。」

徂 ⦿cú ⦿cou4 曹
❶ 往。《詩經‧豳風‧東山》：「我～東山，慆慆不歸。」❷ 死。《史記‧伯夷列傳》：「于嗟～兮，命之衰矣！」這個意義也寫作「殂」。

殂 ⦿cú ⦿cou4 曹
死亡。三國蜀‧諸葛亮《出師表》：「先帝創業未半，而中道崩～。」

卒 ⦿cù
見 425 頁 zú。

促 ⦿cù ⦿cuk1 束
❶ 急速。宋‧歐陽修《送楊寘序》：「急者悽然以～，緩者舒然以和。」❷ 接近，靠攏。《史記‧滑稽列傳》：「日暮酒闌，合尊～

坐。」❸ 短。唐·李世民《除夜》：「冬盡今宵～，年開明日長。」❹ 狹窄。南朝宋·劉義慶《世說新語·言語》：「江左地～，不如中國。」❺ 催促。唐·李白《魯郡堯祠送吳王之琅琊》：「日色～歸人。」

**趣** 🔊cù
見 244 頁 qù。

**數** 🔊cù
見 280 頁 shù。

**趨** 🔊cù
見 242 頁 qū。

**蹙** 🔊cù 🔊cuk1 促
❶ 短促，急促。唐·舒元輿《橋山懷古》：「神仙天下亦如此，況我～促同蚷蠼。」❷ 困窘。唐·柳宗元《捕蛇者說》：「鄉鄰之生日～。」❸ 迫近，靠攏。唐·李華《弔古戰場文》：「兩軍～兮生死決。」❹ 皺縮。《孟子·梁惠王下》：「舉疾首～頞（è，鼻樑）而相告。」

**蹴** 🔊cù 🔊cuk1 促
❶ 踐踏。《孟子·魚我所欲也》：「～爾而與之，乞人不屑也。」❷ 踢。唐·段成式《酉陽雜俎·壺史》：「怒其不應，因～其戶。」

cuan

**攢** 🔊cuán
見 394 頁 zǎn。

**竄** 🔊cuàn 🔊cyun3 寸
❶ 隱藏。漢·賈誼《弔屈原文》：「鸞鳳伏～兮，鴟梟翱翔。」❷ 貶謫，放逐。明·王守仁《瘞旅文》：「吾以～逐而來此，宜也。」❸ 逃跑。《史記·淮陰侯列傳》：「奉（捧）項嬰頭而～。」

cui

**衰** 🔊cuī
見 281 頁 shuāi。

**催** 🔊cuī 🔊ceoi1 吹
❶ 催促。晉·李密《陳情表》：「郡縣逼迫，～臣上道。」❷ 通「摧」，摧殘。唐·杜甫《送舍弟穎赴齊州》：「兄弟分離苦，形容老病～。」

**摧** 🔊cuī 🔊ceoi1 吹
❶ 折斷，毀壞。宋·范仲淹《岳陽樓記》：「商旅不行，檣傾楫～。」❷ 塌陷，崩塌。唐·李白《蜀道難》：「地崩山～壯士死。」❸ 悲哀，憂傷。唐·李白《古風五十九首》之三十四：「泣盡繼以血，心～兩無聲。」

**悴** 🔊cuì 🔊seoi6 睡
❶ 憂愁。《晉書·李玄盛傳》：「人力凋殘，百姓愁～。」❷ 枯萎。漢·劉向《楚辭·九歎·遠逝》：「草木搖落，時槁～兮。」❸ 面色黃瘦。晉·謝靈運《長歌行》：「～容變柔顏。」❹ 困苦。唐·白居易《與元九書》：「窮～終身。」❺ [憔悴] 見 233 頁「憔」。

**翠** 🔊cuì 🔊ceoi3 脆
❶ 翠鳥。晉·左思《蜀都賦》：「孔～羣翔，犀象競馳。」❷ 青綠色。唐·杜甫《絕句》：「兩個黃鸝鳴～柳。」❸ 色調鮮明。唐·劉禹錫《望洞庭》：「遙望洞庭山水～。」

cun

**村** 🔊cūn 🔊cyun1 穿
❶ 村莊。唐·杜甫《兵車

C

行》:「千～萬落生荊杞。」❷ 樸實。元·張昱《古村為曹迪賦》:「魏國南來有子孫,至今人物古而～。」❸ 惡劣。宋·蘇軾《答王鞏》:「連車載酒來,不飲外酒嫌其～。」

**存** 🔊cún 🔊cyun4 全
❶ 看望,問候。漢·曹操《短歌行》:「越陌度阡,枉用相～。」❷ 在,存在。晉·陶潛《歸去來兮辭》:「三徑就荒,松菊猶～。」❸ 保存,保留。宋·文天祥《〈指南錄〉後序》:「今～其本不忍廢。」❹ 寄託,心懷。《史記·屈原賈生列傳》:「其～君興國而欲反覆之。」

**蹲** 🔊cǔn
見 64 頁 dūn。

**寸** 🔊cùn 🔊cyun3 串
❶ 長度單位,歷代不一,一般以十分為一寸。❷ 極小或極短。唐·孟郊《遊子吟》:「誰言～草心,報得三春暉。」

cuo

**蹉** 🔊cuō 🔊co1 初
❶ 跌倒。《易林·解之師》:「推車上山,力不能任,顛厥～跌,傷我中心。」❷ 差誤。漢·揚雄《并州牧箴》:「宗周罔職,日用爽～。」❸ 過。唐·許渾《將度故城湖阻風夜泊永陽戍》:「行盡青溪日已～,雲容山影水嵯峨。」❹ [蹉跎] ① 虛度光陰。明·錢福《明日歌》:「我生待明日,萬事成～～!」② 失意。唐·翁綬《行路難》:「行路艱難不復歌,故人榮達我～～。」

**厝** 🔊cuò 🔊cou3 措
❶ 放置,安放。《列子·愚公移山》:「命夸娥氏二子負二山,一～朔東,一～雍南。」❷ 錯雜。《漢書·地理志下》:「五方雜～,風俗不純。」❸ 殯葬。《三國志·蜀書·甘皇后傳》:「園陵將成,安～有期。」

**措** 🔊cuò 🔊cou3 醋
❶ 安放,安置。唐·柳宗元《永州韋使君新堂記》:「宗元請志諸石,～諸壁,編以為二千石楷法。」❷ 捨棄。《禮記·中庸》:「有弗辨,辨之弗明,弗～也。」❸ 施行。《周易·繫辭上》:「舉而～之天下之民,謂之事業。」

**錯** ㊀ 🔊cuò 🔊cok3 倉各三聲
❶ 磨石。《詩經·小雅·鶴鳴》:「它山之石,可以為～。」❷ 磨,琢磨。唐·齊己《猛虎行》:「磨爾牙,～爾爪。」❸ 嵌飾。漢·無名氏《上陵》:「木蘭為君棹,黃金～其間。」❹ 相互交錯。戰國楚·屈原《楚辭·九歌·國殤》:「操吳戈兮披犀甲,車～轂兮短兵接。」❺ 違背,不合。漢·桓寬《鹽鐵論·相刺》:「猶辰(心宿)參(參宿)之～,膠柱而調瑟,固而難合矣。」

㊁ 🔊cuò 🔊cou3 醋
❶ 通「厝」,放置。《史記·孔子世家》:「禮樂不興則刑罰不中,刑罰不中則民無所～手足矣。」❷ 通「措」,廢棄。《史記·孔子世家》:「舉直～諸枉,則枉者直。」

# D

## da

**答** 🔊dá 🔊daap3 搭
❶ 回答，應對。宋‧范仲淹《岳陽樓記》：「漁歌互～，此樂何極！」❷ 報答，酬答。《新唐書‧隱逸傳》：「以詩相贈～。」

**達** 🔊dá 🔊daat6 第辣六聲
❶ 通，暢通。《呂氏春秋‧重己》：「理塞則氣不～。」❷ 到達，至。《列子‧愚公移山》：「指通豫南，～於漢陰。」❸ 通曉，明白。《荀子‧大略》：「知者明於事～於數。」❹ 胸懷坦蕩，豁達。唐‧王勃《滕王閣序》：「～人知命。」❺ 得志，顯貴，與「窮」相對。三國蜀‧諸葛亮《出師表》：「苟全性命於亂世，不求聞～於諸侯。」

**★大** 〔一〕🔊dà 🔊daai6 戴六聲
❶ 與「小」相對，指規模、數量、力量等性質超出一般的對象。《左傳‧曹劌論戰》：「夫～國，難測也。」❷ 年長。北朝民歌《木蘭詩》：「阿爺無～兒，木蘭無長兄。」❸ 尊敬，重視。《荀子‧天論》：「～天而思之，孰與物畜而制之？」❹ 誇大，吹噓。《禮記‧表記》：「是故君子不自～其事。」❺ 敬詞。《史記‧項羽本紀》：「誰為～王為此計者？」❻ 副詞，表示範圍廣或程度深。《禮記‧檀弓下》：「齊～饑。」
〔二〕🔊tài 🔊taai3 太
❶ 通「太」。《左傳‧昭公十九年》：「～子奔晉。」❷ 通「泰」，平安，安定。《荀子‧富國》：「天下～而富。」

> 💡 古有「大」字，無「太」字，古籍中常見「太子」作「大子」，「太廟」作「大廟」等。後人在「大」字下部加點畫，以別大小之「大」。

## dai

**代** 🔊dài 🔊doi6 待
❶ 更替，輪換。戰國楚‧屈原《楚辭‧離騷》：「日月忽其不淹兮，春與秋其～序。」❷ 代替，取代。南朝宋‧劉義慶《世說新語‧荀巨伯遠看友人疾》：「寧以我身～友人命。」❸ 世代，年代。《禮記‧大同與小康》：「孔子曰：『大道之行也，與三～之英。』」

> 🔍 代、世。上古二字意義不同：王朝更替為一代，父子相傳為一世。典籍中的「三代」多指夏、商、周三個朝代。

**殆** 🔊dài 🔊toi5 怠
❶ 危險。《淮南子‧人間訓》：「國家危，社稷～。」❷ 失敗。《孫子‧謀攻》：「不知彼不知己，每戰必～。」❸ 害怕，恐懼。《管子‧度地》：「人多疾病而不止，民乃恐～。」❹ 懷疑，困惑。《論語‧為政》：「多見闕～，慎行其餘，則寡悔。」❺ 疲勞，困乏。唐‧柳宗元《種樹郭橐駝傳》：「故病且～。」❻ 大概，也許，恐怕。《孟子‧梁惠王上》：「～有甚焉，緣木求魚，

雖不得魚，無後災。」❼ 幾近，將近，差不多。宋・蘇洵《六國論》：「且燕趙處秦革滅～盡之際。」❽ 通「怠」，懈怠，怠惰。《商君書・農戰》：「農者～則土地荒。」

**待** ⓱dài ⓹doi6代

❶ 等候。三國蜀・諸葛亮《出師表》：「願陛下親之、信之，則漢室之隆，可計日而～也。」❷ 預防，應付。《史記・廉頗藺相如列傳》：「趙亦盛設兵以～秦，秦不敢動。」❸ 對待。南朝梁・丘遲《與陳伯之書》：「漢主不以為疑，魏君～之若舊。」❹ 依仗，依靠。《莊子・逍遙遊》：「此雖免乎行，猶有所～者也。」❺ 打算，想要。宋・辛棄疾《最高樓・送丁懷中教授入廣》：「～痛飲，奈何吾有病。」

**怠** ⓱dài ⓹toi5殆

❶ 冷淡，輕慢。唐・韓愈《原毀》：「重以周，故不～。」❷ 懶惰，鬆懈。清・彭端淑《為學》：「且且而學之，久而不～焉。」❸ 疲倦，勞累。宋・王安石《遊褒禪山記》：「有～而欲出者。」

**帶** ⓱dài ⓹daai3戴

❶ 束衣的帶子。《古詩十九首・行行重行行》：「相去日已遠，衣～日已緩。」❷ 地帶，區域。唐・李白《菩薩蠻》：「寒山一～傷心碧。」❸ 環繞，捆束。《戰國策・魏策一》：「前～河，後被山。」❹ 披戴，佩帶。《史記・項羽本紀》：「（樊）噲即～劍擁盾入軍門。」

**給** ⓱dài ⓹toi5怠

欺騙。《史記・項羽本紀》：

「項王至陰陵，迷失道，問一田父，田父～曰左。」

**逮** ⓱dài ⓹dai6弟

❶ 及，達到。《論語・里仁》：「古者言之不出，恥躬之不～也。」❷ 捉拿，拘捕。明・張溥《五人墓碑記》：「蓋當蓼洲周公之被～。」❸ 趁。《左傳・定公四年》：「～吳之未定，君其取分焉。」

dan

**丹** ⓱dān ⓹daan1單

❶ 硃砂，丹砂。清・姚鼐《登泰山記》：「日上，正赤如～。」❷ 赤紅色。唐・杜甫《垂老別》：「積屍草木腥，流血川原～。」❸ 忠誠，赤誠。宋・文天祥《過零丁洋》：「人生自古誰無死？留取～心照汗青。」❹ 古代道士所煉的藥。唐・李白《廬山謠寄盧侍御虛舟》：「早服還～無世情，琴心三疊道初成。」

🔍 丹、朱、赤、緋、紅。見415頁「朱」。

**眈** ⓱dān ⓹daam1擔

眼睛向下注視。清・薛福成《貓捕雀》：「而貓且～～然，惟恐不盡其類焉。」

**聃** ⓱dān ⓹daam1眈

❶ 耳朵長且大。宋・蘇軾《補禪月羅漢贊》之二：「～耳屬肩，綺眉覆顴。」❷ 吐舌的樣子。晉・葛洪《神仙傳・老子》：「老子驚怪，故吐舌～然，遂有老聃之號。」❸ 通「耽」，沉醉，迷戀。《列子・楊朱》：「方其～～于色也。」

**單** 一 🔊dān 🔊daan1 丹
❶ 單一，單個。唐·杜甫《潼關吏》：「丈人視要處，窄狹容～車。」❷ 薄弱，微弱。《後漢書·耿恭傳》：「耿恭以一兵固守孤城。」❸ 單薄。唐·杜甫《垂老別》：「老妻臥路啼，歲暮衣裳～。」❹ 奇數，與「雙」相對。《元史·選舉三》：「～月急選。」❺ 孤獨。唐·韓愈《祭十二郎文》：「兩世一身，形～影隻。」
二 🔊chán 🔊sin4 先四聲
[單于 yú] 漢時匈奴君長的稱號。

**擔** 一 🔊dān 🔊daam1 耽
❶ 用肩膀挑或扛。《戰國策·秦策一》：「(蘇秦) 負書～囊。」❷ 背負，負載。晉·干寶《搜神記》卷十六：「定伯便～鬼着肩上。」
二 🔊dàn 🔊daam3 耽三聲
❶ 擔子，挑子。《列子·愚公移山》：「遂率子孫，荷～者三夫，叩石墾壤。」❷ 舊制一百斤為一擔。

**簞** 🔊dān 🔊daan1 丹
❶ 古時盛飯的圓形竹器。《孟子·魚我所欲也》：「一～食，一豆羹。」❷ 竹之名。晉·嵇含《南方草木狀·簞竹》：「～竹，葉疏而大。」❸ 一種小筐。《左傳·哀公二十年》：「與之一～珠。」

**石** 🔊dàn
見 267 頁 shí。

**旦** 🔊dàn 🔊daan3 誕
❶ 天亮，早晨。北朝民歌《木蘭詩》：「～辭爺娘去，暮宿黃河邊。」❷ 天，日。《戰國策·燕策二》：「人有賣駿馬者，比三～立市，人莫之知。」❸ 農曆的每月

初一。《南齊書·禮志上》：「秦人以十月～為歲首。」

**但** 🔊dàn 🔊daan6 憚
❶ 只，僅。北朝民歌《木蘭詩》：「不聞爺娘喚女聲，～聞黃河流水鳴濺濺。」❷ 只是。三國魏·曹丕《與吳質書》：「公幹有逸氣，～未遒耳。」❸ 徒然，白白地。《資治通鑑》卷九十三：「豈可～逸逸荒醉？」❹ 但願。晉·陶潛《歸園田居》：「衣沾不足惜，～使願無違。」❺ 要是，假若，如果。唐·王昌齡《出塞》：「～使龍城飛將在，不教胡馬度陰山。」

**啖** 🔊dàn 🔊daam6 淡
❶ 吃，食用。《史記·項羽本紀》：「(樊噲) 拔劍切而～之。」❷ 給……吃。唐·李白《俠客行》：「將炙～朱亥，持觴勸侯嬴。」❸ 通「淡」，味薄，清淡的食物。《史記·劉敬叔孫通列傳》：「呂后與陛下攻苦食～。」

**淡** 🔊dàn 🔊daam6 啖
❶ 味道不濃。《管子·水地》：「～也者，五味之中也。」❷ 泛指含某種成分少，稀薄，與「濃」相對。宋·蘇軾《飲湖上初晴後雨》：「欲把西湖比西子，～妝濃抹總相宜。」❸ 態度不熱情，冷淡。宋·劉克莊《黃檗山》：「早知人世～，來往退居寮。」❹ 性情淡泊、超脫。《老子》三十一章：「恬～為上。」

**憚** 🔊dàn 🔊daan6 但
❶ 畏難，害怕。《論語·學而》：「過則勿～改。」❷ 敬畏。宋·蘇轍《上樞密韓太尉書》：「四夷之所～以不敢發。」❸ 厭惡，忌

恨。《三國志·吳書·孫權傳》：「（孫）權內～（關）羽。」

**彈** 〇 ⑧dàn ⑨daan6 但
❶ 彈弓。《戰國策·楚策四》：「（公子王孫）左挾～，右攝丸。」❷ 彈丸。唐·李商隱《富平少侯》：「不收金～拋林外，卻惜銀牀在井頭。」
〇 ⑧tán ⑨taan4 壇
❶ 用彈弓發射。《左傳·宣公二年》：「從臺上～人，而觀其辟（避）丸也。」❷ 用手指敲擊。唐·李白《行路難三首》之二：「～劍作歌奏苦聲，曳裾王門不稱情。」❸ 彈奏樂器，演奏。唐·李賀《李憑箜篌引》：「江娥啼竹素女愁，李憑中國～箜篌。」❹ 彈劾，抨擊，批評。《新唐書·百官志一》：「～舉必當。」

**擔** ⑧dàn
見 50 頁 dān。

---

### dang

**★當** 〇 ⑧dāng ⑨dong1 噹
❶ 對着，向着。北朝民歌《木蘭詩》：「木蘭～戶織。」❷ 對等，相當於。《禮記·王制》：「小國之上卿，位～大國之下卿。」❸ 擔任，充當。晉·李密《陳情表》：「猥以微賤，～侍東宮。」❹ 掌管，主持。《國語·越語上》：「～室者死。」❺ 阻擋，抵抗。《史記·項羽本紀》：「料大王士卒足以～項王乎？」這個意義後來寫作「擋」。❻ 應當，應該。三國蜀·諸葛亮《出師表》：「～獎率三軍。」❼ 在，值，適逢。漢·賈誼《過秦論》：「～是時也，商君佐之。」❽ 將，將要。三國蜀·諸葛亮《出師表》：「今～遠離，臨表涕零，不知所言！」❾ 假使，假如。宋·蘇洵《六國論》：「～與秦相較，或未易量。」
〇 ⑧dàng ⑨dong3 擋三聲
❶ 適合，合宜。戰國楚·屈原《楚辭·九章·涉江》：「陰陽易位，時不～兮。」❷ 作為，當作。宋·杜耒《寒夜》：「寒夜客來茶～酒。」❸ 抵押。《左傳·哀公八年》：「以王子姑曹～之，而後止。」

> 占 古代沒有「擋」字，「攔阻、抵擋」的意義都用「當」，讀 dāng，後來才加上「手」形作「擋」，讀 dǎng。成語「螳臂當車」出自《莊子》，運用時一般依古籍用「當」，讀 dāng。

**黨** 〇 ⑧dǎng ⑨dong2 擋
❶ 古時居民編制單位，五百家為一黨。❷ 鄉里。《論語·子路》：「吾～有直躬者，其父攘羊，而子證之。」❸ 親族。《三國志·魏書·常林傳》：「有父～造門。」❹ 朋輩，同夥。《史記·孔子世家》：「吾～之小子狂簡。」❺ 為私利而結合在一起的一批人。漢·鄒陽《獄中上梁王書》：「捐朋～之私。」❻ 偏私，拉幫結派。《論語·述而》：「吾聞君子不～。」
〇 ⑧tǎng ⑨tong2 躺
通「倘」，偶然。《荀子·天論》：「怪星之～見，是無世而不常有之。」

**當** ⑧dàng
見 51 頁 dāng。

**蕩** 🔊dàng 🔊dong6 盪
❶ 搖動，晃動。《左傳·僖公三年》：「齊侯與蔡姬乘舟于囿（yòu，園池），～公。」❷ 碰撞，侵犯。唐·柳宗元《三戒·黔之驢》：「稍近，益狎，～倚衝冒。」❸ 動亂。《荀子·勸學》：「是故權利不能傾也，群眾不能移也，天下不能～也。」❹ 毀壞。《後漢書·楊震傳》：「宮室燒～。」❺ 洗滌，清除。《禮記·樂記》：「萬民咸～滌邪穢。」❻ 放蕩，放縱。《論語·陽貨》：「古之狂也肆，今之狂也～。」❼ 平坦。《詩經·齊風·南山》：「魯道有～，齊子由歸。」❽ 廣大。唐·李白《沙丘城下寄杜甫》：「思君若汶水，浩～寄南征。」

dao

**刀** 🔊dāo 🔊dou1 都
❶ 用於砍切削割的器具。也指兵器。唐·李白《宣州謝朓樓餞別校書叔雲》：「抽～斷水水更流。」❷ 古代一種錢幣，形狀如刀。《史記·平準書》：「虞夏之幣……或錢，或布，或～，或龜貝。」❸ 小船。《詩經·衛風·河廣》：「誰謂河廣？曾不容～。」

**倒** 〖一〗🔊dǎo 🔊dou2 睹
仆倒，跌倒。《史記·司馬相如列傳》：「弓不虛發，應聲而～。」
〖二〗🔊dào 🔊dou3 到
❶ 倒轉，顛倒。唐·李白《蜀道難》：「連峯去天不盈尺，枯松～掛倚絕壁。」❷ 傾出，斟出。宋·邵雍《天津感事》：「芳罇（zūn，酒器）～盡人歸去，月色波光戰未休。」

**鳥** 🔊dǎo
見 212 頁 niǎo。

**搗** 🔊dǎo 🔊dou2 島
❶ 捶，舂。北周·庾信《夜聽搗衣》：「秋夜～衣聲，飛度長門城。」❷ 攻打，衝擊。《宋史·岳飛傳》：「直～黃龍，與諸君痛飲耳。」

**道** 🔊dǎo
見 53 頁 dào。

**蹈** 🔊dǎo 🔊dou6 稻
❶ 踐踏，踩。《禮記·中庸》：「白刃可～也。」❷ 跳，以足頓地。《孟子·離婁上》：「不知足之～之，手之舞之。」❸ 遵循，實行。唐·韓愈《爭臣論》：「而所～之德不同也。」❹ 攀登。《淮南子·原道訓》：「經紀山川，～騰崑崙。」

**到** 🔊dào 🔊dou3 妒
❶ 抵達，到達。唐·柳宗元《始得西山宴遊記》：「～則披草而坐，傾壺而醉。」❷ 往，去。唐·李白《將進酒》：「君不見黃河之水天上來，奔流～海不復回。」❸ 周到。《水滸傳》第四十五回：「禮數不～，和尚休怪！」❹ 欺惑。《史記·韓世家》：「不如出兵以～之。」❺ 通「倒」，顛倒。《墨子·經下》：「臨鑒而立，景～。」

**倒** 🔊dào
見 52 頁 dǎo。

**悼** 🔊dào 🔊dou6 道
❶ 害怕，恐懼。《史記·孔子世家》：「君若～之，則謝以質。」

❷ 悲痛，哀傷。晉·王羲之《〈蘭亭集〉序》：「未嘗不臨文嗟～。」❸ 特指追悼死者。《左傳·僖公十五年》：「小人恥失其君而～喪其親。」

**盜** 🔊dào 🔊dou6 道
❶ 偷竊。《史記·魏公子列傳》：「如姬果～兵符與公子。」❷ 竊取財物的人。明·劉基《賣柑者言》：「～起而不知御。」❸ 偷偷地。《史記·平準書》：「～鑄諸金錢罪皆死。」❹ 搶劫，掠奪。南朝梁·丘遲《與陳伯之書》：「北虜僭～中原。」❺ 篡取，竊據。《莊子·胠篋》：「然而田成子一旦殺齊君而～其國。」

🔍 盜、偷、賊。見 304 頁「偷」。

**道** 〔一〕 🔊dào 🔊dou6 稻
❶ 道路。《史記·陳涉世家》：「會天大雨，～不通。」❷ 行程，路程。《孫子·軍爭》：「日夜不處，倍～兼行。」❸ 方法，途徑。漢·賈誼《過秦論》：「行軍用兵之～。」❹ 技藝，技巧。《論語·子張》：「雖小～，必有可觀者焉。」❺ 事理，規律。《荀子·天論》：「天有常～矣。」❻ 學說，思想，主張。《論語·微子》：「～之不行，已知之矣。」❼ 説，講述。《孟子·梁惠王上》：「仲尼之徒，無～桓、文之事者。」❽ 德行，道義。《論語·里仁》：「富與貴……不以其～得之，不處也。」❾ 道家學派。《史記·太史公自序》：「～家無為，又曰無不為，其實易行，其辭難知。

其術以虛無為本，以因循為用。」❿ 指道教或道士。
〔二〕 🔊dǎo 🔊dou6 稻
❶ 疏通。《左傳·襄公三十一年》：「不如小決使～。」❷ 引導，教導，開導。《論語·為政》：「～之以德，齊之以禮。」以上兩個義項後來均寫作「導」。

> 📖 先秦時期諸子百家爭鳴，道家是其中一個學術思想流派。以老子、莊子為代表，認為「道」是天地萬物的根源，主張無為而治。

## de

**得** 🔊dé 🔊dak1 德
❶ 獲得，得到。《詩經·周南·關雎》：「求之不～，寤寐思服。」❷ 相遇，遇到。晉·陶潛《桃花源記》：「林盡水源，便～一山。」❸ 投合，投契。唐·柳宗元《種樹郭橐駝傳》：「則其天者全，而其性～矣。」❹ 適合，適當。《禮記·郊特牲》：「陰陽合而萬物～。」❺ 明白，了解。《列子·湯問》：「伯牙所念，鍾子期必～之。」❻ 滿足。明·袁宏道《滿井遊記》：「凡曝沙之鳥，呷浪之鱗，悠然自～。」❼ 可以，能夠。《國語·越語上》：「苟～聞子大夫之言。」❽ 通「德」，感激，感恩。《孟子·告子上》：「為宮室之美、妻妾之奉、所識窮乏者～我與？」

> 👄 「得」字在文言文中常與「無」、「毋」、「非」、「微」、

「亡」等字連用，組成委婉的反問詞，表達「莫非」、「該不會」等意思，如《晏子春秋·內篇雜下》:「今民生長於齊不盜，入楚則盜，得無楚之水土使民善盜耶？」

**德** ⓐ dé ⓒ dak1 得
❶ 道德，品行。唐·劉禹錫《陋室銘》:「斯是陋室，惟吾～馨。」❷ 恩德，恩惠。《論語·憲問》:「以～報怨，何如？」❸ 德政，善教。《論語·季氏》:「則修文～以來之。」❹ 感恩，感激。《左傳·成公三年》:「然則～我乎？」❺ 心意。《尚書·周書·泰誓》:「離心離～。」

## deng

**登** ⓐ dēng ⓒ dang1 燈
❶ 自下而上，從低處到高處。《左傳·曹劌論戰》:「下視其轍，～軾而望之。」❷ 進用，提拔。唐·韓愈《進學解》:「～崇俊良。」❸ 踏上，開始。唐·杜甫《石壕吏》:「天明～前途，獨與老翁別。」❹ 穀物成熟。《孟子·滕文公上》:「五穀不～。」❺ 上冊，記載。《周禮·秋官司寇·司民》:「司民掌～萬民之數。」

**燈** ⓐ dēng ⓒ dang1 登
❶ 用來照明的器具。唐·元稹《聞樂天左降江州司馬》:「殘～無焰影幢幢。」❷ 特指元宵節（農曆正月十五）的焰火彩燈。宋·辛棄疾《青玉案·元夕》:「那人卻在，～火闌珊處。」

**等** ⓐ děng ⓒ dang2 登二聲
❶ 級別，等級。《孟子·萬章下》:「天子一位，公一位，侯一位，伯一位，子、男同一位，凡五～也。」❷ 相同，等同。《淮南子·主術訓》:「有法者而不用，與無法～。」❸ 衡量。《孟子·公孫丑上》:「～百世之王，莫之能違也。」❹ 輩，處於同一地位的人。《史記·留侯世家》:「今諸將皆陛下故～夷。」❺ 用在名詞、代詞後，表示複數或列舉未盡。《史記·陳涉世家》:「公～遇雨，皆已失期，失期當斬。」

**澄** ⓐ dèng
見 34 頁 chéng。

## di

**低** ⓐ dī ⓒ dai1 帝一聲
❶ 矮，離地面近，與「高」相對。唐·杜牧《阿房宮賦》:「高～冥迷，不知西東。」❷ 垂下，俯下，與「仰」相對。唐·李白《靜夜思》:「舉頭望明月，～頭思故鄉。」❸ 聲音細微。明·張岱《西湖七月半》:「向之淺斟～唱者出。」❹ 卑下，微賤。唐·李白《登黃山凌歊臺》:「空手無壯士，窮居使人～。」

**堤** ⓐ dī ⓒ tai4 啼
❶ 用土石修築的建築物，用來擋水。《管子·度地》:「令甲士作～大水之旁。」❷ 建築堤壩。《管子·度地》:「地高則溝之，下則～之。」❸ 防範，防止。《漢書·董仲舒傳》:「不以教化～防之，不能止也。」

**滴** ⓟdī ⓒdik6 敵
❶ 液體一點一點地下落。唐·李紳《憫農》:「汗～禾下土。」❷ 一點點下落的液體。清·龔自珍《己亥雜詩》:「此身已作在山泉,涓～無由補大川。」❸ 量詞,用於顆粒狀物體。唐·韋應物《詠露珠》:「秋荷一～露,清夜墜玄天。」

**的** ⓟdí
見 56 頁 dì。

**嫡** ⓟdí ⓒdik1 的
❶ 正妻,與「庶」相對。《詩經·召南·江有汜序》:「勤而無怨,～能悔過也。」❷ 正妻所生之子。《左傳·文公十七年》:「歸生佐寡君之～夷。」❸ 血統最近的。《國語·吳語》:「一介～男。」

> 📖 封建社會的嫡長子繼承制遵循「立嫡以長不以賢」的原則,正妻所生的兒子中,長子有優先繼承權。

**敵** ⓟdí ⓒdik6 滴
❶ 敵人,仇敵。漢·賈誼《過秦論》:「秦人開關而延～。」❷ 對抗,抵擋。《孟子·梁惠王上》:「寡固不可以～眾。」❸ 同等,相當。漢·賈誼《過秦論》:「鋤耰棘矜,不～於鈎戟長鎩也。」

**適** ⓟdí
見 273 頁 shì。

**抵** 〔一〕ⓟdǐ ⓒdai2 底
❶ 排擠。《後漢書·桓譚傳》:「簡易不修威儀,而喜非毀俗儒,由是多見排～。」❷ 用角頂,觸。《漢書·揚雄傳上》:「犀兕

之～觸。」這個意義也寫作「牴」、「觝」。❸ 觸犯。《漢書·趙充國傳》:「(羌人)～冒渡湟水,郡縣不能禁。」❹ 抵抗。《水滸傳》第六十三回:「聲勢浩大,不可～敵。」❺ 抵賴,否認。《漢書·田延年傳》:「霍將軍召問延年,欲為道地,延年～日。」❻ 抵償。漢·司馬遷《報任安書》:「繫獄～罪。」❼ 值,相當。唐·杜甫《春望》:「烽火連三月,家書～萬金。」❽ 至,到達。明·宗臣《報劉一丈書》:「走馬～門。」

〔二〕ⓟzhǐ ⓒzi2 子
側擊,拍。《戰國策·秦策一》:「～掌而談。」

**底** ⓟdǐ ⓒdai2 抵
❶ 物體最下部。唐·柳宗元《小石潭記》:「全石以為～。」❷ 盡頭。明·徐霞客《徐霞客遊記·楚遊日記》:「數輦達洞～。」❸ 疑問代詞,相當於「誰」、「何」。宋·蘇軾《謝人見和前篇》:「得酒強歡愁～事,閉門高臥定誰家?」❹ 表示程度,盡,多麼。唐·李商隱《柳》:「柳映江潭～有情,望中頻遣客心驚。」❺ 通「砥」,磨刀石。《孟子·萬章下》:「周道如～,其直如矢。」❻ 通「抵」,差不多。漢·司馬遷《報任安書》:「大～聖賢發憤之所為作也。」

**提** ⓟdí
見 297 頁 tí。

**★地** ⓟdì ⓒdei6 多希六聲
❶ 大地,陸地,與「天」相對。唐·杜甫《登樓》:「錦江春色來天～。」❷ 地面。北朝民歌

《木蘭詩》:「兩兔傍～走。」❸ 田地,土地。明·方孝孺《豫讓論》:「今無故而取～於人。」❹ 疆土。《莊子·逍遙遊》:「裂～而封之。」❺ 地點,處所。明·歸有光《滄浪亭記》:「蘇子美滄浪亭之～也。」❻ 地區。漢·李陵《答蘇武書》:「胡～玄冰。」❼ 路程。唐·李白《妾薄命》:「長門一步～,不肯暫回車。」❽ 地位。唐·駱賓王《為徐敬業討武曌檄》:「(武則天)性非和順,～實寒微。」❾ 位置,地盤。唐·韓愈《爭臣論》:「居無用之～。」

> 「地方」在現代漢語中是個雙音詞,在地理方面指「地域、區域」。在文言文中,「地」、「方」二字都分別具有此義,而「方」字還有「方圓、面積」的意思,因此當二字連用時,所指可以是「地域面積」,如《戰國策·鄒忌諷齊王納諫》:「今齊地方千里,百二十城。」

## 弟

□ ⓟdì ⓒdai6 第

❶ 順序,次第。《呂氏春秋·原亂》:「亂必有～。」這個意義後來寫作「第」。❷ 弟弟,同父母而年齡比自己小的男子。也可指妹妹。《史記·管蔡世家》:「蔡侯怒,嫁其～。」❸ 朋友之間的自謙詞。清·吳敬梓《儒林外史》第三回:「～卻無以為敬。」❹ 門徒。唐·賈至《工部侍郎李公集序》:「可謂孔門之～,洙泗遺徒。」❺ 只管。《史記·淮陰侯列傳》:「～舉兵,吾從此助公。」

□ ⓟtì ⓒtai5 娣

敬順兄長。《禮記·大學》:「～者,所以事長也。」這個意義後來寫作「悌」。

## 的

□ ⓟdì ⓒdik1 嫡

❶ 明,鮮明。戰國楚·宋玉《神女賦》:「朱脣～其若丹。」❷ 箭靶的中心。《岳飛之少年時代》:「同射三矢,皆中～。」❸ 目標。《韓非子·外儲說左上》:「人主之聽言也,不以功用為～。」

□ ⓟdí ⓒdik1 嫡

❶ 確實,實在。明·湯顯祖《牡丹亭》:「杜麗娘有蹤有影,～係人身。」❷ 究竟。宋·蘇軾《光祿庵二首》:「城中太守～何人?」

## 帝

ⓟdì ⓒdai3 蒂

❶ 皇帝,君主。三國蜀·諸葛亮《出師表》:「先～創業未半,而中道崩殂。」❷ 最高的天神。《列子·愚公移山》:「操蛇之神聞之,懼其不已也,告之於～。」❸ 稱……為帝。《戰國策·趙策三》:「魏王使客將軍辛垣衍令趙～秦。」

## 第

ⓟdì ⓒdai6 弟

❶ 次序。《漢書·公孫弘傳》:「太常奏弘～居下。」❷ 等級。《新唐書·百官志三》:「功多者為上～。」❸ 科第,即科舉考試及格的等級,故考中稱「及第」,不中稱「落第」。❹ 房屋,府第。清·方苞《左忠毅公軼事》:「必躬造左公～。」❺ 只管。《史記·孫子吳起列傳》:「君～重射,臣能令君勝。」❻ 只,僅僅。宋·王禹偁《黃岡竹樓記》:「～見風帆沙鳥。」

❼ 只是，不過。清・紀昀《閱微草堂筆記・槐西雜志》：「～人不識耳。」❽ 用在數詞前面，表示順序、等級。清・方苞《左忠毅公軼事》：「呈卷，即面署～一。」

**睇** [普] dì [粵] tai2 體

❶ 斜視。戰國楚・屈原《楚辭・九歌・山鬼》：「既含～兮又宜笑，子慕予兮善窈窕。」❷ 泛指看。漢・張衡《思玄賦》：「親所～而弗識兮。」

**遞** [普] dì [粵] dai6 第

❶ 交替，依次更替。《呂氏春秋・先己》：「巧謀並行，詐術～用。」❷ 傳送，交給。明・張岱《西湖七月半》：「茶鐺旋煮，素瓷靜～。」

🔍 遞、傳。見 41 頁「傳」。

## dian

**顛** [普] diān [粵] din1 癲

❶ 頭頂。泛指物體的頂部。《史記・武帝本紀》：「乃令人上石立之泰山～。」❷ 顛倒，倒置。漢・劉向《楚辭・九歎・愍命》：「～裳以為衣。」❸ 墜落，隕落。《左傳・隱公十一年》：「弧以先登，子都自下射之，～。」❹ 倒，仆。《論語・季氏》：「～而不扶。」❺ 精神失常。元・費唐臣《蘇子瞻風雪貶黃州》：「不荒唐，不～狂。」這個意義後來寫作「癲」。

**典** [普] diǎn [粵] din2 顛二聲

❶ 被奉為準則或規範的文獻、書籍。宋・沈括《夢溪筆談・活板》：「已後～籍皆為板本。」❷ 制度，法則。《國語・周語中》：「各守爾～。」❸ 典禮，儀式。《國語・魯語上》：「慎制祀以為國～。」❹ 負責，掌管。《史記・伯夷列傳》：「～職數十年。」❺ 抵押。《水滸傳》第三回：「須欠鄭大官人～身錢。」❻ 文雅。三國魏・曹丕《與吳質書》：「辭義～雅。」

**點** [普] diǎn [粵] dim2 玷二聲

❶ 小黑斑。❷ 污辱，玷污。漢・司馬遷《報任安書》：「適足以發笑而自～耳。」❸ 舊時刪改文字的標記。《後漢書・禰衡傳》：「（禰衡）文無加～。」❹ 塗抹，改易。南朝宋・劉義慶《世説新語・文學》：「書札為之，無所～定。」❺ 輕微迅速的接觸。唐・杜甫《曲江》：「～水蜻蜓款款飛。」❻ 指定，指派。宋・歐陽修《准詔言事上書》：「數年以來，～兵不絕。」❼ 逐個檢核、查對。清・朱柏廬《朱子家訓》：「關鎖門戶，必親自檢～。」❽ 古時計時單位，一夜分五更，一更分五點。❾ 小滴的液體。宋・蘇軾《水龍吟・次韻章質夫楊花詞》：「～～是離人淚。」

**甸** [一] [普] diàn [粵] din6 電

❶ 古時都城郊外的地方。唐・李庾《東都賦》：「我～我郊。」❷ 田野的出產物。《禮記・少儀》：「納貨貝於君，則曰納～於有司。」❸ 治理。《詩經・小雅・信南山》：「信彼南山，維禹～之。」

[二] [普] tián [粵] tin4 田

打獵。《周禮・春官宗伯・小宗伯》：「若大～，則帥有司而饁獸于郊。」

**奠** ⓐdiàn ⓒdin6電
❶ 用酒食祭祀神明或死者。《岳飛之少年時代》:「詣同墓,～而泣。」❷ 奉獻,進獻。清·吳敬梓《儒林外史》第十回:「先～了雁,然後再拜見魯編修。」❸ 放置。《禮記·內則》:「～之爾後取之。」❹ 定立,確立。《尚書·夏書·禹貢》:「禹敷土,隨山刊木,～高山大川。」

diao

**凋** ⓐdiāo ⓒdiu1ㄎ
❶ 草木枯敗,零落。唐·杜甫《秋興八首》之一:「玉露～傷楓樹林,巫山巫峽氣蕭森。」❷ 衰敗。唐·李白《蜀道難》:「使人聽此～朱顏!」

**貂** ⓐdiāo ⓒdiu1ㄎ
❶ 小型哺乳動物,尾長多毛,多棲森林中,晝伏夜出,皮毛珍貴。❷ 指貂的皮毛或其皮毛所製的物品。清·方苞《左忠毅公軼事》:「公閱畢,即解～覆生,為掩戶。」

**雕** ⓐdiāo ⓒdiu1ㄎ
❶ 一種黑褐色的大型猛禽,嘴呈鈎狀,又名「鷲」。這個意義也寫作「鵰」。❷ 奸詐,兇惡。《史記·貨殖列傳》:「而民～捍少慮。」❸ 通「琱」,治玉。《尚書·周書·顧命》:「～玉仍几。」❹ 通「彫」,雕刻,裝飾。宋·辛棄疾《青玉案·元夕》:「寶馬～車香滿路。」❺ 通「凋」,枯敗。《呂氏春秋·士容》:「寒則～,熱則脩。」

**弔** ⓐdiào ⓒdiu3釣
❶ 悼念、祭奠死者。《莊子·至樂》:「莊子妻死,惠子～之。」❷ 慰問。《左傳·莊公十一年》:「秋,宋大水,公使～焉。」❸ 哀痛,悲傷。《孟子·滕文公下》:「古之人三月無君,則～。」❹ 對着遺跡追念古人或舊事,如唐·李華有《弔古戰場文》。❺ 懸掛。明·湯顯祖《牡丹亭》:「下～橋」❻ 獲得,求取。漢·王充《論衡·自紀》:「不辭爵以～名。」❼ 量詞,用於錢幣。《紅樓夢》第三十六回:「每月人各月錢一～。」

**釣** ⓐdiào ⓒdiu3弔
❶ 使用釣具捕獲(魚蝦等)。唐·柳宗元《江雪》:「孤舟蓑笠翁,獨～寒江雪。」❷ 釣鈎。《淮南子·説林訓》:「無餌之～,不可以得魚。」❸ 通過手段謀取;通過引誘達到目的。《淮南子·主術訓》:「虞君好寶,而晉獻以璧馬～之。」

**調** 〔一〕ⓐdiào ⓒdiu6掉
❶ 選拔或提拔官吏。宋·歐陽修《送楊寘序》:「及從蔭～,為尉於劍浦。」❷ 調動,調遷。《宋史·理宗本紀》:「詔京湖～兵應援。」❸ 徵集,徵發。《遼史·蕭韓家奴傳》:「～之(兵)則損國本。」❹ 古時的一種賦税。《新唐書·食貨志一》:「取之以租、庸、～之法。」❺ 樂曲的韻律。宋·王禹偁《黃岡竹樓記》:「琴～和暢。」❻ 風格,才情。明·袁宏道《徐文長傳》:「文長既雅不與時～合。」

D

（三）⑧tiáo ⑨tiu4 條

❶ 協和，協調。《史記・外戚世家》：「夫樂～而四時和。」❷ 演奏。唐・劉禹錫《陋室銘》：「可以～素琴。」❸ 調劑，調整。《漢書・食貨志下》：「以～盈虛。」❹ 調配。《戰國策・魏策二》：「（易牙）和～五味而進之。」❺ 治療，調理。《三國演義》第七十二回：「急令醫士～治。」❻ 調教，訓練。《遼史・耶律奴瓜傳》：「有膂力，善～鷹隼。」❼ 嘲笑，戲弄。南朝宋・劉義慶《世說新語・排調》：「康僧淵目深而鼻高，王丞相每～之。」

## die

**垤** ⑧dié ⑨dit6 秩

❶ 螞蟻做窩時堆在穴口的小土堆。《詩經・豳風・東山》：「鸛鳴於～，婦歎于室。」❷ 小山丘，小土墩。唐・柳宗元《始得西山宴遊記》：「其高下之勢，岈然窪然，若～若穴。」

**昳** （一）⑧dié ⑨dit6 秩

過午後太陽偏斜。《漢書・游俠傳》：「諸客奔走市買，至日～皆會。」

（二）⑧yì ⑨jat6 日

[昳麗] 漂亮，美麗。《戰國策・鄒忌諷齊王納諫》：「鄒忌脩八尺有餘，而形貌～～。」

**迭** ⑧dié ⑨dit6 秩

❶ 交替，輪流。《孟子・萬章下》：「～為賓主。」❷ 屢次，連續。《公羊傳・襄公二十九年》：「弟兄～為君。」

## ding

**丁** （一）⑧dīng ⑨ding1 叮

❶ 指已經能夠服役的成年人。唐・白居易《新豐折臂翁》：「無何天寶大徵兵，戶有三～點一～。」❷ 僕役，或指從事某種勞動的人。《莊子・養生主》：「庖～為文惠君解牛。」❸ 人口。《南史・何承天傳》：「計口課～。」❹ 強壯。漢・王充《論衡・無形》：「齒落復生，身氣～強。」❺ 遭逢，當。《隋書・蘇夔傳》：「復～母憂，不勝哀而卒。」

（二）⑧zhēng ⑨zaang1 支耕一聲

[丁丁] ① 形容伐木、彈琴、下棋等的聲音。《詩經・小雅・伐木》：「伐木～～，鳥鳴嚶嚶。」② 雄健貌。唐・白居易《畫雕贊》：「鷙禽之英，黑雕～～。」

**頂** ⑧dǐng ⑨ding2 鼎

❶ 頭頂。《孟子・盡心上》：「墨子兼愛，摩～放踵利天下，為之。」❷ 物體的最上部。唐・杜牧《過華清宮》：「長安回望繡成堆，山～千門次第開。」❸ 冒充，代替。《文獻通考・兵考》：「～其名而盜取其錢。」

**鼎** ⑧dǐng ⑨ding2 頂

❶ 古代一種烹飪器物，多以青銅製成，圓形，多為三足兩耳。唐・杜牧《阿房宮賦》：「～鐺玉石。」❷ 比喻三方並立。《漢書・蒯通傳》：「三分天下，～足而立。」❸ 比喻帝王之位或三公、宰輔等重臣之位。明・宋濂《閱江樓記》：「逮我皇帝，定～於茲。」

❹ 興盛，顯赫。漢・賈誼《治安策》：「天子春秋～盛。」

## 定 ⓟdìng ⓒding6 訂六聲

❶ 平定，穩定，安定。三國蜀・諸葛亮《出師表》：「今南方已～，兵甲已足，當獎率三軍。」❷ 停止，停息。宋・文天祥《〈指南錄〉後序》：「痛～思痛。」❸ 安靜，平靜。《孟子・萬章下》：「王色～，然後請問異姓之卿。」❹ 固定，不變。明・袁宏道《徐文長傳》：「百世而下，自有～論。」❺ 辨別，明定。清・錢大昕《弈喻》：「誰能～是？」❻ 規定，訂立。唐・柳宗元《梓人傳》：「猶梓人之有規、矩、繩、墨以～制也。」❼ 確實，必然，一定。漢・王充《論衡・率性》：「論人之性，～有善有惡。」❽ 究竟，到底。唐・李白《答族姪僧中孚贈玉泉仙人掌茶》：「舉世未見之，其名～誰傳？」

---

### dong

## 冬 ⓟdōng ⓒdung1 東

一年四季之末，農曆的十月到十二月。《莊子・逍遙遊》：「～與越人水戰。」

## ★東 ⓟdōng ⓒdung1 冬

❶ 日出的方向，與「西」相對。南唐・李煜《虞美人》：「恰似一江春水向～流！」❷ 向東去，向東行。《史記・項羽本紀》：「項王乃復引兵而～。」❸ 指主人。古時主位在東，賓位在西。清・吳敬梓《儒林外史》第十三回：「馬二先生作～。」

凹 「東、南、西、北」四個方位詞，在文言文中常用作動詞，表示「向東、南、西、北去」。
⯀⯀ 「東道主」語出《左傳》：春秋時鄭國大夫燭之武向秦國要求停止進攻鄭國，鄭國今後作為東方路上的主人，招待來往的秦國使者。後來就以「東道主」泛指招待客人的主人。

## 董 ⓟdǒng ⓒdung2 懂

❶ 督察，掌管。晉・陸機《漢高祖功臣頌》：「肅肅荊王，～我三軍。」❷ 正，整頓。戰國楚・屈原《楚辭・九章・涉江》：「余將～道而不豫兮，固將重昏而終身！」

## 洞 ⓟdòng ⓒdung6 動

❶ 水流急。唐・柳宗元《小石城山記》：「～然有水聲。」❷ 透，穿。宋・蘇軾《答李琮書》：「千鈞車弩，可以～犀象。」❸ 清晰，透徹。南朝梁・劉勰《文心雕龍・風骨》：「～情變。」❹ 窟窿，洞穴。宋・王安石《遊褒禪山記》：「距～百餘步，有碑仆道。」

## 凍 ⓟdòng ⓒdung3 東三聲

❶ 水或其他液體遇冷而凝結。《墨子・辭過》：「冬則～冰。」❷ 寒，冷。唐・杜甫《茅屋為秋風所破歌》：「吾廬獨破受～死亦足！」

## 動 ⓟdòng ⓒdung6 洞

❶ 行動，為達到某種目的而活動。《史記・廉頗藺相如列傳》：「趙亦盛設兵以待秦，秦不敢～。」❷ 做。《論語・顏淵》：「非禮勿～。」❸ 移動，與「靜」相對。明・

歸有光《項脊軒志》:「風移影〜。」❹搖動。唐·杜甫《茅屋為秋風所破歌》:「風雨不〜安如山。」❺感動,感應。清·薛福成《貓捕雀》:「人雖不及救之,未有不惻焉〜於中者。」❻改變。《論語·泰伯》:「〜容貌。」❼使用。《論語·季氏》:「謀〜干戈於邦內。」❽開始,發生。明·宋濂《閱江樓記》:「必悠然而〜遐思。」❾往往,動不動。三國蜀·諸葛亮《後出師表》:「論安言計,〜引聖人。」

## dou

### 都

(一) ⓐ dōu ⓒ dou1 刀
全,全部。漢·王充《論衡·講瑞》:「然則鳳皇、騏驎〜與鳥獸同一類。」

(二) ⓐ dū ⓒ dou1 刀
❶有先君宗廟的城邑。《史記·孔子世家》:「將墮三〜。」❷大城市。宋·柳永《望海潮》:「東南形勝,三吳〜會,錢塘自古繁華。」❸首都。三國蜀·諸葛亮《出師表》:「興復漢室,還於舊〜。」❹建都,定都。漢·揚雄《解嘲》:「〜於洛陽。」❺聚集。《管子·水地》:「而水以為〜居。」❻居,處在。《漢書·東方朔傳》:「蘇秦、張儀一當萬乘之主,而身〜卿相之位。」❼總,總共。三國魏·曹丕《與吳質書》:「頃撰其遺文,〜為一集。」❽美盛貌。《詩經·鄭風·有女同車》:「彼美孟姜,洵美且〜。」

### 斗

ⓐ dǒu ⓒ dau2 抖
❶古時一種酒器。《史記·項羽本紀》:「亞父受玉〜。」❷星宿名,二十八宿之一,又稱「南斗」。宋·蘇軾《前赤壁賦》:「徘徊於〜牛之間。」❸北斗星。唐·杜甫《秋興八首》之二:「夔府孤城落日斜,每依北〜望京華。」❹一種衡量器具。唐·韓愈《原道》:「剖〜折衡。」❺古時一種計量單位。明·王守仁《瘞旅文》:「俸不能五〜。」

> 「斗」可容十升,「筲」可容一斗二升。二字連用時比喻才識器量狹小,如《論語·子路》:「斗筲之人,何足算也?」

### 豆

ⓐ dòu ⓒ dau6 逗
❶古時盛放食物的器具,多以青銅或木製成,形似高足盤。有時也作禮器。《孟子·告子上》:「一簞食,一〜羹。」❷計算容量或重量的單位。❸豆類農作物。三國魏·曹植《七步詩》:「煮〜持作羹,漉豉以為汁。」

> 「豆」在古時指盛食物的器皿,漢代以後才成為豆類的總稱。

### 鬥

ⓐ dòu ⓒ dau3 豆三聲
❶戰鬥,鬥爭。《史記·廉頗藺相如列傳》:「今兩虎共〜,其勢不俱生。」❷比賽,爭勝。《列子·湯問》:「見兩小兒辯〜。」

### 竇

ⓐ dòu ⓒ dau6 豆
❶洞,穴,孔。清·方苞《獄中雜記》:「余在刑部獄,見死而自〜出者日三四人。」❷水道,水溝。《韓非子·五蠹》:「澤居苦水者,買庸而決〜。」❸決開,穿

通。《國語·周語下》:「不防川,不~澤。」

# 讀 ㊀ dòu

見 62 頁 dú。

## du

# 都 ㊀ dū

見 61 頁 dōu。

# 督 ㊀ dū ㊁ duk1 篤

❶ 視察,審視。《管子·心術上》:「故事~乎法,法出乎權。」❷ 催促,督促。唐·柳宗元《種樹郭橐駝傳》:「勗(xù,勉勵)爾植,~爾穫。」❸ 理,料理。宋·孫光憲《北夢瑣言》:「子幼不能~家業。」❹ 責備,責罰。《史記·項羽本紀》:「聞大王有意~過之。」❺ 矯正,糾正。漢·楊惲《報孫會宗書》:「賜書教~以所不及。」❻ 中,中央。《莊子·養生主》:「緣~以為經,可以保身。」❼ 古時軍中統率軍隊的主帥或行使監督權的官員。三國蜀·諸葛亮《出師表》:「是以眾議舉寵為~。」❽ 指揮,率領。宋·文天祥《〈指南錄〉後序》:「都~諸路軍馬。」

# ★ 獨 ㊀ dú ㊁ duk6 讀

❶ 單獨。《禮記·中庸》:「故君子必慎其~也。」❷ 獨自。南朝宋·劉義慶《世說新語·荀巨伯遠看友人疾》:「汝何男子,而敢~止?」❸ 沒有子女的老人。《禮記·大同與小康》:「矜、寡、孤、~、廢、疾者皆有所養。」❹ 獨特,特異。唐·韓愈《與于襄陽書》:「特立而~行。」❺ 只,僅僅。《禮記·大同與小康》:「故人不~親其親,

不~子其子。」❻ 偏偏。《莊子·逍遙遊》:「子~不見狸狌乎?」❼ 豈,難道。《史記·廉頗藺相如列傳》:「相如雖駑,~畏廉將軍哉?」❽ 將。《孟子·滕文公下》:「一薛居州,~如宋王何?」

> 🕯 「獨立」在文言文中是多義詞,可解作「獨自站立」,如「嘗獨立,鯉趨而過庭」(《論語·季氏》);或解作「孤立無依」,如「煢煢獨立,形影相弔」(晉·李密《陳情表》);或解作「超羣出眾」,如「北方有佳人,絕世而獨立」(《漢書·孝武李夫人傳》)。
>
> 🔍 獨、鰥、寡、孤。見 98 頁「鰥」。

# 櫝 ㊀ dú ㊁ duk6 讀

❶ 木匣,木盒。《論語·季氏》:「龜玉毀於~中。」❷ 棺材。《左傳·昭公二十九年》:「衛侯來獻其乘馬,曰啟服,塹而死,公將為之~。」

# 牘 ㊀ dú ㊁ duk6 讀

❶ 古時用來寫字的小木片。《漢書·武五子傳》:「簪筆持~趨謁。」❷ 書信。《漢書·陳遵傳》:「與人尺~,主皆藏去以為榮。」❸ 公文。唐·劉禹錫《陋室銘》:「無案~之勞形。」❹ 書籍。宋·王安石《示德逢》:「深藏組麗三千~。」

# 讀 ㊀ dú ㊁ duk6 獨

❶ 誦讀。《孟子·萬章下》:「頌其詩,~其書,不知其人可乎?」❷ 閱讀,理解文意。《史記·

孔子世家》：「余～孔氏書，想見
其為人。」

三 ⑧ dòu ⑧ dau6 逗

通「逗」，誦讀文章時需要稍稍停
頓的地方。

> 古人以圈和點來標記文章休
> 止和停頓之處，稱為「句讀」。
> 句意已盡之處稱「句」，以圈
> 標記；句意未盡而停頓處稱
> 「讀」，以點標記。

**篤** ⑧ dǔ ⑧ duk1 督

❶ 堅定，牢固。《論語·泰
伯》：「～信好學，守死善道。」
❷（病情）嚴重。晉·李密《陳情
表》：「臣欲奉詔奔馳，則劉病日
～。」❸ 忠誠，專一。《論語·子
張》：「執德不弘，信道不～。」
❹ 忠厚。《論語·衛靈公》：「言
忠信，行～敬。」

**度** 一 ⑧ dù ⑧ dou6 道

❶ 衡量長短的標準或器具。
《禮記·王制》：「用器不中～，不
鬻於市。」❷ 法度，制度。漢·賈
誼《過秦論》：「內立法～。」❸ 合
乎法度，合乎制度。《左傳·隱公
元年》：「今京不～。」❹ 限制，
限度。漢·賈誼《論積貯疏》：「而
用之亡～。」❺ 風度，儀表。《戰
國策·燕策三》：「卒起不意，盡
失其～。」❻ 跨過，跨越。漢·曹
操《短歌行》：「越陌～阡。」❼ 遮
掩，遮蓋。唐·溫庭筠《菩薩蠻·
小山重疊金明滅》：「鬢雲欲～香
腮雪。」❽ 量詞，次，回。宋·辛
棄疾《青玉案·元夕》：「眾裏尋
他千百～。」

三 ⑧ duó ⑧ dok6 鐸

❶ 計算，測量。《韓非子·鄭人買
履》：「鄭人有且置履者，先自～
其足而置之其坐。」❷ 考慮，估
計，猜測。《史記·廉頗藺相如列
傳》：「秦王～之，終不可彊奪。」

**渡** ⑧ dù ⑧ dou6 杜

❶ 通過水面，渡過。三國
蜀·諸葛亮《出師表》：「故五月～
瀘，深入不毛。」❷ 通過，越過。
《史記·高祖本紀》：「淮陰已受命
東，未～平原。」❸ 渡口，有船
擺渡的地方。唐·韋應物《滁州西
澗》：「野～無人舟自橫。」

**敦** ⑧ dù

見 368 頁 yì。

### duan

**端** ⑧ duān ⑧ dyun1 短一聲

❶ 正，直。戰國楚·屈原《楚
辭·九章·涉江》：「苟余心之～
直兮，雖僻遠其何傷？」❷ 事物
的一頭或一方。《史記·魏公子列
傳》：「實持兩～以觀望。」❸ 開
始，首端。《孟子·論四端》：「惻
隱之心，仁之～也。」❹ 預兆，緣
由。唐·杜甫《自京赴奉先詠懷》：
「人生有離合，豈擇衰盛～？」❺ 邊
際。《莊子·秋水》：「東面而視，
不見水～。」❻ 思緒。三國魏·曹
丕《與吳質書》：「年行已長大，
所懷萬～。」❼ 種類，項目。《史
記·魏公子列傳》：「及賓客辯士
說王萬～。」❽ 用手捧持。戰國楚·
屈原《楚辭·卜居》：「詹尹乃～
策拂龜。」❾ 仔細，詳審。唐·司
空圖《障車文》：「內外～詳。」

**短** [普]duǎn [粵]dyun2 端二聲
❶ 指長度、距離、時間等少，與「長」相對。晉・李密《陳情表》：「是臣盡節於陛下之日長，報養劉之日～也。」❷ 缺乏，不足。《三國志・蜀書・諸葛亮傳》：「智術淺～。」❸ 缺點，過錯。漢・馬援《誡兄子嚴敦書》：「好議論人長～。」❹ 說別人的壞話。《史記・屈原賈生列傳》：「使上官大夫～屈原於頃襄王。」❺ 減少，縮短。《孟子・盡心上》：「齊宣王欲～喪。」

**斷** [普]duàn [粵]dyun6 段
❶ 折斷，截開。《周易・繫辭下》：「～木為杵。」❷ 人的肢體殘折。漢・司馬遷《報任安書》：「孫子～足。」❸ 斷絕。唐・白居易《後宮詞》：「紅顏未老恩先～。」❹ 判斷，裁決。宋・蘇軾《石鐘山記》：「事不目見耳聞，而臆～其有無。」❺ 果斷，決斷。《史記・李斯列傳》：「～而敢行，鬼神避之。」❻ 盡，極。唐・王勃《滕王閣序》：「雁陣驚寒，聲～衡陽之浦。」

## dui

**堆** [普]duī [粵]deoi1 對一聲
❶ 沙土或其他東西聚在一起。唐・柳宗元《永州韋使君新堂記》：「～阜突怒。」❷ 積累。三國魏・嵇康《與山巨源絕交書》：「人間多事，～案盈几。」❸ 量詞，用於成堆聚集的東西。宋・蘇軾《念奴嬌・赤壁懷古》：「捲起千～雪。」

**對** [普]duì [粵]deoi3 兑
❶ 回答。《論語・為政》：「孟孫問孝於我，我～曰，無違。」❷ 面向，朝向。北朝民歌《木蘭詩》：「～鏡帖花黃。」❸ 敵手，對手。《三國志・吳書・陸遜傳》：「劉備天下知名，曹操所憚，今在境界，此強～也。」❹ 應付，對付。《韓非子・初見秦》：「夫一人奮死可以～十。」❺ 配偶。《後漢書・梁鴻傳》：「擇～不嫁。」❻ 古時一種文體，是臣子應詔回答皇帝的文章，又叫對策。❼ 介詞，向。《雅謔・彭祖面長》：「漢武帝～羣臣云。」❽ 量詞，表示兩個成雙的人或物。《西遊記》第二十四回：「又見那二門上有一～春聯。」

## dun

**惇** [普]dūn [粵]deon1 敦
❶ 敦厚，誠實。《尚書・虞書・舜典》：「柔遠能邇，～德允元。」❷ 勤勉。《漢書・翼奉傳》：「奉～學不仕，好律曆陰陽之占。」❸ 重視，推崇。《尚書・周書・武成》：「～信明義，崇德報功，垂拱而天下治。」

**敦** [普]dūn [粵]deon1 噸
❶ 督促，勉勵。《孟子・公孫丑下》：「使虞～匠事。」❷ 忠厚，質樸。漢・王符《潛夫論・實貢》：「夫修身慎行，～方正直。」

**蹲** [一] [普]dūn [粵]cyun4 存
❶ 蹲坐，臀部着地而坐。漢・曹操《苦寒行》：「熊羆對我～。」❷ 後指兩腿彎曲似坐，但臀部不着地。清・方苞《左忠毅公

軼事》：「令二人～踞而背倚之。」

[三] [普]cǔn [粵]cyun4 存

疊累，聚集。《左傳・成公十六年》：「潘尪之黨與養由基～甲而射之。」

**盾** [普]dùn [粵]teon5 肚蠢五聲

盾牌。《史記・項羽本紀》：「噲即帶劍擁～入軍門。」

**鈍** [普]dùn [粵]deon6 頓

❶ 不鋒利。漢・王充《論衡・案書》：「兩刃相割，利～乃知。」❷ 反應遲緩，不聰明。三國蜀・諸葛亮《出師表》：「庶竭駑～，攘除姦凶。」❸ 不順利。三國蜀・諸葛亮《後出師表》：「至於成敗利～，非臣之明所能逆睹也。」

**頓** [普]dùn [粵]deon6 鈍

❶ 以頭叩地。《史記・秦始皇本紀》：「羣臣皆～首。」❷ 以足跺地。唐・杜甫《兵車行》：「牽衣～足攔道哭。」❸ 上下抖動使整齊。宋・朱熹《熟讀精思》：「將書冊齊整～放。」❹ 停留，屯駐。《漢書・李廣傳》：「就善水草～舍，人人自便。」❺ 跌倒，倒下。唐・柳宗元《捕蛇者說》：「號呼而轉徙，飢渴而～踣（bó，跌倒）。」❻ 損壞。《孫子・謀攻》：「必以全爭於天下，故兵不～而利可全。」❼ 忽然，馬上。隋・侯白《啟顏錄・賣羊》：「面目～改。」❽ 通「鈍」，不鋒利或反應遲。《漢書・翟方進傳》：「遲～不及事。」

**遯** [普]dùn [粵]deon6 鈍

「遁」的本字。❶ 逃，逃避。《禮記・緇衣》：「教之以政，齊之以刑，則民有～心。」❷ 隱匿。唐・柳宗元《始得西山宴遊記》：「攢蹙累積，莫得～隱。」❸ 欺瞞。《淮南子・脩務訓》：「審於形者，不可～以狀。」

🔍 遯、逃、逸。見296頁「逃」。

## duo

**多** [普]duō [粵]do1 朵一聲

❶ 數量大，與「少」相對。《孟子・公孫丑下》：「得道者～助，失道者寡助。」❷ 重視。《漢書・張耳陳餘傳》：「（皇）上～足下，故赦足下。」❸ 好，值得稱讚。《史記・游俠列傳》：「蓋亦有足～者焉。」❹ 過多，不必要。宋・辛棄疾《沁園春・靈山齊庵賦》：「天教～事。」❺ 勝出，超過。唐・杜牧《阿房宮賦》：「架梁之椽，～於機上之工女。」❻ 大都，經常。宋・范仲淹《岳陽樓記》：「遷客騷人，～會於此。」

**掇** [普]duō [粵]zyut3 輟

摘取，拾取。《詩經・周南・芣苢》：「采采芣苢，薄言～之。」

**度** [普]duó

見63頁dù。

**奪** [普]duó [粵]dyut6 杜月六聲

❶ 失，喪失。《孟子・梁惠王上》：「百畝之田，勿～其時，數口之家可以無飢矣。」❷ 混淆。《論語・陽貨》：「惡紫之～朱也。」❸ 強行獲取。《史記・廉頗藺相如列傳》：「秦王度之，終不可彊～。」❹ 剝奪，削除。《論語・憲問》：「～伯氏駢邑三百。」❺ 改

D

變。唐・杜甫《自京赴奉先詠懷》：「葵藿傾太陽，物性固難～。」

**朵** 🅐 duǒ 🅑 do2 躲
❶ 本義為樹木的枝葉、花或果實下垂貌，後來一般指花朵。唐・白居易《畫木蓮花圖寄元郎中》：「花房膩似紅蓮～，豔色鮮如紫牡丹。」❷ 量詞。唐・杜甫《江畔獨步尋花》：「黃四娘家花滿蹊，千～萬～壓枝低。」

**墮** 🗀 🅐 duò 🅑 do6 惰
❶ 掉落，下垂。《史記・滑稽列傳》：「前有～耳，後有遺簪。」❷ 通「惰」，懈怠。明・袁宏道《滿井遊記》：「夫能不以遊～事，而瀟然於山石草木之間者，惟此官也。」
🗀 🅐 huī 🅑 fai1 揮
通「隳」，毀壞。《呂氏春秋・先己》：「內失其行，名聲～於外。」

# E

e

**阿** 曾ē
見1頁ā。

**俄** 曾é 粵ngo4 鵝
❶ 傾側，傾斜。《詩經・小雅・賓之初筵》：「側弁（biàn，皮帽）之～。」❷ 頃刻，不久。清・蒲松齡《聊齋志異・促織》：「～見小蟲躍起。」

**峨** 曾é 粵ngo4 鵝
❶ 山高峻。晉・陸機《從軍行》：「崇山鬱嵯～，奮臂攀喬木。」❷ 高聳，高大。唐・陸龜蒙《記夢遊甘露寺》：「～天一峯立。」❸ 峨嵋山的簡稱。宋・陸游《秋夜獨醉戲題》：「莫恨久為～下客。」

**娥** 曾é 粵ngo4 鵝
❶ 美好。《列子・楊朱》：「鄉有處子之～，姣者，必賄而招之，媒而挑之。」❷ 美女。唐・杜審言《戲贈趙使君美人》：「紅粉青～映楚雲，桃花馬上石榴裙。」❸ 嫦娥。唐・韓愈《詠雪贈張籍》：「～嬉華蕩漾。」

**蛾** 曾é 粵ngo4 娥
❶ 昆蟲名，腹部短而粗，有帶鱗片的翅膀，多在夜間活動，常飛向燈光。《荀子・賦》：「蛹以為母，～以為父。」❷ 通「俄」，不久。《漢書・外戚傳下》：「始為少使，～而大幸。」

**鵝** 曾é 粵ngo4 娥
家禽名，頸長，腳有蹼，額部有橙黃色或黑褐色肉質突起。明・

王磐《朝天子・詠喇叭》：「只吹得水盡～飛罷。」

**額** 曾é 粵ngaak6 我客六聲
❶ 額頭。清・方苞《左忠毅公軼事》：「面～焦爛不可辨。」❷ 規定的數目。《舊唐書・崔衍傳》：「舊～賦租，特望蠲（jiān，免除）減。」

**啞** 曾è
見352頁yǎ。

**惡**
㊀ 曾è 粵ok3 噁
❶ 罪過，不良行為。《論語・顏淵》：「君子成人之美，不成人之～。」❷ 醜陋。《左傳・昭公二十八年》：「昔賈大夫之～，娶妻而美。」❸ 壞，不好。唐・杜甫《兵車行》：「信知生男～，反是生女好。」❹ 壞人，壞事。《左傳・隱公六年》：「～不可長。」❺ 過失，過錯。《左傳・定公五年》：「吾以志前～。」❻ 兇險。宋・文天祥《〈指南錄〉後序》：「而境界危～，層見錯出，非人世所堪。」
㊁ 曾wù 粵wu3 污三聲
❶ 討厭，憎恨。《左傳・隱公元年》：「故名寤生，遂～之。」❷ 妒忌，嫉妒。《資治通鑑》卷六十五：「（劉）表～其能而不能用也。」
㊂ 曾wū 粵wu1 污
❶ 如何，怎麼，哪裏。《論語・里仁》：「君子去仁，～乎成名？」❷ 語氣詞，表示驚訝。《孟子・公孫丑上》：「～！是何言也。」

🔍 惡、醜。見39頁「醜」。

**餓** 曾è 粵ngo6 卧
嚴重的飢餓。《淮南子・説

山訓》：「寧一月飢，毋一旬～。」

🔍 餓、飢。見 121 頁「飢」。

en

恩 ⓒēn ⓟjan1 因
❶ 恩惠。三國蜀·諸葛亮《出師表》：「臣不勝受～感激。」
❷ 寵愛，情愛。漢·蘇武《詩四首》之三：「結髮為夫妻，～愛兩不疑。」

er

★而 ⓒér ⓟji4 兒
❶ 如，像。漢·劉向《新序·雜事三》：「白頭～新，傾蓋～故。」❷ 第二人稱代詞，你，你的。清·蒲松齡《聊齋志異·促織》：「～翁歸，自與汝復算耳。」❸ 指示代詞，此，這樣。《戰國策·趙策一》：「～可以報知伯矣。」❹ 連接詞、短語和分句，表示並列關係，一般不譯，有時可譯作「又」。唐·韓愈《師說》：「授之書～習其句讀者。」❺ 連詞，表示遞進關係，可譯作「並且」、「而且」。《荀子·勸學》：「鍥～不舍，金石可鏤。」❻ 連詞，表示承接關係，可譯作「就」、「接着」。宋·蘇軾《石鐘山記》：「吾方心動欲還，～大聲發於水上。」❼ 連詞，表示轉折關係，可譯作「但是」、「卻」。三國蜀·諸葛亮《出師表》：「先帝創業未半，～中道崩殂。」❽ 連詞，表示修飾關係，即連接狀語和中心語，可不譯。《列子·愚公移山》：「北山愚公者，

年且九十，面山～居。」❾ 連詞，表示因果關係。《資治通鑑》卷六十五：「（劉）表惡其能～不能用也。」❿ 連詞，表示目的關係。《史記·項羽本紀》：「吾入關，秋毫不敢有所近，籍吏民，封府庫，～待將軍。」⓫ 句尾語氣詞，表示感歎。《論語·微子》：「已～，已～！今之從政者殆～！」

💡「而」本來是實詞，本義是頰毛，後被借用作連詞、代詞，成了常見的文言虛詞。「而」作為連詞，可以表示多種關係，一般可依上文下理去判斷。

兒 ⓒér ⓟji4 而
❶ 兒童，孩子。《列子·湯問》：「孔子東遊，見兩小～辯鬥。」❷ 兒子。北朝民歌《木蘭詩》：「阿爺無大～，木蘭無長兄。」❸ 年輕男子。清·蒲松齡《聊齋志異·促織》：「市中游俠～，得佳者籠養之。」❹ 子女的自稱。北朝民歌《木蘭詩》：「願借明駝千里足，送～還故鄉。」

耳 ⓒěr ⓟji5 以
❶ 耳朵。明·宋濂《送東陽馬生序》：「俯身傾～以請。」❷ 聽，聽說。宋·歐陽修《贈潘景溫叟》：「通宵～高論，飲恨知何涯。」❸ 語氣詞，表示限止，相當於「罷了」、「而已」。《孟子·告子上》：「非獨賢者有是心也，人皆有之，賢者能勿喪～～。」❹ 語氣詞，表示肯定。清·方苞《左忠毅公軼事》：「吾諸兒碌碌，他日繼吾志事，惟此生～！」

**E**

**爾** 魯 ěr 粵 ji5 耳

❶ 第二人稱代詞，你（們），你（們）的。唐·白居易《燕詩》：「燕燕～勿悲！～當反自思。」❷ 這，那。南朝宋·劉義慶《世說新語·賞譽》：「～夜風恬月朗。」❸ 如此，這樣。晉·陶潛《飲酒》：「問君何能～，心遠地自偏。」❹ 語氣詞，表示限止，相當於「罷了」、「而已」。宋·歐陽修《賣油翁》：「無他，但手熟～。」❺ 語氣詞，表示疑問、反問。漢·桓寬《鹽鐵論·非鞅》：「百姓何苦～，而文學何憂也？」❻ 助詞，附在動詞、形容詞、副詞後，表示「……的樣子」。《論語·先進》：「子路率～而對。」❼ 通「邇」，近，親近。《詩經·大雅·行葦》：「戚戚兄弟，莫遠具～。」

★**二** 魯 èr 粵 ji6 異

❶ 數詞。《列子·愚公移山》：「太形、王屋～山，方七百里，高萬仞。」❷ 表示序數，第二。唐·杜牧《山行》：「霜葉紅於～月花。」❸ 別的，其他的。《左傳·成公三年》：「其竭力致死，無有～心。」

🔍 二、兩、再、貳。四字均可表示一加一的數目，區別在於：「二」是基數，可與其他基數構成表示各種數目的數詞，如：二十五。「兩」表示並列的、成對的兩個，如：兩臂。「再」的本義是同樣的行為進行兩次，如：「一鼓作氣，再而衰」（《左傳·曹劌論戰》）。「貳」為「二」的大寫，其本義是「副」，指次要的、居第二位的。

**貳** 魯 èr 粵 ji6 異

❶ 副的，與「正」相對。《周禮·天官冢宰·大宰》：「乃施法于官府，而建其正，立其～。」❷ 再，重複。《論語·顏淵》：「不遷怒，不～過。」❸ 有二心，不專一。《左傳·隱公三年》：「王～于虢。」❹ 兩屬，事二主。《左傳·隱公元年》：「既而大叔命西鄙、北鄙～於己。」❺ 不一致。《孟子·滕公文上》：「從許子之道，則市賈不～，國中無偽。」❻ 數詞「二」的大寫。唐·白居易《論行營狀》：「況其軍一月之費，計實錢～拾柒捌萬貫。」

🔍 貳、二、兩、再。見 69 頁「二」。

# F

## fa

**發** 粵fā 粵faat3 法

❶ 把箭矢射出。《孟子·公孫丑上》：「射者正己而後～。」❷ 發射。清·陸士諤《馮婉貞》：「於是眾槍齊～。」❸ 興起，產生。《呂氏春秋·仲春》：「是月也，日夜分，雷乃～聲。」❹ 徵發，派出。漢·劉向《說苑·奉使》：「晉景公欲～兵救宋。」❺ 交付，送出。《史記·廉頗藺相如列傳》：「大王欲得璧，使人～書至趙王。」❻ 發動，啟動。《後漢書·張衡傳》：「施～機關。」❼ 打開，開。《孟子·梁惠王上》：「塗有餓莩而不知～（糧倉）。」❽ 生長。唐·王維《相思》：「紅豆生南國，秋來～幾枝。」❾ 啟發，使領悟通曉。《論語·述而》：「不憤不啟，不悱不～。」

**乏** 粵fá 粵fat6 伐

❶ 荒廢。《戰國策·燕策三》：「光不敢以～國事也。」❷ 缺少。漢·晁錯《論貴粟疏》：「粟者，民之所種，生於地而不～。」❸ 貧乏，生活困難。《孟子·魚我所欲也》：「為宮室之美、妻妾之奉、所識窮～者得我與？」❹ 疲乏。《新五代史·周德威傳》：「因其勞～而乘之，可以勝也。」

**伐** 粵fá 粵fat6 乏

❶ 殺。《尚書·商書·盤庚上》：「無有遠邇，用罪～厥死，用德彰厥善。」❷ 砍，砍伐。唐·白居易《賣炭翁》：「賣炭翁，～薪燒炭南山中。」❸ 攻打，討伐。《左傳·曹劌論戰》：「齊師～我。」❹ 誇耀，炫耀。《論語·公冶長》：「願無～善，無施勞。」❺ 功勞，功勳。《史記·項羽本紀》：「自矜功～。」

> 🔍　伐、征。二字都有進攻、攻打的意思，但使用的場合不同，感情色彩有別。「伐」是中性詞，用於諸侯之間的攻戰；「征」是褒義詞，用於天子（有道之師）進攻諸侯（無道之師）。「征伐」二字連用時亦含褒義。

**筏** 粵fá 粵fat6 伐

草葉茂盛。唐·柳宗元《始得西山宴遊記》：「斫榛莽，焚茅～。」

**罰** 粵fá 粵fat6 伐

❶ 罪過，過錯。漢·劉向《列女傳·陳女夏姬傳》：「貪色為淫，淫為大～。」❷ 犯法的人所受的罪刑。《尚書·周書·呂刑》：「墨～之屬千。」❸ 處罰，懲辦。三國蜀·諸葛亮《出師表》：「陟～臧否，不宜異同。」

> 🔍　罰、刑。見 343 頁「刑」。

**法** 粵fǎ 粵faat3 髮

❶ 律令，制度，規矩。《史記·陳涉世家》：「失期，～當斬。」❷ 效法。戰國楚·屈原《楚辭·離騷》：「謇吾～夫前修兮，非世俗之所服。」❸ 方法，方式。宋·沈括《夢溪筆談·採草藥》：「古～

採草藥多用二月、八月，此殊未當。」❹ 法家學派。《漢書·藝文志》：「雜家者流，蓋出於議官。兼儒、墨，合名、～。」

> 先秦時期諸子百家爭鳴，法家是其中一個學術思想流派。以李悝、商鞅、韓非等為代表，崇尚法治，反對禮制。

**髮** ⓔfà ⓒfaat3法
❶ 頭髮。晉·陶潛《桃花源記》：「黃～、垂髫，並怡然自樂。」❷ 草木。《莊子·逍遙遊》：「窮～之北，有冥海者，天池也。」

fan

**番** ⓔfān ⓒfaan1翻
❶ 更替，輪值。清·方苞《左忠毅公軼事》：「擇健卒十人，令二人蹲踞而背倚之，漏鼓移則～代。」❷ 量詞，遍，次。南朝宋·劉義慶《世說新語·文學》：「桓南郡與殷荊州共談，每相攻難。年餘後，但一兩～。」❸ 古代對少數民族或外國的稱呼。《明史·外國傳五》：「唐人者，諸～呼華人之稱也。」

**蕃** ⓔfān
見 72 頁 fán。

**藩** ⓔfān ⓒfaan4凡
❶ 籬笆。《周易·大壯》：「羝羊觸～，羸其角。」❷ 屏障。《左傳·定公四年》：「以～屏周。」❸ 遮蓋。《荀子·榮辱》：「以相持養，以相～飾。」❹ 四面有帷帳的車。《左傳·襄公二十三年》：「以～載欒盈及其士。」❺ 諸侯國，

藩鎮。《後漢書·明帝紀》：「驃騎將軍東平王蒼罷歸～。」

**凡** ⓔfán ⓒfaan4煩
❶ 凡是，所有。表示總括。《孟子·魚我所欲也》：「如使人之所欲莫甚於生，則～可以得生者何不用也？」❷ 共，總共。《左傳·襄公十一年》：「～兵車百乘。」❸ 大概，大致。宋·歐陽修《朋黨論》：「大～君子與君子，以同道為朋。」❹ 平常，一般。《資治通鑑》卷六十五：「而欲投吳巨，巨是～人。」❺ 世俗。宋·陸游《贈道友》：「～骨已脫身自輕，勃落葉上行無聲。」

**煩** ⓔfán ⓒfaan4凡
❶ 躁悶，煩惱。唐·杜甫《兵車行》：「新鬼～冤舊鬼哭，天陰雨濕聲啾啾！」❷ 繁瑣。唐·柳宗元《種樹郭橐駝傳》：「然吾居鄉，見長人者，好～其令，若甚憐焉，而卒以禍。」❸ 煩勞。《左傳·僖公三十年》：「若亡鄭而有益於君，敢以～執事。」

**樊** ⓔfán ⓒfaan4凡
❶ 籬笆。《詩經·小雅·青蠅》：「營營青蠅，止于～。」❷ 關鳥獸的籠子。晉·陶潛《歸園田居》：「久在～籠裏，復得返自然。」❸ 束縛。明·何景明《送都元敬主事》：「夫子風流士，才高恥受～。」❹ 領域，範圍。清·方苞《內閣中書劉君墓表》：「蓋學雖粗涉其～，其為說不能無弊而已。」❺ 旁，邊。唐·白居易《中隱》：「大隱在朝市，小隱入丘～。」

**蕃** 〔一〕⓪fán ⓪faan4 凡

❶ 茂盛。《周易·坤》：「天地變化，草木～。」❷ 眾多。宋·周敦頤《愛蓮說》：「水陸草木之花，可愛者甚～。」❸ 滋生，繁殖。《左傳·僖公二十三年》：「男女同姓，其生不～。」

〔二〕⓪fān ⓪faan1 翻

通「番」，古代對少數民族或外國的稱呼。《周禮·秋官司寇·大行人》：「九州之外，謂之～國。」

〔三〕⓪bō ⓪bo3 播

[吐蕃] 見 306 頁「吐」。

**繁** ⓪fán ⓪faan4 凡

❶ 多。宋·蘇洵《六國論》：「奉之彌～，侵之愈急。」❷ 茂盛。宋·王安石《即事》：「徑暖草如積，山晴花更～。」❸ 繁瑣。《後漢書·鄭玄傳》：「刪裁～誣，刊改漏失。」❹ 生殖，繁殖。《管子·八觀》：「薦草多衍，則六畜易～也。」

**★反** ⓪fǎn ⓪faan2 返

❶ 翻轉。《詩經·周南·關雎》：「悠哉悠哉，輾轉～側。」❷ 相反。《論語·顏淵》：「君子成人之美，不成人之惡。小人～是。」❸ 背叛。《史記·項羽本紀》：「日夜望將軍至，豈敢～乎！」❹ 反省。《禮記·學禮》：「知不足，然後能自～。」❺ 返回。《韓非子·鄭人買履》：「及～，市罷，遂不得履。」這個意義後來寫作「返」。❻ 報答。《詩經·周頌·執競》：「既醉既飽，福祿來～。」❼ 反而。唐·韓愈《師說》：「今其智乃～不能及，其可怪也歟！」

**返** ⓪fǎn ⓪faan2 反

❶ 還，回。《古詩十九首·行行重行行》：「浮雲蔽白日，遊子不顧～。」❷ 歸還。清·蒲松齡《聊齋志異·喬女》：「宰按之，果真，窮治諸無賴，盡～所取。」❸ 更換。《呂氏春秋·慎人》：「孔子烈然～瑟而弦。」

**犯** ⓪fàn ⓪faan6 飯

❶ 觸犯，冒犯。三國蜀·諸葛亮《出師表》：「若有作姦、犯科，及為忠善者，宜付有司。」❷ 侵犯，危害。《三國志·吳書·孫權傳》：「數～邊境。」❸ 遭遇。唐·柳宗元《捕蛇者說》：「蓋一歲之～死者二焉。」❹ 罪犯。清·方苞《獄中雜記》：「及他～同謀多人者，止主謀一二人立決。」

**泛** 〔一〕⓪fàn ⓪faan3 販

❶ 漂浮。漢·劉徹《秋風辭》：「～樓船兮濟汾河，橫中流兮揚素波。」❷ 氾濫。北魏·酈道元《水經注·河水》：「河水盛溢，～浸瓠子。」❸ 廣泛。清·方苞《獄中雜記》：「余感焉，以杜君言～訊之。」

〔二〕⓪fěng ⓪fung2 俸

通「覂」，翻，傾覆。漢·賈誼《論積貯疏》：「大命將～，莫之振救。」

**飯** 〔一〕⓪fàn ⓪faan6 犯

❶ 吃，吃飯。《論語·述而》：「～疏食，飲水。」❷ 煮熟的穀類食物。清·朱柏廬《朱子家訓》：「一粥一～，當思來處不易。」

〔二〕⓪fàn ⓪faan5 犯五聲

給……吃，餵。《莊子·田子方》：

F

「百里奚爵祿不入於心，故～牛而牛肥。」

📖　「飯」是古代喪葬禮儀之一，指把米、貝等物放在死者口中，以免死者空着嘴巴離開世界。死者身分不同，所放在口中的物品也會不同，以此體現等級之別。

**範** 🔊 fàn 🔊 faan6 飯
❶ 鑄造器物的模具。宋·沈括《夢溪筆談·活版》：「滿鐵～為一板，持就火煬之。」❷ 榜樣，典範。唐·王勃《滕王閣序》：「宇文新州之懿～，襜帷暫駐。」

## fang

**★方** 🔊 fāng 🔊 fong1 芳
❶ 兩船並列。《資治通鑑》卷六十五：「操軍～連戰艦，首尾相接。」❷ 方形。清·蒲松齡《聊齋志異·促織》：「視之，形若土狗，梅花翅，～首，長脛，意似良。」❸ 方圓，面積。《列子·愚公移山》：「太形、王屋二山，～七百里，高萬仞。」❹ 地域，區域。《論語·子路》：「使於四～，不辱使命。」❺ 方法，策略，計謀。《資治通鑑》卷六十五：「以魯肅為贊軍校尉，助畫～略。」❻ 處方，藥方。《莊子·逍遙遊》：「客聞之，請買其～百金。」❼ 方位。《詩經·邶風·日月》：「日居月諸，出自東～。」❽ 正直。《史記·屈原賈生列傳》：「～正之不容也。」❾ 正在，剛剛，才。《戰國策·鷸蚌相爭》：「蚌～出曝，

而鷸啄其肉。」❿ 即將，正要。《晏子春秋·內篇雜下》：「今～來，吾欲辱之，何以也？」⓫ 當。宋·王安石《遊褒禪山記》：「～是時，予之力尚足以入。」

📖　古人認為天圓地方，詳見387頁「圓」。

**芳** 🔊 fāng 🔊 fong1 方
❶ 草的香氣。晉·陶潛《桃花源記》：「～草鮮美，落英繽紛。」❷ 花草。宋·歐陽修《醉翁亭記》：「野～發而幽香，佳木秀而繁陰。」❸ 比喻美好名聲。清·錢彩《說岳全傳》：「好個安人，教子成名，盡忠報國，流～百世！」❹ 美好的。唐·盧照鄰《長安古意》：「借問吹簫向紫煙，曾經學舞度～年。」

🔍　芳、香、馨。三字均指氣味芳香，但有細微差別：「芳」指花草的香氣；「香」指禾穀的香氣，也可泛指其他香氣；「馨」指向外散發的濃郁香氣。

**防** 🔊 fáng 🔊 fong4 房
❶ 堤壩。《周禮·地官司徒·稻人》：「以～止水。」❷ 界限，邊防。《史記·蘇秦列傳》：「雖有長城鉅～，惡足以為塞？」❸ 防備，防止。唐·王勃《平臺祕略論十首》之九：「杜漸～微，投跡於知幾之地。」❹ 堵塞。《國語·周語上》：「～民之口，甚於～川。」❺ 比，相當。《詩經·秦風·黃鳥》：「維此仲行，百夫之～。」

**彷** 🔊 fáng 🔊 fong2 訪
[彷彿] 也作「仿佛」、「髣髴」。

好像。晉・陶潛《桃花源記》:「山有小口,～～若有光。」

㊁ 〔粵〕páng 〔普〕páng4 旁

[彷徨] 也作「徬徨」、「仿偟」。徘徊。《莊子・逍遙遊》:「～～乎無為其側,逍遙乎寢臥其下。」

放 〔粵〕fǎng
見 74 頁 fǎng。

訪 〔粵〕fǎng 〔普〕fǎng2 紡
❶ 諮詢,詢問。《左傳・僖公三十二年》:「穆公～諸蹇叔。」❷ 拜訪。梁啟超《譚嗣同傳》:「時余方～君寓,對坐榻上。」❸ 尋求,查訪。宋・蘇軾《石鐘山記》:「至唐李渤始～其遺蹤。」

放 〔粵〕fàng 〔普〕fàng3 況
❶ 驅逐,流放。《史記・屈原賈生列傳》:「屈平既嫉之,雖～流,睠顧楚國,繫心懷王。」❷ 釋放,解脫。明・馬中錫《中山狼傳》:「昔毛寶～龜而得渡,隋侯救蛇而獲珠。」❸ 開,綻放。宋・辛棄疾《青玉案・元夕》:「東風夜～花千樹。」❹ 放置,擱下。《莊子・知北遊》:「神農擁杖而起,嚗然～杖而笑。」❺ 棄,捨棄。《三國志・蜀書・姜維傳》:「尋被後主敕令,乃投戈～甲。」❻ 盡情地。唐・杜甫《聞官軍收河南河北》:「白日～歌須縱酒。」

㊁ 〔粵〕fǎng 〔普〕fǒng2 訪
❶ 依據。《論語・里仁》:「～於利而行,多怨。」❷ 至,到。《孟子・梁惠王下》:「遵海而南,～於琅邪。」❸ 通「仿」,仿效,依照。宋・蘇軾《上韓太尉書》:「皆依～儒術六經之言。」

## fei

非 ㊀ 〔粵〕fēi 〔普〕fēi1 飛
❶ 不對,錯誤。晉・陶潛《歸去來兮辭》:「實迷途其未遠,覺今是而昨～。」❷ 違背。《論語・顏淵》:「～禮勿視,～禮勿聽,～禮勿言,～禮勿動。」❸ 反對,責怪。《史記・秦始皇本紀》:「今諸生不師今而學古,以～當世。」❹ 不是。唐・韓愈《師說》:「人～生而知之者,孰能無惑?」❺ 除非,除了。《資治通鑑》卷六十五:「～劉豫州莫可以當曹操者。」

㊁ 〔粵〕fěi 〔普〕fěi2 誹
通「誹」,誹謗,詆毀。《史記・李斯傳》:「入則心～,出則巷議。」

> 「非常」今為形容詞,表示不一般、異乎尋常,如:非常時期;或為副詞,表示程度極高,如:非常美麗。在文言文中,「非常」可為名詞,指意外的變故,如:「故遣將守關者,備他盜出入與非常也」(《史記・項羽本紀》)。

飛 〔粵〕fēi 〔普〕fēi1 非
❶ 鳥類飛翔,亦泛指飛的動作。《莊子・逍遙遊》:「怒而～,其翼若垂天之雲。」❷ 飄動,飄揚。唐・岑參《白雪歌送武判官歸京》:「北風捲地白草折,胡天八月即～雪。」❸ 快,急。唐・李白《望廬山瀑布》:「～流直下三千尺。」❹ 意外的,突然的。《後漢書・周榮傳》:「若卒遇～禍,無

得殯斂。」❺ 凌空而起的，高入空中的。三國魏·何晏《景福殿賦》：「～宇承霓。」

**菲**
㊀ 普 fēi 粵 fei1 非
花草芳香。宋·蘇軾《作書寄王晉卿忽憶前年寒食北城之遊》：「別來春物已再～，西望不見紅日圍。」
㊁ 普 fěi 粵 fei 匪
❶ 古書上說的一種像蕪菁的菜，花紫紅色，可吃。《詩經·邶風·谷風》：「采葑采～，無以下體。」
❷ 微薄。清·吳敬梓《儒林外史》第三十三回：「小姪～才寡學。」
❸ 輕視。三國蜀·諸葛亮《出師表》：「不宜妄自～薄。」

**扉**
普 fēi 粵 fei1 非
門扇，門。唐·李白《下終南山過斛斯山人宿置酒》：「相攜及田家，童稚開荊～。」

**蜚**
普 fēi
見 75 頁 fěi。

**緋**
普 fēi 粵 fei1 非
紅色。唐·韓愈《送區弘南歸》：「佩服上色紫與～。」

🔍 緋、朱、赤、丹、紅。見 415 頁「朱」。

**霏**
普 fēi 粵 fei1 非
❶ 雨雪綿密的樣子。《詩經·邶風·北風》：「雨雪其～。」❷ 霧氣。宋·歐陽修《醉翁亭記》：「若夫日出而林～開。」❸ 飛散。宋·歐陽修《秋聲賦》：「其色慘淡，煙～雲歛。」

**肥**
普 féi 粵 fei4 肥
❶ 肉多，油脂多。《孟子·

梁惠王上》：「庖有～肉。」❷ 苗壯，飽滿。唐·韓愈《山石》：「芭蕉葉大支子～。」❸ 富足，豐裕。《禮記·禮運》：「父子篤，兄弟睦，夫妻和，家之～也。」❹ 肥沃，富饒。《國語·晉語九》：「松柏之地，其土不～。」

**非**
普 fēi
見 74 頁 fēi。

**匪**
普 fěi 粵 fei2 誹
❶ 竹筐。《孟子·滕文公下》：「其君子實玄黃于～以迎其君子。」這個意義後來寫作「篚」。
❷ 不是。唐·李白《蜀道難》：「所守或～親，化為狼與豺。」

**菲**
普 fěi
見 75 頁 fēi。

**蜚**
㊀ 普 fěi 粵 fei2 匪
❶ 一種食稻花的飛蟲。《左傳·莊公二十九年》：「秋，有～，為災也。」❷ 古代傳說中的怪獸。《山海經·東山經》：「其狀如牛而白首，一目而蛇尾，其名曰～。」
㊁ 普 fēi 粵 fei1 飛
通「飛」。❶ 飛翔。漢·王充《論衡·幸偶》：「蜘蛛結網，～蟲過之，或脫或獲。」❷ 無根據的。《史記·魏其武安侯列傳》：「乃有～語為惡言聞上。」

**肺**
㊀ 普 fèi 粵 fai3 廢
肺臟，呼吸器官。《禮記·大學》：「人之視己，如見其～肝然。」
㊁ 普 pèi 粵 pui3 佩
[肺肺] 茂盛的樣子。《詩經·陳風·東門之楊》：「東門之楊，其

葉～～。」

> 📖 「肺腑」是人體內部的重要器官，以此比喻內心深處，如成語「肺腑之言」指發自內心的真話；「動人肺腑」形容感人至深。

**費** 🔊fèi 🔊fai3 廢

❶ 花費錢財。《荀子·議兵》：「若是則戎甲俞眾，奉養必～。」❷ 損耗。漢·賈誼《過秦論》：「秦無亡矢遺鏃之～，而天下諸侯已困矣。」❸ 費用。清·方苞《獄中雜記》：「求脫械居監外板屋，～亦數十金。」❹ 言辭煩瑣。《禮記·緇衣》：「口～而煩，易出難悔。」

**廢** 🔊fèi 🔊fai3 肺

❶ 倒塌。《淮南子·覽冥訓》：「往古之時，四極～，九州裂。」❷ 廢棄，廢除。《資治通鑑》卷六十五：「老賊欲～漢自立久矣。」❸ 荒廢。宋·范仲淹《岳陽樓記》：「政通人和，百～具興。」❹ 廢黜，罷官。《管子·明法解》：「不勝其任者～免。」❺ 浪費。《後漢書·列女傳》：「今若斷斯織也，則捐失成功，稽～時日。」❻ 停止。《論語·雍也》：「力不足者，中道而～。」❼ 放置，設置。《公羊傳·宣公八年》：「去其有聲者，～其無聲者。」❽ 殘廢。《禮記·大同與小康》：「矜、寡、孤、獨、～、疾者皆有所養。」

fen

**分** 〔一〕🔊fēn 🔊fan1 昏

❶ 分開，分裂。三國蜀·諸葛亮《出師表》：「今天下三～，

益州疲弊，此誠危急存亡之秋也！」❷ 離，散。唐·李白《月下獨酌》：「醒時同交歡，醉後各～散。」❸ 區分，分辨。《論語·微子》：「四體不勤，五穀不～。」❹ 分配，分給。《左傳·曹劌論戰》：「衣食所安，弗敢專也，必以～人。」❺ 一半，半。北魏·酈道元《水經注·三峽》：「自非亭午夜～，不見曦月。」❻ 分明，清楚。漢·賈誼《論時政疏》：「等級～明。」❼ 長度單位，十釐為一分，十分為一寸。

〔二〕🔊fèn 🔊fan6 份

❶ 本分，名分。《禮記·大同與小康》：「男有～，女有歸。」❷ 料想。《漢書·蘇武傳》：「自～已死久矣。」❸ 情分。三國魏·曹植《贈白馬王彪》：「恩愛苟不虧，在遠～日親。」

**吩** 🔊fēn 🔊fan1 芬

[吩咐] 囑託，交代。《三國演義·楊修之死》：「一日令各出鄴城門，卻密使人～～門吏，令勿放出。」

**紛** 🔊fēn 🔊fan1 芬

❶ 旗上飄帶。漢·揚雄《羽獵賦》：「青雲為～。」❷ 繁多，盛多。唐·杜牧《阿房宮賦》：「秦愛～奢，人亦念其家。」❸ 亂，擾亂。清·蒲松齡《聊齋志異·嬌娜》：「家君恐交遊～意念，故謝客耳。」❹ 糾紛，爭執。《史記·滑稽列傳》：「談言微中，亦可以解～。」

**焚** 🔊fén 🔊fan4 墳

燒。唐·韓愈《進學解》：「～

膏油以繼晷，恆兀兀以窮年。」

**墳** 　🔊fén 🔊fan4 焚

❶ 土堆，堤岸。《周禮‧地官司徒‧大司徒》：「辨其山林、川澤、丘陵、～衍、原隰之名物。」❷ 墳墓。唐‧李賀《秋來》：「秋～鬼唱鮑家詩，恨血千年土中碧。」❸ 大。《詩經‧小雅‧苕之華》：「牂（zāng，母羊）羊～首。」

🔍 墳、墓。古時埋葬死人，封土隆起的叫「墳」，平的叫「墓」。

**粉** 　🔊fěn 🔊fan2 分二聲

❶ 化妝用的粉末。戰國楚‧宋玉《登徒子好色賦》：「著～則太白，施朱則太赤。」❷ 細末。清‧陸士諤《馮婉貞》：「設以炮至，吾村不齏（jī，粉碎）～乎？」❸ 裝飾，粉飾。漢‧褚少孫《西門豹治鄴》：「共～飾之，如嫁女牀席。」❹ 碾碎，粉碎。明‧于謙《石灰吟》：「～身碎骨全不怕，要留清白在人間。」❺ 白色。唐‧杜牧《丹水》：「沈定藍光徹，喧盤～浪開。」

**分** 　🔊fèn
見 76 頁 fēn。

**忿** 　🔊fèn 🔊fan5 憤

憤怒，怨恨。明‧劉基《賣柑者言》：「豈其～世疾邪者耶？而託於柑以諷耶？」

**憤** 　🔊fèn 🔊fan5 奮

❶ 鬱悶。清‧方苞《獄中雜記》：「積憂～，寢食違節。」❷ 憤怒，怨恨。清‧薛福成《觀巴黎油畫記》：「譯者曰：『所以昭炯戒，

激眾～，圖報復也。』」

**奮** 　🔊fèn 🔊fan5 憤

❶ 鳥展翅。《詩經‧邶風‧柏舟》：「靜言思之，不能～飛。」❷ 舉起，舞動。明‧馬中錫《中山狼傳》：「遂鼓吻～爪以向先生。」❸ 張開，展開。清‧林嗣環《口技》：「於是賓客無不變色離席，～袖出臂，兩股戰戰，幾欲先走。」❹ 振作，發揚。漢‧賈誼《過秦論》：「及至始皇，～六世之餘烈。」❺ 竭力，盡力。《呂氏春秋‧去宥》：「其為人甚險，將～於說以取少主也。」❻ 憤激。《史記‧高祖本紀》：「獨項羽怨秦破項梁軍，～，願與沛公西入關。」

feng

**封** 　🔊fēng 🔊fung1 風

❶ 聚土植樹為疆界標誌。《左傳‧昭公二年》：「宿敢不～殖此樹。」❷ 疆界，範圍。《左傳‧僖公三十年》：「既東封鄭，又欲肆其西～。」❸ 帝王、將領築土為壇，祭天祭祖。《大戴禮記‧保傅》：「是以～泰山而禪梁甫。」❹ 分封。宋‧蘇洵《六國論》：「以賂秦之地，～天下之謀臣。」❺ 封合，關閉。《史記‧項羽本紀》：「吾入關，秋毫不敢有所近，籍吏民，～府庫，而待將軍。」❻ 富厚。《國語‧楚語上》：「是聚民利以自～而瘠民也。」

**★風** 　〔一〕🔊fēng 🔊fung1 豐

❶ 流動的空氣。宋‧范仲淹《岳陽樓記》：「陰～怒號，濁浪排空。」❷ 風景，景象。宋‧楊萬里

《曉出淨慈寺送林子方》:「畢竟西湖六月中,～光不與四時同。」❸ 風俗,風尚。唐·柳宗元《捕蛇者說》:「故為之說,以俟夫觀人～者得焉。」❹ 教化。《孟子·公孫丑上》:「其故家遺俗,流～善政,猶有存者。」❺ 民歌,歌謠。南朝梁·劉勰《文心雕龍·樂府》:「匹夫庶婦,謳吟土～。」

㈡ 🔊 fèng 🔊 fung3 諷
通「諷」,勸告。《漢書·趙廣漢傳》:「廣漢聞之,先～告,建不改。」

> 💡 「風流」一詞今常用來形容人貪色留情,在男女關係上放蕩不約束,是貶義詞。在文言文中則為褒義詞,形容人英俊、傑出,如「千古風流人物」(宋·蘇軾《念奴嬌·赤壁懷古》);或形容文學作品超逸美妙,如「晏文獻公長短句風流蘊藉」(宋·王灼《碧雞漫志》)。

**峯** 🔊 fēng 🔊 fung1 風
❶ 山頂。唐·李白《蜀道難》:「連～去天不盈尺,枯松倒掛倚絕壁。」❷ 像山峯的事物。唐·杜甫《麗人行》:「紫駝之～出翠釜,水精之盤行素鱗。」

**烽** 🔊 fēng 🔊 fung1 蜂
古代邊防報警的煙火。《史記·魏公子列傳》:「公子與魏王博,而北境傳舉～,言『趙寇至,且入界』。」

**楓** 🔊 fēng 🔊 fung1 風
樹名,一種落葉喬木,春季開花,黃褐色,葉子掌狀三裂,秋

季變成紅色。唐·杜牧《山行》:「停車坐愛～林晚,霜葉紅於二月花。」

**逢** 🔊 féng 🔊 fung4 馮
❶ 遇到,碰到。唐·杜甫《江南逢李龜年》:「落花時節又～君。」❷ 迎接。唐·王維《與盧象集朱家》:「主人能愛客,終日有～迎。」❸ 迎合,討好。《孟子·告子下》:「～君之惡其罪大。」❹ 大,寬大。《荀子·儒效》:「～衣淺帶。」

**馮** ㈠ 🔊 féng 🔊 fung4 逢
姓氏。

㈡ 🔊 píng 🔊 pang4 朋
❶ 馬行疾速。漢·許慎《說文解字·馬部》:「～,馬行疾也。」❷ 徒步涉水。《詩經·小雅·小旻》:「不敢暴虎,不敢～河。」❸ 依靠,依據。《左傳·哀公七年》:「～恃其眾。」這個意義後來寫作「憑」。

**縫** ㈠ 🔊 féng 🔊 fung4 逢
❶ 用針連綴,縫合。唐·孟郊《遊子吟》:「臨行密密～,意恐遲遲歸。」❷ 彌合,補合。《淮南子·要略》:「而補～過失之闕者也。」

㈡ 🔊 fèng 🔊 fung6 鳳
❶ 縫合處,結合處。唐·杜牧《阿房宮賦》:「瓦～參差,多於周身之帛縷。」❷ 縫隙,空隙。北魏·賈思勰《齊民要術·造神麴并酒》:「閉塞窗戶,密泥～隙,勿令通風。」

**泛** 🔊 fěng
見 72 頁 fàn。

F

風 ⊜fěng
見 77 頁 fēng。

諷 ⊜fěng ⊜fung3風三聲
❶ 背誦，誦讀。《漢書·藝文志》：「太史試學童，能～書九千字以上，乃得為史。」❷ 以含蓄、委婉的話暗示或勸告。《戰國策·鄒忌諷齊王納諫》：「鄒忌～齊王納諫。」❸ 譏諷，譏刺。明·劉基《賣柑者言》：「豈其忿世疾邪者耶？而託於柑以～耶？」

★奉 ⊜fèng ⊜fung6鳳
❶ 捧，拿。《史記·廉頗藺相如列傳》：「王必無人，臣願～璧往使。」❷ 進獻。《周禮·地官司徒·大司徒》：「祀五帝，～牛牲。」❸ 賜予。《左傳·僖公三十三年》：「天～我也。」❹ 給予，供。宋·蘇洵《六國論》：「～之彌繁，侵之愈急。」❺ 使用。清·朱柏廬《朱子家訓》：「自～必須儉約，宴客切勿留連。」❻ 俸祿。《戰國策·趙策四》：「～厚而無勞。」這個意義後來寫作「俸」。❼ 遵守。《史記·李斯列傳》：「謹～法令。」❽ 恭敬地接受，奉行。漢樂府《孔雀東南飛》：「下官～使命。」❾ 侍奉。《孟子·魚我所欲也》：「為宮室之美、妻妾之～、所識窮乏者得我與？」❿ 敬詞。《紅樓夢》第一回：「且請略坐，弟即來～陪。」

鳳 ⊜fèng ⊜fung6奉
❶ 鳳鳥，傳說中的一種神鳥。漢·王充《論衡·問孔》：「～鳥、河圖，明王之瑞也。」❷ 比喻有聖德的人。《論語·微子》：「～

兮～兮，何德之衰？」

縫 ⊜fèng
見 78 頁 féng。

fou

不 ⊜fǒu
見 20 頁 bù。

缶 ⊜fǒu ⊜fau2否
❶ 瓦器，小口圓腹，用以盛酒、汲水等。清·朱柏廬《朱子家訓》：「器具質而潔，瓦～勝金玉。」❷ 瓦製的打擊樂器。《詩經·陳風·宛丘》：「坎其擊～。」

否 ⊜㊀⊜fǒu ⊜fau2浮二聲
❶ 不然，不是這樣。作為應對語，表示不同意。《戰國策·魏策四》：「～，非若是也。」❷ 不，表示否定。秦·李斯《諫逐客書》：「不問可～，不論曲直。」❸ 不，沒有。用於句末表詢問。明·馬中錫《中山狼傳》：「丈人附耳謂先生曰：『有匕首～？』」
㊁ ⊜pǐ ⊜pei2鄙
❶ 閉塞，阻隔不通。《後漢書·蔡邕傳》：「是故天地～閉。」❷ 困窮，不順。《墨子·非儒下》：「窮達賞罰幸～有極。」❸ 惡，邪惡。三國蜀·諸葛亮《出師表》：「陟罰臧～，不宜異同。」

瓵 ⊜fǒu ⊜fau2否
同「缶」。❶ 盛水、酒等的瓦器。《墨子·備城門》：「水～，容三石以上，小大相雜。」❷ 瓦製的打擊樂器。《史記·廉頗藺相如列傳》：「趙王竊聞秦王善為秦聲，請奏盆～秦王，以相娛樂。」

## fu

★**夫** 〔一〕⓿fū ⓿fu1呼
❶ 成年男子。唐·杜甫《兵車行》:「長者雖有問,役～敢伸恨?」❷ 丈夫,女子之配偶。《禮記·大同與小康》:「以正君臣,以篤父子,以睦兄弟,以和～婦。」

〔二〕⓿fú ⓿fu4符
❶ 這,那。《左傳·僖公三十年》:「微～人之力,不及此。」❷ 語氣詞,放於句首表示發議論。《左傳·曹劌論戰》:「～戰,勇氣也。」❸ 語氣詞,用於句尾表示感歎。《莊子·逍遙遊》:「則夫子猶有蓬之心也～!」

> 「夫子」是古代對男子的敬稱,因孔子弟子對孔子尊稱「夫子」,遂也成為學生對老師的敬稱。

**敷** ⓿fū ⓿fu1呼
❶ 施佈。《尚書·虞書·大禹謨》:「文命～于四海。」❷ 陳述。晉·謝靈運《山居賦》:「～文奏懷。」❸ 普遍。《詩經·周頌·般》:「～天之下。」

**膚** ⓿fū ⓿fu1呼
❶ 人的皮膚。《韓非子·喻老》:「君之病在肌～,不治將益深。」❷ 浮淺,淺薄。漢·張衡《東京賦》:「所謂末學～受。」

**夫** ⓿fú
見80頁 fū。

**弗** ⓿fú ⓿fat1忽
❶ 副詞,不。《左傳·曹劌論戰》:「小惠未徧,民～從也。」
❷ 副詞,沒有。《呂氏春秋·察今》:「雖人～損益,猶若不可得而法。」❸ 副詞,不要,別。清·陸士諤《馮婉貞》:「急逐～失。」❹ 通「怫」,憂悶。《漢書·溝洫志》:「吾山平兮鉅野溢,魚～鬱兮柏冬日。」

**伏** ⓿fú ⓿fuk6服
❶ 趴下。《莊子·逍遙遊》:「卑身而～,以候敖者。」❷ 身體向前傾靠在物體上。《史記·廉頗藺相如列傳》:「君不如肉袒～斧質請罪,則幸得脫矣。」❸ 隱匿,隱蔽。《老子》五十八章:「禍兮,福之所倚;福兮,禍之所～。」❹ 埋伏,伏兵。《左傳·曹劌論戰》:「夫大國,難測也,懼有～焉。」❺ 屈服,順從。《左傳·僖公二十八年》:「楚～其罪。」❻ 佩服,信服。唐·白居易《琵琶行》:「曲罷曾教善才～。」❼ 表敬副詞,多出現於奏章書信之中。晉·李密《陳情表》:「～惟聖朝以孝治天下。

**扶** ⓿fú ⓿fu4符
❶ 攙扶,扶持。《戰國策·齊策四》:「民～老攜幼,迎君道中。」❷ 輔佐,幫助。《戰國策·宋衛策》:「若令梁伐趙,以害趙國,則寡人不忍也。」❸ 治理。宋·蘇軾《夷陵縣歐陽永叔至喜堂》:「人去年年改,堂傾歲歲～。」❹ 沿着,順着。晉·陶潛《桃花源記》:「既出,得其船,便～向路,處處誌之。」

**孚** ⓿fú ⓿fu1呼
❶ 孵化,孵卵。《淮南子·人間訓》:「夫鴻鵠之未～於卵

也。」這個意義後來寫作「孵」。
❷ 信用，誠實。《詩經·大雅·下武》：「永言配命，成王之～。」
❸ 為人所信服，使信任。《左傳·曹劌論戰》：「小信未～，神弗福也。」❹ 信服，信任。《尚書·周書·呂刑》：「獄成而～，輸而～。」

## 拂

〔一〕⦿ fú ⦿ fat1 忽
❶ 彈，除去塵土。《戰國策·魏策四》：「今以臣之凶惡，而得為王～枕席。」彈去塵土的用具，俗名拂子。《南史·陳顯達傳》：「麈尾蠅～，是王謝家物，汝不須捉此自逐。」❸ 掠過，輕輕擦過。唐·李白《清平調》：「雲想衣裳花想容，春風～檻露華濃。」❹ 振動。《左傳·襄公二十六年》：「～衣從之。」❺ 不順，違背。《孟子·告子下》：「行～亂其所為。」
〔二〕⦿ bì ⦿ bat6 拔
通「弼」，幫助，輔佐。《孟子·告子下》：「入則無法家～士。」

## 佛

⦿ fú ⦿ fat1 忽
[彷彿] 見 73 頁「彷」。

## 服

〔一〕⦿ fú ⦿ fuk6 伏
❶ 服從，順服。漢·賈誼《過秦論》：「彊國請～，弱國入朝。」❷ 制服，降服。《韓非子·二柄》：「夫虎之所以能～狗者，爪牙也。」❸ 佩服，信服。《後漢書·張衡傳》：「後數日驛至，果地震隴西，於是皆～其妙。」❹ 屈服。《左傳·僖公二十二年》：「愛其二毛，則如勿～焉。」❺ 吃，服用藥物。《禮記·曲禮下》：「醫不三世，不～其藥。」❻ 從事，做，承當。《論語·為政》：「有事，弟

子～其勞。」❼ 習慣，適應。漢·晁錯《言兵事疏》：「卒不～習。」
❽ 職事，職位。《荀子·儒效》：「工匠之子莫不繼事，而都國之民安習其～。」❾ 衣服。戰國楚·屈原《楚辭·九章·涉江》：「余幼好此奇～兮。」❿ 穿，佩帶。《戰國策·鄒忌諷齊王納諫》：「朝～衣冠，窺鏡。」⓫ 思念。《詩經·周南·關雎》：「求之不得，寤寐思～。」
〔二〕⦿ fù ⦿ fuk6 伏
量詞，中藥一劑叫一服。

## 俘

⦿ fú ⦿ fu1 呼
❶ 交戰時虜獲人或物品。《左傳·襄公二十七年》：「殺成與彊而盡～其家。」❷ 被虜獲的人或物品。晉·李密《陳情表》：「今臣亡國賤～，至微至陋。」❸ 繳獲財物。《尚書·商書·湯誓》：「～厥寶玉。」

## 浮

⦿ fú ⦿ fau4 蜉
❶ 漂，水中漂浮，與「沉」相對。《莊子·逍遙遊》：「今子有五石之瓠，何不慮以為大樽而～於江湖。」❷ 渡水，游水。宋·陸游《牧牛兒》：「溪深不須憂，吳牛能自～。」❸ 浮動，不固定。宋·范仲淹《岳陽樓記》：「～光躍金，靜影沉璧。」❹ 物體空虛，不充實。宋·沈括《夢溪筆談·採草藥》：「有苗時採，則虛而～。」❺ 超過。《禮記·坊記》：「故君子與其使食～於人也，寧使人～於食。」

## 符

⦿ fú ⦿ fu4 扶
❶ 朝廷傳達命令或徵調兵將用的憑證。《史記·魏公子列傳》：

「嬴聞晉鄙之兵～常在王臥內。」❷ 契約，憑證。《韓非子·主道》：「事已增則操其～，～契之所合。」❸ 符合，相合。《韓非子·用人》：「發矢中的，賞罰當～。」❹ 道士畫的圖形或線條，用以驅鬼求福。清·袁枚《子不語·吳生不歸》：「以鐵索鋼之，壓以～籙。」❺ 祥瑞，吉祥的徵兆。漢·董仲舒《舉賢良對策一》：「此蓋受命之～也。」❻ 道，規律。《呂氏春秋·精諭》：「見其人而心與志皆見，天～同也。」

> ▨▨ 「符」是一種憑證，多用銅、玉或竹等製作而成，上面刻有文字，分為兩半，雙方各執其一，當合二為一時可作為憑證。

**絨** 🔊fú 🔊fat1 忽
繫印的絲帶。《漢書·匈奴傳下》：「授單于印～。」

**福** 🔊fú 🔊fuk1 幅
❶ 幸福，與「禍」相對。漢·劉向《說苑·權謀》：「此所謂～不重至，禍必重來者也。」❷ 賜福，保祐。《左傳·曹劌論戰》：「小信未孚，神弗～也。」❸ 祭祀用的酒肉。《國語·晉語二》：「今夕君夢齊姜，必速祠而歸～。」

**父** 🔊fǔ
見 83 頁 fù。

**甫** 🔊fǔ 🔊fu2 府
❶ 男子的美稱。《詩經·大雅·烝民》：「肅肅王命，仲山～將之。」❷ 大。《詩經·齊風·甫田》：「無田～田，維莠驕驕。」❸ 始，才。清·紀昀《閱微草堂筆

記·槐西雜志》：「～一脱手，已瞥然逝。」

**斧** 🔊fǔ 🔊fu2 府
❶ 斧子，一種砍木工具。《莊子·逍遙遊》：「不夭斤～，物無害者。」❷ 用斧子砍。清·蒲松齡《聊齋志異·小翠》：「公怒，～其門。」❸ 一種兵器，也作殺人刑具。《史記·廉頗藺相如列傳》：「君不如肉袒伏～質請罪，則幸得脱矣。」

**府** 🔊fǔ 🔊fu2 苦
❶ 國家收藏文書或財物的地方。《左傳·僖公五年》：「勳在王室，藏於盟～。」❷ 官府。三國蜀·諸葛亮《出師表》：「宮中、～中，俱為一體。」❸ 臟腑。《呂氏春秋·達鬱》：「凡人三百六十節，九竅五藏六～。」這個意義後來寫作「腑」。❹ 收藏，儲存。《莊子·德充符》：「官天地，～萬物。」❺ 唐宋以後的地方行政區劃。唐宋時大州稱府，如唐代的京兆府；明清時縣以上的行政區域稱府，如清代的奉天府。

> ✍ 在古籍中，除了「府」字，「庫」、「倉」、「廩」亦指收藏東西的處所，但收藏的對象不同。收藏糧食的地方叫「倉」（或「廩」）；收藏文書、財物的地方叫「府」；收藏武器、戰車的地方叫「庫」。

**俛** 🔊fǔ 🔊fu2 俯
㊀ 同「俯」，低頭。清·劉蓉《習慣說》：「～而讀，仰而思。」
㊁ 🔊miǎn 🔊min5 勉
通「勉」，勤勞的樣子。《禮記·

表記》：「～焉日有孶孶（zīzī，勤勉，不懈怠）。」

## 俯 ⓐfǔ ⓟfu2苦

❶ 低頭，與「仰」相對。《周易·繫辭上》：「仰以觀於天文，～以察於地理。」❷ 屈身，彎下。明·宋濂《送東陽馬生序》：「余立侍左右，援疑質理，～身傾耳以請。」❸ 對下。《孟子·梁惠王上》：「仰不足以事父母，～不足以畜妻子。」❹ 屈服。《戰國策·韓策三》：「是我～於一人之下，而信於萬人之上也。」

## 釜 ⓐfǔ ⓟfu2斧

❶ 一種鍋，炊具。三國魏·曹植《七步詩》：「萁在～下燃，豆在～中泣。」❷ 容量單位，六斗四升為一釜。

## 腑 ⓐfǔ ⓟfu2苦

中醫把胃、膽、大腸、小腸、膀胱、三焦稱作「腑」。也泛指內臟。晉·葛洪《抱朴子·至理》：「破積聚於～臟。」

## 輔 ⓐfǔ ⓟfu6負

❶ 車輪外的兩條直木，用以增強車輻的承受力。《詩經·小雅·正月》：「其車既載，乃棄爾～。」❷ 輔佐，輔助。《孫子·謀攻》：「～周則國必強，～隙則國必弱。」❸ 護衛，護持。唐·王勃《送杜少府之任蜀州》：「城闕～三秦，風煙望五津。」❹ 輔佐之臣。《戰國策·秦策三》：「其威內扶，其～外布。」❺ 面頰。《左傳·僖公五年》：「～車相依，脣亡齒寒。」❻ 京城附近的地方。《後漢書·張衡傳》：「衡少善屬文，遊於三～，

因入京師。」

## 撫 ⓐfǔ ⓟfu2斧

❶ 撫摸。《岳飛之少年時代》：「父知而義之，～其背曰。」❷ 安撫，撫慰。《國語·魯語下》：「鎮～敝邑。」❸ 照顧，養育。晉·李密《陳情表》：「祖母劉，愍臣孤弱，躬親～養。」❹ 拍，按。明·馮夢龍《警世通言》第四卷：「不覺～髀長歎。」❺ 握，持。《孟子·梁惠王下》：「夫～劍疾視。」❻ 彈奏。《晉書·陶潛傳》：「畜素琴一張……則～而和之。」❼ 佔有，據有。漢·王符《潛夫論·論榮》：「～四海不足以為榮。」❽ 憑藉，依靠，引申指乘車駕船。漢·張衡《東京賦》：「天子乃～玉輅，時乘六龍。」

## ★父 〔一〕ⓐfù ⓟfu6負

❶ 父親。晉·李密《陳情表》：「生孩六月，慈～見背。」❷ 男性長輩通稱。宋·蘇洵《六國論》：「思厥先祖～，暴霜露，斬荊棘，以有尺寸之地。」

〔二〕ⓐfǔ ⓟfu2撫

❶ 對老年男子的尊稱，有尊之如父之意。《史記·項羽本紀》：「亞～南向坐，亞～者，范增也。」❷ 男子名下加的美稱。三國魏·王粲《登樓賦》：「昔尼～之在陳兮。」❸ 對從事某種行業的老人的稱呼，如田父、樵父、漁父等。

> 「父」是古代對男子的美稱，常加在男子的字後，以示尊敬。如萬世師表孔子，字仲尼，受尊稱為「仲父」、「尼父」。

**付** 🔊fù 🔊fu6 負

給予，交給。三國蜀·諸葛亮《出師表》：「若有作姦、犯科，宜～有司，論其刑賞。」

**咐** 🔊fù 🔊fu3 富

[吩咐] 見 76 頁「吩」。

**服** 🔊fù

見 81 頁 fú。

**附** 🔊fù 🔊fu6 付

❶ 附着。《孫子·謀攻》：「將不勝其忿而蟻～之。」❷ 依附，歸附。宋·蘇洵《六國論》：「向使三國各愛其地，齊人勿～於秦。」❸ 靠近。明·馬中錫《中山狼傳》：「丈人～耳謂先生曰：『有匕首否？』」❹ 增加，增益。《論語·先進》：「季氏富於周公，而求也為之聚斂而～益之。」❺ 符合。《史記·蘇秦列傳》：「是我一舉而名實～也。」❻ 捎帶。唐·杜甫《石壕吏》：「一男～書至，二男新戰死。」

**赴** 🔊fù 🔊fu6 付

❶ 奔赴，捨命投入。北朝民歌《木蘭詩》：「萬里～戎機，關山度若飛。」❷ 前，前往。漢樂府《孔雀東南飛》：「吾今且～府，不久當還歸。」❸ 赴任，就職。晉·李密《陳情表》：「臣以供養無主，辭不～命。」❹ 奔走報喪。《禮記·檀弓上》：「伯高死於衞，～於孔子。」這個意義後來寫作「訃」。

**負** 🔊fù 🔊fu6 付

❶ 以背載物。《史記·廉頗藺相如列傳》：「廉頗聞之，肉袒～荊。」❷ 承載。《莊子·逍遙遊》：「且夫水之積也不厚，則其～大舟也無力。」❸ 懷有。《岳飛之少年

時代》：「飛少～氣節，沉厚寡言。」❹ 承擔，擔當。《史記·廉頗藺相如列傳》：「均之二策，寧許以～秦曲。」❺ 依仗，憑藉。《史記·廉頗藺相如列傳》：「秦貪，～其彊，以空言求璧。」❻ 背棄。《史記·廉頗藺相如列傳》：「相如度秦王雖齋，決～約不償城。」❼ 對不起，辜負。《史記·廉頗藺相如列傳》：「臣誠恐見欺於王而～趙，故令人持璧歸。」❽ 失敗。宋·蘇洵《六國論》：「故不戰而強弱勝～已判矣。」

**婦** 🔊fù 🔊fu5 扶五聲

❶ 已婚的女子。唐·王昌齡《閨怨》：「閨中少～不知愁。」❷ 妻子。《禮記·大同與小康》：「以正君臣，以篤父子，以睦兄弟，以和夫～。」❸ 兒媳。《左傳·僖公二十四年》：「女德無極，～怨無終。」❹ 女性的通稱。唐·杜甫《兵車行》：「縱有健～把鋤犁，禾生隴畝無東西。」❺ 柔美，嫻雅。《荀子·樂論》：「亂世之徵，其服組，其容～。」

**傅** 🔊fù 🔊fu6 父

❶ 教導，輔佐。《呂氏春秋·壅塞》：「齊王欲以淳于髡～太子。」❷ 輔導者，教師。《禮記·文王世子》：「立太～少～以養之。」

★**復** 🗀 🔊fù 🔊fuk6 服

❶ 返回，回來。《左傳·僖公四年》：「昭王南征而不～。」❷ 恢復，回復。《荀子·勸學》：「雖有槁暴、不～挺者，輮使之然也。」❸ 履行，實踐。唐·白居易《與元九書》：「下以～吾平生之志。」❹ 免除賦稅徭役。漢·晁錯

《論貴粟疏》：「今令民有車騎馬一匹者，～卒三人。」❺ 副詞，再，又。《韓非子‧守株待兔》：「因釋其耒而守株，冀～得兔。」❻ 副詞，更加，還。漢‧王充《論衡‧問孔》：「淺言～深，略指～分。」

㊂ 粵fù 普fuk1 覆

回答，答覆。明‧宋濂《送東陽馬生序》：「不敢出一言以～。」這個意義後來寫作「覆」。

🔍 復、再。見 393 頁「再」。

**富** 粵fù 普fu3 副

❶ 財產多，富裕，與「貧」相對。《論語‧學而》：「貧而無諂，～而無驕。」❷ 多，充裕。清‧袁枚《黃生借書説》：「有張氏藏書甚～。」❸ 使……富裕。漢‧賈誼《論積貯疏》：「可以為～安天下，而直為此廩廩也。」

**賦** 粵fù 普fu3 富

❶ 賦税。唐‧柳宗元《捕蛇者説》：「更若役，復若～，則何如？」❷ 徵收。漢‧褚少孫《西門豹治鄴》：「鄴三老、廷掾常歲～斂百姓。」❸ 兵役，徭役。《左傳‧哀公七年》：「且魯～八百乘。」❹ 兵，軍隊。《論語‧公冶長》：「千乘之國，可使治其～也。」❺ 授予，給予。《國語‧晉語四》：「公

屬百官，～職任功。」❻ 吟誦。《左傳‧文公十三年》：「文子～《采薇》之四章。」❼ 創作。晉‧陶潛《歸去來兮辭》：「臨清流而～詩。」❽ 文體的一種，介於詩與散文之間的韻文，多用以寫景敍事，如漢‧張衡有《東京賦》，唐‧杜牧有《阿房宮賦》。

🔍 賦、税。二字均可指賦税，而且主要都指田賦。此外，「賦」可指兵賦，「税」則還可泛指其他税收。

**覆** 粵fù 普fuk1 腹

❶ 遮蓋，掩蔽。宋‧歐陽修《賣油翁》：「乃取一葫蘆置於地，以錢～其口。」❷ 翻轉。《史記‧項羽本紀》：「樊噲～其盾於地。」❸ 倒，倒出。《莊子‧逍遙遊》：「～杯水於坳堂之上，則芥為之舟。」❹ 顛覆，滅亡。三國蜀‧諸葛亮《出師表》：「後值傾～，受任於敗軍之際。」❺ 伏兵，埋伏。《左傳‧桓公十二年》：「楚人坐其北門，而～諸山下。」❻ 審查，詳察。《舊唐書‧鄧景山傳》：「以鎮撫紀綱為己任，檢～軍吏隱沒者。」❼ 副詞，反而，反倒。《詩經‧小雅‧節南山》：「不懲其心，～怨其正。」

# G

## ga

**呷** ⓟ gā
見 330 頁 xiā。

## gai

**改** ⓟ gǎi ⓔ goi2 該二聲
❶ 變動，變更。唐·賀知章《回鄉偶書》：「少小離家老大回，鄉音無～鬢毛衰。」❷ 改正過錯。《論語·述而》：「擇其善者而從之，其不善者而～之。」❸ 重新，再，另。《三國演義·楊修之死》：「於是再築牆圍，～造停當。」

**丐** ⓟ gài ⓔ koi3 概
❶ 乞討。宋·王安石《傷仲永》：「日扳仲永環～於邑人，不使學。」❷ 乞丐。明·王守仁《尊經閣記》：「至為竇（jù，貧窮）人～夫。」❸ 給予，施捨。唐·韓愈《江南西道觀察史贈左散騎常侍太原王公墓誌銘》：「又出庫錢二千萬，以～貧民遭旱不能供稅者。」❹ 請求。《宋史·岳飛傳》：「賊呼～命。」

**概** ⓟ gài ⓔ koi3 溉
❶ 古時量穀米時刮平斗斛的器具。《韓非子·外儲說左下》：「～者，平量者也。」❷ 風景，景象。宋·王禹偁《黃岡竹樓記》：「亦謫居之勝～也。」❸ 風度，氣節。漢·楊惲《報孫會宗書》：「凜然皆有節～。」❹ 大概，大略。《史記·伯夷列傳》：「其文辭不少～見。」

**蓋** ⓵ ⓟ gài ⓔ goi3 該三聲
❶ 用茅草等編製的覆蓋物。《左傳·襄公十四年》：「乃祖吾離被苦～，蒙荊棘，以來歸我先君。」❷ 有遮蓋作用的東西，常特指車蓋或傘。明·歸有光《項脊軒志》：「庭有枇杷樹……今已亭亭如～矣。」❸ 搭建。漢·王褒《僮約》：「治舍～屋。」❹ 加在上面。唐·杜甫《自京赴奉先詠懷》：「～棺事則已，此志常覬豁。」❺ 勝過，超過。漢·李陵《答蘇武書》：「功略～天地，義勇冠三軍。」❻ 大約，大概。宋·王安石《遊褒禪山記》：「今言『華』如『華實』之『華』者，～音謬也。」❼ 連詞，承接上文，表示原因和理由。《禮記·大同與小康》：「仲尼之歎，～歎魯也。」❽ 句首或句中語氣詞，無義。《史記·孝文本紀》：「～天下萬物之萌生，靡不有死。」
⓶ ⓟ hé ⓔ hap6 盒
通「盍」。❶ 為何，表示疑問。《莊子·養生主》：「技～至此乎？」❷ 何不，表示疑問或反詰。《禮記·檀弓上》：「子～言子之志於公乎？」

## gan

**干** ⓟ gān ⓔ gon1 肝
❶ 盾牌。《韓非子·五蠹》：「執～戚舞。」❷ 觸犯。《後漢書·虞延傳》：「於是外戚斂手，莫敢～法。」❸ 衝上。唐·杜甫《兵車行》：「哭聲直上～雲霄。」❹ 捍衛。明·劉基《賣柑者言》：「洸洸乎～城之具也。」❺ 求取。《論

語‧為政》:「子張學～祿。」❻干涉,干預。《淮南子‧説林訓》:「猶人臣各守其職,不得相～。」❼關涉。宋‧李清照《鳳凰臺上憶吹簫》:「新來瘦,非～病酒,不是悲秋。」❽河岸,水邊。《詩經‧衞風‧伐檀》:「坎坎伐檀兮,真(zhì,置)之河之～兮。」❾指天干。

> 天干和地支合稱「干支」,是古代表示次序的符號,常用於曆法。有「甲、乙、丙、丁、戊、己、庚、辛、壬、癸」十天干,以及「子、丑、寅、卯、辰、巳、午、未、申、酉、戌、亥」十二地支。

**甘** 🔊gān 🔊gam1柑
❶甜。《墨子‧非攻上》:「少嘗苦曰苦,多嘗苦曰～。」❷美味的食物。《孟子‧梁惠王上》:「為肥～不足於口與?」❸美好,美麗。漢‧班固《西都賦》:「芳草～木。」❹願意,樂意。《史記‧屈原賈生列傳》:「願得張儀而～心焉。」

**奸** 🔊gān
見130頁jiān。

**肝** 🔊gān 🔊gon1竿
❶肝臟,消化器官之一。唐‧杜甫《垂老別》:「棄絕蓬室居,塌然摧肺～。」❷真情,內心。唐‧李白《行路難三首》之二:「劇辛樂毅感恩分,輸～剖膽效英才。」

**柑** 🔊gān 🔊gam1甘
果樹名。也指其果實。常綠灌木或小喬木,初夏開花,白色,果實圓形、赤黃色,比橘子大,味甜。明‧劉基《賣柑者言》:「杭有賣果者,善藏～。」

**姦** 🔊gān
見130頁jiān。

**乾** 🔊gān 🔊gon1肝
沒有水或水很少,與「濕」相對。《孟子‧盡心下》:「旱～水溢。」

**敢** 🔊gǎn 🔊gam2感
❶有勇氣,有膽量。《荀子‧非十二子》:「剛毅果～不以傷人。」❷有膽量做某事。南朝宋‧劉義慶《世説新語‧荀巨伯遠看友人疾》:「汝何男子,而～獨止?」❸表示反問,相當於「怎敢」、「豈敢」。唐‧杜甫《兵車行》:「長者雖有問,役夫～申恨?」❹謙詞,表示冒昧地對人有所請求。《左傳‧僖公三十年》:「若亡鄭而有益於君,～以煩執事。」

**感** 〔一〕🔊gǎn 🔊gam2錦
❶感動。《列子‧愚公移山》:「帝～其誠。」❷感應,影響。唐‧韓愈《雜説一》:「～震電,神變化。」❸感觸,感慨。宋‧范仲淹《岳陽樓記》:「滿目蕭然,～極而悲者矣。」❹感激,感謝。唐‧李白《行路難三首》之二:「劇辛樂毅～恩分,輸肝剖膽效英才。」
〔二〕🔊hàn 🔊ham6陷
❶通「撼」,動,搖。《詩經‧召南‧野有死麕》:「無～我帨(shuì,佩巾)兮。」❷通「憾」,遺憾,恨。《史記‧吳太伯世家》:「美哉,猶有～。」

**幹** 〔一〕🔊gàn 🔊gon3趕三聲
❶樹幹。唐‧皮日休《桃花

賦》：「密如不～，繁若無枝。」
❷ 人或動物的軀體。《淮南子‧脩務訓》：「則摺脅傷～。」❸ 事物的主體或根本。《國語‧晉語四》：「愛親明賢，政之～也。」❹ 才能。《三國演義‧楊修之死》：「操欲試曹丕、曹植之才～。」

〓 粵hán 粵hon4 韓

古時井上用以支撐轆轤的部件。《莊子‧秋水》：「出跳梁乎井～之上。」

---

## gang

**綱**　粵gāng 粵gong1 剛

❶ 提網的粗大總繩，比喻事物之總要。《資治通鑑》卷四十八：「寬小過，總大～而已。」❷ 法紀，秩序。《淮南子‧氾論訓》：「禮義絕，～紀廢。」

**鋼**　粵gāng 粵gong3 降

鐵和碳的合金。《列子‧湯問》：「其劍長尺有咫，練～赤刃，用之切玉如切泥焉。」

---

## gao

**皋**　粵gāo 粵gou1 高

❶ 岸，水邊的高地。戰國楚‧屈原《楚辭‧九章‧涉江》：「步余馬兮山～，邸余車兮方林。」❷ 沼澤。《詩經‧小雅‧鶴鳴》：「鶴鳴于九～，聲聞于天。」

**★高**　粵gāo 粵gou1 羔

❶ 上與下距離大，與「低」相對。唐‧杜甫《登樓》：「花近～樓傷客心，萬方多難此登臨。」❷ 高度。《列子‧愚公移山》：「太形、王屋二山，方七百里，～萬

仞。」❸ 高處。《荀子‧勸學》：「吾嘗跂而望矣，不如登～之博見也。」❹ 在一般標準或平均水平以上。《後漢書‧儒林傳序》：「搜選～能以受其業。」❺ 等級或地位在上。明‧張溥《五人墓碑記》：「今之～爵顯位。」❻ 清高，高尚。《史記‧廉頗藺相如列傳》：「臣所以去親戚而事君者，徒慕君之～義也。」❼ 推崇，崇尚。南朝梁‧丘遲《與陳伯之書》：「先ńń 仰～。」

**膏**　〓 粵gāo 粵gou1 羔

❶ 肥肉。《孟子‧告子上》：「所以不願人之～粱之味也。」❷ 油脂。唐‧韓愈《進學解》：「焚～油以繼晷。」❸ 膏狀物。清‧吳敬梓《儒林外史》第三回：「連忙問郎中討了個～藥貼着。」❹ 肥沃。《戰國策‧趙策四》：「封之以～腴之地。」❺ 比喻恩澤。《孟子‧離婁下》：「～澤不下於民。」

〓 粵gào 粵gou3 告

❶ 滋潤。《詩經‧曹風‧下泉》：「芃芃黍苗，陰雨～之。」❷ 潤滑。唐‧韓愈《送李愿歸盤谷序》：「～吾車兮秣吾馬。」

> 古代醫學稱心尖脂肪為「膏」，心臟與膈膜之間的部位為「肓」。古人認為膏肓是藥力達不到的地方，有成語「病入膏肓」形容病情已到了無法醫治的程度，也比喻事情已發展到無可挽救的地步。

**槁**　粵gǎo 粵gou2 稿

❶ 枯木。《荀子‧王霸》：「及以燕趙起而攻之，若振～然。」

❷ 乾枯。《荀子‧勸學》：「雖有～暴、不復挺者，輮使之然也。」❸ 乾瘦。《史記‧屈原賈生列傳》：「形容枯～。」

**告** ⓹gào ⓺gou3高三聲
❶ 上報。《列子‧愚公移山》：「操蛇之神聞之……～之於帝。」❷ 説話給別人聽。《史記‧廉頗藺相如列傳》：「秦王使使者～趙王，欲與王為好會於西河外澠池。」❸ 檢舉，揭發。《國語‧周語上》：「得衛巫，使監謗者以～，則殺之。」❹ 請求。《國語‧魯語上》：「國有饑饉，卿出～糴（dí，買入糧食），古之制也。」❺ 告諭，告示。《漢書‧高帝求賢詔》：「布～天下，使明知朕意。」❻ 告慰。三國蜀‧諸葛亮《出師表》：「不效，則治臣之罪，以～先帝之靈。」

> Q　告、訴。二字意義相近，而「告」的意義更廣泛。在用作「告訴」義時，「告」側重於告知，「訴」側重於陳述；在用作「控告」義時，「告」側重於告發，「訴」側重於陳訴。

**膏** ⓹gào
見 88 頁 gāo。

---

ge

**戈** ⓹gē ⓺gwo1果一聲
❶ 古代兵器，長柄橫刃。戰國楚‧屈原《楚辭‧九歌‧國殤》：「操吳～兮披犀甲，車錯轂兮短兵接。」❷ 戰爭，戰亂。《後漢書‧公孫述傳》：「偃武息～。」

**割** ⓹gē ⓺got3葛
❶ 用刀分切。《論語‧陽貨》：「～雞焉用牛刀。」❷ 分開，劃分。唐‧杜甫《望嶽》：「造化鍾神秀，陰陽～昏曉。」❸ 割讓，把土地分給別國。宋‧蘇洵《六國論》：「今日～五城，明日～十城，然後得一夕安寢。」❹ 割取，獲得別國的土地。漢‧賈誼《過秦論》：「東～膏腴之地，北收要害之郡。」❺ 放棄，捨棄。晉‧葛洪《抱朴子‧用刑》：「若石碏（人名）之～愛以滅親。」

**歌** ⓹gē ⓺go1哥
❶ 按照一定的樂曲或節拍詠唱。唐‧李白《月下獨酌》：「我～月徘徊，我舞影零亂。」❷ 歌謠，歌曲。唐‧劉禹錫《竹枝詞》：「聞郎江上唱～聲。」❸ 一種詩體，如唐‧杜甫有《茅屋為秋風所破歌》。❹ 頌揚，歌頌。《孟子‧萬章上》：「不謳～堯之子而謳～舜。」

**革** ⓹gé ⓺gaak3隔
❶ 經過加工除去毛的獸皮。也泛指獸皮。《左傳‧僖公二十三年》：「羽毛齒～，則君地生焉。」❷ 人的皮膚。《禮記‧禮運》：「四體既正，膚～充盈。」❸ 革製的甲冑等用具。《孟子‧公孫丑下》：「兵～非不堅利也。」❹ 改變，變革。漢‧桓寬《鹽鐵論‧非鞅》：「～法明教，而秦人大治。」❺ 消滅，取消。宋‧蘇洵《六國論》：「且燕趙處秦～滅殆盡之際。」❻ 古代八音之一，指鼓等革類樂器。唐‧韓愈《送孟東野序》：「金、石、絲、竹、匏、土、～、木八者，物之善鳴者也。」

**格** 鲁 gé 粵 gaak3 隔
❶ 樹木的長枝條。北周·庾信《小園賦》：「枝～相交。」❷ 木柵欄。明·高啟《從軍行》：「揚旌三道出，列～五營連。」❸ 方形的框子。宋·沈括《夢溪筆談·活板》：「木～貯之。」❹ 糾正。《孟子·滕文公下》：「惟大人為能～君心之非。」❺ 阻止，阻擋。《史記·孫子吳起列傳》：「形～勢禁。」❻ 打鬥，擊殺。《三國志·任城威王彰傳》：「膂力過人，手～猛獸。」❼ 推究，窮究。《禮記·大學》：「致知在～物。」❽ 風度，人品。明·袁宏道《徐文長傳》：「不以議論傷～。」❾ 標準，格式。清·龔自珍《己亥雜詩》：「不拘一～降人才。」❿ 法律。《新唐書·刑法志》：「頒新～五十三條。」⓫ 來，至。宋·蘇軾《賀時宰啟》：「歡聲～於九天。」

**葛** 鲁 gé 粵 got3 割
❶ 植物名，莖細長，葉闊大，莖皮的纖維可以織布造紙。❷ 用葛織成的布。《韓非子·五蠹》：「夏日～衣。」❸ 夏天的衣服。明·宋濂《送東陽馬生序》：「父母歲有裘～之遺。」

**隔** 鲁 gé 粵 gaak3 格
❶ 阻塞，隔開。晉·陶潛《桃花源記》：「遂與外人間～。」❷ 時間或空間相距久遠。唐·韓愈《與陳給事書》：「始之以日～之疏。」

**閣** 鲁 gé 粵 gok3 各
❶ 懸架於空中的通道。《戰國策·齊策六》：「為棧道木～而迎王與后於城陽山中。」❷ 樓與樓之間的空中通道。《史記·秦始皇本紀》：「殿屋複道周～相屬。」❸ 小樓。唐·杜牧《阿房宮賦》：「五步一樓，十步一～。」❹ 官署。宋·歐陽修《瀧岡阡表》：「修為龍圖～直學士。」❺ 女子臥室。北朝民歌《木蘭詩》：「開我東～門，坐我西～牀。」❻ 放置。《新唐書·劉知幾傳》：「～筆相視。」這個意義後來寫作「擱」。

**各** 鲁 gè 粵 gok3 閣
❶ 每個，各自。《論語·公冶長》：「盍～言爾志？」❷ 皆，都。清·吳敬梓《儒林外史》第三回：「母親、妻子，俱～歡喜。」

**個** 鲁 gè 粵 go3 哥三聲
❶ 量詞，表示物體數量。唐·杜甫《絕句》：「兩～黃鸝鳴翠柳，一行白鷺上青天。」❷ 助詞，無義。《紅樓夢》第四回：「打了～臭死。」

**簡** 鲁 gè 粵 go3 個
❶ 同「個」，量詞，表示物體數量。宋·李清照《聲聲慢·秋情》：「這次第，怎一～愁字了得！」❷ 這，那。唐·李白《秋浦歌》：「白髮三千丈，緣愁似～長。」❸ 助詞，表示強調。唐·韓愈《盆池》：「老翁真～似童兒，汲水埋盆作小池。」

gen

**根** 鲁 gēn 粵 gan1 跟
❶ 植物生長於地下或水下的部分，有吸收或貯藏養分、固定本體的作用。清·鄭燮《竹石》：「立～原在破巖中。」❷ 物體底部。唐·賈島《寄韓潮州愈》：「海浸

城～老樹秋。」❸ 事物的本源或根本。唐・柳宗元《吐谷渾》：「除惡務本～。」❹ 植根。《孟子・盡心上》：「君子所性，仁義禮智～於心。」❺ 徹底。《後漢書・西羌傳》：「若攻之不～，是養疾痏於心腹也。」

### geng

**更** ㊀ 粵 gēng 普 gang1 庚
❶ 改變。《韓非子・解老》：「凡法令～則利害易。」❷ 改正。《論語・子張》：「過也，人皆見之；～也，人皆仰之。」❸ 代替，更換。《莊子・養生主》：「良庖歲～刀。」❹ 輪流，交替。清・方苞《左忠毅公軼事》：「使將士～休。」❺ 經過，經歷。《漢書・張騫傳》：「道必～匈奴中。」❻ 相繼。《史記・孔子世家》：「會晉楚爭彊，～伐陳。」

㊁ 粵 gēng 普 gaang1 耕
古時夜間計時單位，一夜分五更，每更約兩小時。

㊂ 粵 gèng 普 gang3 庚三聲
❶ 愈，越，更加。唐・杜甫《春望》：「白頭搔～短，渾欲不勝簪。」❷ 再，另。唐・王之渙《登鸛鵲樓》：「欲窮千里目，～上一層樓。」

**耕** 粵 gēng 普 gaang1 加坑一聲
❶ 犁田，翻土播種。三國蜀・諸葛亮《出師表》：「臣本布衣，躬～於南陽。」❷ 從事某種操作、勞動。南朝梁・任昉《為蕭揚州薦士表》：「既筆～為養，亦傭書成學。」

**羹** 粵 gēng 普 gang1 庚
❶ 以肉為主要材料，調和五味而成的帶有濃汁的食物。《孟子・魚我所欲之》：「一簞食，一豆～。」❷ 用蔬菜所做的湯汁。三國魏・曹植《七步詩》：「煮豆持作～，漉豉以為汁。」❸ 烹，煮。《史記・貨殖列傳》：「飯稻～魚。」

**耿** 粵 gěng 普 gang2 梗
❶ 光明。戰國楚・屈原《楚辭・離騷》：「～吾既得此中正。」❷ 照耀。宋・陸游《西村》：「一首清詩記今夕，細雲新月～黃昏。」❸ 耿直，剛直。《北史・遼西公意烈傳》：「意烈性雄～。」

**梗** 粵 gěng 普 gang2 耿
❶ 植物的枝莖。《戰國策・齊策三》：「有土偶人與桃～相與語。」❷ 阻塞。唐・韓愈《送孟東野序》：「其趨也，或～之。」

**更** 粵 gèng
見 91 頁 gēng。

### gong

**工** 粵 gōng 普 gung1 公
❶ 工人，工匠。《論語・衛靈公》：「～欲善其事，必先利其器。」❷ 古時宮廷掌管奏樂或演唱的人。《左傳・襄公二十九年》：「使～為之歌《周南》、《召南》。」❸ 擅長。唐・韓愈《送楊少尹序》：「今世無～畫者。」❹ 技巧。唐・韓愈《進學解》：「子雲相如，同～異曲。」❺ 高明，精巧。《戰國策・魏策三》：「此非兵力之精，非計之～也，天幸為多矣。」❻ 通

「功」，作用，功效。《韓非子·五蠹》：「此言多資之易為～也。」

## 弓 @gōng @gung1公

❶兵器名。唐·杜甫《兵車行》：「行人～箭各在腰。」❷彎曲。唐·段成式《酉陽雜俎·諾皋記》：「汝不見我作～腰乎？」❸古時丈量土地的單位，五尺為一弓。

## 公 @gōng @gung1工

❶公正，公平。唐·韓愈《進學解》：「行患不能成，無患有司之不～。」❷共同的。唐·韓愈《原道》：「天下之～言也。」❸公開地。漢·賈誼《論積貯疏》：「殘賊～行，莫之或止。」❹公家，公共，與「私」相對。漢·賈誼《論積貯疏》：「漢之為漢，凡四十年矣，～私之積，猶可哀痛。」❺古代五等爵位「公、侯、伯、子、男」之一。春秋戰國時作為諸侯國君的統稱。漢代以後作為朝廷最高官位的通稱。❻古時對人的尊稱。《戰國策·鄒忌諷齊王納諫》：「城北徐～，齊國之美麗者也。」❼對親屬中的尊長（如祖父、父親等）的稱呼。宋·歐陽修《瀧岡阡表》：「先～少孤力學。」

## 功 @gōng @gung1工

❶功勞，勳勞。《戰國策·趙策四》：「位尊而無～。」❷獎勵，酬報。《禮記·大同與小康》：「以賢勇知，以～為己。」❸成效。《荀子·勸學》：「駑馬十駕，～在不舍。」❹工作，事情。《詩經·豳風·七月》：「嗟我農夫，我稼既同，上入執宮～。」❺事業，成就。《孟子·公孫丑上》：「管仲

晏子之～，可復許乎？」❻精善。《管子·七法》：「器械～，則伐而不費。」❼喪服名。晉·李密《陳情表》：「外無期～彊近之親。」

## 共 @gōng

見93頁gòng。

## 攻 @gōng @gung1工

❶攻打。《史記·廉頗藺相如列傳》：「我為趙將，有～城野戰之大功。」❷抨擊，指責。《論語·先進》：「（冉求）非吾徒也。小子鳴鼓而～之，可也。」❸建造，經營。《詩經·大雅·靈臺》：「庶民～之，不日成之。」❹治療。《周禮·天官冢宰·瘍醫》：「凡療瘍，以五毒～之。」❺從事，研究。《呂氏春秋·上農》：「農一粟，工～器，賈～貨。」❻加工。《詩經·小雅·鶴鳴》：「它山之石，可以～玉。」❼精善。唐·柳宗元《說車贈楊誨之》：「材良而器～。」這個意義也寫作「功」、「工」。

## 供 ㊀@gōng @gung1公

給予，提供。晉·李密《陳情表》：「臣以～養無主，辭不赴命。」
㊁@gòng @gung3貢
❶供奉，祭獻神明。《南史·晉安王子懋傳》：「有獻蓮華～佛者。」❷擺設，陳放。唐·韓愈《送李愿歸盤谷序》：「～給之人，各執其物。」❸從事，進行。宋·范成大《田園四時雜興》：「童孫未解～耕織，也傍桑陰學種瓜。」

## 紅 @gōng

見108頁hóng。

## 恭 @gōng @gung1工

謙遜，有禮貌。《論語·述

而》：「子溫而厲，威而不猛，～
而安。」

🔍 恭、敬。二字都有對人尊敬
有禮貌的意思，區別在於：「恭」
多表示外貌的恭敬；「敬」多表
示內心的肅敬。

**躬** 🖌 gōng 🔊 gung1 公
❶ 身，身體。《呂氏春秋·孝
行》：「嚴親之遺～也。」❷ 自身，
自己。《論語·衛靈公》：「～自
厚而薄責於人，則遠怨矣。」❸ 親
自，親身。三國蜀·諸葛亮《出師
表》：「臣本布衣，～耕於南陽。」
❹ 彎腰（行禮）。清·吳敬梓《儒
林外史》第三回：「打～作揖。」

**宮** 🖌 gōng 🔊 gung1 公
❶ 房屋。《孟子·魚我所欲
也》：「鄉為身死而不受，今為～
室之美為之。」❷ 宮殿，帝王居
住的房屋。漢·賈誼《過秦論》：
「然後以六合為家，殽函為～。」
❸ 宗廟。《公羊傳·文公十三年》：
「周公稱大廟，魯公稱世室，羣公
稱～。」❹ 宮刑，閹割的刑罰。
漢·司馬遷《報任安書》：「詬莫
大於～刑。」❺ 古代五音「宮、商、
角、徵、羽」之一。

**共** 🖌 gǒng
見 93 頁 gòng。

**拱** 🖌 gǒng 🔊 gung2 鞏
❶ 兩手相合胸前，表示恭敬。
《論語·微子》：「子路～而立。」
❷ 兩手合圍，或兩手合圍的粗度。
《孟子·告子上》：「～把之桐梓。」
❸ 環繞。唐·韋應物《長安道》：
「歸來甲第～皇居，朱門峨峨臨
九衢。」

**共** ㊀ 🖌 gòng 🔊 gung6 供六聲
❶ 共同擁有或承受。《論語·
公冶長》：「願車馬衣輕裘，與朋友
～。」❷ 總共。明·魏學洢《核舟
記》：「左右各四，～八扇。」❸ 共
同，一起。《史記·廉頗藺相如列
傳》：「和氏璧，天下所～傳寶也。」
❹ 和，跟，與。唐·王勃《滕王閣
序》：「落霞與孤鶩齊飛，秋水～長
天一色。」
㊁ 🖌 gōng 🔊 gung1 公
❶ 通「恭」，恭敬。《左傳·隱公十
一年》：「君謂許不～，故從君討
之。」❷ 通「供」，供給。《左傳·
僖公三十年》：「行李之往來，～
其乏困。」
㊂ 🖌 gǒng 🔊 gung2 拱
❶ 雙手抱拳，表示恭敬。《荀子·
賦》：「聖人～手。」❷ 環繞。《論
語·為政》：「為政以德，譬如北
辰，居其所而眾星～之。」以上兩
個義項也寫作「拱」。

**供** 🖌 gōng
見 92 頁 gōng。

**貢** 🖌 gòng 🔊 gung3 供三聲
❶ 把物品進獻給君主。《史
記·孔子世家》：「使各以其方賄
來～。」❷ 貢品。《戰國策·燕策
三》：「給～職如郡縣。」❸ 夏代
稅法名。《孟子·滕文公上》：「夏
后氏五十而～。」❹ 薦舉。唐·韓
愈《後廿九日復上宰相書》：「前
鄉～進士韓愈。」

🔍 貢、獻。二字都有進獻、奉
獻的意思，區別在於：「貢」多
指獻給君主；「獻」則指恭敬地
送給，不限於送給的對象。

gou

**句** 🔊 gōu
見 152 頁 jù。

**鈎** 🔊 gōu 🔊 ngau1 勾
❶ 形狀彎曲，具有探取、連接、懸掛等功能的用具。漢樂府《陌上桑》：「桂枝為籠～。」❷ 鈎取。《左傳‧襄公二十三年》：「或以戟～之，斷肘而死。」❸ 連接，牽連。唐‧李白《蜀道難》：「然後天梯石棧相～連。」

**溝** 🔊 gōu 🔊 kau1 扣一聲
❶ 田間水道。《孟子‧離婁下》：「七八月之間雨集，～澮（kuài，田間排水渠）皆盈。」❷ 護城河，壕溝。《史記‧齊太公世家》：「楚方城以為城，江、漢以為～。」❸ 開通，疏通。唐‧柳宗元《永州韋使君新堂記》：「則必輦（niǎn，用車運載）山石，～澗壑。」

**苟** 🔊 gǒu 🔊 gau2 久
❶ 草率，隨便。《史記‧孔子世家》：「君子於其言，無所～而已矣。」❷ 如果，只要。《孟子‧論四端》：「～能充之，足以保四海。」❸ 希望，但願。《詩經‧王風‧君子于役》：「君子于役，～無飢渴！」❹ 姑且，暫且。三國蜀‧諸葛亮《出師表》：「～全性命於亂世，不求聞達於諸侯。」

**搆** 🔊 gòu 🔊 gau3 究
同「構」。❶ 交結，結合。《孟子‧告子下》：「吾聞秦楚構兵，我將見楚王，說而罷之。」❷ [搆陷] 設計陷害。清‧方苞《左

忠毅公軼事》：「不速去，無俟姦人～～，吾今即撲殺汝！」

**購** 🔊 gòu 🔊 gau3 夠
❶ 重賞徵求，重金購買。《戰國策‧燕策三》：「秦王～之金千斤，邑萬家。」❷ 買。唐‧白居易《東坡種花二首》之一：「但～有花者，不限桃杏梅。」

gu

**孤** 🔊 gū 🔊 gu1 姑
❶ 指孩子失去父親。宋‧歐陽修《瀧岡阡表》：「修不幸，生四歲而～。」❷ 泛指父母雙亡。《管子‧輕重》：「民生而無父母，謂之～子。」❸ 單獨，孤單。唐‧柳宗元《江雪》：「～舟蓑笠翁，獨釣寒江雪。」❹ 古時王侯的自稱。《三國志‧蜀書‧諸葛亮傳》：「～不度德量力。」

🔍 孤、鰥、寡、獨。見 98 頁「鰥」。

**姑** 🔊 gū 🔊 gu1 孤
❶ 丈夫的母親。漢‧陳琳《飲馬長城窟行》：「善待新～嫜。」❷ 丈夫的姊妹。漢樂府《孔雀東南飛》：「新婦初來時，小～始扶牀。」❸ 父親的姊妹。《詩經‧邶風‧泉水》：「問我諸～，遂及伯姊。」❹ 姑且，暫且。《左傳‧隱公元年》：「多行不義必自斃，子～待之。」

**★古** 🔊 gǔ 🔊 gu2 鼓
❶ 距今已久遠的時代，與「今」相對。宋‧柳永《望海潮》：「東南形勝，三吳都會，錢塘自～

繁華。」❷ 古代的事物。《韓非子·五蠹》:「是以聖人不期修～，不法常可。」❸ 形容年代久遠的，古老的。唐·白居易《賦得古原草送別》:「遠芳侵～道，晴翠接荒城。」❹ 樸素。宋·歐陽修《送楊寘序》:「純～淡泊。」

> 「古道」是多義詞，既指古舊的道路，也泛指古代的學術思想風尚等。唐·韓愈《師說》「余嘉其能行古道，作《師說》以貽之」一句中的「行古道」，並不是說行走古舊的道路，而是指踐行古人從師之道。

## 谷 @gǔ @guk1 穀
❶ 兩山之間的夾道或水道。明·宋濂《送東陽馬生序》:「行深山巨～中。」❷ 比喻困境。《詩經·大雅·桑柔》:「人亦有言，進退維～。」

## 骨 @gǔ @gwat1 橘
❶ 脊椎動物支持着身體的骨骼。《荀子·勸學》:「螾無爪牙之利，筋～之強。」❷ 屍骨。唐·杜甫《兵車行》:「君不見青海頭，古來白～無人收。」❸ 文學作品的風格。唐·李白《宣州謝朓樓餞別校書叔雲》:「蓬萊文章建安～，中間小謝又清發。」❹ 氣概，氣節。《漢書·翟方進傳》:「此兒有奇～，可試使啼。」

## 罟 @gǔ @gu2 古
網。《莊子·逍遙遊》:「中於機辟，死於罔～。」

## 鼓 @gǔ @gu2 古
❶ 一種樂器，可以擊之發聲。《禮記·樂記》:「故鐘～管磬、羽籥干戚，樂之器也。」❷ 擊鼓進攻。《左傳·曹劌論戰》:「戰於長勺。公將～之。」❸ 敲擊，彈奏（樂器）。漢·曹操《短歌行》:「我有嘉賓，～瑟吹笙。」❹ 搖動，振動。《莊子·盜跖》:「搖脣～舌。」❺ 古時夜間計時單位，一夜分五鼓。

## 賈 @gǔ
見 129 頁 jiǎ。

## 滑 @gǔ
見 112 頁 huá。

## 轂 @gǔ @guk1 谷
車輪中心穿軸承輻的圓木。戰國楚·屈原《楚辭·九歌·國殤》:「操吳戈兮披犀甲，車錯～兮短兵接。」

## 瞽 @gǔ @gu2 鼓
❶ 眼睛失明。《莊子·逍遙遊》:「～者無以與乎文章之觀。」❷ 樂師。《國語·周語上》:「使公卿至於列士獻詩，～獻曲。」❸ 比喻人不懂得察言觀色，沒有見識。《論語·季氏》:「未見顏色而言謂之～。」

## 鵠
㈠ @gǔ @guk1 谷
箭靶的中心，引申指目標。《禮記·射義》:「故射者各射己之～。」

㈡ @hú @huk6 酷
天鵝，頸長，嘴上有黃色瘤狀突起，鳴聲洪亮。《岳飛之少年時代》:「生時，有大禽若～，飛鳴室上，因以為名。」

## 固 @gù @gu3 故
❶ 堅牢，堅固。《古詩十九

首‧明月皎夜光》：「良無磐石～，虛名復何益？」❷ 固定，穩定。《左傳‧宣公二年》：「君能有終，則社稷之～也。」❸ 固執，頑固。《列子‧愚公移山》：「汝心之～，～不可徹。」❹ 鄙陋。《論語‧述而》：「奢則不孫，儉則～。」❺ 副詞，堅定，堅決。《史記‧廉頗藺相如列傳》：「秦王恐其破璧，乃辭謝～請。」❻ 副詞，當然，肯定。宋‧蘇洵《六國論》：「至於顛覆，理～宜然。」❼ 副詞，本來。宋‧蘇洵《六國論》：「則秦之所大欲，諸侯之所大患，～不在戰矣。」❽ 副詞，姑且。唐‧韓愈《送楊少尹序》：「而畫與不畫，～不論也。」❾ 副詞，究竟。明‧張溥《五人墓碑記》：「輕重～何如哉？」

★**故** 🔲 gù 🔲 gu3 固
❶ 原因，緣故。《史記‧廉頗藺相如列傳》：「且以一璧之～逆彊秦之驩，不可。」❷ 意外，變故。《孟子‧盡心上》：「父母俱存，兄弟無～。」❸ 有意，特意。《史記‧項羽本紀》：「～遣將守關者，備他盜出入與非常也。」❹ 所以。《左傳‧曹劌論戰》：「彼竭我盈，～克之。」❺ 原來的，以前的，過去的。南唐‧李煜《虞美人》：「～國不堪回首月明中！」❻ 舊有的、過去的人或事物。三國魏‧曹植《與吳質書》：「親～多離其災。」❼ 死亡。《紅樓夢》第六回：「目今其祖早～，只有一個兒子。」

🔲 「故事」一詞今指真實或虛構的，有人物、情節而可講述的事情，在文言文中則指先例或舊事，如宋‧蘇洵《六國論》：「苟以天下之大，而從六國破亡之故事，是又在六國下矣。」

**顧** 🔲 gù 🔲 gu3 故
❶ 回頭或回頭看。戰國楚‧屈原《楚辭‧九章‧涉江》：「吾方高馳而不～。」❷ 看，視。《莊子‧逍遙遊》：「立之塗，匠者不～。」❸ 返回。唐‧柳宗元《種樹郭橐駝傳》：「已去而復～。」❹ 考慮，顧惜。《史記‧項羽本紀》：「大行不～細謹。」❺ 探訪。三國蜀‧諸葛亮《出師表》：「三～臣於草廬之中。」❻ 關心，照顧。《左傳‧成公十三年》：「君若惠～諸侯。」❼ 副詞，表示輕微的轉折，相當於「而」、「不過」。《史記‧廉頗藺相如列傳》：「～吾念之，彊秦之所以不敢加兵於趙者，徒以吾兩人在也。」❽ 副詞，豈，難道。清‧彭端淑《為學》：「人之立志，～不如蜀鄙之僧哉？」❾ 副詞，反而，卻。《戰國策‧趙策一》：「雖強大不能得之於小弱，而小弱～能得之於強大乎？」

gua

**瓜** 🔲 guā 🔲 gwaa1 呱
蔓生植物，葉掌狀，花多是黃色，果實可吃，種類很多，有西瓜、南瓜、冬瓜、黃瓜等。宋‧范成大《四時田園雜興》之七：「童孫未解供耕織，也傍桑陰學種～。」

**寡** 粵guǎ 普gwaa2 瓜二聲
❶ 少。《論語·季氏》:「不患~而患不均。」❷ 孤,弱。《左傳·成公十三年》:「~我襄公。」❸ 老而無夫或喪夫的人。《禮記·大同與小康》:「矜、~、孤、獨、廢、疾者皆有所養。」❹ 謙詞。古時王侯自稱「寡人」;臣子對別國自稱本國國君或國君夫人為「寡君」。

🔍 寡、鰥、孤、獨。見 98 頁「鰥」。

### guai

**乖** 粵guāi 普gwaai1 怪一聲
❶ 違背,不協調。漢·晁錯《論貴粟疏》:「上下相反,好惡~迕。」❷ 性情、言語、行為不合常理。《紅樓夢》第三回:「行為偏僻性~張。」❸ 乖巧,機靈。《紅樓夢》第四十八回:「花兩個錢叫他學些~來也值。」

**怪** 粵guài 普gwaai3 乖三聲
❶ 奇異,不常見。宋·蘇軾《留侯論》:「其事甚~。」❷ 不同尋常或奇異的事物。《論語·述而》:「子不語~力亂神。」❸ 驚訝,驚奇。《戰國策·齊策四》:「孟嘗君~其疾也。」❹ 責怪,怪罪。晉·干寶《搜神記》卷十六:「新死,不習渡水故耳,勿~吾也。」

### guan

**官** 粵guān 普gun1 觀
❶ 官府。唐·柳宗元《種樹郭橐駝傳》:「~命促爾耕。」❷ 官職。《莊子·逍遙遊》:「知效一~,行比一鄉。」❸ 官員。《三國演義·楊修之死》:「惇傳令眾~,都稱『雞肋』。」❹ 官方的,國家的。《韓非子·五蠹》:「州部之吏操~兵。」❺ 器官。《孟子·告子上》:「耳目之~不思。」

**冠** 一 粵guān 普gun1 官
❶ 帽子。《戰國策·鄒忌諷齊王納諫》:「朝服衣~。」❷ 位於事物頂端像帽子的東西。明·唐寅《畫雞》:「頭上紅~不用裁,滿身雪白走將來。」
二 粵guàn 普gun3 灌
❶ 戴。戰國楚·屈原《楚辭·九章·涉江》:「帶長鋏之陸離兮,~切雲之崔嵬。」❷ 古時男子到了二十歲,舉行加冠禮,表示已經成年。《岳飛之少年時代》:「生有神力,未~,能挽弓三百斤。」❸ 超出,第一。南朝梁·丘遲《與陳伯之書》:「將軍勇~三軍。」

> 古代男子二十歲成年行冠禮,由長輩為其梳髮,戴上新帽;女子十五歲成年行笄禮,舉行盤髮插簪的儀式。男子年滿二十歲,稱為「及冠」;女子年滿十五歲,稱為「及笄」。

**矜** 粵guān
見 143 頁 jīn。

**綸** 粵guān
見 190 頁 lún。

**關** 粵guān 普gwaan1 慣一聲
❶ 門閂。《左傳·襄公二十三年》:「臧紇斬鹿門之~以出。」❷ 掩,閉。晉·陶潛《歸去來兮

辭》：「園日涉以成趣，門雖設而常～。」❸ 指古代犯人戴枷鎖時脖子或手足穿過刑具。漢．司馬遷《報任安書》：「其次～木索，被箠楚受辱。」❹ 要塞，關口。唐．賈島《寄韓潮州愈》：「隔嶺篇章來華嶽，出～書信過瀧流。」❺ ［關關］象聲詞，形容鳥鳴的聲音。《詩經．周南．關雎》：「～～雎鳩，在河之洲。」

## 鰥 ⓟguān ⓒgwaan1 關

❶ 一種大魚。《詩經．齊風．敝笱》：「其魚魴～。」❷ 老而無妻或死了妻子的人。《戰國策．齊策四》：「是其為人，哀～寡，卹孤獨，振困窮，補不足。」

🔍　鰥、寡、孤、獨。成語「鰥寡孤獨」泛指沒有勞動力而又無依無靠的人，其實四字分別指四種人：「鰥」指年老無妻或喪妻的男子；「寡」指年老無夫或喪夫的女子；「孤」指年幼喪父的孩子；「獨」指年老無子女的人。

## 觀

㊀ⓟguān ⓒgun1 官
❶ 細看，審察。《論語．公冶長》：「今吾於人也，聽其言而～其行。」❷ 遊覽，觀賞。宋．周敦頤《愛蓮說》：「可遠～而不可褻玩焉。」❸ 檢閱。《左傳．宣公三年》：「～兵于周疆。」❹ 景象。宋．范仲淹《岳陽樓記》：「此則岳陽樓之大～也。」❺ 對事物的看法。《後漢書．黃香傳》：「左右莫不改～。」

㊁ⓟguàn ⓒgun3 灌
❶ 古時宮中高大的樓臺。《史記．

廉頗藺相如列傳》：「今臣至，大王見臣列～，禮節甚倨。」❷ 道教的廟宇。唐．劉禹錫《玄都觀桃花》：「玄都～裏桃千樹。」

🔍　觀、寺、廟、祠。見 285頁「寺」。

## 管 ⓟguǎn ⓒgun2 館

❶ 指竹管。唐．楊希道《詠笙》：「切切孤竹～，來應雲和琴。」❷ 管樂器。唐．杜甫《自京赴奉先詠懷》：「暖客貂鼠裘，悲～逐清瑟。」❸ 管狀物。《詩經．邶風．靜女》：「靜女其孌，貽我彤～。」❹ 鑰匙。《左傳．僖公三十二年》：「鄭人使我掌其北門之～。」❺ 管理，主管。《史記．李斯列傳》：「～事二十餘年。」

## 館 ⓟguǎn ⓒgun2 管

❶ 客舍，賓館。《孟子．滕文公下》：「舍～未定。」❷ 華麗的房屋。唐．王勃《滕王閣序》：「臨帝子之長洲，得仙人之舊～。」❸ 接待。《孟子．萬章下》：「帝～甥於貳室。」

## 冠 ⓟguàn

見 97 頁 guān。

## 觀 ⓟguàn

見 98 頁 guān。

## ★光 ⓟguāng ⓒgwong1 廣一聲

❶ 光芒，光亮。晉．陶潛《歸去來兮辭》：「恨晨～之熹微。」❷ 明亮，發光。戰國楚．屈原《楚辭．九章．涉江》：「與天地兮同壽，與日月兮齊～。」❸ 光彩，風

采。《孟子・盡心上》:「日月有明,容～必照焉。」❹ 光耀,發揚。三國蜀・諸葛亮《出師表》:「誠宜開張聖聽,以～先帝遺德。」❺ 風景。宋・楊萬里《曉出淨慈寺送林子方》:「畢竟西湖六月中,風～不與四時同。」❻ 榮耀。清・吳敬梓《儒林外史》第三回:「連我臉上都無～了。」❼ 時光。唐・李白《春夜宴從弟桃花園序》:「～陰者,百代之過客也。」

> 「光」字可用作表敬副詞,用在「臨」、「顧」、「駕」等詞前,敬稱對方來臨。這個用法在今天社會也廣泛使用,如:歡迎光臨。

**洸** ⓟguāng ⓒgwong1 光
❶ 水湧流閃光。晉・郭璞《江賦》:「澄澹汪～。」❷ [洸洸] 威武的樣子。明・劉基《賣柑者言》:「今夫佩虎符、坐皋比者,～～乎干城之具也。」

**廣** ⓟguǎng ⓒgwong2 光二聲
❶ 大。《詩經・小雅・六月》:「四牡脩～。」❷ 眾多。《史記・魏公子列傳》:「而公子親枉車騎自迎嬴於眾人～坐之中。」❸ 寬闊。《莊子・逍遙遊》:「何不樹之於無何有之鄉,～莫之野。」❹ 擴大,拓寬,開闢。漢・路温舒《尚德緩刑書》:「～箴諫之路。」❺ 增加,增強。三國蜀・諸葛亮《出師表》:「必能裨補闕漏,有所～益。」❻ 寬宏。《左傳・僖公二十三年》:「晉公子～而儉。」❼ 廣泛,普遍。《國語・周

語中》:「而～施德於天下者也。」❽ 寬度。《儀禮・士喪禮》:「長尺二寸,～五寸。」

**規** ⓟguī ⓒkwai1 虧
❶ 圓規,畫圓的工具。《荀子・勸學》:「木直中繩,輮以為輪,其曲中～。」❷ 法度。漢・張衡《東京賦》:「卒無補於風～,只以昭其愆尤。」❸ 謀劃,打算。晉・陶潛《桃花源記》:「聞之,欣然～往,未果。」❹ 規勸。《國語・周語上》:「近臣盡～,親戚補察。」❺ 效法,模仿。唐・韓愈《進學解》:「上～姚姒(yáosì,指《尚書》中記載舜的《虞書》和記載禹的《夏書》)。」

**閨** ⓟguī ⓒgwai1 歸
❶ 上圓下方的小門。《荀子・解蔽》:「俯而出城門,以為小之～也,酒亂其神也。」❷ 內室。明・歸有光《項脊軒志》:「室西連於中～。」❸ 特指女子的臥室。唐・白居易《長恨歌》:「楊家有女初長成,養在深～人未識。」

★**歸** ㊀ⓟguī ⓒgwai1 龜
❶ 女子出嫁。《詩經・周南・桃夭》:「之子于～,宜其室家。」❷ 返回。《史記・廉頗藺相如列傳》:「不如因而厚遇之,使～趙。」❸ 歸附,歸依。《論語・顏淵》:「一日克己復禮,天下～仁焉。」❹ 歸還。《史記・廉頗藺相如列傳》:「臣請完璧～趙。」❺ 結局,歸宿。《周易・繫辭下》:「天下同～而殊塗。」

㊂⦿kuì ⦿gwai6 饋
通「饋」，贈送，給予。《論語·陽貨》：「陽貨欲見孔子，孔子不見，～孔子豚。」

🔍 歸、還。見 114 頁「還」。

**龜**
㊀⦿guī ⦿gwai1 歸
❶ 動物名，身體橢圓而扁，有堅硬的殼。❷ 占卜用的龜甲。戰國楚·屈原《楚辭·卜居》：「～策（卜筮用的蓍草）誠不能知事。」❸ 用作貨幣的龜甲。《史記·平準書》：「虞夏之幣……或錢，或布，或刀，或～貝。」
㊁⦿jūn ⦿gwan1 軍
皸裂。《莊子·逍遙遊》：「宋人有善為不～手之藥者。」
㊂⦿qiū ⦿gau1 夠一聲
[龜茲 cí] 漢朝時天山南麓的一個城國。

**軌**
⦿guǐ ⦿gwai2 鬼
❶ 古時之車子兩輪間的距離。《禮記·中庸》：「今天下車同～，書同文。」❷ 車跡。《孟子·盡心下》：「城門之～，兩馬之力與？」❸ 軌道，固定的路線。《淮南子·本經訓》：「五星循～而不失其行。」❹ 規矩，法度。《左傳·隱公五年》：「君將納民於～物者也。」❺ 依照，遵循。《史記·孔子世家》：「夫儒者滑稽而不可～法。」

**鬼**
⦿guǐ ⦿gwai2 軌
❶ 人死後的靈魂。唐·杜甫《兵車行》：「新～煩冤舊～哭，天陰雨濕聲啾啾！」❷ 祖先。《論語·為政》：「非其～而祭之，諂也。」

**貴**
⦿guì ⦿gwai3 桂
❶ 物價高。唐·杜甫《歲晏行》：「去年米～闕軍食，今年米賤太傷農。」❷ 地位高，顯貴。唐·韓愈《師說》：「是故無～無賤，無長無少。」❸ 注重，崇尚。《禮記·中庸》：「賤貨而～德。」❹ 重要。《孟子·盡心下》：「民為～，社稷次之，君為輕。」❺ 尊敬。《孟子·萬章下》：「用下敬上，謂之～貴。」

**跪**
⦿guì ⦿gwai6 櫃
❶ 跪拜行禮，兩膝或單膝着地。清·方苞《左忠毅公軼事》：「史前～，抱公膝而嗚咽。」❷ 足，腳。《荀子·勸學》：「蟹六～而二螯。」

**匱**
⦿guì
見 166 頁 kuì。

**劌**
⦿guì ⦿gwai3 貴
挖，刺。宋·葛立方《韻語陽秋》：「非後來詩人怵心～目雕琢者所為也。」

### guo

**郭**
⦿guō ⦿gwok3 國
❶ 外城。《孟子·公孫丑下》：「三里之城，七里之～。」❷ 四周，外沿。《後漢書·董卓傳》：「又錢無輪～文章，不便人用。」

🔍 郭、城。見 34 頁「城」。

★**國**
⦿guó ⦿gwok3 郭
❶ 都城。《左傳·隱公元年》：「先王之制，大都不過參～之一。」❷ 古時王侯的封地。唐·柳宗元《封建論》：「漢興，天子之政行於郡，不行於～，制其守宰，不制其

侯王。」❸ 國家。《新五代史·伶官傳序》:「憂勞可以興～,逸豫可以亡身。」❹ 地域,地方。唐·王維《相思》:「紅豆生南～。」❺ 建國,立國。《左傳·昭公元年》:「～於天地,有與立焉。」

> 💡 1.「國家」在現代漢語中是個雙音詞,在文言文中則是兩個詞:諸侯統治的區域為「國」,大夫統治的區域為「家」;二字連用時,一般指諸侯國。2. 先秦古籍中的「中國」,指的是中原地區的各諸侯國,有時也指天下的中心區域,即京師。

**幗**　guó　gwok3 國
婦女的髮飾。明·袁宏道《徐文長傳》:「非彼巾～而事人者所敢望也。」

**果**　guǒ　gwo2 裹
❶ 植物的果實。明·劉基《賣柑者言》:「杭有賣～者,善藏柑,涉寒暑不潰。」❷ 飽,足。《莊子·逍遙遊》:「三飡而反,腹猶～然。」❸ 果敢,有決斷。《論語·雍也》:「由也～,於從政乎何有?」❹ 結果,結局。《南史·范雲傳》:「貴賤雖復殊途,因～竟在何處?」❺ 實現,成為事實。晉·陶潛《桃花源記》:「聞之,欣然規往,未～。」❻ 終於。《左傳·僖公二十八年》:「晉侯在外十九年矣,而～得晉國。」❼ 果真。《三國演義·楊修之死》:「人皆以為操～夢中殺人。」

**裹**　guǒ　gwo2 果
❶ 包紮,纏繞。唐·杜甫《兵車行》:「去時里正與～頭,歸來頭白還戍邊。」❷ 捆綁,束縛。秦·李斯《諫逐客書》:「～足不入秦。」

★**過**　guò　gwo3 戈三聲
❶ 走過,經過。唐·杜甫《兵車行》:「道旁～者問行人,行人但云點行頻。」❷ 過去。宋·蘇軾《水龍吟·次韻章質夫楊花詞》:「曉來雨～,遺蹤何在。」❸ 責備。《史記·項羽本紀》:「聞大王有意督～之。」❹ 探望。明·歸有光《項脊軒志》:「一日,大母～余。」❺ 過錯。《戰國策·鄒忌諷齊王納諫》:「羣臣吏民能面刺寡人之～者,受上賞。」❻ 超過。《論語·憲問》:「君子恥其言而～其行。」❼ 過分。晉·李密《陳情表》:「～蒙拔擢,寵命優渥。」

# H

## hai

**孩** ⓟhái ⓨhaai4 鞋
❶ 小兒笑。《老子》二十章：「沌沌兮，如嬰兒之未～。」❷ 幼稚，幼小。唐·杜甫《百憂集行》：「憶昔十五心尚～，健如黃犢走復來。」❸ 小孩。晉·李密《陳情表》：「生～六月，慈父見背。」

**還** ⓟhái
見 114 頁 huán。

**海** ⓟhǎi ⓨhoi2 凱
❶ 百川匯聚的水域，後指大洋靠近陸地部分。《荀子·勸學》：「不積小流，無以成江～。」❷ 指海水。《漢書·晁錯傳》：「煮～為鹽。」❸ 大的湖泊。《漢書·蘇武傳》：「乃徙武北～上無人處。」❹ 比喻連成一大片的同類事物。唐·李白《關山月》：「明月出天山，蒼茫雲～間。」

**害** ⓟhài ⓨhoi6 亥
❶ 傷害，殺害。《周易·節》：「節以制度，不傷財，不～民。」❷ 災害。《三國志·魏書·高貴鄉公傳》：「當堯之時，洪水為～。」❸ 嫉妒。《史記·屈原賈生列傳》：「爭寵，而心～其能。」❹ 妨害。《論語·衛靈公》：「志士仁人，無求生以～仁，有殺身以成仁。」❺ 重要的，關鍵的。漢·賈誼《過秦論》：「東割膏腴之地，北收要～之郡。」

**駭** ⓟhài ⓨhaai5 蟹
❶ 馬受驚。漢·枚乘《上書諫吳王》：「馬方～，鼓而驚之。」❷ 驚恐。唐·柳宗元《黔之驢》：「虎大～，遠遁。」❸ 驚擾，騷動。南朝梁·沈約《齊故安陸昭王碑文》：「永明八載，疆場大～。」

## han

**酣** ⓟhān ⓨham4 含
❶ 酒喝得暢快。《史記·廉頗藺相如列傳》：「秦王飲酒～。」❷ 痛快，盡情。明·張岱《西湖七月半》：「吾輩縱舟～睡於十里荷花之中。」❸ 濃烈，鮮明。宋·王安石《題西太一宮壁》：「荷花落日紅～～。」

**汗** ⓟhàn
見 103 頁 hàn。

**含** ⓟhán ⓨham4 酣
❶ 嘴裏銜着。清·林嗣環《口技》：「兒～乳啼，婦拍而嗚之。」❷ 容納。唐·杜甫《絕句》：「窗～西嶺千秋雪，門泊東吳萬里船。」❸ 懷着，記在心裏。《戰國策·秦策一》：「～怒日久。」

**涵** ⓟhán ⓨhaam4 咸
❶ 潛入水中。晉·左思《吳都賦》：「～泳乎其中。」❷ 包含，包容。宋·蘇軾《湖州謝上表》：「天覆羣生，海～萬族。」

**★寒** ⓟhán ⓨhon4 韓
❶ 冷。《荀子·勸學》：「冰，水為之，而～於水。」❷ 冬天。《列子·愚公移山》：「～暑易節，始一反焉。」❸ 貧窮。唐·杜甫《自京赴奉先詠懷》：「彤庭所分帛，本自～女出。」❹ 出身卑微。《晉書·劉毅傳》：「是以上品無～門，

下品無勢族。」❺ 害怕，恐懼。《史記·刺客列傳》：「夫以秦王之暴而積怒於燕，足以～心，又況聞樊將軍之所在乎？」

## 幹 ⓟhán

見 87 頁 gàn。

## 汗

㊁ ⓟhàn ⓖhon6 翰
汗水。唐·李紳《憫農》：「鋤禾日當午，～滴禾下土。」
㊂ ⓟhán ⓖhon4 寒
[可汗] 見 159 頁「可」。

## 感 ⓟhàn

見 87 頁 gǎn。

## 漢 ⓟhàn ⓖhon3 看

❶ 河流名，即漢水。《列子·愚公移山》：「自是，冀之南，～之陰，無隴斷焉。」❷ 地名，指漢水流域。唐·李白《與韓荊州書》：「白，隴西布衣，流落楚、～。」❸ 天河，銀河。《古詩十九首·迢迢牽牛星》：「迢迢牽牛星，皎皎河～女。」❹ 朝代名。唐·李華《弔古戰場文》：「～擊匈奴，雖得陰山，枕骸遍野，功不補患。」❺ 漢族。南朝宋·劉義慶《世說新語·言語》：「高坐道人不作～語。」❻ 男子。清·蒲松齡《聊齋志異·聶小倩》：「此～當是鐵石。」

## 撼 ⓟhàn ⓖham6 嵌

❶ 搖動。唐·孟浩然《望洞庭湖贈張丞相》：「氣蒸雲夢澤，波～岳陽城。」❷ 說服，打動。《宋史·徐勣傳》：「蔡京自錢塘召還，過宋見勣，微言（指隱晦的言詞）～之。」

## 翰 ⓟhàn ⓖhon6 捍

❶ 紅色的山雞，即錦雞。《逸周書·王會》：「文～者，若皋雞。」❷ 羽毛。晉·左思《吳都賦》：「理翮（hé，翅膀）振～，容與自玩。」❸ 毛筆。漢·張衡《歸田賦》：「揮～墨以奮藻。」❹ 文章。南朝宋·鮑照《擬古》：「十五諷詩書，篇～靡不通。」

## 領 ⓟhàn ⓖham5 含五聲

❶ 下巴。清·紀昀《閱微草堂筆記·槐西雜志》：「視之，自～下至尾閭，皆觸斧裂矣。」❷ 點頭。宋·歐陽修《賣油翁》：「見其發矢十中八九，但微～之。」

## 憾 ⓟhàn ⓖham6 嵌

❶ 遺憾，不滿足。《孟子·梁惠王上》：「養生喪死無～，王道之始也。」❷ 仇恨，怨恨。南朝宋·劉義慶《世說新語·德行》：「知母～之不已，因跪前請死。」

> 🔍 憾、恨、怨。「憾」和「恨」是同義詞，均表示遺憾的意思，先秦時多用「憾」，漢代以後多用「恨」。漢魏以後，「憾」和「恨」產生了「怨恨」的意義，才與「怨」同義。

hang

## 行 ⓟháng

見 343 頁 xíng。

## 杭 ⓟháng ⓖhong4 航

❶ 渡。《詩經·衛風·河廣》：「誰謂河廣？一葦～之。」❷ 渡船。戰國楚·屈原《楚辭·九章·惜誦》：「昔余夢登天兮，魂中道而無～。」

## hao

**吇** ⓐháo
見 337 頁 xiāo。

**毫** ⓐháo ⓒhou4豪
❶ 細長而尖的毛。《孟子·梁惠王上》:「明足以察秋～之末。」❷ 比喻極微小的事物。宋·蘇軾《前赤壁賦》:「苟非吾之所有,雖一～而莫取。」❸ 毛筆。唐·杜甫《飲中八仙歌》:「脱帽露頂王公前,揮～落紙如雲煙。」❹ 長度單位,十毫為一釐。《大戴禮記·保傅》:「失之～釐,差之千里。」

**號** ⓐháo
見 104 頁 hào。

**豪** ⓐháo ⓒhou4毫
❶ 豪豬,即箭豬。《山海經·西山經》:「(鹿臺之山)其獸多作牛、羬羊、白～。」❷ 長而硬的刺。《山海經·北山經》:「有獸焉,其狀如貙(huán,豪豬)而赤～。」❸ 才能出眾的人。宋·蘇軾《念奴嬌·赤壁懷古》:「江山如畫,一時多少～傑。」❹ 兇蠻的人。《史記·游俠列傳》:「～暴侵凌孤弱,恣欲自快。」❺ 豪邁,沒有拘束的。《史記·魏公子列傳》:「平原君之游,徒～舉耳,不求士也。」❻ 闊綽,豪華。《梁書·賀琛傳》:「今之燕喜,相競夸～。」❼ 通「毫」,細長而尖銳的毛。《商君書·弱民》:「今離婁見秋～之末,不能明目易人。」❽ 通「毫」,長度單位。

**好** 〔一〕ⓐhǎo ⓒhou2浩二聲
❶ 容貌美麗。《史記·孔子世家》:「於是選齊國中女子～者八十人。」❷ 美好。宋·柳永《望海潮》:「異日圖將～景,歸去鳳池夸。」❸ 相善,交好。《史記·廉頗藺相如列傳》:「秦王使使者告趙王,欲與王為～會於西河外澠池。」❹ 以便,合宜。唐·杜甫《聞官軍收河南河北》:「青春作伴～還鄉。」❺ 可以,應該。唐·韓愈《左遷至藍關示姪孫湘》:「～收吾骨瘴江邊。」❻ 很,甚。宋·文天祥《〈指南錄〉自序》:「天時不齊,人事～乖。」
〔二〕ⓐhào ⓒhou3耗
喜歡,愛好。《孟子·梁惠王上》:「王～戰,請以戰喻。」

**好** ⓐhào
見 104 頁 hǎo。

**浩** ⓐhào ⓒhou6號
❶ 水勢盛大。宋·范仲淹《岳陽樓記》:「銜遠山,吞長江,～～湯湯,橫無際涯。」❷ 多。宋·吳自牧《夢粱錄》:「人煙稠密,戶口～繁。」

**皓** ⓐhào ⓒhou6浩
❶ 白。清·紀昀《閱微草堂筆記·槐西雜志》:「鬢髮～然,時咯咯作嗽。」❷ 明亮。宋·范仲淹《岳陽樓記》:「～月千里,浮光躍金。」

**號** 〔一〕ⓐhào ⓒhou6浩
❶ 發號令。《莊子·田子方》:「何不～於國中?」❷ 號令,命令。宋·歐陽修《秋聲賦》:「不聞～令,但聞人馬之行聲。」❸ 召喚,呼喚。《左傳·襄公十九年》:「齊侯圍之,見衛在城上,～之,乃

下。」❹ 稱呼，稱號。唐·韓愈《原道》:「帝之與王，其～各殊，其所以為聖一也。」❺ 稱作，稱。漢·鄒陽《獄中上梁王書》:「邑～『朝歌』。」❻ 名聲，名譽。漢·鄒陽《獄中上梁王書》:「臣聞盛飾入朝者不以私污義，砥厲名～者不以利傷行。」❼ 宣稱，揚言。《史記·高祖本紀》:「沛公兵十萬，～二十萬。」

㊂ 🔊háo 🔊hou6豪

❶ 大聲喊叫。唐·柳宗元《捕蛇者說》:「～呼而轉徙，飢渴而頓踣（bó，朝前撲倒）。」❷ 大聲哭。唐·李白《北上行》:「悲～絕中腸。」❸ 呼嘯。宋·范仲淹《岳陽樓記》:「陰風怒～，濁浪排空。」

**顥** 🔊hào 🔊hou6浩

❶ 白色貌。唐·柳宗元《夢歸賦》:「圓方混而不形兮，～醇白之霏霏。」❷ 通「昊」，廣大。《呂氏春秋·有始》:「西方曰～天。」

**灝** 🔊hào 🔊hou6浩

❶ 水面遼闊，引申指內容博大。漢·揚雄《揚子法言·問神》:「虞夏之書渾渾爾，商書～～爾。」❷ 通「浩」，浩大。唐·柳宗元《始得西山宴遊記》:「悠悠乎與～氣（灝氣，即浩氣，指天地間的自然之氣）俱，而莫得其崖。」

### he

**喝** ㊀ 🔊hē 🔊hot3渴

飲。清·吳敬梓《儒林外史》第三回:「只得連斟兩碗酒～了。」

㊁ 🔊hè 🔊hot3渴

❶ 大聲下令。《三國演義·楊修之死》:「～刀斧手推出斬之，將首級號令於轅門外。」❷ 大聲招呼。宋·歐陽修《回丁判官書》:「吏人連呼姓名，～出使拜。」❸ 大聲呵叱。《晉書·劉毅傳》:「（劉）裕厲聲～之。」

**禾** 🔊hé 🔊wo4和

❶ 粟，即小米。《詩經·豳風·七月》:「黍稷重穋，～麻菽麥。」❷ 稻子。《左傳·隱公三年》:「秋，又取成周之～。」❸ 泛指莊稼。唐·杜甫《兵車行》:「縱有健婦把鋤犁，～生隴畝無東西。」

**合** 🔊hé 🔊hap6盒

❶ 閉合，合攏。《戰國策·鷸蚌相爭》:「蚌～而拑其喙。」❷ 聚合，聯合。漢·賈誼《過秦論》:「斬木為兵，揭竿為旗，天下雲～回應。」❸ 融合，匯合。唐·柳宗元《始得西山宴遊記》:「心凝形釋，與萬化冥～。」❹ 配合，投合。《詩經·大雅·大明》:「天作之～。」❺ 和睦，融洽。《詩經·小雅·常棣》:「妻子好～，如鼓瑟琴。」❻ 兩軍交鋒。《左傳·成公二年》:「自始～，而矢貫余手及肘。」❼ 符合，與⋯⋯一致。漢·王充《論衡·自然》:「不～自然，故其義疑。」❽ 全，整個。宋·王安石《上皇帝萬言書》:「蓋～郡之間往往而絕也。」❾ 應當，應該。唐·白居易《與元九書》:「歌詩～為事而作。」❿ 盒子。唐·白居易《長恨歌》:「鈿～金釵寄將去。」

H

**★何**

（一）⓿hé ⓿ho4 河

❶ 疑問代詞，甚麼。《論語·顏淵》：「內省不疚，夫～憂～懼？」❷ 疑問代詞，怎，怎麼樣。《戰國策·齊策一》：「妾曰：『徐公～能及君也！』」❸ 疑問代詞，何故，為甚麼。《孟子·梁惠王上》：「鄰國之民不加少，寡人之民不加多，～也？」❹ 副詞，多麼。唐·李白《古風五十九首》之三：「秦王掃六合，虎視～雄哉！」

（二）⓿hè ⓿ho6 賀

「荷」的本字。❶ 擔，背着。《詩經·小雅·無羊》：「～蓑～笠。」❷ 承受。《詩經·商頌·長發》：「～天之休。」

> 「何」是常見的文言虛詞，常用作疑問代詞或副詞，有時與後面的詞構成固定詞組，且有多種意義。如：「何當」解作「何時」或「何況」；「何如」解作「怎麼樣」或「為甚麼」；「何許」解作「何處」、「何時」或「何故」；「何以」解作「怎麼能」或「用甚麼」；「何有」用於反問，解作「有何難」、「哪有」或「有甚麼」。

**和**

（一）⓿hé ⓿wo4 禾

❶ 聲音相應，諧調。《呂氏春秋·察傳》：「夔於是正六律，～五聲，以通八風。」❷ 氣候溫和，溫暖。宋·范仲淹《岳陽樓記》：「至若春～景明，波瀾不驚。」❸ 協調，和諧。《禮記·中庸》：「發而皆中節謂之～。」❹ 和睦，融洽。《論語·子路》：「君子～而不同，小人同而不～。」❺ 匯合，結合。《禮記·郊特性》：「陰陽～合而萬物得。」

（二）⓿hè ⓿wo6 禍

❶ 應和，跟着唱。《戰國策·燕策三》：「高漸離擊筑，荊軻～而歌。」❷ 依照別人詩的韻律和內容作詩。《南史·陳後主紀》：「制五言詩，十客一時繼～，遲則罰酒。」

**★河**　⓿hé ⓿ho4 何

❶ 黃河。《莊子·逍遙遊》：「秋水時至，百川灌～。」❷ 泛指河流。漢·賈誼《過秦論》：「宰割天下，分裂山～。」❸ 銀河。《古詩十九首·迢迢牽牛星》：「迢迢牽牛星，皎皎～漢女。」

🔍 河、江。見 135 頁「江」。

**荷**

（一）⓿hé ⓿ho4 何

蓮，葉圓形，高出水面，花淡紅或白色。宋·楊萬里《小池》：「小～才露尖尖角，早有蜻蜓立上頭。」

（二）⓿hè ⓿ho6 賀

❶ 扛，擔。《列子·愚公移山》：「遂率子孫，～擔者三夫，叩石墾壤。」❷ 承擔，承受。漢·張衡《東京賦》：「～天下之重任。」

**盒**　⓿hé ⓿hap6 合

❶ 一種盛物器具，有底、蓋，可以相合。唐·白居易《長恨歌》：「惟將舊物表深情，鈿～金釵寄將去。」❷ 量詞，計算盒裝物的單位。《三國演義·楊修之死》：「塞北送酥一～至。」

**蓋**　⓿hé

見 86 頁 gài。

**覈** 普 hé 粤 hat6核
❶ 核實，考查。漢·張衡《東京賦》：「溫故而知新，研～是非。」❷ 嚴謹。南朝梁·劉勰《文心雕龍·熔裁》：「思贍者善敷，才～者善刪。」

**何** 普 hé
見 106 頁 hé。

**和** 普 hé
見 106 頁 hé。

**荷** 普 hé
見 106 頁 hé。

**喝** 普 hé
見 105 頁 hē。

**賀** 普 hè 粤 ho6 可六聲
❶ 送禮物慶賀。泛指慶祝。唐·韓愈《送溫處士赴河陽軍序》：「生既至，拜公於軍門，其為吾以前所稱，為天下～。」❷ 犒勞。《晏子春秋·外篇上》：「景公迎而～之。」❸ 嘉獎。唐·柳宗元《永州韋使君新堂記》：「或贊且～曰：『見公之作，知公之志。』」

**赫** 普 hè 粤 haak1 客一聲
❶ 火紅色。《詩經·邶風·簡兮》：「～如渥(wò，塗抹)赭(zhě，紅土)。」❷ 明亮，鮮明。《荀子·天論》：「故日、月不高，則光暉不～。」❸ 顯赫，盛大。明·劉基《賣柑者言》：「孰不巍巍乎可畏，～～乎可象也？」❹ 盛怒貌。《晉書·摯虞傳》：「皇振其威，～如雷霆。」

**褐** 普 hè 粤 hot3 喝
❶ 粗布衣服。《史記·廉頗藺相如列傳》：「乃使其從者衣～(指打扮成平民百姓)，懷其璧，從徑道亡，歸璧於趙。」❷ 指貧窮、地位低賤之人。《左傳·哀公十三年》：「旨酒一盛兮，余與～之父睨(nì，斜着眼睛看)之。」❸ 黃黑色。唐·白居易《三適贈道友》：「～綾袍厚暖。」

**壑** 普 hè 粤 kok3 確
深溝，山谷。《戰國策·趙策四》：「願及未填溝～而託之。」

hei

**黑** 普 hēi 粤 hak1 刻
❶ 黑色。唐·白居易《賣炭翁》：「兩鬢蒼蒼十指～。」❷ 昏暗。唐·杜甫《茅屋為秋風所破歌》：「俄頃風定雲墨色，秋天漠漠向昏～。」

hen

**痕** 普 hén 粤 han4 很四聲
❶ 傷疤。隋·侯白《啟顏錄·賣羊》：「然為獼猴頭上無瘡～，不可為驗，遂隱忍不言。」❷ 印跡，痕跡。唐·劉禹錫《陋室銘》：「苔～上階綠，草色入簾青。」

**恨** 普 hèn 粤 han6 痕六聲
❶ 遺憾，後悔。三國蜀·諸葛亮《出師表》：「先帝在時，每與臣論此事，未嘗不歎息痛～於桓、靈也。」❷ 不滿意。《史記·魏公子列傳》：「然公子遇臣厚，公子往而臣不送，以是知公子～之復返也。」❸ 仇恨。唐·杜牧《泊秦淮》：「商女不知亡國～。」

🔍 恨、憾、怨。見 103 頁「憾」。

heng

**亨** 一 普 hēng 粤 hang1 鏗
通達，順利。宋·王禹偁《待

漏院記》：「天道不言，而品物～、歲功成者，何謂也？」

㈢ 🔊pēng 🔊paang1 烹
同「烹」。《詩經・豳風・七月》：「七月～葵及菽。」

## 恆 🔊héng 🔊hang4 衡

❶ 常，經常。唐・柳宗元《始得西山宴遊記》：「自余為僇人，居是州，～惴慄。」❷ 固定，長久不變的。《孟子・梁惠王上》：「無～產而有～心者，惟士為能。」❸ 平常的，一般的。漢・王充《論衡・恢國》：「微病，～醫皆巧；篤劇，扁鵲乃良。」

## 橫 ㈠ 🔊héng
🔊waang4 戶盲四聲

❶ 橫向，橫貫。唐・柳宗元《小石城山記》：「土斷而川分，有積石～當其垠。」❷ 特指戰國時的「連橫」策略。《戰國策・秦策一》：「約從散～，以抑強秦。」❸ 橫渡。《漢書・揚雄傳上》：「上乃帥羣臣，～大河。」❹ 廣闊。宋・范仲淹《岳陽樓記》：「浩浩蕩蕩，～無際涯。」❺ 充滿。南朝齊・孔稚珪《北山移文》：「風情張日，霜氣～秋。」❻ 遍，到處。《史記・伯夷列傳》：「聚黨數千人，～行天下。」

㈡ 🔊hèng 🔊waang4 戶盲六聲

❶ 橫暴。《史記・魏其武安侯列傳》：「灌夫家在潁川，～甚，民苦之。」❷ 出乎意料地。《三國志・吳書・孫奮傳》：「～遇飛禍。」

> 📖 「連橫」是戰國時對抗「合從」的一種外交策略，詳見 45 頁「從」。

## 衡 ㈠ 🔊héng 🔊hang4 恆

❶ 車轅前端的橫木。《論語・衛靈公》：「在輿，則見其倚於～也。」❷ 秤桿，秤。《荀子・禮論》：「～誠縣矣，則不可欺以輕重。」❸ 秤量。《淮南子・主術訓》：「～之於左右，無私輕重。」

㈡ 🔊héng 🔊waang4 橫

通「橫」，與「縱」相對。《詩經・齊風・南山》：「蓺麻如之何？～從其畝。」

> 🔍 衡、權。見 245 頁「權」。

## 橫 🔊hèng
見 108 頁 héng。

---

### hong

## 弘 🔊hóng 🔊wang4 宏

❶ 大。漢・揚雄《甘泉賦》：「於是事畢功～。」❷ 寬宏。《左傳・襄公二十九年》：「聖人之～也，而猶有慚德。」❸ 擴大，發揚。《論語・衛靈公》：「人能～道，非道～人。」

## 紅 ㈠ 🔊hóng 🔊hung1 雄

❶ 淺紅，粉紅。南朝梁・劉勰《文心雕龍・情采》：「正色耀乎朱藍，間色屏於～紫。」❷ 大紅色。唐・白居易《憶江南》：「日出江花～勝火。」❸ 花的代稱。宋・李清照《如夢令》：「應是綠肥～瘦。」

㈡ 🔊gōng 🔊gung1 工

❶ 通「工」，指婦女紡織、縫紉、刺繡等手工。《漢書・酈食其傳》：「農夫釋耒，～女下機。」❷ 通

「功」，喪服名。《史記·孝文本紀》：「（柩）已下，服大～十五日，小～十四日。」

🔍 紅、朱、赤、緋、丹。見415頁「朱」。

**鴻** 🔊 hóng 🔊 hung4 洪

❶ 大雁類的泛稱。漢·司馬遷《報任安書》：「人固有一死，或重於泰山，或輕於～毛。」❷ 借指書信。元·王實甫《西廂記》：「～稀鱗絕，悲愴不勝。」❸ 通「洪」，大。《史記·夏本紀》：「當帝堯之時，～水滔天。」

## hou

**侯** 🔊 hóu 🔊 hau4 喉

❶ 箭靶。《詩經·齊風·猗嗟》：「終日射～，不出正（zhēng，靶心）兮。」❷ 古代五等爵位「公、侯、伯、子、男」之一。秦漢以後，為僅次於王的爵位。❸ 泛指達官貴人。元·白樸《沉醉東風·漁父詞》：「傲煞人間萬戶～。」❹ 士大夫之間的尊稱，相當於「君」。唐·李頎《送陳章甫》：「陳～立身何坦蕩，虬鬚虎眉仍大顙。」

**后** 🔊 hòu 🔊 hau6 後

❶ 帝王，君主。《尚書·商書·湯誓》：「我～不恤我眾。」❷ 諸侯。唐·柳宗元《封建論》：「設五等，邦羣～。」❸ 君主的正妻，即王后、皇后。《後漢書·皇后紀上》：「～叔父梁，早終。」❹ 通「後」，時間或位置在後的。《禮記·大學》：「知止而～有定，定而～能靜，靜而～能安。」

**厚** 🔊 hòu 🔊 hau5 侯五聲

❶ 上下的距離大。《荀子·勸學》：「不臨深谿，不知地之～也。」❷ 厚度。《莊子·養生主》：「彼節者有閒而刀刃者無～。」❸ 多，大。唐·元稹《崔鶯鶯傳》：「兄之恩，活我之家，～矣。」❹ 深，重。《墨子·非攻上》：「罪益～。」❺ 味道濃。《呂氏春秋·本生》：「肥肉～酒。」❻ 寬厚，不刻薄。《史記·絳侯周勃世家》：「勃為人木彊敦～。」❼ 厚待，重視。戰國楚·屈原《楚辭·離騷》：「伏清白以死直兮，固前聖之所～。」

★**後** 🔊 hòu 🔊 hau6 后

❶ 時間較遲或較晚，與「先」相對。唐·韓愈《師說》：「生乎吾～，其聞道也，亦先乎吾，吾從而師之。」❷ 後代，子孫。《詩經·大雅·瞻卬》：「無忝皇祖，式救爾～。」❸ 位置在後的，與「前」、「上」相對。《晉書·魯褒傳》：「處前者為君長，在～者為臣僕。」❹ 落在後面。《論語·雍也》：「非敢～也，馬不進也。」

**候** 🔊 hòu 🔊 hau6 後

❶ 伺望，偵察。《呂氏春秋·壅塞》：「宋王使人～齊寇之所至。」❷ 負責偵察的人或守望邊境的官吏。《國語·周語中》：「～不在疆，司空不視塗。」❸ 哨所。《史記·律書》：「願且堅邊設～。」❹ 等候。《莊子·逍遙遊》：「卑身而伏，以～敖者。」❺ 徵兆，徵候。宋·李格非《書洛陽名園記後》：「洛陽之盛衰，天下治亂之～也。」❻ 程度，時機。清·吳

敬梓《儒林外史》第三回：「宗師説我火～已到，……如不進去考他一考，如何甘心？」❼ 古代計時單位，五天為一候，引申指時間，時令。宋・李清照《聲聲慢・秋情》：「乍暖還寒時～，最難將息。」

## hu

★**乎** [普] hū [粵] fu4 符
❶ 語氣詞，表示疑問或反問，可譯作「嗎」、「呢」。宋・歐陽修《賣油翁》：「吾射不亦精～？」❷ 語氣詞，表示感歎或呼告，可譯作「啊」、「呀」。唐・韓愈《師説》：「嗟～！師道之不傳也久矣！」❸ 語氣詞，表示推測，可譯作「吧」。唐・韓愈《師説》：「聖人之所以為聖，愚人之所以為愚，其皆出於此～！」❹ 語氣詞，表示祈使或命令，可譯作「吧」。《左傳・昭公元年》：「勉速行～！無重而罪！」❺ 語氣詞，表示肯定，相當於「也」。《列子・周穆王》：「孔子曰：『此非汝所及～。』」❻ 助詞，用於形容詞或副詞詞尾。唐・柳宗元《始得西山宴遊記》：「悠悠～與灝氣俱，而莫得其涯。」❼ 助詞，用在句中表示停頓處。《論語・里仁》：「君子去仁，惡～成名？」❽ 介詞，相當於「於」，可視語境譯作「在」、「從」、「於」。唐・韓愈《師説》：「生～吾前，其聞道也，固先～吾，吾從而師之。」

💡「乎」是常見的文言虛詞，常與其他詞構成固定結構，表達不同語氣，如：「無乃……乎」，可譯作「恐怕（大概）……吧」，表示疑問；「不亦……乎」、「得無……乎」，可譯作「莫非（該不會）……吧」或「能不……嗎」，表示反問；「其……之謂乎」，可譯作「説的就是……啊」或「這就叫……啊」，表示判斷。

**呼** [普] hū [粵] fu1 膚
❶ 吐氣，與「吸」相對。《莊子・刻意》：「吹呴（xǔ，張嘴出氣）～吸，吐故納新。」❷ 叫喊。《荀子・勸學》：「順風而～，聲非加疾也，而聞者彰。」❸ 招，喚。唐・李白《將進酒》：「～兒將出換美酒。」❹ 稱呼。《莊子・天地》：「昔者子～我牛也，而謂之牛；～我馬也，而謂之馬。」❺ 稱讚。《荀子・儒效》：「～先王以欺愚者而求衣食焉……是俗儒也。」❻ 歎詞，表示感歎。宋・歐陽修《朋黨論》：「嗟～！治亂興亡之跡，為人君者可以鑒矣！」

**忽** [普] hū [粵] fat1 惚
❶ 忽略，忽視。《韓非子・存韓》：「願陛下幸察愚臣之計，毋～。」❷ 迅速。《左傳・莊公十一年》：「桀紂罪人，其亡也～。」❸ 忽然，突然。晉・陶潛《桃花源記》：「～逢桃花林，夾岸數百步，中無雜樹。」❹ 古代長度單位，尺的百萬分之一。

**嘑** [普] hū [粵] fu1 膚
同「呼」，大聲叫喚、呼叱。《孟子・魚我所欲也》：「～爾而與之，行道之人弗受。」

**戲** ⓔhū
見 329 頁 xì。

**胡** ⓔhú ⓔwu4 狐
❶ 野獸脖子下的垂肉。《詩經·豳風·狼跋》:「狼跋其〜。」❷ 古代泛稱北方邊地和西域各族。唐·杜甫《詠懷古跡》之三:「千載琵琶作〜語,分明怨恨曲中論。」❸ 疑問副詞,為甚麼。《詩經·魏風·伐檀》:「不稼不穡,〜取禾三百廛兮?」❹ 疑問代詞,甚麼。唐·李白《蜀道難》:「其險也如此,嗟爾遠道之人〜為乎來哉!」

**壺** ⓔhú ⓔwu4 胡
❶ 盛酒、茶水、糧食等的器具。《後漢書·費長房傳》:「市中有老翁賣藥,懸一〜於肆頭。」❷ 通「瓠」,葫蘆。《詩經·豳風·七月》:「七月食瓜,八月斷〜。」

**湖** ⓔhú ⓔwu4 胡
湖泊,四周是陸地的水域。宋·范仲淹《岳陽樓記》:「予觀夫巴陵勝狀,在洞庭一〜。」

**葫** ⓔhú ⓔwu4 胡
[葫蘆] 植物名,又名蒲蘆、壺蘆、匏瓜。果實中間細,像大小兩個球連在一起,表面光滑,嫩時可以吃,成熟後可做器皿。宋·歐陽修《賣油翁》:「乃取一〜〜置於地,以錢覆其口。」

**鵠** ⓔhú
見 95 頁 gǔ。

**虎** ⓔhǔ ⓔfu2 府
❶ 動物名,猛獸的一種。宋·范仲淹《岳陽樓記》:「薄暮冥冥,〜嘯猿啼。」❷ 比喻威武、勇猛。《詩經·魯頌·泮水》:「矯矯〜臣。」

**許** ⓔhǔ
見 348 頁 xǔ。

**互** ⓔhù ⓔwu6 戶
❶ 掛肉的架子。《周禮·地官司徒·牛人》:「凡祭祀,共其牛牲之〜。」❷ 交錯。唐·柳宗元《小石潭記》:「其岸勢犬牙差〜。」❸ 交替,輪流。宋·蘇洵《六國論》:「六國〜喪,率賂秦耶?」❹ 互相。宋·范仲淹《岳陽樓記》:「漁歌〜答,此樂何極!」

**戶** ⓔhù ⓔwu6 互
❶ 單扇門。泛指門。北朝民歌《木蘭詩》:「木蘭當〜織。」❷ 住戶,人家。《史記·呂不韋列傳》:「封為文信侯,食河南洛陽十萬〜。」❸ 戶口。《晉書·慕容德載記》:「或百室合〜,或千丁共籍。」❹ 鳥、蟲巢穴的出入口。《禮記·月令》:「(仲春之月),蟄蟲咸動,啟〜而出。」❺ 酒量。唐·白居易《久不見韓侍郎戲題四韻以寄之》:「〜大嫌甜酒,才高笑小詩。」❻ 把守,守衛。《漢書·王嘉傳》:「以明經射策甲科為郎,坐〜殿門失闌,免。」

**瓠** 〔一〕ⓔhù ⓔwu4 胡
一種葫蘆,嫩時可吃,老時可作盛物器。《莊子·逍遙遊》:「魏王貽我大〜之種,我樹之成而實五石。」
〔二〕ⓔhuò ⓔwok6 獲
[瓠落] 空蕩蕩的,大而無當的樣子。《莊子·逍遙遊》:「剖之以為瓢,則〜〜無所容。」

---

## hua

**★花** ⓶huā ⓴faa1 化一聲

❶ 花朵。唐·杜秋娘《金縷衣》:「～開堪折直須折,莫待無～空折枝。」❷ 似花的東西。唐·李白《黃鶴樓送孟浩然之廣陵》:「故人西辭黃鶴樓,煙～三月下揚州。」❸ 開花。唐·杜甫《遣懷》:「愁眼看霜露,寒城菊自～。」❹(目光)模糊,迷亂。唐·杜甫《飲中八仙歌》:「知章騎馬似乘船,眼～落井水底眠。」

> 📖 北朝民歌《木蘭詩》中,木蘭征戰回家後「當窗理雲鬢,對鏡帖花黃」,當中的「花黃」是古代女子一種面部裝飾品,用金黃色紙剪成星、月、花鳥等形,貼在額上。

**華** ⓶huā
見 112 頁 huá。

**華** 〔一〕 ⓶huá ⓴waa4 蛙四聲

❶ 華美,華麗。唐·李商隱《錦瑟》:「一絃一柱思～年。」❷ 奢華,豪華。北魏·楊衒之《洛陽伽藍記·開善寺》:「況我大魏天王,不為～侈!」❸ 精華。唐·韓愈《進學解》:「沉浸醲郁,含英咀～。」❹ 光輝,光澤。唐·李白《峨眉山月歌送蜀僧晏入中京》:「黃鶴樓前月～白,此中忽見峨眉客。」❺ 顯貴,榮耀。漢·王符《潛夫論·論榮》:「所謂賢人君子者,非必高官厚祿、富貴榮～之謂也。」❻ 時光。唐·劉方平《秋夜泛舟》:「歲～空復晚,鄉思不堪愁。」❼ 對

對方文章、書信的美稱。唐·韋應物《答崔都水》:「常緘素札去,適枉～章還。」❽ 漢族的簡稱。

〔二〕 ⓶huā ⓴faa1 花

❶ 花朵。《詩經·周南·桃夭》:「桃之夭夭,灼灼其～。」❷ 開花。《禮記·月令》:「(仲春之月)桃始～。」❸ (頭髮)花白的。宋·蘇軾《念奴嬌·赤壁懷古》:「多情應笑我,早生～髮。」

〔三〕 ⓶huà ⓴waa6 話
山名,華山,在今陝西省。

**滑** 〔一〕 ⓶huá ⓴waat6 猾

❶ 滑溜,不粗澀。唐·杜甫《自京赴奉先詠懷》:「蚩尤塞寒空,蹴踏崖谷～。」❷ 通「猾」,狡猾。《史記·酷吏列傳》:「～賊任威。」

〔二〕 ⓶gǔ ⓴gwat1 骨

❶ 通「汩」,攪渾,擾亂。《後漢書·周變傳》:「斯固以～泥揚波,同其流矣。」❷ [滑稽 jī] 能言善辯,對答如流。《史記·滑稽列傳》:「(淳于髡)長不滿七尺,～～多辯,數使諸侯,未嘗屈辱。」

**化** ⓶huà ⓴faa3 花三聲

❶ 改變,變化。《莊子·逍遙遊》:「北冥有魚,其名為鯤。……～而為鳥,其名為鵬。」❷ 消除。《韓非子·五蠹》:「鑽燧取火以化腥臊。」❸ 教化。漢·楊惲《報孫會宗書》:「明明求仁義,常恐不能～民者,卿大夫意也。」❹ 風俗,民風。《漢書·敍傳下》:「侯服玉食,敗俗傷～。」❺ 造化,大自然的變化或規律。宋·蘇軾《潮州韓文公廟碑》:「是皆有以參天

地之～，關盛衰之運。」❻ 死的一種委婉語。晉・陶潛《自祭文》：「余今斯～，可以無恨。」❼ 乞討，募化。元・關漢卿《望江亭》：「施主人家～些道糧走一遭去。」

**華** ⑧huà
見 112 頁 huá。

**畫** 〔一〕⑧huà ⑨waak6 或
❶ 劃分界限。《孫子・虛實》：「我不欲戰，～地而守之。」❷ 畫，描繪。唐・溫庭筠《菩薩蠻》：「懶起～蛾眉，弄妝梳洗遲。」❸ 謀劃。《左傳・哀公二十六年》：「使召六子曰：『聞下有師，君請六子～。』」❹ 計策，計謀。唐・柳宗元《封建論》：「後乃謀臣獻～，而離削自守矣。」
〔二〕⑧huà ⑨waa6 話
圖畫。宋・蘇軾《念奴嬌・赤壁懷古》：「江山如～，一時多少豪傑！」

---

huai

**徊** ⑧huái
見 117 頁 huí。

**懷** ⑧huái ⑨waai4 淮
❶ 胸前，懷裏。明・歸有光《項脊軒志》：「汝姊在吾～，呱呱而泣。」❷ 懷裏揣着，懷藏。《史記・廉頗藺相如列傳》：「乃使其從者衣褐，～其璧，從徑道亡，歸璧於趙。」❸ 胸襟，抱負。宋・岳飛《滿江紅》：「抬望眼、仰天長嘯，壯～激烈。」❹ 內心，思緒。晉・王羲之《〈蘭亭集〉序》：「未嘗不臨文嗟悼，不能喻之於～。」❺ 想望，懷念。宋・范仲淹《岳陽樓記》：「登斯樓也，則有去國～鄉，憂讒畏譏。」❻ 包圍，環繞。《尚書・虞書・堯典》：「湯湯洪水方割，蕩蕩～山襄陵。」❼ 安撫。《三國志・吳書・陸遜傳》：「外禦彊對，內～百蠻。」

**壞** ⑧huài ⑨waai6 懷六聲
❶ 牆、屋、山等倒塌。唐・柳宗元《梓人傳》：「棟橈屋～，則曰：『非我罪也！』」❷ 衰敗。漢・司馬遷《報任安書》：「考之行事，稽其成敗興～之理。」

---

huan

**歡** ⑧huān ⑨fun1 寬
❶ 喜悅，高興。宋・蘇軾《水調歌頭並序》：「人有悲～離合，月有陰晴圓缺。」❷ 友好，交好。《史記・屈原賈生列傳》：「奈何絕秦～！」❸ 對情人的暱稱。唐・劉禹錫《踏歌詞》：「唱盡新詞～不見，紅霞映樹鷓鴣鳴。」

**驩** ⑧huān ⑨fun1 寬
❶ 喜悅，高興。《孟子・盡心上》：「霸者之民，～虞如也。」❷ 交好。《史記・廉頗藺相如列傳》：「今殺相如，終不能得璧也，而絕秦趙之～。」

**桓** ⑧huán ⑨wun4 援
❶ 標誌性的木柱，多立在官署、驛站、陵墓等前，又稱桓表、華表。❷ 大。《詩經・商頌・長發》：「玄王～撥。」

**環** ⑧huán ⑨waan4 頑
❶ 玉圈。唐・柳宗元《小石潭記》：「聞水聲，如鳴佩～。」❷ 環形物。三國魏・曹植《美

女篇》:「攘袖見素手，皓腕約金～。」❸ 包圍，圍繞。《孟子·公孫丑下》:「～而攻之而不勝。」❹ 全，遍。唐·韓愈《進學解》:「昔者孟軻好辯，孔道以明；轍～天下，卒老於行。」

★**還** 一 ⓟhuán ⓔwaan4 環

❶ 返回。《戰國策·燕策三》:「壯士一去兮不復～！」❷ 交還，歸還。《韓非子·外儲說左上》:「鄭人買其櫝而～其珠。」❸ 繳納（賦稅）。唐·杜甫《歲晏行》:「割慈忍愛～租庸。」❹ 通「環」，環繞。《漢書·食貨志上》:「～廬樹桑。」

二 ⓟhái ⓔwaan4 環

❶ 仍然。唐·杜甫《兵車行》:「去時里正與裹頭，歸來頭白～戍邊。」❷ 反而。《樂府詩集·雞鳴》:「樹木身相代，兄弟～相忘？」❸ 又，復。唐·杜甫《垂老別》:「此去必不歸，～聞勸加餐。」

三 ⓟxuán ⓔsyun4 旋

❶ 旋轉，轉。《莊子·庚桑楚》:「夫尋常之溝，巨魚無所～其體。」❷ 副詞，表示回頭或回身做某一動作。《韓非子·喻老》:「扁鵲望桓侯而～走。」❸ 迅速，立刻。《荀子·王霸》:「如是則禹舜～至，王業～起。」

> Q　還、歸。二字都有返回的意思，區別在於:「還」表示返回原來的地方;「歸」特指回國或回家。

**鬟** ⓟhuán ⓔwaan4 環

❶ 婦女的環形髮髻。明·袁宏道《滿井遊記》:「鮮妍明媚，如倩女之靧面而髻～之始掠也。」❷ 婢女。宋·梅堯臣《聽文都知吹簫》:「欲買小～試教之，教坊供奉誰知者?」

**緩** ⓟhuǎn ⓔwun6 換

❶ 緩慢，與「急」相對。宋·朱熹《熟讀精思》:「正身體，對書冊，詳～看字，仔細分明讀之。」❷ 拖延，怠慢。《孟子·公孫丑下》:「民事不可～也。」❸ 鬆軟。《呂氏春秋·任地》:「使地肥而土～。」❹ 寬鬆。《古詩十九首·行行重行行》:「相去日已遠，衣帶日已～。」

**宦** ⓟhuàn ⓔwaan6 幻

❶ 做官。南朝宋·劉義慶《世說新語·賞譽》:「年二十八，始～。」❷ 官。唐·李商隱《蟬》:「薄～梗猶泛，故園蕪已平。」❸ 太監，宦官。《史記·廉頗藺相如列傳》:「藺相如者，趙人也，為趙～者令繆賢舍人。」

**浣** ⓟhuàn ⓔwun5 換五聲

❶ 清洗（衣物）。唐·王維《洛陽女兒行》:「誰憐越女顏如玉，貧賤江頭自～紗。」❷ 唐制，官吏每十天休假沐浴一次，稱「浣」。

**患** ⓟhuàn ⓔwaan6 幻

❶ 憂慮，擔心。《莊子·逍遙遊》:「今子有大樹，～其無用。」❷ 災禍。《孟子·魚我所欲也》:「死亦我所惡，所惡有甚於死者，故～有所不辟也。」❸ 疾病。唐·柳宗元《愈膏肓賦》:「愈膏肓之～，難。」❹ 染病。《晉書·桓石虔傳》:「時有～瘧疾者。」❺ 弊

端，隱患。《後漢書·王景傳》：「十里立一水門，……無復潰漏之～。」

**換** ⓐhuàn ⓒwun6喚

❶ 交換。唐·李白《將進酒》：「呼兒將出～美酒。」❷ 更換。宋·王安石《元日》：「千門萬戶瞳瞳日，總把新桃～舊符。」❸ 更替，變化。唐·王勃《滕王閣序》：「物～星移幾度秋！」

**喚** ⓐhuàn ⓒwun6換

叫喊，呼叫。北朝民歌《木蘭詩》：「不聞爺娘～女聲，但聞黃河流水鳴濺濺。」

---

### huang

**荒** ⓐhuāng ⓒfong1方

❶ 荒蕪。晉·陶潛《歸去來兮辭》：「三徑就～，松菊猶存。」❷ 荒僻極遠的地方。漢·賈誼《過秦論》：「囊括四海之意，并吞八～之心。」❸ 荒地，荒野。《晉書·王宏傳》：「督勸開～五千餘頃。」❹ 饑荒。《宋史·蘇軾傳》：「取救～餘錢萬緡，糧萬石。」❺ 野生的。宋·蘇軾《凌虛臺記》：「昔者～草野田，霜露之所蒙翳。」❻ 迷亂。宋·蘇軾《放鶴亭記》：「雖～惑敗亂如酒者，猶不能為害。」❼ 過度，放縱。《左傳·襄公二十九年》：「哀而不愁，樂而不～，用而不匱，廣而不宣。」❽ 荒廢。唐·韓愈《進學解》：「業精於勤，～於嬉。」

**慌** 〔一〕ⓐhuāng ⓒfong1方

害怕，忙亂。《三國演義·楊修之死》：「來日魏王必班師矣，故先收拾行裝，免得臨時～亂。」

〔二〕ⓐhuǎng ⓒfong2訪

通「恍」，模糊，不真切。戰國楚·屈原《楚辭·九歌·湘夫人》：「～忽兮遠望，觀流水兮潺湲（chányuán，水流動緩慢的樣子）。」

**皇** ⓐhuáng ⓒwong4黃

❶ 偉大。《詩經·大雅·皇矣》：「～矣上帝。」❷ 對神靈、已故長輩的尊稱。唐·韓愈《祭十二兄文》：「惟我～祖，有孫八人。」❸ 皇帝。漢·賈誼《過秦論》：「始～既沒，餘威震於殊俗。」❹ 使鮮明，使明亮。唐·韓愈《進學解》：「補苴罅漏，張～幽眇。」❺ 毛色黃白。《詩經·豳風·東山》：「～駁（毛色赤白相雜）其馬。」❻ 雌鳳。泛指鳳凰。《詩經·大雅·卷阿》：「鳳～于飛。」這個意義後來寫作「凰」。❼ 通「惶」，驚慌。《新五代史·伶官傳序》：「亂者四應，倉～東出，未見賊而士卒離散。」

**★黃** ⓐhuáng ⓒwong4皇

❶ 黃色。宋·李清照《聲聲慢·秋情》：「滿地～花堆積。」❷ 草木枯黃。《詩經·小雅·何草不黃》：「何草不～，何日不行。」❸ 指黃帝，古代傳說中的帝王。

> 📖 顏色詞是用來形容事物色彩的詞，有時與名詞配搭，可形象化地指代人或物。如：晉·陶潛《桃花源記》文中以「黃髮」指老年人，因人老後鬢髮由白轉黃；唐·白居易《燕詩》詩中以「黃口」指雛鳥，因雛鳥出生時嘴為黃色。

H

**徨** 🔊huáng 🔊wong4 黃
❶[徨徨]心神不安的樣子。漢·曹操《秋胡行》:「～～所欲,來到此間。」❷[彷徨]見73頁「彷」。

**惶** 🔊huáng 🔊wong4 黃
❶害怕,恐慌。漢·楊惲《報孫會宗書》:「為言大臣廢退,當闔門～懼,為可憐之意。」❷吃驚。北朝民歌《木蘭詩》:「出門看火伴,火伴皆驚～。」

**慌** 🔊huǎng
見115頁 huāng。

## hui

**灰** 🔊huī 🔊fui1 恢
❶物體燃燒後變成的粉末。宋·李格非《書洛陽名園記後》:「高亭大樹,煙火焚燎,化而為～燼。」❷塵土。漢·曹操《步出夏門行·龜雖壽》:「騰蛇乘霧,終為土～。」❸(意志)喪失,消沉。宋·蘇軾《寄呂穆仲寺丞》:「回首西湖真一夢,～心霜鬢更休論。」❹灰色。《晉書·郭璞傳》:「時有物大如牛,～色卑腳。」

**恢** 🔊huī 🔊fui1 灰
❶寬廣,寬闊。《老子》七十三章:「天網～～,疏而不漏。」❷擴大,拓展。《漢書·敘傳下》:「～我疆宇。」❸發揚。三國蜀·諸葛亮《出師表》:「以光先帝遺德,～弘志士之氣。」❹通「詼」,言語有趣。漢·王充《論衡·本性》:「～諧劇談,甘如飴蜜。」

**揮** 🔊huī 🔊fai1 輝
❶舞動,揮動。南朝宋·劉義慶《世說新語·管寧華歆共園中鋤菜》:「管～鋤與瓦石不異,華捉而擲去之。」❷用手把眼淚、汗珠等液體抹掉。《戰國策·齊策一》:「舉袂成幕,～汗如雨。」❸撥動。三國魏·嵇康《贈兄秀才公穆入軍》:「目送歸鴻,手～五絃。」❹飛。晉·潘岳《西征賦》:「終奮翼而高～。」❺通「徽」,標誌,旗幟。三國魏·陳琳《為袁紹檄豫州》:「揚素～以啟降路。」

**暉** 🔊huī 🔊fai1 揮
❶陽光。宋·范仲淹《岳陽樓記》:「朝～夕陰,氣象萬千。」❷光芒,光彩。三國魏·王粲《雜詩》之二:「幽蘭吐芳烈,芙蓉發紅～。」❸照耀。南朝齊·王融《〈三月三日曲水詩〉序》:「雲潤星～,風揚月至。」

**輝** 🔊huī 🔊fai1 揮
光輝,光彩。漢樂府《長歌行》:「陽春布德澤,萬物生光～。」

**墮** 🔊huī
見66頁 duò。

**戲** 🔊huī
見329頁 xì。

**回** 🔊huí 🔊wui4 徊
❶漩渦,迴旋的水。戰國楚·屈原《楚辭·九章·涉江》:「船容與而不進兮,淹～水而凝滯。」❷旋轉,迴旋。戰國楚·屈原《楚辭·九章·悲回風》:「悲～風之搖蕙兮。」❸掉轉,往回走。戰國楚·屈原《楚辭·離騷》:「～朕車以復路兮,及行迷之未遠。」❹返回,回來。唐·賀知章《回鄉偶書》:「少小離家老大～,鄉音

無改鬢毛衰。」❺ 改變，使回心轉意。宋・蘇軾《潮州韓文公廟碑》：「故公之精誠，能開衡山之雲，而不能～憲宗之惑。」❻ 邪惡。《左傳・宣公三年》：「其姦～昏亂，雖大，輕也。」❼ 量詞，次。宋・柳永《八聲甘州》：「誤幾～、天際識歸舟。」

> Q　回、迴。「迴」是「回」的後起區別字。在古籍中，除了邪惡的意義不可寫作「迴」，其他意義二字相通。

**佪** 〔一〕⊜ huí ⊜ wui4 回
回轉，旋轉。《梁書・徐勉傳》：「愧燕雀之～翔。」
〔二〕⊜ huái ⊜ wui4 回
[徘佪] 見 216 頁「徘」。

**迴** ⊜ huí ⊜ wui4 佪
❶ 旋轉。唐・李白《大鵬賦》：「左～右旋，倐陰忽明。」❷ 掉轉。《史記・司馬相如列傳》：「～車而還。」❸ 迂迴，曲折。唐・柳宗元《始得西山宴遊記》：「日與其徒上高山，入深林，窮～溪。」❹ 迴避。《後漢書・左雄傳》：「奏案貪猾二千石，無所～忌。」❺ 量詞，次。唐・孟郊《怨別》：「一別一～老。」

> Q　迴、回。見 116 頁「回」。

**毀** ⊜ huǐ ⊜ wai2 委
❶ 損毀，毀壞。《論語・季氏》：「龜玉～於櫝中。」❷ 傷害。漢・司馬遷《報任安書》：「其次肌膚、斷肢體受辱，最下腐刑極矣！」❸ 詆毀，污衊，侮辱。《論語・衛靈公》：「吾之於人也，誰～

誰譽？」❹ 失敗。宋・蘇軾《凌虛臺記》：「物之廢興成～，不可得而知也。」

**晦** ⊜ huì ⊜ fui3 悔
❶ 農曆每月的最後一天。❷ 傍晚，天黑。戰國楚・屈原《楚辭・天問》：「自明至～，所行幾里？」❸ 暗，昏暗。戰國楚・屈原《楚辭・九章・涉江》：「下幽～以多雨。」❹ 隱晦，不明顯。宋・歐陽修《晏元獻公神道碑》：「其世次～顯徙遷不常。」

**惠** ⊜ huì ⊜ wai6 衞
❶ 仁愛，愛心。明・歸有光《吳山圖記》：「君之為縣有～愛，百姓扳留之不能得。」❷ 恩惠。《左傳・曹劌論戰》：「小～未徧，民弗從也。」❸ 和順，寬柔。《管子・小匡》：「寬～愛民，臣不如也。」❹ 通「慧」，聰慧。《列子・愚公移山》：「甚矣，汝之不～！」

**喙** ⊜ huì ⊜ fui3 悔
❶ 鳥獸的嘴。《戰國策・燕策二》：「蚌合而拑其～。」❷ 人的口。《莊子・秋水》：「今吾無所開吾～，敢問何方？」❸ 困乏。《國語・晉語五》：「郤獻子傷，曰：『余病～。』」

**賄** ⊜ huì ⊜ kui2 潰
❶ 財物。《左傳・隱公十一年》：「凡而器用財～，無置於許。」❷ 向人贈送財物。《左傳・宣公九年》：「王以為有禮，厚～之。」❸ 賄賂，用財物收買人或被人收買。唐・柳宗元《答元饒州論政理書》：「弊政之大，莫若～賂行而征賦亂。」

# 會

〔一〕 ⓶ huì ⓹ wui6 匯

❶ 集合，聚合。宋·范仲淹《岳陽樓記》：「遷客騷人，多～於此。」❷ 見面，相會。《史記·廉頗藺相如列傳》：「王許之，遂與秦王～澠池。」❸ 盟會，古代諸侯間的集會結盟。《孟子·告子下》：「葵丘（地名）之～，諸侯束牲、載書而不歃血。」❹ 都會，人羣聚居處。唐·王勃《九成宮頌》序：「名都廣～，閭閻（lúyán，里巷的門，泛指住宅）萬室。」❺ 機會，時機。漢·王充《論衡·命祿》：「逢時遇～。」❻ 領會，理解。宋·陳亮《念奴嬌·登多景樓》：「歡此意，今古幾人曾～。」❼ 節奏，節拍。《莊子·養生主》：「乃中經首之～。」❽ 適逢，正碰上。《史記·孔子世家》：「孔子居陳三歲，～晉楚爭彊，更伐陳。」❾ 總會，一定。唐·李白《行路難三首》之一：「長風破浪～有時。」

〔二〕 ⓶ kuài ⓹ kui2 繪

結賬，算賬。《戰國策·齊策四》：「誰習計～，能為文收責於薛者乎？」

# 誨

⓶ huì ⓹ fui3 悔

❶ 教導，教授。《論語·述而》：「學而不厭，～人不倦。」❷ 見解。唐·元好問《贈答楊煥然》：「關中楊夫子，高～世所聞。」

# 諱

⓶ huì ⓹ wai5 偉

❶ 避忌，迴避不説。《孟子·盡心下》：「～名不～姓。」❷ 稱已故尊長或帝王的名字。《三國志·蜀書·劉備傳》：「先主姓劉，～備，字玄德。」

避諱是迴避尊長或君主名字的禮節，常見的有「家諱」和「國諱」兩種。「家諱」即日常生活中迴避自己或他人父母的名字，如唐代詩人杜甫因其父名閑，故其詩中不曾用一個「閑」字。「國諱」即全國臣民迴避皇帝及其父祖的名字，如清代康熙皇帝名「玄燁」，故將紫禁城的「玄武門」改稱「神武門」。

# 穢

⓶ huì ⓹ wai3 畏

❶ 雜草。晉·陶潛《歸園田居》：「晨興理荒～。」❷ 荒蕪，雜草叢生。《荀子·富國》：「入其境，其田疇～。」❸ 邪惡的行為、念頭。《荀子·勸學》：「邪～在身，怨之所構。」❹ 污穢的東西。《史記·屈原賈生列傳》：「蟬蜕於濁～，以浮游塵埃之外。」❺ 醜陋。《晉書·衞玠傳》：「珠玉在側，覺我形～。」❻ 淫亂。唐·駱賓王《為徐敬業討武曌檄》：「洎乎晚節，～亂春宮。」

# 靧

⓶ huì ⓹ fui3 悔

洗臉。明·袁宏道《滿井遊記》：「鮮妍明媚，如倩女之～面而髻鬟之始掠也。」

## hun

# 昏

⓶ hūn ⓹ fan1 芬

❶ 日暮，傍晚。唐·王勃《滕王閣序》：「奉晨～於萬里。」❷ 黑暗。唐·杜甫《茅屋為秋風所破歌》：「秋天漠漠向～黑。」❸ 眼睛不明。唐·韓愈《與崔羣書》：「目視～花。」❹ 失去知覺。清·

吳敬梓《儒林外史》第三回:「卻也打暈了,～倒於地。」❺ 糊塗,愚笨。清·彭端淑《為學》:「迄乎成,而亦不知其～與庸也。」

## 渾 ⓟhún ⓒwan4雲

❶ 渾濁。宋·陸游《游山西村》:「莫笑農家臘酒～。」❷ 混同。《關尹子·二柱》:「～人我,同天地。」❸ 全,整個。唐·杜荀鶴《蠶婦》:「年年道我蠶辛苦,底事～身着苧麻?」❹ 簡直。唐·杜甫《春望》:「白頭搔更短,～欲不勝簪。」

## 魂 ⓟhún ⓒwan4雲

❶ 死後的靈魂。唐·韓愈《祭十二郎文》:「死而～與吾夢相接。」❷ 精神。宋·蘇軾《再用松風亭下韻》:「玉雪為骨冰為～。」

huo

## 豁 ⓟhuō

見 120 頁 huò。

## 活 ⓟhuó ⓒwut6胡沒六聲

❶ 獲得生命,存活。唐·柳宗元《種樹郭橐駝傳》:「視駝所種樹,或移徙,無不～。」❷ 使其存活,救活。明·方孝孺《深慮論》:「良醫之子,多死於病;……彼豈工於～人而拙於～己之子哉?」❸ 謀生,生計。《魏書·北海王祥傳》:「自今而後,不願富貴,但令母子相保,共汝糴市作～也。」❹ 可活動的,不固定的。宋·沈括《夢溪筆談·技藝》:「有工匠畢昇,又為～板。」❺ 似有生命的,生動的。唐·杜牧《池州送

孟遲先輩》:「煙濕樹姿嬌,雨餘山態～。」

## 火 ⓟhuǒ ⓒfo2顆

❶ 火焰,火。宋·蘇洵《六國論》:「以地事秦,猶抱薪救～,薪不盡,～不滅。」❷ 火把。宋·王安石《遊褒禪山記》:「予與四人擁～以入,入之愈深,其進愈難。」❸ 焚燒。唐·韓愈《原道》:「人其人,～其書,廬其居,明先王之道以道之。」❹ 光亮。明·劉基《司馬季主論卜》:「鬼磷螢～,昔日之金缸華燭也。」❺ 五行之一。《孔子家語·五帝》:「天有五行,水、～、金、木、土,分時化育,以成萬物。」❻ 古代兵制單位,十人為火。

## 或 ⓟhuò ⓒwaak6劃

❶ 有人。宋·蘇洵《六國論》:「～曰:『六國互喪,率賂秦耶?』」❷ 有的。唐·韓愈《師說》:「句讀之不知,惑之不解,～師焉,～不焉。」❸ 或許,也許。宋·蘇洵《六國論》:「則勝負之數,存亡之理,當與秦相較,～未易量。」❹ 又。《詩經·小雅·賓之初筵》:「既立之監,～佐之史。」❺ 通「惑」,迷惑。《漢書·荊燕吳傳》:「御史大夫晁錯營～天子,侵奪諸侯。」

## 瓠 ⓟhuò

見 111 頁 hù。

## 貨 ⓟhuò ⓒfo3課

❶ 財物。《孟子·梁惠王下》:「王曰:『寡人有疾,寡人好～。』」❷ 貨幣,交易的媒介。《漢書·食貨志上》:「～謂布帛可

衣，及金刀龜貝，所以分財布利通有無者也。」❸ 出售。唐·柳宗元《鈷鉧潭西小丘記》：「唐氏之棄地，～而不售（指想賣卻賣不出去）。」❹ 買進。《宋史·食貨志下》：「請自今所～歲約毋過二百萬緡。」❺ 賄賂，收買。《後漢書·黃瓊傳》：「誅稅民受～者九人。」

## 惑

🔊 huò 🔊 waak6 或

❶ 疑惑。唐·韓愈《師說》：「師者，所以傳道、受業、解～也。」❷ 迷惑，欺騙。明·劉基《賣柑者言》：「將衒外以～愚瞽乎？」❸ 混亂。《戰國策·秦策一》：「諸侯亂～，萬端俱起，不可勝理。」

## 禍

🔊 huò 🔊 wo6 和六聲

❶ 災禍，與「福」相對。漢·司馬遷《報任安書》：「僕以口語遇遭此～，重為鄉黨所笑。」❷ 禍害，危害。《孟子·告子上》：「率天下之人而～仁義者，必子之言夫！」

## 霍

🔊 huò 🔊 fok3 法博三聲

❶ 迅疾。漢·司馬相如《大人賦》：「煥然霧除，～然雲消。」❷ 象聲詞，形容磨刀急速的聲音。北朝民歌《木蘭詩》：「磨刀～～向豬羊。」❸ 通「藿」，豆類植物的葉子。《韓非子·五蠹》：「糲粢之食，藜～之羹。」

## 獲

🔊 huò 🔊 wok6 穫

❶ 獵獲。《孟子·滕文公下》：「終日而不～一禽。」❷ 俘獲。秦·李斯《諫逐客書》：「～楚魏之

師。」❸ 得到。宋·蘇洵《六國論》：「秦以攻取之外，小則～邑，大則得城。」❹ 女奴。漢·司馬遷《報任安書》：「且夫臧（zāng，男奴）～婢妾，猶能引決。」❺ 收割莊稼。《荀子·富國》：「一歲而再～之。」

## 豁

（一）🔊 huò 🔊 kut3 括

❶ 開闊。晉·陶潛《桃花源記》：「初極狹，才通人。復行數十步，～然開朗。」❷ 心胸豁達，大度。晉·潘岳《西征賦》：「觀夫漢高之興也，非徒聰明神武，～達大度而已。」❸ 空虛。晉·陸機《文賦》：「兀若枯木，～若涸流。」❹ 消散。唐·杜甫《北征》：「仰觀天色改，坐覺妖氛～。」❺ 免除。清·王士禎《書劍俠二事》：「傳令吏歸會，釋妻子，～其賠償。」

（二）🔊 huō 🔊 kut3 括

❶ 殘缺，有缺口。北魏·賈思勰《齊民要術·種穀》：「稀～之處，鋤而補之。」❷ 捨棄，不惜付出很高的代價。唐·杜牧《寄杜子》：「狂風烈焰雖千尺，～得平生俊氣無？」

## 穫

🔊 huò 🔊 wok6 獲

收割莊稼。《詩經·豳風·七月》：「十月～稻。」

## 鑊

🔊 huò 🔊 wok6 獲

大鍋，用來烹煮食物。《周禮·天官冢宰·烹人》：「烹人掌共鼎～。」

# J

## jī

**肌** ⓙjī ⓒgei1 基
人的肌肉。《莊子·逍遙遊》：「～膚若冰雪。」

> 😈 「肌肉」在現代漢語中是個雙音詞，在文言文中則是兩個詞：先秦時，「肌」指人的肉，「肉」指禽獸的肉；漢代以後，「肉」也可指人的肉，但「肌」不能指禽獸的肉。

**奇** ⓙjī
見 227 頁 qí。

**唧** ⓙjī ⓒzik1 即
[唧唧] 象聲詞。① 歎息聲。北朝民歌《木蘭詩》：「～～～復～～，木蘭當戶織。」② 動物鳴叫聲。宋·歐陽修《秋聲賦》：「但聞四壁蟲聲～～。」

**飢** ⓙjī ⓒgei1 基
❶ 吃不飽，捱餓。《孟子·梁惠王上》：「百畝之田，勿奪其時，數口之家可以無～矣。」❷ 通「饑」，穀物歉收，荒年。《韓非子·五蠹》：「故～歲之春，幼弟不餉。」

> 🔍 飢、餓。二字均表示肚子餓，但有程度區別：「飢」指普通的飢餓，即吃不飽；「餓」則指嚴重的飢餓，瀕於死亡。

**萁** ⓙjī
見 228 頁 qí。

**期** ⓙjī
見 226 頁 qī。

**幾** ⓙjī
見 125 頁 jǐ。

**箕** ⓙjī ⓒgei1 基
❶ 簸箕，用竹或柳編織成的盛物器具。《列子·愚公移山》：「叩石墾壤，以～畚運於渤海之尾。」❷ 一種坐的姿勢。臀部着地兩腿分開，形如箕，是一種倨傲無禮的表現。《禮記·曲禮上》：「遊毋倨，立毋跛，坐毋～，寢毋伏。」

**稽** 一 ⓙjī ⓒkai1 溪
❶ 停留，留止。《管子·君臣上》：「是以令出而不～，刑設而不用。」❷ 耽擱，延遲。《後漢書·列女傳》：「今若斷斯織也，則捐失成功，～廢時日。」❸ 查考。漢·司馬遷《報任安書》：「～其成敗興壞之理。」❹ 計較，爭論。漢·賈誼《治安策》：「婦姑不相說（通『悅』），則反脣而相～。」
二 ⓙqǐ ⓒkai2 啟
[稽首] 古代的一種跪拜禮，下跪叩頭至地。《左傳·僖公二十三年》：「公子降，拜～～。」

**畿** ⓙjī ⓒgei1 基
❶ 古代京城周圍千里以內的地方。《詩經·商頌·玄鳥》：「邦～千里，維民所止。」❷ 泛指京城所轄的周邊地區。清·方苞《左忠毅公軼事》：「先君子嘗言：鄉先輩左忠毅公視學京～。」❸ 地域。唐·宋之問《送李侍御》：「南登指吳服，北走出秦～。」❹ 田野。南朝梁·蕭綱《雉朝飛操》：「晨光照麥～。」

**機** 🔊 jī　🔊 gei1 基

❶ 古代一種類似弩的機械裝置。漢・劉安《淮南子・原道訓》：「其用之也若發～。」❷ 織布機。《古詩十九首・迢迢牽牛星》：「纖纖擢素手，札札弄～杼。」❸ 關鍵。漢・王符《潛夫論・本政》：「是故國家存亡之本，治亂之～，在於明選而已矣。」❹ 事物間微妙的跡象或變化。唐・王勃《滕王閣序》：「所賴君子見～，達人知命。」❺ 時機。南朝梁・丘遲《與陳伯之書》：「昔因～變化，遭遇明主。」❻ 機巧，機靈。《三國志・魏書・武帝紀》：「太祖少～警。」❼ 機密，機要。《晉書・荀勖傳》：「勖久在中書，專管～事。」

**積** 🔊 jī　🔊 zik1 即

❶ 堆積，聚積。《荀子・勸學》：「～土成山，風雨興焉。」❷ 積久而成的。宋・蘇洵《六國論》：「有如此之勢，而為秦人～威之所劫。」

**激** 🔊 jī　🔊 gik1 擊

❶ 水因阻礙或振動而向上騰湧。唐・韓愈《送孟東野序》：「水之無聲，……其躍也或～之。」❷ 推動。《韓非子・難勢》：「夫弩弱而矢高者，～於風也。」❸ 激動，感激。三國蜀・諸葛亮《出師表》：「由是感～，遂許先帝以驅馳。」❹ 迅急，迅猛。《史記・游俠列傳》：「比如順風而呼，聲非加疾，其勢～也。」❺ 聲音或情緒強烈、高亢。唐・柳宗元《小石城山記》：「其響之～越，良久乃已。」

**擊** 🔊 jī　🔊 gik1 激

❶ 擊打，敲打。《史記・

廉頗藺相如列傳》：「秦王不肯～缻。」❷ 刺，刺殺。《史記・項羽本紀》：「請以劍舞，因～沛公於坐，殺之。」❸ 攻打，攻擊。宋・蘇洵《六國論》：「後秦～趙者再，李牧連卻之。」❹ 接觸，碰撞。《戰國策・秦策一》：「古者使車轂～馳，言語相結，天下為一。」

**績** 🔊 jī　🔊 zik1 即

❶ 搓麻繩。《國語・魯語下》：「其母方～。」❷ 成績，功業。《左傳・哀公元年》：「復禹之～。」❸ 繼承。《左傳・昭公元年》：「子盍亦遠～禹功而大庇民乎？」

**雞** 🔊 jī　🔊 gai1 計一聲

一種家禽，嘴短，上嘴彎曲，翅膀短，飛行能力不佳。晉・陶潛《桃花源記》：「阡陌交通，～犬相聞。」

**譏** 🔊 jī　🔊 gei1 基

❶ 指責，責難。宋・范仲淹《岳陽樓記》：「登斯樓也，則有去國懷鄉，憂讒畏～者。」❷ 譏諷。《史記・外戚世家》：「《春秋》～不親迎。」❸ 盤問，查問。《孟子・梁惠王下》：「關市～而不征。」

🔍 譏、謗。見6頁「謗」。

**饑** 🔊 jī　🔊 gei1 基

❶ 穀物不熟，荒年。《論語・顏淵》：「年～，用不足，如之何？」❷ 通「飢」，餓。《國語・吳語》：「其民不忍～勞之殃。」

🔍 饑、饉。「饑」指五穀不成熟，「饉」指蔬菜不成熟。二字連用時泛指荒年，如《左傳・昭公元年》：「雖有饑饉，必有豐年。」

# 羈

圖 jī 粵 gei1 機

❶ 馬絡頭。三國魏・曹植《白馬篇》:「白馬飾金～。」❷ 束縛,拘束。晉・陶潛《歸園田居》:「～鳥戀舊林,池魚思故淵。」❸ 寄居他鄉作客。宋・歐陽修《梅聖俞詩集》序:「以道～臣寡婦之所歎。」

> 回回 「羈」・「角」都是古時兒童的一種髮型,詳見 137 頁「角」。

# ★ 及

圖 jí 粵 kap6 吸六聲

❶ 追上,趕上。《荀子・修身》:「夫驥一日而千里,駑馬十駕,則亦～之矣。」❷ 如,比得上。《戰國策・鄒忌諷齊王納諫》:「其妻曰:『君美甚,徐公何能～君也!』」❸ 到,到達。《左傳・隱公元年》:「不～黃泉,無相見也。」❹ 連詞,等到,到了。漢・賈誼《過秦論》:「～至始皇,奮六世之餘烈,振長策而御宇內。」❺ 介詞,趁着。《左傳・僖公二十二年》:「彼眾我寡,～其未既濟也,請擊之。」❻ 涉及。唐・白居易《與元微之書》:「危惙之際,不暇～他。」❼ 相繼。《管子・輕重戊》:「魯梁之民,餓餒相～。」❽ 連詞,和,與。晉・李密《陳情表》:「臣之辛苦,非獨蜀之人士,～二州牧伯,所見明知。」

# 汲

圖 jí 粵 kap1 級

從井裏取水。泛指打水。《韓非子・五蠹》:「夫山居而谷～者。」

# 即

圖 jí 粵 zik1 積

❶ 接近,靠近。《論語・子張》:「君子有三變:望之儼然,～之也温,聽其言也厲。」❷ 登上。《左傳・隱公元年》:「及莊公～位,為之請制。」❸ 就在(某地)。《史記・項羽本紀》:「～其帳中斬宋義頭。」❹ 當下,當前。南朝齊・謝朓《賦貧民田》:「～此風雲佳,孤觴聊可命。」❺ 就,便。《戰國策・鷸蚌相爭》:「今日不雨,明日不雨,～有死蚌。」❻ 立即。晉・陶潛《桃花源記》:「太守～遣人隨其往。」❼ 就是。《左傳・襄公八年》:「民亡者,非其父兄,～其子弟。」❽ 則。《史記・廉頗藺相如列傳》:「欲勿予,～患秦兵之來。」❾ 倘若,如果。《史記・孔子世家》:「我～死,若必相魯;相魯,必召仲尼。」❿ 即使。《史記・魏公子列傳》:「公子～合符,而晉鄙不授公子兵而復請之,事必危矣。」

# 亟

㊀ 圖 jí 粵 gik1 激

急,迅速。《左傳・隱公十一年》:「我死,乃～去之。」

㊁ 圖 qì 粵 kei3 冀

屢次。《左傳・隱公元年》:「愛共叔段,欲立之,～請於武公。」

# 急

圖 jí 粵 gap1 機泣一聲

❶ 急躁,性急。《資治通鑑》卷四十八:「今君性嚴～。」❷ 為……着急,關切。《史記・魏公子列傳》:「為能～人之困。」❸ 使……着急,逼迫。《史記・廉頗藺相如列傳》:「大王必欲～臣,臣頭今與璧俱碎於柱矣!」❹ 緊急,急迫。《左傳・僖公三十年》:「吾不能早用子,今～而求子,是

寡人之過也。」❺ 急速，快速。宋·蘇洵《六國論》：「奉之彌繁，侵之愈～。」

## 疾 ㊣jí ㊨zat6 姪

❶ 病。南朝宋·劉義慶《世說新語·荀巨伯遠看友人疾》：「友人有～，不忍委之。」❷ 患病。《孟子·公孫丑下》：「昔者～，今日愈。」❸ 痛苦。漢·路温舒《尚德緩刑書》：「滌煩文，除民～。」❹ 毛病，缺點。《史記·孔子世家》：「所刺譏皆中諸侯之～。」❺ 憎惡，憤恨。明·劉基《賣柑者言》：「豈其忿世～邪者耶？」❻ 妒忌。《禮記·大學》：「人之有技，媢（mào，嫉妒）～以惡之。」❼ 遺憾。《論語·衛靈公》：「君子～沒世而名不稱焉。」❽ 快速，迅疾。《戰國策·趙策四》：「老臣病足，曾不能～走。」❾ 大。《荀子·勸學》：「順風而呼，聲非加～也，而聞者彰。」此指聲音嘹亮。

## 級 ㊣jí ㊨kap1 給

❶ 臺階，樓梯。《左傳·僖公二十三年》：「公降一～而辭焉。」❷ 等級。《史記·秦始皇本紀》：「拜爵一～。」❸ 首級，人頭。《史記·匈奴列傳》：「漢兵得胡首虜凡七萬餘～。」

## 棘 ㊣jí ㊨gik1 激

❶ 酸棗樹。一種矮小而成叢的灌木，枝上多刺。漢·賈誼《過秦論》：「鉏櫌～矜，不銛於鉤戟長鎩也。」❷ 泛指有芒刺的小木。宋·蘇洵《六國論》：「思厥先祖父，暴霜露，斬荊～，以有尺寸之地。」❸ 通「戟」，古代兵器。《禮

記·明堂位》：「越～大弓，天子之戎器也。」

## 集 ㊣jí ㊨zaap6 習

❶ 指鳥棲落。《史記·孔子世家》：「有隼～于陳廷而死。」❷ 集合，聚集。晉·王羲之《〈蘭亭集〉序》：「少長咸～。」❸ 集會，宴會。《晉書·謝安傳》：「每攜中外子姪往來遊～。」❹ 收集，彙集。南朝梁·蕭統《〈文選〉序》：「今之所～，亦所不取。」❺ 古代圖書四大分類之一。《新唐書·藝文志一》：「列經、史、子、四庫。」❻ 安定。《史記·秦始皇本紀》：「天下初定，遠方黔首未～。」

## 極 ㊣jí ㊨gik6 激六聲

❶ 北極星。《淮南子·齊俗訓》：「不知東西，見斗～則寤矣。」❷ 標準，準則。《尚書·周書·洪範》：「惟皇作～。」❸ 頂點，盡頭。《莊子·逍遙遊》：「其遠而無所至～也？」❹ 窮極，窮盡。晉·王羲之《〈蘭亭集〉序》：「足以～視聽之娛。」❺ 邊際，邊界。《淮南子·覽冥訓》：「往古之時，四～廢，九州裂。」❻ 非常。晉·陶潛《桃花源記》：「初～狹，才通人。」❼ 至，到達。唐·柳宗元《始得西山宴遊記》：「意有所～，夢亦同趣。」❽ 最高的，最終的。漢·司馬遷《報任安書》：「是以就～刑而無愠色。」❾ 達到極點。宋·范仲淹《岳陽樓記》：「滿目蕭然，感～而悲者矣。」

## 楫 ㊣jí ㊨zip3 接

❶ 船槳。宋·范仲淹《岳陽

樓記》：「商旅不行，檣傾～摧。」
❷ 借指船。《荀子・勸學》：「假舟～者，非能水也，而絕江河。」
❸ 划（船）。《詩經・大雅・棫樸》：「淠（pì，舟行貌）彼涇舟，烝（zhēng，眾多）徒～之。」❹ 林木。《呂氏春秋・明理》：「有若水之波，有若山之～。」

**嫉** ⓔjí ⓖzat6姪
❶ 嫉妒，妒忌。漢・鄒陽《獄中上梁王書》：「士無賢不肖，入朝見～。」❷ 憎恨。唐・駱賓王《為徐敬業討武曌檄》：「人神之所共～。」

**藉** ⓔjí
見 142 頁 jiè。

**籍** ㊀ⓔjí ⓖzik6直
❶ 登記戶口等的冊子。漢・王充《論衡・自紀》：「戶口眾，簿～不得少。」❷ 登記。《史記・項羽本紀》：「～吏民，封府庫，以待將軍。」❸ 書籍，書冊。宋・沈括《夢溪筆談・活板》：「五代時始印五經，已後典～皆為板本。」
㊁ⓔjiè ⓖze3借
通「藉」，枕，墊。宋・蘇軾《前赤壁賦》：「相與枕～乎舟中。」

🔍 籍、書。見 276 頁「書」。

**己** ⓔjǐ ⓖgei2紀
自己。《論語・顏淵》：「為仁由～，而由人乎哉？」

**給** ⓔjǐ ⓖkap1級
❶ 豐足。唐・白居易《與元微之書》：「量入儉用，亦可自～。」❷ 供應，供給。《左傳・僖公四年》：「敢不共～？」

**幾** ㊀ⓔjǐ ⓖgei2紀
多少，用於疑問。《莊子・逍遙遊》：「鯤之大，不知其～千里也。」
㊁ⓔjī ⓖgei1基
❶ 事物細微的跡象和徵兆。唐・駱賓王《為徐敬業討武曌檄》：「坐昧先～之兆，必貽後至之誅。」這個意義後來寫作「機」。❷ 隱微。《論語・里仁》：「事父母～諫。」❸ 接近，幾乎。宋・文天祥《〈指南錄〉後序》：「挾匕首以備不測，～自到死。」

**濟** ⓔjǐ
見 128 頁 jì。

**伎** ⓔjì ⓖgei6忌
❶ 古代以歌舞為職業的女子。漢・曹操《遺令》：「吾婢妾與～人皆勤苦。」這個意義也寫作「妓」。❷ 技藝。漢・司馬遷《報任安書》：「使得奏薄～。」這個意義也寫作「技」。

**技** ⓔjì ⓖgei6忌
❶ 技藝，技能。《莊子・逍遙遊》：「今一朝而鬻～百金，請與之。」❷ 工匠。《荀子・富國》：「故百～所成，所以養一人也。」

**忌** ⓔjì ⓖgei6技
❶ 猜忌，嫉妒。《三國演義・楊修之死》：「操雖稱美，心甚～之。」❷ 顧忌，畏懼。《禮記・中庸》：「小人而無～憚也。」❸ 禁忌，忌諱。《國語・越語下》：「子將助天下虐，不～其不祥乎？」

**季** ⓔjì ⓖgwai3貴
❶ 排行在末的。唐・韓愈《柳子厚墓誌銘》：「～日周七，子厚

卒乃生。」❷ 季節。唐·白居易《陵園妾》:「四～徒支妝粉錢。」❸ 一季中的最後一個月,如:季冬(即冬季的最後一個月)。❹ 一個朝代或一個時期的末了。漢·蔡琰《悲憤詩》:「漢～失權柄,董卓亂天常。」

> 古時兄弟姐妹以「伯(孟)、仲、叔、季」來排行。「伯(孟)」是最年長的,「季」是最年幼的。如古公亶父最小的兒子,姬姓,名歷,也被稱為季歷。

**計** 🔊jì 🔊gai3 繼
❶ 算賬,計算。《戰國策·齊策四》:「誰習～會,能為文收責於薛者乎?」❷ 算術。《後漢書·馮勤傳》:「八歲善～。」❸ 賬目,賬冊。《漢書·黃霸傳》:「使領郡錢穀～。」❹ 謀劃,盤算。《史記·廉頗藺相如列傳》:「臣嘗有罪,竊～欲亡走燕。」❺ 商量。《史記·廉頗藺相如列傳》:「唯大王與羣臣孰～議之!」

> 計、謀。見 204 頁「謀」。

**洎** 🔊jì 🔊gei3 記
到,及。宋·蘇洵《六國論》:「～牧以讒誅,邯鄲為郡,惜其用武而不終也。」

**★既** 🔊jì 🔊gei3 寄
❶ 盡,完。唐·韓愈《進學解》:「言未～,有笑於列者曰:『先生欺余哉!』」❷ 已經。宋·蘇洵《六國論》:「五國～喪,齊亦不免矣。」❸ 不久。常「既而」連用。《左傳·隱公元年》:「而誓之

曰:『不及黃泉,無相見也。』～而悔之。」❹ 表示並列,往往與「且」、「又」等連用。《左傳·僖公三十年》:「～東封鄭,又欲肆其西封。」

> 既、已。二字都有已經的意思,但用法不同:「已」一般獨立使用,如「輕舟已過萬重山」(唐·李白《早發白帝城》);「既」則多用於與下文有關係時,如「既克,公問其故」(《左傳·曹劌論戰》),是在說「已經戰勝了之後,……」,語意與後句是有所聯繫的。

**紀** 🔊jì 🔊gei2 己
❶ 絲縷的頭緒。漢·劉向《說苑·權謀》:「袁氏之婦絡而失其～。」❷ 治理,經營。唐·韓愈《柳子厚墓誌銘》:「既往葬子厚,又將經～其家。」❸ 法度,準則,綱紀。《禮記·大同與小康》:「禮義以為～。」❹ 記載。明·袁宏道《滿井遊記》:「而此地適與余近,余之遊將自此始,惡能無～?」❺ 古代紀傳體史書中記述帝王事跡的部分,如《史記》有十二本紀,《漢書》有十紀。❻ 古代紀年的單位。以十二年為一紀。《尚書·周書·畢命》:「既歷三～,世變風移。」又以一世為一紀。漢·班固《幽通賦》:「皇十～而鴻漸兮,有羽儀於上京。」

**記** 🔊jì 🔊gei3 寄
❶ 記憶,記住不忘。《岳飛之少年時代》:「天資敏悟,強～書傳。」❷ 記錄,記載。宋·范仲

淹《岳陽樓記》：「屬予作文以～之。」❸ 以記事為主的一種文體，如晉‧陶潛有《桃花源記》，宋‧范仲淹有《岳陽樓記》。

**祭** ⓟjì ⓒzai3 際
以儀式奉祀祖先、鬼神，表達悼念、敬意，祈求保祐。《論語‧為政》：「生事之以禮；死葬之以禮，～之以禮。」

**悸** ⓟjì ⓒgwai3 季
❶ 因恐懼而心跳、害怕。唐‧柳宗元《賀進士王參元失火書》：「乃始厄屈震～。」❷ 病名，症狀為心跳太快或不規則。《漢書‧田延年傳》：「使我至今病～。」

**寄** ⓟjì ⓒgei3 記
❶ 寄居，依附。《戰國策‧齊策四》：「使人屬（zhǔ，同「囑」）孟嘗君，願～食門下。」❷ 寄放，存放。《南史‧江淹傳》：「前以一疋錦相～，今可見還。」❸ 委託，託付。三國蜀‧諸葛亮《出師表》：「先帝知臣謹慎，故臨崩～臣以大事也。」

**跡** ⓟjì ⓒzik1 即
同「迹」。❶ 腳印。《左傳‧昭公十二年》：「穆王欲肆其心，周行天下，將皆必有車轍馬～焉。」❷ 痕跡，蹤跡。《呂氏春秋‧疑似》：「疑似之～，不可不察。」❸ 事跡，功業。晉‧陶潛《贈羊長史詩》：「賢聖留餘～，事事在中都。」❹ 考察，推究。戰國楚‧屈原《楚辭‧九章‧惜誦》：「言與行其可～兮，情與貌其不變。」

**齊** ⓟjì
見 228 頁 qí。

**暨** ⓟjì ⓒkei3 冀
❶ 與，及。《史記‧秦始皇本紀》：「地東至海～朝鮮。」❷ 至，到。唐‧魏徵《十漸不克終疏》：「～乎今歲，天災流行。」

**際** ⓟjì ⓒzai3 祭
❶ 邊際，邊緣。宋‧范仲淹《岳陽樓記》：「銜遠山，吞長江，浩浩湯湯，橫無～涯。」❷ 間，彼此之間。漢‧司馬遷《報任安書》：「亦欲以究天人之～，通古今之變，成一家之言。」❸ 會合，交接。唐‧柳宗元《始得西山宴遊記》：「縈青繚白，外與天～，四望如一。」❹ 交往。《孟子‧萬章下》：「敢問交～何心也？」❺ 時候。三國蜀‧諸葛亮《出師表》：「後值傾覆，受任於敗軍之～，奉命於危難之間。」❻ 達到，接近。宋‧蘇軾《放鶴亭記》：「春夏之交，草木～天。」

**稷** ⓟjì ⓒzik1 跡
❶ 穀物名。《左傳‧僖公五年》：「黍～非馨，明德惟馨。」❷ 穀神。《禮記‧祭法》：「夏之衰也，周棄繼之，故祀以為～。」❸ 主管農事的官。《左傳‧昭公二十九年》：「～，田正也。」

「稷」為穀神，「社」為土地神，詳見 261 頁。

**髻** ⓟjì ⓒgai3 計
盤在頭頂或腦後的髮結。明‧袁宏道《滿井遊記》：「鮮妍明媚，如倩女之靧面而～鬟之始掠也。」

**冀** ⓟjì ⓒkei3 暨
希望。《韓非子‧守株待

兔》：「因釋其耒而守株，～復得兔。」

## 濟

（一）（普）jì（粵）zai3 際

❶ 渡過。唐・李白《行路難三首》之一：「直掛雲帆～滄海。」❷ 通，貫通。《淮南子・原道訓》：「利貫金石，強～天下。」❸ 成功，成就。《後漢書・荀彧傳》：「故雖有困敗，而終～大業。」❹ 幫助，救濟。《論語・雍也》：「如有博施於民而能～眾，何如？」

（二）（普）jǐ（粵）zai2 仔

❶ 水名。清・姚鼐《登泰山記》：「陽谷皆入汶，陰谷皆入～。」❷ [濟濟] 形容眾多。《詩經・大雅・文王》：「～～多士，文王以寧。」

## 騎

（普）jì
見 228 頁 qí。

## 繼

（普）jì（粵）gai3 計

❶ 連續不斷，緊接着。宋・蘇洵《六國論》：「齊人未嘗賂秦，終～五國遷滅，何哉？」❷ 繼承。清・方苞《左忠毅公軼事》：「吾諸兒碌碌，他日～吾志事，惟此生耳！」❸ 增益，接濟。《論語・雍也》：「君子周急不～富。」

## 驥

（普）jì（粵）kei3 冀

❶ 千里馬，良馬。《呂氏春秋・博志》：「～一日千里，車輕也。」❷ 比喻傑出人才。《晉書・虞預傳》：「十室之邑，必有忠信，世不乏～，求則可致。」

jia

## 加

（普）jiā（粵）gaa1 家

❶ 放，把某物放在他物的上面。《史記・項羽本紀》：「樊噲覆其盾於地，～彘肩上，拔劍切而啖之。」❷ 穿，戴。明・宋濂《送東陽馬生序》：「既～冠，益慕聖賢之道。」❸ 施加。《史記・廉頗藺相如列傳》：「彊秦之所以不敢～兵於趙者，徒以吾兩人在也。」❹ 任，擔任。《孟子・公孫丑上》：「夫子～齊之卿相，得行道焉。」❺ 侵凌，凌駕。《論語・公冶長》：「我不欲人之～諸我也，吾亦欲無～諸人。」❻ 超越，勝過。《史記・李斯列傳》：「雖申韓復生，不能～也。」❼ 增加，增益。《荀子・勸學》：「登高而招，臂非～長也，而見者遠。」❽ 誇大。《左傳・曹劌論戰》：「犧牲玉帛，弗敢～也，必以信。」❾ 更加。《孟子・梁惠王上》：「鄰國之民不～少，寡人之民不～多，何也？」❿ 通「嘉」，表揚。漢・李陵《答蘇武書》：「無尺土之封，～子之勤。」

## 夾

（普）jiā（粵）gaap3 甲

❶ 左右兩旁有物限制住，在兩者之間。晉・陶潛《桃花源記》：「～岸數百步，中無雜樹。」❷ 雜，夾雜。清・林嗣環《口技》：「又百千求救聲。」

## 佳

（普）jiā（粵）gaai1 皆
美，好。晉・陶潛《飲酒》：「山氣日夕～，飛鳥相與還。」

## 浹

（普）jiā（粵）zip3 接

❶ 通，理解。《荀子・解蔽》：「已不足以～萬物之變。」❷ 濕透。明・袁宏道《滿井遊記》：「風力雖尚勁，然徒步則汗出～背。」

## ★家

（普）jiā（粵）gaa1 加

❶ 住房，住處。《漢書・司

馬相如傳上》:「～徒四壁立。」
❷ 家庭，家族。《孟子·梁惠王
上》:「百畝之田，勿奪其時，數
口之～可以無飢矣。」❸ 專門從事
某種職業或有專業特長的人。漢·
楊惲《報孫會宗書》:「田～作苦。」
❹ 流派。漢·賈誼《過秦論》:
「於是廢先王之道，焚百～之言，
以愚黔首。」❺ 古代卿大夫的采地
食邑。《論語·季氏》:「丘也聞
有國有～者，不患寡而患不均。」
❻ 家財，財產。《史記·呂不韋列
傳》:「皆沒其～而遷之蜀。」❼ 謙
詞，用於稱自己的親屬。唐·王
勃《滕王閣序》:「～君作宰，路
出名區。」

> 「家」字用作謙詞，今只用
> 於對別人謙稱自己的親長，如
> 「家父」，意思是「我的父親」，
> 前面不能再加上「我」字說成
> 「我家父」。不過，文言文中有
> 時也會用以稱呼別人的親長，
> 如「足下家君太丘」（南朝宋·
> 劉義慶《世說新語·德行》），
> 意思是「您的父親陳太丘」。

## 嘉 ⓟjiā ⓒgaa1 加

❶ 美好。漢·曹操《短歌
行》:「我有～賓，鼓瑟吹笙。」
❷ 誇獎，讚美。唐·韓愈《師說》:
「余～其能行古道，作《師說》以
貽之。」❸ 喜愛。《莊子·天道》:
「苦死者，～孺子而哀婦人。」

## 甲 ⓟjiǎ ⓒgaap3 夾

❶ 動物或植物果實的硬質外
殼。唐·杜甫《秋興八首》之七:
「石鯨鱗～動秋風。」❷ 古代軍人

所穿的革製護身衣。《韓非子·五
蠹》:「鎧～不堅往傷乎體。」❸ 披
甲的戰士。漢·晁錯《論貴粟疏》:
「有石城十仞，湯池百步，帶～百
萬，而無粟，弗能守也。」❹ 古代
戶口編制單位。宋·王安石《上五
事劄子》:「惟免役也，保～也，
市易也，此三者有大利害焉。」
❺ 稱第一流的，第一。《漢書·貨
殖傳》:「故秦楊以田農而～一州。」

## 假 ⓐ ⓟjiǎ ⓒgaa2 賈

❶ 借，借給。《左傳·僖公
五年》:「晉侯復～道於虞以伐虢。」
❷ 憑藉。《荀子·勸學》:「～輿
馬者，非利足也，而致千里。」
❸ 寬容。《北史·魏世祖紀》:「大
臣犯法，無所寬～。」❹ 假使。
漢·曹操《與王修書》:「～有斯
事，亦庶鍾期不失聽也。」❺ 暫時
代理。《孟子·盡心上》:「堯舜，
性之也；湯武，身之也；五霸，～
之也。久～而不歸，惡知其非有
也。」❻ 不真實，虛假。《紅樓夢》
第一回:「～作真時真亦～，無為
有處有還無。」

ⓑ ⓟjià ⓒgaa3 嫁

假期。唐·王勃《滕王閣序》:「十
旬休～，勝友如雲。」

## 賈 ⓐ ⓟjiǎ ⓒgaa2 假

姓。

ⓑ ⓟgǔ ⓒgu2 古

❶ 商人。漢·晁錯《論貴粟疏》:
「而商～大者積貯倍息，小者坐列
販賣。」❷ 做買賣。《史記·管晏
列傳》:「吾始困時，嘗與鮑叔～，
分財利，多自與。」❸ 買。《左
傳·昭公二十九年》:「平子每歲～

馬。」❹ 賣。《漢書·酷吏傳》:「仕不至二千石，～不至千萬，安可比人乎？」❺ 求取，招致。《國語·晉語八》:「謀於眾，不以～好。」

三 ⑧jià ⑨gaa3 嫁

價格。明·劉基《賣柑者言》:「置於市，～十倍，人爭鬻之。」這個意義後來寫作「價」。

🔍 賈、商。見 258 頁「商」。

## 假 ⑧jià
見 129 頁 jiǎ。

## 賈 ⑧jià
見 129 頁 jiǎ。

## 嫁 ⑧jià ⑨gaa3 架
❶ 女子結婚。唐·杜甫《兵車行》:「生女猶得～比鄰，生男埋沒隨百草。」❷ 把災難轉移給他人。《史記·趙世家》:「韓氏所以不入於秦者，欲～其禍於趙也。」

## 稼 ⑧jià ⑨gaa3 駕
❶ 莊稼，穀物。《詩經·豳風·七月》:「九月築場圃，十月納禾～。」❷ 種植穀物。《詩經·魏風·伐檀》:「不～不穡。」

## 駕 ⑧jià ⑨gaa3 架
❶ 駕駛，騎。宋·岳飛《滿江紅》:「～長車、踏破賀蘭山缺。」❷ 馬行一日的路程為一駕。《荀子·勸學》:「駑馬十～，功在不舍。」❸ 車駕，古代帝王車乘的總稱。《三國志·蜀書·諸葛亮傳》:「將軍宜枉～顧之。」❹ 凌駕，超越。唐·李白《古風五十九首》之三:「大略～羣才。」❺ 通「架」，支撐。《淮南子·本經訓》:「大構～，興宮室。」

## 尖 ⑧jiān ⑨zim1 沾
❶ 細小尖銳的末端或突出的部分。唐·羅隱《蜂》:「不論平地與山～，無限風光盡被占。」❷ 形容末端細小尖銳。宋·楊萬里《小池》:「小荷才露～～角，早有蜻蜓立上頭。」❸ 形容聲音高而銳。唐·賈島《客思》:「促織聲～～似針，更深刺著旅人心。」❹ 尖利，銳利。宋·晏幾道《蝶戀花》:「月細風～垂柳渡。」❺ 語言新奇。唐·姚合《和座主相公西亭秋日即事》:「詩冷語多～。」

## 奸 一 ⑧jiān ⑨gaan1 艱
通「姦」，邪惡，狡詐。明·劉基《賣柑者言》:「吏～而不知禁。」

二 ⑧gān ⑨gon1 干
❶ 干犯，干擾。《韓非子·定法》:「賞存乎慎法，而罰加乎～令者也。」❷ 干求，求取。《史記·齊太公世家》:「呂尚蓋嘗窮困，年老矣，以漁釣～周西伯。」

🔍 奸、姦。二字本來讀音不同，意義也不同。「奸」本讀 gān，是干犯的意思。邪惡的意義本作「姦」，讀 jiān，至元明以後才寫作「奸」。

## 姦 一 ⑧jiān ⑨gaan1 艱
❶ 自私，奸詐。三國蜀·諸葛亮《出師表》:「庶竭駑鈍，攘除～凶。」❷ 邪惡的人。《尚書·周書·泰誓下》:「崇信～回。」❸ 姦淫，不正當的男女關係。《左

傳・莊公二年》：「夫人姜氏會齊侯于禚（zhuó，古地名），書～也。」❹ 盜竊。《淮南子・氾論訓》：「～符節，盜管金。」

（三）⬤gān ⬤gaan1 艱

通「奸」，干犯，擾亂。《淮南子・主術訓》：「各守其職，不得相～。」

🔍 姦、奸。見130頁「奸」。

兼 ⬤jiān ⬤gim1 檢一聲
❶ 兩倍的。《漢書・韓信傳》：「受辱於跨下，無～人之勇，不足畏也。」❷ 同時涉及或同時得到。《孟子・魚我所欲也》：「二者不可得～，舍生而取義者也。」❸ 吞併，兼併。漢・晁錯《論貴粟疏》：「此商人所以～併農人，農人所以流亡者也。」

堅 ⬤jiān ⬤gin1 肩
❶ 硬，堅固。《莊子・逍遙遊》：「以盛水漿，其～不能自舉也。」❷ 堅硬或堅固的事物。《史記・陳涉世家》：「將軍身被～執銳。」❸ 使堅固，加固。《三國志・魏書・荀彧傳》：「今東方皆已收麥，必～壁清野以待將軍。」❹ 剛強，堅定。《論語・子罕》：「仰之彌高，鑽之彌～。」❺ 堅持，堅決。《戰國策・魏策一》：「其卒雖眾，多言而輕走，易北，不敢～戰。」❻ 安心。《史記・留侯世家》：「羣臣見雍齒封，則人人自～矣。」

淺 ⬤jiān
見232頁 qiǎn。

★間 ⬤jiān ⬤gaan1 艱
❶ 中間。《莊子・逍遙遊》：「翱翔蓬蒿之～。」❷ 近來。《漢書・敍傳上》：「帝～顏色瘦黑。」❸ 房間。晉・陶潛《歸園田居》：「方宅十餘畝，草屋八九～。」

🔍 間、閒、閑。見332頁「閒」。

煎 ⬤jiān ⬤zin1 氈
❶ 一種烹調方法，鍋裏放少量油，加熱後把食物放進去。❷ 把東西放在水裏熬煮，使所含的成分進入水裏。宋・蘇軾《絕句三首》之二：「偶為老僧～茗粥。」❸ 使……煎熬，焦慮。漢樂府《孔雀東南飛》：「恐不任我意，逆以～我懷。」

監 （一）⬤jiān ⬤gaam1 緘
從上往下看，監視。《國語・周語上》：「王怒，得衞巫，使～謗者。」
（二）⬤jiàn ⬤gaam3 鑒
❶ 古人用以照視的器具，鏡子。漢・賈誼《新書・胎教》：「明～，所以照形也。」❷ 照視。《尚書・周書・酒誥》：「人無於水～，當於民～。」❸ 借鑒。《論語・八佾》：「周～於二代，郁郁乎文哉，吾從周。」❹ 宦官。漢・司馬遷《報任安書》：「商鞅因景～見，趙良寒心。」

漸 ⬤jiān
見133頁 jiàn。

艱 ⬤jiān ⬤gaan1 奸
❶ 艱苦，困難。宋・蘇軾《潮州韓文公廟碑》：「而廟在刺史公堂之後，民以出入為～。」❷ 險惡。《詩經・小雅・何人斯》：「彼何人斯？其心孔～。」❸ 指父母的

喪事。南朝齊・王儉《褚淵碑文》：「又以居母～去官。」

**瀸** @jiān
見 134 頁 jiàn。

**韉** @jiān @zin1 煎
襯托馬鞍的坐墊。北朝民歌《木蘭詩》：「東市買駿馬，西市買鞍～。」

**剪** @jiǎn @zin2 展
❶ 剪斷，截斷。《墨子・公孟》：「昔者越王句踐～髮文身，以治其國。」❷ 消滅。唐・元稹《論教本書》：「至於武后臨朝，～棄王族。」

**儉** @jiǎn @gim6 兼六聲
❶ 節約。《論語・八佾》：「禮，與其奢也，寧～。」❷ 謙遜的樣子。《論語・學而》：「夫子溫、良、恭、～、讓以得之。」❸ 歉收。《逸周書・糴匡》：「年～穀不足。」

**翦** @jiǎn @zin2 剪
❶ 剪斷。《詩經・召南・甘棠》：「蔽芾(bìfèi，茂盛貌)甘棠，勿～勿伐。」❷ 裁去，刪除。南朝梁・劉勰《文心雕龍・鎔裁》：「～截浮詞謂之裁。」❸ 消滅。《左傳・成公二年》：「余姑～滅此而朝食。」

**檢** @jiǎn @gim2 撿
❶ 封書題簽。《後漢書・公孫瓚傳》：「每有所下，輒皂囊施～，文稱詔書。」❷ 約束，限制。《北史・韓顯宗傳》：止姦在於防～，不在嚴刑。」❸ 法度。《漢書・黃霸傳》：「郡事皆以義法令～式，毋得擅為條教。」❹ 檢查，查看。《孟子・梁惠王上》：「狗彘食人食而不知～，塗有餓莩而不知發。」

**蹇** @jiǎn @gin2 堅二聲
❶ 跛腳。《史記・晉世家》：「而魯使～，衛使眇(miǎo，瞎眼)。」❷ 指跛腳或行動遲緩的驢馬。漢・班彪《王命論》：「是故駑～之乘，不騁千里之途。」❸ 艱難，困苦。唐・白居易《夢上山》：「晝行輸～澀，夜步頗安逸。」❹ 傲慢。《漢書・劉長傳》：「驕～，數不奉法。」❺ 通「謇」，口吃，結巴。宋・黃庭堅《病起荊江亭即事》：「張子耽酒語～吃，聞道潁州又陳州。」

**簡** @jiǎn @gaan2 束
❶ 竹簡，古代用以書寫的狹長竹片。宋・歐陽修《祭石曼卿文》：「而著在～冊者，昭如日星。」❷ 書信。宋・沈括《夢溪筆談・人事二》：「乃為一～答之。」❸ 簡單，簡要。宋・蘇軾《石鐘山記》：「余是以記之，蓋歎酈元之～，而笑李渤之陋也。」❹ 怠慢，倨傲。《史記・孔子世家》：「吾黨之小子狂～，進取不忘其初。」❺ 選擇，挑選。三國蜀・諸葛亮《出師表》：「此皆良實，志慮忠純，是以先帝～拔以遺陛下。」❻ 檢查，檢閱。《左傳・桓公六年》：「秋大閱，～車馬也。」

**★見** 一 @jiàn @gin3 建
❶ 看見，看到。《孟子・論四端》：「今人乍～孺子將入於井，皆有怵惕惻隱之心。」❷ 謁見，拜見。北朝民歌《木蘭詩》：「歸來～天子，天子坐明堂。」❸ 見面，會見。《史記・項羽本紀》：「項伯乃夜馳之沛公軍，私～張良。」❹ 見

解，見識。《晉書·王渾傳》：「敢陳愚～，觸犯天威。」❺ 知道，理解。宋·陸游《示兒》：「齒豁頭童方悟此，乃翁～事可憐遲。」❻ 聽，聽說。唐·李白《將進酒》：「君不～高堂明鏡悲白髮，朝如青絲暮成雪。」❼ 遇到，碰上。漢·蔡琰《胡笳十八拍》：「哀哀父母生育我，～離亂兮當此辰。」❽ 計劃，打算。唐·李賀《南園》：「～買若耶溪水劍，明朝歸去事猿公。」❾ 被。《史記·廉頗藺相如列傳》：「欲與秦，秦城恐不可得，徒～欺。」❿ 放在動詞前，表示對自己怎麼樣。宋·王安石《答司馬諫議書》：「冀君實或～恕也。」

㊁ 粵xiàn 普jin6現

❶ 出現，顯現。《戰國策·燕策三》：「圖窮而匕首～。」這個意義後來寫作「現」。❷ 現成的，現有的。《漢書·文帝紀》：「發近縣～卒萬六千人。」

㊟ 上古沒有「現」字，凡「出現」的意義都寫作「見」，讀xiàn。

🔍 見、視、看。見272頁「視」。

**建** 粵jiàn 普gin3見

❶ 豎立。秦·李斯《諫逐客書》：「～翠鳳之旗，樹靈鼉之鼓。」❷ 建造，建築。明·宋濂《閱江樓記》：「上以其地雄勝，詔～樓於巔。」❸ 建立，創立。明·劉基《賣柑者言》：「峨大冠、拖長紳者，昂昂乎廟堂之器也，果能～伊皋之業耶？」❹ 提出，建議。《漢書·鄒陽傳》：「爰盎等皆～以為不可。」

**健** 粵jiàn 普gin6件

❶ 剛強有力，遒勁。三國魏·曹丕《與吳質書》：「孔璋章表殊～，微為繁富。」❷ 健壯，健康。唐·杜甫《兵車行》：「縱有～婦把鋤犁，禾生隴畝無東西。」❸ 善於。《後漢書·馮異傳》：「諸將非不～鬥，然好虜掠。」

**閒** 粵jiàn

見332頁xián。

**監** 粵jiàn

見131頁jiān。

**漸** ㊀ 粵jiàn 普zim6尖六聲

❶ 漸進，逐步發展。漢·司馬遷《報任安書》：「猛虎在深山，百獸震恐，及在檻阱之中，搖尾而求食，積威約之～也。」❷ 副詞，逐漸，漸漸。唐·白居易《燕詩》：「辛勤三十日，母瘦雛～肥。」❸ 指病加劇。《尚書·周書·顧命》：「嗚呼，病大～。」❹ 疏導。《史記·越王句踐世家》：「禹之功大矣，～九川，定九州。」

㊁ 粵jiān 普zim1沾

❶ 浸，沾濕。《荀子·勸學》：「蘭槐之根是為芷，其～之滫（xiǔ，臭水），君子不近，庶人不服。」❷ 沾染，浸染。《漢書·龔遂傳》：「今大王親近羣小，～漬邪惡。」❸ 慢慢流入。《尚書·夏書·禹貢》：「東～于海，西被于流沙。」❹ 傳入。明·宋應星《天工開物·蔗種》：「今蜀中種盛，亦自西域～來也。」

**賤** 粵jiàn 普zin6煎六聲

❶ 物價低。唐·白居易《賣炭翁》：「心憂炭～願天寒。」❷ 地

位低下，卑賤。唐・韓愈《師說》：「是故無貴無～，無長無少，道之所存，師之所存也。」❸ 鄙視，輕視。漢・晁錯《論積粟疏》：「是故明君貴五穀而～金玉。」❹ 自謙詞。《戰國策・趙策四》：「老臣～息舒祺，最少，不肖。」

## 箭 ㊜jiàn ㊐zin3薦

❶ 箭竹，一種小竹子，莖質地堅勁，可製作箭桿。《淮南子・氾論訓》：「乃矯～為矢，鑄金而為刃。」❷ 箭，弓弩發射的武器。唐・杜甫《兵車行》：「行人弓～各在腰。」❸ 量詞，表示箭能射到的距離。《水滸傳》第一百一十七回：「宋江教把軍馬略退半～之地，讓他軍馬出城擺列。」❹ 古代博戲的器具。《韓非子・外儲說左上》：「以松柏之心為博，～長八尺，棋長八寸。」❺ 漏箭，即古代漏壺下計時用的有刻度的標尺。宋・晏殊《漁家傲》：「日夜鼓聲催～漏。」

## 劍 ㊜jiàn ㊐gim3兼三聲

❶ 古代兵器。《戰國策・齊策四》：「倚柱彈其～。」❷ 劍術。《史記・項羽本紀》：「項籍少時，學書不成，去學～，又不成。」❸ 用劍殺人。晉・潘岳《馬汧督誄》：「有司馬叔持者，白日於都市手～父仇。」❹ 挾。宋・歐陽修《瀧岡阡表》：「回顧乳者～汝而立於旁。」

## 澗 ㊜jiàn ㊐gaan3諫

兩山之間的流水。宋・蘇軾《放鶴亭記》：「獨終日於～谷之間兮，啄蒼苔而履白石。」

## 諫 ㊜jiàn ㊐gaan3澗

❶ 直言規勸，多用於以下對上。《戰國策・鄒忌諷齊王納諫》：「上書～寡人者，受中賞。」❷ 挽回，挽救。晉・陶潛《歸去來兮辭》：「悟已往之不～，知來者之可追。」

## 薦 ㊜jiàn ㊐zin3箭

❶ 野獸牲畜所吃的草。《莊子・齊物論》：「麋鹿食～。」❷ 草墊。三國魏・曹植《九詠》：「茵～兮蘭席。」❸ 進獻。《左傳・襄公三十一年》：「若獲～幣，修垣而行。」❹ 推薦，推舉。《史記・伯夷列傳》：「仲尼獨～顏淵為好學。」❺ 頻繁，屢次。《國語・魯語上》：「饑饉～降。」

## 檻 ㊜jiàn ㊐haam5函五聲

❶ 關禽獸的木籠或木柵。漢・司馬遷《報任安書》：「及在～阱之中，搖尾而求食。」❷ 禁閉，拘囚。唐・白居易《與元微之書》：「籠鳥～猿俱未死，人間相見是何年！」❸ 囚車。《晉書・紀瞻傳》：「瞻覺其詐，便破～出之。」❹ 欄杆。唐・杜牧《阿房宮賦》：「直欄橫～，多於九土之城郭。」

## 濺 ㊀㊜jiàn ㊐zin3戰

液體受衝擊而迸射。《史記・廉頗藺相如列傳》：「五步之內，相如請得以頸血～大王矣！」

㊁㊜jiān ㊐zin1煎

[濺濺]① 象聲詞，形容流水聲。北朝民歌《木蘭詩》：「不聞爺娘喚女聲，但聞黃河流水鳴～～。」② 水疾流的樣子。唐・白居易《途中題山泉》：「決決湧巖穴，～～出洞門。」

## 譖 ⓟjiàn
見 397 頁 zèn。

## 鑒 ⓟjiàn ⓒgaam3監三聲
❶ 古代用來盛水或冰的器皿。《周禮·天官冢宰·凌人》：「祭祀共冰～。」❷ 鏡子。《新唐書·魏徵傳》：「以銅為～，可正衣冠。」❸ 照。唐·柳宗元《〈愚溪詩〉序》：「溪雖莫利於世，而善～萬類。」❹ 借鑒，引以為鑒。唐·杜牧《阿房宮賦》：「後人哀之而不～之，亦使後人而復哀後人也。」❺ 洞察，審辨。晉·李密《陳情表》：「皇天后土，實所共～。」❻ 洞察力，眼力。《梁書·到洽傳》：「樂安、任昉有知人之～。」

### jiang

## ★江 ⓟjiāng ⓒgong1剛
❶ 古代長江的專稱。戰國楚·屈原《楚辭·九章·涉江》：「哀南夷之莫吾知兮，且余濟乎～湘。」❷ 河流的通稱。《荀子·勸學》：「不積小流，無以成～海。」

> 凹 「江湖」是多義詞，可指「江河湖海」，如「何不慮以為大樽而浮於江湖」(《莊子·逍遙遊》)；也泛指「五湖四海，四方各地」，如「落魄江湖載酒行」(唐·杜牧《遣懷》)；也可指「民間或隱士所居之處」，如「處江湖之遠，則憂其君」(宋·范仲淹《岳陽樓記》)。

> Q 江、河。二字本義不同，「江」專指長江，「河」專指黃河，後來才泛指河流。由於長江位於南方，黃河位於北方，故後來南方河流多稱「江」(如湘江、灕江等)，北方河流多稱「河」(如渭河、漳河等)。

## ★將 🈩ⓟjiāng ⓒzoeng1張
❶ 扶持，扶助。北朝民歌《木蘭詩》：「爺娘聞女來，出郭相扶～。」❷ 遵奉，秉承。《詩經·大雅·烝民》：「肅肅王命，仲山甫～之。」❸ 休息，休養。《三國志·魏書·華佗傳》：「好自～愛，一年便健。」❹ 進，漸進。《詩經·周頌·敬之》：「日就月～，學有緝熙于光明。」❺ 攜帶，帶領。宋·陸游《夜與兒子出門閒步》：「閒～稚子出柴門。」❻ 拿，持。唐·李白《將進酒》：「五花馬，千金裘，呼兒～出換美酒。」❼ 打算，想要。《左傳·僖公三十年》：「若不闕秦，～焉取之？」❽ 將要，將近。《孟子·論四端》：「今人乍見孺子～入於井，皆有怵惕惻隱之心。」❾ 與，和。唐·李白《月下獨酌》：「暫伴月～影，行樂須及春。」❿ 如果，若。《左傳·昭公二十七年》：「令尹～必來辱，為惠已甚。」

🈔 ⓟjiàng ⓒzoeng3醬
❶ 將帥，將領。《史記·廉頗藺相如列傳》：「廉頗者，趙之良～也。」❷ 統帥，率領。《莊子·逍遙遊》：「越有難，吳王使之～。」

🈒 ⓟqiāng ⓒcoeng1窗
願，請。唐·李白《將進酒》：「～進酒，杯莫停。」

**漿** 🔊 jiāng 🔊 zoeng1 張

❶ 汁，汁液。戰國楚‧屈原《楚辭‧招魂》：「腼鱉炮羔，有柘（zhè，通「蔗」，甘蔗）～些。」❷ 泛指飲料。《孟子‧梁惠王下》：「簞食壺～，以迎王師。」❸ 特指酒。《史記‧魏公子列傳》：「薛公藏於賣～家。」

**獎** 🔊 jiǎng 🔊 zoeng2 掌

❶ 勉勵，勸勉。三國蜀‧諸葛亮《出師表》：「今南方已定，兵甲已足，當～率三軍，北定中原。」❷ 誇獎，稱讚。《後漢書‧孔融傳》：「薦達賢士，多所～進。」❸ 輔助。《左傳‧僖公二十八年》：「皆～王室，無相害也。」

**講** 🔊 jiǎng 🔊 gong2 港

❶ 討論，研究。《國語‧魯語上》：「夫仁者～功，而智者處物。」❷ 講習，訓練。《論語‧述而》：「德之不脩，學之不～，聞義不能徙，不善不能改，是吾憂也。」❸ 謀劃。《左傳‧襄公五年》：「～事不令，集人來定。」❹ 和解，講和。《戰國策‧秦策四》：「寡人欲割河東而～。」❺ 講解。唐‧韓愈《柳子厚墓誌銘》：「其經承子厚口～指畫為文詞者，悉有法度可觀。」❻ 講究，講求。《禮記‧大同與小康》：「選賢與能，～信修睦。」

**匠** 🔊 jiàng 🔊 zoeng6 象

❶ 指具有某種專門技藝的手工藝人。《莊子‧逍遙遊》：「立之塗，～者不顧。」❷ 指在某一方面造詣很深的人。唐‧杜甫《贈特進汝陽王二十韻》：「學業醇儒富，辭華哲～能。」

**降** 🔊 jiàng 🔊 gong3 鋼

❶ 從高處往下走。《史記‧孔子世家》：「繁登～之禮。」❷ 降下，落下。《孟子‧梁惠王下》：「誅其君而弔其民，若時雨～，民大悅。」❸ 降低，貶抑。《論語‧微子》：「不～其志，不辱其身。」

🔊 xiáng 🔊 hong4 杭

投降。漢‧司馬遷《報任安書》：「李陵既生～，隤（tuí，敗壞）其家聲。」

**強** 🔊 jiàng

見 232 頁 qiáng。

**將** 🔊 jiàng

見 135 頁 jiāng。

### jiao

**交** 🔊 jiāo 🔊 gaau1 郊

❶ 交叉，相錯。《史記‧項羽本紀》：「～戟之衛士欲止不內。」❷ 互相，交互。《左傳‧隱公三年》：「周、鄭～惡。」❸ 交換。《左傳‧隱公三年》：「故周、鄭～質。」❹ 接觸，接合。《史記‧袁盎鼂錯列傳》：「太后嘗病三年，陛下不～睫，不解衣。」❺ 前後交替的時候。宋‧蘇軾《放鶴亭記》：「春夏之～，草木際天。」❻ 交配。《禮記‧樂令》：「（仲冬三月）虎始～。」❼ 交往，結交。《戰國策‧秦策三》：「王不如遠～而近攻。」❽ 交情，友誼。《史記‧廉頗藺相如列傳》：「臣以為布衣之～尚不相欺，況大國乎！」❾ 交給，交付。清‧吳敬梓《儒林外史》第三

回：「胡屠戶把肉和錢～與女兒，走了出來。」⑩ 通「教」，使，令。唐・羅隱《銅雀臺》：「免～憔悴望西陵。」

## 郊 ⑧jiāo ⑨gaau1 交

❶ 指都城百里以內的地方。《孟子・梁惠王下》：「臣聞～關之內有囿，方四十里。」❷ 泛指城外，野外。明・袁宏道《滿井遊記》：「始知～田之外，未始無春，而城居者未之知也。」❸ 祭祀名，古代帝王於郊外祭祀天地的典禮。唐・韓愈《原道》：「～焉而天神假，廟焉而人鬼享。」

## 教 ⑧jiāo

見 138 頁 jiào。

## 蛟 ⑧jiāo ⑨gaau1 交

古代傳説中一種能發洪水的動物。《荀子・勸學》：「積水成淵，～龍生焉。」

## 喬 ⑧jiāo

見 233 頁 qiáo。

## 焦 ⑧jiāo ⑨ziu1 招

❶ 物體經火燒後失去水分變成黃黑色。唐・杜牧《阿房宮賦》：「楚人一炬，可憐～土！」❷ 乾燥，乾枯。唐・杜甫《茅屋為秋風所破歌》：「公然抱茅入竹去，脣～口燥呼不得，歸來倚杖自歎息。」❸ 黃黑色。南朝梁・陶弘景《真誥・運象》：「心思則面～也。」❹ 急，煩憂。《水滸傳》第三回：「魯達～躁，便把碟兒盞兒都丟在樓板上。」

## 驕 ⑧jiāo ⑨giu1 嬌

❶ 指馬高大健壯。《詩經・衛風・碩人》：「四牡有～。」❷ 傲慢，驕縱。《國語・晉語八》：「及

桓子，～泰奢侈。」❸ 寵愛。《漢書・匈奴傳上》：「胡者，天之～子也。」❹ 強烈。宋・王安石《孤桐》：「歲老根彌壯，陽～葉更陰。」

> 🔍 驕、傲。二字有細微差別：「驕」是自滿，是一種心理狀態；「傲」是傲慢、沒禮貌，是一種行為表現。

## 角 〔一〕⑧jiǎo ⑨gok3 覺

❶ 動物頭上長的角；人的額角。《左傳・隱公五年》：「皮革齒牙、骨～毛羽，不登於器。」❷ 古代兒童頭頂兩側所束的髮髻，其形狀像牛角。《詩經・衛風・氓》：「總～之宴，言笑晏晏。」❸ 稜角，角落。清・林嗣環《口技》：「於廳事之東北～，施八尺屏障。」❹ 有稜角的。唐・杜甫《南鄰》：「錦里先生烏～巾。」❺ 古代樂器名。唐・杜甫《閣夜》：「五更鼓～聲悲壯。」❻ 古代量器名。《管子・七法》：「尺寸也，繩墨也，規矩也，衡石也，斗斛也，～量也，謂之法。」

〔二〕⑧jué ⑨gok3 覺

❶ 較量。《三國志・吳書・華覈傳》：「今當～力中原。」❷ 古代一種酒器。《禮記・禮器》：「尊者舉觶（zhì，酒器），卑者舉～。」❸ 古代五音「宮、商、角、徵、羽」之一。

> 📖 古時兒童出生三個月後要擇日理髮，男孩只留頭頂兩側各一撮的頭髮，稱「角」；女孩只留頭頂中間的頭髮，呈「十」字形，稱「羈」。

**皎** 〔普〕jiǎo 〔粵〕gaau2 狡
❶ 潔白。《詩經·小雅·白駒》:「～～白駒,在彼空谷。」❷ 明亮。《古詩十九首·迢迢牽牛星》:「迢迢牽牛星,～～河漢女。」

**腳** 〔普〕jiǎo 〔粵〕goek3 哥約三聲
❶ 人或動物的腿,支撐身體、接觸地面的部分。北朝民歌《木蘭詩》:「雄兔～撲朔,雌兔眼迷離。」❷ 物體的最下端或支撐部分。唐·杜甫《茅屋為秋風所破歌》:「雨～如麻未斷絕。」

**僥** 〔普〕jiǎo 〔粵〕hiu1 囂
[僥倖] 希望意外得到成功或免去災禍。晉·李密《陳情表》:「庶劉～～,卒保餘年。」

**矯** 〔普〕jiǎo 〔粵〕giu2 繳
❶ 矯正。《韓非子·孤憤》:「不勁直,不能～姦。」❷ 假託,詐稱。《戰國策·齊策四》:「～命以責賜諸民。」❸ 高舉,舉起。晉·陶潛《歸去來兮辭》:「時～首而遐觀。」

**繳** 〔一〕〔普〕jiǎo 〔粵〕giu2 矯
❶ 纏繞。唐·徐光溥《題黃居寀秋山圖》:「姿蘿掩映迷仙洞,薜荔蒙垂～古松。」❷ 交納。《紅樓夢》第十四回:「鳳姐聽了,即命收帖兒登記,待張材家的～清再發。」
〔二〕〔普〕zhuó 〔粵〕zoek3 爵
繫在箭尾的絲繩。當箭射出後,能通過絲繩回收箭支或尋找獵物。《孟子·告子上》:「一心以為有鴻鵠將至,思援弓～而射之。」

**叫** 〔普〕jiào 〔粵〕giu3 嬌三聲
❶ 呼喊,鳴叫。漢·蔡琰《悲憤詩》:「慕我獨得歸,哀～聲摧裂。」❷ 呼喚,吩咐。《水滸傳》第二十九回:「吃得大醉了,便～人扶去房中安歇。」

**教** 〔一〕〔普〕jiào 〔粵〕gaau3 較
❶ 教育,教導。《孟子·滕文公上》:「飽食、暖衣、逸居而無～,則近於禽獸。」❷ 政教,教化。《韓非子·五蠹》:「乃修～三年,執干戚舞,有苗乃服。」❸ 教唆。《史記·淮陰侯列傳》:「若～百姓反,何冤?」❹ 宗教。《新唐書·文德長孫皇后》:「佛老異方～耳。」
〔二〕〔普〕jiāo 〔粵〕gaau1 交
讓,使,令。唐·王昌齡《出塞》:「但使龍城飛將在,不～胡馬度陰山。」

**較** 〔一〕〔普〕jiào 〔粵〕gaau3 教
❶ 比較。宋·蘇洵《六國論》:「～秦之所得與戰勝而得者,其實百倍。」❷ 考校,考核。《新唐書·百官志一》:「歲～其屬功過。」❸ 明顯。《史記·伯夷列傳》:「此其尤大彰明～著者也。」❹ 大概,大略。《史記·貨殖列傳》:「此其大～也,皆中國人民所喜好。」
〔三〕〔普〕jué 〔粵〕gok3 角
通「角」,競賽,比賽。《孟子·萬章下》:「孔子之仕於魯也,魯人獵～,孔子亦獵～。」

**覺** 〔普〕jiào
見 156 頁 jué。

## jie

**皆** 〔普〕jiē 〔粵〕gaai1 街
❶ 都,全。唐·韓愈《師說》:

「六藝經傳，～通習之。」❷ 一起，一同。《管子・大匡》：「公將如齊，與夫人～行。」這個意義後來寫作「偕」。❸ 比擬。《敦煌變文・葉淨能詩》：「造化之內，無人可～。」

## 接 ⓐjiē ⓑzip3摺

❶ 交接，交往。《孟子・萬章下》：「其交也以道，其～也以禮。」❷ 接待，迎接。《史記・屈原賈生列傳》：「出則～遇賓客，應對諸侯。」❸ 接觸。《孟子・梁惠王上》：「兵刃既～，棄甲曳兵而走。」❹ 連接，連續。唐・白居易《賦得古原草送別》：「遠芳侵古道，晴翠～荒城。」❺ 承托，承接。《三國演義》第十七回：「（曹操）遂自下馬～土填坑。」❻ 綁縛。《史記・陳丞相世家》：「武士反～之。」

## 階 ⓐjiē ⓑgaai1皆

❶ 臺階。唐・劉禹錫《陋室銘》：「苔痕上～綠，草色入簾青。」❷ 途徑。《周易・繫辭上》：「亂之所生也，則言語以為～。」❸ 憑藉，依據。《漢書・異姓諸侯王表》：「漢亡尺土之～，繇一劍之任，五載而成帝業。」❹ 官階，品級。《舊唐書・職官志一》：「流內九品三十～之內，又有視流內起居，五品至從九品。」

## 嗟 ⓐjiē ⓑze1遮

❶ 歎詞，相當於「喂」、「唉」。《禮記・檀弓下》：「～，來食。」此表召喚。《史記・五帝本紀》：「～，然！禹，汝平水土，維是勉哉。」此表應答。宋・范仲淹《岳陽樓記》：「～夫！予嘗求古仁人

之心，或異二者之為。」此表悲傷、歎息。❷ 讚歎。戰國楚・屈原《楚辭・九章・橘頌》：「～爾幼志。」❸ 感歎。唐・杜甫《新婚別》：「自～貧家女，久致羅襦裳。」

## 劫 ⓐjié ⓑgip3澀

❶ 強奪，掠取。《史記・高祖本紀》：「今乃與王黃等～掠代地。」❷ 威逼，威脅。宋・蘇洵《六國論》：「有如此之勢，而為秦人積威之所～。」❸ 佛教用語，梵語「劫波」的簡稱。佛經把天地的形成到毀滅稱為一劫，表示一段很長的時間。唐・李白《短歌行》：「蒼穹浩茫茫，萬～太極長。」

## 捷 ⓐjié ⓑzit6截

❶ 勝利，成功。《詩經・小雅・采薇》：「豈敢定居，一月三～。」❷ 戰利品。《左傳・襄公二十五年》：「鄭子產獻～于晉。」❸ 迅速，敏捷。《呂氏春秋・貴卒》：「吳起之智，可謂～矣。」❹ 抄近路。《左傳・成公五年》：「待我，不如～之速也。」

## 傑 ⓐjié ⓑgit6桀

❶ 才智超羣的人。《孟子・公孫丑上》：「尊賢使能，俊～在位，則天下之士皆悦。」❷ 出色的，超出一般的。宋・陸游《謝張時可通判贈詩編》：「投我千篇皆～作。」❸ 高大突出。宋・陸游《僧廬》：「～屋大像無時止，安得疲民免饑死。」

## 渴 ⓐjié

見 160 頁 kě。

## 結 ⓐjié ⓑgit3潔

❶ 打結，用條狀物繫成疙瘩。

唐・杜甫《自京赴奉先詠懷》:「霜嚴衣帶斷,指直不得～。」❷ 泛指糾結不通或關鍵之處。《史記・扁鵲倉公列傳》:「盡見五藏(通『臟』)症～。」❸ 縈縛,捆綁。戰國楚・屈原《楚辭・九歌・山鬼》:「乘赤豹兮從文狸,辛夷車兮～桂旗。」❹ 縫綴,編織。《漢書・禮樂志》:「古人有言:臨淵羨魚,不如歸而～網。」❺ 構築。晉・陶潛《飲酒》:「～廬在人境,而無車馬喧。」❻ 聯結,結交。《史記・廉頗藺相如列傳》:「燕王私握臣手,曰:『願～友。』」❼ 聚積,凝結。南朝梁・江淹《麗色賦》:「鳥封魚斂,河凝海～。」❽ 終結,結束。《淮南子・繆稱訓》:「故君子行思乎其所～。」❾ 結案,判決。《後漢書・楊震傳》:「帝發怒,遂收考詔獄,～以罔上不道。」

**節** 🔊jié 🔊zit3折
❶ 竹節。宋・王禹偁《黃岡竹樓記》:「黃岡之地多竹……剗去其～,用代陶瓦。」❷ 骨骼連接之處。《莊子・養生主》:「彼～者有閒而刀刃者無厚。」❸ 季節,節氣,節日。《列子・愚公移山》:「寒暑易～,始一反焉。」❹ 約束,控制。《論語・學而》:「不以禮～之,亦不可行也。」❺ 準則,法度。《禮記・曲禮上》:「禮不踰～,不侵侮,不好狎。」❻ 禮節。《論語・微子》:「長幼之～,不可廢也。」❼ 節操,氣節。宋・文天祥《正氣歌》:「時窮～乃見。」❽ 節約,節儉。《史記・孔子世家》:「孔子曰:『政在～財。』」❾ 符節,古代使者所執的信物,具證明身分的作用。《史記・絳侯周勃世家》:「於是上乃使使持～詔將軍。」❿ 節奏,節拍。唐・韓愈《送孟東野序》:「其聲清以浮,其～數以急。」⓫ 古代一種竹製用以打節拍的樂器。唐・白居易《琵琶行》:「鈿頭雲篦擊～碎。」

**詰** 🔊jié 🔊kit3揭
❶ 追問,責問。《左傳・僖公十五年》:「～之,對曰:『乃大吉也。』」❷ 整治,查辦。《呂氏春秋・孟秋》:「～誅暴慢,以明好惡。」

**竭** 🔊jié 🔊kit3揭
❶ 用盡,窮盡。《左傳・曹劌論戰》:「一鼓作氣,再而衰,三而～。」❷ 乾涸。《詩經・大雅・召旻》:「池之～矣。」❸ 喪失。《莊子・胠篋》:「脣～則齒寒。」❹ 敗壞,毀滅。《淮南子・主術訓》:「耳目淫則～。」❺ 遏止。漢・桓寬《鹽鐵論・疾貪》:「猶水之赴下,不～不止。」

**潔** 🔊jié 🔊git3結
❶ 清潔,乾淨。清・朱柏廬《朱子家訓》:「器具質而～,瓦缶勝金玉。」❷ 潔白。三國魏・嵇康《答釋南宅無吉凶攝生論》:「猶西施之～不可為,而西施之服可為也。」❸ 人品高潔。《史記・屈原賈生列傳》:「其志～,其行廉。」❹ 指語言簡潔。南朝梁・劉勰《文心雕龍・議對》:「文以辨～為能,不以繁縟為巧。」

**解** 🔊jiě 🔊gaai2皆二聲
❶ 分割動物的肢體。《莊子・

養生主》:「庖丁為文惠君～牛。」
❷ 分解，割裂。《國語·魯語上》:
「晉文公～曹地以分諸侯。」❸ 緩
解，消散。《戰國策·趙策四》:
「太后之色少～。」❹ 解開，脫
去。《孟子·公孫丑上》:「民之
悦之，如～倒懸也。」❺ 解除，解
散。《史記·魏公子列傳》:「秦
軍～去，遂救邯鄲，存趙。」❻ 解
釋。唐·韓愈《師説》:「師者，
所以傳道、受業、～惑也。」❼ 理
解，明白，懂得。晉·陶潛《五柳
先生傳》:「好讀書，不求甚～。」
❽ 能夠，會。晉·陶潛《九日居
閒》:「酒能祛百慮，菊～制頹
齡。」❾ 終止，停止。宋·楊萬
里《答朱侍講》:「伏以春事將中，
苦雨未～。」❿ 樂曲、詩歌或文章
的章節。晉·崔豹《古今注·音
樂》:「李延年因胡曲，更進新聲
二十八～。」⓫ 一種文章體裁，以
辯駁、解釋疑難為主要特點，如
唐·韓愈有《進學解》。

〔三〕⬤ jiè ⬤ gaai3 介
❶ 押送。宋·沈俶《諧史》:「一
日，所屬～一賊至。」❷ 抵押，典
當。明·高明《琵琶記》:「虧他
媳婦相看待，把衣服和釵梳都～。」

〔三〕⬤ xiè ⬤ haai6 械
鬆懈，懈怠。《詩經·大雅·烝民》:
「夙夜匪～，以事一人。」這個意
義後來寫作「懈」。

**介** ⬤ jiè ⬤ gaai3 戒
　❶ 邊界，側畔。戰國楚·屈
原《楚辭·九章·哀郢》:「悲江～
之遺風。」❷ 間隔，或指夾在二者
之間。《左傳·襄公三十一年》:

「以敝邑褊小，～於大國，誅求無
時。」❸ 介紹人，中間人。《戰國
策·趙策三》:「平原君曰『勝
請為紹～而見之於先生。』」❹ 傳
達賓主話語的人；送信或傳遞消息
的人。《荀子·大略》:「諸侯相
見，卿為～。」❺ 憑藉，藉助。
《左傳·文公六年》:「～人之寵，
非勇也。」❻ 鎧甲。漢·賈誼《陳
政事疏》:「將士被～冑而睡。」
❼ 帶甲殼的昆蟲或水生物。唐·
韓愈《原道》:「無羽毛鱗～以居
寒熱也。」❽ 獨，獨特。漢·張
衡《思玄賦》:「何孤行之煢煢兮，
子不羣而～立？」❾ 節操。《孟
子·告子上》:「柳下惠不以三公
易其～。」❿ 量詞，個（只限於一
個）。《史記·廉頗藺相如列傳》:
「且秦彊而趙弱，大王遣一～之使
至趙，趙立奉璧來。」⓫ 通「芥」，
小草。比喻微小。《戰國策·齊策
四》:「孟嘗君為相數十年，無纖～
之禍者，馮煖之計也。」

**戒** ⬤ jiè ⬤ gaai3 介
　❶ 警戒，防備。《左傳·襄
公三十一年》:「今吾子壞之，雖
從者能～，其若異客何？」❷ 告
誡。《呂氏春秋·異寶》:「孫叔敖
疾，將死，～其子曰。」❸ 禁戒，
戒條。《史記·廉頗藺相如列傳》:
「趙王送璧時，齋～五日。」❹ 謹
慎，小心。《莊子·養生主》:「每
至於族，吾見其難為，怵然為～。」

**芥** ⬤ jiè ⬤ gaai3 介
　❶ 小草。《莊子·逍遙遊》:
「覆杯水於坳堂之上，則～為之
舟。」❷ 比喻微小的。《論衡·累

害」：「行完跡潔，無纖～之毀。」
❸ 小視，輕視。南朝齊·孔稚珪《北山移文》：「～千金而不盼，屣萬乘其如脫。」❹ 芥菜。北魏·賈思勰《齊民要術·種蜀芥蕓薹芥子》：「七月八月可種～。」

## 借 ⓒjiè ⓟze3 蔗

❶ 暫時使用別人的東西；把東西暫時給別人使用。《穀梁傳·僖公二年》：「公遂～道而伐虢。」❷ 憑藉，依仗，利用。晉·陸機《演連珠》：「臣聞良宰謀朝，不必～威。」❸ 假託，藉口。《三國演義·楊修之死》：「此時已有殺修之心，今乃～惑亂軍心之罪殺之。」❹ 幫助，照顧。唐·薛用弱《集異記·王維》：「（王）維方將應舉，具其事言於岐王，仍求庇～。」❺ 勉勵，稱讚。宋·司馬光《答彭寂朝議書》：「辱貺獎～太過，期待太厚，且愧且懼，殆無所容。」❻ 連詞，表假設。漢·賈誼《過秦論》：「～使子嬰有庸主之材，而僅得中佐，山東雖亂，三秦之地可全而有。」

## 解 ⓒjiè
見 140 頁 jiě。

## 誡 ⓒjiè ⓟgaai3 介

❶ 告誡，警告。《韓詩外傳·孟母戒子》：「其母引刀裂其織，以此～之。」❷ 戒備，警戒。《左傳·桓公十一年》：「鄖人軍其郊，必不～。」❸ 囑咐，囑告。《史記·項羽本紀》：「梁乃出，～籍持劍居外待。」❹ 教令，命令。《荀子·彊國》：「發～布令而敵退，是主威也。」❺ 文體名，一種勸誡、教誨

性的文章，如漢·班昭有《女誡》。

## 藉

㈠ ⓒjiè ⓟze3 借
❶ 草墊。《漢書·郊祀志上》：「江淮間一茅三脊為神～。」❷ 枕，墊。唐·柳宗元《捕蛇者說》：「往往而死者相～也。」❸ 憑藉，依託。《商君書·開塞》：「求過不求善，～刑以去刑。」❹ 借給。漢·鄒陽《獄中上梁王書》：「～荊軻首以奉丹事。」
㈡ ⓒjí ⓟzik6 直
踐踏，欺凌。《史記·魏其武安侯列傳》：「今我在也，而人皆～吾弟。」

## 籍 ⓒjiè
見 125 頁 jí。

## 巾 ⓒjīn ⓟgan1 斤

❶ 用來擦拭、包裹、覆蓋的織品。唐·王勃《送杜少府之任蜀州》：「無為在歧路，兒女共沾～。」❷ 頭巾，帽子。《漢書·賈山傳》：「憐其亡髮，賜之～。」❸ 包裹，覆蓋。《莊子·天運》：「～以文繡。」

> 「巾幗」指婦女的頭巾和髮飾，後用來代稱女子，與代稱男子的「鬚眉」相對。有成語「巾幗鬚眉」指有男子漢氣概的女子。

## 斤 ⓒjīn ⓟgan1 巾

❶ 斧子一類的砍削工具，比斧小，原專用以砍木。《孟子·梁惠王上》：「斧～以時入山林，材木不可勝用也。」❷ 砍，削。《南齊書·宗測傳》：「何為謬傷海鳥，

橫～山木？」❸ 重量單位，上古時一斤略等於二百多克，隋唐至清一斤一般為六百多克。

★今 ⓤ jīn ⓥ gam1 甘

❶ 如今，現在。《左傳·僖公三十年》：「臣之壯也，猶不如人；～老矣，無能為也已。」❷ 當世，現代。晉·王羲之《〈蘭亭集〉序》：「後之視～，亦猶～之視昔。」❸ 立刻，將要。南朝宋·劉義慶《世說新語·荀巨伯遠看友人疾》：「友人語巨伯曰：『吾～死矣，子可去！』」❹ 這，此。《國語·周語上》：「～是何神也？」❺ 如果，假如。《墨子·非攻上》：「～有一人，入人園圃，竊人桃李。」

★金 ⓤ jīn ⓥ gam1 今

❶ 金屬的泛稱。《漢書·食貨志下》：「黃～為上，白～為中，赤～為下。」❷ 專指黃金。漢·晁錯《論貴粟疏》：「夫珠玉～銀，飢不可食，寒不可衣。」❸ 貨幣，錢財。《戰國策·秦策一》：「以季子位尊而多～也。」❹ 金屬製的兵器。《淮南子·說山訓》：「砥石不利，而可以利～。」❺ 泛指金飾。唐·溫庭筠《菩薩蠻》：「小山重疊～明滅。」❻ 比喻貴重。《晉書·夏侯湛傳》：「今乃～口玉音，漠然沈默。」❼ 比喻堅固。《漢書·蒯通傳》：「皆為～城湯池，不可攻也。」❽ 金子一般的顏色。宋·范仲淹《岳陽樓記》：「浮光躍～，靜影沉璧。」❾ 五行之一。《孔子家語·五帝》：「天有五行，水、火、～、木、土，分時化育，以成萬物。」❿ 古代八音之一，指鑼、

鈴、鐘等金屬類樂器。唐·韓愈《送孟東野序》：「～、石、絲、竹、匏、土、革、木八者，物之善鳴者也。」⓫ 貨幣單位，古今變化不定。《史記·平準書》：「米至石萬錢，馬一匹則百～。」

> 🔍 「金」本是金屬的總稱，一些金屬物質堅硬，故有以「金」比喻堅固，如：金城湯池（形容不易攻破的城池）。後來「金」專指黃金，而黃金是一種貴重金屬，因此「金」也比喻貴重，如：金口玉言（指皇帝的說話）。

津 ⓤ jīn ⓥ zeon1 樽

❶ 渡口。《論語·微子》：「孔子過之，使子路問～焉。」❷ 渡過。晉·潘岳《西征賦》：「～便門以右轉，究吾境之所暨。」❸ 涯，岸。唐·陸龜蒙《木蘭堂》：「洞庭波浪渺無～。」❹ 水。北魏·酈道元《水經注·渭水》：「山雨滂湃，洪～泛灩。」❺ 生物分泌的液體。《素問·調經論》：「人有精氣～液。」❻ 濕潤，滋潤。晉·葛洪《西京雜記》卷五：「雨不破塊，潤葉～莖而已。」

矜 〔一〕 ⓤ jīn ⓥ ging1 京

❶ 憐憫，同情。晉·李密《陳情表》：「願陛下～愍愚誠，聽臣微志。」❷ 謹慎，慎重。《尚書·周書·旅獒》：「不～細行，終累大德。」❸ 敬重，看重。明·茅坤《〈青霞先生文集〉序》：「特憫其人，～其志。」❹ 驕傲，誇耀。宋·歐陽修《賣油翁》：「陳康肅公堯咨善射，當世無雙，公亦以此自～。」

❺ 端莊，肅敬。《論語·衞靈公》：「君子～而不爭，羣而不黨。」

㈢ 瘨qín 瘳kan4 勤

矛、戟的柄。也指棍棒。漢·賈誼《過秦論》：「鉏櫌棘～，不銛於鈎戟長鎩也。」

㈣ 瘨guān 瘳gwaan1 關

通「鰥」，老而無妻的人。《禮記·大同與小康》：「～、寡、孤、獨、廢、疾者皆有所養。」

**筋** 瘨jīn 瘳gan1 斤

肌腱，附在骨頭上的韌帶。《荀子·勸學》：「螾無爪牙之利，～骨之強。」

**禁** 瘨jīn

見 145 頁 jìn。

**襟** 瘨jīn 瘳kam1 琴一聲

❶ 衣服的前幅。唐·白居易《慈烏夜啼》：「夜夜夜半啼，聞者為霑～。」❷ 胸懷。晉·陶潛《停雲並序》：「願言不從，歎息彌～。」

**僅** ㈠ 瘨jǐn 瘳gan2 緊

僅僅，只是，不過。《戰國策·齊策四》：「狡兔有三窟，～得免其死耳。」

㈡ 瘨jìn 瘳gan6 近

幾乎，將近。唐·杜甫《泊岳陽城下》：「江國逾千里，山城～百層。」

**盡** 瘨jǐn

見 145 頁 jìn。

**瑾** 瘨jǐn 瘳gan2 僅

美玉。戰國楚·屈原《楚辭·九章·懷沙》：「懷～握瑜兮，窮不知所示。」

**錦** 瘨jǐn 瘳gam2 感

❶ 有彩色花紋的絲織品。唐·李白《廬山謠寄盧侍御虛舟》：「屏風九疊雲～張。」❷ 錦做的衣服。《論語·陽貨》：「食夫稻，衣夫～，於女安乎？」❸ 比喻美好的東西或形容事物的美好。南朝梁·劉勰《文心雕龍·才略》：「一朝綜文，千年凝～。」❹ 比喻色彩鮮豔華麗。宋·范仲淹《岳陽樓記》：「沙鷗翔集，～鱗游泳。」

**謹** 瘨jǐn 瘳gan2 僅

❶ 慎重，小心。《禮記·大同與小康》：「此六君子者，未有不～於禮者也。」❷ 恭敬。《韓非子·外儲說右上》：「宋人有酤酒者，升概甚平，遇客甚～。」❸ 副詞，恭敬地，鄭重地。晉·李密《陳情表》：「臣不勝犬馬怖懼之情，～拜表以聞。」❹ 禮節，禮儀。《史記·項羽本紀》：「大行不顧細～，大禮不辭小讓。」

**饉** 瘨jǐn 瘳gan2 僅

饑荒，菜蔬無收成。《論語·先進》：「加之以師旅，因之以饑～。」

🔍　饉、饑。見 122 頁「饑」。

**★近** 瘨jìn 瘳gan6 斤六聲

❶ 空間或時間的距離短，與「遠」相對。《論語·衞靈公》：「人無遠慮，必有～憂。」❷ 靠近，接近。唐·李商隱《樂遊原》：「夕陽無限好，只是～黃昏。」❸ 親近。《左傳·襄公二十五年》：「公鞭侍人賈舉，而又～之。」❹ 淺近，淺顯。《孟子·盡心下》：「言～而指遠者，善言也。」

**晉** 瘨jìn 瘳zeon3 進

❶ 進，向前。漢·班固《幽

通賦》：「盍孟（勉力）～以迨（趕上）羣兮。」❷ 春秋時諸侯國名。《左傳・僖公三十年》：「～侯、秦伯圍鄭。」❸ 朝代名。晉・陶潛《桃花源記》：「不知有漢，無論魏～也。」

## 浸 ⓐjìn ⓒzam3 針三聲

❶ 液體滲入，泡在液體中。《淮南子・原道訓》：「上漏下濕，潤～北房。」❷ 灌溉。《莊子・天地》：「有械於此，一日～百畦，用力甚寡。」❸ 湖澤。《周禮・夏官司馬・職方氏》：「（揚州）其川三江，其～五湖。」❹ 逐漸。漢・王充《論衡・道虛》：「且夫物之生長，無卒成暴起，皆有～漸。」

## 進 ⓐjìn ⓒzeon3 晉

❶ 前進，與「退」相對。清・薛福成《貓捕雀》：「其雛四五，噪而逐貓，每～益怒。」❷ 入朝做官。宋・范仲淹《岳陽樓記》：「居廟堂之高則憂其民，處江湖之遠則憂其君。是～亦憂，退亦憂。」❸ 進行，繼續。《韓詩外傳・孟母戒子》：「孟子輟然中止，乃復～。」❹ 超過。《莊子・養生主》：「臣之所好者道也，～乎技矣。」❺ 進獻，呈上。《史記・廉頗藺相如列傳》：「於是相如前～瓿，因跪請秦王。」❻ 推薦，薦舉。漢・司馬遷《報任安書》：「教以慎於接物，推賢～士為務。」

## 禁 ⓐ一ⓐjìn ⓒgam3 今三聲

❶ 禁止，制止。《戰國策・秦策一》：「以鼎與楚，以地與魏，王不能～。」❷ 禁令。《孟子・梁惠王下》：「臣始至於境，問國之大～，然後敢入。」❸ 帝王居住的地方。《史記・秦始皇本紀》：「二世常居～中。」❹ 拘押。《魏書・安定王休傳》：「世宗以其戚近，未忍致之於法，乃免官，～之別館。」

ⓐ二ⓐjīn ⓒgam1 今

禁得起，受得住。唐・白居易《楊柳枝》：「小樹不～攀折苦，乞君留取兩三條。」

> 📖 古代宮殿門戶皆設禁，非侍御者不得入，故「禁」為宮殿的代稱。

## 僅 ⓐjìn

見 144 頁 jǐn。

## ★盡 ⓐ一ⓐjìn ⓒzeon6 燼

❶ 完，竭。宋・蘇洵《六國論》：「以地事秦，猶抱薪救火，薪不～，火不滅。」❷ 全部用出，竭盡。《孟子・梁惠王上》：「寡人之於國也，～心焉耳矣。」❸ 達到頂點。《論語・八佾》：「子謂《韶》，～美矣，又～善也。」❹ 都，全部。清・方苞《左忠毅公軼事》：「左膝以下，筋骨～脫矣。」❺ 結束，終止。晉・王羲之《〈蘭亭集〉序》：「修短隨化，終期於～。」❻ 死。《後漢書・列女傳》：「妻謂持杖者曰：『何不重乎？速～為惠。』遂死車下。」

ⓐ二ⓐjǐn ⓒzeon2 準

❶ 儘量，儘可能。《禮記・曲禮上》：「虛坐～後，食坐～前。」❷ 任憑。唐・白居易《題山石榴花》：「爭及此花簷戶下，任人採弄～人看。」以上兩個義項後來均寫作「儘」。

**噤**　⦿ jìn　⦿ gam3 禁

❶ 閉口，不説話。清‧方苞《左忠毅公軼事》：「史～不敢發聲，趨而出。」❷ 關閉。晉‧潘岳《西征賦》：「有～門而莫啟，不窺兵於山外。」

**覲**　⦿ jìn　⦿ gan6 近

❶ 朝見天子。《孟子‧萬章上》：「天下諸侯朝～者，不之堯之子而之舜。」❷ 拜見。《左傳‧昭公十六年》：「宣子私～於子產。」

## jing

**京**　⦿ jīng　⦿ ging1 經

❶ 山丘。《詩經‧大雅‧公劉》：「迺陟南岡，乃覯于～。」❷ 人工築起的高大土堆。《三國志‧魏書‧公孫瓚傳》：「於塹裏築～，皆高五六丈。」❸ 圓形的大穀倉。《史記‧扁鵲倉公列傳》：「見建家～下方石，即弄之。」❹ 大。《左傳‧莊公二十二年》：「八世之後，莫之與～。」❺ 國都，首都。清‧方苞《左忠毅公軼事》：「鄉先輩左忠毅公視學～畿。」

**荊**　⦿ jīng　⦿ ging1 經

❶ 一種灌木，枝條柔韌，可編筐籃。宋‧蘇洵《六國論》：「思厥先祖父，暴霜露，斬～棘，以有尺寸之地。」❷ 用荊條做的打人的刑具。《史記‧廉頗藺相如列傳》：「廉頗聞之，肉袒負～，因賓客至藺相如門謝罪。」❸ 春秋時楚國的別稱。《韓非子‧五蠹》：「～文王恐其害己也，舉兵伐徐，遂滅之。」

**晶**　⦿ jīng　⦿ zing1 貞

❶ 形容明亮。宋‧歐陽修《秋聲賦》：「其容清明，天高日～。」❷ 晴朗，明淨。唐‧宋之問《明河篇》：「八月涼風天氣～，萬里無雲河漢明。」❸ 太陽。北周‧衛元嵩《元包明夷》：「～冥炎潛。」

**靖**　⦿ jīng

見 148 頁 jìng。

**經**　⦿ jīng　⦿ ging1 京

❶ 織物的縱線，與「緯」相對。《左傳‧昭公二十五年》：「禮，上下之紀，天地之～緯也。」❷ 南北走向的道路，與「緯」相對。《周禮‧冬官考工記‧匠人》：「國中九～九緯。」❸ 常規，原則。《史記‧太史公自序》：「守～事而不知其宜，遭變事而不知其權。」❹ 經典，古代以《詩》、《書》、《禮》、《樂》、《易》、《春秋》為六經。❺ 專述某一事物或技藝的書，如唐‧陸羽有《茶經》。❻ 經過，經歷。唐‧杜甫《茅屋為秋風所破歌》：「自～喪亂少睡眠。」❼ 度量，籌劃。《孟子‧梁惠王上》：「～之營之，庶民攻之，不日成之。」❽ 治理。《左傳‧隱公十一年》：「禮，～國家，定社稷，序人民，利後嗣者也。」❾ 自縊，上吊。《論語‧憲問》：「自～於溝瀆，而莫之知也。」

**精**　⦿ jīng　⦿ zing1 晶

❶ 純淨的上等細米。泛指美的食品。《論語‧鄉黨》：「食不厭～，膾不厭細。」❷ 精華，精粹。唐‧杜牧《阿房宮賦》：「燕趙之收藏，韓魏之經營，齊楚之～英。」❸ 精良，精銳。漢‧賈誼《過秦論》：「信臣～卒陳利兵而誰何。」❹ 道家稱生成萬物的靈

氣。《莊子・在宥》:「吾欲取天地之～,以佐五穀,以養民人。」❺ 精力,精神。宋・歐陽修《秋聲賦》:「百憂感其心,萬物勞其形,有動於中,必搖其～。」❻ 精靈,鬼怪。唐・杜甫《陪鄭廣文遊何將軍山林》:「野鶴清晨出,山～白日藏。」❼ 精心。宋・朱熹《熟讀精思》:「大抵觀書先須熟讀……繼以～思……然後可以有得爾。」❽ 精通,精湛。唐・韓愈《進學解》:「業～於勤,荒於嬉。」

## 驚　⒜jīng ⒝ging1 經

❶ 馬受到驚嚇。《戰國策・趙策一》:「(趙)襄子至橋而馬～。」❷ 驚駭,震驚。晉・陶潛《桃花源記》:「見漁人,乃大～,問所從來。」❸ 驚動,震動。宋・范仲淹《岳陽樓記》:「至若春和景明,波瀾不～。」

## 井　⒜jǐng ⒝zing2 整

❶ 水井。《孟子・論四端》:「今人乍見孺子將入於～,皆有怵惕惻隱之心。」❷ 井田。《穀梁傳・宣公十五年》:「～田者,九百畝,公田居一。」❸ 相傳古代八家共一井,後引申為鄉里。唐・陳子昂《謝賜冬衣表》:「三軍葉慶,萬～相歡。」

> 「井田」是古代社會的一種土地制度,以方九百畝的地為一里,劃為九區,中間一區為公田百畝,周圍八區為私田,由八家各佔私田百畝,同養公田。因土地劃分形如「井」字,故名「井田」。

## 景　㈠⒜jǐng ⒝ging2 境

❶ 日光,陽光。宋・范仲淹《岳陽樓記》:「至若春和～明,波瀾不驚。」❷ 景色,風景。晉・謝靈運《〈擬魏太子鄴中集詩〉序》:「天下良辰美～,賞心樂事。」❸ 大。《詩經・小雅・小明》:「神之聽之,介爾～福。」

㈡⒜yǐng ⒝jing2 影

影子。《淮南子・原道訓》:「照日光而無～。」這個意義後來寫作「影」。

## 頸　⒜jǐng ⒝geng2 鏡二聲

❶ 脖子,頭部與軀幹相連的部分。《韓非子・守株待兔》:「兔走觸株,折～而死。」❷ 特指脖子的前部。《史記・魯仲連鄒陽列傳》:「刎～而死。」❸ 器物瓶口下像脖子的部分。《禮記・投壺》:「壺～脩七寸。」

## 警　⒜jǐng ⒝ging2 境

❶ 警告。《左傳・宣公十二年》:「今天或者大～晉也。」❷ 戒備。《左傳・宣公十二年》:「軍衛不徹,～也。」❸ 緊急情況,通常指戰事。《漢書・終軍傳》:「邊境時有風塵之～。」以上三個義項也寫作「儆」。❹ 敏銳,敏捷。《三國志・魏書・武帝紀》:「太祖少機～,有權數。」

## 勁　⒜jìng ⒝ging6 京六聲

❶ 堅強有力。漢・賈誼《過秦論》:「良將～弩,守要害之處。」❷ 猛烈。明・袁宏道《滿井遊記》:「風力雖尚～,然徒步則汗出浹背。」❸ 剛強,正直。《韓非子・孤憤》:「能法之士,必強毅而～

直。」❹ 硬。明・宋濂《送東陽馬生序》：「四支僵～不能動。」

**徑** 🔊jìng 🔊ging3 敬
❶ 小路。《史記・廉頗藺相如列傳》：「從～道亡，歸璧於趙。」❷ 取道，經過。《史記・秦本紀》：「～數國千里而襲人，希有得利者。」❸ 直往。唐・柳宗元《小石城山記》：「自西山道口～北。」❹ 直截了當。《荀子・性惡》：「少言則～而省。」❺ 直徑。清・劉蓉《習慣說》：「室有窪～尺，浸淫日廣。」❻ 即，就。《史記・滑稽列傳》：「髡恐懼俯伏而飲，不過一斗～醉矣。」

**逕** 🔊jìng 🔊ging3 敬
❶ 同「徑」，小路。《莊子・徐無鬼》：「夫逃虛空者，藜藋柱乎鼪鼬之～。」❷ 同「徑」，經過。北魏・酈道元《水經注・河水》：「新頭河又西南流，屈而東南流，～中天竺國。」❸ 直接。《三國演義・楊修之死》：「修知其事，～來告操。」

**竟** 🔊jìng 🔊ging2 景
❶ 終了，完結。晉・陶潛《擬古》：「歌～長歎息。」❷ 自始至終，直到……終了。《史記・廉頗藺相如列傳》：「秦王～酒，終不能加勝於趙。」❸ 全，整。《晉書・謝安傳》：「歡笑～日。」❹ 窮究，追究。《漢書・霍光傳》：「此縣官重太后，故不～也。」❺ 終於，終究。《史記・淮陰侯列傳》：「信亦知其意，怒，～絕去。」❻ 究竟，到底。唐・駱賓王《為徐敬業討武曌檄》：「請看今日之域中，～是

誰家之天下。」❼ 竟然，居然。《史記・屈原賈生列傳》：「懷王～聽鄭袖，復釋去張儀。」❽ 假若。宋・文天祥《〈指南錄〉後序》：「如揚州，過瓜州揚子橋，～使遇哨，無不死。」❾ 直接。《三國演義・楊修之死》：「君奉王命而出，如有阻當者，～斬之可也。」❿ 疆界。《左傳・莊公二十七年》：「卿非君命不越～。」這個意義後來寫作「境」。

**淨** 🔊jìng 🔊zing6 靜
❶ 清潔，乾淨。《墨子・節葬下》：「是粢盛（zīchéng，盛在器皿內供奉祀用的穀物）酒醴不～潔也。」❷ 洗淨。《國語・周語中》：「～其巾冪（mì，覆蓋東西的布）。」❸ 清靜，心無雜念。晉・謝靈運《廬山慧遠法師誄》：「於是眾僧雲集，勤修～行。」❹ 淨盡，沒有剩餘。唐・劉禹錫《再遊玄都觀》：「百畝中庭半是苔，桃花～盡菜花開。」

**敬** 🔊jìng 🔊ging3 徑
❶ 嚴肅，慎重。《荀子・禮論》：「～始而慎終。」❷ 尊敬，尊重。《論語・為政》：「至於犬馬，皆能有養；不～，何以別乎！」❸ 表敬重的禮貌用語。《史記・陳涉世家》：「徒屬皆曰：『～受命。』」❹ 警戒。《詩經・大雅・常武》：「既～既戒，惠此南國。」

🔍 敬、恭。見 92 頁「恭」。

**靖** 〔一〕🔊jìng 🔊zing6 靜
❶ 安定。《左傳・僖公二十三年》：「而天不～晉國，殆將啟之。」❷ 止息。《左傳・昭公十三

年》：「諸侯～兵，好以為事。」
❸ 謀劃。《詩經・大雅・召旻》：「實～夷我邦。」❹ 恭敬。《管子・大匡》：「士處～，敬老與貴。」
(三) ⊜ jīng ⊜ zing1 精

通「旌」，表彰。《左傳・昭公元年》：「不～其能，其誰從之？」

**境** ⊜ jìng ⊜ ging2 景
❶ 邊境，國界。《史記・廉頗藺相如列傳》：「臣嘗從大王與燕王會～上。」❷ 所處的地方。晉・陶潛《飲酒》：「結廬在人～，而無車馬喧。」❸ 境地，處境。明・徐霞客《徐霞客遊記・滇遊日記》：「生平所歷危～，無逾於此。」❹ 境界。南朝宋・劉義慶《世說新語・排調》：「漸至佳～。」

**靜** ⊜ jìng ⊜ zing6 淨
❶ 靜止，與「動」相對。宋・朱熹《熟讀精思》：「處～觀動，如攻堅木。」❷ 平靜，與「躁」相對。《禮記・大學》：「知止而后有定，定而后能～，～而后能安。」❸ 寂靜，無聲。宋・章質夫《水龍吟・楊花詞》：「～臨深院，日長門閉。」❹ 嫻雅。《詩經・邶風・靜女》：「～女其姝，俟我於城隅。」❺ 通「淨」，潔淨。漢・張衡《東京賦》：「滌濯～嘉。」

**鏡** ⊜ jìng ⊜ geng3 頸三聲
❶ 銅鏡。《戰國策・鄒忌諷齊王納諫》：「朝服衣冠，窺～。」❷ 照鏡子。《墨子・非攻中》：「～於水，見面之容。」❸ 借鑒。《史記・高祖功臣侯者年表》：「居今之世，志古之道，所以自～也。」❹ 照耀。《後漢書・班彪傳》：

「榮～宇宙，尊無與抗。」

**競** ⊜ jìng ⊜ ging6 勁
❶ 爭逐，比賽。《左傳・襄公二十六年》：「臣不心～而力爭。」❷ 強勁。《左傳・襄公十八年》：「又歌南風，南風不～。」

jiong

**扃** ⊜ jiōng ⊜ gwing1 炯一聲
❶ 從外面關門用的門閂。《禮記・曲禮上》：「入戶奉～，視瞻毋回。」❷ 門戶。南朝齊・孔稚珪《北山移文》：「雖情投於魏闕，或假步於山～。」❸ 關門。南朝齊・孔稚珪《北山移文》：「宜～岫幌（xiùhuǎng，山窗），掩雲關。」

jiu

**九** ⊜ jiū
見 150 頁 jiǔ。

**啾** ⊜ jiū ⊜ zau1 周
❶ [啾啾] 象聲詞。① 形容動物鳴叫聲。北朝民歌《木蘭詩》：「不聞爺娘喚女聲，但聞燕山胡騎聲～～。」② 形容淒厲的哭泣聲。唐・杜甫《兵車行》：「新鬼煩冤舊鬼哭，天陰雨濕聲～～！」❷ [啁啾] 見 401 頁「啁」。

**鳩** ⊜ jiū ⊜ gau1 久一聲
❶ 鳥名，斑鳩、雉鳩一類鳥的統稱。《詩經・召南・鵲巢》：「維鵲有巢，維～居之。」❷ [雎鳩] 見 151 頁「雎」。❸ 聚集。《三國志・吳書・朱桓傳》：「～合遺厲散，期年之間，得萬餘人。」❹ 安定。《左傳・定公四年》：「若～楚竟，敢不聽命？」

**九** 〔一〕⊜jiǔ ⊜gau2久
❶ 數詞。晉・李密《陳情表》：「臣少多疾病，～歲不行。」❷ 泛指多。《莊子・逍遙遊》：「搏扶搖而上者～萬里。」

〔二〕⊜jiū ⊜gau1久一聲
通「鳩」，聚合。《莊子・天下》：「禹親自操橐（tuó，盛土器具）耜（sì，掘土器具），而～雜天下之川。」

Q　九、三。見 254 頁「三」。

**久** ⊜jiǔ ⊜gau2九
❶ 時間長。唐・韓愈《師說》：「嗟乎！師道之不傳也～矣！」❷ 滯留。《公羊傳・莊公八年》：「何言乎㚒氏？為～也。」

**★酒** ⊜jiǔ ⊜zau2走
一種用米、麥、水果等發酵釀製而成的飲料，含酒精，多喝易醉。《史記・廉頗藺相如列傳》：「秦王飲～酣。」

古人愛飲酒，常以酒入詩詞，有時會以與酒有關的詞來代稱酒，常見的有：「杜康」，相傳他是最先造酒的人，故作為酒的代稱，如「何以解憂，唯有杜康」（漢・曹操《短歌行》）；「壺觴」，本是盛酒的器皿，引申指酒，如「引壺觴以自酌」（晉・陶潛《歸去來辭》）；「綠蟻（碧蟻）」，因酒面上會漂浮着一些似蟻的綠色泡沫，多指新釀的酒，如「綠蟻新嘗」（宋・李清照《行香子》）。

**咎** ⊜jiù ⊜gau3究
❶ 災禍。《左傳・僖公二十

三年》：「違天，必有大～。」❷ 罪過，過失。三國蜀・諸葛亮《出師表》：「若無興德之言，則責攸之、褘、允等之慢，以彰其～。」❸ 追究罪責，責怪。《論語・八佾》：「既往不～。」

**疚** ⊜jiù ⊜gau3救
❶ 久病。《韓非子・顯學》：「無饑饉疾～禍罪之殃。」❷ 內心痛苦。《論語・顏淵》：「子曰：『內省不～，夫何憂何懼？』」❸ 困頓。《禮記・中庸》：「事前定則不困，行前定則不～。」

**救** ⊜jiù ⊜gau3究
❶ 挽救，拯救。明・劉基《賣柑者言》：「民困而不知～。」❷ 援助，幫助。《戰國策・趙策四》：「趙氏求～於齊。」❸ 止。宋・蘇洵《六國論》：「以地事秦，猶抱薪～火，薪不盡，火不滅。」

**就** ⊜jiù ⊜zau6袖
❶ 趨向，接近。《荀子・勸學》：「故君子居必擇鄉，遊必～士。」❷ 踏上，登上。《史記・刺客列傳》：「於是荊軻～車而去，終已不顧。」❸ 赴，前往。戰國楚・屈原《楚辭・九章・哀郢》：「去故鄉而～遠兮，遵江夏以流亡。」❹ 完成，達到。秦・李斯《諫逐客書》：「河海不擇細流，故能～其深。」❺ 赴任，從事。晉・李密《陳情表》：「臣具以表聞，辭不～職。」❻ 借助。《管子・乘馬》：「因天材，～地利，故城郭不必中規矩，道路不必中準繩。」❼ 即令，即使。《三國志・魏書・荀彧傳》：「～能破之，尚不可有也。」

## 舅

⊜jiù ⊜kau5臼

❶ 母親的兄或弟。晉·李密《陳情表》：「行年四歲，～奪母志。」❷ 丈夫或妻子的父親。《禮記·檀弓下》：「昔者吾～死於虎，吾夫又死焉。」❸ 古代天子對異姓諸侯，或諸侯對異姓大夫也稱舅。《詩經·小雅·伐木》：「既有肥牡，以速（召請）諸～。」

## 舊

⊜jiù ⊜gau6久六聲

❶ 陳舊，過時，與「新」相對。宋·蘇軾《超然臺記》：「而園之北，因城以為臺者～矣，稍葺而新之。」❷ 原來的，從前的。明·歸有光《項脊軒志》：「項脊軒，～南閣子也。」❸ 故交，朋友。晉·陶潛《五柳先生傳》：「親～知其如此，或置酒而招之。」

### ju

## 且

⊜jū

見 234 頁 qiě。

## 拘

⊜jū ⊜keoi1俱

❶ 逮捕，拘禁。《史記·孔子世家》：「匡人～孔子益急。」❷ 拘泥，限制。唐·韓愈《師説》：「不～於時，學於余。」

## 居

⊜jū ⊜geoi1舉一聲

❶ 坐。《論語·陽貨》：「～，吾語女。」❷ 居住。《列子·愚公移山》：「面山而～。」❸ 居住的地方。《左傳·宣公二年》：「問其名～，不告而退。」❹ 處在，位於。《史記·廉頗藺相如列傳》：「而藺相如徒以口舌為勞，而位～我上。」❺ 停留。《周易·繫辭下》：「變動不～，周流六虛。」

❻ 積聚，屯積。《史記·呂不韋列傳》：「此奇貨可～。」❼ 平時。《論語·先進》：「～則曰：『不吾知也。』」❽ 過了一段時間。《戰國策·齊策四》：「～有頃，倚柱彈其劍。」

## 雎

⊜jū ⊜zeoi1追

[雎鳩]水鳥名，即魚鷹。《詩經·周南·關雎》：「關關～～，在河之洲。」

## 局

⊜jú ⊜guk6焗

❶ 彎曲。《詩經·小雅·采綠》：「予髮曲～。」❷ 局限，拘束。晉·潘尼《乘輿箴》：「文繁而義詭，意～而辭野。」❸ 棋盤，棋局。《史記·宋微子世家》：「遂以～殺湣公于蒙澤。」❹ 部分。《禮記·曲禮上》：「各司其～。」❺ 官署名。《隋書·百官志中》：「典膳、藥藏～，監、丞各二人。」❻ 器量，氣度。《後漢書·袁紹傳》：「紹外寬雅有～度，憂喜不形於色。」

## 菊

⊜jú ⊜guk1鞠

植物名，秋天開花，葉子卵形，邊緣有鋸齒。品種很多，有的花可入藥或作飲料。晉·陶潛《飲酒》：「採～東籬下，悠然見南山。」

## 拒

⊜jǔ

見 152 頁 jù。

## 沮

⊜jǔ ⊜zeoi2咀

❶ 阻止，終止。《墨子·尚同中》：「賞譽不足以勸善，而刑罰不足以～暴。」❷ 敗壞，毀壞。漢·司馬遷《報任安書》：「明主不曉，以為僕～貳師，而為李陵遊

說。」❸ 沮喪，喪氣。宋·蘇洵《心術》：「知理則不屈，知勢則不～。」

**矩** 🅰 jǔ 🅱 geoi2 舉

❶ 畫直角或方形的曲尺。《莊子·逍遙遊》：「其小枝卷曲而不中規～。」❷ 法則，常規。《論語·為政》：「七十而從心所欲，不踰～。」

**舉** 🅰 jǔ 🅱 geoi2 矩

❶ 舉起，抬起。《孟子·梁惠王上》：「吾力足以～百鈞，而不足以～一羽。」❷ 舉出，提出。唐·魏徵《十漸不克終疏》：「略～所見十條。」❸ 舉薦，推舉。三國蜀·諸葛亮《出師表》：「是以眾議～寵為督。」❹ 發動。《戰國策·燕策三》：「不敢～兵以逆軍吏。」❺ 攻取，佔領。漢·賈誼《過秦論》：「南取漢中，西～巴蜀。」❻ 沒收。《周禮·地官司徒·司門》：「凡財物犯禁者，～之。」❼ 全，整個。《史記·屈原賈生列傳》：「～世混濁，何不隨其流而揚其波？」❽ 皆，盡。宋·蘇洵《六國論》：「子孫視之不甚惜，～以予人，如棄草芥。」

**巨** 🅰 jù 🅱 geoi6 具

❶ 大。《三國志·蜀書·諸葛亮傳》：「事無～細，亮皆專之。」❷ 通「詎」，豈。《漢書·高帝紀上》：「沛公不先破關中兵，公～能入乎？」

**句** 🄐 🅰 jù 🅱 geoi3 據

❶ 語句，詩句。《漢書·揚雄傳上》：「雄少而好學，不為章～。」❷ 上傳話告下為臚，下告上為句。《漢書·叔孫通傳》：「大行設九賓，臚～傳。」

🄑 🅰 gōu 🅱 ngau1 鈎

❶ 彎曲。《淮南子·本經訓》：「～爪、居牙、戴角、出距之獸，於是鷙矣。」❷ 數學名詞，不等邊直角三角形中最短的直角邊。宋·沈括《夢溪筆談·技藝》：「各自乘，以股除弦，餘者開方為～。」以上兩個義項後來均寫作「勾」。

**拒** 🄐 🅰 jù 🅱 keoi5 距

❶ 抵禦，抵抗。唐·杜牧《阿房宮賦》：「嗟夫！使六國各愛其人，則足以～秦。」❷ 拒絕。《論語·子張》：「我之不賢與，人將～我，如之何其～人也？」

🄑 🅰 jǔ 🅱 geoi2 矩

通「矩」，軍隊排列的方陣。《左傳·桓公五年》：「鄭子元請為左～，以當蔡人、衛人；為右～，以當陳人。」

**具** 🅰 jù 🅱 geoi6 巨

❶ 飯食，酒餚。《戰國策·齊策四》：「左右以君賤之也，食以草～。」❷ 設置，備辦。《左傳·隱公元年》：「繕甲兵，～卒乘。」❸ 具有。明·魏學洢《核舟記》：「罔不因勢象形，各～情態。」❹ 完備。宋·王安石《上皇帝萬言書》：「今朝廷法嚴令～，無所不有。」❺ 全部，都。宋·范仲淹《岳陽樓記》：「政通人和，百廢～興。」❻ 器具，裝備。宋·王安石《傷仲永》：「仲永生五年，未嘗識書～，忽啼求之。」❼ 才能，才幹。漢·李陵《答蘇武書》：「抱將相之～。」❽ 量詞，計算器物、屍體等的單

位。《史記‧貨殖列傳》:「旃席（zhānxí，毛毯）千~。」

## 炬 Ⓟjù Ⓖgeoi6 巨

❶ 火把。宋‧陸游《夜行》:「路長憂~盡,馬弱畏泥深。」❷ 蠟燭。唐‧李商隱《無題》:「春蠶到死絲方盡,蠟~成灰淚始乾。」❸ 焚燒。唐‧杜牧《阿房宮賦》:「楚人一~,可憐焦土。」❹ 量詞,計算燈、蠟燭等的單位。唐‧韋莊《南鄰公子》:「數~銀燈隔竹明。」

## 俱 Ⓟjù Ⓖkeoi1 拘

❶ 偕同,在一起。《史記‧魏公子列傳》:「臣客屠者朱亥可與~,此人力士。」❷ 副詞,全,都。三國蜀‧諸葛亮《出師表》:「宮中、府中,~為一體。」

## 倨 Ⓟjù Ⓖgeoi3 據

❶ 傲慢。《史記‧廉頗藺相如列傳》:「今臣至,大王見臣列觀,禮節甚~。」❷ 通「踞」,蹲坐。《莊子‧天運》:「老聃方將~堂。」

## 距 

㊀ Ⓟjù Ⓖkeoi5 拒
❶ 到達。《史記‧蘇秦列傳》:「不至四五日而~國都矣。」❷ 距離。宋‧王安石《遊褒禪山記》:「~洞百餘步,有碑仆道。」❸ 通「拒」,抗拒,抵禦。《墨子‧公輸》:「吾知所以~子矣。」
㊁ Ⓟjù Ⓖgeoi6 巨
通「巨」,大。《淮南子‧氾論訓》:「體大者節疏,蹠~者舉遠。」

## 聚 Ⓟjù Ⓖzeoi6 罪

❶ 村落。《史記‧五帝本紀》:「一年而所居成~,二年成邑。」❷ 蓄積,收集。《莊子‧逍遙遊》:「適千里者,三月~糧。」❸ 集合。《莊子‧逍遙遊》:「~族而謀曰。」

## 劇 Ⓟjù Ⓖkek6 展

❶ 厲害,嚴重。《漢書‧趙充國傳》:「即疾~,留屯毋行。」❷ 複雜,繁難。《商君書‧算地》:「事~而功寡。」❸ 迅速。漢‧揚雄《劇秦美新》:「二世而亡,何其~與!」❹ 嬉戲。唐‧李白《長干行》:「妾髮初覆額,折花門前~。」

## 踞 Ⓟjù Ⓖgeoi3 據

❶ 蹲坐。《史記‧高祖本紀》:「不宜~見長者也。」❷ 倚靠。《史記‧留侯世家》:「漢王下馬,~鞍而問。」❸ 通「倨」,傲慢。晉‧葛洪《抱朴子‧行品》:「捐貧賤之故舊,輕人士而~傲者,驕人也。」❹ 通「鋸」,鋸齒。戰國楚‧景差《大招》:「長爪~牙。」

## 據 Ⓟjù Ⓖgeoi3 句

❶ 靠着。《莊子‧德充符》:「~槁梧而瞑。」❷ 依靠,憑藉。《詩經‧邶風‧柏舟》:「亦有兄弟,不可以~。」❸ 依據,根據。《宋史‧范質傳》:「律條繁冗,輕重無~。」❹ 佔據,盤踞。《三國志‧蜀書‧諸葛亮傳》:「孫權~有江東。」

## 遽 Ⓟjù Ⓖgeoi6 巨

❶ 傳車,驛車。《國語‧吳語》:「吳、晉爭長未成,邊~乃至,以越亂告。」❷ 急速。《國語‧晉語四》:「謁者以告,公~見之。」❸ 惶恐,窘急。南朝宋‧劉義慶《世說新語‧雅量》:「風起浪湧,孫、王諸人色並~。」❹ 於是,就。《淮南子‧人間訓》:

「室有百戶，閉其一，盜何～無從入？」

**屨** 🗣jù 🔊geoi3 句
❶ 鞋。清・方苞《左忠毅公軼事》：「使史更敝衣草～，背筐，手長鑱。」❷ 踐踏。《史記・季布欒布列傳》：「而季布以勇顯於楚，身～典軍搴（qiān，拔取）旗者數矣，可謂壯士。」

**瞿** 〔一〕🗣jù 🔊geoi3 據
形容驚時瞪大眼睛的樣子。《漢書・吳王濞傳》：「膠西王～然駭曰：『寡人何敢如是！』」
〔二〕🗣qú 🔊keoi4 渠
戟一類的兵器。《尚書・周書・顧命》：「一人冕，執～，立于西垂。」

**懼** 🗣jù 🔊geoi6 具
❶ 害怕，恐懼。《論語・顏淵》：「內省不疚，夫何憂何～？」❷ 恐嚇，使恐懼。《老子》七十四章：「民不畏死，奈何以死～之？」

### juan

**捐** 🗣juān 🔊gyun1 娟
❶ 捨棄，拋棄。《後漢書・列女傳》：「羊子大慚，乃～金於野。」❷ 除去。《史記・孫子吳起列傳》：「明法審令，～不急之官，廢公族疏遠者。」❸ 捐助，獻納。《史記・貨殖列傳》：「唯無鹽氏出～千金貸。」❹ 賦稅。《清會典・戶部釐稅》：「（同治）二年，江北設立釐～總局。」

**娟** 🗣juān 🔊gyun1 捐
❶ 明媚，美好。明・袁宏道《滿井遊記》：「山巒為晴雪所洗，～然如拭。」❷ [嬋娟] 見 28 頁「嬋」。

**卷** 🗣juǎn
見 154 頁 juàn。

**捲** 🗣juǎn 🔊gyun2 卷
❶ 把東西彎曲成圓筒狀。北周・庾信《詠畫屏風》：「玉柙珠簾～，金鈎翠幔懸。」❷ 一種大的力量把東西掀起、裹住。宋・蘇軾《念奴嬌・赤壁懷古》：「亂石穿空，驚濤拍岸，～起千堆雪。」

**卷** 〔一〕🗣juàn 🔊gyun2 捲
❶ 書卷，書冊。晉・陶潛《與子儼等書》：「開～有得，便欣然忘食。」❷ 試卷。清・方苞《左忠毅公軼事》：「公瞿然注視，呈～，即面署第一。」
〔二〕🗣juǎn 🔊gyun2 捲
❶ 彎曲成圓筒狀。《詩經・邶風・柏舟》：「我心匪席，不可～也。」這個意義後來寫作「捲」。❷ 收藏。《論語・衛靈公》：「邦無道則～而懷之。」
〔三〕🗣quán 🔊kyun4 權
彎曲。《莊子・逍遙遊》：「其小枝～曲而不中規矩。」

**倦** 🗣juàn 🔊gyun6 捐六聲
❶ 疲倦，勞累。晉・陶潛《歸去來兮辭》：「鳥～飛而知還。」❷ 厭倦，不耐煩。《論語・述而》：「學而不厭，誨人不～。」

**眷** 🗣juàn 🔊gyun3 絹
❶ 回頭看。《詩經・大雅・皇矣》：「乃～西顧。」❷ 留戀，懷念。晉・陶潛《歸去來兮辭》：「～然有歸歟之情。」❸ 器重。南朝宋・劉義慶《世說新語・寵禮》：「王珣、郗超並有奇才，為大司馬所～拔。」❹ 親屬。唐・白居易

《自詠老身示諸家屬》:「家居雖瀵落,～屬幸團圓。」

**絹** ⓐjuàn ⓑgyun3 眷

絲織品名。宋·戴復古《織婦歎》:「春蠶成絲復成～,養得夏蠶重剝繭。」

---

jue

---

**角** ⓐjué

見 137 頁 jiǎo。

**決** ⓐjué ⓑkyut3 缺

❶ 疏通河道。《國語·周語上》:「是故為川者～之使導,為民者宣之使言。」❷ 堤防被水沖潰。《岳飛之少年時代》:「河～內黃,水暴至。」❸ 決定。《史記·平原君虞卿列傳》:「日出而言之,日中不～。」❹ 判決。《史記·陳丞相世家》:「天下一歲～獄幾何?」❺ 一定,肯定。《史記·廉頗藺相如列傳》:「相如度秦王雖齋,～負約不償城。」❻ 告別,辭別。《史記·魏公子列傳》:「具告所以欲死秦軍狀,辭～而行。」這個意義後來寫作「訣」。❼ 自殺。宋·文天祥《〈指南錄〉後序》:「予分當引～,然而隱忍以行。」

**掘** ⓐjué ⓑgwat6 倔

❶ 挖掘。清·朱柏廬《朱子家訓》:「宜未雨而綢繆,毋臨渴而～井。」❷ 通「崛」,高起,突起。《漢書·揚雄傳上》:「洪臺～其獨出兮。」

**訣** ⓐjué ⓑkyut3 決

❶ 辭別,告別。《史記·廉頗藺相如列傳》:「廉頗送至境,與王～曰。」❷ 永別,與死者告別。南

朝宋·劉義慶《世說新語·任誕》:「阮籍嘗葬母,蒸一肥豚,飲酒二斗,然後臨～。」❸ 祕訣,訣竅。《列子·說符》:「衛人有善數者,臨死,以～喻其子。」❹ 通「決」,自殺。《隋書·薛道衡傳》:「帝令自盡,道衡殊不意,未能引～。」

**厥** ⓐjué ⓑkyut3 決

❶ 其,他(們)的。宋·蘇洵《六國論》:「思～先祖父,暴霜露,斬荊棘,以有尺寸之地。」❷ 乃,才。漢·司馬遷《報任安書》:「左丘失明,～有《國語》。」❸ 挖掘。《山海經·海外北經》:「禹～之三仞。」

**絕** ⓐjué ⓑzyut6 拙六聲

❶ 絲繩斷開。《史記·滑稽列傳》:「淳于髡仰天大笑,冠纓索～。」❷ 斷絕。《史記·廉頗藺相如列傳》:「今殺相如,終不能得璧也,而～秦趙之驩。」❸ 橫渡,橫穿。《荀子·勸學》:「假舟楫者,非能水也,而～江河。」❹ 達到極點。唐·白居易《與元微之書》:「雲水泉石,勝～第一。」❺ 盡,無,消失。明·張岱《湖心亭看雪》:「湖中人鳥聲俱～。」

**較** ⓐjué

見 138 頁 jiào。

**爵** ⓐjué ⓑzoek3 雀

❶ 酒器。《禮記·禮器》:「宗廟之祭,貴者獻以～。」❷ 爵位。後泛指官職。明·張溥《五人墓碑記》:「則今之高～顯位……其辱人賤行,視五人之死,輕重固何如哉?」

**闋** ⓐjué

見 246 頁 quē。

**覺**

（一）⑬ jué ⑤ gok3 角

❶ 醒悟，明白。晉・陶潛《歸去來兮辭》：「～今是而昨非。」❷ 發現，覺察。《史記・田敬仲完世家》：「燕使荊軻刺秦王，秦王～，殺軻。」❸ 感覺，感到。唐・李商隱《無題》：「夜吟應～月光寒。」

（二）⑬ jiào ⑤ gaau3 較

❶ 睡醒。唐・柳宗元《始得西山宴遊記》：「～而起，起而歸。」❷ 通「較」，相差。南朝宋・劉義慶《世說新語・捷語》：「我才不及卿，乃～三十里。」

💡 在古代，「睡覺」沒有睡眠的意思，只表示睡醒的意思。

**攫**

⑬ jué ⑤ fok3 霍

❶ 用爪抓取。清・薛福成《貓捕雀》：「貓奮～之，不勝，反奔入室。」❷ 奪取。《列子・説符》：「因～其金而去。」

jun

**均**

（一）⑬ jūn ⑤ gwan1 君

❶ 平均，均等。《論語・季氏》：「不患寡而患不～。」❷ 公平，公正。三國蜀・諸葛亮《出師表》：「將軍向寵，性行淑～，曉暢軍事。」❸ 衡量。《史記・廉頗藺相如列傳》：「～之二策，寧許以負秦曲。」❹ 調節，協調。《禮記・月令》：「～琴瑟管簫。」❺ 同，同樣的。《左傳・僖公五年》：「～服振振（統一的軍服衣裝整齊）。」❻ 全，都。《墨子・尚同下》：「其鄉里未之～聞見也。」❼ 古代計量

單位。《漢書・食貨志下》：「以二千五百石為一～。」

（二）⑬ yùn ⑤ wan6 運

「韻」的古字。和諧的音。晉・成公綏《嘯賦》：「音～不恆，曲無定制。」

★**君**　⑬ jūn ⑤ gwan1 軍

❶ 君主。《史記・廉頗藺相如列傳》：「秦自繆公以來二十餘～，未嘗有堅明約束者也。」❷ 統治，治理。《韓非子・五蠹》：「魯哀公，下主也，南面～國，境內之民，莫敢不臣。」❸ 封號。《史記・魏公子列傳》：「趙王及平原～自迎公子於界。」❹ 妻子稱丈夫。《戰國策・鄒忌諷齊王納諫》：「其妻曰：『～美甚，徐公何能及～也！』」❺ 對對方的敬稱。唐・王維《送元二使安西》：「勸～更盡一杯酒，西出陽關無故人。」

📖 「君子」最初是指統治者和貴族，「小人」最初是指平民，兩者的區別在於身分和地位，與道德並無關係。直至孔子出現，賦予了「君子」道德涵義，「君子」轉而指品德高尚的人，也成為儒家乃至後世所追求的理想人格。「小人」與之相對，指人格卑鄙或見識短淺的人。

**軍**　⑬ jūn ⑤ gwan1 君

❶ 軍隊。南朝宋・劉義慶《世說新語・荀巨伯遠看友人疾》：「大～至，一郡盡空。」❷ 軍隊的編制單位。《周禮・地官司徒・小司徒》：「五旅為師，五師為～。」❸ 指揮軍隊。《左傳・桓公五年》：

「祝聃射王中肩，王亦能～。」❹軍隊駐紮。《左傳·僖公三十年》：「晉～函陵，秦～氾南。」

## 鈞 ㊥jūn ㊨gwan1均

❶ 古代重量單位，三十斤為一鈞。《孟子·梁惠王上》：「吾力足以舉百～，而不足以舉一羽。」❷ 衡量輕重。《呂氏春秋·仲春》：「日夜分則同度量，～衡石。」❸ 通「均」，同等，同樣。《孟子·告子上》：「～是人也，或為大人，或為小人，何也？」

## 龜 ㊥jūn

見 100 頁 guī。

## 峻 ㊥jùn ㊨zeon3俊

❶ 高而陡峭。晉·王羲之《〈蘭亭集〉序》：「此地有崇山～嶺，茂林修竹。」❷ 大。《禮記·大學》：「《帝典》曰：『克明～德。』」❸ 嚴刻，嚴厲。晉·李密《陳情表》：「詔書切～，責臣逋慢。」

## 郡 ㊥jùn ㊨gwan6君六聲

古代行政區劃。宋·范仲淹《岳陽樓記》：「慶曆四年春，滕子京謫守巴陵～。」

## 駿 ㊥jùn ㊨zeon3俊

❶ 良馬。北朝民歌《木蘭詩》：「東市買～馬，西市買鞍韉。」❷ 急速。晉·陶潛《歸去來兮辭·序》：「尋程氏妹喪於武昌，情在～奔，自免去職。」❸ 通「峻」，高而陡峭。《詩經·大雅·崧高》：「崧高維嶽，～極于天。」❹ 通「峻」，嚴刻，嚴厲。《史記·商君列傳》：「刑黥太子之師傅，殘傷民以～刑，是積怨畜禍也。」❺ 通「俊」，才智過人之士。戰國楚·屈原《楚辭·九章·懷沙》：「誹～疑桀（通『傑』，才智超羣的人）兮，固庸態也。」

J

# K

## kai

★ 開 ⓐkāi ⓔhoi1 海一聲
❶ 打開，開啟。《禮記·月令》：「～府庫，出幣帛。」❷ 花開放，綻開。唐·岑參《白雪歌送武判官歸京》：「千樹萬樹梨花～。」❸ 寬解，舒暢。唐·李白《夢遊天姥吟留別》：「使我不得～心顏。」❹ 開闢，開拓。唐·杜甫《兵車行》：「邊庭流血成海水，武皇開邊意未已。」❺ 開創，開始。南朝梁·丘遲《與陳伯之書》：「立功立事，～國稱孤。」❻ 啟發，開導。漢·王符《潛夫論·卜列》：「移風易俗之本，乃在～其心而正其精。」❼ 設置，設立。漢·班固《東都賦》：「遂綏哀牢，～永昌。」❽ 分開，分離。三國魏·阮籍《大人先生歌》：「天地解兮六合～。」❾ 消散。宋·范仲淹《岳陽樓記》：「若夫霪雨霏霏，連月不～。」

豈 ⓐkǎi
見 229 頁 qǐ。

慨 ⓐkǎi ⓔkoi3 概
❶ 感慨，感歎。南朝齊·孔稚珪《北山移文》：「～遊子之我欺，悲無人以赴弔。」❷ 憤激的樣子。《史記·游俠列傳》：「少時陰賊，～不快意，身所殺甚眾。」

## kan

看 ⓐkān
見 158 頁 kàn。

堪 ⓐkān ⓔham1 坎一聲
❶ 勝任，能承擔。《國語·周語中》：「上作事而徹，下能～其任。」❷ 經得起，能承受。《論語·雍也》：「人不～其憂，回也不改其樂。」❸ 能夠，可以。《韓非子·難三》：「除君之惡，惟恐不～。」

看 ⓔ ⓐkàn ⓔhon3 漢
❶ 見到。唐·李白《望廬山瀑布》：「遙～瀑布掛前川。」❷ 觀察。《三國志·吳書·周魴傳》：「～伺空隙，欲復為亂。」❸ 觀賞。明·張岱《湖心亭看雪》：「獨往湖心亭～雪。」❹ 探望，問候。南朝宋·劉義慶《世說新語·荀巨伯遠看友人疾》：「荀巨伯遠～友人疾。」❺ 對待，看待。唐·高適《詠史》：「不知天下士，猶作布衣～。」❻ 照料，料理。《敦煌變文·下女詞》：「賊來須打，客來須～。」

ⓣ ⓐkān ⓔhon1 刊
守護，看守。《隋書·辛公義傳》：「父子夫妻，不相～養。」

💡 義項 ⓣ❶❹❺❻ 在古詩中常讀平聲 kān。

🔍 看、視、見。見 272 頁「視」。

## kang

康 ⓐkāng ⓔhong1 腔
❶ 安樂，安定。《禮記·大同與小康》：「如有不由此者，在執者去，眾以為殃。是謂『小～』。」❷ 豐足，富實。《詩經·周頌·臣工》：「明昭上帝，迄用～年。」

❸ 健康，無病。唐·韓愈《送李愿歸盤谷序》：「飲且食兮壽而～，無不足兮奚所望？」❹ 四通八達的大路。《列子·仲尼》：「堯乃微服游於～衢。」

📖 「小康」是先秦儒家提出的一種比「大同」次一級的社會形態，詳見 303 頁「同」。

**慷**　🔊kāng 🔊hong1康
情緒激昂。漢·曹操《短歌行》：「慨當以～，憂思難忘。」

**抗**　🔊kàng 🔊kong3亢
❶ 抗拒，抵禦。《荀子·臣道》：「有能～君之命……功伐足以成國之大利，謂之拂。」❷ 匹敵，對等。漢·賈誼《過秦論》：「非～九國之師也。」❸ 舉。《淮南子·說山訓》：「百人～浮（瓠子），不如一人挈而趨。」❹ 正直，高尚。《墨子·親士》：「是故比干之殪，其～也。」

## kao

**考**　🔊kǎo 🔊haau2巧
❶ 老，年紀大。《漢書·元帝紀》：「黎庶康寧，～終厥命。」❷ 父親，多指已去世的父親。宋·歐陽修《瀧岡阡表》：「～諱德儀，世為江南名族。」❸ 成，落成。《左傳·隱公五年》：「～仲子之宮，初獻六羽。」❹ 考察，研究。宋·朱熹《熟讀精思》：「而求其理之所安，以～其是非。」❺ 考核，考試。清·吳敬梓《儒林外史》第三回：「自古無場外的舉人，如不進去～他一～，如何甘心？」❻ 拷問，刑訊。《後漢書·皇后紀上》：「有囚實不殺人而被～自誣。」這個意義後來寫作「拷」。❼ 敲，擊。宋·蘇軾《石鐘山記》：「而陋者乃以斧斤～擊之，自以為得其實。」

## ke

**科**　🔊kē 🔊fo1蝌
❶ 品類，等級。《論語·八佾》：「射不主皮（射禮不以穿破靶子與否為主），為力不同～。」❷ 法規，律令。三國蜀·諸葛亮《出師表》：「若有作姦、犯～，及為忠善者，宜付有司，論其刑賞。」❸ 判處，判決。《晉書·王濬傳》：「付廷尉～罪。」❹ 科舉考試的名目、條例、年份等，如：進士科。❺ 課程，科目。《孟子·盡心下》：「夫子之設～也，往者不追，來者不拒。」

**可**★　㊀🔊kě 🔊ho2呵二聲
❶ 表示同意，許可。《論語·先進》：「小子鳴鼓而攻之～也。」❷ 可以，能夠。《荀子·勸學》：「鍥而不舍，金石～鏤。」❸ 適合，適宜。《莊子·天運》：「其味相反，而皆～於口。」❹ 堪，值得。晉·王羲之《〈蘭亭集〉序》：「足以極視聽之娛，信～樂也。」❺ 約略，大約。唐·柳宗元《小石潭記》：「潭中魚～百許頭。」❻ 表示反詰，相當於「豈」、「難道」。唐·李涉《譴謫康州先寄弟渤》：「唯將直道信蒼蒼，～料無名抵憲章。」❼ 表示強調，相當於「真」、「確實」。《契丹國志·天祚帝本紀》：「觀夫虜主，～謂痛心。」

（三）⦾kè ⦿hak1克
[可汗 hán] 古代鮮卑、柔然、突厥、回紇、蒙古等民族的最高首領。北朝民歌《木蘭詩》：「昨夜見軍帖，～～大點兵。」

💡「可以」一詞今指「能夠」，在文言文中則還能解作「可用以，可憑藉」。如《左傳・曹劌論戰》中「忠之屬也，可以一戰」一句，意思是「這是盡心竭力做好分內之事的表現，可憑藉這個條件與齊國打一仗」，而不是「……，能夠與齊國打一仗」。

**渴**
（一）⦾kě ⦿hot3喝
❶ 口乾想喝水。清・朱柏盧《朱子家訓》：「毋臨～而掘井。」❷ 急切期待。宋・蘇軾《葉嘉傳》：「吾～見卿久矣。」
（二）⦾jié ⦿kit3揭
❶ 水乾涸。《周禮・地官司徒・草人》：「墳壤用麋，～澤用鹿。」❷ 盡，窮盡。《呂氏春秋・任地》：「利器皆時至而作，～時而止。」以上兩個義項後來均寫作「竭」。❸ 乾燥，乾枯。唐・白居易《對鏡偶吟贈張道士抱元》：「肺～多因酒損傷。」

**可**
⦾kè
見 159 頁 kě。

**克**
⦾kè ⦿hak1刻
❶ 能夠。《詩經・大雅・蕩》：「靡不有初，鮮～有終。」❷ 戰勝，攻破。《左傳・曹劌論戰》：「彼竭我盈，故～之。」❸ 約束，克制。《論語・顏淵》：「～己復禮為仁。」❹ 完成。《三國志・蜀書・諸葛亮傳》：「事臨垂～，遘疾隕喪。」❺ 限定，約定。《三國志・魏書・武帝紀》：「公乃與～日會戰。」

**刻**
⦾kè ⦿hak1克
❶ 雕刻。宋・范仲淹《岳陽樓記》：「乃重修岳陽樓，增其舊制，～唐賢、今人詩賦於其上。」❷ 刻薄，苛刻。《史記・秦始皇本紀》：「繁刑嚴誅，吏治～深。」❸ 嚴格要求。唐・韓愈《答元侍御書》：「～身立行，勤己足取。」❹ 削減，減損。《南齊書・顧憲之傳》：「山陰一縣，課戶二萬，其民貲不滿三千者殆將居半，～之又～，猶且三分餘一。」❺ 傷害，虐待。唐・柳宗元《封建論》：「大逆未彰，……怙勢作威，大～於民者，無如之何。」❻ 計時單位。古代以漏壺計時，一晝夜共分為一百刻，一刻相當十四分二十四秒。❼ 通「剋」，約定，限定。北魏・酈道元《水經注・鮑丘水》：「限田千頃，～地四千三百一十六頃。」

**★客**
⦾kè ⦿haak3嚇
❶ 來賓，客人。唐・杜甫《客至》：「花徑不曾緣～掃。」❷ 以賓客之禮相待。《史記・吳太伯世家》：「楚之亡臣伍子胥來奔，公子光～之。」❸ 旅居。明・張岱《湖心亭看雪》：「問其姓氏，是金陵人～此。」❹ 旅人，遊子。唐・王勃《滕王閣序》：「萍水相逢，盡是他鄉之～。」❺ 門客，食客。《戰國策・齊策四》：「後孟嘗君出記，問門下諸～誰習計會。」❻ 指從事某種活動的人，如劍客、刺

客。**❼** 過去的（時間）。明・劉世敦《〈合刻李杜分體全集〉序》：「～歲南邁。」

> 門客，又稱食客，是春秋戰國時期盛行的一種職業。當時政局動盪，不少貴族都通過「養士」的方式來招攬人才，讓有才能者寄食於家中，有事時則為自己策劃計謀、奔走效力。戰國時齊國的孟嘗君、魏國的信陵君、趙國的平原君、楚國的春申君，各自門下的食客都超過三千人。他們以養士著稱，故被稱為「四公子」。

## ken

**肯** 〔一〕 ⑬ kěn ⑭ hang2 啃
**❶** 願意。唐・杜甫《客至》：「～與鄰翁相對飲，隔籬呼取盡餘杯。」**❷** 應允，許可。《國語・晉語四》：「楚眾欲止，子玉不～。」**❸** 豈，豈肯。表示反問。唐・韓愈《左遷至藍關示姪孫湘》：「～將衰朽惜殘年？」**❹** 恰恰，正好。宋・王安石《奉寄子思以代別》：「全家欲出嶺雲外，匹馬～尋山雨中。」
〔二〕 ⑬ kěn ⑭ hoi2 海
附着在骨頭上的肌肉。《莊子・養生主》：「技經～綮（qìng，筋骨連結的地方）之未嘗，而況大軱（gū，大骨）乎？」

**墾** ⑬ kěn ⑭ han2 很
**❶** 翻土，翻耕。《列子・愚公移山》：「叩石～壤，以箕畚運於渤海之尾。」**❷** 開墾，開發。《國

## keng

**鏗** ⑬ kēng ⑭ hang1 亨
**❶** 象聲詞，形容金石玉木等所發出的洪亮的聲音。《論語・先進》：「鼓瑟希，～爾。」**❷** 撞擊，敲擊。戰國楚・屈原《楚辭・招魂》：「～鐘搖簴（jù，古代懸掛鐘或磬的架子兩旁的柱子）。」

語・周語上》：「土不備～，辟在有司。」

## kong

**空** 〔一〕 ⑬ kōng ⑭ hung1 凶
**❶** 空虛，裏面沒有東西。宋・蘇軾《石鐘山記》：「有大石當中流，可坐百人，～中而多竅。」**❷** 窮盡，罄其所有。漢・王充《論衡・薄葬》：「竭財以事神，～家以送終。」**❸** 廣闊，空曠。《詩經・小雅・白駒》：「皎皎白駒，在彼～谷。」**❹** 空間，天空。宋・蘇軾《念奴嬌・赤壁懷古》：「亂石穿～，驚濤拍岸。」**❺** 虛構。南朝梁・劉勰《文心雕龍・神思》：「意翻～而易奇。」**❻** 空洞，不實際。《史記・廉頗藺相如列傳》：「以～言求璧，償城恐不可得。」**❼** 徒然，白白地。唐・崔顥《黃鶴樓》：「此地～餘黃鶴樓。」**❽** 佛教認為萬物生於因緣，沒有實在的自體，即為空。
〔二〕 ⑬ kòng ⑭ hung3 控
**❶** 貧困。貧乏。《論語・先進》：「（顏）回也，其庶乎，屢～。」**❷** 間隙。《三國志・吳書・周魴傳》：「看伺～隙，欲復為亂。」

**孔** 🔈kǒng 🔈hung2 恐

❶ 小洞，窟窿。宋·歐陽修《賣油翁》：「徐以杓酌油瀝之，自錢～入，而錢不濕。」❷ 途徑，門徑。《管子·國蓄》：「利出於一～者，其國無敵。」❸ 大，盛。唐·韓愈《祭董相公文》：「其德～碩。」❹ 通達。《漢書·西域傳上》：「辟在西南，不當～道。」❺ 很，甚。《詩經·小雅·鹿鳴》：「我有嘉賓，德音～嘉。」

**恐** 🔈kǒng 🔈hung2 孔

❶ 畏懼，懼怕。宋·蘇軾《水調歌頭並序》：「我欲乘風歸去，又～瓊樓玉宇，高處不勝寒。」❷ 恫嚇，威嚇。《史記·秦始皇本紀》：「李斯因說秦王，請先取韓以～他國。」❸ 擔心。唐·白居易《燕詩》：「須臾十來往，猶～巢中飢。」❹ 恐怕，大概。《史記·廉頗藺相如列傳》：「欲與秦，秦城～不可得，徒見欺。」

**空** 🔈kòng

見 161 頁 kōng。

**控** 🔈kòng 🔈hung3 空三聲

❶ 拉弓，開弓。唐·岑參《白雪歌送武判官歸京》：「將軍角弓不得～。」❷ 駕馭，控制。唐·王勃《滕王閣序》：「襟三江而帶五湖，～蠻荊而引甌越。」❸ 告，控訴。《詩經·鄘風·載馳》：「～于大邦。」

### kou

**口** 🔈kǒu 🔈hau2 侯二聲

❶ 嘴。《孟子·告子上》：「～之於味也，有同耆焉。」❷ 泛指器物的開口。宋·歐陽修《賣油翁》：「乃取一葫蘆置於地，以錢覆其～。」❸ 人口。《孟子·梁惠王上》：「百畝之田，勿奪其時，數～之家可以無飢矣。」❹ 進出的通道。晉·陶潛《桃花源記》：「山有小～，彷彿若有光。」❺ 言語，言論。《國語·周語上》：「防民之～，甚於防川。」❻ 鋒刃。《水滸傳》第十二回：「砍銅剁鐵，刀～不捲。」

**叩** 🔈kòu 🔈kau3 扣

❶ 敲，打。《論語·憲問》：「以杖～其脛。」❷ 攻打，攻擊。漢·賈誼《過秦論》：「嘗以十倍之地，百萬之眾，～關而攻秦。」❸ 探問，詢問。《論語·子罕》：「我～其兩端而竭焉。」❹ 叩頭，跪拜。清·昭槤《嘯亭雜錄·滿洲跳神儀》：「主人～畢，巫以繫馬吉帛進。」❺ 通「扣」，拉住，牽住。《史記·伯夷列傳》：「伯夷、叔齊～馬而諫。」

> 🔍 叩、問、訊、諏。四字都有發問的意思，但各有所側重。「叩」，指一般的發問。「問」，詢問，與「答」相對，也有審問、追究、問候的意思。「訊」，特指上對下詢問，也有審問的意思。「諏」，諮詢，側重在向別人請教，徵求意見。

**扣** 🔈kòu 🔈kau3 叩

❶ 拉住，牽住。漢·許慎《說文解字·手部》：「～，牽馬也。」❷ 同「叩」，敲擊。宋·蘇軾《前赤壁賦》：「於是飲酒樂甚，～舷而歌之。」

# 寇

⟨普⟩kòu ⟨粵⟩kau3 扣

❶ 劫掠，抄掠。《呂氏春秋·貴公》：「大兵不～。」❷ 盜匪，盜賊。《孟子·離婁下》：「～至則先去以為民望，～退則反，殆於不可。」❸ 侵略，進犯。《漢書·晁錯傳》：「是時匈奴強，數～邊。」❹ 侵略者，敵人。唐·杜甫《登樓》：「北極朝廷終不改，西山～盜莫相侵。」

---

ku

# 枯

⟨普⟩kū ⟨粵⟩fu1 呼

❶ 草木枯槁，枯萎。唐·白居易《賦得古原草送別》：「離離原上草，一歲一～榮。」❷ 乾涸，乾枯。唐·李白《古風五十九首》之五十九：「窮魚守～池。」❸ 乾瘦，憔悴。《荀子·修身》：「勞倦而容貌不～。」❹ 失明。唐·張鷟《朝野僉載》：「賀氏兩目俱～。」❺ 空，盡。宋·陸游《七十》：「七十殘年百念～。」

# 哭

⟨普⟩kū ⟨粵⟩huk1 酷一聲

❶ 因悲傷或激動而流淚、發聲。唐·杜甫《兵車行》：「牽衣頓足攔道～，～聲直上干雲霄。」❷ 弔唁。《淮南子·說林訓》：「桀辜（此指棄市暴屍的酷刑）諫者，湯使人～之。」❸ 悲歌。《淮南子·覽冥訓》：「昔雍門子以～見於孟嘗君。」

# 苦

⟨普⟩kǔ ⟨粵⟩fu2 虎

❶ 苦菜，即荼。《詩經·唐風·采苓》：「采～采～，首陽之下。」❷ 像膽汁或黃連的味道，與「甘」、「甜」相對。《詩經·

邶風·谷風》：「誰謂荼～，其甘如薺。」❸ 勞苦，辛苦。《孟子·梁惠王上》：「樂歲終身～，凶年不免於死。」❹ 刻苦。唐·白居易《與元九書》：「蓋以～學力文所致。」❺ 痛苦，困苦。唐·杜甫《石壕吏》：「吏呼一何怒，婦啼一何～！」❻ 愁，苦惱。《列子·愚公移山》：「而山不加增，何～而不平？」❼ 困於。《韓非子·五蠹》：「澤居～水者，買庸而決竇。」❽ 極力，竭力。唐·杜甫《夢李白》：「告歸常局促，～道來不易。」❾ 很，甚。《三國志·吳書·孫權傳》：「人言～不可信，朕為諸君破家保之。」

# 酷

⟨普⟩kù ⟨粵⟩huk6 哭六聲

❶ 酒味濃烈。也泛指氣味濃烈。三國魏·曹植《七啟》：「浮蟻鼎沸，～烈馨香。」❷ 殘暴，暴虐。宋·李格非《書洛陽名園記後》：「及其亂離，繼以五季之～。」❸ 副詞，極，甚。宋·蘇軾《上韓魏公乞葬董傳書》：「其為人不通曉世事，然～嗜讀書，其文字蕭然有出塵之姿。」

---

kua

# 夸

⟨普⟩kuā ⟨粵⟩kwaa1 誇

❶ 奢侈。《荀子·仲尼》：「貴而不為～，信而不處謙。」❷ 矜誇，自大。《呂氏春秋·下賢》：「富有天下而不騁～。」❸ 誇張，炫耀。《韓非子·解老》：「雖勢尊衣美，不以～賤欺貧。」❹ 讚賞，讚美。唐·皮日休《惜義鳥》：「吾聞鳳之貴，仁義亦足～。」

## kuai

**快** ⓖkuài ⓒfaai3 塊
❶ 高興，痛快。《孟子·梁惠王上》：「抑王興甲兵，危士臣，構怨於諸侯，然後～於心與？」❷ 放肆，放縱。《戰國策·趙策一》：「恭於教而不～，和於下而不危。」❸ 迅速。宋·辛棄疾《破陣子·為陳同甫賦壯詞以寄之》：「馬作的盧（馬名）飛～。」❹ 鋒利。唐·杜甫《戲題王宰畫山水圖歌》：「焉得并州～剪刀，剪取吳松半江水。」

**塊** ⓖkuài ⓒfaai3 快
❶ 土塊。《左傳·僖公二十三年》：「（重耳）出于五鹿，乞食于野人，野人與之～。」❷ 孤獨，孑然。戰國楚·宋玉《九辯》：「～獨守此無澤兮，仰浮雲而永歎。」

**會** ⓖkuài
見 118 頁 huì。

## kuan

**寬** ⓖkuān ⓒfun1 歡
❶ 寬闊，寬廣。三國魏·嵇康《幽憤詩》：「恢恢六合間，四海一何～。」❷ 寬宏，寬容。《史記·廉頗藺相如列傳》：「鄙賤之人，不知將軍～之至此也。」❸ 放寬，舒緩。《史記·衛將軍驃騎列傳》：「減隴西、北地、上郡戍卒之半，以～天下之繇。」❹ 寬解，寬慰。南朝宋·鮑照《擬行路難》之四：「酌酒以自～，舉杯斷絕歌《路難》。」

## kuang

**筐** ⓖkuāng ⓒhong1 康
❶ 盛物的方形竹器。《詩經·召南·采蘋》：「于以盛之，維～及筥（jǔ，圓形盛物竹器）。」❷ 方形的。《淮南子·詮言訓》：「心有憂者，～牀衽席，弗能安也。」

**狂** ⓖkuáng ⓒkwong4 礦四聲
❶ 瘋狗。也指狗發瘋。《晉書·五行志中》：「旱歲犬多～死。」❷ 瘋癲，精神錯亂。漢·鄒陽《獄中上梁王書》：「是以箕子陽～，接輿避世，恐遭此患也。」❸ 狂放，放縱。《論語·陽貨》：「古之～也肆。」

**兄** ⓖkuàng
見 345 頁 xiōng。

**況** ⓖkuàng ⓒfong3 放
❶ 情形，狀況。唐·杜荀鶴《贈秋浦張明府》：「他日親知問官～，但教吟取杜家詩。」❷ 比擬，比較。《漢書·高惠高后文功臣表》：「以往～今，甚可悲傷。」❸ 惠顧，光臨。《史記·司馬相如列傳》：「足下不遠千里，來～齊國。」❹ 副詞，更加。《國語·晉語一》：「以眾故，不敢愛親，眾～厚之。」❺ 連詞，何況，況且。《史記·廉頗藺相如列傳》：「臣以為布衣之交尚不相欺，～大國乎！」

**絖** ⓖkuàng ⓒkwong3 礦
絲棉絮。《莊子·逍遙遊》：「宋人有善為不龜手之藥者，世世以洴澼～為事。」

**曠** ⓖkuàng ⓒkwong3 礦
❶ 明亮。晉·謝靈運《富春

渚》:「懷抱既昭～。」❷ 空闊,開闊。晉·陶潛《桃花源記》:「土地平～,屋舍儼然。」❸ 開朗,心境闊大。宋·范仲淹《岳陽樓記》:「登斯樓也,則有心～神怡,寵辱皆忘。」❹ 長久,久遠。漢·賈誼《過秦論》:「去就有緒,變化因時,故～日長久而社稷安矣。」❺ 空着,荒廢。《孟子·離婁上》:「～安宅而弗居,舍正路而弗由,哀哉!」❻ 阻隔,間隔。漢·劉楨《贈五官中郎將》:「自夏涉玄冬,彌～十餘旬。」❼ 沒有配偶的成年男子或成年女子。《孟子·梁惠王下》:「內無怨女,外無～夫。」

## kui

**窺** 〔一〕⦿kuī ⦿kwai1 虧
❶ 從孔隙或隱蔽處偷看。《孟子·滕文公下》:「不待父母之命,媒妁之言,鑽穴隙相～。」❷ 泛指觀看。《戰國策·鄒忌諷齊王納諫》:「朝服衣冠,～鏡。」❸ 觀察,偵察。漢·賈誼《過秦論》:「君臣固守,以～周室。」❹ 希望接近某種境界。宋·王安石《奉酬永叔見贈》:「他日若能～孟子,終身何敢望韓公。」
〔二〕⦿kuǐ ⦿kwai2 規二聲
通「跬」,半步。明·馬中錫《中山狼傳》:「君能除之,固當～左足以效微勞。」

**虧** ⦿kuī ⦿kwai1 盔
❶ 缺損,不完滿。《戰國策·秦策三》:「語曰:『日中則移,月滿則～。』」❷ 折耗,損

耗。宋·蘇洵《六國論》:「賂秦而力～,破滅之道也。」❸ 欠缺,短少。《尚書·周書·旅獒》:「為山九仞,功～一簣。」❹ 毀壞,破壞。《韓非子·孤憤》:「重人也者,無令不擅為,～法以利私。」❺ 損害,傷害。《墨子·非攻上》:「苟～人愈多,其不仁茲甚,罪益厚。」

**達** ⦿kuí ⦿kwai4 葵
四通八達的道路。《左傳·隱公十一年》:「子都拔棘以逐之,及大～,弗及。」

**葵** ⦿kuí ⦿kwai4 攜
一種蔬菜,即冬葵。《詩經·豳風·七月》:「七月亨～及菽。」

**魁** ⦿kuí ⦿fui1 灰
❶ 舀湯的勺子。宋·黃庭堅《謝楊景仁承事送惠酒器》:「楊君喜我梨花盞,卻念初無注酒～。」❷ 首領,主帥。《漢書·游俠傳序》:「及王莽時,諸公之間陳遵為雄,閭里之俠原涉為～。」❸ 傑出的。《呂氏春秋·勸學》:「不疾學而能為～士名人者,未之嘗有也。」❹ 宋代以來特指狀元。宋·陸游《老學庵筆記》:「初欲以為～,終以此不果。」❺ 高大,魁梧。唐·柳宗元《牛賦》:「牛之為物,～形巨首。」

**頃** ⦿kuǐ
見 239 頁 qǐng。

**跬** ⦿kuǐ ⦿kwai2 規二聲
❶ 半步。《荀子·勸學》:「故不積～步,無以至千里。」❷ 比喻近前的或一時的。《莊子·駢拇》:「遊心於堅白同異之閒,而敝～譽

K

無用之言非乎？」

🔍 跬、步。古人以單腳跨一次為「跬」，兩腳各跨一次為「步」。

**窺** ⓟkuǐ
見 165 頁 kuī。

**喟** ⓟkuì ⓒwai2 毀
歎息。晉‧潘岳《笙賦》：「荊王～其長吟，楚妃歎而增悲。」

**愧** ⓟkuì ⓒkwai5 葵五聲
❶ 慚愧，羞慚。《尚書‧商書‧說命下》：「其心～恥。」❷ 使人感到慚愧。《禮記‧表記》：「不以人之所不能者～人。」❸ 辜負，對不起。清‧方苞《左忠毅公軼事》：「吾上恐負朝廷，下恐～吾師也。」

**匱** 〔一〕ⓟkuì ⓒgwai6 跪
❶ 竭盡，缺乏。《韓非子‧十過》：「糧食～，財力盡。」❷ 虛假。《國語‧晉語五》：「今陽子之貌濟，其言～，非其實也。」❸ 通「簣」，盛土的竹筐。《漢書‧禮樂志》：「辟如為山，未成一～。」❹ 通「潰」，崩潰，潰散。《管子‧兵法》：「進無所疑，退無所～。」
〔二〕ⓟguì ⓒgwai6 跪
櫃子。《尚書‧周書‧金縢》：「乃納冊于金縢之～中。」這個意義後來寫作「櫃」。

**潰** ⓟkuì ⓒkui2 劊
❶ 水沖破堤防。《國語‧周語上》：「川壅而～，傷人必多。」❷ 漫溢，亂流。清‧王士禛《光祿大夫靳公墓誌銘》：「黃水四～，不復歸海。」❸ 潰散，逃散。《左傳‧僖公四年》：「齊侯以諸侯之

師侵蔡，蔡～。」❹ 毀壞。《墨子‧非攻下》：「燔（fán，焚燒）～其祖廟。」❺ 腐爛。明‧劉基《賣柑者言》：「杭有賣柑者，善藏柑，涉寒暑不～。」

**歸** ⓟkuì
見 99 頁 guī。

## kun

**昆** ⓟkūn ⓒkwan1 坤
❶ 同，共同。漢‧揚雄《太玄‧玄摛》：「理生～羣，兼愛之謂仁也。」❷ 兄。唐‧李白《太原南柵餞赴上都序》：「其二三諸～，皆以才秀擢用。」❸ 後裔，子孫。《尚書‧商書‧仲虺之誥》：「垂裕後～。」❹ 羣，眾，諸多。章炳麟《〈新方言〉自序》：「悲文獻之衰微，諸夏～族之不寧壹。」

**困** ⓟkùn ⓒkwan3 窘
❶ 艱難，窘困。漢‧賈誼《過秦論》：「秦無亡矢遺鏃之費，而天下諸侯已～矣。」❷ 使處於困境，被困。《左傳‧襄公二十二年》：「子三～我於朝，吾懼不敢不見。」❸ 貧困，貧乏。《史記‧魏公子列傳》：「終不以監門～故而受公子財。」❹ 疲憊，疲乏。唐‧白居易《賣炭翁》：「牛～人飢日已高。」

## kuo

**筈** ⓟkuò ⓒkut3 括
箭的末端。《岳飛之少年時代》：「飛引弓一發，破其～。」

**闊** ⓟkuò ⓒfut3 呼括三聲
❶ 廣闊，寬闊。唐‧杜甫《旅

夜書懷》:「星垂平野～。」❷ 遠離,疏遠。《詩經·邶風·擊鼓》:「于嗟～兮,不我活兮。」❸ 迂闊,不切實際。《孔叢子·論書》:「《書》之於事也,遠而不～。」❹ 稀疏,缺乏。《漢書·溝洫志》:「頃所以～無大害者,以屯氏河通,兩川分流也。」❺ 寬緩,放寬。《漢書·王莽傳下》:「假貸犁牛種食,～其租賦。」

**擴** ⓟkuò ⓨkwok3 廓
❶ 擴大,推廣。《孟子·論四端》:「凡有四端於我者,知皆～而充之矣。」❷ 廣闊。明·徐霞客《徐霞客遊記·遊武夷山日記》:「巖既雄～,泉亦高散。」

# L

## la

拉　⊜lā ⊕laai1 賴一聲

❶ 折斷。漢・鄒陽《獄中上梁王書》：「范睢～脅折齒於魏。」❷ 牽挽，邀約。明・張岱《湖心亭看雪》：「～余同飲。」

## lai

★來　㊀⊜lái ⊕loi4 萊

❶ 小麥。明・宋應星《天工開物・乃粒》：「而～、牟、黍、稷居什三。」❷ 由彼及此，由遠及近。《戰國策・鄒忌諷齊王納諫》：「客從外～。」❸ 歸服。《國語・越語上》：「四方之士～者，必廟禮之。」❹ 招徠，使……來。《史記・文帝本紀》：「將何以～遠方之賢良？」❺ 未來。《論語・微子》：「往者不可諫，～者猶可追。」❻ 表示從過去某個時候到現在的一段時間。唐・杜甫《兵車行》：「古～白骨無人收。」❼ 表示約數。唐・杜牧《書情》：「誰家洛浦神，十四五～人。」❽ 用在動詞後，表示動作趨向或結果。宋・梅堯臣《絕句》：「上去下～船不定，自飛自語燕爭忙。」❾ 助詞，用在句中或句末，表示祈使。晉・陶潛《歸去來兮辭》：「歸去～兮，田園將蕪胡不歸？」❿ 助詞，用在句中作襯字。唐・韋莊《聞官軍繼至未睹凱旋》：「秋草深～戰馬肥。」

㊁⊜lài ⊕loi6 睞

勸勉。《漢書・王莽傳中》：「力～農事，以豐年穀。」

來　⊜lài

見 168 頁 lái。

屬　⊜lài

見 175 頁 lì。

賴　⊜lài ⊕laai6 籟

❶ 利，利益。《三國志・吳書・陸遜傳》：「遜開倉穀以振貧民，勸督農桑，百姓蒙～。」❷ 依靠。明・劉基《賣柑者言》：「吾～是以食吾軀。」

## lan

闌　⊜lán ⊕laan4 蘭

❶ 門前的柵欄。漢・王充《論衡・謝短》：「掛蘆索於戶上，畫虎於門～。」❷ 欄杆或其他遮攔物。宋・岳飛《滿江紅》：「怒髮衝冠，憑～處、瀟瀟雨歇。」❸ 阻隔。《史記・魏世家》：「晉國去梁千里，有河山以～之。」❹ 將殘，將盡。宋・陸游《十一月四日風雨大作》：「夜～臥聽風吹雨。」❺ [闌珊] 衰減，將盡。宋・辛棄疾《青玉案・元夕》：「驀然回首，那人卻在，燈火～～處。」

藍　⊜lán ⊕laam4 籃

❶ 蓼藍，植物名，其葉可製成藍色染料。《荀子・勸學》：「青，取之於～，而青於～。」❷ 深青色。漢・王充《論衡・本性》：「至惡之質，不受～朱變也。」❸ 佛寺，梵語「伽藍」的簡稱。《五燈會元》：「郡之左有天皇寺，乃名～也。」❹ [藍縷] 也作「襤縷」、「襤褸」，衣服破爛的樣子。唐・杜甫《山寺》：「山僧衣～～，告訴棟梁摧。」

**攔** ㊥lán ㊈laan4 蘭
阻攔，阻擋。唐・杜甫《兵車行》：「牽衣頓足～道哭，哭聲直上干雲霄。」

**瀾** ㊀ ㊥lán ㊈laan4 蘭
❶ 巨大的波浪。唐・韓愈《進學解》：「迴狂～於既倒。」❷ 波紋。元・李泂《留別金門知己》：「赤城霞氣生微～。」
㊁ ㊥làn ㊈laan6 爛
[瀾漫] 也作「瀾熳」。① 分散、雜亂的樣子。《淮南子・覽冥訓》：「主暗晦而不明，道～～而不修。」② 形容色彩鮮明濃厚。晉・左思《嬌女詩》：「濃朱衍丹脣，黃吻～～赤。」③ 形容興會淋漓。三國魏・嵇康《琴賦》：「留連～～。」

**蘭** ㊥lán ㊈laan4 欄
❶ 蘭草，多年生草本植物，全株有香氣。宋・范仲淹《岳陽樓記》：「岸芷汀～，郁郁青青。」❷ 蘭花，多年生草本植物，葉細長，叢生，花味清香。唐・楊師道《闕題》：「～叢有意飛雙蝶。」❸ 木蘭，一種香木。戰國楚・屈原《楚辭・九歌・湘夫人》：「桂棟兮～橑。」❹ 通「闌」，阻隔。《戰國策・魏策三》：「晉國之去梁也，千里有餘，河山以～之。」

**覽** ㊥lǎn ㊈laam5 攬
❶ 觀看，考察。晉・王羲之《〈蘭亭集〉序》：「每～昔人興感之由。」❷ 閱讀。《韓非子・外儲說左上》：「人主～其文而忘有用。」❸ 接受，採取。《戰國策・齊策一》：「大王～其說，而不察其至實。」❹ 摘取。唐・李白《宣州謝朓樓餞別校書叔雲》：「欲上青天～日月。」這個意義後來寫作「攬」。

**濫** ㊥làn
見 169 頁 lán。

**爛** ㊥làn ㊈laan6 蘭六聲
❶ 食物熟透後的鬆軟狀態。《呂氏春秋・本味》：「熟而不～，甘而不噥。」❷ 燒傷。《漢書・霍光傳》：「灼～者在於上行。」❸ 精通，熟悉。宋・林逋《偶書》：「聖經窮～更何圖。」❹ 極，甚。清・吳敬梓《儒林外史》第三回：「你是個～忠厚沒用的人。」❺ 破碎，腐爛。北周・庾信《對雨》：「～草變初螢。」❻ 光明，明亮。漢・曹操《步出夏門行・觀滄海》：「星漢燦～。」❼ 色彩華美。《詩經・唐風・葛生》：「角枕粲兮，錦衾～兮。」

## lang

**郎** ㊥láng ㊈long4 狼
❶ 官名。《漢書・李廣傳》：「(李) 廣與從弟俱為～。」❷ 對青年男子的通稱。宋・蘇軾《念奴嬌・赤壁懷古》：「故壘西邊，人道是、三國周～赤壁。」❸ 對年輕女子的美稱。北朝民歌《木蘭詩》：「同行十二年，不知木蘭是女～！」❹ 對丈夫或情人的暱稱。唐・李商隱《留贈畏之》：「待得～來月已低，寒暄不道醉如泥。」❺ 奴僕對主人的稱呼。《舊唐書・宋璟傳》：「足下非(張) 易之家奴，何～之有？」

**狼** ㊥láng ㊈long4 郎
❶ 形似狗的食肉猛獸。《史記・項羽本紀》：「夫秦有虎～之

L

心。」❷ 兇狠。《淮南子·要略》：「秦國之俗，貪～強力。」❸ [狼狽] ① 困窘，窘迫。晉·李密《陳情表》：「臣之進退，實為～～！」② 急速，匆忙。南朝宋·劉義慶《世說新語·方正》：「明旦報仲智，仲智～～來。」

> 「狼」和「狽」本是兩種野獸，相傳兩獸形體相似，狽的前足短，不騎在狼身上就不能行走。後有成語「狼狽為奸」比喻勾結作惡。

**朗** 〔普〕lǎng 〔粵〕long5 廊五聲
❶ 明亮。晉·王羲之《〈蘭亭集〉序》：「天～氣清。」❷ 清澈。唐·杜甫《八哀》：「春深秦山秀，葉墜清渭～。」❸ 高明。晉·袁宏《三國名臣序贊》：「公瑾英達，～心獨見。」❹ 響亮。晉·孫綽《遊天台山賦》：「～詠長川。」

**浪** 〔普〕làng 〔粵〕long6 喨
❶ 波浪。宋·范仲淹《岳陽樓記》：「陰風怒號，濁～排空。」❷ 鼓動，划動。南朝齊·孔稚珪《北山移文》：「今又促裝下邑，～栧（yè，船舷）上京。」❸ 隨便，輕率。宋·陸游《衰病》：「衰病不～出，閉門煙雨中。」❹ 放縱。晉·王羲之《〈蘭亭集〉序》：「放～形骸之外。」❺ 副詞，徒然。宋·蘇軾《贈月長老》：「功名半幅紙，兒女～辛苦。」

lao

**勞** 〔一〕〔普〕láo 〔粵〕lou4 牢
❶ 勞動。《孟子·梁惠王下》：「～者弗息。」❷ 疲累，辛苦。《左傳·僖公三十二年》：「師～力竭。」❸ 使勞苦、勞累。唐·劉禹錫《陋室銘》：「無絲竹之亂耳，無案牘之～形。」❹ 功勞。《史記·廉頗藺相如列傳》：「而藺相如徒以口舌為～，而位居我上。」❺ 憂愁，擔憂。《論語·里仁》：「見志不從，又敬不違，～而不怨。」❻ 煩勞。唐·姚合《答孟侍御早晨見寄》：「疏懶～相問，登山有舊梯。」

〔二〕〔普〕lào 〔粵〕lou6 路
慰勞。《詩經·魏風·碩鼠》：「三歲貫女，莫我肯～。」

**老** 〔普〕lǎo 〔粵〕lou5 魯
❶ 年齡大。《左傳·僖公三十年》：「臣之壯也，猶不如人；今～矣，無能為也已。」❷ 古代對某些臣僚的稱謂。《禮記·王制》：「屬於天子之～二人。」此指上公。《左傳·昭公十三年》：「天子之～，請帥王賦。」此指大夫。《儀禮·士昏禮》：「主人降，授～雁。」此指羣吏之尊者。❸ 告老，年老退休。《金史·始祖以下諸子傳》：「因上表請～。」❹ 歷時長久的。明·歸有光《項脊軒志》：「百年～屋。」❺ 衰落，衰敗。《左傳·僖公二十八年》：「師直為壯，曲為～。」❻ 老練。唐·杜甫《奉漢中王手札》：「枚乘文章～。」❼ 婉稱死。唐·白居易《與元微之書》：「不唯忘歸，可以終～。」❽ 老子及其學派的簡稱。

**烙** 〔一〕〔普〕lào 〔粵〕lok3 洛
用燒熱的鐵器燙。宋·蘇軾

《書韓幹牧馬圖》：「鞭箠（chuí，抽打）刻～傷天全，不如此圖近自然。」

㊂ ⓐluò ⓟlok3洛
[炮烙] 見 218 頁「炮」。

**勞** ⓐlào
見 170 頁 láo。

**酪** ⓐlào ⓟlok3洛
用動物乳汁製成的食品。漢·李陵《答蘇武書》：「羶肉～漿，以充飢渴。」

---

### le

**勒** ⓐlè ⓟlak6肋
❶ 套在牲口頭上帶嚼子的籠頭。唐·杜甫《哀江頭》：「輦前才人帶弓箭，白馬嚼齧黃金～。」❷ 拉住韁繩不使前進。戰國楚·屈原《楚辭·九章·思美人》：「～騏驥而更駕兮。」❸ 強制。《梁書·武帝紀下》：「於民有蠹患者，便即～停。」❹ 統率。《魏書·太祖紀》：「帝親～六軍四十餘萬。」

**樂** ㊀ ⓐlè ⓟlok6落
❶ 愉快。《論語·學而》：「有朋自遠方來，不亦～乎？」❷ 安樂。《論語·里仁》：「不仁者，不可以久處約，不可以長處～。」❸ 樂意。《戰國策·楚策一》：「士卒安難～死。」❹ 指聲色。《國語·越語下》：「今吳王淫於～而忘其百姓。」

㊁ ⓐyuè ⓟngok6岳
❶ 音樂。宋·蘇軾《石鐘山記》：「如～作焉。」❷ 樂器。《孟子·梁惠王下》：「吾王之好鼓～。」❸ 樂工，演奏樂器的人。《史記·孔子世家》：「陳女～文馬於魯城

南高門外。」

㊂ ⓐyào ⓟngaau6咬六聲
愛好。《論語·雍也》：「知者～水，仁者～山。」

---

### lei

**羸** ⓐléi ⓟleoi4雷
疲困，瘦弱。《荀子·正論》：「庶人則凍餒～瘠於下。」

**罍** ⓐléi ⓟleoi4雷
一種盛酒或水的容器。《詩經·周南·卷耳》：「我姑酌彼金～，維以不永懷。」

**纍** ⓐléi ⓟleoi4雷
❶ 繩索。《漢書·李廣傳》：「以劍斫絕～。」❷ 捆綁，拘繫。《呂氏春秋·義賞》：「不憂其係～，而憂其死不焚也。」

**耒** ⓐlěi ⓟleoi6類
翻土工具。《韓非子·守株待兔》：「因釋其～而守株，冀復得兔。」

**累** ⓐlěi
見 172 頁 lèi。

**誄** ⓐlěi ⓟloi6來六聲
❶ 敘述死者事跡表示哀悼。《禮記·曾子問》：「賤不～貴，幼不～長。」❷ 文體名，哀悼死者的文章。晉·陸機《文賦》：「～纏綿而悽愴。」

**壘** ⓐlěi ⓟleoi5呂
❶ 軍營的圍牆或防禦工事。《孫子·虛實》：「敵雖高～深溝，不得不與我戰者，攻其所必救也。」❷ 堆砌。唐·姚合《武功縣中作三十首》：「～階溪石淨，燒竹灶煙輕。」

**肋**　⚲lèi　⚫lak6勒

肋骨，人或脊椎動物胸壁兩側的骨頭。《三國演義·楊修之死》：「適庖官進雞湯，操見碗中有雞～，因而有感於懷。」

**累**　㊀⚲lèi　⚫leoi6類

❶ 牽連，拖累。《尚書·周書·旅獒》：「不矜細行，終～大德。」❷ 委託，煩勞。《戰國策·齊策三》：「皆以國事～君。」❸ 勞累。《管子·形勢》：「形體～而壽命損。」❹ 憂患。《莊子·至樂》：「視子所言，皆生人之～也。」❺ 過失。南朝宋·劉義慶《世說新語·雅量》：「同是一～，而未判其得失。」❻ 家室。《晉書·戴洋傳》：「（孫）混欲迎其家～。」

㊁⚲lěi　⚫leoi5侶

❶ 堆集，積聚。漢·司馬遷《報任安書》：「下之不能積日～勞，取尊官厚祿。」❷ 重疊。戰國楚·屈原《楚辭·招魂》：「層臺～榭，臨高山些。」❸ 屢次。宋·歐陽修《〈梅聖俞詩集〉序》：「～舉進士。」❹ 連續。唐·杜甫《贈衛八處士》：「主稱會面難，一舉～十觴。」

**淚**　⚲lèi　⚫leoi6類

❶ 眼淚。唐·杜甫《春望》：「感時花濺～，恨別鳥驚心。」❷ 形狀像眼淚的東西。唐·溫庭筠《菩薩蠻》：「香燭銷成～。」❸ 哭泣，流淚。南朝齊·孔稚珪《北山移文》：「～翟子之悲，慟朱公之哭。」

🔍 淚、涕、泗。見298頁「涕」。

**酹**　⚲lèi　⚫laai6賴

把酒灑在地上，表示祭奠。《岳飛之少年時代》：「詣同墓，奠而泣；……乃～。」

**類**　⚲lèi　⚫leoi6淚

❶ 種類。《周易·繫辭上》：「方以～聚，物以羣分。」❷ 同類。唐·柳宗元《始得西山宴遊記》：「然後知是山之特出，不與培塿為～。」❸ 像，相似。漢·馬援《誡兄子嚴敦書》：「所謂畫虎不成反～狗者也。」❹ 法則，榜樣。戰國楚·屈原《楚辭·九章·懷沙》：「明告君子，吾將以為～兮。」❺ 事理。《孟子·告子上》：「指不若人，則知惡之；心不若人，則不知惡，此之謂不知～也。」❻ 大抵，大都。三國魏·曹丕《與吳質書》：「觀古今文人，～不護細行。」❼ 善，美好。《國語·楚語上》：「余恐德之不～，茲故不言。」

---

**leng**

**冷**　⚲lěng　⚫laang5離猛五聲

❶ 寒冷。唐·杜甫《茅屋為秋風所破歌》：「布衾多年～似鐵。」❷ 冷清，閒散。唐·杜甫《醉時歌贈廣文館學士鄭虔》：「諸公袞袞登臺省，廣文先生官獨～。」❸ 冷漠，不熱情。宋·黃庭堅《鷓鴣天》：「付與旁人～眼看。」❹ 生僻。唐·李山甫《酬劉書記一二知己見寄》：「句～不求奇。」

---

**li**

**狸**　⚲lí　⚫lei4厘

狸子，也叫野貓、山貓。《莊子·逍遙遊》：「子獨不見～狌乎？」

**犁** 働lí 働lai4 黎

❶ 耕地翻土的農具。唐・杜甫《兵車行》：「縱有健婦把鋤～，禾生隴畝無東西。」❷ 翻土，耕土。宋・蘇舜欽《城南感懷呈永叔》：「去年水後旱，田畝不及～。」❸ 雜色。《論語・雍也》：「～牛之子騂（xīng，赤色）且角。」❹ 比及，等到。《新唐書・南蠻傳中》：「蠻復圍成都，夜穿西北隅，～旦乃覺。」❺ 通「黎」，黑色。《戰國策・秦策一》：「形容枯槁，面目～黑。」

**黎** 働lí 働lai4 例四聲

❶ 眾，多。《尚書・虞書・堯典》：「百姓昭明，協和萬邦，～民於變時雍。」❷ 黑色。《尚書・夏書・禹貢》：「厥土青～。」

**犛** 働lí 働lei4 厘

通「氂」，動物名，身體兩旁和四肢外側有長毛，尾毛很長，是青藏高原地區的主要力畜。《莊子・逍遙遊》：「今夫～牛，其大若垂天之雲。」

**離** 〔一〕働lí 働lei4 厘

❶ 分離。戰國楚・屈原《楚辭・九歌・國殤》：「首身～兮心不懲。」❷ 離開。唐・賀知章《回鄉偶書》：「少小～家老大回，鄉音無改鬢毛衰。」❸ 離散，別離。《古詩十九首・行行重行行》：「行行重行行，與君生別～。」❹ 斷絕。《戰國策・秦策四》：「則是我～秦而攻楚也。」❺ 憂愁。三國魏・曹丕《短歌行》：「我獨孤煢，懷此百～。」❻ 通「罹」，遭遇。三國魏・曹丕《與吳質書》：「親故多～其災。」

〔三〕働lì 働lai6 麗

通「麗」，附着。漢・張衡《思玄賦》：「松喬高跱（zhì，立）孰能～。」

**籬** 働lí 働lei4 厘

用竹子、蘆葦、樹枝等編成的障蔽物，環繞在房屋、場地等的四周。晉・陶潛《飲酒》：「採菊東～下，悠然見南山。」

**鸝** 働lí 働lei4 厘

黃鸝，羽毛黃色，從眼邊到頭後部有黑色斑紋，叫聲動聽。也叫「黃鶯」。唐・杜甫《絕句》：「兩個黃～鳴翠柳，一行白鷺上青天。」

**李** 働lǐ 働lei5 里

❶ 果木名。也指其果實。《詩經・大雅・抑》：「投我以桃，報之以～。」❷ 通「理」，古代獄官。《管子・大匡》：「國子為～。」

**★里** 働lǐ 働lei5 李

❶ 人們聚居的地方。晉・陶潛《歸園田居》：「依依墟～煙。」❷ 指故鄉。南朝梁・江淹《別賦》：「離邦去～。」❸ 古代地方行政組織，歷代戶數不等。《周禮・地官司徒・遂人》：「五家為鄰，五鄰為～。」❹ 長度單位，歷代不等。《穀梁傳・宣公十五年》：「古者三百步為～。」

**理** 働lǐ 働lei5 里

❶ 雕琢玉石。《戰國策・秦策三》：「鄭人謂玉，未～者璞。」❷ 整治，治理。唐・柳宗元《種樹郭橐駝傳》：「我知種樹而已，官～非吾業也。」❸ 整理，梳理。北朝民歌《木蘭詩》：「當窗～雲鬢。」❹ 治療。《後漢書・崔寔傳》：「是以梁肉～疾也。」❺ 溫習。北齊・

L

顏之推《顏氏家訓·勉學》:「十年一~,猶不遺忘。」❻ 紋理。唐·杜甫《麗人行》:「肌~細膩骨肉勻。」❼ 條理。《荀子·儒效》:「井井兮其有~也。」❽ 道理。宋·蘇洵《六國論》:「至於顛覆,~固宜然。」❾ 法紀,法律。《韓非子·安危》:「先王寄~於竹帛。」❿ 使者,媒人。戰國楚·屈原《楚辭·離騷》:「吾令蹇修以為~。」⓫ 順。《孟子·盡心下》:「稽大不~於口。」

**裏** (一) 普 lǐ 粵 leoi5 旅
內,其中,與「外」相對。唐·白居易《燕詩》:「卻入空巢,啁啾終夜悲。」

(二) 普 lǐ 粵 lei5 李
衣服、被褥等的裏子。唐·杜甫《茅屋為秋風所破歌》:「嬌兒惡臥踏~裂。」

**禮** 普 lǐ 粵 lai5 例五聲
❶ 祭神祈福。《儀禮·覲禮》:「~山川丘陵於西門外。」❷ 社會行為的各種準則、規範和禮節。《孟子·論四端》:「辭讓之心,~之端也。」❸ 以禮相待。宋·蘇洵《六國論》:「以事秦之心,~天下之奇才。」❹ 禮品。《晉書·陸納傳》:「及受~,唯酒一斗。」

**醴** 普 lǐ 粵 lai5 禮
❶ 甜酒。《莊子·山木》:「且君子之交淡若水,小人之交甘若~。」❷ 甘美的泉水。《禮記·禮運》:「地出~泉。」

**★力** 普 lì 粵 lik6 歷
❶ 力量,力氣。《莊子·逍遙遊》:「則其負大舟也無~。」❷ 能力。《左傳·隱公十年》:「度德而處之,量~而行之。」❸ 權勢。漢·賈誼《治安策》:「眾建諸侯而少其~。」❹ 功勞。明·張溥《五人墓碑記》:「不可謂非五人之~也。」❺ 勞役。《韓非子·五蠹》:「不事~而養足。」❻ 盡力,努力。清·彭端淑《為學》:「不自限其昏而庸而~學不倦者。」❼ 甚。《漢書·汲黯傳》:「今病~,不能任郡事。」

**★立** 普 lì 粵 lap6 笠六聲
❶ 站立。宋·歐陽修《賣油翁》:「嘗射於家圃,有賣油翁釋擔而立,睨之。」❷ 豎立。《墨子·雜守》:「外~旗幟。」❸ 樹立,成就。戰國楚·屈原《楚辭·離騷》:「老冉冉其將至兮,恐脩名之不~。」❹ 設置,建立,制定。漢·賈誼《過秦論》:「內~法度。」❺ 決定。漢樂府《孔雀東南飛》:「作計乃爾~。」❻ 君主即位。《史記·屈原賈生列傳》:「長子頃襄王~。」❼ 扶立。《史記·廉頗藺相如列傳》:「三十日不還,則請~太子為王,以絕秦望。」❽ 出仕。《孟子·梁惠王上》:「使天下仕者皆欲~於王之朝。」❾ 立刻,馬上。宋·王安石《傷仲永》:「自是指物作詩~就,其文理皆有可觀者。」

> 📖 立德、立功、立言,謂之「三不朽」,是三件能永不磨滅,長久受人敬仰的事,也是古之聖人的標準。當中,最高的是樹立德行,其次是樹立功業,再其次是樹立言論。

**吏** 🔊lì 🔊lei6 利
❶ 官吏。《戰國策·鄒忌諷齊王納諫》：「羣臣～民能面刺寡人之過者，受上賞。」❷ 指官府中的胥吏或差役。唐·柳宗元《種樹郭橐駝傳》：「且暮～來而呼。」

**利** 🔊lì 🔊lei6 吏
❶ 鋒利。宋·蘇洵《六國論》：「六國破滅，非兵不～，戰不善，弊在賂秦。」❷ 快，敏捷。《荀子·勸學》：「假輿馬者，非～足也，而致千里。」❸ 猛烈。《晉書·王濬傳》：「風～，不得泊也。」❹ 利益，好處。《論語·里仁》：「君子喻於義，小人喻於～。」❺ 吉利。《史記·項羽本紀》：「時不～兮騅不逝。」❻ 方便，適宜。漢·賈誼《過秦論》：「因～乘便，宰割天下。」❼ 利潤，利息。《史記·越王句踐世家》：「候時轉物，逐什一之～。」❽ 爵賞，利祿。《孟子·離婁下》：「則人之所以求富貴～達者。」❾ 利用。《論語·里仁》：「仁者安仁，知者～仁。」

**笠** 🔊lì 🔊lap1 粒
用竹篾或草編成的帽子，能擋雨遮陽。唐·柳宗元《江雪》：「孤舟簑～翁，獨釣寒江雪。」

**粒** 🔊lì 🔊nap1 凹
❶ 穀粒。唐·杜牧《阿房宮賦》：「多於在庾之粟～。」❷ 泛指粒狀物。《西遊記》第四十六回：「只見有豆～大小一個臭蟲叮他師父。」❸ 以穀粒為食。北齊·顏之推《顏氏家訓·涉務》：「三日不～，父子不能相存。」❹ 量詞，多用於細小的固體。唐·李紳《憫

農》：「春種一～粟，秋收萬顆子。」

**慄** 🔊lì 🔊leot6 律
恐懼，害怕。唐·柳宗元《始得西山宴遊記》：「自余為僇人，居是州，恆惴～。」

**厲** 〔一〕🔊lì 🔊lai6 例
❶「礪」的本字，磨刀石，引申為磨物使銳利。《戰國策·秦策一》：「綴甲～兵。」❷ 切磋，揣摩。《國語·越語上》：「而摩～之於義。」❸ 策，鞭打。三國魏·曹植《白馬篇》：「羽檄從北來，～馬登高堤。」❹ 猛烈，迅疾。明·袁宏道《滿井遊記》：「燕地寒，花朝節後，餘寒猶～。」❺ 嚴肅，嚴厲。《論語·述而》：「子溫而～。」❻ 高。明·張溥《五人墓碑記》：「乘其～聲以呵。」❼ 災禍。《詩經·大雅·瞻卬》：「降此大～。」❽ 惡鬼。《左傳·成公十年》：「晉侯夢大～，被髮及地。」❾ 不脫衣涉水。《論語·憲問》：「深則～，淺則揭（qì，提起衣裳）。」❿ 通「勵」，勸勉。《左傳·哀公十一年》：「宗子陽與閭丘明相～也。」
〔二〕🔊lài 🔊laai3 癩
通「癩」，惡瘡。《戰國策·秦策三》：「漆身而為～。」

**歷** 🔊lì 🔊lik6 力
❶ 經歷，經過。清·姚鼐《登泰山記》：「～齊河、長清。」❷ 行，遊歷。《戰國策·秦策一》：「橫～天下。」❸ 越過。《孟子·離婁下》：「禮，朝廷不～位而相與言。」❹ 遭逢。三國魏·李康《運命論》：「求成其名而～謗議於當時。」❺ 曾經。晉·李密《陳

情表》：「且臣少仕偽朝，～職郎署。」❻ 盡，遍。三國魏・曹丕《與吳質書》：「～覽諸子之文。」❼ 選擇。戰國楚・屈原《楚辭・離騷》：「～吉日乎吾將行。」❽ 清楚，分明。唐・崔顥《黃鶴樓》：「晴川～～漢陽樹。」

**曆** 〔普〕lì 〔粵〕lik6 力
曆法，曆書。漢樂府《孔雀東南飛》：「視～復開書，便利此月內。」

**隸** 〔普〕lì 〔粵〕dai6 第
❶ 奴隸，奴僕。明・張溥《五人墓碑記》：「人皆得以～使之。」❷ 指地位低下的人。漢・賈誼《過秦論》：「（陳涉）氓～之人。」❸ 差役。明・張岱《西湖七月半》：「皂～喝道去。」❹ 隸屬，屬於。宋・王安石《傷仲永》：「金溪民方仲永，世～耕。」

**勵** 〔普〕lì 〔粵〕lai6 厲
❶ 勉勵，勸勉。南朝梁・丘遲《與陳伯之書》：「想早～良規，自求多福。」❷ 振奮。唐・韓愈《平淮西碑》：「兵頓不～。」

**麗** 〔普〕lì 〔粵〕lai6 例
❶ 成對。《周禮・夏官司馬・校人》：「～馬一圉。」❷ 附着，依附。《周易・離》：「日月～乎天。」❸ 繫，結。《禮記・祭義》：「既入廟門，～于碑。」❹ 美好。《戰國策・鄒忌諷齊王納諫》：「齊國之美～者也。」

**離** 〔普〕lí
見 173 頁 lí。

**瀝** 〔普〕lì 〔粵〕lik6 歷
❶ 指液體下滴。宋・歐陽修

《賣油翁》：「徐以杓酌油～之，自錢孔入，而錢不濕。」❷ 水或酒的點滴。《史記・滑稽列傳》：「侍酒於前，時賜餘～。」❸ 傾吐。《舊五代史・晉高祖紀》：「～衷誠而效順。」

**礪** 〔普〕lì 〔粵〕lai6 厲
❶ 磨刀石。《荀子・勸學》：「故木受繩則直，金就～則利。」❷ 磨治，磨煉。宋・蘇軾《晁錯論》：「日夜淬～。」

**礫** 〔普〕lì 〔粵〕lik1 櫟
小碎石。明・袁宏道《滿井遊記》：「凍風時作，作則飛沙走～。」

**連** 〔普〕lián 〔粵〕lin4 蓮
❶ 聯合。宋・文天祥《〈指南錄〉後序》：「約以～兵大舉。」❷ 連接。三國魏・曹丕《與吳質書》：「行則～輿，止則接席。」❸ 連續。宋・范仲淹《岳陽樓記》：「若夫霪雨霏霏，～月不開。」❹ 連番，屢次。宋・蘇洵《六國論》：「後秦擊趙者再，李牧～卻之。」❺ 牽連。《史記・呂不韋列傳》：「於是秦王下吏治，具得情實，事～相國呂不韋。」❻ 兼得，連獲。《史記・司馬相如列傳》：「弋白鵠，～駕鵝。」❼ 通「漣」，流淚不斷的樣子。《戰國策・齊策四》：「管燕～然流涕。」❽ 通「憐」，憐愛。唐・杜甫《喜聞官軍已臨賊境二十韻》：「悲～子女號。」

**廉** 〔普〕lián 〔粵〕lim4 簾
❶ 堂的側邊。《儀禮・鄉飲

酒禮》：「設席于堂～東上。」❷鋒利，有稜角。《荀子‧不苟》：「君子寬而不僈（màn，怠惰），～而不劌。」❸正直，方正。《史記‧屈原賈生列傳》：「其志潔，其行～。」❹收斂，遜讓。唐‧韓愈《上宰相書》：「不必～於自進也。」❺清廉，不貪。《孟子‧離婁下》：「可以取，可以無取，取傷～。」❻節儉。《淮南子‧原道訓》：「不以奢為樂，不以～為悲。」❼價格低，便宜。宋‧王禹偁《黃岡竹樓記》：「以其價～而工省也。」❽考察，查訪。《史記‧秦始皇本紀》：「諸生在咸陽者，吾使人～問。」

**奩** 🔊lián 🔊lim4廉
也作「匳」。❶婦女梳妝用的鏡匣。《後漢書‧皇后紀上》：「視太后鏡～中物，感動悲涕。」❷放東西的箱盒。唐‧姚合《和李舍人秋日臥疾言懷》：「藥～開靜室，書閣出叢篁。」

**連** 🔊lián 🔊lin4連
❶水面被風吹起的波紋。宋‧周敦頤《愛蓮說》：「予獨愛蓮之出淤泥而不染，濯清～而不妖。」❷淚流不斷的樣子。唐‧李白《玉壺吟》：「三杯拂劍舞秋月，忽然高吟涕泗～。」

**蓮** 🔊lián 🔊lin4連
又名「荷」、「芙蕖」，淺水中的多年生草本植物。宋‧周敦頤《愛蓮說》：「予獨愛～之出淤泥而不染，濯清漣而不妖。」

**憐** 🔊lián 🔊lin4連
❶哀憐，同情。《史記‧項羽本紀》：「縱江東父兄～而王我。」❷喜愛，疼愛。《戰國策‧趙策四》：「竊愛～之。」

**簾** 🔊lián 🔊lim4廉
以竹、布等製成的遮蔽物。唐‧劉禹錫《陋室銘》：「草色入～青。」

**斂** 🔊liǎn 🔊lim5臉
❶聚集，收集。明‧張溥《五人墓碑記》：「～貲財以送其行。」❷徵收賦稅。《左傳‧宣公二年》：「晉靈公不君，厚～以彫牆。」❸約束，使節制。漢‧陸賈《新語‧無為》：「秦始皇帝設為車裂之誅，以～姦邪。」

**練** 🔊liàn 🔊lin6煉
❶把生絲或生絲織品煮熟，使柔軟潔白。宋‧蘇軾《宥老楮》：「黃繒～成素。」❷白色的熟絹。宋‧王安石《桂枝香‧金陵懷古》：「千里澄江似～。」❸白色，素色。南朝梁‧吳均《答蕭新浦》：「翩翩流水車，蕭蕭曳～馬。」❹練習，訓練。漢‧李陵《答蘇武書》：「更～精兵。」❺詳熟。《漢書‧薛宣傳》：「宣明習文法，～國制度。」❻閱歷。宋‧葉適《郭府君墓誌銘》：「飽～世故。」❼熔煉。《列子‧湯問》：「故昔者女媧氏～五色石以補其闕。」

liang

**良** 🔊liáng 🔊loeng4梁
❶善良，賢善。《論語‧學而》：「夫子溫、～、恭、儉、讓以得之。」❷高明，有才能的。《孟子‧滕文公下》：「天下之～工也。」❸美，好。晉‧陶潛《桃花源記》：

「有～田、美池、桑、竹之屬。」❹ 吉祥。戰國楚・屈原《楚辭・九歌・東皇太一》：「吉日兮辰～。」❺ 和樂。《荀子・非十二子》：「其衣逢，其容～。」❻ 很，甚。《戰國策・燕策三》：「秦王目眩～久。」❼ 確實，誠然。三國魏・曹丕《與吳質書》：「古人思秉燭夜遊，～有以也。」

**梁** 🔊liáng 🔊loeng4 良
❶ 橋。唐・杜甫《自京赴奉先詠懷》：「河～幸未拆。」❷ 建橋。《史記・衛將軍驃騎列傳》：「～北河。」❸ 捕魚小堤。唐・柳宗元《鈷鉧潭西小丘記》：「當湍而浚者為魚～。」❹ 堤堰，河堤。《韓非子・外儲說右下》：「茲鄭子引車上高～而不能支。」❺ 屋樑。唐・白居易《燕詩》：「～上有雙燕，翩翩雄與雌。」

**量** 🔊liáng 🔊loeng4 良
❶ 用量器計算東西的容積、輕重、長短。《莊子・胠篋》：「為之斗斛以～之。」❷ 計算。戰國楚・宋玉《對楚王問》：「豈能與之～江海之大哉？」❸ 商酌。《魏書・范紹傳》：「共～進止。」
🔊liàng 🔊loeng6 亮
❶ 計量物體的容器。《左傳・昭公三年》：「齊舊四～：豆、區、釜、鍾。」❷ 能容納或禁受的限度。《論語・鄉黨》：「唯酒無～，不及亂。」❸ 氣量。宋・范仲淹《嚴先生祠堂記》：「光武之～，包乎天地之外。」❹ 衡量，估計。宋・蘇洵《六國論》：「則勝負之數，存亡之理，當與秦相較，或未易～。」

**糧** 🔊liáng 🔊loeng4 良
❶ 穀類食物的總稱。《莊子・逍遙遊》：「三月聚～。」❷ 指田賦。《元史・食貨志一》：「申明稅～條例。」

**兩** 〔一〕🔊liǎng 🔊loeng5 倆
❶ 數詞，二。《史記・廉頗藺相如列傳》：「彊秦之所以不敢加兵於趙者，徒以吾～人在也。」❷ 兩次。宋・蘇軾《送李公擇》：「比年～見之，賓主更獻酬。」
〔二〕🔊liǎng 🔊loeng2 倆二聲
量詞，古制以二十四銖為一兩。
〔三〕🔊liàng 🔊loeng6 亮
「輛」的古字。❶ 量詞，用於車。《孟子・盡心下》：「革車三百～。」❷ 借指車。《後漢書・吳祐傳》：「此書若成，則載之兼～。」

🔍 兩、二、再、貳。見 69 頁「二」。

**兩** 🔊liàng
見 178 頁 liǎng。

**量** 🔊liàng
見 178 頁 liáng。

**諒** 🔊liàng 🔊loeng6 亮
❶ 誠信。《論語・季氏》：「友直，友～，友多聞。」❷ 固執。《論語・衛靈公》：「君子貞而不～。」❸ 信任。《詩經・鄘風・柏舟》：「母也天只，不～人只。」❹ 體諒，原諒。宋・歐陽修《與尹景純學士書》：「亦未必～某此心也。」

<hr>

liao

**聊** 🔊liáo 🔊liu4 遼
❶ 依靠，依賴。《戰國策・

秦策一》：「百姓不足，上下相愁，民無所～。」❷ 願，樂。《詩經‧邶風‧泉水》：「孌彼諸姬，～與之謀。」❸ 姑且，暫且。唐‧杜甫《登樓》：「日暮～為梁甫吟。」❹ 略微，絲毫。《南史‧羊鴉仁傳》：「～不掛意。」

**僚** 䜌liáo 粵liu4聊
❶ 官吏。《詩經‧小雅‧大東》：「百～是試。」❷ 同僚。漢‧楊惲《報孫會宗書》：「又不能與羣～同心并力。」❸ 奴隸的一個等級。《左傳‧昭公七年》：「隸臣～，～臣僕。」

**寥** 䜌liáo 粵liu4聊
❶ 空虛無形。《老子》二十五章：「寂兮～兮，獨立而不改，周行而不殆，可以為天下母。」❷ 寂靜。宋‧蘇軾《後赤壁賦》：「四顧寂～。」

**繆** 䜌liáo
見 204 頁 móu。

**繚** 䜌liáo 粵liu4遼
❶ 纏繞，迴環。唐‧柳宗元《始得西山宴遊記》：「縈青（喻山）～白（喻水），外與天際，四望如一。」❷ 相當於「綹」，一束。《舊唐書‧玄宗楊貴妃傳》：「（貴妃）乃引刀剪髮一～附獻。」❸ 紛亂。宋‧梅堯臣《禽言》：「山花～亂目前開，勸爾今朝千萬壽。」❹ 挑逗，引惹。明‧董說《西遊補》：「煙眼～人。」

**了** 䜌liǎo 粵liu5瞭五聲
❶ 決斷。《晉書‧石勒載記》：「吾所不～，右侯已～。」❷ 完畢，結束。漢‧王褒《僮約》：「晨起早掃，食～洗滌。」❸ 明白，了

解。南朝宋‧劉義慶《世說新語‧雅量》：「雖神氣不變，而心～其故。」❹ 勝任。宋‧歐陽修《春日獨居》：「常憂任重才難～。」❺ 完全。南朝宋‧劉義慶《世說新語‧雅量》：「～無恐色。」

**蓼** ㈠ 䜌liǎo 粵liu5了
❶ 草本植物，有水蓼、紅蓼等。元‧白樸《沉醉東風‧漁父詞》：「綠楊堤紅～灘頭。」❷ 比喻辛苦。《新唐書‧李景略傳》：「與士同甘～。」
㈡ 䜌lù 粵luk6六
長而大的樣子。《詩經‧小雅‧蓼莪》：「～～者莪，匪莪伊蒿。」

**料** 䜌liào 粵liu6廖
❶ 計點，清查。《國語‧周語上》：「（宣王）乃～民于太原。」❷ 估量。《史記‧項羽本紀》：「～大王士卒足以當項王乎？」❸ 挑選。《三國志‧吳書‧陸遜傳》：「遜～得精兵八千餘人。」❹ 材料。唐‧高適《留別鄭三章九兼洛下諸公》：「詩書已作青雲～。」

lie

**列** 䜌liè 粵lit6烈
❶ 行列，位次。《史記‧廉頗藺相如列傳》：「今君與廉頗同～。」❷ 陳列，佈置。漢‧揚雄《長楊賦》：「～萬騎於山隅。」❸ 陳述。《漢書‧司馬遷傳》：「拳拳之忠，終不能自～。」❹ 各個。《史記‧貨殖列傳》：「富於～國之君。」

**劣** 䜌liè 粵lyut3列月三聲
❶ 弱。三國魏‧曹植《辨道論》：「壽命長短，骨體強～，各

有人焉。」❷少，不足。《三國志·吳書·陸凱傳》：「臣聞於大理，文不及義，智慧淺～。」❸不好，低下，與「優」相對。三國蜀·諸葛亮《出師表》：「必能使行陣和睦，優～得所。」❹頑皮。金·董解元《西廂記諸宮調》：「君瑞好乖～。」❺暴烈。《水滸傳》第四十八回：「小郎君祝彪騎一匹～馬。」❻僅僅。唐·孟浩然《雲門寺西六七里聞符公蘭若最幽與薛八同往》：「小溪～容舟，怪石屢驚馬。」❼謙詞。宋·蘇軾《與蔡景繁書》：「～弟久病。」

**烈**　⓹liè　⓸lit6列
❶火勢猛。明·于謙《石灰吟》：「～火焚燒若等閒。」❷猛烈，厲害。《論語·鄉黨》：「迅雷風～必變。」❸嚴厲。宋·孔平仲《續世說·自新》：「為政嚴～。」❹香氣濃烈。晉·陸機《演連珠》：「臣聞郁～之芳，出於委灰。」❺燒。《孟子·滕文公上》：「益～山澤而焚之。」❻光明，顯赫。《國語·晉語九》：「君有～名，臣無叛質。」❼剛烈，堅貞。《史記·刺客列傳》：「其姊亦～女也。」❽威。宋·歐陽修《秋聲賦》：「乃一氣之餘～。」❾功業。漢·賈誼《過秦論》：「及至始皇，奮六世之餘～。」❿指重義輕生或建功立業的人。《晉書·周虓傳》：「無愧古～。」

**裂**　⓹liè　⓸lit6烈
❶扯裂，剪裁。漢樂府《怨歌行》：「新～齊紈素，鮮潔如霜雪。」❷分割。《莊子·逍遙遊》：

「冬與越人水戰，大敗越人，～地而封之。」❸破裂，綻開。《史記·項羽本紀》：「目眥盡～。」❹指車裂，一種古代分解人的肢體的酷刑。亦泛指處死。《後漢書·楊倫傳》：「九～不恨。」

**鬣**　⓹liè　⓸lip6獵
❶鬍鬚。《左傳·昭公七年》：「楚子享公于新臺，使長～者相（xiàng，佐助）。」❷動物頭頸上的毛或魚龍之類領旁的小鰭。漢·枚乘《七發》：「鴳鶮鴟鵠，翠～紫纓。」❸指像動物頭頸上的毛般又長又密的東西。明·袁宏道《滿井遊記》：「麥田淺～寸許。」❹掃帚。《禮記·少儀》：「拚（fèn，掃除）席不以～。」

---

## lin

**林**　⓹lín　⓸lam4淋
❶成片的樹木。晉·陶潛《桃花源記》：「忽逢桃花～，夾岸數百步，中無雜樹。」❷叢聚的人或物。漢·司馬遷《報任安書》：「列於君子之～矣。」❸指鄉里或退隱之處。唐·張說《和魏僕射還鄉》：「富貴還鄉國，光華滿舊～。」

**鄰**　⓹lín　⓸leon4麟
❶古代地方行政組織名。《周禮·地官司徒·遂人》：「五家為～，五～為里。」❷鄰居，鄰國。《列子·説符》：「人有亡鈇（fū，斧）者，意其～之子。」❸相鄰，接近。唐·杜甫《詠懷古跡》之四：「武侯祠屋長～近，一體君臣祭祀同。」❹親密，親近。《左傳·襄公二十九年》：「晉不～矣。」

**霖** 🔊lín 🔊lam4 林
❶ 連續下三天以上的雨。《管子·度地》：「夏多暴雨，秋～不止。」❷ 乾旱時所需的大雨。唐·元稹《桐花》：「臣作旱天～。」

**臨** 🔊lín 🔊lam4 林
❶ 俯視，由高處往低處看。《荀子·勸學》：「不～深谿，不知地之厚也。」❷ 降臨，由尊臨卑。《論語·為政》：「～之以莊則敬。」❸ 統治，治理。唐·韓愈《祭故陝府李司馬文》：「歷～大邑。」❹ 進攻，脅制。明·唐順之《信陵君救趙論》：「今悉兵以～趙，趙必亡。」❺ 來到，到達。唐·白居易《慈烏夜啼》：「昔有吳起者，母歿喪不～。」❻ 面對，當着。三國蜀·諸葛亮《出師表》：「～表涕零，不知所言。」❼ 碰着，遇上。《論語·述而》：「必也～事而懼。」❽ 接近，將近。三國蜀·諸葛亮《出師表》：「先帝知臣謹慎，故～崩寄臣以大事也。」❾ 照耀。《詩經·邶風·日月》：「日居月諸，照～下土。」❿ 給予，加給。唐·魏元同《請吏部各擇寮屬疏》：「～之以利，以察其廉。」⓫ 臨摹。明·周履靖《山居》：「興至偶～數行帖，半窗殘日弄花陰。」⓬ 正當，將要。唐·王勃《滕王閣序》：「～別贈言。」

**轔** 〔一〕🔊lín 🔊leon4 鄰
❶ 車輪。《儀禮·既夕禮》：「遷于祖用軸。」漢·鄭玄注：「軸狀如轉～。」❷ 門檻。《淮南子·說山訓》：「牛車絕～。」❸ [轔轔]象聲詞。① 車行聲。唐·杜甫《兵車行》：「車～～，馬蕭蕭，行人弓箭各在腰。」② 雷鳴聲。漢·崔駰《東巡頌》：「天動雷霆，隱隱～～。」

〔三〕🔊lìn 🔊leon6 論
輾軋，踐踏。漢·司馬相如《子虛賦》：「掩兔～鹿。」

**鱗** 🔊lín 🔊leon4 鄰
❶ 魚類、爬行類及少數哺乳類動物密排於身體表層的片狀物。戰國楚·宋玉《高唐賦》：「振～奮翼。」❷ 魚的代稱。宋·范仲淹《岳陽樓記》：「沙鷗翔集，錦～游泳。」❸ 泛指帶鱗甲的動物。《周禮·地官司徒·大司徒》：「二曰川澤，其動物宜～物，其植物宜膏物。」

**凜** 🔊lǐn 🔊lam5 林五聲
❶ 寒冷。唐·李華《弔古戰場文》：「蓬斷草枯，～若霜晨。」❷ 畏懼的樣子。宋·蘇軾《後赤壁賦》：「肅然而恐，～乎其不可留也。」❸ 通「懍」，莊嚴而令人敬畏。《宋史·李苪傳》：「望之～然猶神明。」

**廩** 🔊lǐn 🔊lam5 凜
❶ 糧倉。《孟子·滕文公上》：「今也滕有倉～府庫。」❷ 糧食。宋·蘇軾《和公濟飲湖上》：「與君歌舞樂豐年，喚取千夫食陳～。」❸ 俸祿。宋·蘇軾《答楊君素》：「薄～維絆，歸計未成。」❹ 儲藏，積聚。《素問·皮部論》：「～於腸胃。」

**轔** 🔊lìn
見 181 頁 lín。

**藺** 🔊lìn 🔊leon6 吝
植物名，即燈心草，可用來編蓆。漢·史游《急就篇》：「蒲蒻(ruò，細嫩的香蒲)～席帳帷幢。」

## ling

**凌** 🔊líng 🔊ling4 零
❶ 冰，積聚的冰。唐·孟郊《寒江吟》：「涉江莫涉～，得意須得朋。」❷ 侵犯，欺壓。戰國楚·屈原《楚辭·九歌·國殤》：「～余陣兮躐余行。」❸ 超過，壓倒。唐·王勃《滕王閣序》：「氣～彭澤之樽。」❹ 升，登。唐·杜甫《望嶽》：「會當～絕頂，一覽眾山小。」

**聆** 🔊líng 🔊ling4 玲
聽，聞。宋·蘇軾《石鐘山記》：「扣而～之，南聲函胡，北音清越。」

**陵** 🔊líng 🔊ling4 玲
❶ 大土山。《詩經·小雅·天保》：「如山如阜，如岡如～。」❷ 山峯。古詩《上邪》：「山無～，江水為竭。」❸ 墳墓。一般指帝王的墓。唐·李白《憶秦娥》：「西風殘照，漢家～闕。」❹ 登上，上升。漢·司馬相如《上書諫獵》：「今陛下好～阻險。」❺ 超過，凌駕。漢·陳琳《檄吳將校部曲文》：「自以兵強，勢～京城。」❻ 侵犯，欺侮。《禮記·中庸》：「在上位，不～下。」❼ 衰敗。《史記·高祖功臣侯者年表》：「而枝葉稍～夷衰微也。」❽ 暴烈。漢·揚雄《揚子法言·吾子》：「震風～雨。」❾ 戰慄。漢·劉向《說苑·善說》：「登高臨危……而足不～者。」❿ 嚴密。《荀子·致士》：「節奏～而文。」⓫ 淬礪，磨礪。《荀子·君道》：「兵刃不待～而勁。」

🔍 陵、山、丘。見 257 頁「山」。

**零** 🔊líng 🔊ling4 伶
❶ 雨徐徐而下。《詩經·豳風·東山》：「我來自東，～雨其濛。」❷ 降落，掉落。三國蜀·諸葛亮《出師表》：「臨表涕～。」❸ 凋落，凋零。唐·杜甫《自京赴奉先詠懷》：「歲暮百草～，疾風高岡裂。」❹ 零碎，零散。唐·白居易《題州北路旁老柳樹》：「雪花～碎逐年減，煙葉稀疏隨分新。」❺ 餘，零頭。宋·包拯《擇官再舉范祥》：「二年計增錢五十一萬六千貫有～。」

**靈** 🔊líng 🔊ling4 零
❶ 跳舞降神的女巫。戰國楚·屈原《楚辭·九歌·東皇太一》：「～偃蹇（yǎnjiǎn，形容舞蹈的姿態）兮姣服，芳菲菲兮滿堂。」❷ 神靈。北魏·酈道元《水經注·渭水》：「出五色魚，俗以為～。」❸ 福，祐。《左傳·隱公三年》：「若以大夫之～，得保首領以沒。」❹ 應驗，靈驗。明·劉基《司馬季主論卜》：「鬼神何～。」❺ 靈秀，有靈氣。唐·劉禹錫《陋室銘》：「水不在深，有龍則～。」❻ 神奇。明·魏學洢《核舟記》：「技亦～怪矣哉！」❼ 威靈，靈魂。三國蜀·諸葛亮《出師表》：「不效，則治臣之罪，以告先帝之～。」❽ 屬於死人的。三國魏·曹植《贈白馬王彪》：「孤魂翔故域，～柩寄京師。」❾ 善，美好。《詩經·鄘風·定之方中》：「～雨既零。」❿ 聰明，通曉事理。唐·韓愈《祭鱷魚文》：「不然，則是鱷魚冥頑不～。」⓫ 靈巧，靈活。明·徐霞

客《徐霞客遊記・滇遊日記》:「舞霓裳而骨節皆へ。」

**領** 🔊lǐng 🔊ling5 嶺
① 脖子。《孟子・梁惠王上》:「則天下之民皆引〜而望之矣。」② 衣領。清・吳敬梓《儒林外史》第三回:「身穿葵花色圓〜,金帶、皂靴。」③ 要領。南朝梁・劉勰《文心雕龍・序志》:「上篇以上,綱〜明矣。」④ 統率,帶領。漢・楊惲《報孫會宗書》:「總〜從官。」⑤ 領會。晉・陶潛《飲酒》:「醒醉還相笑,發言各不〜。」

**嶺** 🔊lǐng 🔊ling5 領
① 山峯,山脈。晉・王羲之《〈蘭亭集〉序》:「此地有崇山峻〜。」② 五嶺(大庾嶺、越城嶺、都龐嶺、萌渚嶺、騎田嶺)的簡稱。《史記・南越列傳》:「兵不能踰〜。」

**令** 🔊lìng 🔊ling6 另
① 命令。《國語・越語上》:「乃號〜於三軍。」② 法令,政令。《史記・屈原賈生列傳》:「懷王使屈原造為憲〜。」③ 使,讓。《戰國策・趙策四》:「有復言〜長安君為質者,老婦必唾其面。」④ 官名,可指縣級地方行政長官,或中央政府部門長官。⑤ 詞調、曲調名,即小令,又名令曲。⑥ 酒令,飲酒時賭輸贏的遊戲。唐・劉禹錫等《春池泛舟聯句》:「杯停新〜舉。」⑦ 時令,節令。清・李漁《閒情偶寄・頤養》:「春之為〜,即天地交歡之候。」⑧ 善,美好。《孟子・告子上》:「〜聞廣譽施於身。」⑨ 對他人親屬的敬稱,如以

「令尊」稱對方父親,「令堂」稱對方母親,「令愛」稱對方女兒等。⑩ 連詞,如果,假使。《史記・魏其武安侯列傳》:「〜我百歲後,皆魚肉之矣。」

🔍 令、命。見 201 頁「命」。

## liu

**留** 🔊liú 🔊lau4 流
① 停留,留下。宋・范仲淹《漁家傲》:「衡陽雁去無〜意。」② 收留,挽留。《史記・項羽本紀》:「項王即日因〜沛公與飲。」③ 扣留。《史記・屈原賈生列傳》:「因〜懷王,以求割地。」④ 保存,遺留。唐・李白《將進酒》:「古來聖賢皆寂寞,惟有飲者〜其名。」⑤ 稽留,拖延。明・方以智《物理小識・鳥獸類上》:「卵〜二三月,即伏不出矣。」

**★流** 🔊liú 🔊lau4 留
① 水或其他液體的移動。《戰國策・秦策一》:「引錐自刺其股,血〜至足。」② 順水漂流。南朝梁・宗懍《荊楚歲時記》:「為杯曲水之飲。」③ 移動,運行。宋・蔣捷《一剪梅・舟過吳江》:「〜光容易把人拋。」④ 漂泊,流浪。《史記・萬石張叔列傳》:「公卿議欲請徙〜民於邊以適之。」⑤ 虛浮的,無根據的。南朝梁・丘遲《與陳伯之書》:「外受〜言。」⑥ 傳佈,擴散。《孟子・公孫丑上》:「德之〜行,速於置郵而傳命。」⑦ 流露。南朝宋・鮑照《代出自薊北門行》:「簫鼓〜漢思,

旌斾被胡霜。」❽ 放縱。《禮記・樂記》：「使其聲足樂而不～。」❾ 求取。《詩經・周南・關雎》：「參差荇菜，左右～之。」❿ 放逐。《尚書・虞書・舜典》：「～共工于幽州。」⓫ 水流。《荀子・勸學》：「不積小～，無以成江海。」⓬ 派別，品類。《漢書・藝文志》：「法家者～，蓋出於理官。」

**劉** ⓪liú ⓪lau4 流
❶ 斧鉞一類的兵器。《尚書・周書・顧命》：「一人冕執～。」❷ 征服。《逸周書・世俘》：「咸～商王紂。」❸ 凋殘。明・劉基《擢彼喬松》：「靡草不凋，無木不～。」

**柳** ⓪liǔ ⓪lau5 樓五聲
落葉喬木，枝細長下垂，葉狹長，春天開花，黃綠色。種子上有白色毛狀物，成熟後隨風飛散，叫柳絮。唐・杜甫《絕句》：「兩個黃鸝鳴翠～。」

🔍 柳、楊。見 357 頁「楊」。

**六** ⓪liù ⓪luk6 綠
數詞。《禮記・大同與小康》：「此～君子者，未有不謹於禮也。」

## long

**隆** ⓪lóng ⓪lung4 龍
❶ 高，突起。清・劉蓉《習慣說》：「後蓉履其地，蹴然以驚，如土忽～起者。」❷ 興盛。三國蜀・諸葛亮《出師表》：「親賢臣，遠小人，此先漢之所以興～也。」❸ 多，豐厚。《淮南子・繆稱訓》：「禮不～而德有餘。」❹ 深，深厚。《紅樓夢》第四回：「蒙皇上～恩

起復委用。」❺ 尊崇。《荀子・禮論》：「尊先祖而～君師。」❻ 顯赫。南朝梁・劉勰《文心雕龍・程器》：「將相以位～特達。」

**龍** ⓪lóng ⓪lung4 隆
❶ 傳說中能興雲降雨的神異動物。也指似龍的動物。《荀子・勸學》：「積水成淵，蛟～生焉。」❷ 比喻皇帝。唐・杜甫《哀王孫》：「豺狼在邑～在野，王孫善保千金軀。」❸ 比喻非常之人。《三國志・蜀書・諸葛亮傳》：「諸葛孔明者，臥～也。」❹ 堪輿家稱山脈的走勢。唐・劉禹錫《虎丘寺路宴》：「鑿山～已去。」❺ 由龍捲風形成的積雨雲。唐・張籍《雲童行》：「雲童童，白～之尾垂江中。」

**籠** ㊀⓪lóng ⓪lung4 龍
❶ 竹製盛物器。南朝宋・劉義慶《世說新語・任誕》：「持半小～生魚。」❷ 飼養鳥、蟲、家禽等的籠子。明・袁宏道《滿井遊記》：「一望空闊，若脫～之鵠。」❸ 將手或物品放在衣袖裏。宋・王安石《用前韻戲贈葉致遠直講》：「熟視～兩手。」

㊁⓪lǒng ⓪lung4 龍
❶ 籠罩。北朝民歌《敕勒歌》：「天似穹廬，～蓋四野。」❷ 包羅。唐・柳宗元《鈷鉧潭西小丘記》：「丘之小不能一畝，可以～而有之。」❸ 纏繞。唐・韓愈《閒遊》：「藤～老樹新。」❹ 籠絡，控制。《列子・黃帝》：「聖人以智～羣愚。」

㊂⓪lǒng ⓪lung5 壟
箱籠。《南史・范述曾傳》：「唯有二十～簿書。」

# 隴
⊜lǒng ⊜lung5 壟

❶ 山名，在今甘肅、陝西交界處。也指今甘肅一帶。❷ 通「壟」，墳墓。《墨子·節葬下》：「葬埋必厚，……丘～必巨。」❸ 通「壟」，田埂，田間高地，引申為農田。唐·杜甫《兵車行》：「縱有健婦把鋤犁，禾生～畝無東西。」

# 籠
⊜lǒng

見 184 頁 lóng。

---

lou

# 壣
⊜lóu ⊜lau5 柳

[培壣] 見 218 頁「培」。

# 樓
⊜lóu ⊜lau4 留

❶ 兩層以上的房屋。唐·杜牧《阿房宮賦》：「五步一～，十步一閣。」❷ 建在城牆、土臺等高處的建築物。唐·白居易《寄微之》：「城～枕水涯。」❸ 車、船有上層的，也叫樓。《左傳·宣公十五年》：「登諸～車。」

# 陋
⊜lòu ⊜lau6 漏

❶ 狹小，簡陋。唐·劉禹錫《陋室銘》：「斯是～室，惟吾德馨。」❷ 見聞不廣，知識淺薄。《禮記·學記》：「獨學而無友，則孤～而寡聞。」❸ 低微，卑賤。晉·李密《陳情表》：「今臣亡國賤俘，至微至～。」❹ 鄙視，輕視。唐·柳宗元《鈷鉧潭西小丘記》：「農夫漁父過而～之。」❺ 醜陋。《後漢書·梁冀傳》：「容貌甚～，不勝冠帶。」❻ 粗俗，不雅。《新書·道術》：「辭令就得謂之雅，反雅為～。」❼ 偏僻，邊遠。《論語·子罕》：「子欲居九夷，或曰：『～如之何？』」❽ 粗劣。《宋書·孔覬傳》：「吳郡顧愷之亦尚儉素，衣裝器服，皆擇其～者。」❾ 吝嗇。漢·張衡《東京賦》：「儉而不～。」

# 漏
⊜lòu ⊜lau6 陋

❶ 漏壺，古代的一種計時器。唐·杜甫《奉和賈至舍人早朝大明宮》：「五夜～聲催曉箭，九重春色醉仙桃。」❷ 更次，時刻。唐·白居易《和櫛沐寄道友》：「停驂待五～。」❸ 物體從孔穴或縫隙中透出。明·歸有光《項脊軒志》：「余稍為修葺，使不上～。」❹ 疏漏。三國蜀·諸葛亮《出師表》：「必能裨補闕～，有所廣益。」❺ 遺漏，遺忘。《南齊書·崔慰祖傳》：「採《史》、《漢》所～二百餘事。」❻ 泄露。《左傳·襄公十四年》：「蓋言語～泄。」

# 鏤
⊜lòu ⊜lau6 漏

❶ 可供雕刻的剛鐵。《尚書·夏書·禹貢》：「（梁州）厥貢璆、鐵、銀、～、砮、磬。」❷ 雕刻。《荀子·勸學》：「鍥而不舍，金石可～。」❸ 疏通，開鑿。《漢書·司馬相如傳下》：「～靈山。」

---

lu

# 廬
⊜lú ⊜lou4 牢

❶ 簡陋的棚舍或小屋。三國蜀·諸葛亮《出師表》：「三顧臣於草～之中，諮臣以當世之事。」❷ 在墓旁守喪的小屋。也指居廬守喪。《新唐書·陳子昂傳》：「會父喪，～冢次。」❸ 古代沿途迎候賓客的房舍。《周禮·地官司徒·遺人》：「十里有～，～有飲食。」

❹ 古代官員值宿的房舍。《漢書·嚴助傳》:「君厭承明之~,勞侍從之事,懷故土,出為郡吏。」❺ 居住。漢·張衡《西京賦》:「恨阿房之不可~。」

**瀘** 曾lú 粵lou4 牢

古水名,指今金沙江下游的一段。三國蜀·諸葛亮《出師表》:「故五月渡~,深入不毛。」

**蘆** 曾lú 粵lou4 牢

❶ 植物名,即蘆葦。元·白樸《沉醉東風·漁父詞》:「黃~岸白蘋渡口。」❷ [蘆菔 fú] 蘿蔔。《後漢書·劉盆子傳》:「掘庭中~~根。」❸ [葫蘆] 見 111 頁「葫」。

**虜** 曾lǔ 粵lou5 魯

❶ 俘獲。《史記·項羽本紀》:「若屬皆且為所~。」❷ 戰俘,俘虜。明·唐順之《信陵君救趙論》:「不幸戰不勝,為~於秦。」❸ 搶奪,掠取。晉·張載《七哀》:「珠柙離玉體,珍寶見剽~。」這個意義後來寫作「擄」。❹ 奴隸,奴僕。《韓非子·五蠹》:「雖臣~之勞不苦於此矣。」❺ 指敵人。《史記·高祖本紀》:「(項羽)伏弩射中漢王,漢王傷匈(同『胸』),乃捫(mén,摸)足曰:『~中吾指。』」❻ 對北方的外族或南人對北人的蔑稱。南朝梁·丘遲《與陳伯之書》:「北~僭盜中原。」

**魯** 曾lǔ 粵lou5 老

❶ 遲鈍。《論語·先進》:「(高)柴也愚,(曾)參也~。」❷ 粗魯。宋·周羽翀《三楚新錄》:「語~而且醜。」❸ 周代諸侯國名,在今山東兗州東南至江蘇沛縣、安徽泗縣一帶。

**櫓** 曾lǔ 粵lou5 魯

❶ 古代兵器,大盾。漢·賈誼《過秦論》:「伏屍百萬,流血漂~。」❷ 沒有頂蓋的望樓。《晉書·朱伺傳》:「遂重柴繞城,作高~,以勁弩下射之。」❸ 比槳長而大的划船用具。《三國志·吳書·呂蒙傳》:「使白衣搖~。」

**陸** 曾lù 粵luk6 綠

❶ 高出水面的土地。宋·周敦頤《愛蓮說》:「水~草木之花,可愛者甚蕃。」❷ 道路,陸上通道。《墨子·非樂上》:「舟用之水,車用之~。」❸ 跳躍。《莊子·馬蹄》:「齕(hé,咬)草飲水,翹足而~,此馬之真性也。」

**祿** 曾lù 粵luk6 六

❶ 福。《禮記·中庸》:「受~于天。」❷ 官吏的俸祿。《史記·孔子世家》:「居魯得~幾何?」

**碌** 曾lù 粵luk1 轆

[碌碌] ① 玉石美好的樣子。《文子·符言》:「故不欲~~如玉。」② 平庸無能的樣子。清·方苞《左忠毅公軼事》:「吾諸兒~~,他日繼吾志事,惟此生耳!」③ 忙碌勞苦的樣子。唐·牟融《遊報本寺》:「自笑微軀長~~,幾時來此學無還。」④ 車輪轉動的聲音。唐·賈島《古意》:「~~復~~,百年雙轉轂(gǔ,車輪中心的圓木)。」

**賂** 曾lù 粵lou6 路

❶ 贈送財物。《漢書·武帝紀》:「朕飾子女以配單于,金幣文繡,~之甚厚。」❷ 行賄,有所求而以財物買通人。《晉書·謝玄傳》:「賊厚~泓,使云『南軍已

敗」。」❸ 贈送的財物。也泛指財物。漢・司馬遷《報任安書》：「家貧，貨～不足以自贖。」

**路** ⦾lù ⦾lou6露
❶ 道路，往來通行的地方。《古詩十九首・行行重行行》：「道～阻且長，會面安可知？」❷ 路途，路程。晉・陶潛《桃花源記》：「忘～之遠近。」❸ 途徑，門路。三國蜀・諸葛亮《出師表》：「不宜妄自菲薄，引喻失義，以塞忠諫之～也。」❹ 比喻當政、掌權。《孟子・公孫丑上》：「夫子當～於齊。」❺ 經過，途經。戰國楚・屈原《楚辭・離騷》：「～不周以左轉兮。」❻ 條理，規律。《尚書・周書・洪範》：「遵王之～。」

**僇** ⦾lù ⦾luk6錄
❶ 通「戮」，侮辱，羞辱。《呂氏春秋・當染》：「故國殘身死，為天下～。」❷ 通「戮」，殺。《呂氏春秋・論人》：「惜上世之亡主，以罪為在人，故曰殺～而不止，以至於亡而不悟。」❸ [僇力] 也作「勠力」。勉力，合力。《史記・商君列傳》：「～～本業，耕織致粟帛多者復其身。」

**漉** ⦾lù ⦾luk6六
❶ 使乾涸，竭盡。《呂氏春秋・仲春》：「是月也，無竭川澤，無～陂池。」❷ 液體慢慢地滲下。《史記・司馬相如列傳》：「滋液滲～。」❸ 過濾。三國魏・曹植《七步詩》：「煮豆持作羹，～豉以為汁。」❹ 用網撈取。唐・白居易《寄皇甫七》：「鄰女偷新果，家僮～小魚。」

**蓼** ⦾lù
見 179 頁 liǎo。

**戮** ⦾lù ⦾luk6錄
❶ 殺。南朝梁・丘遲《與陳伯之書》：「自相夷～。」❷ 陳屍示眾。《史記・孔子世家》：「防風氏後至，禹殺而～之。」❸ 暴虐。《呂氏春秋・貴因》：「讒慝勝良，命曰～。」❹ 羞辱。漢・司馬遷《報任安書》：「重為鄉黨～笑。」❺ 合，併。《史記・項羽本紀》：「臣與將軍～力而攻秦。」

**錄** ⦾lù ⦾luk6綠
❶ 記錄。晉・王羲之《〈蘭亭集〉序》：「～其所述。」❷ 簿籍，名冊。三國魏・曹丕《與吳質書》：「觀其姓名，已為鬼～。」❸ 抄錄，謄寫。明・宋濂《送東陽馬生序》：「手自筆～。」❹ 採納，採取。漢・王充《論衡・別通》：「或觀讀采取，或棄捐不～。」❺ 拘捕。南朝宋・劉義慶《世說新語・政事》：「吏～一犯夜人來。」❻ 總領。《後漢書・和帝紀》：「大司農尹睦為太尉，～尚書事。」

**簏** ⦾lù ⦾luk1碌
竹製的盛物器具。《三國演義・楊修之死》：「明日用大～裝絹，再入以惑之。」

**露** ⦾lù ⦾lou6路
❶ 露水，即靠近地面的水蒸氣，夜間遇冷凝結而成的小水珠。❷ 滋潤。《詩經・小雅・白華》：「英英白雲，～彼菅茅。」❸ 顯露。宋・楊萬里《小池》：「小荷才～尖尖角，早有蜻蜓立上頭。」❹ 敗露，泄露。唐・白居易《得乙盜

買印用法直斷以偽造論》：「潛謀斯～。」❺ 揭露。《後漢書·孔融傳》：「前以～袁術之罪。」❻ 破敗，敗壞。《莊子·漁父》：「故田荒室～。」❼ 羸弱，瘦弱。《列子·湯問》：「氣甚猛，形甚～。」❽ 芳烈的酒。明·宗臣《過采石懷李白》：「為君五斗金莖～，醉殺江南千萬山。」

## 鷺　⓷lù ⓹lou6路

一種水鳥，即白鷺，也稱鷺鷥。唐·杜甫《絕句》：「兩個黃鸝鳴翠柳，一行白～上青天。」

### lú

## 閭　⓷lú ⓹leoi4雷

❶ 里巷的大門。也泛指門。唐·柳宗元《駁復讎議》：「當時諫臣陳子昂建議誅之而旌其閭～。」❷ 古代戶籍編制單位。也泛指鄉里。唐·白居易《村居苦寒》：「回觀村～間，十室八九貧。」

## 旅　⓷lǚ ⓹leoi5呂

❶ 軍隊的編制單位。《周禮·地官司徒·小司徒》：「五人為伍，五伍為兩，四兩為卒，五卒為～。」❷ 泛指軍隊。《論語·先進》：「加之以師～。」❸ 眾人，眾多。《左傳·昭公三年》：「敢煩里～。」❹ 俱，共同。《國語·越語上》：「吾不欲匹夫之勇也，欲其～進～退。」❺ 次序。《儀禮·燕禮》：「賓以～酬於西階上。」❻ 陳列。《漢書·敍傳下》：「周穆觀兵，荒服不～。」❼ 寄居外地。《左傳·莊公二十二年》：「羈～之臣，幸若獲宥。」❽ 旅客。

宋·范仲淹《岳陽樓記》：「商～不行，檣傾楫摧。」

## 屢　⓷lǚ ⓹leoi5呂

多次，經常。《論語·先進》：「（顏）回也其庶乎，～空。」

## 履　⓷lǚ ⓹lei5里

❶ 鞋。《韓非子·鄭人買履》：「鄭人有且置～者，先自度其足而置之其坐。」❷ 穿鞋。《史記·留侯世家》：「因長跪～之。」❸ 踩踏，行走。《論語·泰伯》：「如～薄冰。」❹ 經歷。《後漢書·張衡傳》：「親～艱難者知下情。」❺ 臨，處。漢·賈誼《過秦論》：「～至尊而制六合。」❻ 國土，領土。《左傳·僖公四年》：「賜我先君～，東至于海，西至于河。」❼ 執行，實行。《國語·吳語》：「夫謀必素見成事焉，而後～之。」❽ 操守，品行。《晉書·郗鑒傳》：「太真性～純深。」

## 縷　⓷lǚ ⓹leoi5呂

❶ 絲線，麻線。《孟子·滕文公上》：「麻～絲絮輕重同，則賈（通『價』）相若。」❷ 泛指細而長的線狀物。北魏·賈思勰《齊民要術·作葅藏生菜法》：「淨洗通體，細切長～。」❸ 帛。《孟子·盡心下》：「有布～之征，粟米之征，力役之征。」❹ 詳細地，逐條地。南朝梁·劉勰《文心雕龍·聲律》：「非可～言。」❺ 刺繡。唐·白居易《繡觀音菩薩像贊序》：「紉針～綵。」❻ 量詞，多用於細長之物。唐·韋應物《長安遇馮著》：「昨別今已春，鬢絲生幾～。」

## 律　⓷lǜ ⓹leot6栗

❶ 古代定音用的管狀儀器。

《孟子·離婁上》:「不以六～,不能正五音。」❷ 法令,法紀。漢·晁錯《論貴粟疏》:「今法～賤商人。」❸ 規律,規則。《淮南子·覽冥訓》:「以治日月之行～。」❹ 詩的格律。唐·杜甫《又示宗武》:「覓句新知～。」

率 ⓟ lǜ
見 282 頁 shuài。

綠 ⓟ lǜ ⓒ luk6 六
❶ 綠色。元·白樸《沉醉東風·漁父詞》:「～楊堤紅蓼灘頭。」❷ 烏黑色。古詩詞中常用來形容鬢髮。唐·李白《古風五十九首》之五:「中有～髮翁,披雲卧松雪。」

> 宋·王安石《泊船瓜洲》「春風又綠江南岸」一句中,「綠」的意思是「染綠了」,由形容詞變成了動詞,這是「詞類活用」的一種,在文言文中非常普遍。

慮 ⓟ lǜ ⓒ leoi6 類
❶ 思考,謀劃。《論語·衛靈公》:「人無遠～,必有近憂。」❷ 心思,意念。三國蜀·諸葛亮《出師表》:「此皆良實,志～忠純。」❸ 憂慮,擔心。《資治通鑑》卷六十五:「願將軍勿～!」❹ 大約,大概。宋·蘇舜欽《內園使連州刺史知代州劉公墓誌》:「獲馬畜鎧甲之類,～一萬七千三百餘。」❺ 恐怕。《漢書·賈誼傳》:「雖名為臣,實皆有布衣昆弟之心,～亡不帝制而天子自為者。」❻ 用繩子結綴。《莊子·逍遙遊》:「今子有五石之瓠,何不～以為大樽而浮於江湖。」

## luan

巒 ⓟ luán ⓒ lyun4 聯
❶ 小而尖銳的山。戰國楚·屈原《楚辭·九章·悲回風》:「登石～以遠望兮。」❷ 狹長的山。晉·陸機《苦寒行》:「凝冰結重澗,積雪被長～。」❸ 泛指山峯。明·袁宏道《滿井遊記》:「山～為晴雪所洗,娟然如拭。」

亂 ⓟ luàn ⓒ lyun6 聯六聲
❶ 治,治理。《論語·泰伯》:「予有～臣十人。」❷ 動亂,戰亂。晉·陶潛《桃花源記》:「先世避秦時～,率妻子邑人來此絕境。」❸ 橫暴無道。《韓非子·五蠹》:「桀、紂暴～而湯、武征伐。」❹ 擾亂,敗壞。《論語·衛靈公》:「小不忍則～大謀。」❺ 無秩序,動盪不安。三國蜀·諸葛亮《出師表》:「苟全性命於～世,不求聞達於諸侯。」❻ 無條理,雜亂。《左傳·曹劌論戰》:「吾視其轍～,望其旗靡,故逐之。」❼ 混雜,混淆。《韓非子·喻老》:「～之楛葉之中而不可別也。」❽ 昏亂,迷糊。《論語·鄉黨》:「唯酒無量,不及～。」❾ 紛繁,錯雜。唐·白居易《錢塘湖春行》:「～花漸欲迷人眼,淺草才能沒馬蹄。」❿ 隨便,任意。唐·白居易《與元微之書》:「隨意～書。」⓫ 指古代樂曲的最後一章或辭賦篇末總括全篇要旨的話。

## lüè

掠 ⓟ lüè ⓒ loek6 略
❶ 搶奪,奪取。唐·杜牧

《阿房宮賦》:「摽～其人。」❷ 拷問。《禮記·月令》:「去桎梏,毋肆～,止獄訟。」❸ 砍,砍伐。《穆天子傳》:「命虞人～林除藪(sǒu,密生雜草的湖澤)。」❹ 輕輕擦過,拂過。宋·蘇軾《後赤壁賦》:「(孤鶴)戛然長鳴,～予舟而西也。」❺ 梳理。明·袁宏道《滿井遊記》:「鮮妍明媚,如倩女之靧面而髻鬟之始～也。」

**略** ⓟ lüè ⓒ loek6 掠

❶ 疆界。《左傳·昭公七年》:「封～之內,何非君土?」❷ 治理。《左傳·昭公七年》:「天子經～,諸侯正封,古之制也。」❸ 巡行,行經。宋·蘇軾《潮州韓文公廟碑》:「西遊咸池～扶桑。」❹ 奪取。《戰國策·燕策三》:「進兵北～地至燕南界。」❺ 收羅。《左傳·成公十二年》:「～其武夫,以為己腹心。」❻ 法度。《左傳·定公四年》:「吾子欲復文武之～。」❼ 謀略,智謀。宋·蘇洵《六國論》:「燕趙之君,始有遠～,能守其土,義不賂秦。」❽ 簡略。漢·司馬遷《報任安書》:「～考其行事。」❾ 忽略,輕視。《荀子·修身》:「君子之求利也～。」❿ 大致,概要。《孟子·萬章下》:「嘗聞其～也。」⓫ 皆,全。北魏·酈道元《水經注·江水》:「兩岸連山,～無闕處。」

### lun

**倫** ⓟ lún ⓒ leon4 輪

❶ 同輩,同類。漢·賈誼《過秦論》:「吳起、孫臏、……趙奢之制其兵。」❷ 倫常,綱紀。《孟子·滕文公上》:「教以人～。」❸ 道理。《論語·微子》:「言中～,行中慮。」❹ 條理,順序。《尚書·虞書·舜典》:「八音克諧,無相奪～。」❺ 比,匹敵。唐·陳子昂《堂弟孜墓誌銘》:「實為時輩所高,而莫敢與～也。」

> 「五倫」,儒家禮教中稱君臣、父子、兄弟、夫婦、朋友之間的五種關係,也稱「五常」。

**綸** ㊀ ⓟ lún ⓒ leon4 輪

❶ 青絲綬帶,為古代官員繫印用的絲帶。《後漢書·仲長統傳》:「身無半通青～之命。」❷ 釣絲。《淮南子·俶真訓》:「以道為竿,以德為～,禮樂為鈎,仁義為餌。」❸ 粗於絲的繩子。《禮記·緇衣》:「王言如絲,其出如～。」❹ 比喻帝王的旨意。唐·王勃《春思賦》:「夕憩金閨奉帝～。」❺ 治理。《禮記·中庸》:「為能經～天下之大經。」

㊁ ⓟ guān ⓒ gwaan1 關

[綸巾] 古代用青色絲帶編的頭巾,相傳為三國諸葛亮所創,故又名「諸葛巾」。

**輪** ⓟ lún ⓒ leon4 倫

❶ 車輪。《荀子·勸學》:「木直中繩,輮以為～,其曲中規。」❷ 車。宋·孫光憲《臨江仙》:「杏杏征～何處去?」❸ 迴轉,轉動。《呂氏春秋·大樂》:「天地車～,終則復始,極則復反,莫不咸當。」❹ 輪流,按次序更替。晉·葛洪《神仙傳·張道陵》:「使諸弟子隨事～

出米絹器物。」❺ 周邊，邊緣。《後漢書．董卓傳》：「又錢無～郭文章，不便人用。」❻ 像車輪的物體，多指月或日。唐．杜甫《江月》：「銀河沒半～。」❼ 圓。南唐．李煜《昭惠周后誄》：「鏡重～兮何年？」❽ 製作車輪的工匠。《孟子．滕文公下》：「則梓匠～輿皆得食於子。」❾ 高大的樣子。《禮記．檀弓下》：「美哉～焉。」

**論** [普] lún
見 191 頁 lùn。

**論** [一] [普] lùn [粵] leon6 吝
❶ 議論。三國蜀．諸葛亮《出師表》：「先帝在時，每與臣～此事，未嘗不歎息痛恨於桓、靈也！」❷ 衡量，評定。三國蜀．諸葛亮《出師表》：「～其刑賞，以昭陛下平明之治。」❸ 定罪。明．袁宏道《徐文長傳》：「下獄～死。」❹ 推知。《荀子．解蔽》：「處於今而～久遠。」❺ 考慮。秦．李斯《諫逐客書》：「不～曲直。」❻ 敍說，陳述。唐．杜甫《詠懷古跡》之三：「千載琵琶作胡語，分明怨恨曲中～。」❼ 主張，學說。宋．沈括《夢溪筆談．藥議》：「世俗似此之～甚多，皆謬說。」
[二] [普] lún [粵] leon4 倫
《論語》的簡稱。

🔍 論、談。見 294 頁「談」。

## luo

**羅** [普] luó [粵] lo4 鑼
❶ 捕鳥的網。《韓非子．難三》：「以天下為之～，則雀不失矣。」❷ 張網捕鳥。《詩經．小雅．鴛鴦》：「鴛鴦于飛，畢之～之。」❸ 羅列，散佈。晉．陶潛《歸園田居》：「榆柳蔭後簷，桃李～堂前。」❹ 輕軟的絲織品。戰國楚．屈原《楚辭．招魂》：「～幬（帷帳）張些。」

**烙** [普] luò
見 170 頁 lào。

**絡** [普] luò [粵] lok3 洛
❶ 纏繞，環繞。北魏．酈道元《水經注．決水》：「其水歷山委注而～其縣矣。」❷ 覆蓋。《文子．精誠》：「智～天地。」❸ 網，網狀物。明．陳子龍《報夏考功書》：「而邏～忽嚴。」

**落** [普] luò [粵] lok6 樂
❶ 樹葉或花脱落，飄落。唐．李白《古風五十九首》之十四：「木～秋草黃。」❷ 下降，掉下。唐．張繼《楓橋夜泊》：「月～烏啼霜滿天。」❸ 掉進，陷入。晉．陶潛《歸園田居》：「誤～塵網中，一去三十年。」❹ 除去，去掉。唐．劉長卿《戲贈干越尼子歌》：「龍宮～髮披袈裟。」❺ 掉在後面。唐．李白《流夜郎贈辛判官》：「氣岸遙凌豪士前，風流肯～他人後？」❻ 稀少。《史記．汲鄭列傳》：「家貧，賓客益～。」❼ 衰敗。《管子．宙合》：「盛而不～者，未之有也。」❽ 耽誤，荒廢。《莊子．天地》：「夫子闔行邪？無～吾事。」❾ 止息。唐．李子卿《府試授衣賦》：「山靜風～。」❿ 居處。唐．杜甫《兵車行》：「千村萬～生荊杞。」⓫ [瓠落] 見 111 頁「瓠」。

# M

## ma

**★馬** 〔普〕mǎ 〔粵〕maa5 碼

❶ 家畜名，古代常用來拉車、作坐騎等。《古詩十九首・行行重行行》：「胡～依北風，越鳥巢南枝！」❷ 籌碼。《禮記・投壺》：「請為勝者立～。」❸ [洗馬] 見 328 頁「洗」。

**麼** 〔一〕〔普〕ma 〔粵〕maa1 嗎

語氣詞，表示疑問。唐・賈島《王侍御原莊》：「南齋宿雨後，仍許重來～？」

〔二〕〔普〕mó 〔粵〕mo1 魔

❶ 細小。《列子・湯問》：「江浦之間生～蟲，其名曰焦螟。」❷ 代詞，這麼，那麼。宋・黃庭堅《南鄉子》：「萬水千山還～去，悠哉！」

## mai

**埋** 〔一〕〔普〕mái 〔粵〕maai4 買四聲

掩藏在土中。唐・杜甫《兵車行》：「生男～沒隨百草。」

〔二〕〔普〕mán 〔粵〕maai4 買四聲

[埋冤] 同「埋怨」。責備，抱怨。宋・辛棄疾《南鄉子・舟中記夢》：「只記～～前夜月。」

**買** 〔普〕mǎi 〔粵〕maai5 埋五聲

❶ 用金錢換取物品，與「賣」相對。北朝民歌《木蘭詩》：「東市～駿馬，西市～鞍韉。」❷ 租用或僱傭。《韓非子・五蠹》：「澤居苦水者，～庸而決竇（挖水道）。」❸ 招惹，招致。《戰國策・韓策一》：「此所謂市怨而～禍者也。」

❹ 博取，追逐，獲取。《管子・法禁》：「說人以貨財，濟人以～譽，其身甚靜。」

**脈** 〔一〕〔普〕mài 〔粵〕mak6 默

❶ 血管。《素問・脈要精微論》：「夫～者，血之府也。」❷ 脈息，脈搏。《史記・扁鵲倉公列傳》：「復診其～，而～躁。」❸ 指如同血管那樣連貫而有條理的事物。唐・王建《隱者居》：「雪縷青山～，雲生白鶴毛。」

〔二〕〔普〕mò 〔粵〕mak6 默

[脈脈] 同「眽眽」。凝視、含情而望的樣子。《古詩十九首・迢迢牽牛星》：「盈盈一水間，～～不得語。」

**麥** 〔普〕mài 〔粵〕mak6 默

麥子，一種主要糧食作物，有大麥、小麥。《詩經・魏風・碩鼠》：「碩鼠碩鼠，無食我～。」

**賣** 〔普〕mài 〔粵〕maai6 邁

❶ 以物品、貨物換錢，與「買」相對。明・劉基《賣柑者言》：「杭有～果者。」❷ 背棄，叛賣。明・夏完淳《南都大略》：「（史）可法始知為士英所～，已無及矣。」❸ 賣弄，炫耀。《莊子・天地》：「獨弦哀歌以～名聲於天下者乎？」

🔍 賣、售、鬻。見 275 頁「售」。

## man

**埋** 〔普〕mán

見 192 頁 mái。

**滿** 〔普〕mǎn 〔粵〕mun5 門五聲

❶ 充盈，充滿。唐・杜甫《秋興八首》之四：「西望瑤池降王母，

東來紫氣～函關。」❷ 足，達到某一限度。《史記·管晏列傳》：「晏子長不～六尺。」❸ 驕傲。《新五代史·伶官傳序》：「《書》曰：～招損，謙受益。」❹ 成就，完成。《呂氏春秋·貴信》：「以言非信，則百事不～也。」❺ 到期。《陳書·虞荔傳》：「前後所居官，未嘗至秩～。」❻ 全，遍，整個。唐·白居易《賣炭翁》：「～面塵灰煙火色。」

慢 ⓜmàn ⓔmaan6 漫
❶ 鬆懈，怠慢。三國蜀·諸葛亮《出師表》：「若無興德之言，則責攸之、禕、允等之～。」❷ 傲慢，不敬。《史記·淮陰侯列傳》：「王素～無禮。」❸ 緩慢。唐·白居易《琵琶行》：「輕攏～撚抹復挑。」❹ 胡亂，隨意。宋·聶冠卿《多麗》：「休辭醉，明月好花，莫～輕擲！」❺ 徒然。宋·周邦彥《水龍吟·詠梨花》：「恨玉容不見，瓊英～好，與何人比！」❻ 唐宋時雜曲曲調名，曲調較舒緩，如宋·李清照有《聲聲慢》詞，宋·姜夔有《揚州慢》詞。❼ 通「墁」，塗抹。《莊子·徐無鬼》：「郢人堊（è，白土）～其鼻端，若蠅翼。」

漫 ⓜmàn ⓔmaan6 慢
❶ 水漲流溢。宋·王安石《白日不照物》：「西南～為壑。」❷ 水盛大的樣子。唐·儲光羲《酬綦毋校書夢耶溪見贈之作》：「春看湖水～。」❸ 滿，遍。宋·朱熹《題周氏溪園》：「桃李任～山。」❹ 放縱，不檢點。《新唐書·元結傳》：「公～久矣。」❺ 隨便，任意。唐·杜甫《聞官軍收河南河北》：「～卷詩書喜欲狂。」❻ 徒然。唐·杜甫《賓至》：「～勞車馬駐江干。」❼ 玷污。《莊子·讓王》：「又欲以其辱行～我。」❽ 模糊。宋·王安石《遊褒禪山記》：「有碑仆道，其文～滅。」❾ 長，遠。《古詩十九首·涉江采芙蓉》：「還望顧舊鄉，長路～浩浩。」❿ [瀾漫] 見 169 頁「瀾」。

蔓 ⓜmàn ⓔmaan6 慢
❶ 草本蔓生植物的枝莖。唐·柳宗元《小石潭記》：「青樹翠～，蒙絡搖綴。」❷ 蔓延，滋長。《左傳·隱公元年》：「～難圖也。」

### mang

茫 ⓜmáng ⓔmong4 忙
曠遠，模糊不清。唐·李白《蜀道難》：「蠶叢及魚鳧，開國何～然。」

莽 ⓜmǎng ⓔmong5 網
❶ 密生的草。也指草木深邃的地方。漢·揚雄《長楊賦》：「羅千乘於林～。」❷ 草木茂盛的樣子。戰國楚·屈原《楚辭·九章·懷沙》：「草木～～。」❸ 無邊無際的樣子。唐·杜甫《秦州雜詩》：「～～萬重山。」

### mao

貓 ⓜmāo ⓔmaau1 矛一聲
動物名，善捕鼠。清·薛福成《貓捕雀》：「～蔽身林間，突出噬雀母。」

毛 ⓜmáo ⓔmou4 模
❶ 鳥獸的毛。唐·駱賓王《詠鵝》：「白～浮綠水，紅掌撥清

波。」❷ 人的毛髮。唐・賀知章《回鄉偶書》:「少小離家老大回,鄉音無改鬢～衰。」❸ 地表生的草木。《列子・愚公移山》:「以殘年餘力,曾不能毀山之一～,其如土石何?」❹ 莊稼五穀。《左傳・昭公七年》:「食土之～,誰非君臣。」❺ 無。《後漢書・馮衍傳》:「飢者～食,寒者裸跣。」

## 茅 ⓐmáo ⓟmaau4矛

❶ 茅草。唐・杜甫《茅屋為秋風所破歌》:「八月秋高風怒號,卷我屋上三重～。」❷ 借指草屋,簡陋的住處。南朝宋・鮑照《觀圃人藝植》:「結～野中宿。」

## 芼 ㊀ⓐmào ⓟmou6務

擇取。《詩經・周南・關雎》:「參差荇菜,左右～之。」

㊁ⓐmào ⓟmou4毛

❶ 摻雜在肉羹中的菜。《禮記・內則》:「雉兔皆有～。」❷ 摻雜。宋・蘇軾《送筍芍藥與公擇》之一:「鬼肉～蕪菁(wújīng,植物名,根及嫩葉可食)。」

## 冒 ⓐmào ⓟmou6務

❶ 覆蓋。宋・沈括《夢溪筆談・活板》:「先設一鐵板,其上以松脂、蠟和紙灰之類～之。」❷ 貪。《左傳・文公十八年》:「貪于飲食,～于貨賄。」❸ 冒犯,衝擊。《史記・秦本紀》:「於是岐下食善馬者三百人馳～晉軍,晉軍解圍。」❹ 假冒,冒充。《漢書・衛青傳》:「故青～姓為衛氏。」❺ 貿然,冒昧。唐・韓愈《為人求薦書》:「是以～進其説以累於執事。」❻ 頂着,不顧。明・袁宏道

《滿井遊記》:「每～風馳行,未百步輒返。」

## 貿 ㊀ⓐmào ⓟmau6茂

❶ 交換財物,交易。明・劉基《賣柑者言》:「予～得其一,剖之如有煙撲口鼻。」❷ 變易,改變。三國魏・吳質《在元城與魏太子箋》:「古今一揆(kuí,道理),先後不～。」

㊁ⓐmóu ⓟmau4謀

通「牟」,謀取。漢・桓寬《鹽鐵論・本議》:「是以縣官不失實,商賈無所～利。」

## 貌 ⓐmào ⓟmaau6貓六聲

❶ 面容,相貌。《戰國策・鄒忌諷齊王納諫》:「鄒忌脩八尺有餘,而形～昳麗。」❷ 姿態,神態。唐・柳宗元《捕蛇者説》:「～若甚戚者。」❸ 外表,表面。宋・文天祥《〈指南錄〉後序》:「北雖～敬,實則憤怒。」❹ 描繪,摹寫。唐・杜甫《丹青引》:「屢～尋常行路人。」

> 🔍 貌、容。二字均指人的面容、相貌,有時可互換使用。但二字也有細微差別:「貌」側重於外,如外觀、面相;「容」側重於內,如表情、神色。

## mei

## 梅 ⓐméi ⓟmui4媒

❶ 樹名,性耐寒。清・鄭燮《詠雪》:「千片萬片無數片,飛入～花都不見。」❷ 果樹名,果實即酸梅。《詩經・召南・摽有梅》:「摽(biào,落)有～,其實七兮。」

**每** ⓟ měi ⓒ mui5 梅五聲
❶ 每次，每個，每一。《論語·八佾》：「子入太廟，～事問。」
❷ 往往，常常。晉·陶潛《雜詩》：「值歡無復娛，～～多憂慮。」❸ 雖然。《詩經·小雅·常棣》：「～有良朋，況也永歎。」

**美** ⓟ měi ⓒ mei5 尾
❶ 甘美，味道好。唐·王翰《涼州詞》：「葡萄～酒夜光杯。」
❷ 形貌好。《戰國策·鄒忌諷齊王納諫》：「我孰與城北徐公～？」
❸ 善，好，與「惡」相對。《荀子·王霸》：「無國而不有～俗，無國而不有惡俗。」❹ 美好的人或事物。《論語·顏淵》：「君子成人之～，不成人之惡。」❺ 讚美，稱讚。《戰國策·鄒忌諷齊王納諫》：「吾妻之～我者，私我也。」

**妹** ⓟ mèi ⓒ mui6 昧
❶ 妹妹。北朝民歌《木蘭詩》：「阿姊聞～來，當戶理紅妝。」❷ 少女。《周易·歸妹》：「歸（出嫁）～，天地之大義也。」

**昧** ⓟ mèi ⓒ mui6 妹
❶ 暗，昏暗。戰國楚·屈原《楚辭·離騷》：「路幽～以險隘。」❷ 視物不明。《左傳·僖公二十四年》：「目不別五色之章為～。」❸ 愚昧，迷亂。《左傳·宣公十二年》：「兼弱攻～，武之善經也。」❹ 掩蔽，隱藏。唐·杜甫《迴櫂》：「吾家碑不～，王氏井依然。」❺ 違背。唐·李白《南奔書懷》：「草草出近關，行行～前算。」❻ 冒昧，冒犯。《韓非子·初見秦》：「臣～死，願望見大王。」

**袂** ⓟ mèi ⓒ mai6 迷六聲
衣袖。《戰國策·齊策一》：「舉～成幕。」

**寐** ⓟ mèi ⓒ mei6 味
入睡，睡着。《詩經·周南·關睢》：「窈窕淑女，寤～求之。」

> ○ 寐、睡、寢、眠。見 283 頁「睡」。

**媚** ⓟ mèi ⓒ mei6 未
❶ 巴結，逢迎。唐·韓愈《柳子厚墓誌銘》：「其後以不能～權貴，失御史。」❷ 喜歡，愛。《左傳·宣公三年》：「以蘭有國香，人服～之如是。」❸ 豔麗，美好。明·袁宏道《滿井遊記》：「山巒為晴雪所洗，娟然如拭，鮮妍明～。」

**魅** ⓟ mèi ⓒ mei6 未
鬼怪。《後漢書·費長房傳》：「吾責鬼～之犯法者耳。」

men

**★門** ⓟ mén ⓒ mun4 們
❶ 建築物及車船的出入口，如房門、城門、車門等。❷ 攻打或守衛城門。《左傳·僖公二十八年》：「晉侯圍曹，～焉，多死。」此為攻。《左傳·文公十五年》：「一人～于戾丘。」此為守。❸ 比喻事物的關鍵、門徑。《老子》一章：「玄之又玄，眾妙之～。」❹ 家族，門第。晉·李密《陳情表》：「～衰祚薄，晚有兒息。」❺ 學派，宗派。漢·王充《論衡·問孔》：「孔～之徒。」❻ 門類，類別。《舊唐書·杜佑傳》：「書凡九～，計二百卷。」

**捫** 🔊mén 🔊mun4門

❶ 持，握。《詩經·大雅·抑》：「莫～朕舌，言不可逝矣。」❷ 摸，撫摸。唐·李白《蜀道難》：「～參歷井仰脅息。」

meng

**泯** 🔊méng 🔊man4民

平民，百姓。《詩經·衛風·泯》：「～之蚩蚩，抱布貿絲。」

**盟** 🔊méng 🔊mang4萌

❶ 殺牲歃血，在神前立誓締約。《左傳·隱公元年》：「公及邾儀父～于蔑。」❷ 盟約。宋·陸游《釵頭鳳》：「山～雖在，錦書難託。」

> 🔍 盟、誓。「盟」本為動詞，指兩方以上訂立盟約，儀式中必定會殺牲，引申為名詞時指盟約的言辭。「誓」本為名詞，指軍隊中告誡將士的言辭，引申為動詞時指個人或羣體立誓，不必殺牲。

**蒙** 🔊méng 🔊mung4矇

❶ 草名，即女蘿。《管子·地員》：「羣藥安生，薑與桔梗，小辛大～。」❷ 覆蓋，包裹。《詩經·唐風·葛生》：「葛生～楚（荊條）。」❸ 矇騙，隱瞞。《左傳·僖公二十四年》：「上下相～，難與處矣。」❹ 愚昧，無知。《戰國策·韓策一》：「韓氏之兵非削弱也，民非～愚也。」❺ 幼稚。《宋書·文帝紀》：「復以～稚，猥同艱難。」❻ 遭受，承受。《元史·河渠志二》：「黃河決溢，千里～害。」❼ 自稱的謙詞。漢·張衡《西

京賦》：「～竊惑焉。」❽ 敬詞，承，承蒙。晉·李密《陳情表》：「尋～國恩，除臣洗馬。」

**濛** 🔊méng 🔊mung4蒙

❶ 細雨。《詩經·豳風·東山》：「我來自東，零雨其～。」❷ 彌漫，籠罩。《三國演義》第一百回：「慘霧～～。」

**孟** 🔊mèng 🔊maang6盲六聲

❶ 兄弟姐妹中排行最大的。宋·周密《癸辛雜識前集·向胡命子名》：「胡衛道三子：～曰寬，仲曰定，季曰宕。」❷ 四季中各季的首月。戰國楚·屈原《楚辭·九章·懷沙》：「滔滔～夏兮，草木莽莽。」❸ 大，高。《管子·任法》：「莫敢高言～行，以過其情。」

**夢** 🔊mèng 🔊mung6蒙六聲

❶ 做夢，夢見。唐·柳宗元《始得西山宴遊記》：「醉則更相枕以臥，臥而～。」❷ 想像，幻想。《荀子·解蔽》：「不以～劇亂知。」

mi

**迷** 〔一〕🔊mí 🔊mai4謎

❶ 迷惑，分辨不清。晉·陶潛《桃花源記》：「尋向所誌，遂～不復得路。」❷ 昏迷。《列子·湯問》：「扁鵲遂飲二人毒酒，～死三日。」❸ 迷戀、沉溺、陶醉於某人或某事。《漢書·五行志下之上》：「時幽王暴虐，妄誅伐，不聽諫，～於褒姒，廢其正后。」

〔二〕🔊mí 🔊nei4尼

通「彌」，充滿，彌漫。唐·杜甫《送靈州李判官》：「血戰乾坤赤，氛～日月黃。」

**糜** 〔普〕mí 〔粵〕mei4 眉
❶ 粥。《晉書‧惠帝紀》：「及天下荒亂，百姓餓死，帝曰：『何不食肉～？』」❷ 碎爛，粉碎。《漢書‧賈山傳》：「萬鈞之所壓，無不～滅者。」❸ 毀傷。《孟子‧盡心下》：「梁惠王以土地之故，～爛其民而戰之，大敗。」❹ 腐壞，腐敗。清‧方苞《左忠毅公軼事》：「國家之事，～爛至此。」❺ 消耗，浪費。明‧劉基《賣柑者言》：「坐～廩粟而不知恥。」❻ 通「眉」，眉毛。《漢書‧王莽傳下》：「赤～聞之，不敢入界。」

**縻** 〔普〕mí 〔粵〕mei4 眉
❶ 牛韁繩。唐‧劉禹錫《歎牛》：「叟攬～而對。」❷ 泛指繩索。唐‧賈島《戲贈友人》：「筆硯為轆轤，吟詠作～綆。」❸ 羈絆，束縛，牽制。《孫子‧謀攻》：「不知三軍之不可以進而謂之進，不知三軍之不可以退而謂之退，是謂～軍。」❹ 通「靡」，浪費，損耗。唐‧韓愈《進學解》：「猶且月費俸錢，歲～廩粟。」

**麋** 〔普〕mí 〔粵〕mei4 眉
麋鹿，角像鹿，尾像驢，蹄像牛，頸像駱駝，性情溫順。宋‧蘇軾《前赤壁賦》：「漁樵於江渚之上，侶魚蝦而友～鹿。」

**彌** 〔普〕mí 〔粵〕nei4 尼
❶ 遍，滿。《周禮‧春官宗伯‧大祝》：「國有大故天災，～祀社稷禱祠。」❷ 終，極，盡。漢‧王粲《登樓賦》：「北～陶牧，西接昭丘。」❸ 長，久，遠。《呂氏春秋‧聽言》：「今天下～衰，

聖王之道廢絕。」❹ 彌補，補救。《左傳‧僖公二十六年》：「～縫其闕，而匡救其災。」❺ 更加。宋‧蘇洵《六國論》：「奉之～繁，侵之愈急。」

**靡** 〔普〕mí
見 197 頁 mǐ。

**靡** 〔一〕〔普〕mǐ 〔粵〕mei5 尾
❶ 倒下。《左傳‧曹劌論戰》：「吾視其轍亂，望其旗～，故逐之。」❷ 細膩，細密。戰國楚‧屈原《楚辭‧招魂》：「～顏膩理。」❸ 美好，華麗。宋‧蘇軾《論養士》：「～衣玉食以館於上者，何可勝數？」❹ 邊，水邊。漢‧司馬相如《上林賦》：「明月珠子，的皪江～。」❺ 無，不。《詩經‧大雅‧蕩》：「～不有初，鮮克有終。」
〔二〕〔普〕mí 〔粵〕mei4 眉
❶ 分，散。《周易‧中孚》：「我有好爵，吾與爾～之。」❷ 糜爛，破碎。《淮南子‧說山訓》：「比干以忠～其體，被誅者必非忠也。」❸ 腐敗。《戰國策‧楚策四》：「專淫逸侈～，不顧國政。」❹ 浪費，消耗。《墨子‧節葬下》：「此為輟民之事，～民之財，不可勝記也。」❺ 損害，損壞。《國語‧越語下》：「王若行之，將妨於國家，～王躬身。」
〔三〕〔普〕mó 〔粵〕mo1 魔
通「摩」，擦，蹭。《莊子‧馬蹄》：「喜則交頸相～。」

**覓** 〔普〕mì 〔粵〕mik6 冪
尋找，尋求。南朝宋‧劉義慶《世說新語‧雅量》：「聞來～婿，咸自矜持。」

# 密 ⊜mì ⊜mat6 物

❶ 稠密，細密。《周易·小畜》：「～雲不雨。」❷ 周到，嚴密。《荀子·儒效》：「其知慮多當矣，而未周～也。」❸ 密切，親近。《三國志·蜀書·諸葛亮傳》：「於是與亮情好日～。」❹ 安，寧。《詩經·大雅·公劉》：「止旅乃～。」❺ 祕密地，暗中。《三國演義·楊修之死》：「曹丕知之，～請朝歌長吳質入內府商議。」

# 蜜 ⊜mì ⊜mat6 密

❶ 蜂蜜，蜜蜂採取花的甜汁釀成的東西。唐·羅隱《蜂》：「採得百花成～後，為誰辛苦為誰甜！」❷ 甘美，甜蜜。南朝梁·蕭綱《南郊頌》：「朝葉與～露共鮮，晚花與薰風俱落。」

## mian

# 眠 ⊜mián ⊜min4 棉

❶ 睡覺。唐·孟浩然《春曉》：「春～不覺曉。」❷ 某些動物在一定時期的休眠狀態。北周·庾信《燕歌行》：「二月鸞～不復久。」❸ 裝死，假死。《山海經·東山經》：「有獸焉，其狀如菟而鳥喙，鴟目蛇尾，見人則～。」❹ 橫臥，平放。唐·司空圖《二十四詩品·典雅》：「～琴綠陰，上有飛瀑。」

🔍 眠、睡、寢、寐。見 283 頁「睡」。

# 免 ⊜miǎn ⊜min5 緬

❶ 免除，避免。宋·蘇洵《六國論》：「五國既喪，齊亦不～

矣。」❷ 除去，脫掉。《戰國策·魏策四》：「布衣之怒，亦～冠徒跣（xiǎn，赤足），以頭搶地爾。」❸ 釋放，赦免。《左傳·成公二年》：「郤子曰：『……赦之，以勸事君者。』乃～之。」❹ 免職，罷免。《漢書·文帝紀》：「遂～丞相勃，遣就國。」❺ 不，不要。唐·韓愈《賀張十八得裴司空馬》：「且夕公歸伸拜謝，～勞騎去逐雙旌。」❻ 通「勉」，勉勵。《漢書·薛宣傳》：「二人視事數月而兩縣皆治，宣因移書勞～之。」

# 眄 ⊜miǎn ⊜min5 免

斜視。《列子·黃帝》：「心不敢念是非，口不敢言利害，始得夫子一～而已。」

# 俛 ⊜miǎn

見 82 頁 fǔ。

# 冕 ⊜miǎn ⊜min5 免

❶ 古代大夫以上的人所戴的禮帽。南朝宋·劉義慶《世說新語·管寧華歆共園中鋤菜》：「有乘軒～過門者。」❷ 特指帝王所戴的禮冠。《漢書·東方朔傳》：「～而前旒（liú，帝王禮冠前後懸垂的玉串）。」

# 面 ⊜miàn ⊜min6 麵

❶ 臉。《戰國策·趙策四》：「有復言令長安君為質者，老婦必唾其～。」❷ 前面。《尚書·周書·顧命》：「大輅在賓階～。」❸ 表面。唐·白居易《錢塘湖春行》：「水～初平雲腳低。」❹ 方面。《漢書·張良傳》：「而漢王之將獨韓信可屬大事，當一～。」❺ 向，面向。《列子·愚公移山》：「～

山而居。」❻ 見，見面。宋・蘇軾《與任德翁》：「半月不~。」❼ 當面。《戰國策・鄒忌諷齊王納諫》：「羣臣吏民能~刺寡人之過者，受上賞。」❽ 量詞。《宋書・何承天傳》：「上又賜銀裝箏一~。」

---

### miao

**渺** 🔊 miǎo 🔊 miu5 秒

❶ 曠遠，遙遠。唐・李嶠《早發苦竹館》：「貪玩水石奇，不知川路~。」❷ 小，微小。宋・蘇軾《前赤壁賦》：「寄蜉蝣於天地，~滄海之一粟。」

**邈** 🔊 miǎo 🔊 miu5 秒

❶ 遠，遙遠，久遠。唐・李白《月下獨酌》：「永結無情遊，相期~雲漢。」❷ 通「藐」，輕視。漢・劉向《〈戰國策〉序》：「上小堯舜，下~三王。」

**廟** 🔊 miào 🔊 miu6 妙

❶ 供祭祖宗的房屋。《穀梁傳・僖公十五年》：「天子至士皆有~。」❷ 廟中的神主牌位。《荀子・彊國》：「負三王之~而辟於陳蔡之間。」❸ 祭祀宗廟。唐・韓愈《原道》：「郊焉而天神假，~焉而人鬼饗。」❹ 供祭神佛或先賢的處所。《三國志・蜀書・諸葛亮傳》：「詔為亮立~於沔陽。」

🔍 廟、寺、觀、祠。見 285 頁「寺」。

---

### mie

**滅** 🔊 miè 🔊 mit6 蔑

❶ 熄滅。宋・蘇洵《六國論》：「以地事秦，猶抱薪救火，薪不盡，火不~。」❷ 淹沒。《周易・大過》：「過涉~頂。」❸ 消除，去掉。宋・岳飛《滿江紅》：「臣子恨，何時~！」❹ 滅亡。宋・蘇洵《六國論》：「六國破~，非兵不利，戰不善，弊在賂秦。」❺ 死亡。唐・白居易《贈王山人》：「無生即無~。」❻ 消失。唐・柳宗元《江雪》：「千山鳥飛絕，萬徑人蹤~。」❼ 暗淡，隱沒。唐・溫庭筠《菩薩蠻》：「小山重疊金明~。」

🔍 滅、亡。在「滅亡」的意義上，二字一般可互用，區別在於：「滅」是及物動詞，可以說「為……所滅」；「亡」是不及物動詞，不能說「為……所亡」。

**蔑** 🔊 miè 🔊 mit6 滅

❶ 輕視，蔑視。晉・左思《詠史》：「親戚還相~，朋友日夜疏。」❷ 細小，微小。漢・揚雄《揚子法言・學行》：「視日月而知眾星之~也。」❸ 無，沒有。《左傳・昭公元年》：「封疆之削，何國~有？」

---

### min

**民** 🔊 mín 🔊 man4 文

❶ 人，人類。《詩經・大雅・生民》：「厥初生~，時維姜嫄。」❷ 平民，百姓。《禮記・大同與小康》：「著有過，刑仁講讓，示~有常。」

**泯** 🔊 mǐn 🔊 man5 敏

❶ 滅，盡。《詩經・大雅・桑柔》：「亂生不夷，靡國不~。」

M

❷ 亂。漢·王充《論衡·偶會》：「伯魯命當賤，知慮多～亂也。」❸ 消失。宋·王安石《傷仲永》：「～然眾人矣。」

## 敏 🔊mǐn 🔈man5 吻

❶ 敏捷，靈活。《論語·公冶長》：「～而好學，不恥下問，是以謂之文也。」❷ 聰慧，通達。《論語·顏淵》：「回雖不～，請事斯語矣。」❸ 勤勉，努力。《漢書·東方朔傳》：「～行而不敢怠也。」❹ 腳拇趾。《詩經·大雅·生民》：「履帝武（足跡）～歆（xīn，感動）。」

## 閔 🔊mǐn 🔈man5 敏

❶ 憐憫，可憐。《漢書·蘇武傳》：「武年老，子前坐事死，上～之。」❷ 憂慮，擔心。《孟子·公孫丑上》：「宋人有～其苗不長而揠（yà，拔）之者。」❸ 憂患，喪親之憂。晉·李密《陳情表》：「臣以險釁，夙遭～凶。」❹ 勉，努力。《尚書·周書·君奭》：「予惟用～于天越民。」

## 愍 🔊mǐn 🔈man5 敏

❶ 憂傷。戰國楚·屈原《楚辭·九章·惜誦》：「惜誦以致～兮，發憤以抒情。」❷ 憐憫，哀傷。晉·李密《陳情表》：「祖母劉，～臣孤弱，躬親撫養。」❸ 憂患，禍亂。晉·陸雲《九愍·修身》：「雖遘（gòu，遭遇）～之既多。」

---
ming
---

## 名 🔊míng 🔈ming4 明

❶ 名稱，名字。北朝民歌《木蘭詩》：「軍書十二卷，卷卷有爺～。」❷ 取名，命名。《左傳·

隱公元年》：「莊公寤生，驚姜氏，故～曰寤生。」❸ 指稱，形容。《論語·泰伯》：「唯天為大，唯堯則之。蕩蕩乎，民無能～焉！」❹ 名譽，名聲。《論語·里仁》：「君子去仁，惡乎成～？」❺ 名分，名號。《漢書·藝文志》：「古者～位不同，禮亦異數。」❻ 有名，著名。唐·劉禹錫《陋室銘》：「山不在高，有仙則～。」

## ★明 🔊míng 🔈ming4 名

❶ 明亮，光明。唐·王維《山居秋暝》：「～月松間照。」❷ 顯明，清楚，明確。《戰國策·齊策一》：「則秦不能害齊，亦已～矣。」❸ 光明正大，高尚。《禮記·大學》：「大學之道：在明～德，在親民，在止於至善。」❹ 明白，懂得。明·張溥《五人墓碑記》：「亦以～死生之大，匹夫之有重於社稷也。」❺ 視力，眼力。《孟子·梁惠王上》：「～足以察秋毫之末，而不見輿薪。」❻ 看得清楚。《荀子·勸學》：「目不能兩視而～。」❼ 明智，高明，英明。唐·韓愈《師說》：「小學而大遺，吾未見其～也。」❽ 弘揚，彰顯。《禮記·大學》：「大學之道：在～明德，在親民，在止於至善。」❾ 神，神靈。《荀子·勸學》：「積善成德，而神～自得，聖心備焉。」❿ 次，下一。《戰國策·鄒忌諷齊王納諫》：「～日，徐公來。」

> 旨　「明日」、「明天」、「明年」，指未來的下一日或年。在文言文中，還可用於對前文所說日期

而言的下一日或年，指已過去的。如宋‧范仲淹《岳陽樓記》寫於慶曆六年，文中「越明年，政通人和」一句中的「明年」，不是指未來的慶曆七年，而是指相對前文「慶曆四年春」而言的下一年，即慶曆五年。此外，古代還有以「明月」指下一月的說法，今不用。

**茗** 🔊 míng 🔊 ming5 皿
❶ 晚採的茶。泛指茶。南朝梁‧任昉《述異記》：「巴東有真香～，其花白色如薔薇。」❷ 煮茶，泡茶。明‧袁宏道《滿井遊記》：「泉而～者。」

**冥** 🔊 míng 🔊 ming4 明
❶ 幽昧，昏暗。宋‧范仲淹《岳陽樓記》：「薄暮～～，虎嘯猿啼。」❷ 眼睛昏花。《後漢書‧皇后紀上》：「夫人年高目～，誤傷后額。」❸ 愚昧無知。唐‧韓愈《祭鱷魚文》：「不然則是鱷魚～頑不靈。」❹ 夜。漢‧蔡琰《悲憤詩》：「～當寢兮不能安。」❺ 暗合，契合。唐‧柳宗元《始得西山宴遊記》：「心凝形釋，與萬化～合。」❻ 天。清‧蒲松齡《聊齋志異‧山市》：「孤塔聳起，高插青～。」❼ 海。《莊子‧逍遙遊》：「北～有魚。」這個意義後來寫作「溟」。

**瞑** 🔊 míng 🔊 ming4 明
❶ 昏暗。宋‧歐陽修《醉翁亭記》：「若夫日出而林霏開，雲歸而巖穴～。」❷ 日暮，黃昏。唐‧李白《自遣》：「對酒不覺～，落花盈我衣。」

**鳴** 🔊 míng 🔊 ming4 名
❶ 鳥叫。泛指動物鳴叫。漢‧曹操《短歌行》：「呦呦鹿～，食野之苹。」❷ 發聲，響。北朝民歌《木蘭詩》：「但聞黃河流水～濺濺。」❸ 呼喚。《列子‧黃帝》：「飲則相攜，食則～羣。」❹ 用某種聲音來表現或顯示。唐‧韓愈《送孟東野序》：「是故以鳥～春，以雷～夏，以蟲～秋，以風～冬。」❺ 發表主張或見解。唐‧韓愈《送孟東野序》：「周之衰，孔子之徒～之。」❻ 聞名，著稱。《元史‧楊載傳》：「（李桓）亦以文～江東。」

**銘** 🔊 míng 🔊 ming4 名
❶ 刻在器物上的文字，用於自警或頌揚功德。《後漢書‧竇憲傳》：「刻石勒功，紀漢威德，令班固作～。」❷ 銘記，銘刻。《國語‧晉語七》：「其勳～于景鍾。」❸ 文體名，如唐‧劉禹錫有《陋室銘》。

**命** 🔊 mìng 🔊 ming6 明六聲
❶ 派遣，差使，指令。《列子‧愚公移山》：「帝感其誠，～夸娥氏二子負二山。」❷ 命令。三國蜀‧諸葛亮《出師表》：「受任於敗軍之際，奉～於危難之間。」❸ 教導，告誡。《詩經‧大雅‧抑》：「匪面～之，言提其耳。」❹ 天命，命運。《論語‧顏淵》：「死生有～，富貴在天。」❺ 性命。晉‧李密《陳情表》：「人～危淺，朝不慮夕。」❻ 生存，生活。晉‧李密《陳情表》：「母孫二人，更相為～。」❼ 命名。《韓非子‧和氏》：「遂～曰和氏之璧。」❽ 任命。唐‧柳宗

元《命官》：「官之～，宜以材耶？抑以姓乎？」

> 🔍 命、令。在「命令」的意義上，「命」和「令」是同義詞，一般可互用，但也有細微差別：「命」是差遣某人去做某件事，強制性較強；「令」有時只是讓某人做某件事或不要做某件事。

## miu

**繆** [普]miù
見 204 頁 móu。

**謬** [普]miù [粵]mau6 茂
謬誤，差錯。《荀子・儒效》：「故聞之而不見，雖博必～。」

## mo

**摸** [一] [普]mō [粵]mo2 魔二聲
用手接觸，撫摩。清・方苞《左忠毅公軼事》：「因～地上刑械，作投擊勢。」
[二] [普]mó [粵]mou4 毛
通「摹」，模仿。唐・劉知幾《史通・言語》：「是以好丘明者則偏～《左傳》。」

**摸** [普]mó
見 202 頁 mō。

**麼** [普]mó
見 192 頁 ma。

**摹** [普]mó [粵]mou4 模
❶ 規劃，謀劃。《漢書・高帝紀下》：「雖日不暇給，規～弘遠矣。」❷ 效法，照樣做。《後漢書・仲長統傳》：「若是，三代不足～，聖人未可師也。」❸ 描寫。南朝梁・江淹《別賦》：「誰能～暫離之狀，寫永訣之情者乎？」

**磨** [一] [普]mó [粵]mo4 蘑
❶ 製作石器。《國語・周語下》：「如是，而鑄之金，～之石。」❷ 磨擦，打磨。北朝民歌《木蘭詩》：「～刀霍霍向豬羊。」❸ 磨滅，消失。《後漢書・南匈奴傳》：「失得之源，百世不～矣。」❹ 切磋。漢・揚雄《揚子法言・學行》：「學以治之，思以精之，朋友以～之。」❺ 磨難，折磨。唐・白居易《酬微之》：「由來才命相～折，天遣無兒欲怨誰。」
[二] [普]mò [粵]mo6 蘑六聲
❶ 石磨，用來碾碎穀物等的工具。晉・陸翽《鄴中記》：「又有～車，置石～於車上，行十里輒磨麥一斛。」❷ 用石磨碾碎物。明・宋應星《天工開物・攻麥》：「蕎麥則微加舂杵去衣，然後或舂或～以成粉。」

**靡** [普]mó
見 197 頁 mǐ。

**末** [普]mò [粵]mut6 沒
❶ 樹梢。《左傳・昭公十一年》：「～大必折，尾大不掉。」❷ 物體的頂端、末尾。《孟子・梁惠王上》：「明足以察秋毫之～，而不見輿薪。」❸ 末尾的，最後的。《史記・韓長孺列傳》：「非初不勁，～力衰也。」❹ 事物的最後階段。清・方苞《左忠毅公軼事》：「崇禎～，流賊張獻忠出沒蘄、黃、潛、桐間。」❺ 非根本或非重要的事情。《淮南子・泰族訓》：「治之所以為本者，仁義也；所以為～

者，法度也。」❻ 微小，淺薄。《呂氏春秋·精諭》：「淺智者之所爭則～矣。」❼ 無，沒有。《論語·子罕》：「雖欲從之，～由也已。」❽ 粉末，碎末。《晉書·鳩摩羅什傳》：「燒為灰～。」❾ 指人體胸腹以外的某一部分，如手足四肢。《左傳·昭公元年》：「風淫～疾，雨淫腹疾。」

**沒** 🔊 mò 🔊 mut6 末
❶ 潛入水中。《莊子·列御寇》：「其子～於淵，得千金之珠。」❷ 沉沒，淹沒。《史記·滑稽列傳》：「始浮，行數十里乃～。」❸ 埋沒，掩蓋。唐·李華《弔古戰場文》：「積雪～脛。」❹ 覆沒，覆滅。《史記·衛將軍驃騎列傳》：「遂～其軍。」❺ 消失，隱沒。元·黃庚《西州即事》：「山吞殘日～。」❻ 沒收。唐·韓愈《柳子厚墓誌銘》：「其俗以男女質（zhì，抵押）錢，約不時贖，子本相侔（móu，相等），則～為奴婢。」❼ 死亡。《論語·學而》：「父在，觀其志；父～，觀其行。」這個意義後來寫作「歿」。❽ 冒犯。《戰國策·趙策四》：「～死以聞。」

**歿** 🔊 mò 🔊 mut6 末
❶ 死，死亡。唐·白居易《慈烏夜啼》：「昔有吳起者，母～喪不臨。」❷ 終，盡。《墨子·非命上》：「（湯）未～其世，而王天下。」❸ 落。宋·范仲淹《謫守睦州作》：「聖明何以報？～齒願無邪。」❹ 通「沒」，隱沒。唐·李白《安州應城玉女湯作》：「神女～幽境。」

**陌** 🔊 ㈠ 🔊 mò 🔊 mak6 脈
❶ 田間小路。晉·陶潛《桃花源記》：「～交通，雞犬相聞。」❷ 道路。晉·陶潛《詠荊軻》：「素驥鳴廣～，慷慨送我行。」❸ 路邊。唐·王昌齡《閨怨》：「忽見～頭楊柳色，悔教夫婿覓封侯。」

㈡ 🔊 bǎi 🔊 baak3 百
通「佰」，一百錢。《梁史·武帝紀》：「自今通用足～錢。」

🔍 陌、阡。見 231 頁「阡」。

**脈** 🔊 mò
見 192 頁 mài。

**莫** 🔊 ㈠ 🔊 mò 🔊 mok6 漠
❶ 沒有誰，沒有甚麼。《戰國策·鄒忌諷齊王納諫》：「四境之內，～不有求於王。」❷ 無，不，沒有。《孟子·魚我所欲也》：「如使人之所欲～甚於生，則凡可以得生者，何不用也？」❸ 不要，不可，不能。表示勸誡。唐·李白《將進酒》：「人生得意須盡歡，～使金樽空對月。」❹ 或許，大約，莫非。表示揣測。清·納蘭性德《滿宮花》：「盼天涯，芳訊絕，～是故情全歇。」❺ 通「漠」，廣大。《莊子·逍遙遊》：「何不樹之於無何有之鄉，廣～之野？」❻ 通「寞」，寂靜，沉寂。《漢書·外戚傳下》：「白日忽已移光兮，遂晻～而昧幽。」

㈡ 🔊 mù 🔊 mou6 務
「暮」的本字。❶ 日落時，傍晚。宋·晏幾道《蝶戀花》：「朝落～開空自許，竟無人解知心苦。」❷ 晚，時間將盡或一年將盡。《論語·先進》：「～春者，春服既成。」❸ 昏暗。漢·枚乘《七發》：「於

是榛林深澤，煙雲暗～。」

㈢ 🔊mù 🔈mok6漠

通「幕」，帳幕。《史記・張釋之馮唐列傳》：「斬首捕虜，上功～府。」

**墨** 🔊mò 🔈mak6麥

❶ 用碳、松煙等材料製成的黑色顏料，用於寫字、繪畫。《莊子・田子方》：「舐筆和～。」❷ 墨線，木工用來測定直線的工具。《莊子・逍遙遊》：「其大本擁腫而不中繩～。」❸ 黑色。唐・杜甫《茅屋為秋風所破歌》：「俄頃風定雲～色。」❹ 面容顏色晦暗。《孟子・滕文公上》：「面深～。」❺ 墨刑，即黥（qíng）刑，在犯人額頭、面頰、手臂等處刺字塗墨。❻ 貪污，不廉潔。《左傳・昭公十四年》：「己惡而掠美為昏，貪以敗官為～。」❼ 墨家學派。《孟子・滕文公下》：「天下之言，不歸楊則歸～。」

> 📖 先秦時期諸子百家爭鳴，墨家是其中一個學術思想流派。以墨子為代表，主張兼愛、非攻、節用。

**默** 🔊mò 🔈mak6墨

❶ 靜默，不語。明・劉基《賣柑者言》：「予～然無以應。」❷ 暗中，心中。唐・杜甫《自京赴奉先詠懷》：「～思失業途，因念遠戍卒。」❸ 隱居，退隱。晉・桓溫《薦譙元彥表》：「雖園、綺之棲商、洛，管寧之～遼海，方之於秀，殆無以過。」❹ 不得意。《漢書・賈誼傳》：「于嗟～～，生之亡故兮。」

**磨** 🔊mò

見 202 頁 mó。

**驀** 🔊mò 🔈mak6默

❶ 上馬，騎。晉・左思《吳都賦》：「～六駮（bó，毛色青白相雜的馬），追飛生。」❷ 越過，跨越。宋・陸游《夜投山家》：「～溝上阪到山家。」❸ 突然，忽然。宋・辛棄疾《青玉案・元夕》：「～然回首，那人卻在，燈火闌珊處。」

---

mou

**貿** 🔊móu

見 194 頁 mào。

**謀** 🔊móu 🔈mau4眸

❶ 疑難問題的諮詢。《左傳・襄公四年》：「咨事為諏，咨難為～。」❷ 謀劃，商量辦法。《列子・愚公移山》：「聚室而～。」❸ 圖謀，營求。《論語・衛靈公》：「君子～道不～食。」❹ 計策，謀略。《史記・廉頗藺相如列傳》：「臣竊以為其人勇士，有智～，宜可使。」

> 🔍 謀、計。二字都有籌劃、考慮、想辦法的意思，但「謀」側重於幾個人的商討與諮詢，着重解決辦法的過程；「計」側重於個人心中的思考與盤算，着重完成計策的結果。

**繆** ㈠ 🔊móu 🔈mau4謀

[綢繆] 見38頁「綢」。

㈡ 🔊miù 🔈mau6貿

❶ 欺騙。《晉書・李熹傳》：「侵剝百姓，以～惑朝士。」❷ 相異，不同。漢・王延壽《魯靈光殿賦》：

「千變萬化，事各～形。」❸ 通「謬」，謬誤，差錯。《呂氏春秋‧遇合》：「客有以吹籟見越王者，羽角宮徵商不～。」❹ 通「謬」，錯誤的。《莊子‧盜跖》：「多辭～說，不耕而食，不織而衣。」

三 ⓟmù ⓒmuk6 木
通「穆」。❶ 恭敬，虔誠。《史記‧魯周公世家》：「武公有疾，不豫，羣臣懼，太公、召公乃～卜。」❷ 宗廟神位排列次序，父子輩遞相排列，左為昭右為穆。《禮記‧大傳》：「序以昭～，別之以禮義，人道竭矣。」

四 ⓟliáo ⓒliu4 繚
通「繚」，纏繞。宋‧蘇軾《前赤壁賦》：「山川相～，鬱乎蒼蒼。」

**某** ⓟmǒu ⓒmau5 畝
❶ 指代不明說的或失傳的人或事物。《漢書‧項籍傳》：「～時～喪，使公主～事，不能辦，以故不任公。」❷ 用於自稱，表示謙虛。《三國演義》第七回：「～雖不才，願請軍出城，以決一戰。」

---

mu

---

**★母** ⓟmǔ ⓒmou5 武
❶ 母親。《論語‧里仁》：「父～之年，不可不知也。」❷ 指老年婦女。《史記‧淮陰侯列傳》：「(韓)信釣於城下，諸～漂，有一～見信飢，飯信。」❸ 哺育，養育。《史記‧淮南衡山列傳》：「上悔，令呂后～之。」❹ 雌性。《孟子‧盡心上》：「五～雞，二～彘，無失其時。」❺ 本源，根源。《商君書‧說民》：「慈仁，過之～也。」

❻ 經商或借貸的本錢稱「母」，利息稱「子」。唐‧柳宗元《道州文宣王廟碑》：「權其子～，贏且不竭。」

**牡** ⓟmǔ ⓒmaau5 卯
❶ 雄性的鳥獸。《詩經‧邶風‧匏有苦葉》：「雉鳴求其～。」❷ 物體凸起。清‧俞樾《茶香室三鈔‧印亞陰陽之別》：「凡物之凸起，謂之～，謂之陽。」❸ 鎖簧，門閂。《漢書‧五行志中之上》：「長安章城門門～自亡。」❹ 丘陵。《大戴禮記‧易本命》：「丘陵為～，溪谷為牝。」

**畝** ⓟmǔ ⓒmau5 某
❶ 田壟，田中高起的地方，引申為農田。唐‧杜甫《兵車行》：「禾生隴～東無西。」❷ 土地面積單位。《孟子‧梁惠王上》：「五～之宅，樹之以桑。」

**木** ⓟmù ⓒmuk6 目
❶ 樹木。《孟子‧梁惠王上》：「猶緣～而求魚也。」❷ 樹葉。唐‧杜甫《登高》：「無邊落～蕭蕭下。」❸ 木材，木料。《孟子‧梁惠王下》：「為巨室，則必使工師求大～。」❹ 指棺木。《左傳‧僖公二十三年》：「我二十五年矣，又如是而嫁，則就～焉。」❺ 指木製刑具。漢‧司馬遷《報任安書》：「魏其，大將也，衣赭衣(穿囚衣)，關三～。」❻ 質樸，樸實。《論語‧子路》：「剛毅～訥，近仁。」❼ 五行之一。《孔子家語‧五帝》：「天有五行，水、火、金、～、土，分時化育，以成萬物。」❽ 古代八音之一，指柷、

敔等木製樂器。唐·韓愈《送孟東野序》：「金、石、絲、竹、匏、土、革、～八者，物之善鳴者也。」

🔍 木、樹。見281頁「樹」。

**目** 🔊mù 🔊muk6木
❶眼睛。《史記·廉頗藺相如列傳》：「相如張～叱之。」❷目光，眼力。《孟子·告子上》：「不知子都之姣者，無～者也。」❸看，觀看。唐·韓愈《送陳秀才彤序》：「吾～其貌，耳其言，因以得其為人。」❹用目光注視或示意。《史記·項羽本紀》：「范增數～項羽，舉所佩玉玦以示之者三。」❺名目，名稱。《後漢書·酷吏傳》：「隨其罪～，宣示屬縣。」❻條目，要目。《論語·顏淵》：「顏淵曰：『請問其～。』」

**沐** 🔊mù 🔊muk6木
❶洗頭髮。《史記·屈原賈生列傳》：「新～者必彈冠，新浴者必振衣。」❷泛指洗。戰國楚·宋玉《神女賦》：「～蘭澤，含若芳。」❸整治。《禮記·檀弓下》：「孔子之故人原壤，其母死，夫子助之～椁。」❹修剪，剪除。《管子·輕重丁》：「請以令～途旁之樹枝，使無尺寸之陰。」❺潤澤。《後漢書·明帝紀》：「京師冬無宿雪，春不燠（yù，溫暖）～。」❻休假。古代稱官員休假為「休沐」，也簡稱「沐」。

🔍 沐、浴。二字本義不同，「沐」指洗頭髮，「浴」指洗澡。二字連用時泛指洗澡，也比喻蒙受、沉浸。

**牧** 🔊mù 🔊muk6木
❶放養牲畜。也指放養牲畜的人。《孟子·公孫丑下》：「今有受人之牛羊而為之～之者。」❷自我修養。《周易·謙》：「謙謙君子，卑以自～也。」❸治理，統治。《管子·牧民》：「凡有地～民者，務在四時，守在倉廩。」❹統治者，管理者。《孟子·梁惠王上》：「今夫天下之人～，未有不嗜殺人者。」❺指郊外。《左傳·隱公五年》：「鄭人侵衛～。」

**莫** 🔊mù
見203頁mò。

**募** 🔊mù 🔊mou6務
徵求，招募。唐·柳宗元《捕蛇者說》：「～有能捕之者，當其租入。」

**睦** 🔊mù 🔊muk6目
❶和睦，和善。《禮記·大同與小康》：「選賢與能，講信修～。」❷親密，親近。漢·韋賢《諷諫詩》：「嗟嗟我王，漢之～親。」

**墓** 🔊mù 🔊mou6暮
❶墳墓。《岳飛之少年時代》：「詣同～，莫而泣。」❷葬。清·繆艮《沈秀英傳》：「今～於大姑山下。」

🔍 墓、墳。見77頁「墳」。

**幕** 🔊mù 🔊mok6莫
❶帳幕，帷幕。宋·柳永《望海潮》：「煙柳畫橋，風簾翠～。」❷幕府的簡稱，古代將帥或行政官的府署。❸覆蓋。《左傳·昭公十一年》：「泉丘人有女，夢以其帷～孟氏之廟。」❹殼。《宋書·

天文志》：「天形穹隆如雞子～，其際周接四海之表。」❺ 古代作戰用的臂甲或腿甲。《史記・蘇秦列傳》：「當敵則斬堅甲鐵～。」❻ 通「漠」，沙漠。《史記・匈奴列傳》：「是後匈奴遠遁，而～南無王庭。」

🔍 幕、帷。見 316 頁「帷」。

**慕** 🔊mù 🔊mou6 慕
❶ 思念，依戀。《孟子・萬章上》：「人少則～父母。」❷ 愛慕。《孟子・萬章上》：「知好色，則～少艾。」❸ 羨慕。南朝梁・丘遲《與陳伯之書》：「棄燕雀之小志，～鴻鵠以高翔。」❹ 敬仰，仰慕。《史記・廉頗藺相如列傳》：「臣所以去親戚而事君者，徒～君之高義也。」❺ 仿效，效法。唐・柳宗元《種樹郭橐駝傳》：「他植者雖窺伺效～，莫能如也。」

**暮** 🔊mù 🔊mou6 慕
❶ 日落時，傍晚。北朝民歌《木蘭詩》：「且辭爺娘去，～宿黃河邊。」❷ 晚，遲。《呂氏春秋・

謹聽》：「夫自念斯，學德未～。」❸ 夜。《漢書・郊祀志上》：「帝太戊有桑穀生於廷，一～大拱。」❹ 末尾，將盡。唐・杜甫《垂老別》：「老妻臥路啼，歲～衣裳單。」❺ 喻指年老，衰老。漢・曹操《步出夏門行・龜雖壽》：「烈士～年，壯心不已。」

**穆** 🔊mù 🔊muk6 目
❶ 溫和。《詩經・大雅・烝民》：「吉甫作誦，～如清風。」❷ 恭敬，肅穆。《尚書・周書・金縢》：「我其為王～卜。」❸ 美好。《呂氏春秋・至忠》：「申公子培其忠也，可謂～行矣。」❹ 古代宗廟排列的次序，始祖居廟中，父子依序為昭穆，左為昭，右為穆。《禮記・中庸》：「宗廟之禮所以序昭～也。」❺ 通「睦」，和睦。三國魏・曹植《豫章行》：「周公～康叔，管蔡則流言。」

**繆** 🔊mù
見 204 頁 móu。

M

# N

## na

**那** 🔊nǎ
見 208 頁 nà。

**內** 🔊nà
見 210 頁 nèi。

**那** 〔一〕🔊nà 🔊naa5 哪
指稱較遠的人、事、物，與「這」相對。宋·辛棄疾《青玉案·元夕》：「驀然回首，～人卻在，燈火闌珊處。」

〔二〕🔊nǎ 🔊naa5 哪
哪，怎。漢樂府《孔雀東南飛》：「處分適兄意，～得自任專。」這個意義後來寫作「哪」。

〔三〕🔊nuó 🔊no4 挪
❶ 多。《詩經·小雅·桑扈》：「受福不（語氣詞）～。」❷ 安定，舒適。《詩經·小雅·魚藻》：「有～其居。」❸ 美，美好。明·湯顯祖《紫釵記·哭收釵燕》：「人兒～，花燈姹。」❹「奈何」的合音。唐·李白《長干行》：「～作商人婦，愁水復愁風。」❺ 移動。宋·歐陽修《論乞賑救饑民劄子》：「只聞朝旨令～移近邊馬及於官米處出糶。」這個意義後來寫作「挪」。

**納** 🔊nà 🔊naap6 吶
❶ 進入，使進入。《禮記·中庸》：「驅而～諸罟擭陷阱之中，而莫之知辟也。」❷ 接受，採納。三國蜀·諸葛亮《出師表》：「察～雅言。」❸ 收藏，收容。《詩經·豳風·七月》：「十月～禾稼。」❹ 進貢，繳納。《孟子·萬章上》：「天子使吏治其國，而～其貢稅焉。」❺ 取。《史記·秦始皇本紀》：「得韓王安，盡～其地。」❻ 娶。《後漢書·皇后紀上》：「更始元年六月，遂～后於宛當成里，時年十九。」

## nai

**★乃** 🔊nǎi 🔊naai5 奶
❶ 第二人稱代詞，你，你的。《新五代史·伶官傳序》：「爾其無忘～父之志。」❷ 指示代詞，這樣，如此。《孟子·梁惠王上》：「夫我～行之，反而求之，不得吾心。」❸ 副詞，就，這才。宋·范仲淹《岳陽樓記》：「～重修岳陽樓，增其舊制。」❹ 副詞，卻，竟，反而。《史記·廉頗藺相如列傳》：「今君～亡趙走燕，燕畏趙，其勢必不敢留君。」❺ 副詞，只，僅。《史記·項羽本紀》：「項王乃復引兵而東，至東城，～有二十八騎。」❻ 副詞，是，就是。宋·王安石《遊褒禪山記》：「所謂華山洞者，以其～華山之陽名之也。」❼ 連詞，至於，於是。《孟子·公孫丑上》：「～所願，則學孔子也。」❽ 連詞，如果。《尚書·周書·費誓》：「～越逐，不復，汝則有常刑。」❾ 助詞，無義。《尚書·虞書·大禹謨》：「帝德廣運，～聖～神，～武～文。」

**奈** 🔊nài 🔊noi6 耐
❶ 對付，處置。多與「何」連用。《國語·晉語二》：「吾君老矣，國家多難，伯氏不出，～吾君何？」❷ 無奈，怎奈。唐·韓愈《醉後》：「煌煌東方星，～此眾客

醉。」❸ 通「耐」，受得住，禁得起。宋・歐陽修《四月九日幽谷見緋桃盛開》：「深紅淺紫看雖好，顏色不～東方吹。」

> 習　在文言文中，「奈」常與「何」配合使用，構成「奈何」或「奈……何」，表示「怎麼樣、怎麼辦」或「對……怎麼樣、對……怎麼辦」的意思。

**耐** ⓟnài ⓒnoi6 奈

❶ 忍受，禁得起。唐・杜甫《兵車行》：「況復秦兵耐苦戰，被驅不異犬與雞。」❷ 適宜。唐・高適《廣陵別鄭處士》：「溪水堪垂釣，江田～插秧。」❸ 願。唐・岑參《郡齋南池招楊轔》：「開時～相訪，正有林頭錢。」❹ 通「奈」，奈何。宋・黃庭堅《奉謝泰亨送酒》：「可～東池到曉蛙。」

**能** ⓟnài

見 210 頁 néng。

---

nan

**男** ⓟnán ⓒnaam4 南

❶ 男性。晉・陶潛《桃花源記》：「～女衣著，悉如外人。」❷ 兒子。《列子・愚公移山》：「鄰人京城氏之孀妻有遺～。」❸ 古代五等爵位「公、侯、伯、子、男」之一。

**★南** ⓟnán ⓒnaam4 男

❶ 方位名，與「北」相對。唐・杜甫《客至》：「舍～舍北皆春水。」❷ 南方的國家或地區。《孟子・滕文公上》：「今也，蠻貊舌（juéshé，指伯勞的叫聲，比喻

語言難懂）之人，非先王之道。」❸ 向南行。《墨子・貴義》：「南之人不得北，北之人不得～。」

> 習　「東、南、西、北」四個方位詞，在文言文中常用作動詞，表示「向東、南、西、北去」的意思。
> 圓圓　古時君主南面而坐，臣子面向北方朝見，因此居君主之位或其他尊位曰「南面」，對人稱臣曰「北面」。

**喃** ⓟnán ⓒnaam4 男

［喃喃］象聲詞。① 形容低語聲。唐・白居易《燕詩》：「～～教言語，一一刷毛衣。」② 形容讀書聲。唐・寒山《詩》：「仙書一兩卷，樹下讀～～。」③ 形容鳥啼聲。唐・貫休《讀〈吳越春秋〉》：「野花香徑鳥～～。」

**難** ㊀ⓟnán ⓒnaan4 尼閒四聲

❶ 困難，不容易。唐・韓愈《師說》：「師道之不傳也久矣！欲人之無惑也～矣！」❷ 副詞，不能，不好。《左傳・曹劌論戰》：「夫大國，～測也，懼有伏焉。」

㊁ⓟnàn ⓒnaan6 尼雁六聲

❶ 災難，禍患。《禮記・曲禮上》：「臨財毋苟得，臨～毋苟免。」❷ 兵亂，戰爭。《莊子・逍遙遊》：「越有～，吳王使之將。」❸ 責備，責問。《孟子・離婁上》：「於禽獸又何～焉？」❹ 反抗，抗拒。漢・賈誼《過秦論》：「一夫作～而七廟隳（huī，毀壞）。」❺ 仇敵。《戰國策・秦策一》：「將西面以與秦為～。」

**難** ⓟnàn

見 209 頁 nán。

## nei

★內 □ 🗣nèi 🗣noi6 耐
❶ 裏面，內部。《戰國策·鄒忌諷齊王納諫》：「四境之～，莫不有求於王。」❷ 內室。《史記·魏公子列傳》：「嬴聞晉鄙之兵符常在王卧～。」❸ 皇宮，朝廷。三國蜀·諸葛亮《出師表》：「然侍衛之臣，不懈於～。」❹ 內心。《論語·顏淵》：「～省不疚，夫何憂何懼？」

□ 🗣nà 🗣naap6 納
「納」的古字。❶ 放入，使進入。《孟子·萬章上》：「匹夫匹婦有不被堯舜之澤者，若己推而～之溝中。」❷ 收容，接納。《史記·屈原賈生列傳》：「亡走趙，趙不～。」❸ 交納，進獻。《史記·秦始皇本紀》：「百姓～粟千石，拜爵一級。」

## neng

★能 □ 🗣néng 🗣nang4 尼恆四聲
❶ 古代傳說中一種似熊的獸。《國語·晉語八》：「今夢黃～入于寢門。」❷ 才幹，能力。漢·賈誼《過秦論》：「材～不及中人。」❸ 有才幹的人。《禮記·大同與小康》：「選賢與～，講信修睦。」❹ 勝任，擅長於。《荀子·勸學》：「假舟楫者，非～水也，而絕江河。」❺ 能夠。《荀子·勸學》：「騏驥一躍，不～十步。」❻ 親善，和睦。《史記·蕭相國世家》：「（蕭）何素不與曹參相～。」❼ 如此，這樣。宋·文天祥《酹江月》：

「乾坤～大，算蛟龍，元不是池中物。」❽ 及，到。宋·王安石《遊褒禪山記》：「蓋余所至，比好遊者尚不～十一。」❾ 則，就。《孫子·虛實》：「故敵佚～勞之，飽～飢之，安～動之。」❿ 而，卻。漢·崔駰《大理箴》：「或有忠～被害，或有孝而見殘。」

□ 🗣nài 🗣noi6 耐
通「耐」，禁得起。《漢書·趙充國傳》：「土地寒苦，漢馬不～冬。」

## ni

尼 □ 🗣ní 🗣nei4 妮
❶ 近。《尸子》卷下：「悅～而來遠。」❷「比丘尼」的簡稱，俗稱尼姑，即信佛出家的女子。

□ 🗣nǐ 🗣nei5 你
阻止，止。宋·陸游《祭張季長大卿文》：「欲行復～～。」

泥 □ 🗣ní 🗣nai4 尼危四聲
❶ 泥巴。宋·周敦頤《愛蓮說》：「予獨愛蓮之出淤～而不染，濯清漣而不妖。」❷ 泥狀的東西。《水滸傳》第四回：「搗些蒜～，將來放在智深面前。」

□ 🗣nì 🗣nei6 餌
❶ 用泥塗抹，使密封加固。南朝宋·劉義慶《世說新語·汰侈》：「王以赤石脂～壁。」❷ 阻滯，不暢通。《論語·子張》：「雖小道，必有可觀者焉；致遠恐～，是以君子不為也。」❸ 拘泥，不變通。《宋史·劉幾傳》：「儒者～古。」❹ 貪戀，迷戀。唐·劉得仁《病中晨起即事寄場中往還》：「豈能為久隱，更欲～浮名。」

〓 ⓟniè ⓖnip6 躡

通「涅」。❶ 可作黑色顏料的礬石。《大戴禮記·曾子制言上》：「白沙在～，與之皆黑。」❷ 染黑，玷污。《史記·屈原賈生列傳》：「不獲世之垢，嚼（jiào，潔白乾淨）然～而不滓者也。」

**尼** ⓟnǐ
見 210 頁 ní。

**疑** ⓟnǐ
見 363 頁 yí。

**擬** ⓟnǐ ⓖji5 以
❶ 揣度，推測。《周易·繫辭上》：「～之而後言，議之而後動。」❷ 比擬，類似。《史記·管晏列傳》：「管仲富～於公室。」❸ 仿照，模仿。明·袁宏道《徐文長傳》：「不以模～損才。」❹ 比劃。《漢書·蘇武傳》：「復舉劍～之，武不動。」❺ 打算，準備。宋·李清照《武陵春》：「也～泛輕舟。」

**泥** ⓟnì
見 210 頁 ní。

**逆** ⓟnì ⓖjik6 亦
❶ 迎，迎接。宋·蘇軾《留侯論》：「楚莊王伐鄭，鄭伯肉袒牽羊以～。」❷ 迎戰，迎擊。《國語·吳語》：「越王句踐起師～之江。」❸ 倒着，反向。唐·杜甫《復愁》之一：「村船～上溪。」❹ 違背，不順從。《史記·廉頗藺相如列傳》：「且以一璧之故～彊秦之驩，不可。」❺ 叛逆，叛亂。《資治通鑑》卷四十八：「恐開姦宄之原，生～亂之心。」❻ 預先，事先。三國蜀·諸葛亮《後出師表》：「至於成敗利鈍，非臣之明所能～

睹也。」❼ 推測，猜度。《孟子·萬章上》：「以意～志，是為得之。」

**匿** ⓟnì ⓖnik1 溺
❶ 隱藏，躲避。《史記·廉頗藺相如列傳》：「相如引車避～。」❷ 隱瞞。《三國志·魏書·司馬朗傳》：「監試者以其身體壯大，疑朗～年。」❸ 虛假。《淮南子·齊俗訓》：「禮義飾則生偽～之本。」

**睨** ⓟnì ⓖngai6 魏
斜視。《史記·廉頗藺相如列傳》：「相如持其璧～柱，欲以擊柱。」

**溺** 〓 ⓟnì ⓖnik6 匿六聲
❶ 淹沒，淹死。《山海經·北山經》：「女娃游于東海，～而不返。」❷ 陷入不好的境地。《孟子·梁惠王上》：「彼陷～其民，王往而征之，夫誰與王敵！」❸ 沉迷，無節制。《新五代史·伶官傳序》：「而智勇多困於所～。」
〓 ⓟniào ⓖniu6 尿
尿，撒尿。《史記·范雎蔡澤列傳》：「賓客飲者醉，更～（范）雎。」

---

## nian

**★年** ⓟnián ⓖnin4 尼言四聲
❶ 穀熟，年成。宋·蘇軾《喜雨亭記》：「是歲之春，雨麥於岐山之陽，其占為有～。」❷ 十二個月為一年。三國蜀·諸葛亮《出師表》：「受任於敗軍之際，奉命於危難之間，爾來二十有一～矣。」❸ 年齡，歲數。《論語·里仁》：「父母之～，不可不知也。」❹ 歲月，時間。《列子·愚公移山》：「以殘～餘力，曾不能毀山之一

毛，其如土石何？」❺ 帝王的年號。《三國志·吳書·孫權傳》：「改～為延康。」

> Q　年、歲。二字均可表示年齡和年成，但用法不同。表年齡時，「年」放在數詞前，如「李氏子蟠，年十七」（唐·韓愈《師說》）；「歲」則放在數詞後，如「臣少多疾病，九歲不行」（晉·李密《陳情表》）。表年成、收成時，習慣上稱好年成為「豐年」、「樂歲」，稱壞年成為「凶年」、「望歲」。

**輦** ⓟniǎn ⓒlin5 連五聲
❶ 用人拉的車子，後特指帝王后妃乘坐的車。《戰國策·趙策四》：「老婦恃～而行。」❷ 乘輦，乘車。唐·杜牧《阿房宮賦》：「辭樓下殿，～來於秦。」

**輾** ⓟniǎn
見 399 頁 zhǎn。

**念** ⓟniàn ⓒnim6 唸
❶ 思考，考慮。《史記·廉頗藺相如列傳》：「顧吾～之，彊秦之所以不敢加兵於趙者，徒以吾兩人在也。」❷ 思念，顧念。唐·白居易《燕詩》：「雙有愛子，背雙逃去，雙甚悲～之。」❸ 愛憐，哀憐。唐·韓愈《殿中少監馬君墓誌》：「肌肉玉雪可～，殿中君也。」❹ 念頭，想法。宋·陳亮《與應仲實書》：「困苦之餘，百～灰冷。」

**娘** ⓟniáng ⓒnoeng4 娜羊四聲
❶ 年輕女子。宋·陸游《吳娘曲》：「吳～十四未知愁，羅衣已覺傷春瘦。」❷ 已婚婦女的通稱。元·陸泳《吳下田家志》：「～養蠶花郎種田。」❸ 母親。北朝民歌《木蘭詩》：「旦辭爺～去，暮宿黃河邊。」

**鳥** ㊀ ⓟniǎo ⓒniu5 尿五聲
脊椎動物的一類，卵生，全身有羽毛。唐·柳宗元《江雪》：「千山～飛絕，萬徑人蹤滅。」
㊁ ⓟdǎo ⓒdou2 島
同「島」。[鳥夷] 海島居民，先秦時指中國東部近海一帶的居民。《漢書·地理志上》：「～～皮服。」

**溺** ⓟniào
見 211 頁 nì。

**泥** ⓟniè
見 210 頁 ní。

**躡** ⓟniè ⓒnip6 聶
❶ 踩，踏。《史記·淮陰侯列傳》：「張良、陳平～漢王足，因附耳語。」❷ 攀登，登上。唐·李白《古風五十九首》之十九：「素手把芙蓉，虛步～太清。」❸ 穿鞋。漢樂府《孔雀東南飛》：「足下～絲履，頭上玳瑁光。」❹ 追蹤，跟隨。《三國志·吳書·陸遜傳》：「抗使輕兵～之。」

**寧** ㊀ ⓟníng ⓒning4 檸
❶ 安定，平靜。唐·柳宗元《捕蛇者說》：「譁然而駭者，雖雞

狗不得～焉。」❷ 探親，看望父母。明‧歸有光《項脊軒志》：「吾妻歸～。」

三 ⊜ nìng ⊜ ning4 檸

❶ 寧可，寧願。《史記‧廉頗藺相如列傳》：「均之二策，～許以負秦曲。」❷ 豈，難道。《史記‧陳涉世家》：「王侯將相～有種乎！」

## 凝 ⊜ níng ⊜ jing4 仍

❶ 結冰。《淮南子‧俶真訓》：「夫水嚮冬則～而為冰。」❷ 凝結，凝聚。唐‧李賀《李憑箜篌引》：「空山～雲頹不流。」❸ 精力集中，專注。唐‧柳宗元《始得西山宴遊記》：「心～形釋，與萬化冥合。」❹ 鞏固。《荀子‧議兵》：「齊能并宋而不能～，故魏奪之。」❺ 形成。《禮記‧中庸》：「故曰：苟不至德，至道不～焉。」

## 寧 ⊜ nìng

見 212 頁 níng。

niu

## 牛 ⊜ niú ⊜ ngau4 偶四聲

❶ 哺乳動物，性情溫馴，力氣大，能供拉車、耕田。唐‧李白《將進酒》：「烹羊宰～且為樂，會須一飲三百杯。」❷ 比喻固執、倔強。《紅樓夢》第十七回：「眾人見寶玉～心，都怕他討了沒趣。」

nong

## 農 ⊜ nóng ⊜ nung4 濃

❶ 耕種。漢‧晁錯《論貴粟疏》：「貧生於不足，不足生於不～。」❷ 農夫，農民。《史記‧孔子世家》：「良～能稼而不能為穡。」

❸ 勤勉。《管子‧大匡》：「耕者出入不應於父兄，用力不～，不事賢，行此三者，有罪無赦。」

## 弄 ⊜ nòng ⊜ lung6 龍六聲

❶ 用手把玩，玩賞。《漢書‧趙堯傳》：「高祖持御史大夫印，～之。」❷ 戲耍，遊戲。《左傳‧僖公九年》：「夷吾弱不好～。」❸ 玩弄，戲弄。《史記‧廉頗藺相如列傳》：「得璧，傳之美人，以戲～臣。」❹ 演奏樂器。《史記‧司馬相如列傳》：「及飲卓氏，～琴。」❺ 樂曲，曲調。也指樂曲的一闋或演奏一遍。唐‧白居易《食飽》：「淺酌一杯酒，緩彈數～琴。」

nu

## 奴 ⊜ nú ⊜ nou4 努四聲

❶ 奴隸。漢‧司馬遷《報任安書》：「季布為朱家鉗～，灌夫受辱於居室。」❷ 泛指一般的僕人。漢‧楊惲《報孫會宗書》：「～婢歌者數人。」❸ 奴役，役使。唐‧韓愈《原道》：「入者主之，出者～之。」❹ [匈奴] 見 345 頁「匈」。

## 駑 ⊜ nú ⊜ nou4 奴

❶ 劣馬。《荀子‧勸學》：「～馬十駕，功在不舍。」❷ 比喻才能低下。《史記‧廉頗藺相如列傳》：「相如雖～，獨畏廉將軍哉？」

## 努 ⊜ nǔ ⊜ nou5 腦

❶ 用力，盡力。《古詩十九首‧行行重行行》：「棄捐勿復道，～力加餐飯！」❷ 凸出，伸出。唐‧唐彥謙《採桑女》：「春風吹蠶細如蟻，桑芽才～青鴉嘴。」

**怒** 🔊 nù 🔊 nou6 奴六聲
❶ 生氣，憤怒。《史記‧廉頗藺相如列傳》：「秦王～，不許。」❷ 譴責。《禮記‧內則》：「若不可教，而後～之。」❸ 氣勢強盛。宋‧范仲淹《岳陽樓記》：「陰風～號，濁浪排空。」❹ 奮發，奮起。《莊子‧逍遙遊》：「～而飛，其翼若垂天之雲。」

nü

**女** 〔一〕🔊 nǔ 🔊 neoi5 餒
❶ 女性，女人。《禮記‧大同與小康》：「男有分，～有歸。」❷ 特指未婚女子。《詩經‧周南‧關雎》：「窈窕淑～，君子好逑。」❸ 女兒。北朝民歌《木蘭詩》：「不聞爺娘喚女聲，但聞黃河流水鳴濺濺。」❹ 把女子嫁給人。《國語‧越語上》：「請句踐～女於王，大夫～女於大夫，士～女於士。」

❺ 柔弱。《詩經‧豳風‧七月》：「取彼斧斨，以伐遠揚，猗彼～桑。」
〔三〕🔊 rǔ 🔊 jyu5 與
通「汝」，第二人稱代詞，你。《論語‧為政》：「由，誨～知之乎？」

nuan

**暖** 〔一〕🔊 nuǎn 🔊 nyun5 嫩五聲
❶ 溫暖，暖和。《墨子‧節用中》：「冬服紺緅之衣，輕且～。」❷ 使溫暖。明‧楊慎《升庵詩話》：「耳衣，今之～耳也。」
〔三〕🔊 xuān 🔊 hyun1 喧
[暖暖] 柔婉的樣子。明‧張居正《同望之子文人日立春喜雪》：「～～宮雲綴，飛飛苑雪來。」

nuo

**那** 🔊 nuó
見 208 頁 nà。

# O

ou

**嘔** 🔊 ōu
見 215 頁 ǒu。

**毆** 〔一〕🔊 ōu 🔊 au2 嘔
捶擊，擊打。《史記·留侯世家》：「良鄂然，欲～之。」
〔二〕🔊 qū 🔊 keoi1 拘
驅趕，驅使。漢·賈誼《論積貯疏》：「今～民而歸之農。」

**甌** 🔊 ōu 🔊 au1 歐
❶ 盆、盂一類的陶器。《淮南子·說林訓》：「狗彘不擇甌（biān，盆類陶器）而食。」❷ 杯、碗一類的器物。南唐·李煜《漁父》：「花滿渚，酒滿～。」

**謳** 🔊 ōu 🔊 au1 歐
❶ 歌唱。《孟子·告子下》：「昔者王豹處於淇，而河西善～。」❷ 歌曲。三國魏·曹植《箜篌引》：「京洛出名～。」

**鷗** 🔊 ōu 🔊 au1 歐
水鳥名，羽毛多為白色，生活在湖海上，捕食魚、螺等。唐·杜甫《客至》：「舍南舍北皆春水，但見羣～日日來。」

**偶** 🔊 ǒu 🔊 ngau5 藕
❶ 木偶。明·宋濂《王冕讀書》：「佛像多土～，獰惡可怖。」❷ 雙數，成雙。《禮記·郊特牲》：「鼎俎奇而籩豆～。」❸ 配偶，婚配。《魏書·劉昞傳》：「瑀有女始笄，妙選良～。」❹ 同類，同伴。《史記·黥布列傳》：「迺率其曹～，亡之江中為羣盜。」❺ 偶然。宋·歐陽修《縱囚論》：「若夫縱而來歸而赦之，可～一為之爾。」

**嘔** 〔一〕🔊 ǒu 🔊 au2 毆
吐。唐·杜甫《北征》：「老夫情懷惡，～泄臥數日。」
〔二〕🔊 ōu 🔊 au1 歐
同「謳」，歌唱。《漢書·朱買臣傳》：「其妻亦負戴相隨，數止買臣毋歌～道中。」

**耦** 🔊 ǒu 🔊 ngau5 偶
❶ 古代的一種耕田方法，二人並肩耕作。《史記·孔子世家》：「長沮、桀溺～而耕。」❷ 配偶。《左傳·桓公六年》：「人各有～。」❸ 雙數，成雙。《三國志·吳書·孫權傳》：「車中八牛以為四～。」

O

# P

## pa

**琶**　⑧ pá ⑨ paa4 爬

[琵琶] 見 220 頁「琵」。

**怕**　㈠ ⑧ pà ⑨ paa3 趴三聲

畏懼，害怕。明·于謙《石灰吟》：「粉骨碎身全不～，要留清白在人間。」

㈡ ⑧ bó ⑨ bok6 薄

恬淡。漢·司馬相如《子虛賦》：「～乎無為，憺乎自持。」這個意義也寫作「泊」。

## pai

**拍**　⑧ pāi ⑨ paak3 帕

❶ 拍打，擊打。宋·蘇軾《念奴嬌·赤壁懷古》：「亂石穿空，驚濤～岸，捲起千堆雪。」❷ 樂曲的節拍，如東漢·蔡琰有《胡笳十八拍》。❸ 古代兵器名，是一種投擲石塊或火種的武器。《陳書·侯瑱傳》：「將戰，有微風至自東南，眾軍施～縱火。」

**排**　⑧ pái ⑨ paai4 牌

❶ 推，衝擊。宋·范仲淹《岳陽樓記》：「陰風怒號，濁浪～空。」❷ 排除淤塞，疏通。《孟子·滕文公上》：「決汝、漢，～淮、泗，而注之江。」❸ 排遣，抒發。南唐·李煜《浪淘沙》：「往事只堪哀，對景難～。」❹ 排解，消除。《戰國策·趙策三》：「所貴於天下之士者，為人～患、釋難、解紛亂而無所取也。」❺ 排擠，排斥。《後漢書·賈逵傳》：「諸儒內懷不服，相與～之。」❻ 分解，分剖。漢·賈誼《治安策》：「屠牛坦一朝解十二牛，而芒刃不頓者，所～擊剝割，皆眾理解也。」❼ 排列。唐·白居易《春題湖上》：「松～山面千重翠，月點波心一顆珠。」

**徘**　⑧ pái ⑨ pui4 培

[徘徊 huái] ① 來回走動。唐·李白《月下獨酌》：「我歌月～～，我舞影零亂。」② 猶豫不定。唐·駱賓王《為徐敬業討武曌檄》：「～～歧路。」

## pan

**扳**　⑧ pān

見 5 頁 bān。

**攀**　⑧ pān ⑨ paan1 盼一聲

❶ 抓着東西往上爬，攀登。唐·柳宗元《始得西山宴遊記》：「～援而登，箕踞而遨。」❷ 攀折，折取。唐·李白《江夏送張丞》：「～花贈遠人。」❸ 拉住，挽住。《後漢書·孟嘗傳》：「吏民～車請之。」❹ 依附。《後漢書·光武帝紀上》：「其計固望其～龍鱗，附鳳翼，以成其所志耳。」

**盤**　⑧ pán ⑨ pun4 盆

❶ 承盤，盥洗用的盛水器。《禮記·大學》：「湯之～銘曰：『苟日新，日日新，又日新。』」❷ 盤子，淺而敞口的盛食器。唐·李紳《憫農》：「誰知～中餐，粒粒皆辛苦。」❸ 迴繞，迂曲。唐·李白《北上行》：「磴道～且峻。」❹ 盤旋，繞圈跑或飛。唐·韓愈《雉帶箭》：「將軍欲以巧伏人，～馬彎弓惜不

發。」❺ 環遊，到處遊玩。唐・魏徵《諫太宗十思疏》：「樂～遊，則思三驅以為度。」❻ 通「磐」，巨石。唐・李白《丁都戶歌》：「萬人鑿～石。」

蟠 ⓟpán ⓖpun4盤
❶ 盤曲地伏着。漢・揚雄《揚子法言・問神》：「龍～於泥。」❷ 屈曲。漢・鄒陽《獄中上梁王書》：「～木根柢，輪囷離奇。」❸ 伸展到，遍及。《莊子・刻意》：「上際於天，下～於地。」

判 ⓟpàn ⓖpun3潘三聲
❶ 分，分離。《韓非子・解老》：「自天地之剖～以至於今。」❷ 明確，分明。宋・蘇洵《六國論》：「故不戰而強弱勝負已～矣。」❸ 分辨，區別。《莊子・天下》：「～天地之美，析萬物之理。」❹ 裁決，判決。《後漢書・陳寵傳》：「其有爭訟，輒求～正。」❺ 判決書，裁決獄訟的文書。《舊唐書・李元紘傳》：「元紘大署～後日：『南山或可改移，此～終無搖動。』」❻ 兼管。《宋史・范仲淹傳》：「唐以宰相分～六曹。」❼ 通「拚」，不顧惜，豁出去。唐・元稹《採珠行》：「採珠之人～死採。」

畔 ⓟpàn ⓖbun6叛
❶ 田界。《左傳・襄公二十五年》：「行無越思，如農之有～。」❷ 邊，邊際。唐・劉禹錫《酬樂天揚州初逢席上見贈》：「沉舟側～千帆過，病樹前頭萬木春。」❸ 通「叛」，背叛。漢・賈誼《治安策》：「下無倍～之心，上無誅伐之志。」

彷 ⓟpáng
見 73 頁 fǎng。

旁 ⓟ ㈠páng ⓖpong4龐
❶ 旁邊，旁側。唐・杜甫《兵車行》：「道～過者問行人，行人但云點行頻。」❷ 多方面地，廣泛地。唐・韓愈《進學解》：「尋墜緒之茫茫，獨～搜而遠紹。」❸ 偏邪，不正。《荀子・議兵》：「～辟曲私之屬為之化而公。」❹ 別的，其他的。唐・杜甫《堂成》：「～人錯比揚雄宅，懶惰無心作《解嘲》。」❺ 通「磅」，廣，大。《莊子・逍遙遊》：「將～礴萬物以為一。」

㈡ ⓟbàng ⓖbong6傍
依傍。《漢書・趙充國傳》：「匈奴大發十餘萬騎，南～塞，至符奚廬山。」

傍 ⓟpáng
見 6 頁 bàng。

庖 ⓟpáo ⓖpaau4刨
❶ 廚房。《孟子・梁惠王上》：「～有肥肉，廄有肥馬。」❷ 廚師。《莊子・養生主》：「良～歲更刀，割也。」

炮 ⓟpáo
見 218 頁 pào。

袍 ⓟpáo ⓖpou4菩
❶ 長衣。《詩經・秦風・無衣》：「豈曰無衣，與子同～。」❷ 特指戰衣。北朝民歌《木蘭詩》：「脫我戰時～，著我舊時裳。」❸ 衣

服前襟。《公羊傳·哀公十四年》：「反袂拭面涕沾～。」

## 匏 🔊 páo 🔊 paau4 刨

❶ 葫蘆的一種，果實稱瓠瓜，味苦，不能食，對半剖開可作水瓢。❷ 用葫蘆做的容器。宋·蘇軾《前赤壁賦》：「駕一葉之扁舟，舉～樽以相屬。」❸ 古代八音之一，指笙、竽之類。唐·韓愈《送孟東野序》：「金、石、絲、竹、～、土、革、木八者，物之善鳴者也。」

## 炮 〔一〕🔊 pào 🔊 paau3 豹

火炮，兵器的一種。《清史稿·兵志》：「配快～八尊。」

〔二〕🔊 páo 🔊 paau4 刨

❶ 燒烤。《詩經·小雅·瓠葉》：「有兔斯首，～之燔（fán，燒）之。」❷ 焚燒。《左傳·昭公二十七年》：「令尹～之，盡滅郤氏之族黨。」❸ [炮烙 luò] 古代的一種酷刑，用燒紅的鐵器烙燙人的身體。清·方苞《左忠毅公軼事》：「聞左公被～～，且夕且死。」❹ 焙烤（中藥）。宋·陸游《離家示妻子》：「兒為檢藥籠，桂薑手～煎。」❺ 通「庖」，廚師。《韓非子·難二》：「凡為人臣者，猶～宰和五味而進之君。」

### pei

## 醅 🔊 pēi 🔊 pui1 胚

未過濾的米酒。唐·杜甫《客至》：「盤飧市遠無兼味，樽酒家貧只舊～。」

## 培 〔一〕🔊 péi 🔊 pui4 陪

❶ 在植物的根部加土。《禮記·中庸》：「故栽者～之，傾者覆之。」❷ 扶助，培養。《金史·

韓企先傳》：「專以～植獎勵後進為己責任。」❸ 屋的後牆。《淮南子·齊俗訓》：「鑿～而遁之。」❹ 憑藉，乘着。《莊子·逍遙遊》：「故九萬里則風斯在下矣，而後乃今～風。」

〔二〕🔊 pǒu 🔊 bau6 敗又六聲

[培塿] 小土丘。唐·柳宗元《始得西山宴遊記》：「然後知是山之特出，不與～～為類。」

## 沛 🔊 pèi 🔊 pui3 佩

❶ 水草叢生的沼澤。《孟子·滕文公下》：「～澤多而禽獸至。」❷ 水流迅疾或水勢浩大。《孟子·梁惠王上》：「由水之就下，～然誰能禦之？」❸ 旺盛，盛大。宋·文天祥《正氣歌》：「於人曰浩然，～乎塞蒼冥。」❹ 充沛，充足。《公羊傳·文公十四年》：「力～若有餘。」

## 佩 🔊 pèi 🔊 pui3 配

❶ 繫在衣帶上的飾物。戰國楚·屈原《楚辭·離騷》：「紉秋蘭以為～。」❷ 佩帶，掛。明·宋濂《送東陽馬生序》：「腰白玉之環，左～刀，右備容臭，燁然若神人。」❸ 感念不忘，銘記。唐·杜甫《送重表姪王砅評事使南海》：「苟活到今日，寸心銘～牢。」

## 肺 🔊 pèi

見 75 頁 fèi。

## 轡 🔊 pèi 🔊 bei3 臂

駕馭牲口用的嚼子和韁繩。北朝民歌《木蘭詩》：「南市買～頭。」

### pen

## 盆 🔊 pén 🔊 pun4 盤

❶ 盛物或洗滌的器皿，多為

圓形，口大底小。《晉書·張華傳》：「大～盛水，置劍其上。」❷ 量器。也指容量單位，十二斗八升為一盆。《荀子·富國》：「今是土之生五穀也，人善治之，則畝數～。」❸ 浸在盆水中。《禮記·祭義》：「及良日，夫人繰（são，抽繭出絲），三～手。」

## peng

**亨** ㊁pēng

見 107 頁 hēng。

**朋** ㊁péng ㊂pang4憑

❶ 貨幣單位。上古以貝殼為貨幣，五貝為一串，兩串為一朋。❷ 成對地。《山海經·北山經》：「羣居而～飛。」❸ 隊，組。《舊唐書·中宗紀》：「分～拔河。」❹ 同學，朋友。《論語·學而》：「有～自遠方來，不亦樂乎？」❺ 集團，派別。宋·歐陽修《朋黨論》：「堯之時，小人共工、驩兜等四人為一～。」❻ 結黨，互相勾結。戰國楚·屈原《楚辭·離騷》：「世並舉而好～兮。」❼ 可相比的。《詩經·唐風·椒聊》：「碩大無～。」❽ 同，齊。《後漢書·李固杜喬傳》：「～心合力。」

**蓬** ㊁péng ㊂pung4篷

❶ 蓬草，蒿類植物。乾枯後常被風連根拔起，隨風轉轉，故又稱飛蓬。《莊子·逍遙遊》：「翱翔～蒿之間。」❷ 泛指草。唐·李華《弔古戰場文》：「～斷草枯，凜若霜晨。」❸ 比喻遠行的人。唐·王維《使至塞上》：「征～出漢塞，歸雁入胡天。」

**鵬** ㊁péng ㊂paang4棚

傳說中的大鳥。《莊子·逍遙遊》：「有鳥焉，其名為～，背若太山，翼若垂天之雲。」

## pi

**丕** ㊁pī ㊂pei1披

❶ 大。《史記·司馬相如列傳》：「天下之壯觀，王者之～業。」❷ 奉，秉承。《漢書·郊祀志下》：「～天之大律。」❸ 假借為副詞，相當於「乃」、「才」。《尚書·夏書·禹貢》：「三危既宅，三苗～敍。」

**披** ㊁pī ㊂pei1丕

❶ 剖開，表露。《史記·淮陰侯列傳》：「臣願～腹心，輸肝膽。」❷ 裂開，散開。《史記·范雎蔡澤列傳》：「木實繁者～其枝。」❸ 敞開，分開。唐·柳宗元《始得西山宴遊記》：「到則～草而坐，傾壺而醉。」❹ 翻閱。唐·韓愈《進學解》：「先生口不絕吟於六藝之文，手不停～於百家之編。」❺ 排除。宋·王安石《開元行》：「糾合俊傑～姦猖。」❻ 覆蓋在肩背上或穿在身上。《漢書·陳湯傳》：「數百人～甲乘城。」

**被** ㊁pī

見 9 頁 bèi。

**皮** ㊁pí ㊂pei4脾

❶ 動植物的表皮。《左傳·僖公十四年》：「～之不存，毛將安傅（fù，依附）？」❷ 皮革，製過的獸皮。《左傳·隱公五年》：「鳥獸之肉不登於俎，～、齒牙、骨角、毛羽不登於器。」❸ 指物體的表層。明·袁宏道《滿井遊記》：

P

「於時冰～始解，波色乍明。」❹ 表面的，膚淺的。《韓詩外傳》卷十：「子乃～相之士也。」❺ 劃破，劃開。《史記・刺客列傳》：「因自～面抉眼，自屠出腸，遂以死。」

## 疲 ⓿pí ⓾pei4 皮

❶ 勞累，困乏。唐・白居易《燕詩》：「嘴爪雖欲敝，心力不知～。」❷ 瘦弱。《管子・小匡》：「故使天下諸侯以～馬犬羊為幣。」❸ 衰老。宋・王安石《思王逢原》：「我～學更誤，與世不相宜。」❹ 厭倦。《後漢書・光武帝紀下》：「我自樂此，不為～也。」

## 琵 ⓿pí ⓾pei4 皮

[琵琶] 絃樂器名。唐・王翰《涼州詞》：「葡萄美酒夜光杯，欲飲～～馬上催。」

## 狉 ⓿pí

見 13 頁 bì。

## 罷 ⓿pí

見 4 頁 bà。

## 鼙 ⓿pí ⓾pei4 皮

一種軍用小鼓。《禮記・樂記》：「君子聽鼓～之聲，則思將帥之臣。」

## 匹 ⓿pǐ ⓾pat1 拋筆一聲

❶ 對手，能力不相上下的人。《三國演義》第七十八回：「似此良醫，世罕其～，未可廢也。」❷ 相當，對等。《左傳・僖公二十三年》：「秦、晉～也，何以卑我？」❸ 與……相比。《莊子・逍遙遊》：「而彭祖乃今以久特聞，眾人～之，不亦悲乎！」❹ 婚配，配偶。三國魏・曹植《贈王粲》：「中有孤鴛鴦，哀鳴求～儔（chóu，伴

侶）。」❺ 朋友。南朝梁・何遜《臨行與故遊夜別》：「一旦辭群～～。」❻ 類，族類。唐・韓愈《應科目時與人書》：「蓋非常鱗凡介之品彙～儔也。」❼ 量詞，計算馬、騾、驢等牲畜，或布帛類紡織品的單位。這個意義也寫作「疋」。

## 疋 ⓿pǐ ⓾pat1 匹

量詞，同「匹」，計算馬、騾、驢等牲畜，或布帛類紡織品的單位。《戰國策・魏策一》：「車六百乘，騎五千～。」

## 否 ⓿pǐ

見 79 頁 fǒu。

## 辟 ⓿pì

見 13 頁 bì。

## 澼 ⓿pì ⓾pik1 癖

[洴澼] 見 222 頁「洴」。

---

### pian

## 片 ⓿piān ⓾pin3 騙

❶ 本指把木頭剖開，分成兩半，引申指像木片般扁平而薄的東西。唐・白居易《太湖石》：「削成青玉～，截斷碧雲根。」❷ 半，一半。《莊子・則陽》：「雌雄～合。」❸ 單，單個。宋・蘇軾《望湖亭》：「西風～帆急，暮靄一山孤。」❹ 少，零星。《宋書・志序》：「～文隻事，鴻纖備舉。」❺ 量詞，計算扁平而薄的東西的單位。清・鄭燮《詠雪》：「千～萬～無數～，飛入梅花都不見。」❻ 量詞，用於連成一起的闊大景象。北周・庾信《鏡詩》：「光如一～水，影照兩邊人。」

## 偏 ⓿piān ⓾pin1 篇

❶ 邊側，不居中的地方。《左

傳·隱公十一年》:「乃使公孫獲處許西～。」❷ 邊遠的，偏僻。晉·陶潛《飲酒》:「問君何能爾，心遠地自～。」❸ 偏頗的，不正的。漢·鄒陽《獄中上梁王書》:「此二國豈係於俗，牽於世，繫奇～之浮辭哉?」❹ 片面，單方面。漢·鄒陽《獄中上梁王書》:「故～聽生姦，獨任成亂。」❺ 一半，一邊。《戰國策·燕策三》:「樊於期～袒搤腕而進曰:『此臣之日夜切齒腐心也，乃今得聞教!』」❻ 歪，斜。漢樂府《孔雀東南飛》:「女行無～斜，何意致不厚。」❼ 特別，最。北魏·賈思勰《齊民要術·甘蔗》:「雩都縣土壤肥沃，～宜甘蔗。」❽ 恰巧，正好。唐·皇甫冉《曾東遊以詩寄之》:「正是揚帆時，～逢江上客。」❾ 表示出乎意料外，或與意願相反的。《漢書·外戚傳上》:「立而望之，～何姍姍其來遲!」

## 篇 ⓤpiān ⓟpin1 偏

❶ 古代文章寫在竹簡上，把首尾完整的詩或文的竹簡用繩或皮條編在一起，稱「篇」。後詩文一個首尾完整的單位即稱「篇」。漢·司馬遷《報任安書》:「《詩》三百～，大底聖賢發憤之所為作也。」❷ 泛指文章。唐·賈島《寄韓潮州愈》:「隔嶺～章來華嶽，出關書信過瀧流。」

## 翩 ⓤpiān ⓟpin1 篇

❶ 鳥疾飛。《詩經·魯頌·泮水》:「～彼飛鴻。」❷ 輕捷，敏捷。三國魏·曹植《洛神賦》:「～若驚鴻。」❸ [翩翩] ① 輕快地飛翔或行動的樣子。唐·白居易《燕詩》:「梁上有雙燕，～～雌與雄。」② 往來不停的樣子。晉·左思《魏都賦》:「締交～～。」③ 風度或文采優美。《史記·平原君虞卿列傳》:「平原君，～～濁世之佳公子也。」

## 便 ⓤpián

見 15 頁 biàn。

## 駢 ⓤpián ⓟpin4 偏四聲

❶ 兩馬並駕一車。三國魏·嵇康《琴賦》:「～馳翼驅。」❷ 並列，相挨。宋·歐陽修《相州晝錦堂記》:「夾道之人，相與～肩累跡，瞻望咨嗟。」

### piao

## 飄 ⓤpiāo ⓟpiu1 漂

❶ 旋風，暴風。《詩經·小雅·何人斯》:「彼何人斯，其為～風。」❷ 吹動。《北史·楊侃傳》:「乃至風～水浮。」❸ 飄揚。唐·李白《古風五十九首》之十九:「霓裳曳廣帶，～拂升天行。」

## 瓢 ⓤpiáo ⓟpiu4 嫖

用來舀取水、酒等物的勺子，多以葫蘆或木頭製成。《莊子·逍遙遊》:「剖之以為～，則瓠落無所容。」

### pin

## 貧 ⓤpín ⓟpan4 頻

❶ 缺少衣食錢財，貧困。《論語·里仁》:「～與賤，是人之所惡也。」❷ 貧困的人。宋·沈括《夢溪筆談·雜志二》:「(李順)大賑～乏，錄用材能。」❸ 缺乏。南朝梁·

劉勰《文心雕龍·事類》：「有學飽而才餒，有才富而學～。」

## 頻 ⓖpín ⓔpan4 貧

❶ 皺眉。晉·陸雲《晉故散騎常侍陸府君誄》：「～顣（cù，同『蹙』，皺眉）厄運。」這個意義後來寫作「顰」。❷ 頻繁，連續多次。《列子·黃帝》：「汝何去來之～？」❸ 緊急。《詩經·大雅·桑柔》：「國步斯～。」

## 蘋 ⓖpín ⓔpan4 貧

一種水草，也叫田字草。元·白樸《沉醉東風·漁父詞》：「黃蘆岸白～渡口。」

## 顰 ⓖpín ⓔpan4 頻

皺眉頭。唐·李白《怨情》：「深坐～蛾眉。」

## 品 ⓖpǐn ⓔban2 稟

❶ 眾多。晉·左思《吳都賦》：「混～物而同廛（chán，庫房）。」❷ 種，種類。《尚書·夏書·禹貢》：「厥貢惟金三～。」❸ 等級。《史記·高祖功臣侯者年表》：「古者人臣功有五～。」❹ 品評，評論。《南史·鍾嶸傳》：「嶸～古今詩，為評言其優劣。」

### ping

## 平 ⓖpíng ⓔping4 瓶

❶ 平坦，沒有高低起伏。晉·陶潛《桃花源記》：「土地～曠，屋舍儼然。」❷ 剷平，夷除。《列子·愚公移山》：「吾與汝畢力～險。」❸ 平均，均分。《孟子·公孫丑下》：「井地不均，穀祿不～。」❹ 公平，公正。《商君書·靳令》：「法～則吏無姦。」❺ 安定，太平。

《禮記·大學》：「家齊而后國治，國治而后天下～。」❻ 平定。唐·李白《子夜吳歌》：「何時～胡虜，良人罷遠征。」❼ 講和。《左傳·宣公十五年》：「宋及楚人～。」❽ 平時。唐·柳宗元《與蕭翰林俛書》：「～居閉門，口舌無數。」❾ 用在「旦」、「午」等時間詞前，表示正當某個時刻。《史記·李將軍列傳》：「～旦，李廣乃歸其大軍。」❿ 憑着，依據。清·錢大昕《弈喻》：「～心而度之，吾果無一失乎？」⓫ 通「評」，評議。《商君書·更法》：「孝公～畫。」

## 洴 ⓖpíng ⓔping4 平

[洴澼] 漂洗。《莊子·逍遙遊》：「宋人有善為不龜手之藥者，世世以～～絖為事。」

## 屏 ㊀ ⓖpíng ⓔping4 平

❶ 照壁，即宮室、官府內對着正門的小牆，具遮蔽、裝飾的用途。《荀子·大略》：「天子外～（屏在門外），諸侯內～（屏在門內），禮也。」❷ 屏風，即室內用紙、帛、竹等做成的用具，上有圖案，具擋風、遮蔽、裝飾的用途，可以摺疊和移動。唐·杜牧《秋夕》：「銀燭秋光冷畫～，輕羅小扇撲流螢。」❸ 屏障，遮擋物。《宋史·李綱傳》：「三鎮國之～蔽，割之何以立國。」

㊁ ⓖbǐng ⓔbing2 丙

❶ 使避開。《史記·魏公子列傳》：「侯生乃～人閒語。」❷ 排斥，摒棄。清·彭端淑《為學》：「～棄而不用，其與昏與庸無以異也。」❸ 抑止，憋住。《論語·鄉黨》：

「攝齊升堂，鞠躬如也，～氣似不息者。」

**瓶** ⓖpíng ⓟping4平
口小腹大的器皿，通常用來盛液體。唐‧白居易《琵琶行》：「銀～乍破水漿迸。」

**萍** ⓖpíng ⓟping4平
浮萍，又稱「青萍」，浮生在水面上。宋‧文天祥《過零丁洋》：「山河破碎風飄絮，身世浮沉雨打～。」

**馮** ⓖpíng
見78頁féng。

**憑** ⓖpíng ⓟpang4朋
❶ 靠着，斜倚着。宋‧岳飛《滿江紅》：「怒髮衝冠，～闌處、瀟瀟雨歇。」❷ 憑弔。唐‧韓愈《祭十二郎文》：「斂不～其棺，窆（biǎn，落葬）不臨其穴。」❸ 登臨。宋‧王安石《桂枝香‧金陵懷古》：「千古～高對此，漫嗟榮辱。」❹ 依據，託賴。南唐‧李煜《清平樂》：「雁來音信無～，路遙歸夢難成。」❺ 倚仗，憑藉。清‧薛福成《貓捕雀》：「乃有～權位，張爪牙，殘民以自肥者。」❻ 徒步涉水。北魏‧楊衒之《洛陽伽藍記‧永寧寺》：「不意兆不由舟楫，～流而渡。」❼ 任憑。唐‧王建《原上新居》：「古碣～人揭（tà，以紙墨摹印）。」❽ 請求，請。唐‧杜牧《贈獵騎》：「～君莫射南來雁，恐有家書寄遠人。」

---

po

**頗** ㊀ ⓖpō ⓟpo1婆一聲
偏，偏差。戰國楚‧屈原《楚辭‧離騷》：「循繩墨而不～。」
㊁ ⓖpō ⓟpo2頗
❶ 很，非常。《漢書‧景帝令二千石修職詔》：「今歲或不登，民食～寡，其咎安在？」❷ 稍微，稍稍。漢‧王充《論衡‧別通》：「涉淺水者見蝦，其～深者察魚鱉，其尤甚者觀蛟龍。」

**迫** ⓖpò ⓟbik1逼
❶ 接近，將近。漢‧司馬遷《報任安書》：「今少卿抱不測之罪，涉旬月，～季冬。」❷ 狹窄，距離近。《後漢書‧竇融傳》：「西州地勢局～。」❸ 危急，急迫。《史記‧項羽本紀》：「（樊）噲曰：『此～矣，臣請入，與之同命。』」❹ 強迫，壓迫。晉‧李密《陳情表》：「郡縣逼～，催臣上道。」❺ 為……所迫。漢‧司馬遷《報任安書》：「書辭宜答，會東從上來，又～賤事，相見日淺。」❻ 催促。晉‧陶潛《雜詩》：「日月不肯遲，四時相催～。」

**破** ⓖpò ⓟpo3婆三聲
❶ （石頭）裂開。唐‧李賀《李憑箜篌引》：「女媧煉石補天處，石～天驚逗秋雨。」❷ 毀壞，打破。《史記‧廉頗藺相如列傳》：「秦王恐其～璧，乃辭謝固請。」❸ 劈開，剖開。宋‧王禹偁《黃岡竹樓記》：「黃岡之地多竹，大者如椽，竹工～之，刳去其節，用代陶瓦。」❹ 殘破，不完整。宋‧蘇軾《凌虛臺記》：「而～瓦頹垣無復存者。」❺ 破敗，衰敗。宋‧蘇洵《六國論》：「賂秦而力虧，～滅之道也。」❻ 打敗，攻克。《史

記‧廉頗藺相如列傳》：「廉頗為趙將伐齊，大～之，取陽晉。」❼盡。唐‧杜甫《漫興》：「二月已～三月來。」❽用盡，用光。《史記‧孔子世家》：「崇喪遂哀，～產厚葬，不可以為俗。」

**魄** 🔊pò 🔊paak3 拍
❶ 古人所相信的依附於形體而存在的精神。漢‧司馬遷《報任安書》：「是僕終已不得舒憤懣以曉左右，則長逝者魂～私恨無窮。」❷ 月亮初出或將沒時的微光。《尚書‧周書‧康誥》：「唯三月哉生～。」

### pou

**剖** 🔊pōu 🔊fau2 否
❶ 破開，從中間分開。《莊子‧逍遙遊》：「～之以為瓢，則瓠落無所容。」❷ 分割。唐‧柳宗元《封建論》：「～海內而立宗子，封功臣。」❸ 辨別，辨析。明‧方孝孺《深慮論》：「武宣以後，稍～析之而分其勢，以為無事矣。」

**掊** 〔一〕🔊póu 🔊pau4 爬浮四聲
❶ 量詞，相當於「把」、「捧」。漢‧王充《論衡‧譋時》：「河決千里，塞以一～之土，能勝之乎？」❷ 用手扒或挖土。《漢書‧郊祀志上》：「見地如鈎狀，～視得鼎。」❸ 積聚。《新唐書‧封倫傳》：「素殫百姓力，為吾～怨天下！」
〔二〕🔊pǒu 🔊pau2 普九二聲
擊打，擊破。《莊子‧逍遙遊》：「非不呺然大也，吾為其無用而～之也。」

**培** 🔊pǒu
見 218 頁 péi。

**掊** 🔊pǒu
見 224 頁 póu。

### pu

**仆** 🔊pū 🔊fu6 付
❶ 向前倒下。《史記‧項羽本紀》：「衛士～地，（樊）噲遂入。」❷ 泛指倒臥在地上。宋‧王安石《遊襃禪山記》：「有碑～道，其文漫滅。」

> 🔍 仆、偃。二字都有倒下的意思，區別在於：「仆」是向前倒下；「偃」是向後倒下。

**撲** 🔊pū 🔊pok3 樸
❶ 擊，擊打。《淮南子‧説林訓》：「為雷電所～。」❷ 撲向，全力向前壓下。清‧紀昀《閲微草堂筆記‧槐西雜志》：「虎～至，側首讓之。」❸ [撲朔] 跳躍的樣子。北朝民歌《木蘭詩》：「雄兔腳～～，雌兔眼迷離。」❹ 煙或氣味等直衝人的感官。明‧劉基《賣柑者言》：「剖之如有煙～口鼻。」❺ 輕打，拍。唐‧杜牧《秋夕》：「銀燭秋光冷畫屏，輕羅小扇～流螢。」❻ 遍，分佈。唐‧王勃《滕王閣序》：「閭閻～地，鐘鳴鼎食之家。」

**鋪** 〔一〕🔊pū 🔊pou1 普一聲
❶ 釘在門上的門環的底座。宋‧姜夔《齊天樂》：「露濕銅～，苔侵石井。」❷ 展開，鋪開。明‧張岱《湖心亭看雪》：「有兩人～氈對坐。」
〔二〕🔊pù 🔊pou3 普三聲
❶ 商店。唐‧張籍《送楊少尹赴鳳

翔》：「得錢祇了還書～。」❷ 驛站。《金史‧世宗紀》：「朕嘗欲得新荔枝，兵部遂於道路特設～遞。」

# 葡 ⊜pú ⊜pou4 袍

[葡萄] 植物名，果實也叫葡萄，圓形或橢圓形，成熟時多為紫色或黃綠色，味酸甜，多汁，是常見水果，也可以釀酒。唐‧王翰《涼州詞》：「～～美酒夜光杯，欲飲琵琶馬上催。」

# 僕 ⊜pú ⊜buk6 瀑

❶ 僕從，奴僕。唐‧柳宗元《始得西山宴遊記》：「遂命～過湘江，緣染溪，斫榛莽。」❷ 車夫。《史記‧管晏列傳》：「今子長八尺，乃為人～御。」❸ 古人自稱的謙詞。漢‧司馬遷《報任安書》：「～少負不羈之材，長無鄉曲之譽。」

# 圃 ⊜pǔ ⊜pou2 普

❶ 種植蔬菜、瓜果以及花木的園子。《墨子‧非攻上》：「今有一人，入人園～，竊其桃李。」❷ 種植瓜果花木的技能。也指以種植瓜果花木為業的人。《論語‧子路》：「樊遲請學稼，子曰：『吾不如老農。』請學為～，曰：『吾不如老～。』」❸ 比喻事物叢集之處。南朝梁‧沈約《齊臨川王行狀》：「治貫書場，該緯文～。」

# 浦 ⊜pǔ ⊜pou2 普

❶ 水邊。唐‧王勃《滕王閣序》：「雁陣驚寒，聲斷衡陽之～。」❷ 小河流入大河的入口處。《宋書‧徐寧傳》：「至廣陵尋親舊，還，遇風，停～中。」

# 樸 ⊜pǔ ⊜pok3 撲

❶ 未經加工的木料。戰國楚‧屈原《楚辭‧九章‧懷沙》：「材～委積兮。」❷ 本性，本質。《呂氏春秋‧論人》：「故知知一，則復歸於～。」❸ 淳樸，質樸。《荀子‧彊國》：「觀其風俗，其百姓～。」

# 暴 ⊜pù

見 7 頁 bào。

# 鋪 ⊜pù

見 224 頁 pū。

# 曝 ⊜pù ⊜buk6 僕

曬。晉‧陶潛《自祭文》：「冬～其日，夏濯其泉。」

P

# Q

qi

**七** 🔊qī 🔊cat1漆
❶ 數詞。宋・王安石《遊褒禪山記》:「至和元年～月某日,臨川王某記。」❷ 一種辭賦體裁,也稱「七體」。南朝梁・蕭統《文選》專列「七」為一門。

**妻** 🔊qī 🔊cai1棲
❶ 妻子。《戰國策・鄒忌諷齊王納諫》:「臣之～私臣,臣之妾畏臣。」❷ 嫁給。《左傳・僖公二十三年》:「以叔隗～趙衰,生盾。」❸ 娶以為妻。《孟子・萬章上》:「～帝之二女,而不足以解憂。」

**戚** 🔊qī 🔊cik1斥
❶ 古代一種斧類兵器。《韓非子・五蠹》:「執干～舞,有苗乃服。」這個意義後來寫作「鏚」。❷ 親近,親密。《孟子・梁惠王下》:「將使卑踰尊,疏踰～。」❸ 親戚,親屬。晉・陶潛《歸去來兮辭》:「悅親～之情話,樂琴書以消憂。」❹ 憂愁,悲傷。唐・柳宗元《捕蛇者說》:「言之,貌若甚～者。」❺ [戚戚] ① 憂懼的樣子。《論語・述而》:「君子坦蕩蕩,小人長～～。」② 親近的樣子。《詩經・大雅・行葦》:「～～兄弟,莫遠具爾。」③ 心有所動的樣子。《孟子・梁惠王上》:「夫子言之,於我心有～～焉。」

**悽** 🔊qī 🔊cai1妻
悲傷。戰國楚・屈原《楚辭・遠遊》:「心愁～而增悲。」

**萋** 🔊qī 🔊cai1妻
❶ 草木茂盛的樣子。唐・崔顥《黃鶴樓》:「晴川歷歷漢陽樹,芳草～～鸚鵡洲。」❷ 通「悽」,悲傷。唐・白居易《賦得古原草送別》:「又送王孫去,～～滿別情。」

**期** 〔一〕🔊qī 🔊kei4其
❶ 約定的時間,期限。《史記・陳涉世家》:「失～,法皆斬。」❷ 約定,約會。唐・李白《月下獨酌》:「永結無情遊,相～邈雲漢。」❸ 限度。《呂氏春秋・懷寵》:「徵斂無～,求索無厭。」❹ 時候。唐・白居易《燕詩》:「青蟲不易捕,黃口無飽～。」❺ 期望,要求。《孟子・告子上》:「至於聲,天下～於師曠。」❻ 預料,料想。唐・盧延讓《八月十六夜月》:「難～一年事。」

〔二〕🔊jī 🔊gei1基
❶ 一周年,一整月。《戰國策・鄒忌諷齊王納諫》:「～年之後,雖欲言,無可進者。」❷ 服喪一年。晉・李密《陳情表》:「外無～功彊近之親,內無應門五尺之童。」

**欺** 🔊qī 🔊hei1希
❶ 欺騙。《史記・廉頗藺相如列傳》:「臣知～大王之罪當誅。」❷ 欺負,欺凌。唐・杜甫《茅屋為秋風所破歌》:「南村羣童～我老無力,忍能對面為盜賊。」❸ 勝過,超過。宋・蘇軾《徐大正閒軒》:「早眠不見燈,晚食或～午。」

**★其** 🔊qí 🔊kei4祈
❶ 第三人稱代詞,代人或事物;他(們)的,它(們)的。《莊子・逍遙遊》:「逍遙乎寢臥～下。」

❷ 第三人稱代詞，一般代人；他，他們。《史記・廉頗藺相如列傳》：「秦王恐～破璧。」❸ 指示代詞，那，那些。唐・韓愈《師說》：「彼童子之師，授之書而習～句讀者。」❹ 指示代詞，表示「其中的」，後面多為數詞。《孟子・梁惠王上》：「海內之地，方千里者九，齊集有～一。」❺ 副詞，加強祈使語氣，可譯作「可」、「還是」。《左傳・僖公三十年》：「攻之不克，圍之不繼，吾～還也。」❻ 副詞，加強揣測語氣，可譯作「恐怕」、「或許」、「大概」、「可能」。唐・韓愈《師說》：「聖人之所以為聖，愚人之所以為愚，～皆出於此乎！」❼ 副詞，加強反問語氣，可譯作「難道」、「怎麼」。《列子・愚公移山》：「以殘年餘力，曾不能毀山之一毛，～如土石何？」❽ 連詞，表示選擇關係，相當於「是……還是……」。《莊子・逍遙遊》：「天之蒼蒼，～正色邪？～遠而無所至極邪？」❾ 連詞，表示假設關係，相當於「如果」。明・宋濂《送東陽馬生序》：「～業有不精，德有不成者，非天質之卑，則心不若余之專耳。」❿ 助詞，形容詞詞頭。《詩經・邶風・北風》：「北風～涼，雨雪～霏。」

**奇** 〔一〕 ⓖqí ⓥkei4 祈
❶ 奇異的，罕見的。《史記・呂不韋列傳》：「此～貨可居。」❷ 出人意料，詭異不正。多指奇兵、奇謀。唐・李華《弔古戰場文》：「～兵有異於仁義。」❸ 以……為奇，看重，視為特殊。宋・王安

石《傷仲永》：「邑人～之，稍稍賓客其父。」❹ 美妙，好。唐・韓愈《進學解》：「文雖～而不濟於用。」❺ 非常，很。唐・段成式《酉陽雜俎・語資》：「今歲～寒，江淮之間不乃冰凍？」

〔二〕 ⓖjī ⓥgei1 基
❶ 單數。《周易・繫辭下》：「陽卦～，陰卦偶。」❷ 零數，餘數。明・魏學洢《核舟記》：「舟首尾長約八分有～。」❸ 贏餘，剩餘。漢・晁錯《論貴粟疏》：「操其～贏，日游都市。」❹ 命運不好，常與「數」連用。明・袁宏道《徐文長傳》：「然數～，屢試輒蹶。」

**歧** ⓖqí ⓥkei4 祈
❶ 分岔路。唐・王勃《送杜少府之任蜀州》：「無為在～路，兒女共沾巾。」❷ 不一致的，有差別的。南朝梁・劉勰《文心雕龍・詮賦》：「賦自詩出，分～異派。」

**祇** 〔一〕 ⓖqí ⓥkei4 祈
❶ 地神。《論語・述而》：「禱爾于上下神～。」❷ 大。《後漢書・郎顗傳》：「思過念咎，務消～悔。」

〔二〕 ⓖzhǐ ⓥzi2 只
舊讀 zhī。只。《史記・項羽本紀》：「雖殺之，無益，～益禍耳。」

**耆** ⓖqí ⓥkei4 棋
古稱六十歲為「耆」。也泛指年老、長壽。三國魏・曹植《求自試表》：「年～即世者有聞矣。」

**畦** ⓖqí ⓥkwai4 葵
❶ 土地面積單位，五十畝為畦。❷ 田間劃分的小區。《史記・貨殖列傳》：「千～薑韭。」

# 跂

〔一〕⓿qí ⓿kei4 歧

多生出的腳趾。《莊子·駢拇》:「故合者不為駢（pián，腳的大拇趾與二趾連在一起），而枝者不為～。」

〔二〕⓿qǐ ⓿kei5 企

踮起腳後跟。《荀子·勸學》:「吾嘗～而望矣，不如登高之博見也。」

# 萁

〔一〕⓿qí ⓿kei4 旗

豆莖，豆稈。曬乾後可用作燃料。三國魏·曹植《七步詩》:「～在釜下燃，豆在釜中泣。」

〔二〕⓿jī ⓿gei1 機

草名，似荻而細，可用來編織器物。《漢書·五行志下之上》:「厭弧（yǎnhú，山桑木做的弓）～服（萁草編織的箭袋）。」

# 齊

〔一〕⓿qí ⓿cai4 妻四聲

❶ 整齊，平整。宋·朱熹《熟讀精思》:「將書冊～整頓放。」❷ 整治，使合乎某一標準或規範。《禮記·大學》:「欲治其國者，先～其家。」❸ 相同，一樣。唐·杜牧《阿房宮賦》:「一日之內，一宮之間，而氣候不～。」❹ 齊備，齊全。《荀子·王霸》:「故其法治，其佐賢，其民愿，其俗美，而四者～，夫是之謂上一。」❺ 一起，同時。唐·王勃《滕王閣序》:「落霞與孤鶩～飛。」❻ 古國名。《戰國策·鄒忌諷齊王納諫》:「燕、趙、韓、魏聞之，皆朝於～。」❼ 肚臍。《莊子·大宗師》:「頤（yí，面頰）隱於～，肩高於頂。」這個意義後來寫作「臍」。

〔二〕⓿jì ⓿zai1 劑

「劑」的古字。調劑，藥劑。《韓非子·喻老》:「在腸胃，火～之所及也。」

# 旗

⓿qí ⓿kei4 祈

❶ 古代畫有熊虎圖像的旗。泛指各種旗幟。《左傳·曹劌論戰》:「吾視其轍亂，望其～靡，故逐之。」❷ 清代以不同顏色的旗幟作為區分軍民組織的標誌。《清文獻通考·兵一》:「又編蒙古八～。」

# 騏

⓿qí ⓿kei4 旗

❶ 有青黑斑紋的馬。《詩經·魯頌·駉》:「有騂（xīng，毛灰紅色的馬）有～。」❷ [騏驥] ① 駿馬。《荀子·勸學》:「～～一躍，不能十步。」② 比喻賢才。《晉書·馮跋載記》:「吾遠求～～，不知近在東鄰。」

# 騎

〔一〕⓿qí ⓿kei4 旗

騎馬，兩腿跨坐馬上。泛指跨坐。明·劉基《賣柑者言》:「觀其坐高堂，～大馬，醉醇醲而飫肥鮮者。」

〔二〕⓿jì ⓿gei6 技

❶ 騎的馬。《戰國策·趙策二》:「車千乘，～萬匹。」❷ 騎馬的人。《史記·項羽本紀》:「乃令～皆下馬步行。」❸ 一人一馬的合稱。《史記·項羽本紀》:「沛公旦日從百餘～來見項王。」

# 蘄

⓿qí ⓿kei4 祈

❶ 草名。❷ 通「祈」，祈求。《莊子·逍遙遊》:「世～乎亂，孰弊弊焉以天下為事！」❸ 通「圻」，邊際，界限。《荀子·儒效》:「跨天下而無～。」

# 乞

〔一〕⓿qǐ ⓿hat1 瞎一聲

❶ 討要。《論語·公冶長》:

「～諸其鄰而與之。」❷ 行乞，要飯。《孟子·魚我所欲也》：「蹴爾而與之，～人不屑也。」❸ 請求，希望。晉·李密《陳情表》：「烏鳥私情，願～終養。」

〔三〕⑧ qì ⑨ hei3 氣

給予。唐·李白《少年行》：「好鞍好馬～與人。」

## 杞 ⑧ qǐ ⑨ gei2 己

❶ 樹名，即杞柳。《詩經·鄭風·將仲子》：「無折我樹～。」❷ 枸杞，一種灌木。《詩經·小雅·四牡》：「集于苞～。」❸ 周代諸侯國名，在今河南杞縣。

## ★起 ⑧ qǐ ⑨ hei2 喜

❶ 站起，起來。《史記·項羽本紀》：「(樊) 噲拜謝，～，立而飲之。」❷ 起牀。宋·溫庭筠《菩薩蠻》：「懶～畫蛾眉，弄妝梳洗遲。」❸ 上升，升起。明·劉基《司馬季主論卜》：「一冬一春，靡屈不伸；一～一伏，無往不復。」❹ 豎立，聳立。晉·慧遠《廬山記略》：「東南有香爐山，孤峯秀～。」❺ 興起，出現，產生。《禮記·大同與小康》：「故謀用是作，而兵由此～。」❻ 起用，徵聘。宋·王鞏《聞見近錄》：「上復有旨，～蘇軾以本官。」❼ 出發，動身。《墨子·公輸》：「～於齊，行十日十夜而至於郢。」❽ 建造。漢·楊惲《報孫會宗書》：「治產業，～室宅。」❾ 開始。《史記·李斯列傳》：「明法度，定律令，皆以始皇～。」❿ 啟發。《論語·八佾》：「～予者商也。」

## 豈 〔一〕⑧ qǐ ⑨ hei2 起

❶ 難道，怎麼。《史記·廉

頗藺相如列傳》：「今以秦之彊而先割十五都予趙，趙～敢留璧而得罪於大王乎？」❷ 或許，莫非。《三國志·蜀書·諸葛亮傳》：「諸葛孔明者，臥龍也，將軍～願見之乎？」❸ 何況。《後漢書·爰延傳》：「～況陛下今所親幸，以賤為貴，以卑為尊哉！」

〔二〕⑧ kǎi ⑨ hoi2 凱

同「愷」，快樂，和樂。《詩經·小雅·魚藻》：「王在在鎬，～樂飲酒。」

## 跂 ⑧ qǐ

見 228 頁 qí。

## 綺 ⑧ qǐ ⑨ ji2 椅

❶ 有花紋的絲織品。宋·柳永《望海潮》：「戶盈羅～，競豪奢。」❷ 華美，美麗。宋·蘇軾《水調歌頭并序》：「轉朱閣，低～戶。」

## 稽 ⑧ qǐ

見 121 頁 jī。

## 乞 ⑧ qì

見 228 頁 qǐ。

## 迄 ⑧ qì ⑨ ngat6 屹

❶ 至，到。明·宋濂《閱江樓記》：「自六朝～於南唐，類皆偏據一方。」❷ 終究，終於。《後漢書·孔融傳》：「而才疏意廣，～無成功。」

## 泣 ⑧ qì ⑨ jap1 邑

❶ 眼淚。唐·李白《古風五十九首》之三十四：「～盡繼以血，心摧兩無聲。」❷ 無聲流淚或小聲哭。《岳飛之少年時代》：「詣同墓，莫而～。」

## 契 ⑧ qì ⑨ kai3 溪三聲

❶ 用刀刻。《呂氏春秋·察

今」：「其劍自舟中墜於水，遽～其舟，曰：『是吾劍之所從墜。』」❷ 指刻在甲骨等上的文字。《周易·繫辭下》：「上古結繩而治，後世聖人易之以書～。」❸ 契約。《戰國策·齊策四》：「約車治裝，載券～而行。」❹ 投合，和諧。宋·蘇軾《乞校正陸贄奏議進御劄子》：「但使聖賢之相～，即如臣主之同時。」

## 丞 ⓒ qì

見 123 頁 jí。

## 砌 ⓒ qì ⓟ cai3 沏

❶ 臺階。南唐·李煜《虞美人》：「雕闌玉～應猶在，只是朱顏改。」❷ 用泥灰等壘、鋪磚石。清·姚鼐《登泰山記》：「道皆～石為磴（dèng，山路的石級）。」❸ 堆積。宋·秦觀《踏莎行·霧失樓臺》：「～成此恨無重數。」

## ★氣 ⓒ qì ⓟ hei3 器

❶ 雲氣，氣體。《莊子·逍遙遊》：「絕雲～，負青天。」❷ 氣息，呼吸。《論語·鄉黨》：「屏～似不息者。」❸ 自然界寒、暖、陰、晴等現象。宋·范仲淹《岳陽樓記》：「朝暉夕陰，～象萬千。」❹ 鼻子聞到的味道。明·張岱《湖心亭看雪》：「香～拍人，清夢甚愜。」❺ 語氣。《晏子春秋·外篇上》：「聲甚哀～甚悲。」❻ 人的元氣，生命力。《荀子·修身》：「以治～養生。」❼ 人的精神狀態，氣勢。《左傳·曹劌論戰》：「夫戰，勇～也。」❽ 人的感情，意氣。《南史·傅縡傳》：「然性木強，不持檢操，負才使～，陵

侮人物。」❾ 人的志氣，節操。南朝梁·陶弘景《尋山志》：「輕死重～，名貴於身。」❿ 生氣，惱怒。《戰國策·趙策四》：「太后盛～而揖之。」⓫ 中國古代哲學概念。《孟子·公孫丑下》：「我善養吾浩然之～。」⓬ 風尚，風氣。《華陽國志·巴志》：「俗素樸，無造次辨麗之～。」

## 訖 ⓒ qì ⓟ ngat6 屹

❶ 止，停止。唐·元稹《樂府古題序》：「《詩》～於周，《離騷》～於楚。」❷ 終了，完畢。南朝宋·劉義慶《世說新語·輕詆》：「褚公飲～，徐舉手共語。」❸ 終究，始終。《漢書·西域傳上》：「而康居驕黠，～不肯拜使者。」❹ 通「迄」，至，到。《史記·孔子世家》：「上至隱公，下～哀公十四年。」

## 棄 ⓒ qì ⓟ hei3 氣

❶ 拋開，扔掉。《孟子·梁惠王上》：「兵刃既接，～甲曳兵而走。」❷ 廢除，廢置。唐·柳宗元《種樹郭橐駝傳》：「其置也若～。」❸ 違背。《左傳·成公十三年》：「君又不祥，背～盟誓。」❹ 離去。唐·李白《宣州謝朓樓餞別校書叔雲》：「～我去者，昨日之日不可留。」

## 器 ⓒ qì ⓟ hei3 氣

❶ 器具，器物。《論語·衛靈公》：「工欲善其事，必先利其～。」❷ 才能，才幹。也指有才能的人。《三國志·蜀書·諸葛亮傳》：「亮之～能理政。」❸ 器量，胸襟。《論語·八佾》：「管仲之～

小哉！」❹ 器重，重視。《三國志·蜀書·諸葛亮傳》：「徐庶見先主，先主～之。」

---

### qia

**恰** 粵qià 普hap1 洽
正好，適合。唐·杜甫《南鄰》：「秋水才深四五尺，野航～受兩三人。」

---

### qian

**★千** 粵qiān 普cin1 遷
❶ 數詞。《戰國策·鄒忌諷齊王納諫》：「今齊地方～里，百二十城。」❷ 表示很多。唐·杜甫《兵車行》：「～村萬落生荊杞。」

**阡** 粵qiān 普cin1 千
❶ 田間小路。晉·陶潛《桃花源記》：「～陌交通，雞犬相聞。」❷ 墓道，墳墓。宋·歐陽修《瀧岡阡表》：「其子修始克表於其～。」

🔍 阡、陌。二字均指田間的小路，南北向的為「阡」，東西向的為「陌」。

**牽** 一 粵qiān 普hin1 軒
❶ 拉，牽引向前。《孟子·梁惠王上》：「王坐於堂上，有～牛而過堂下者。」❷ 關係，牽連。漢·張衡《西京賦》：「夫人在陽時則舒，在陰時則慘，此～乎天者也。」❸ 牽制，拘泥。漢·鄒陽《獄中上梁王書》：「此二國豈係於俗，～於世，繫奇偏之浮辭哉？」
二 粵qiàn 普hin1 軒
同「縴」，拉船前進的繩索。明·

高啟《贈楊滎陽》：「渡河自撐篙，水急船應斷～。」

**遷** 粵qiān 普cin1 千
❶ 遷移。《孟子·滕文公上》：「吾聞出於幽谷，～於喬木者，未聞下喬木而入於幽谷者。」❷ 變易，變化。晉·王羲之《〈蘭亭集〉序》：「情隨事～。」❸ 調動官職。一般指升官。《後漢書·張衡傳》：「安帝雅聞（張）衡善術學，公車特徵拜郎中，再～為太史令。」❹ 放逐，流放。《史記·屈原賈生列傳》：「頃襄王怒而～之。」

🔍 遷、徙。二字都有遷移的意思，區別在於：「遷」指由下往上的移動，「徙」則指平面上的移動。由此引申出「調動官職」的意義，「遷」多指升官，「徙」則多指一般的調職。

**拑** 粵qián 普kim4 黔
❶ 夾住。《戰國策·鷸蚌相爭》：「蚌合而～其喙。」❷ 閉。《史記·秦始皇本紀》：「～口而不言。」

**前** 粵qián 普cin4 錢
❶ 表示方位、時間、次第在先，與「後」相對。唐·韓愈《師說》：「生乎吾～，其聞道也，固先乎吾，吾從而師之。」❷ 向前，前進。《史記·廉頗藺相如列傳》：「相如視秦王無意償趙城，乃～曰：『璧有瑕，請指示王。』」

**潛** 粵qián 普cim4 簽四聲
❶ 在水裏面活動。《詩經·小雅·鶴鳴》：「魚～在淵，或在于渚。」❷ 隱藏，隱蔽。宋·范仲淹

《岳陽樓記》：「日星隱耀，山岳～形。」❸ 深，深處。唐·韓愈《苦寒》：「虎豹僵穴中，蛟螭死幽～。」❹ 暗中，祕密地，悄悄地。《左傳·僖公二十四年》：「晉侯～會秦伯于王城。」❺ 專一。《漢書·董仲舒傳》：「下帷發憤，～心大業。」

**錢** ⓜqián ⓒcin4 前
❶ 貨幣。宋·歐陽修《賣油翁》：「乃取一葫蘆置於地，以～覆其口。」❷ 比喻圓如銅錢的東西。宋·楊萬里《秋涼晚步》：「荷葉猶開最小～。」❸ 重量單位，十錢為一兩。

**淺** 〔一〕ⓜqiǎn ⓒcin2 闡
❶ 水不深，與「深」相對。《莊子·逍遙遊》：「置杯焉則膠，水～而舟大也。」❷ 上下或內外之間的距離小，與「深」相對。《呂氏春秋·節喪》：「葬～則狐狸扣（hú，掘）之。」❸ 淺薄，膚淺。《三國志·蜀書·諸葛亮傳》：「欲信大義於天下，而智術～短，遂用猖獗。」❹ 時間短。漢·賈誼《過秦論》：「延及孝文王、莊襄王，享國日～，國家無事。」❺ 窄，狹小。《呂氏春秋·先己》：「吾地不～，吾民不寡。」❻ 色淡。唐·杜甫《江畔獨步尋花》：「桃花一簇開無主，可愛深紅愛～紅？」
〔二〕ⓜjiān ⓒzin1 煎
[淺淺] 水流急速的樣子。戰國楚·屈原《楚辭·九歌·湘君》：「石瀨兮～～，飛龍兮翩翩。」

**遣** ⓜqiǎn ⓒhin2 顯
❶ 打發，使離去。宋·歐陽修《賣油翁》：「康肅笑而～之。」❷ 派遣，差使。《史記·廉頗藺相如列傳》：「趙王於是遂～相如奉璧西入秦。」❸ 放逐，貶謫。唐·韓愈《柳子厚墓誌銘》：「中山劉夢得禹錫亦在～中，當詣播州。」❹ 排除，排遣。唐·杜甫《自京赴奉先詠懷》：「沈飲聊自～，放歌破愁絕。」❺ 使，教。唐·李白《勞勞亭》：「春風知別苦，不～柳條青。」

**倩** 〔一〕ⓜqiàn ⓒsin6 善
❶ 微笑的樣子。《論語·八佾》：「巧笑～兮，美目盼兮。」❷ 美麗，嫵媚。明·袁宏道《滿井遊記》：「鮮妍明媚，如～女之靧面而髻鬟之始掠也。」❸ 男子的美稱。《漢書·朱邑傳》：「昔陳平雖賢，須魏～而後進。」
〔二〕ⓜqìng ⓒcing3 秤
❶ 借助他人，請別人代自己做事。唐·杜甫《九日藍田崔氏莊》：「羞將短髮還吹帽，笑～旁人為正冠。」❷ 女婿。《史記·扁鵲倉公列傳》：「黃氏諸～，見建家京下方石，即弄之。」

**牽** ⓜqiàn
見 231 頁 qiān。

**塹** ⓜqiàn ⓒcim3 簽三聲
壕溝。特指護城河。《史記·高祖本紀》：「使高壘深～，勿與戰。」

qiang

**將** ⓜqiāng
見 135 頁 jiāng。

**強** 〔一〕ⓜqiáng ⓒkoeng4 其羊四聲
❶ 弓有力。唐·杜甫《前出塞九首》之六：「挽弓當挽～，用

箭當用長。」❷ 壯，有力。《荀子·勸學》：「蟪無爪牙之利，筋骨之～。」❸ 強大，強盛。宋·蘇洵《六國論》：「蓋失～援，不能獨完。」❹ 增強，加強。《荀子·天論》：「～本而節用，則天不能貧。」❺ 剛強，堅強。《韓非子·孤憤》：「能法之士，必～毅而勁直。」❻ 堅決。《呂氏春秋·知士》：「謝病～辭。」❼ 勝過，優越。宋·蘇軾《上神宗皇帝書》：「宣宗收燕、趙，復河、隍，力～於憲、武矣。」❽ 有餘，略多。北朝民歌《木蘭詩》：「策勳十二轉，賞賜百千～。」

㈡ ⓟqiǎng ⓒkoeng5 襁
❶ 勉力，勤勉。《孟子·梁惠王下》：「君如彼何哉？～為善而已矣。」❷ 勉強。《戰國策·趙策四》：「老臣今者殊不欲食，乃自～步，日三四里。」❸ 強迫。《左傳·文公十年》：「三君皆將～死。」

㈢ ⓟjiàng ⓒgoeng6 姜六聲
倔強，不順從。《史記·絳侯周勃世家》：「勃為人木～敦厚，高帝以為可屬大事。」

💡「強」的本義是蛀米蟲。「有力」的意義本寫作「彊」，後多借「強」代「彊」。

彊　ⓟqiáng ⓒkoeng4 其羊四聲
通作「強」。

檣　ⓟqiáng ⓒcoeng4 牆
❶ 船的桅杆。宋·范仲淹《岳陽樓記》：「商旅不行，～傾楫摧。」❷ 指船。晉·謝靈運《〈撰征賦〉序》：「靈～千艘，雷輜萬乘。」

牆　ⓟqiáng ⓒcoeng4 祥
❶ 用土石磚木等築成的障壁。唐·杜甫《石壕吏》：「老翁踰～走，老婦出門看。」❷ 裝飾靈柩的帷幔。《儀禮·既夕禮》：「奠席於柩西，巾奠乃～。」

強　ⓟqiǎng
見 232 頁 qiáng。

<br>

qiao

招　ⓟqiáo
見 401 頁 zhāo。

喬　㈠ ⓟqiáo ⓒkiu4 橋
❶ 高。《孟子·梁惠王下》：「所謂故國者，非謂有～木之謂也。」❷ 裝假。元·王實甫《西廂記》：「不是俺一家兒～坐衙，說幾句衷腸話。」❸ 無賴，狡詐，虛偽。元·楊景賢《劉行首》：「這先生好～也。」

㈡ ⓟjiāo ⓒgiu1 驕
通「驕」，驕傲，傲慢。《禮記·表記》：「～而野。」

憔　ⓟqiáo ⓒciu4 瞧
❶ 憂患，憂愁。《新唐書·裴潀傳》：「雨不時降，人心～然。」❷ [憔悴] ① 瘦弱疲困，面色不好。《史記·屈原賈生列傳》：「顏色～～，形容枯槁。」② 勞苦，困苦。《孟子·公孫丑上》：「民之～～於虐政，未有甚於此時者也。」

橋　ⓟqiáo ⓒkiu4 喬
❶ 井上提水工具。《禮記·曲禮上》：「奉席如～衡。」❷ 器物上的橫樑。《儀禮·士昏禮》：「笄（fán，竹器），……加于～。」❸ 橋樑，架在水面上或空中可供通

過的建築物。唐・杜甫《兵車行》：「爺娘妻子走相送，塵埃不見咸陽～。」

**竅** 🔊 qiào 🔊 hiu3 鼻三聲
❶ 孔穴，洞。宋・蘇軾《石鐘山記》：「有大石當中流，可坐百人，空中而多～。」❷ 貫通。《淮南子・俶真訓》：「乃至神農黃帝，剖判大宗，～領天地。」

> 🔲 人有七竅，指的是眼睛、耳朵、鼻孔及口七孔。今成語「一竅不通」指任何一竅也不通達，比喻人愚昧或對事情一無所知。

### qie

**切** 〔一〕🔊 qiē 🔊 cit3 徹
❶ 用刀切開，切斷。《史記・項羽本紀》：「拔劍～而啖之。」❷ 古代加工骨器的工藝名。比喻在道德學問上互相研討，取長補短。《禮記・大學》：「『如～如磋』者，道學也。」
〔二〕🔊 qiè 🔊 cit3 徹
❶ 摩擦。宋・王安石《汴說》：「肩相～，踵相籍。」❷ 密合，切合，貼近。《戰國策・燕策三》：「此臣之日夜～齒腐心也。」這裏是咬緊的意思。❸ 迫切，急切。晉・李密《陳情表》：「詔書～峻，責臣逋慢。」❹ 懇切，率直。宋・蘇軾《明君可為忠言賦》：「論者雖～，聞者多惑。」❺ 嚴厲，苛刻。《漢書・溝洫志》：「上～責之。」❻ 責備。《漢書・翟方進傳》：「京兆尹王章譏～大臣。」❼ 要領，要點。漢・揚雄《長楊賦》：「請略舉凡，

而客自覽其～焉。」❽ 按脈，中醫診斷病症的一種方法。《史記・扁鵲倉公列傳》：「意治病人，必先～其脈。」

**★ 且** 🔊 qiě 🔊 ce2 扯
❶ 此。《詩經・周頌・載芟》：「匪～有～，匪今斯今，振古如茲。」❷ 連詞，表示並列，相當於「又」、「與」、「及」。《古詩十九首・行行重行行》：「道路阻～長。」❸ 連詞，表示遞進，相當於「而且」、「況且」。《史記・廉頗藺相如列傳》：「而藺相如徒以口舌為勞，～相如素賤人，吾羞，不忍為之下。」❹ 連詞，表示讓步，相當於「尚且」、「即使」、「縱然」。《史記・項羽本紀》：「臣死～不避，卮酒安足辭！」❺ 連詞，表示假設，相當於「如果」、「假若」。《呂氏春秋・知士》：「～靜郭君聽辨而為之也，必無今日之患也。」❻ 連詞，表示轉折，相當於「卻」。唐・王勃《滕王閣序》：「窮～益堅，不墜青雲之志。」❼ 連詞，表示選擇，相當於「還是」、「或者」。《戰國策・齊策四》：「王以天下為尊秦乎？～尊齊乎？」❽ 副詞，將要。《韓非子・鄭人買履》：「鄭人有～置履者，先自度其足而置之其坐。」❾ 副詞，姑且，暫且。唐・李白《夢遊天姥吟留別》：「～放白鹿青崖間，須行即騎訪名山。」❿ 副詞，幾近，將近。《列子・愚公移山》：「北山愚公者，年～九十。」⓫ 副詞，但，只。唐・杜甫《送高三十五書記》：「崆峒小麥熟，～願休王師。」⓬ 助

詞，用在句首，相當於「夫」。有時亦與「夫」連用，組成「且夫」，可譯作「再説」或不譯。《孟子·公孫丑上》：「～王者之不作，未有疏於此時者也。」

㊂ 🔊jū 🔊zeoi1 追
句尾語氣詞，無義。《詩經·鄭風·褰裳》：「狂童之狂也～。」

**切** 🔊qiè
見 234 頁 qiē。

**妾** 🔊qiè 🔊cip3 徹脅三聲
❶ 女奴隸。漢·司馬遷《報任安書》：「且夫臧獲婢～，猶能引決。」❷ 舊時男子在妻子之外另娶的女人。《戰國策·鄒忌諷齊王納諫》：「臣之妻私臣，臣之～畏臣。」❸ 舊時婦女的自謙之詞。漢樂府《孔雀東南飛》：「賤～守空房，相見常日稀。」

**怯** 🔊qiè 🔊hip3 脅
❶ 膽小，畏懼，害怕。《史記·廉頗藺相如列傳》：「王不行，示趙弱且～也。」❷ 虛弱。《西遊記》第四十一回：「是那般一個瘦～～的黃病孩兒，哄了我師父。」

**挈** 🔊qiè 🔊kit3 揭
❶ 提着，提起。《晏子春秋·內篇問上》：「人～器而入。」❷ 提攜，帶領。《穀梁傳·僖公二年》：「～其妻子以奔曹。」❸ 缺，絕。《史記·司馬相如列傳》：「～三神之驩，缺王道之儀。」

**鍥** 🔊qiè 🔊kit3 竭
❶ 鐮刀。漢·揚雄《方言》：「（刈鈎）自關而西或謂之鈎，或謂之鐮，或謂之～。」❷ 刻。《荀子·勸學》：「～而不舍，金石可鏤。」

❸ 截斷。《戰國策·宋衛策》：「～朝涉之脛。」

**竊** 🔊qiè 🔊sit3 屑
❶ 偷，盜。《墨子·非攻上》：「今有一人，入人園圃，～其桃李。」❷ 偷偷地，暗暗地。《史記·魏公子列傳》：「從騎皆～罵侯生。」❸ 私下，私自。表示個人意見的謙詞。《史記·廉頗藺相如列傳》：「臣～以為其人勇士，有智謀，宜可使。」

<hr/>

qin

**侵** ㊀ 🔊qīn 🔊cam1 尋一聲
❶ 侵犯，侵略。唐·杜甫《登樓》：「北極朝廷終不改，西山寇盜莫相～。」❷ 欺壓，迫害。《史記·游俠列傳》：「豪暴～凌孤弱。」❸ 侵蝕。《北齊書·邢邵傳》：「加以風雨稍～，漸致虧墜。」❹ 逐漸。《列子·湯問》：「帝憑怒，～減龍伯之國使阨。」❺ 迫近。《三國志·吳書·呂蒙傳》：「～晨進攻。」❻ 荒年。《穀梁傳·襄公二十四年》：「五穀不升，謂之大～。」

㊁ 🔊qǐn 🔊cam2 寢
通「寢」，相貌醜陋。《史記·魏其武安侯列傳》：「武安者，貌～～。」

**衾** 🔊qīn 🔊kam1 襟
被子。唐·杜甫《茅屋為秋風所破歌》：「布～多年冷似鐵。」

🔍 衾、被。二字均指被子，區別在於：「衾」多指大被子，「被」多指小被子；先秦時多用「衾」，漢代以後多用「被」。

**親**

㈠ 🔊qīn 🔊can1 陳一聲

❶ 父母。也單指父親或母親。《孟子・盡心上》：「孩提之童，無不知愛其～者。」❷ 血統最近的。《史記・韓長孺列傳》：「雖有～兄，安知其不為狼？」❸ 親人，親戚。唐・王維《九月九日憶山東兄弟》：「每逢佳節倍思～。」❹ 親密的人，可靠的人。唐・李白《蜀道難》：「所守或匪～，化為狼與豺。」❺ 愛，親愛，親近。三國蜀・諸葛亮《出師表》：「～賢臣，遠小人，此先漢所以興隆也。」❻ 親自。晉・李密《陳情表》：「祖母劉，愍臣孤弱，躬～撫養。」❼ 接觸，接近。《孟子・離婁上》：「男女授受不～，禮也。」

㈡ 🔊xīn 🔊san1 新

通「新」。《禮記・大學》：「大學之道，在明明德，在～民，在止於至善。」

**矜**

🔊qín

見 143 頁 jīn。

**秦**

🔊qín 🔊ceon4 巡

❶ 周代的諸侯國，戰國時為七雄之一，在今陝西中部和甘肅南部一帶。宋・蘇洵《六國論》：「六國破滅，非兵不利，戰不善，弊在賂～。」❷ 朝代名，秦始皇所建，公元前 221－前 206 年，都咸陽。唐・王昌齡《出塞》：「～時明月漢時關，萬里長征人未還。」❸ 漢時西域諸國稱中國為「秦」。《漢書・西域傳下》：「～人，我匃（gài，給予）若馬。」❹ 指今陝西和甘肅一帶。唐・杜甫《奉送嚴公入朝十韻》：「此生那老蜀？不死會歸～。」

**琴**

🔊qín 🔊kam4 禽

樂器名，五絃或七絃。《詩經・周南・關雎》：「窈窕淑女，～瑟友之。」

**勤**

🔊qín 🔊kan4 芹

❶ 勞，辛苦。《左傳・僖公三十二年》：「～而無所，必有悖心。」❷ 努力，盡力多做。唐・韓愈《進學解》：「業精於～，荒於嬉。」❸ 幫助，援助。《國語・晉語二》：「秦人～我矣。」❹ 憂慮，愁苦。漢・揚雄《揚子法言・先知》：「民有三……政善而吏惡，一～也；吏善而政惡，二～也；政吏駢惡，三～也。」❺ 心情急切，殷切。《詩經・召南・江有汜序》：「～而無怨，嫡能悔過也。」❻ 多，常常。唐・韓愈《木芙蓉》：「願得～來看，無令便逐風。」

**禽**

🔊qín 🔊kam4 琴

❶ 鳥獸總名。唐・白居易《慈烏夜啼》：「嗟哉斯徒輩，其心不如～！」❷ 鳥類總稱。《爾雅・釋鳥》：「二足而羽謂之～，四足而毛謂之獸。」❸ 獸總稱。漢・王充《論衡・遭虎》：「虎也，諸～之雄也。」❹ 捕捉。《左傳・僖公二十二年》：「君子不重傷，不～二毛。」這個意義後來寫作「擒」。

**擒**

🔊qín 🔊kam4 琴

捉。《戰國策・鷸蚌相爭》：「兩者不肯相舍，漁者得而并～之。」

**侵**

🔊qīn

見 235 頁 qīn。

**寢**

🔊qǐn 🔊cam2 侵二聲

❶ 睡覺，躺着休息。宋・蘇洵《六國論》：「今日割五城，明

日割十城，然後得一夕安～。」❷ 寢室，臥室。《左傳·昭公二十八年》：「子大叔之廟在道南，其～在道北。」❸ 古帝王宗廟的後殿。《禮記·檀弓下》：「杜蕢入～。」❹ 古帝王陵墓上的正殿。《漢書·韋玄成傳》：「又園中各有～、便殿。」❺ 停止，平息。《商君書·開塞》：「二國行之，兵則少～。」❻ 擱置。《漢書·禮樂志》：「其議遂～。」❼ 隱藏，隱蔽。漢·王充《論衡·佚文》：「～藏牆壁之中。」❽ 容貌醜陋。《晉書·文苑傳》：「貌～，口訥，而辭藻壯麗。」

Q 寢、睡、眠、寐。見283頁「睡」。

---

### qing

**青** ⓟqīng ⓒcing1 清

❶ 綠色。宋·蘇軾《雨》：「～秧發廣畝，白水涵孤城。」❷ 藍色。《荀子·勸學》：「青（此指青藍色染料），取之於藍，而～於藍。」❸ 黑色。唐·李白《將進酒》：「朝如～絲暮成雪。」❹ 泛指青色物。唐·柳宗元《始得西山宴遊記》：「縈～繚白。」此指青綠色的山。❺ 古代以青為東方之色，因以青代指東方。《宋書·符瑞志》：「有赤方氣與～方氣相連。」❻ [青青]① 形容顏色很青。漢樂府《長歌行》：「～～園中葵。」② 借指楊柳。宋·賀鑄《減字木蘭花》：「西門官柳，滿把～～臨別手。」③ 形容濃黑。宋·辛棄疾《臨江仙·簪花屢墮戲作》：「～～頭

**卿** ⓟqīng ⓒhing1 兄

❶ 古代官階名，爵位名。《史記·廉頗藺相如列傳》：「以相如功大，拜為上～，位在廉頗之右。」❷ 對男子的敬稱。宋·蘇洵《六國論》：「至丹以荊～為計，始速禍焉。」❸ 君對臣下的愛稱。《新唐書·魏徵傳》：「朕（唐太宗）方自比於金，以～為良匠而加礪焉。」❹ 夫妻、情人間的愛稱。漢樂府《孔雀東南飛》：「我自不驅～，逼迫有阿母。」

**頃** ⓟqīng
見239頁 qǐng。

**★清** ⓟqīng ⓒcing1 青

❶ 水或其他液體純淨透明，與「濁」相對。唐·王維《山居秋暝》：「～泉石上流。」❷ 純潔，高潔。《史記·屈原賈生列傳》：「舉世混濁而我獨～。」❸ 清洗，清除，清理。《戰國策·秦策一》：「～宮除道。」❹ 清靜，寂靜，閑雅。宋·王安石《太湖恬亭》：「～遊始覺心無累。」❺ 清楚，明白。《荀子·解蔽》：「凡觀物有疑，中心不定，則外物不～。」❻ 清明，太平。《孟子·萬章下》：「當紂之時，居北海之濱，以待天下之～也。」❼ 公正。《周易·豫》：「則刑罰～而民服。」❽ 清廉，清白。《論語·微子》：「虞仲、夷逸，隱居放言，身中～。」❾ 眼睛明亮，黑白分明。《詩經·齊風·猗嗟》：「美目～兮。」❿ 清俊，秀美。唐·

杜甫《戲為六絕句六首》之五：「～詞麗句必為鄰。」⓫ 聲音清越。唐·杜甫《自京赴奉先詠懷》：「悲管逐～瑟。」⓬ 清涼，寒涼。宋·蘇軾《前赤壁賦》：「～風徐來，水波不興。」⓭ 清淡，不濃。宋·周敦頤《愛蓮說》：「香遠益～，亭亭淨植。」⓮ 盡，完。《越絕書·荊平王內傳》：「～其壺漿而食。」

**傾** 〔一〕 🔊 qīng 🔈 king1 鯨一聲
❶ 側，偏斜。唐·李白《將進酒》：「與君歌一曲，請君為我～耳聽。」❷ 倒塌。宋·范仲淹《岳陽樓記》：「商旅不行，檣～楫摧。」❸ 傾危，傾覆。三國蜀·諸葛亮《出師表》：「親小人，遠賢臣，此後漢所以～頹也。」❹ 壓倒，勝過。漢·司馬遷《報任安書》：「權～五伯。」❺ 傾盡，竭盡。《漢紀·哀帝紀下》：「勞師遠攻，～國殫貨。」❻ 傾吐，傾訴。宋·王安石《寄曾子固》：「高論幾為衰俗廢，壯懷難值故人～。」❼ 傾軋，排擠。漢·晁錯《論貴粟疏》：「以利相～。」❽ 依，倚。《老子》二章：「長短相形，高下相～。」❾ 敬佩，傾慕。《漢書·司馬相如傳上》：「相如為不得已而強往，一坐盡～。」
〔二〕 🔊 qǐng 🔈 king2 頃
通「頃」，頃刻，不久。《後漢書·龐萌傳》：「～之，五校糧盡。」

**輕** 🔊 qīng 🔈 hing1 卿
❶ 分量小，與「重」相對。《孟子·梁惠王上》：「權，然後知～重。」❷ 靈巧，輕便。唐·李白《早發白帝城》：「兩岸猿聲啼不

住，～舟已過萬重山。」❸ 程度淺，數量少。南朝梁·蕭綱《與蕭臨川書》：「～寒迎節。」❹ 減少，削弱。《三國志·吳書·孫休傳》：「～其賦稅。」❺ 不費力。唐·杜甫《江漲》：「細動迎風燕，～搖逐浪鷗。」❻ 輕易，容易。《孟子·梁惠王上》：「然後驅而之善，故民之從之也～。」❼ 賤，不貴重，地位低。《孟子·盡心下》：「民為貴，社稷次之，君為～。」❽ 短淺。《呂氏春秋·長攻》：「智寡才～。」❾ 輕佻。漢·馬援《誡兄子嚴敦書》：「陷為天下～薄子。」❿ 輕率，不審慎。唐·韓愈《為韋相公讓官表》：「不可～以付臣，使人失望。」⓫ 寬大，寬容。唐·韓愈《原毀》：「其待人也～以約。」⓬ 輕視，鄙視。宋·歐陽修《賣油翁》：「爾安敢～吾射！」⓭ 鬆軟。北魏·賈思勰《齊民要術·耕田》：「土甚～者，以牛羊踐之。」

**蜻** 🔊 qīng 🔈 cing1 青
❶ [蜻蜓] 昆蟲名。宋·楊萬里《小池》：「小荷才露尖尖角，早有～～立上頭。」❷ [蜻蛉 líng] 即蜻蜓。《戰國策·楚策四》：「王獨不見夫～～乎？六足四翼，飛翔乎天地之間。」

**情** 🔊 qíng 🔈 cing4 呈
❶ 感情。《禮記·禮運》：「何謂人～？喜、怒、哀、懼、愛、惡、欲，七者弗學而能。」❷ 本性。《孟子·滕文公上》：「夫物之不齊，物之～也。」❸ 志向，意志。漢樂府《孔雀東南飛》：「君既為府吏，守節～不移。」❹ 常情，常理。《孫

子‧九地》：「兵之～主速，乘人之不及。」❺ 實情，實況。《左傳‧曹劌論戰》：「小大之獄，雖不能察，必以～。」❻ 情致，興趣。晉‧王羲之《〈蘭亭集〉序》：「一觴一詠，亦足以暢敍幽～。」❼ 情慾。戰國楚‧屈原《楚辭‧天問》：「貪子肆～。」❽ 愛情。宋‧秦觀《鵲橋仙‧纖雲弄巧》：「兩～若是久長時，又豈在朝朝暮暮。」❾ 友情，情誼。唐‧李白《贈汪倫》：「桃花潭水深千尺，不及汪倫送我～。」❿ 誠，真實。三國魏‧嵇康《與山巨源絕交書》：「欲降心順俗，則詭故不～。」⓫ 形態，情態，姿態。明‧魏學洢《核舟記》：「罔不因勢象形，各具～態。」

**晴** 🔊 qíng 🔊 cing4 情
❶ 雨、雪等停止，天上無雲或少雲。唐‧李白《秋登宣城謝脁北樓》：「江城如畫裏，山曉望～空。」❷ 比喻淚乾或淚止。清‧蒲松齡《聊齋志異‧阿寶》：「淚眼不～。」

**請** 🔊 qíng
見 239 頁 qǐng。

**項** 〔一〕🔊 qíng 🔊 king2 傾二聲
❶ 土地面積單位，百畝為項。❷ 一會兒，項刻。明‧歸有光《項脊軒志》：「～之，持一象笏至。」❸ 近來，剛才。三國魏‧曹丕《與吳質書》：「～撰（編定）其遺文。」❹ 往昔。唐‧白居易《與元微之書》：「～所牽念者，今悉置在目前。」
〔二〕🔊 qīng 🔊 king1 傾
傾斜。《漢書‧王褒傳》：「是以聖

王不遍窺望而視已明，不單～耳而聽已聰。」這個意義後來寫作「傾」。
〔三〕🔊 kuǐ 🔊 kwai2 窺二聲
通「跬」，半步。《禮記‧祭義》：「故君子～步而弗敢忘孝也。」

**傾** 🔊 qīng
見 238 頁 qīng。

**請** 〔一〕🔊 qǐng 🔊 cing2 拯
❶ 謁見。《史記‧酷吏列傳》：「公卿相造～（趙）禹，禹終不報謝。」❷ 請求，懇求。《左傳‧隱公元年》：「若弗與，則～除之。」❸ 詢問。清‧蒲松齡《聊齋志異‧王成》：「王～直（價值），答以千金。」❹ 告訴。《儀禮‧鄉射禮》：「主人答，再拜，乃～。」❺ 召，邀請。《漢書‧孝宣許皇后傳》：「乃置酒～之。」❻ 敬詞，請求對方允許自己做某件事。《孟子‧梁惠王上》：「王好戰，～以戰喻。」
〔二〕🔊 qíng 🔊 cing4 呈
通「情」。❶ 實情。《墨子‧明鬼》：「夫眾人耳目之～。」❷ 感情。《列子‧說符》：「發於此而應於外者唯～。」

> 🔊 「請」字後面帶動詞時，有兩種不同的意義：第一種是請你做某事（義項〔一〕❷）；第二種是請你允許我做某事（義項〔一〕❻）。在文言文中，後者比較常見。

**倩** 🔊 qìng
見 232 頁 qiàn。

**慶** 🔊 qìng 🔊 hing3 罄
❶ 慶賀，祝賀。《左傳‧宣公十一年》：「諸侯、縣公皆～寡

人。」❷ 賞賜。《孟子・告子下》：「俊傑在位，則有～。」❸ 善，善事。《尚書・周書・呂刑》：「一人有～，兆民賴之。」❹ 福。《周易・坤》：「積善之家，必有餘～。」

**罄** ⓟqìng ⓒhing3 慶
❶ 容器中空。《詩經・小雅・蓼莪》：「瓶之～矣。」❷ 盡，完。漢・張衡《東京賦》：「東京之懿未～。」❸ 出現。《韓非子・外儲說左上》：「且暮～於前。」

┌─────────────────────┐
│ 成語「罄竹難書」的「罄」│
│ 是用盡的意思，指用盡所有竹│
│ 子做竹簡，也難以寫完，今多│
│ 用於形容罪狀極多。　　　　│
└─────────────────────┘

## qiong

**穹** ⓟqióng ⓒkung4 窮
❶ 中間隆起四邊下垂的樣子。北朝民歌《敕勒歌》：「天似～廬，籠蓋四野。」❷ 天空。唐・李白《暮春江夏送張祖監丞之東都序》：「手弄白日，頂摩青～。」❸ 大，高。宋・沈括《夢溪筆談・雜志一》：「～崖巨谷。」

**煢** ⓟqióng ⓒking4 鯨
❶ 孤獨，孤單。晉・李密《陳情表》：「～～獨立，形影相弔。」❷ 骰子。北齊・顏之推《顏氏家訓・雜藝》：「小博則二～。」

**窮** ⓟqióng ⓒkung4 穹
❶ 盡，完結。唐・柳宗元《始得西山宴遊記》：「洋洋乎與造物者遊，而不知其所～。」❷ 尋根究源。《呂氏春秋・孟冬》：「工有不當，必行其罪，以～其情。」❸ 理

屈。《孟子・公孫丑上》：「遁辭知其所～。」❹ 揭穿，識破。宋・沈括《夢溪筆談・故事二》：「恐事～且得罪，乃再詣相府。」❺ 止息。《禮記・儒行》：「儒有博學而不～，篤行而不倦。」❻ 困厄。《戰國策・燕策三》：「樊將軍以～困來歸丹。」❼ 不得志，與「達」相對。《孟子・盡心上》：「～則獨善其身，達則兼善天下。」❽ 貧苦，生活困難。《孟子・魚我所欲也》：「為宮室之美、妻妾之奉、所識～乏者得我與？」❾ 缺陷，不足。宋・陳亮《酌古論・曹公》：「此其為術，猶有所～。」❿ 荒僻，邊遠。宋・陸游《夜讀兵書》：「孤燈耿霜夕，～山讀兵書。」⓫ 最，非常。《墨子・天志上》：「故天子者，天下之～貴也，天下之～富也。」

**瓊** ⓟqióng ⓒking4 擎
❶ 美玉。《詩經・衛風・木瓜》：「投我以木瓜，報之以～琚。」❷ 精美的，美好的。宋・蘇軾《水調歌頭並序》：「我欲乘風歸去，又恐～樓玉宇，高處不勝寒。」❸ 比喻美好的事物。唐・元稹《江陵三夢》：「古原三丈穴，深葬一枝～。」此喻美女。❹ 古代的一種博具，猶後來的骰子。宋・范成大《上元紀吳中節物俳諧體三十二韻》：「酒壚先疊鼓，燈市蚤投～。」

## qiu

**丘** ⓟqiū ⓒjau1 休
❶ 小土山。《列子・愚公移山》：「以君之力，曾不能損魁父之～，如太形、王屋何？」❷ 墳

墓。漢·司馬遷《報任安書》：「亦何面目復上父母～墓乎？」❸ 廢墟。戰國楚·屈原《楚辭·九章·哀郢》：「曾不知夏（廈，高大的屋室）之為～兮。」❹ 田壟。《新唐書·宇文融傳》：「括正～畝。」❺ 居邑，村落。南朝宋·鮑照《結客少年場行》：「去鄉三十載，復得還舊～。」❻ 大。《漢書·楚元王傳》：「時時與賓客過其～嫂食。」❼ 空。《漢書·息夫躬傳》：「寄居～亭。」

🔍 丘、山、陵。見 257 頁「山」。

**秋** 🔊qiū 🔊cau1 抽
❶ 禾穀成熟。也泛指農作物成熟。宋·楊萬里《江山道中霪麥大熟》：「穗初黃後枝無綠，不但麥～桑亦～。」❷ 四季之一，農曆七至九月。常「春秋」連用而指四季、歲月。《莊子·逍遙遊》：「朝菌不知晦朔，蟪蛄不知春～。」❸ 指季節。《管子·輕重乙》：「夫歲有四～。」❹ 年。唐·杜甫《絕句》：「窗含西嶺千～雪，門泊東吳萬里船。」❺ 日子，時期。三國蜀·諸葛亮《出師表》：「今天下三分，益州疲弊，此誠危急存亡之～也！」❻ 指白色。古以五色、五行配四時，秋為金，其色白，故稱白色為「秋」。宋·陸游《聞雨》：「慷慨心猶壯，蹉跎鬢已～。」❼ 指西方。古以四方配四時，西為秋，故稱西方為「秋」。漢·張衡《東京賦》：「屯神虎於～方。」

**龜** 🔊qiū
見 100 頁 guī。

**仇** 🔊qiú
見 38 頁 chóu。

**求** 🔊qiú 🔊kau4 球
❶ 尋找，搜尋。《孟子·梁惠王上》：「猶緣木而～魚也。」❷ 探索。宋·范仲淹《岳陽樓記》：「予嘗～古仁人之心，或異二者之為。」❸ 要求，責求。《論語·衛靈公》：「君子～諸己，小人～諸人。」❹ 貪求。《論語·衛靈公》：「志士仁人，無～生以害仁，有殺身以成仁。」❺ 請求，乞求。《戰國策·鄒忌諷齊王納諫》：「四境之內，莫不有～於王。」❻ 招致。《孟子·公孫丑上》：「是自～禍也。」❼ 選擇。漢·王充《論衡·譏日》：「裁衣獨～吉日。」

**逑** 🔊qiú 🔊kau4 求
❶ 聚合。《詩經·大雅·民勞》：「惠此中國，以為民～。」❷ 匹配，配偶。《詩經·周南·關雎》：「窈窕淑女，君子好～。」

**裘** 🔊qiú 🔊kau4 求
皮衣。唐·李白《將進酒》：「五花馬，千金～。」

## qu

**曲** 🔊㊀ qū 🔊kuk1 卡屋一聲
❶ 蠶箔，用葦或竹編成的養蠶器具。《史記·絳侯周勃世家》：「（周）勃以織薄～為生。」❷ 彎曲，不直，與「直」相對。《莊子·逍遙遊》：「其小枝卷～而不中規矩。」❸ 理屈，理虧。《史記·廉頗藺相如列傳》：「秦以城求璧而趙不許，～在趙。」❹ 邪僻，不正派。《史記·屈原賈生列傳》：

「邪～之害公也。」❺ 迂曲，迂腐。宋・蘇軾《論閏月不告朔猶朝於廟》：「是亦～而不通矣。」❻ 彎曲的地方。唐・李白《惜餘春賦》：「漢之～兮江之潭。」❼ 鄉里，偏僻的處所。漢・司馬遷《報任安書》：「僕少負不羈之才，長無鄉～之譽。」❽ 局部，部分，細事。《荀子・解蔽》：「凡人之患，蔽於一～，而暗於大理。」❾ 周遍。《周易・繫辭上》：「～成萬物而不遺。」❿ 委屈。唐・柳宗元《斷刑論》：「又何必枉吾之道，～順其時，以諂是物哉！」

〔三〕⑧qǔ ⑨kuk1 卡屋一聲
❶ 歌曲，樂曲。唐・杜甫《贈花卿》：「此～只應天上有，人間能得幾回聞？」❷ 量詞，計算歌曲、樂曲的單位。❸ 文體名，盛行於元代。

# 取 ⑧qū
見 243 頁 qǔ。

# 屈 ⑧qū ⑨wat1 鬱
❶ 彎曲。《淮南子・氾論訓》：「～膝卑拜。」❷ 屈服，折服。《孫子・謀攻》：「不戰而～人之兵，善之善者也。」❸ 壓抑。漢・王充《論衡・自紀》：「才高見～。」❹ 委屈，冤屈。三國蜀・諸葛亮《出師表》：「先帝不以臣卑鄙，猥自枉～，三顧臣於草廬之中。」❺ 理虧。《晉書・唐彬傳》：「而辭理皆～。」❻ 敬詞，猶言「請」。唐・韋瓘《周秦行紀》：「～兩個娘子出見秀才。」

# 區 ⑧qū ⑨keoi1 驅
❶ 區別，劃分。《論語・子張》：「譬諸草木，～以別矣。」❷ 地域。明・宋應星《天工開物・黃金》：「凡中國產金之～，大約百餘處。」❸ 住宅，居處。南朝宋・劉義慶《世說新語・儉嗇》：「～宅、僮牧、膏田、水碓之屬，洛下無比。」❹ 小，微小。漢・賈誼《過秦論》：「然秦以～～之地，致萬乘之勢。」❺ 量詞，所，座。《漢書・揚雄傳上》：「有宅一～。」

# 趣 ⑧qū
見 244 頁 qù。

# 毆 ⑧qū
見 215 頁 ōu。

# 趨 〔一〕⑧qū ⑨ceoi1 催
❶ 疾行，奔跑。《孟子・公孫丑上》：「其子～而往視之，苗則槁矣。」❷ 小碎步快走。古代的一種禮節，表示恭敬。《莊子・說劍》：「莊子入殿門不～，見王不拜。」❸ 奔赴。明・宋濂《送東陽馬生序》：「嘗～百里外，從鄉之先達執經叩問。」❹ 追逐，追求。《管子・宙合》：「為臣者不忠而邪，以～爵祿，亂俗敗世，以偷安懷樂。」❺ 趨向，向。宋・蘇洵《六國論》：「日削月割，以～於亡。」❻ 歸附，趨附。《史記・商君列傳》：「秦人皆～令。」❼ 遵循。宋・蘇舜欽《啟事上奉寧軍陳侍郎》：「幼～先訓，苦心為文。」

〔二〕⑧qù ⑨ceoi3 翠
❶ 旨趣。《孟子・告子下》：「三子者不同道，其～一也。一者何也？曰仁也。」❷ 行，作為。《列子・湯問》：「汝先觀吾～，～如吾，然後六轡可持。」

[三] [普]cù [粵]cuk1 速

通「促」。❶ 督促，催促。《禮記・月令》：「(季秋之月) 乃～獄刑，毋留有罪。」❷ 趕快。《漢書・蕭何傳》：「蕭何薨，參聞之，告舍人～治行。」❸ 急，急於。《史記・孫子吳起列傳》：「(吳王) ～使使下令曰。」

**軀** [普]qū [粵]keoi1 拘

❶ 身體。《荀子・勸學》：「曷 (hé，何) 足以美七尺之～哉？」❷ 生命。《三國志・魏書・陳思王植傳》：「固夫憂國忘家，捐～濟難，忠臣之志也。」

**驅** [普]qū [粵]keoi1 拘

❶ 鞭馬前進。也泛指驅趕其他牲口。《詩經・唐風・山有樞》：「子有車馬，弗馳弗～。」❷ 奔馳，行進。《晉書・王濬傳》：「順流長～。」❸ 驅趕。唐・杜甫《兵車行》：「況復秦兵耐苦戰，被～不異犬與雞。」❹ 駕馭，役使。宋・王安石《商鞅》：「自古～民在信誠，一言為重百金輕。」❺ 追隨，追逐。清・蒲松齡《聊齋志異・狼》：「而兩狼之並～如故。」❻ 迫使。晉・陶潛《乞食》：「飢來～我去，不知竟何之。」

**渠** [普]qú [粵]keoi4 拒四聲

❶ 人工開鑿的水道、壕溝。《史記・河渠書》：「此～皆可行舟。」❷ 他。《三國志・吳書・趙達傳》：「女婿昨來，必是～所竊。」

**瞿** [普]qú

見 154 頁 jù。

**曲** [普]qǔ

見 241 頁 qū。

**★取** [一] [普]qǔ [粵]ceoi2 娶

❶ 指捕獲野獸或戰俘時，割下左耳以計功。《周禮・夏官司馬・大司馬》：「大獸公之，小禽私之，獲者～左耳。」❷ 捕捉，獵獲。《詩經・豳風・七月》：「～彼狐狸，為公子裘。」❸ 收受，索取。《孟子・萬章上》：「一介不以～諸人。」❹ 尋求。漢・張衡《西京賦》：「競媚～榮。」❺ 選取，擇定。《孟子・魚我所欲也》：「二者不可得兼，舍生而～義者也。」❻ 邀請，召喚。《新五代史・四夷附錄一》：「理當～我商量，新天子安得自立？」❼ 招致。《晏子春秋・內篇雜下》：「寡人反～病焉。」❽ 獲得，拿。《論語・憲問》：「義然後～，人不厭其～。」❾ 從中取出。《荀子・勸學》：「青，～之於藍，而青於藍。」❿ 戰勝，收復，攻下。《史記・廉頗藺相如列傳》：「廉頗為趙將伐齊，大破之，～陽晉。」⓫ 聽從。《史記・匈奴列傳》：「亦～閼氏之言。」⓬ 依託，憑藉。唐・韓愈《董公行狀》：「唐之復土疆，～回紇力焉。」⓭ 治。《老子》四十八章：「～天下常以無事。」⓮ 才，僅。《史記・酷吏列傳》：「丞相～充位，天下事皆決於湯。」⓯ 助詞，表動態，相當於「着」、「得」。宋・文天祥《過零丁洋》：「人生自古誰無死，留～丹心照汗青。」⓰ 娶妻。《國語・越語上》：「令壯者無～老婦。」這個意義後來寫作「娶」。

[二] [普]qū [粵]ceoi1 催

通「趨」。❶ 趨向。《管子・權修》：

「賞罰不信，則民無～。」❷ 疾走。《韓非子·難勢》：「王良御之而日～千里。」

**★去** ⓟ qù ⓒ heoi3 虛三聲
❶ 離開。《史記·廉頗藺相如列傳》：「臣所以～親戚而事君者，徒慕君之高義也。」❷ 距離。清·彭端淑《為學》：「西蜀之～南海，不知幾千里也。」❸ 命令退去。《史記·樗里子甘茂列傳》：「文信侯叱曰：『～！』」❹ 除去，去掉。《左傳·隱公六年》：「見惡，如農夫之務～草焉。」❺ 拋棄，捨棄。《莊子·逍遙遊》：「今子之言，大而無用，眾所同～也。」❻ 損失，失去。《後漢書·梁鴻傳》：「問所～失，悉以豕償之。」❼ 死去。晉·陶潛《雜詩》：「日月還復周，我～不再陽。」❽ 往，到。唐·李白《贈韋祕書子春》：「終與安社稷，功成～五湖。」❾ 過去的。漢·曹操《短歌行》：「譬如朝露，～日苦多。」❿ 以後。《三國志·吳書·呂岱傳》：「自今已～，國家永無南顧之虞。」

💡 上古「去」是離開的意思，到了中古以後，「去」才有前往的意思。如《史記·廉頗藺相如列傳》舍人所言「去親戚而事君」，說的是「離開親人侍奉您」，而不是「到親人處去侍奉你」。

**蜡** 〔一〕ⓟ qù ⓒ ceoi3 翠
[蜡氏] 周代官名，掌清除道路不潔及掩埋路屍之事。
〔二〕ⓟ zhà ⓒ zaa3 炸
古代年終舉行的祭祀名。《禮記·雜記下》：「子貢觀於～。」

**趣** 〔一〕ⓟ qù ⓒ ceoi3 翠
❶ 意向。《史記·李斯列傳》：「非主以為名，異～以為高。」❷ 樂趣，興趣。唐·杜甫《送高司直尋封閬州》：「荒山甚無～。」❸ 風致，韻味。《晉書·王獻之傳》：「獻之骨力遠不及父，而頗有媚～。」
〔二〕ⓟ qū ⓒ ceoi1 吹
❶ 趨向，奔赴。唐·柳宗元《始得西山宴遊記》：「意有所極，夢亦同～。」❷ 跑，疾跑。《戰國策·秦策五》：「遇司空馬門，～甚疾，出諮門也。」❸ 追逐，追求。《列子·力命》：「農赴時，商～利。」
〔三〕ⓟ cù ⓒ cuk1 速
通「促」。❶ 催促。《史記·陳涉世家》：「～趙兵亟入關。」❷ 趕快，急促。《史記·絳侯周勃世家》：「～為我語。」

**趨** ⓟ qù
見 242 頁 qū。

<hr>

quan

**全** ⓟ quán ⓒ cyun4 泉
❶ 純色玉。《周禮·冬官考工記·玉人》：「天子用～。」❷ 完備，周全。唐·皮日休《白太傅居易》：「立身百行足，為文六藝～。」❸ 保全。三國蜀·諸葛亮《出師表》：「苟～性命於亂世，不求聞達於諸侯。」❹ 整個的。《莊子·養生主》：「所見無非～牛者。」❺ 都，完全。明·于謙《石灰吟》：「粉骨碎身～不怕，要留清白在人間。」

**卷** ⓟ quán
見 154 頁 juàn。

**泉** [普]quán [粵]cyun4全
❶ 泉水，地下水。《孟子·論四端》：「若火之始然，～之始達。」❷ 指黃泉，人死後埋葬的地方。唐·白居易《十年三月三十日別微之於澧上》：「往事渺茫都似夢，舊遊零落半歸～。」❸ 古錢幣名。《管子·輕重丁》：「今齊西之粟釜百～。」

**拳** [普]quán [粵]kyun4權
❶ 拳頭。《後漢書·皇甫嵩傳》：「雖僮兒，可使奮～以致力。」❷ 捲曲，彎曲。《莊子·人間世》：「仰而視其細枝，則～曲而不可以為棟梁。」❸ 力氣，勇力。《詩經·小雅·巧言》：「無～無勇，職為亂階。」

**權** [普]quán [粵]kyun4拳
❶ 秤錘。也指秤。《論語·堯曰》：「謹～量，審法度。」❷ 稱量。《孟子·梁惠王上》：「～，然後知輕重。」❸ 衡量，比較。《呂氏春秋·舉難》：「且人固難全，～而用其長者。」❹ 平均，平衡。唐·韓愈《雜詩》：「東蒿以代之，小大不相～。」❺ 權力，權柄。清·薛福成《貓捕雀》：「乃有憑～位，張爪牙，殘民以自肥者。」❻ 秉，持。漢·王符《潛夫論·勸將》：「～十萬之眾。」❼ 謀略，計謀。漢·荀悅《漢紀·高祖紀二》：「～不可預設，變不可先圖。」❽ 權宜，變通。《孟子·離婁上》：「嫂溺援之以手者，～也。」❾ 暫時代理。唐·李翱《韓吏部行狀》：「改江陵府法曹軍，入為～知國子博士。」❿ 充當。元·張可久《水仙子·湖上小隱》：「蕉葉～歌扇。」

🔍 權、衡。二字分別指秤的不同部分，「衡」指秤桿，「權」指秤錘（即秤砣）。二字連用時除了指秤量的工具外，也可表示為衡量、評估事物的得失輕重。

**犬** [普]quǎn [粵]hyun2圈二聲
狗。晉·陶潛《桃花源記》：「阡陌交通，雞～相聞。」

[文] 「犬」字古時常用於謙稱或蔑稱，如：「犬馬」，自謙詞，多用於對君主或主人；「犬子」，謙稱自己的兒子；「犬戎」，古代對異族的蔑稱（也指西戎種族的一支）。

**券** [普]quàn [粵]hyun3勸
契據。也泛指憑據。《戰國策·齊策四》：「載～契而行。」

[文] 古代契約刻在木片或竹片上，分為左右兩半，左半叫「左券」，右半叫「右券」，雙方各執其一作為憑信。主財物者（即債權人）一般持左券，後以「穩操左券」比喻有把握成功。

**勸** [普]quàn [粵]hyun3券
❶ 勉勵，獎勵。《左傳·成公二年》：「所以懲不敬，～有功也。」❷ 勸說，講明事理使人聽從。唐·杜秋娘《金縷衣》：「～君莫惜金縷衣，～君惜取少年時！」❸ 勤勉，努力。《管子·輕重乙》：「若是則田野大闢，而農夫～其事矣。」❹ 助，輔助。《周禮·冬官考工記·輈人》：「～登

馬力。」❺ 祝願。宋・晏殊《漁家傲》:「當筵～我千長壽。」

## que

**缺** 🔊quē 🔊kyut3 決
❶ 破損,殘缺。《淮南子・說林訓》:「陶者用～盆。」❷ 空隙,缺口。《史記・孔子世家》:「昔吾入此,由彼～也。」❸ 虧。宋・蘇軾《水調歌頭並序》:「月有陰晴圓～。」❹ 缺陷,過失。《尚書・周書・君牙》:「啟佑我後人,咸以正罔～。」❺ 衰落。《史記・漢興以來諸侯王年表》:「幽厲之後,王室～,侯伯彊國興焉。」❻ 廢弛。《史記・孔子世家》:「周室微而禮樂廢,《詩》、《書》～。」❼ 官職的空額。《史記・趙世家》:「願得補黑衣之～。」

**闕** 〔一〕🔊quē 🔊kyut3 缺
❶ 缺誤,疏失。三國蜀・諸葛亮《出師表》:「必能裨補～漏,有所廣益。」❷ 缺口,空隙。北魏・酈道元《水經注・江水》:「兩岸連山,略無～處。」❸ 缺乏。《國語・楚語下》:「民多～則有離叛之心。」❹ 殘缺。唐・柳宗元《梓人傳》:「其牀～足而不能理。」❺ 欠,應給而不給。《左傳・襄公四年》:「敝邑褊小,～而為罪。」❻ 衰微。漢・應劭《〈風俗通〉序》:「昔仲尼沒而微言～。」❼ 官位空缺。南朝宋・劉義慶《世說新語・賞譽》:「吏部郎～。」
〔二〕🔊què 🔊kyut3 缺
❶ 宮門、城門兩側的高臺,中間有道路。也借指宮廷及京城。唐・杜

甫《自京赴奉先詠懷》:「鞭撻其夫家,聚斂貢城～。」❷ 古代神廟、墳墓前兩旁多用石頭雕成的巨柱。唐・李白《憶秦娥》:「西風殘照,漢家陵～。」❸ 設於士宦之家門前的一種旌表建築物。《新唐書・朱敬則傳》:「一門六～相望。」❹ 兩山夾峙的地方。《史記・司馬相如列傳》:「出乎椒丘之～。」
〔三〕🔊jué 🔊gwat6 掘
通「掘」,挖掘。《左傳・隱公元年》:「若～地及泉,隧而相見。」

**卻** 🔊què 🔊koek3 丐卓三聲
❶ 退卻,使退。宋・蘇洵《六國論》:「後秦擊趙者再,李牧連～之。」❷ 推後。《三國志・魏書・武帝紀》:「～十五日為汝破紹。」❸ 拒絕,推辭。《孟子・萬章下》:「～之～之為不恭。」❹ 止。《韓非子・外儲說右上》:「三～馬於門而狂矞不報見也。」❺ 除去。《漢書・郊祀志上》:「李少君亦以祠灶、穀道、～老方見上。」❻ 副詞,表示強調,相當於「正」、「恰」。唐・李白《把酒問月》:「人攀明月不可得,月行～與人相隨。」❼ 副詞,表示繼續或重複,相當於「還」、「再」。唐・李商隱《夜雨寄北》:「何當共剪西窗燭,～話巴山夜雨時。」❽ 副詞,表示輕微的轉折,相當於「倒是」、「反而」。元・白樸《沉醉東風・漁父詞》:「雖無刎頸交,～有忘機友。」❾ 副詞,表示出乎意料,相當於「竟」、「竟然」。宋・辛棄疾《青玉案・元夕》:「驀然回首,那人～在,燈火闌珊處。」❿ 副詞,表示反問,相

當於「豈」、「難道」。元·王實甫《西廂記》:「～不辱沒了俺家譜?」

**雀** 🅰que 🅱zoek3 爵
鳥名,即麻雀。也泛指小鳥。清·薛福成《貓捕雀》:「窗外有棗林,雛～習飛其下。」

**闃** 🅰què 🅱kyut3 缺
❶ 止息。宋·周邦彥《浪淘沙慢·恨別》:「南陌脂車待發,東門帳飲乍～。」❷ 樂曲終止。《禮記·文王世子》:「有司告以樂～。」❸ 量詞,用於歌或詞。宋·晏殊《破陣子》:「高歌數～堪聽。」

**闕** 🅰que
見 246 頁 quē。

**鵲** 🅰què 🅱coek3 卓
喜鵲,嘴尖,尾長,叫聲響亮。《詩經·召南·鵲巢》:「維～有巢。」

**羣** 🅰qún 🅱kwan4 裙
❶ 牲畜野獸相聚而成的集體。《詩經·小雅·無羊》:「誰謂爾無羊,三百維～。」❷ 指人羣。《淮南子·主術訓》:「千人之～無絕梁。」❸ 種類,同類。《禮記·樂記》:「方以類聚,物以～分。」❹ 朋輩或親戚。明·張岱《西湖七月半》:「酒醉飯飽,呼～三五。」❺ 合羣,會合。《論語·衛靈公》:「君子矜而不爭,～而不黨。」❻ 眾,許多。唐·杜甫《客至》:「舍南舍北皆春水,但見～鷗日日來。」

Q

# R

## ran

**★然** ⓦrán ⓖjin4 言
❶ 燃燒。《孟子·論四端》：「若火之始～，泉之始達。」這個意義後來寫作「燃」。❷ 對，正確。《孟子·公孫丑下》：「孟子曰：『許子必種粟而後食乎？』曰：『～。』」❸ 贊同，認為正確。《三國演義·楊修之死》：「（曹）植～其言。」❹ 這樣，如此。《荀子·勸學》：「雖有槁暴、不復挺者，輮使之～也。」❺ 但是，不過。三國蜀·諸葛亮《出師表》：「～侍衞之臣，不懈於內。」❻ 形容詞詞尾，表示「……的樣子」。晉·陶潛《桃花源記》：「黃髮、垂髫，並怡～自樂。」

> 笤 「然」作為代詞，表示「這樣、如此」，可與其他詞組合構成連詞，常見的有：「然則」，相當於「既然這樣，那麼……」，表承接，如「然則諸侯之地有限，暴秦之欲無厭」（宋·蘇洵《六國論》）；「然後」，相當於「這樣……才」，表承接，如「歲寒然後知松柏之後凋也」（《論語·子罕》）；「然而」，相當於「雖然這樣，但是」，表轉折，如「然而不王者，未之有也」（《孟子·梁惠王上》）。

**燃** ⓦrán ⓖjin4 然
燃燒。三國魏·曹植《七步詩》：「其在釜下～，豆在釜中泣。」

**染** ⓦrǎn ⓖjim5 冉
❶ 用染料着色。《墨子·所染》：「～於蒼則蒼，～於黃則黃。」❷ 沾，沾污。宋·周敦頤《愛蓮說》：「予獨愛蓮之出淤泥而不～。」❸ 熏陶，熏染。《呂氏春秋·當染》：「舜～於許由、伯陽。」❹ 感染，傳染（疾病）。《晉書·庾袞傳》：「始疑疫癘之不相～也。」

## rang

**襄** ⓦrǎng
見 335 頁 xiāng。

**壤** ⓦrǎng ⓖjoeng6 樣
❶ 鬆軟的土。《孟子·滕文公下》：「夫蚓，上食槁～，下飲黃泉。」❷ 地，土地。《列子·愚公移山》：「叩石墾～。」❸ 疆土，地域。《呂氏春秋·知化》：「夫吳之與越也，接土鄰境，～交道屬（zhǔ，連接）。」

**攘** ⓦrǎng ⓖjoeng4 羊
❶ 排除，排斥。唐·韓愈《進學解》：「觝排異端，～斥佛老。」❷ 偷竊，竊取。《墨子·非攻上》：「取人馬牛者，其不義又甚～人犬豕雞豚。」❸ 侵奪，奪取。《國語·齊語》：「西征，～白狄之地，至于西河。」❹ 挽起，撩起。三國魏·曹植《美女篇》：「～袖見素手，皓腕約金環。」❺ 忍受。戰國楚·屈原《楚辭·離騷》：「屈心而抑志兮，忍尤而～詬。」

**讓** ⓦràng ⓖjoeng6 釀
❶ 責備，責怪。《左傳·僖公二十四年》：「寺人披請見，公使～之，且辭焉。」❷ 謙讓，辭

讓。《禮記·大同與小康》：「著有過，刑仁講～，示民有常。」❸ 把權利、職位讓給別人。《史記·伯夷列傳》：「堯～天下於許由。」❹ 亞於，遜色。金·董解元《西廂記》：「此個閣兒雖小，其間趣不～林泉。」

---

rao

**饒** 🔊ráo 🔊jiu4 搖
❶ 富足，豐厚。漢·賈誼《過秦論》：「不愛珍器重寶肥～之地。」❷ 寬恕，寬容。《水滸傳》第三回：「你是個破落戶，若只和俺硬到底，洒家倒～了你！」

**遶** 🔊rào 🔊jiu5 擾
同「繞」，圍繞。《三國演義·楊修之死》：「遂手提鋼斧，～寨私行。」

**繞** 🔊rào 🔊jiu5 擾
❶ 纏束，纏繞。晉·劉琨《重贈盧諶》：「何意百鍊鋼，化為～指柔。」❷ 環繞，圍繞。清·薛福成《貓捕雀》：「雀母死，其雛～室啁啾，飛入室者三。」❸ 繞道，走彎路。《後漢書·岑彭傳》：「及彭至武陽，～出延岑軍後，蜀地震駭。」

---

ren

**★人** 🔊rén 🔊jan4 仁
❶ 人，有思想感情、能製造工具並能使用工具勞動的高等動物。《孟子·論四端》：「～皆有不忍人之心。」❷ 民眾，老百姓。唐·杜牧《阿房宮賦》：「秦復愛六國之～，則遞三世，可至萬世而

為君，誰得而族滅也？」❸ 別人，他人。宋·蘇洵《六國論》：「子孫視之不甚惜，舉以予～，如棄草芥。」❹ 人人，每人。明·劉基《賣柑者言》：「置於市，賈十倍，～爭鬻之。」❺ 人品。明·張溥《五人墓碑記》：「其辱～賤行，視五人之死，輕重固何如哉？」

**仁** 🔊rén 🔊jan4 人
❶ 對人親善、友愛、同情。《史記·魏公子列傳》：「公子為人，～而下士，士無賢不肖，皆謙而禮交之。」❷ 品德高尚。宋·范仲淹《岳陽樓記》：「予嘗求古～人之心，或異二者之為。」❸ 品德高尚的人。《論語·學而》：「汎（fàn，廣泛）愛眾，而親～。」❹ 儒家善政的標準。《孟子·梁惠王上》：「王如施～政於民，省刑罰，薄稅斂，深耕易耨。」❺ 果核或果殼中較柔軟的部分。宋·陸游《過小孤山大孤山》：「江水渾濁，每汲用，皆用杏～澄之。」

**忍** 🔊rěn 🔊jan2 隱
❶ 忍耐，容忍。《史記·廉頗藺相如列傳》：「且相如素賤人，吾羞，不～為之下。」❷ 克制，抑制。《荀子·榮辱》：「行～情性，然後能修。」❸ 狠心，忍心。《孟子·論四端》：「先王有不～人之心，斯有不～人之政矣。」❹ 殘忍。《左傳·文公元年》：「且是人也，蜂目而豺聲，～人也。」❺ 頑強，堅韌。宋·蘇軾《晁錯論》：「亦必有堅～不拔之志。」

**刃** 🔊rèn 🔊jan6 孕
❶ 刀口，刀鋒。《莊子·養生

R

主》：「而刀～若新發於硎（xíng，磨刀石）。」❷ 刀劍一類的兵器。漢・李陵《答蘇武書》：「舉～指虜，胡馬奔走。」❸ 用刀劍砍殺。《史記・廉頗藺相如列傳》：「左右欲～相如。」

**仞** 🔊rèn 🔊jan6 刃
❶ 古代長度單位，七尺或八尺為一仞。❷ 測量深度。《左傳・昭公三十二年》：「度厚薄，～溝洫。」

**任** 🔊rèn 🔊jam6 衽
❶ 擔任，承擔。《史記・管晏列傳》：「管仲既用，～政於齊，齊桓公以霸。」❷ 負荷，負載。《韓非子・人主》：「夫馬之所以能～重引車致遠道者，以筋力也。」❸ 行李。《孟子・滕文公上》：「昔者孔子沒，三年之外，門人治～將歸。」❹ 職責，責任。三國蜀・諸葛亮《出師表》：「至於斟酌損益，進盡忠言，則攸之、禕、允之～也。」❺ 任用。唐・魏徵《諫太宗十思疏》：「簡能而～之，擇善而從之。」❻ 相信，信任。《史記・屈原賈生列傳》：「王甚～之。」❼ 任憑，聽憑。晉・陶潛《歸去來兮辭》：「何不委心～去留？」❽ 即使，縱使。唐・杜荀鶴《山中寡婦》：「～是深山更深處，也應無計避征徭。」

**衽** 🔊rèn 🔊jam6 任
❶ 衣襟。《論語・憲問》：「微管仲，吾其被髮左～矣。」❷ 袖口。《史記・留侯世家》：「陛下南鄉（xiàng，嚮）稱霸，楚必斂～而朝。」❸ 蓆子。唐・柳宗元《始

得西山宴遊記》：「則凡數州之土壤，皆在～席之下。」❹ 以……為蓆子。《禮記・中庸》：「～金革，死而不厭，北方之強也。」

**★日** 🔊rì 🔊jat6 逸
❶ 太陽。宋・范仲淹《岳陽樓記》：「～星隱曜，山岳潛形。」❷ 白天，白晝。《孟子・離婁下》：「仰而思之，夜以繼～。」❸ 一天，一晝夜。唐・韓愈《祭十二郎文》：「誠知其如此，雖萬乘之公相，吾不以一～輟汝而就也。」❹ 每天。《論語・學而》：「吾～三省吾身。」❺ 從前，往日。《左傳・文公七年》：「～衞不睦，故取其地。」❻ 一天天。《左傳・隱公十一年》：「王室而既卑矣，周之子孫～失其序。」❼ 光陰，時光。《論語・陽貨》：「～月逝矣，歲不我與。」

**戎** 🔊róng 🔊jung4 容
❶ 武器，兵器。《詩經・大雅・常武》：「整我六師，以修我～。」❷ 戰車，兵車。《左傳・僖公三十三年》：「子墨衰絰，梁弘御～，萊駒為右。」❸ 軍隊。《三國志・蜀書・諸葛亮傳》：「～陣整齊。」❹ 戰爭，軍事。《左傳・成公十三年》：「國之大事，在祀與～。」

**容** 🔊róng 🔊jung4 溶
❶ 容納。明・歸有光《項脊軒志》：「室僅方丈，可～一人居。」❷ 採納。宋・王安石《本朝

百年無事劄子》:「正論非不見～，然邪說亦有時而用。」❸ 容忍，寬容。唐·駱賓王《為徐敬業討武曌檄》:「天地之所不～。」❹ 許可，允許。《史記·屈原賈生列傳》:「其行廉，故死而不～自疏。」❺ 面容，容貌。《史記·屈原賈生列傳》:「顏色憔悴，形～枯槁。」❻ 打扮。漢·司馬遷《報任安書》:「士為知己者用，女為悦己者～。」❼ 可能，或許。《後漢書·李固傳》:「宮省之內，～有陰謀。」

🔍 容、貌。見 194 頁「貌」。

**榮** 🔊 róng 🔊 wing4 嶸
❶ 草木的花。戰國楚·屈原《楚辭·九章·橘頌》:「綠葉素～，紛其可喜兮。」❷ 草木開花。宋·沈括《夢溪筆談·藥議》:「諸越則桃李冬實，朔漠則桃李夏～。」❸ 繁茂，茂密。唐·白居易《賦得古原草送別》:「離離原上草，一歲一枯～。」❹ 繁茂的景象。晉·陶潛《歸去來兮辭》:「木欣欣以向～，泉涓涓而始流。」❺ 光榮，榮耀。晉·陶潛《五柳先生傳》:「閒靖少言，不慕～利。」

rou

**柔** 🔊 róu 🔊 jau4 由
❶ 草木細嫩。明·袁宏道《滿井遊記》:「柳條將舒未舒，～梢披風。」❷ 柔軟，軟弱。《周易·説》:「立地之道，曰～曰剛。」❸ 溫和，溫順。《禮記·中庸》:「寬～以教，不報無道。」❹ 安撫，使馴順。《詩經·大雅·民勞》:「～

遠能邇，以定我王。」

**輮** 🔊 róu 🔊 jau4 柔
❶ 車輪的外框，也叫牙、輞。漢·王褒《僮約》:「持斧入山，斷～裁轅。」❷ 通「揉」，使木彎曲以造車輪等物。《荀子·勸學》:「木直中繩，～以為輪，其曲中規。」❸ 通「蹂」，踐踏。《漢書·項籍傳》:「亂相～蹈。」

**月** 🔊 ròu
見 390 頁 yuè。

**肉** 🔊 ròu 🔊 juk6 辱
❶ 供食用的動物的肉。《孟子·梁惠王上》:「雞豚狗彘之畜，無失其時，七十者可以食～矣。」❷ 人的身體。《史記·廉頗藺相如列傳》:「君不如～袒伏斧質請罪，則幸得脱矣。」❸ 瓜果去掉皮核後的可食部分。唐·白居易《〈荔枝圖〉序》:「瓤～瑩白如冰雪。」❹ 古代圓形有孔的錢幣或玉器的邊，中間的孔稱「好」，孔外的部分叫「肉」。

ru

**★如** 🔊 rú 🔊 jyu4 余
❶ 依照，遵從。《三國演義·楊修之死》:「丕～其言，以大簏載絹入。」❷ 往，到……去。《史記·項羽本紀》:「沛公起～廁。」❸ 比得上。《戰國策·鄒忌諷齊王納諫》:「徐公來，孰視之，自以為不～。」❹ 像，如同。晉·陶潛《桃花源記》:「男女衣著，悉～外人。」❺ 應當，不如。《左傳·僖公二十二年》:「若愛重傷，則～勿傷。」❻ 如果。《禮記·大同與小

康》：「～有不由此者，在埶者去，眾以為殃。」❼ 或者。《論語・先進》：「方六七十，～五六十，求也為之。」❽ 至於。《論語・先進》：「～其禮樂，以俟君子。」❾ 詞尾，表示「……的樣子」。晉・陶潛《五柳先生傳》：「簞瓢屢空，晏～也。」

🔍　如、往、適、之。見 313 頁「往」。

**儒**　🔊 rú　🔊 jyu4　如
❶ 古代熟悉詩書禮樂，為貴族服務的一類人。《論語・雍也》：「子謂子夏曰：『女為君子～，無為小人～。』」❷ 儒家學派。《漢書・藝文志》：「～家者流，蓋出於司徒之官，助人君順陰陽明教化者也。」❸ 信奉儒家學說的人。《韓非子・五蠹》：「～以文亂法，而俠以武犯禁。」❹ 讀書人。唐・劉禹錫《陋室銘》：「談笑有鴻～，往來無白丁。」

📖　先秦時期諸子百家爭鳴，儒家是其中一個學術思想流派。以孔子為宗師，主張禮治，提倡仁政，重視倫理關係。至漢代，武帝接受董仲舒「罷黜百家，獨尊儒術」的建議，確立了儒家思想的正統地位，對後世影響深遠。

**孺**　🔊 rú　🔊 jyu4　如
❶ 年幼，幼小。《孟子・論四端》：「今人乍見～子將入於井，皆有怵惕惻隱之心。」❷ 幼兒。唐・皮日休《靜箴》：「勿欺孩～。」❸ 親睦，親近。《詩經・小雅・常棣》：「兄弟既具，和樂且～。」

**襦**　🔊 rú　🔊 jyu4　如
短衣，短襖。漢樂府《陌上桑》：「緗綺為下裙，紫綺為上～。」

**女**　🔊 rǔ
見 214 頁 nǚ。

**汝**　🔊 rǔ　🔊 jyu5　雨
❶ 河流名。《孟子・滕文公上》：「決～、漢，排淮、泗，而注之江。」❷ 第二人稱代詞，你，你的。《列子・愚公移山》：「～心之固，固不可徹。」

**乳**　🔊 rǔ　🔊 jyu5　羽
❶ 生育，生子。《漢書・蘇武傳》：「使牧羝，羝～乃得歸。」❷ 餵奶，哺育。《左傳・宣公四年》：「邧夫人使棄諸夢中，虎～之。」❸ 幼小的，初生的。宋・蘇軾《賀新郎》：「～燕飛華屋。」

**辱**　🔊 rǔ　🔊 juk6　肉
❶ 恥辱。宋・范仲淹《岳陽樓記》：「登斯樓也，則有心曠神怡，寵～皆忘。」❷ 侮辱，使受侮辱。《史記・廉頗藺相如列傳》：「我見相如，必～之。」❸ 埋沒，辱沒。唐・韓愈《馬說》：「故雖有名馬，只～於奴隸人之手。」❹ 玷辱，辜負。《論語・子路》：「行己有恥，使於四方，不～君命，可謂士矣。」❺ 謙詞，表示屈尊對方，有承蒙之意。《左傳・僖公四年》：「君惠徼福於敝邑之社稷，～收寡君，寡君之願也。」

★**入**　🔊 rù　🔊 jap6　泣六聲
❶ 進入，進來。《列子・愚公移山》：「懲山北之塞，出～之迂也。」❷ 納入，使進入。《史記・廉頗藺相如列傳》：「城～趙而璧

留秦。」❸ 收入。唐·柳宗元《捕蛇者説》：「竭其廬之～。」❹ 交納。《左傳·僖公四年》：「爾貢包茅不～，王祭不共，無以縮酒。」❺ 切合，合乎。唐·朱慶餘《近試上張籍水部》：「畫眉深淺～時無？」

**蓐** ⓟrù ⓖjuk6辱
　草墊子，草蓆。晉·李密《陳情表》：「而劉夙嬰疾病，常在牀～。」

**縟** ⓟrù ⓖjuk6辱
　繁瑣，繁多。《儀禮·喪服禮》：「喪成人者其文～，喪未成人者其文不～。」

## run

**潤** ⓟrùn ⓖjeon6閏
　❶ 滋潤。唐·杜甫《春夜喜雨》：「隨風潛入夜，～物細無聲。」❷ 潮濕。宋·蘇洵《辨姦論》：「月暈而風，礎～而雨，人人知之。」❸ 光澤，光潤。唐·柳宗元《紅蕉》：「綠～含朱光。」❹ 修飾，使有光澤。《孟子·滕文公上》：「此其大略也。若夫～之，則在君與子矣。」❺ 雨水。《後漢書·鍾離意傳》：「而比日密雲，遂無大～。」

## ruo

**★若** ⓟruò ⓖjoek6藥
　❶ 香草名，即杜若。戰國楚·屈原《楚辭·九歌·雲中君》：「華采衣兮～英。」❷ 如，像，好像。《莊子·逍遙遊》：「其翼～垂天之雲。」❸ 及，比得上。《列子·

愚公移山》：「汝心之固，固不可徹，曾不～孀妻、弱子！」❹ 相當於「奈」，常與「何」配合使用，表達「對……怎麼辦」、「怎麼」的意思。《左傳·成公二年》：「～之何其以病敗君之大事也？」❺ 第二人稱代詞，你，你的。唐·柳宗元《捕蛇者説》：「更～役，復～賦，則何如？」❻ 指示代詞，此，這個。《孟子·梁惠王上》：「以～所為，求～所欲。」❼ 連詞，假如。《孟子·梁惠王上》：「王～隱其無罪而就死地，則牛羊何擇焉？」❽ 連詞，與，和。《史記·魏其武安侯列傳》：「願取吳王～將軍頭，以報父仇。」❾ 連詞，至於，而。《孟子·梁惠王上》：「～民，則無恆產，因無恆心。」❿ 副詞，乃，才。《國語·周語上》：「必有忍也，～能有濟也。」⓫ 助詞，用在句首，無義。《尚書·周書·呂刑》：「～古有訓。」⓬ 形容詞詞尾，表示「……的樣子」。《詩經·衞風·氓》：「桑之未落，其葉沃～。」

**弱** ⓟruò ⓖjoek6藥
　❶ 力量小，弱小，與「強」相對。《孟子·梁惠王上》：「～固不可以敵強。」❷ 削弱，使衰弱。宋·蘇軾《晁錯論》：「謀～山東之諸侯。」❸ 懦弱，軟弱。《三國志·蜀書·諸葛亮傳》：「劉璋闇～。」❹ 年少，年幼。《列子·愚公移山》：「汝心之固，固不可徹，曾不若孀妻、～子！」❺ 不足，差一點。《晉書·天文志上》：「與赤道東交於角五稍～。」

R

# S

## sa

灑 [一] ⊜să ⊜saa2 耍
❶ 灑水。《禮記·內則》:「～掃室堂及庭。」❷ 散落。唐·杜甫《茅屋為秋風所破歌》:「茅飛渡江～江郊。」❸ 撒下。晉·潘岳《西征賦》:「～釣投網,垂餌出入,挺叉來往。」
[二] ⊜xǐ ⊜sai1 駛
通「洗」,洗滌。漢·枚乘《七發》:「於是澡概胸中,～練五藏。」

## sai

塞 ⊜sài
見 256 頁 sè。

## san

★三 ⊜sān ⊜saam1 衫
❶ 數詞,目。《列子·愚公移山》:「遂率子孫,荷擔者～夫,叩石墾壤。」❷ 表示序數,第三。《左傳·曹劌論戰》:「一鼓作氣,再而衰,～而竭。」❸ 多數,多次。漢·曹操《短歌行》:「繞樹～匝,何枝可依?」

Q 三、九。基數詞中,「三」、「九」均可用於泛指多數、多次,但有程度區別:「三」指一般的多數,而「九」是個位數中最大的,故其所指多的程度更高。

參 ⊜sān
見 23 頁 cān。

散 ⊜sǎn
見 254 頁 sàn。

散 [一] ⊜sàn ⊜saan3 傘
❶ 分散,分離。《孟子·梁惠王上》:「父母凍餓,兄弟妻子離～。」❷ 使散,解散。秦·李斯《諫逐客書》:「遂～六國之從,使之西面事秦。」❸ 散佈。唐·岑參《白雪歌送武判官歸京》:「～入珠簾濕羅幕,狐裘不暖錦衾薄。」❹ 使亂,雜亂。唐·李白《宣州謝朓樓餞別校書叔雲》:「明朝～髮弄扁舟。」❺ 流通。漢·桓寬《鹽鐵論·通有》:「而天下財不～也。」
[二] ⊜sǎn ⊜saan2 山二聲
❶ 散漫,沒有約束。《荀子·修身》:「庸眾駑～,則劫之以師友。」❷ 閑散。唐·韓愈《進學解》:「投閑置～,乃分之宜。」❸ 粉末狀的藥。《後漢書·華佗傳》:「(華)佗以為腸痛,與～兩錢服之。」❹ 曲,樂曲。三國魏·應璩《劉孔才書》:「聽廣陵之清～。」

## sang

桑 ⊜sāng ⊜song1 嗓一聲
❶ 桑樹。晉·陶潛《桃花源記》:「有良田、美池、～、竹之屬。」❷ 桑葉,採桑葉。漢樂府《陌上桑》:「羅敷善～。」

喪 [一] ⊜sāng ⊜song1 桑
❶ 喪事,喪禮。唐·白居易《慈烏夜啼》:「昔有吳起者,母歿～不臨。」❷ 守喪。《孟子·盡心上》:「王子有其母死者,其傳為之請數月之～。」
[二] ⊜sàng ⊜song3 桑三聲
❶ 失去,喪失。《孟子·魚我所欲也》:「非獨賢者有是心也,人皆

有之，賢者能勿～耳。」❷ 失去權力。唐・柳宗元《封建論》：「余以為周之～久矣。」❸ 死亡。唐・韓愈《祭十二郎文》：「季父愈聞汝～之七日，乃能銜哀致誠。」❹ 滅亡。宋・蘇洵《六國論》：「六國互～，率賂秦耶？」

**喪** 曾sàng
見 254 頁 sāng。

sao

**搔** 曾sāo 粵sou1 蘇
❶ 撓，抓。唐・杜甫《春望》：「白頭～更短，渾欲不勝簪。」通「騷」，擾亂，動亂。《三國志・吳書・陸凱傳》：「所在～擾，更為繁苛。」

**騷** 曾sāo 粵sou1 蘇
❶ 動亂。《國語・鄭語》：「九年而王室始～。」❷ 擾亂。《漢書・敍傳上》：「十餘年間，外內～擾。」❸ 文體名。戰國楚・屈原作《離騷》，後世將楚國其他人所寫的風格類似的詩歌和後人的模仿之作稱之為「騷」。❹ 文人。清・魏源《墨觚下・治篇一》：「工～墨（擅長詩文）之士，以農桑為俗務。」❺ 憂愁。《史記・屈原賈生列傳》：「離～者，猶離憂也。」

**掃** 曾sǎo 粵sou3 素
❶ 打掃。唐・杜甫《客至》：「花徑不曾緣客～，蓬門今始為君開。」❷ 清除，消除。明・袁宏道《徐文長傳》：「先生詩文崛起，一～近代蕪穢之習。」❸ 消滅。漢・張衡《東京賦》：「～項軍於垓下。」❹ 做打掃的動作，來回

晃動。清・紀昀《閱微草堂筆記・槐西雜志》：「其目以毛帚～之不瞬。」❺ 祭拜。《國語・晉語二》：「亡人苟入～宗廟，定社稷，亡人何國之與有？」❻ 歸攏在一起。《漢書・黥布傳》：「大王宜～淮南之眾，日夜會戰彭城下。」❼ 快速掠過。唐・李白《大獵賦》：「千騎飆～，萬乘雷奔。」❽ 描畫，書寫。唐・李白《草書歌行》：「吾師醉後倚繩牀，須臾～盡數千張。」

se

**色** 〔一〕曾sè 粵sik1 式
❶ 臉色，神色。《孟子・告子下》：「徵於～，發於聲，而後喻。」❷ 怒色，怒容。《戰國策・趙策四》：「太后之～少解。」❸ 美色，美女。《論語・子罕》：「吾未見好德如好～者也。」❹ 顏色。唐・王維《送元二使安西》：「客舍青青柳～新。」❺ 景色。唐・杜甫《登樓》：「錦江春～來天地，玉壘浮雲變古今。」❻ 種類。《北史・長孫道生傳》：「客內無此～人。」❼ 角色。清・夏庭芝《青樓集・周人愛》：「周人愛，京師且～，姿藝俱佳。」
〔二〕曾shǎi 粵sik1 式
色子，骰子。《水滸全傳》第一百四回：「那些擲～的在那裏呼幺喝六。」

**瑟** 曾sè 粵sat1 失
❶ 樂器名，一種絃樂器，像琴，最初五十絃，後改為二十五絃。《詩經・周南・關雎》：「窈窕淑女，琴～友之。」❷ 風聲。漢・

S

曹操《步出夏門行·觀滄海》:「秋風蕭～,洪波湧起。」

**嗇** ⓖsè ⓟsik1 色
❶ 節儉。《韓非子·解老》:「少費謂之～。」❷ 吝嗇。《笑林·漢世老人》:「漢世有老人,無子,家富,性儉～,惡衣蔬食。」❸ 通「穡」,收割莊稼。《漢書·成帝紀》:「服田力～。」

**塞** 〔一〕ⓖsè ⓟsak1 沙克一聲
❶ 堵塞,阻塞。《列子·愚公移山》:「懲山北之～,出入之迂也。」❷ 充滿,填滿。《禮記·孔子閒居》:「志氣～乎天地。」❸ 不順利,不亨通。唐·韓愈《驀驥》:「執云時與命?通～皆自由。」❹ 禁止。《商君書·畫策》:「善治民者～民以法。」❺ 彌補。《漢書·于定國傳》:「將欲何施以～此咎?」❻ 駐守。《宋史·太祖本紀》:「(皇甫暉、姚鳳)眾號十五萬,～清流關,擊走之。」
〔二〕ⓖsài ⓟcoi3 菜
❶ 邊塞,邊疆險要之地。《淮南子·人間訓》:「近～上之人有善術者。」❷(地勢)險要。《三國志·蜀書·諸葛亮傳》:「益州險～,沃野千里。」

**穡** ⓖsè ⓟsik1 色
收割莊稼。《史記·孔子世家》:「良農能稼而不能為～。」

seng

**僧** ⓖsēng ⓟzang1 增
梵語「僧伽」的簡稱,通稱和尚,指出家修行的男性佛教徒。清·彭端淑《為學》:「蜀之鄙有二～。」

sha

**沙** ⓖshā ⓟsaa1 紗
❶ 極細碎的石粒。唐·王昌齡《從軍行》:「黃～百戰穿金甲,不破樓蘭終不還。」❷ 沙灘。明·袁宏道《滿井遊記》:「凡曝～之鳥,呷浪之鱗,悠然自得。」❸ 沙漠。唐·李華《弔古戰場文》:「浩浩乎平～無垠。」❹ 沙狀物。北魏·賈思勰《齊民要術·種桑柘》:「埋蠶～(指蠶屎)於宅亥地,大富。」❺ 淘汰。《晉書·孫綽傳》:「～之汰之,瓦石在後。」❻ 敲打。《宋史·蠻夷傳》:「擊銅鼓,～鑼,以祀鬼神。」

**殺** 〔一〕ⓖshā ⓟsaat3 煞
❶ 使失去生命,使死亡。《史記·廉頗藺相如列傳》:「明年,復攻趙,～二萬人。」❷ 凋謝。唐·黃巢《賦菊》:「待到秋來九月八,我花開後百花～。」❸ 使殘敗,敗壞。宋·蘇軾《次韻林子中春日新堤書事》:「為報來年～風景,連江夢雨不知春。」❹ 狠,竭盡全力。唐·白居易《玩半開花》:「東風莫～吹。」
〔三〕ⓖshài ⓟsaai3 曬
減少,降低。北魏·賈思勰《齊民要術·種麻子》:「曝井水,～其寒氣,以澆之。」

> Ｑ　殺、弒、誅。三字感情色彩有別:「殺」為中性詞,使用廣泛;「弒」為貶義詞,稱下殺上,如子殺父、臣殺君等;「誅」為褒義詞,稱上殺下、有道殺無道等,也有責罰、懲罰之義。

煞 ⓟshā
見 257 頁 shà。

夏 ⓟshà
見 330 頁 xià。

煞 (一) ⓟshà ⓒsaat3 殺
❶ 迷信中的凶神。明・王同軌《耳談》：「鄂城之俗，於新喪避〜最嚴。」❷ 很，甚。宋・柳永《迎春樂》：「別後相思〜。」❸ 用在動詞、形容詞後，表示程度深。元・白樸《沉醉東風・漁父詞》：「傲〜人間萬戶侯，不識字煙波釣叟。」
(二) ⓟshā ⓒsaat3 殺
❶ 通「殺」，殺死。北魏・楊衒之《洛陽伽藍記・城北》：「立性兇暴，多行〜戮。」❷ 死。清・蒲松齡《聊齋志異・江城》：「此等男子，不宜打〜耶？」

shai

色 ⓟshǎi
見 255 頁 sè。

殺 ⓟshài
見 256 頁 shā。

shan

★山 ⓟshān ⓒsaan1 珊
❶ 地面上由土石構成的隆起而高聳的部分。《荀子・勸學》：「積土成〜，風雨興焉。」❷ 形狀似山的東西。《南齊書・高逸傳》：「刃樹劍〜，焦湯猛火。」❸ 陵墓。北魏・酈道元《水經注・渭水》：「秦名天子冢曰〜，漢曰陵。」

🔍 山、丘、陵。石頭大山為「山」，小土山為「丘」，大土山為「陵」。

珊 ⓟshān ⓒsaan1 山
❶ [珊珊] ① 玉器撞擊的聲音。唐・杜甫《鄭駙馬宅宴洞中》：「時聞雜佩聲〜〜。」② 衣服摩擦的聲音。戰國楚・宋玉《神女賦》：「拂墀聲之〜〜。」③ 斑駁可愛的樣子。明・歸有光《項脊軒志》：「風移影動，〜〜可愛。」④ 同「姍姍」，女子走路姿態優美的樣子。清・蒲松齡《聊齋志異・連鎖》：「有女子〜〜自草中出。」❷ [闌珊] 見 168 頁「闌」。

扇 ⓟshān
見 257 頁 shàn。

扇 (一) ⓟshàn ⓒsin3 線
❶ 門扇。《禮記・月令》：「（仲春之月）耕者少舍，乃脩闔〜。」❷ 量詞，計算門、窗的單位。明・魏學洢《核舟記》：「旁開小窗，左右各四，共八〜。」❸ 扇子。宋・蘇軾《念奴嬌・赤壁懷古》：「羽〜綸巾。」❹ 遮擋。北魏・賈思勰《齊民要術・種榆》：「榆性〜地，其陰下五穀不生。」
(二) ⓟshān ⓒsin3 線
❶ 搖動扇子。《西遊記》第五十九回：「一〜熄火，二〜生風。」❷ 風吹拂。宋・范成大《初夏》：「永日屋頭槐影暗，微風〜裏麥花香。」❸ 鼓動，煽動。《三國志・蜀書・許靖傳》：「〜動羣逆，津途四塞。」❹ 狂妄，張狂。《漢書・谷永傳》：「閻妻驕〜。」❺ 興旺，旺盛。《梁書・謝舉傳》：「逮乎江左，此道彌〜。」

★善 ⓟshàn ⓒsin6 羨
❶ 美的，好的。《孟子・盡

S

心上》：「及其聞一～言，見一～行，若決江河。」❷ 使之完美，使之完善。《孟子‧盡心上》：「窮則獨～其身。」❸ 好的行為，善行。《荀子‧勸學》：「積～成德，而神明自得，聖心備焉。」❹ 善於，擅長。《荀子‧勸學》：「君子生非異也，～假於物也。」❺ 致力於，用心。明‧宋濂《送東陽馬生序》：「是可謂～學者矣。」❻ 與……友善，與……交好。《史記‧項羽本紀》：「楚左尹項伯者，項羽季父也，素～留侯張良。」❼ 好好地，友善地。《史記‧項羽本紀》：「今人有大功而擊之，不義也，不如因～遇之。」❽ 成，成功。《國語‧周語上》：「口之宣言也，～敗於是乎興。」❾ 稱讚，讚歎。晉‧陶潛《歸去來兮辭》：「～萬物之得時，感吾生之行休。」❿ 應答之詞，表示同意。《三國志‧蜀書‧諸葛亮傳》：「先主曰：『～。』於是與亮情好日密。」

**擅** ⓟshàn ⓒsin6 善
❶ 專有，獨有。漢‧晁錯《論貴粟疏》：「爵者，上之所～，出於口而無窮。」❷ 佔有，佔據。宋‧王安石《讀孟嘗君傳》：「～齊之強，得一士焉，宜可以南面而制秦。」❸ 獨自，擅自。《左傳‧成公十三年》：「秦大夫不詢于我寡君，～及鄭盟。」

**禪** ⓟshàn
見 28 頁 chán。

**鱓** ⓟshàn ⓒsin6 羨
❶ [蜿鱓] 見 310 頁「蜿」。
❷ 同「鱔」，鱔魚。《荀子‧勸學》：

「蟹六跪而二螯，非蛇～之穴無可寄託者。」❸ 通「嬗」，蛻變。漢‧賈誼《鵩鳥賦》：「形氣轉續兮，變化而～。」

**贍** ⓟshàn ⓒsim6 蟬六聲
❶ 供給，供應。唐‧韓愈《原道》：「為之工，以～其器用。」❷ 充足，足夠。《孟子‧公孫丑上》：「以力服人者，非心服也，力不～也。」

---

### shang

**商** ⓟshāng ⓒsoeng1 雙
❶ 生意，買賣。《史記‧蘇秦列傳》：「周人之俗，治產業，力工～。」❷ 做買賣的人。宋‧范仲淹《岳陽樓記》：「～旅不行。」❸ 計算，估算。唐‧韓愈《進學解》：「若夫～財賄之有亡，計班資（官階資格）之崇庳（bēi，卑）。」❹ 研究，商量。《三國演義‧楊修之死》：「操與眾～議，欲立植為世子。」❺ 古代五音「宮、商、角、徵、羽」之一。❻ 星宿名，二十八宿之一。❼ 朝代名。《史記‧孔子世家》：「昔武王克～，通道九夷百蠻，使各以其方賄來貢。」

🔍　商、賈。二字均指經商者，但所指的對象有細微差別：「商」指流動販賣者，「賈」指開店坐售者，即所謂「行商坐賈」。

**湯** ⓟshāng
見 295 頁 tāng。

**傷** ⓟshāng ⓒsoeng1 商
❶ 受傷。《左傳‧成公二年》：「郤克～於矢，流血及屨。」

❷受傷的人。漢・司馬遷《報任安書》:「慮救死扶～不給。」❸傷處，創傷。《左傳・襄公十七年》:「以戈(yì，小木椿)抉其～而死。」❹傷害，損害。三國蜀・諸葛亮《出師表》:「恐託付不效，以～先帝之明。」❺損失。《韓非子・五蠹》:「攻其國，則其～大。」❻悲傷，心中痛苦。宋・蘇軾《刑賞忠厚之至論》:「其言憂而不～，威而不怒。」❼喪事，喪祭。《管子・君臣下》:「是故明君飾食飲弔～之禮。」❽太，過分。唐・李商隱《俳諧》:「柳訝眉～淺，桃猜粉太輕。」

**觴** 🔊shāng 🔊soeng1 傷
❶古代盛酒器，酒杯。唐・柳宗元《始得西山宴遊記》:「引～滿酌，頹然就醉。」❷請人喝酒。《戰國策・魏策二》:「梁王魏嬰～諸侯於范臺。」❸飲酒。晉・王羲之《〈蘭亭集〉序》:「一～一詠，亦足以暢敍幽情。」

**眴** 🔊shǎng 🔊hoeng2 享
一天內的一段時間，或指片刻。《三國演義・楊修之死》:「復上牀睡，半～而起，佯驚問。」

**賞** 🔊shǎng 🔊soeng2 想
❶賞賜，獎賞。三國蜀・諸葛亮《出師表》:「論其刑～，以昭陛下平明之治。」❷欣賞。宋・柳永《望海潮》:「乘醉聽簫鼓，吟～煙霞。」❸讚賞，賞識。《北史・裴莊伯傳》:「任城王澄辟為行參軍，甚知曰～。」

**★上** 〔一〕🔊shàng 🔊soeng6 尚
❶上面，高處。唐・白居易《燕詩》:「梁～有雙燕，翩翩雄與雌。」❷上等，頭等。《戰國策・鄒忌諷齊王納諫》:「能面刺寡人之過者，受～賞。」❸地位在上的，尊長，上級。《墨子・非攻上》:「眾聞則非之，～為政者得則罰之。」❹皇上，對君主的稱呼。《史記・平津侯主父列傳》:「不合～意，～怒。」❺時間在前的。漢・司馬遷《報任安書》:「～自軒轅，下至於茲。」❻通「尚」，崇尚，重視。《史記・秦始皇本紀》:「～農除末。」

〔三〕🔊shàng 🔊soeng5 尚五聲
❶向上登。唐・王之渙《登鸛雀樓》:「欲窮千里目，更～一層樓。」❷上升。唐・杜甫《兵車行》:「牽衣頓足攔道哭，哭聲直～干雲霄。」❸進獻。《史記・廉頗藺相如列傳》:「設九賓於廷，臣乃敢～璧。」

**尚** 🔊shàng 🔊soeng6 上六聲
❶崇尚，重視。《論語・憲問》:「君子哉若人！～德哉若人！」❷超過，高出。《論語・里仁》:「好仁者，無以～之。」❸自負。《後漢書・張衡傳》:「雖才高於世，而無驕～之情。」❹凌駕於……上。《宋書・劉穆之傳》:「瑀使氣～人。」❺喜歡。三國蜀・諸葛亮《彈李平表》:「(李)平所在治家，～為小惠。」❻仰攀婚姻。特指娶帝王之女。《史記・李斯列傳》:「諸男皆～秦公主，女悉嫁秦諸公子。」❼主管，掌管。《韓非子・內儲說下》:「～浴免，則有當代者乎？」❽品德高。晉・

S

陶潛《桃花源記》：「南陽劉子驥，高～士也。」❾ 久遠。《呂氏春秋・古樂》：「樂所由來者～矣。」❿ 還是，仍然。唐・柳宗元《捕蛇者說》：「而吾蛇～存，則弛然而臥。」⓫ 尚且，還。《史記・廉頗藺相如列傳》：「臣以為布衣之交～不相欺，況大國乎！」

## shao

**梢** [普]shāo [粵]saau1 捎
❶ 樹、竹的末端。明・袁宏道《滿井遊記》：「柳條將舒未舒，柔～披風。」❷ 事物或時間的末端。宋・楊萬里《月下果飲》之三：「一年遇暑一番愁，六月～時七月頭。」❸ 長竿。《漢書・禮樂志》：「飾玉～以舞歌。」

**稍** [普]shāo [粵]saau2 哨二聲
❶ 古代官吏每月的俸米。也指發給太學生的俸祿。明・宋濂《送東陽馬生序》：「縣官日有廩～之供，父母歲有裘葛之遺。」❷ 小。《周禮・天官冢宰・膳夫》：「凡王之～事，設薦脯醢。」❸ 逐漸，漸漸。《史記・項羽本紀》：「項王乃疑范增與漢有私，～奪之權。」❹ 稍微，略微。宋・蘇軾《乞校正陸贄奏議進御劄子》：「臣等欲取其奏議，～加校正，繕寫進呈。」❺ 很，甚。南朝梁・江淹《恨賦》：「紫臺～遠，關山無極。」

💡「稍微」的意義，上古用「少」(shǎo)，不用「稍」。

**燒** [一] [普]shāo [粵]siu1 消
❶ 燃燒，焚燒。唐・白居易《賦得古原草送別》：「野火～不盡，春風吹又生。」❷ 照耀。唐・王建《江陵即事》：「寺多紅藥～人眼，地足青苔染馬蹄。」
[二] [普]shào [粵]siu3 笑
❶ 放火燒野草以肥田。《韓非子・內儲說上》：「魯人～積澤。」❷ 泛指野火。唐・白居易《秋思》：「夕照紅於～，晴空碧勝藍。」

**勺** [一] [普]sháo [粵]zoek3 酌
舀取水、酒、食物等的有柄器具。《周禮・冬官考工記・梓人》：「梓人為飲器，～一升。」
[二] [普]zhuó [粵]zoek3 酌
❶ 舀取。《漢書・禮樂志》：「～椒漿，靈已醉。」❷ 古樂舞名。《禮記・內則》：「十有三年，學《樂》，誦《詩》，舞《～》。」

**杓** [普]sháo
見 16 頁 biāo。

★**少** [一] [普]shǎo [粵]siu2 小
❶ 數量小，不多的。《孟子・梁惠王上》：「鄰國之民不加～，寡人之民不加多。」❷ 缺少，缺乏。唐・王維《九月九日憶山東兄弟》：「遙知兄弟登高處，遍插茱萸～一人。」❸ 減少，削弱。漢・賈誼《治安策》：「欲天下之治安，莫若眾建諸侯而～其力。」❹ 輕視。漢・王充《論衡・程材》：「世俗共短儒生，儒生之徒亦自～。」❺ 微賤，低賤。宋・歐陽修《瀧岡阡表》：「自其家～微時，治其家以儉約。」❻ 稍微。《戰國策・趙策四》：「太后之色～解。」❼ 一會兒，不多時。宋・蘇軾《前赤壁賦》：「～焉，月出於東山之上。」

S

三 (普)shào (粵)siu3笑
❶ 年幼，年輕。唐・韓愈《祭十二郎文》：「孰謂～者殀而長者存，強者夭而病者全乎！」❷ 指少年，年輕人。《晉書・王羲之傳》：「王氏諸～並佳。」

搜 (普)shǎo
見 287 頁 sōu。

少 (普)shào
見 260 頁 shǎo。

燒 (普)shào
見 260 頁 shāo。

she

舌 (普)shé (粵)sit6屑六聲
❶ 舌頭。清・林嗣環《口技》：「人有百口，口有百～，不能名其一處也。」❷ 言詞。《論語・顏淵》：「駟不及～。」❸ 像舌頭形狀的東西。《詩經・小雅・大東》：「維南有箕（星宿名），載翕（xī，收縮）其～。」

折 (普)shé
見 402 頁 zhé。

蛇 一 (普)shé (粵)se4余
無足爬行類動物。唐・李白《蜀道難》：「朝避猛虎，夕避長～。」
二 (普)yí (粵)ji4而
❶ [蛇蛇] 淺薄而自大的樣子。《詩經・小雅・巧言》：「～～碩言，出自口矣。」❷ [委蛇] 見 317 頁「委」。

舍 (普)shě
見 261 頁 shè。

社 (普)shè (粵)se5些五聲
❶ 土地神。《左傳・昭公二十九年》：「后土為～。」❷ 祭祀土地神的場所。《左傳・文公十五年》：「伐鼓於～。」❸ 祭祀土地神。《禮記・中庸》：「郊～之禮，所以事上帝也。」❹ 社日的簡稱，是祭祀土地神的節日。元・趙文寶《山坡羊・燕子》：「來時春～，歸時秋～。」❺ 古代地方行政組織，方圓六里，二十五家為一社。《史記・孔子世家》：「昭王將以書～地七百里封孔子。」❻ 集體性組織，某種團體。明・張溥《五人墓碑記》：「故予與同～諸君子，哀斯墓之徒有其石也。」

┃┃┃ 「社」為土地神，「稷」為穀神。古代帝王會祭祀土地神和穀神以祈求五穀豐登，因此「社稷」就成了國家的代稱。

舍 一 (普)shè (粵)se3卸
❶ 房舍，住處。晉・陶潛《桃花源記》：「土地平曠，屋～儼然。」❷ 安置住處，住宿。《史記・廉頗藺相如列傳》：「遂許齋五日，～相如廣成傳（客館名）。」❸ 建房舍，定居。宋・王安石《遊褒禪山記》：「唐浮圖慧褒始～於其址，而卒葬之。」❹ 停止，休息。《詩經・小雅・何人斯》：「爾之安行，亦不遑～。」❺ 軍隊住宿一夜。《左傳・莊公三年》：「凡師，一宿為『～』，再宿為『信』，過信為『次』。」❻ 行軍三十里。《左傳・僖公二十三年》：「晉、楚治兵，遇於中原，其辟君三～。」
二 (普)shě (粵)se2寫
❶ 捨棄，放棄。《荀子・勸學》：

「鍥而不～，金石可鏤。」❷ 施捨，佈施。《左傳·昭公十三年》：「施～不倦，求善不厭。」❸ 發射。《詩經·小雅·車攻》：「不失其馳，～矢如破。」

**拾** 粵shè
　　見 268 頁 shí。

**射** 粵shè 普se6 麝
❶ 射箭。《孟子·告子上》：「一心以為有鴻鵠將至，思援弓繳而～之。」❷ 射箭的技術。宋·歐陽修《賣油翁》：「爾安敢輕吾～！」❸ 像箭一樣迅速噴出。南朝宋·鮑照《苦熱行》：「含沙～流影，吹蠱痛行暉。」❹ 照射。明·徐霞客《徐霞客遊記·楚遊日記》：「光由隙中下～，宛如鈎月。」❺ 追求，謀求。《新唐書·食貨志四》：「鹽價益貴，商人乘時～利。」❻ 猜測，猜度。《呂氏春秋·重言》：「有鳥止於南方之阜，三年不動不飛不鳴，是何鳥也？王～之。」❼ 打賭，賭博。《史記·孫子吳起列傳》：「田忌信然之，與王及諸公子逐～千金。」

**涉** 粵shè 普sip3 攝
❶ 徒步過河、過江等。《呂氏春秋·察傳》：「晉師己亥～河也。」❷ 渡過江、河等。《呂氏春秋·察今》：「楚人有～江者，其劍自舟中墜於水。」❸ 奔波。《左傳·昭公十二年》：「跋～山林以事天子。」❹ 到，進入。《左傳·僖公四年》：「不虞君之～吾地也，何故？」❺ 經歷，經過。明·劉基《賣柑者言》：「杭有賣果者，善藏柑，～寒暑不潰。」❻ 關涉，牽連。唐·劉知幾

《史通·敍事》：「而言有關～，事便顯露。」❼ 瀏覽，泛覽。《後漢書·仲長統傳》：「博～書記。」

**赦** 粵shè 普se3 卸
　　赦免，使無罪。《史記·廉頗藺相如列傳》：「臣從其計，大王亦幸～臣。」

**設** 粵shè 普cit3 澈
❶ 設置，建立。《禮記·大同與小康》：「以～制度，以立田里。」❷ 擺放，安置，陳列。晉·陶潛《桃花源記》：「便要還家，～酒、殺雞、作食。」❸ 排列，部署。《史記·廉頗藺相如列傳》：「趙亦盛～兵以待秦，秦不敢動。」❹ 設計，籌劃。梁啟超《戊戌政變記·譚嗣同傳》：「而～法備貯彈藥。」❺ 周密，完備。《史記·刺客列傳》：「宗族盛多，居處兵衞甚～。」❻ 任用。《荀子·臣道》：「故正義之臣～，則朝廷不頗。」❼ 假設，如果。《史記·魏其武安侯列傳》：「～百歲後，是屬寧有可信者乎？」

shen

**伸** 粵shēn 普san1 辛
❶ 伸直，伸開。明·宋濂《送東陽馬生序》：「手指不可屈～。」❷ 伸展，舒展。漢·司馬遷《報任安書》：「乃欲揚首～眉，論列是非。」❸ 申述，陳述。唐·杜甫《兵車行》：「長者雖有問，役夫敢～恨？」

★**身** 粵shēn 普san1 申
❶ 身孕。《詩經·大雅·大明》：「大任有～，生此文王。」

❷ 人體除頭部以外的其他部分。戰國楚·屈原《楚辭·九歌·國殤》：「首～離兮心不懲。」❸ 整個身體，軀體。《史記·項羽本紀》：「項伯亦拔劍起舞，常以～翼蔽沛公。」❹ 生命，性命。三國蜀·諸葛亮《出師表》：「忠志之士，忘～於外者。」❺ 自己，自身。《論語·學而》：「吾日三省吾～。」❻ 親自。《三國志·蜀書·諸葛亮傳》：「將軍～率益州之眾出於秦川。」❼ 身分。唐·杜甫《新婚別》：「妾～未分明，何以拜姑嫜。」❽ 物體的主幹部分。唐·白居易《凌霄花》：「託根附樹～，開花寄樹梢。」❾ 人的品行，才能。《漢書·李尋傳》：「士屬～立名者多。」❿ 對人自稱。《三國志·蜀書·張飛傳》：「～是張益德也。」

**信**　⓹ shēn
見 342 頁 xìn。

**深**　⓹ shēn　⓿ sam1 心
❶ 水深，與「淺」相對。漢·曹操《短歌行》：「山不厭高，海不厭～。」❷ 上下或內外之間的距離大，與「淺」相對。唐·柳宗元《始得西山宴遊記》：「日與其徒上高山，入～林，窮迴溪。」❸ 久遠，長遠。《戰國策·趙策四》：「父母之愛子，則為之計～遠。」❹ 深刻，深奧。宋·王安石《遊褒禪山記》：「以其求思之～而無不在也。」❺ 苛刻，嚴酷。《後漢書·光武帝紀上》：「獄中多冤人，用刑～刻。」❻ 重大，重要。《三國志·魏書·陳思王植傳》：「位益高者，責益～。」❼ 茂盛。唐·杜甫《春

望》：「城春草木～。」❽ 甚，十分。《史記·汲鄭列傳》：「然至其輔少主，守城～堅，招之不來。」

**參**　⓹ shēn
見 23 頁 cān。

**紳**　⓹ shēn　⓿ san1 申
❶ 古代士大夫繫在外衣腰間的大帶子，具有裝飾作用。明·劉基《賣柑者言》：「峨大冠、拖長～者，昂昂乎廟堂之器也。」❷ 借指當官的人，常「縉紳」連用。明·張溥《五人墓碑記》：「縉～而能不易其志者，四海之大，有幾人歟？」❸ 用帶子捆束。《韓非子·外儲說左上》：「～之束之。」

**甚**　⓹ shén
見 264 頁 shèn。

**神**　⓹ shén　⓿ san4 臣
❶ 神靈，神話或宗教中萬事萬物的主宰者。《左傳·曹劌論戰》：「小信未孚，～弗福也。」❷ 人死後離開軀體而存在的靈魂。《左傳·昭公七年》：「昔堯殛（jí，殺）鯀于羽山，其～化為黃熊。」❸ 意識，人的精神。《荀子·天論》：「形具而～生。」❹ 精力。漢·鄒陽《獄中上梁王書》：「雖竭精～，欲開忠於當世之君。」❺ 神奇，超乎尋常的。《岳飛之少年時代》：「生有～力，未冠，挽弓三百斤。」❻ 神態，表情。《後漢書·劉寬傳》：「（劉）寬～色不異。」❼ 肖像。宋·蘇軾《傳神記》：「南都程懷立，眾稱其能，於傳吾～，大得其全。」

**審**　⓹ shěn　⓿ sam2 嬸
❶ 詳備，完備。明·方孝孺《深慮論》：「思之詳而備之～矣。」

❷ 詳細觀察，體察。《呂氏春秋‧察今》：「故～堂下之陰，而知日月之行，陰陽之變。」❸ 明確，清楚。宋‧蘇軾《潮州韓文公廟碑》：「其不眷戀於潮也，～矣。」❹ 慎重，審慎。《商君書‧禁使》：「故論功察罪不可不～也。」❺ 確實，果真。漢‧王充《論衡‧知實》：「孔子如～先知，當早易道。」

★ 甚
㊀ ⑲shèn ⑳sam6心六聲
❶ 厲害，嚴重。《史記‧廉頗藺相如列傳》：「廉君宣惡言而君畏匿之，恐懼殊～。」❷ 超過，勝過。《孟子‧魚我所欲也》：「生亦我所欲，所欲有～於生者，故不為苟得也。」❸ 很，非常。宋‧周敦頤《愛蓮説》：「自李唐來，世人～愛牡丹。」❹ 太，太過。《列子‧愚公移山》：「～矣，汝之不惠！」
㊁ ⑲shén ⑳sam6心六聲
甚麼。《水滸傳》第三回：「官人要～東西？分付買來。」

慎
⑲shèn ⑳san6腎
❶ 謹慎，慎重。清‧劉蓉《習慣説》：「故君子之學貴～始。」❷ 告誡之詞，相當於「千萬」。《笑林‧漢世老人》：「～勿他説，復相效而來。」

## sheng

升
⑲shēng ⑳sing1星
❶ 容量單位，十合為一升，十升為一斗。❷ 上升，登上。《詩經‧小雅‧天保》：「如月之恆，如日之～。」❸ 升遷。漢‧劉向《列女傳‧賢明傳》：「於是晏子賢其能納善自改，～諸景公以為

大夫。」❹ 穀物成熟。《論語‧陽貨》：「舊穀既沒，新穀既～。」

★ 生
⑲shēng ⑳sang1牲
❶ 草木生長。唐‧白居易《賦得古原草送別》：「野火燒不盡，春風吹又～。」❷ 出生，誕下。《岳飛之少年時代》：「（岳飛）～時，有大禽若鵠，飛鳴室上，因以為名。」❸ 產生，發生。《左傳‧僖公三十三年》：「縱敵患～。」❹ 生命。《孟子‧魚我所欲也》：「二者不可得兼，舍～而取義者也。」❺ 活着，與「死」相對。《孟子‧魚我所欲也》：「一簞食，一豆羹，得之則～，弗得則死。」❻ 一生，一輩子。明‧唐寅《畫雞》：「平～不敢輕言語。」❼ 果實未成熟。《晉書‧孫晷傳》：「時年饑穀貴，人有～刈其稻者。」❽ 未煮過或未煮熟的。《史記‧項羽本紀》：「項王曰：『賜之彘肩。』則與一～彘肩。」❾ 天性，本性。《荀子‧勸學》：「君子～非異也，善假於物也。」❿ 讀書人的通稱。清‧方苞《左忠毅公軼事》：「廡下一～伏案卧。」⓫ 通「牲」，供祭祀或宴享用的牲畜。《論語‧鄉黨》：「君賜～，必畜之。」

狌
㊀ ⑲shēng ⑳sang1生
同「鼪」，黃鼠狼。《莊子‧逍遙遊》：「子獨不見狸～乎？」
㊁ ⑲xīng ⑳sing1星
同「猩」。[狌狌] 即「猩猩」。《山海經‧南山經》：「有獸焉……其名曰～～。」

牲
⑲shēng ⑳sang1生
供祭祀和宴享用的牛、羊、

豬等牲畜。《孟子·告子下》:「葵丘之會諸侯,束～～,載書而不歃血。」

**甥** 🔊shēng 🔊sang1 生

❶ 外甥,姐妹的兒女。清·方苞《左忠毅公軼事》:「余宗老塗山,左公～也。」❷ 女婿。《孟子·萬章下》:「舜尚見帝,帝館～于貳室。」

★**聲** 🔊shēng 🔊sing1 升

❶ 聲音,聲響。《荀子·勸學》:「順風而呼,～非加疾也,而聞者彰。」❷ 音樂,歌曲。《史記·廉頗藺相如列傳》:「趙王竊聞秦王善為秦～,請奏盆缻秦王,以相娛樂。」❸ 言語,音訊。《漢書·趙廣漢傳》:「界上亭長寄～謝我,何以不為致問?」❹ 聲調。《南史·陸厥傳》:「以平上去入為四～。」❺ 名聲,聲望。漢·司馬遷《報任安書》:「此人皆身至王侯將相,～聞鄰國。」❻ 呼籲,聲張。明·張溥《五人墓碑記》:「吾社之行為士先者,為之～義。」

**繩** 🔊shéng 🔊sing4 誠

❶ 繩子。《周易·繫辭下》:「上古結～而治,後世聖人易之以書契。」❷ 木工用的墨線。《荀子·勸學》:「木直中～。」❸ 標準,法則。《孟子·離婁上》:「繼之以規矩準～。」❹ 按一定的標準去衡量,糾正。《史記·孔子世家》:「推此類以～當世。」❺ 稱讚。《呂氏春秋·古樂》:「以～文王之德。」

**省** 〔一〕🔊shěng
🔊saang2 司橙二聲
❶ 減少。《孟子·梁惠王上》:「～

刑罰,薄稅斂。」❷ 節省,節約。宋·王禹偁《黃岡竹樓記》:「黃岡之地多竹……用代陶瓦,比屋皆然,以其價廉而工～也。」❸ 過失。《史記·秦始皇本紀》:「飾～宣義。」❹ 宮禁之中。晉·左思《魏都賦》:「禁臺～中,連闥對廊。」❺ 官署名。因尚書省等設於宮禁中,故稱為「省」。❻ 元以後的行政區劃。明·魏禧《大鐵椎傳》:「七～好事者皆來學。」

〔二〕🔊xǐng 🔊sing2 醒
❶ 察看,檢查。《荀子·勸學》:「君子博學而日參～乎己。」❷ 反省。《論語·顏淵》:「內～不疚,夫何憂何懼?」❸ 明白,懂得。唐·韓愈《祭十二郎文》:「不～所怙,惟兄嫂是依。」❹ 看望,問候。唐·韓愈《祭十二郎文》:「汝來～吾。」❺ 記憶。清·袁枚《黃生借書說》:「故有所覽,輒～記。」

**乘** 🔊shèng
見 34 頁 chéng。

**盛** 〔一〕🔊shèng 🔊sing6 剩
❶ 多。明·袁宏道《滿井遊記》:「遊人雖未～。」❷ 興旺。《新五代史·伶官傳序》:「～衰之理,雖曰天命,豈非人事哉!」❸ 茂盛。晉·陶潛《歸園田居》:「種豆南山下,草～豆苗稀。」❹ 高,顯赫。唐·韓愈《師說》:「位卑則足羞,官～則近諛。」❺ 程度深。《戰國策·趙策四》:「太后～氣而揖之。」❻ 規模大。《史記·廉頗藺相如列傳》:「趙亦～設兵以待秦,秦不敢動。」

S

〓 ⓒ chéng ⓖ sing4 成

❶ 祭祀時放在容器中的黍稷等祭品。《周禮·地官司徒·閭師》：「不耕者祭無～。」❷ 容器。《禮記·喪大記》：「食粥於～，不盥。」❸ 把東西放入容器裏。《莊子·逍遙遊》：「以～水漿，其堅不能自舉也。」

★勝 〓 ⓒ shèng ⓖ sing3 姓

❶ 勝利，與「負」、「敗」相對。宋·蘇洵《六國論》：「趙嘗五戰於秦，二敗而三～。」❷ 勝過，超過。清·朱柏廬《朱子家訓》：「器具質而潔，瓦缶～金玉。」❸ 優美的，美好的。宋·范仲淹《岳陽樓記》：「予觀夫巴陵～狀，在洞庭一湖。」❹ 特指優美的山水或古跡。唐·柳宗元《永州崔中丞萬石亭記》：「見怪石特出，度其下必有殊～。」

〓 ⓒ shèng ⓖ sing1 升

舊讀 shēng。❶ 勝任，禁受得起。宋·蘇軾《水調歌頭並序》：「高處不～寒。」❷ 盡。《孟子·梁惠王上》：「不違農時，穀不可～食也。」

聖 ⓒ shèng ⓖ sing3 性

❶ 聰明睿智。《老子》十九章：「絕～棄智，民利百倍。」❷ 通達事理。唐·韓愈《師說》：「是故聖（此指聖人，名詞）益～，愚益愚。」❸ 聖人，儒家所稱道德智慧均極高超的理想人物。《荀子·勸學》：「積善成德，而神明自得，～心備焉。」❹ 專稱孔子。晉·司馬彪《贈山濤》：「感彼孔～歡，哀此年命促。」❺ 對帝王及與之相關事物的尊稱。三國蜀·諸葛亮《出師表》：「誠宜開張～聽，

以光先帝遺德，恢弘志士之氣。」❻ 對精通某種技藝的人的尊稱。宋·王觀國《學林·聖》：「漢張芝精草書，謂之草～。」

失 ⓒ shī ⓖ sat1 室

❶ 喪失，失去。唐·白居易《慈烏夜啼》：「慈烏～其母，啞啞吐哀音。」❷ 迷失。唐·王勃《滕王閣序》：「關山難越，誰悲～路之人？」❸ 放棄。《荀子·大略》：「君子隘窮而不～，勞倦而不苟。」❹ 改變。南朝宋·劉義慶《世說新語·夙惠》：「元帝～色，曰：『爾何故異昨日之言邪？』」❺ 錯過，耽誤。《孟子·梁惠王上》：「雞豚狗彘之畜，無～其時，七十者可以食肉矣。」❻ 過失，錯誤。《史記·魏公子列傳》：「我豈有所～哉？」

施 〓 ⓒ shī ⓖ si1 詩

❶ 散佈，鋪陳。《周易·乾》：「雲行雨～。」❷ 施行，實行。三國蜀·諸葛亮《出師表》：「愚以為宮中之事，事無大小，悉以咨之，然後～行。」❸ 加，施加。《論語·顏淵》：「己所不欲，勿～於人。」❹ 給予恩惠。《論語·雍也》：「博～於民，而能濟眾。」❺ 設置。清·林嗣環《口技》：「於廳事之東北角，～八尺屏障。」❻ 陳屍示眾。《國語·晉語三》：「秦人殺冀芮而～之。」

〓 ⓒ yì ⓖ ji6 二

延續。《史記·伯夷列傳》：「閭巷之人，欲砥行立名者，非附青雲之士，惡能～於後世哉！」

S

〔三〕⑧yí ⑨ji4 儀
❶ 通「迆」，逶迆斜行。《孟子·離婁下》：「蚤起，～從良人之所之。」❷ [施施] ① 慢步行走的樣子。唐·柳宗元《始得西山宴遊記》：「其隙也，則～～而行，漫漫而遊。」② 洋洋得意的樣子。《孟子·離婁下》：「～～從外來，驕其妻妾。」

**師** ⑧shī ⑨si1 詩
❶ 古代軍隊編制以二千五百人為師。❷ 泛指軍隊。《左傳·曹劌論戰》：「齊～伐我。」❸ 老師。唐·韓愈《師說》：「～者，所以傳道、受業、解惑也。」❹ 有專門知識或技藝的人。《孟子·梁惠王下》：「為巨室，則必使工～求大木。」❺ 學習，效法。唐·韓愈《師說》：「吾～道也，夫庸知其年之先後生於吾乎？」❻ 古官名。《戰國策·趙策四》：「左～觸龍言願見太后。」❼ 古代樂官。《孟子·離婁上》：「～曠之聰，不以六律，不能正五音。」

**詩** ⑧shī ⑨si1 施
❶ 有韻律可歌詠的一種文體。宋·范仲淹《岳陽樓記》：「刻唐賢、今人～賦於其上。」❷ 特指《詩經》。《論語·為政》：「～三百，一言以蔽之，曰：思無邪。」

**濕** ⑧shī ⑨sap1 拾一聲
❶ 沾了水的或含水分多的，與「乾」相對。宋·歐陽修《賣油翁》：「徐以杓酌油瀝之，自錢孔入，而錢不～。」❷ [濕濕] 搖動的樣子。《詩經·小雅·無羊》：「爾牛來思（語助詞，無義），其

耳～～。」

★**十** ⑧shí ⑨sap6 拾
❶ 數詞。宋·蘇洵《六國論》：「今日割五城，明日割～城。」❷ 指十倍。《孫子·謀攻》：「故用兵之法，～則圍之，五則攻之，倍則分之。」

**什** ⑧shí ⑨sap6 十
❶ 總數為十的一個單位。軍隊十人為什；戶籍十家為什；《詩經》中的「雅」、「頌」十篇為什。❷ 詩文的代稱。明·茅坤《〈青霞先生文集〉序》：「以其所憂鬱發之於詩歌文章，以泄其懷，即集中所載諸～是也。」

★**石** 〔一〕⑧shí ⑨sek6 碩
❶ 石頭，山石。《荀子·勸學》：「鍥而不舍，金～可鏤。」❷ 石刻，石碑。明·張溥《五人墓碑記》：「且立～於其墓之門，以旌其所為。」❸ 藥石，中藥中的礦物。宋·蘇軾《乞校正陸贄奏議進御劄子》：「可謂進苦口之藥～，鍼害身之膏肓。」❹ 石鍼，古代醫療用具。《韓非子·喻老》：「在肌膚，鍼～之所及也。」❺ 堅硬，堅固。《史記·蘇秦列傳》：「此所謂棄仇讎而得～交者也。」❻ 古代八音之一，指石磬。唐·韓愈《送孟東野序》：「金、～、絲、竹、匏、土、革、木八者，物之善鳴者也。」
〔二〕⑧dàn ⑨daam3 擔三聲
古讀 shí。❶ 古代容量單位，十斗為一石。《莊子·逍遙遊》：「魏王貽我大瓠之種，我樹之成而實五～。」❷ 古代重量單位，一百二十斤為一石。《墨子·魯問》：「須

S

臾斵（zhuó，砍）三寸之木，而任五十～之重。」❸ 古代官俸計量單位。《漢書·景帝令二千石修職詔》：「其令二千～各修其職。」

**拾** ㊀ 粵shí ⊜sap6 十
❶ 撿起，拿取。《岳飛之少年時代》：「家貧，～薪為燭，誦習達旦不寐。」❷ 收拾，整理。《三國演義·楊修之死》：「來日魏王必班師矣，故先收～行裝，免得臨時慌亂。」❸ 射箭用的皮製護袖。《國語·吳語》：「夫一人善射，百夫決～，勝未可成。」
㊁ 粵shè ⊜sip3 涉
躡足而上。《禮記·曲禮上》：「～級聚足，連步以上。」

★**食** ㊀ 粵shí ⊜sik6 蝕
❶ 吃。《孟子·梁惠王上》：「無失其時，七十者可以～肉矣。」❷ 吃的東西。《孟子·魚我所欲也》：「一簞～，一豆羹，得之則生，弗得則死。」❸ 俸祿，生計。《論語·衛靈公》：「君子謀道不謀～。」❹ 日月缺虧。《論語·子張》：「君子之過也，如日月之～焉。」這個意義後來寫作「蝕」。
㊁ 粵sì ⊜zi6 字
❶ 給……吃。《晏子春秋·內篇雜下》：「晏子方食，景公使使者至，分食～之。」❷ 餵養，養活。唐·韓愈《雜說四》：「～馬者不知其能千里而～也。」這個意義後來寫作「飼」。

★**時** 粵shí ⊜si4 匙
❶ 季節。《孟子·梁惠王上》：「不違農～，穀不可勝食也。」❷ 光陰，時間。《呂氏春秋·首時》：「天

不再與，～不久留。」❸ 時代，時勢。《韓非子·心度》：「～移而治不易者亂。」❹ 時尚，時俗。唐·韓愈《師說》：「（李蟠）不拘於～，學於余。」❺ 機會，時機。唐·王勃《滕王閣序》：「～運不齊，命途多舛。」❻ 等待。《論語·陽貨》：「孔子～其亡也，而往拜之，遇諸塗。」❼ 按時。《論語·學而》：「學而～習之，不亦說乎？」❽ 時常。唐·岑參《函谷關歌送劉評事使關西》：「請君～憶關外客。」❾ 有時，偶爾。晉·陶潛《歸去來兮辭》：「～矯首而遐觀。」❿ 時候。唐·杜甫《兵車行》：「去～里正與裹頭，歸來頭白還戍邊。」

> ㊂ 上古「時」用作副詞時，一般是說「按時」，而非「時常」。

**蝕** 粵shí ⊜sik6 食
❶ 侵蝕。宋·梅堯臣《劉原甫古錢勸酒》：「精銅不蠹（dù，蛀）～。」❷ 日月缺虧。《荀子·天論》：「夫日月之有～。」

**實** 粵shí ⊜sat6 失六聲
❶ 財物。《左傳·文公十八年》：「聚斂積～。」❷ 器物，物資。《左傳·隱公五年》：「歸而飲至，以數軍～。」❸ 滿，充實。《史記·管晏列傳》：「倉廩～而知禮節。」❹ 填滿。明·劉基《賣柑者言》：「若所市於人者，將以～籩豆，奉祭祀，供賓客乎？」❺ 果實。《莊子·逍遙遊》：「魏王貽我大瓠之種，我樹之成而～五石。」❻ 事實，真實。宋·蘇軾《石鐘山記》：「而陋者乃以斧斤考擊而求

之，自以為得其～。」❼ 真誠，誠實。三國蜀·諸葛亮《出師表》：「此皆良～，志慮忠純。」❽ 的確，確實。晉·李密《陳情表》：「臣之進退，～為狼狽！」

**識** ⟨一⟩ 🔊shí 🔊sik1 式
❶ 知道，認識。宋·王安石《傷仲永》：「仲永生五年，未嘗～書具，忽啼求之。」❷ 辨認，辨別。宋·王安石《遊褒禪山記》：「其文漫滅，獨其為文猶可～。」❸ 見解，知識。宋·蘇軾《賈誼論》：「賈生志大而量小，才有餘而～不足也。」
⟨二⟩ 🔊zhì 🔊zi3 志
❶ 記住。《禮記·檀弓下》：「小子～之，苛政猛於虎也。」❷ 標記，記號。《漢書·王莽傳下》：「訖無文號旌旗表～。」❸ 記載，記述。明·茅坤《〈青霞先生文集〉序》：「予謹～之。」

**史** 🔊shǐ 🔊si2 屎
❶ 文官名。《國語·周語上》：「瞽獻曲，～獻書。」❷ 史書，歷史。《孟子·離婁下》：「其事則齊桓、晉文，其文則～。」❸ 文辭繁多。《論語·雍也》：「質勝文則野，文勝質則～。」

**矢** ⟨一⟩ 🔊shǐ 🔊ci2 始
❶ 箭。《岳飛之少年時代》：「(周)同射三～，皆中的。」❷ 投壺用的籌碼。宋·王禹偁《黃岡竹樓記》：「宜投壺，～聲錚錚然。」❸ 捕，射。《左傳·隱公五年》：「春，公～魚于棠(地名)。」❹ 發誓。《史記·孔子世家》：「孔子～之曰：『予所不者，天厭之！天厭之！』」

⟨二⟩ 🔊shǐ 🔊si2 史
通「屎」，糞便。《史記·廉頗藺相如列傳》：「廉將軍雖老，尚善飯，然與臣坐，頃之三遺～矣。」

★**使** ⟨一⟩ 🔊shǐ 🔊si2 史
❶ 命令，派遣。《左傳·僖公三十年》：「若～燭之武見秦君，師必退。」❷ 讓，令，以致。三國蜀·諸葛亮《出師表》：「不宜偏私，～內外異法也。」❸ 假設。《孟子·魚我所欲也》：「～人之所惡莫甚於死者，則凡可以辟患者，何不為也？」
⟨二⟩ 🔊shǐ 🔊si3 試
❶ 出使。《史記·廉頗藺相如列傳》：「計未定，求人可～報秦者，未得。」❷ 使者。《史記·廉頗藺相如列傳》：「大王遣一介之～至趙。」

**始** 🔊shǐ 🔊ci2 此
❶ 開端，起點。《禮記·大學》：「物有本末，事有終～。」❷ 開始，從某一點起。《孟子·論四端》：「若火之～然，泉之～達。」❸ 曾。唐·柳宗元《始得西山宴遊記》：「以為凡是州之山有異態者，皆我有也，而未～知西山之怪特。」❹ 才。《列子·愚公移山》：「寒暑易節，～一反焉。」

**士** 🔊shì 🔊si6 事
❶ 對男子的美稱。也指成年男子，後成為通稱。《詩經·鄭風·女曰雞鳴》：「女曰雞鳴，～曰昧旦。」❷ 對品德好、有技能或有學問的人的美稱。《論語·泰伯》：「～不可以不弘毅，任重而道遠。」❸ 古代最低級的貴族階層。《左傳·

昭公七年》：「王臣公，公臣大夫，大夫臣～。」❹ 讀書人。《史記·魏公子列傳》：「～以此方數千里爭往歸之，致食客三千人。」❺ 兵士。《史記·平原君虞卿列傳》：「豈其～卒眾多哉，誠能據其勢而奮其威。」

🔍 士、卒、兵。見 425 頁「卒」。

**氏**
〔一〕⊜shì ⊜si6 示
❶ 同姓貴族的不同分支。《戰國策·趙策四》：「趙～求救於齊。」❷ 對已婚婦女的稱謂。《左傳·隱公元年》：「莊公寤生，驚姜～，故名曰寤生。」❸ 對學有專長者的尊稱。《史記·孔子世家》：「故書傳、禮記自孔～。」
〔二〕⊜zhī ⊜zi1 之
[月氏] 見 390 頁「月」。

**示**
⊜shì ⊜si6 士
❶ 顯現，表明。《史記·廉頗藺相如列傳》：「王不行，～趙弱且怯也。」❷ 給人看。《史記·廉頗藺相如列傳》：「璧有瑕，請指～王。」❸ 告訴，宣佈。《禮記·大同與小康》：「著有過，刑仁講讓，～民有常。」

**世**
⊜shì ⊜sai3 細
❶ 三十年為一世。漢·賈誼《過秦論》：「及至始皇，奮六～之餘烈。」❷ 父子相繼為一世。宋·王安石《傷仲永》：「金溪民方仲永，～隸耕。」❸ 時代，朝代。晉·陶潛《桃花源記》：「問今是何～，乃不知有漢，無論魏、晉。」❹ 一生。晉·王羲之《〈蘭亭集〉序》：「夫人之相與，俯仰一～。」

❺ 世間，人世。《莊子·逍遙遊》：「舉～而非之而不加沮。」❻ 繼承。《漢書·賈誼傳》：「賈嘉最好學，～其家。」

🔍 世、代。見 48 頁「代」。

**仕**
⊜shì ⊜si6 事
❶ 做官，任職。晉·李密《陳情表》：「且臣少～偽朝，歷職郎署。」❷ 通「士」，指以德藝等尋求為官的人。《孟子·公孫丑下》：「有～於此，而子悅之。」

**市**
⊜shì ⊜si5 試
❶ 市集，進行買賣、交易的場所。《戰國策·鄒忌諷齊王納諫》：「能謗議於～朝，聞寡人之耳者，受下賞。」❷ 交易，進行買賣。《周易·繫辭下》：「日中為～，致天下之民，聚天下之貨。」❸ 賣。明·劉基《賣柑者言》：「若所～於人者，將以實籩豆，奉祭祀，供賓客乎？」❹ 買。北朝民歌《木蘭詩》：「願為～鞍馬，從此替爺征。」

**式**
⊜shì ⊜sik1 色
❶ 法度，標準，模範。《詩經·大雅·下武》：「成王之孚（fú，信譽），下土之～。」❷ 通「軾」，車前橫木。《周禮·冬官考工記·輿人》：「以揉其～。」

**事**
⊜shì ⊜si6 士
❶ 事件，事情，事務。《禮記·大同與小康》：「昔者，仲尼與於蜡賓，～畢，出遊於觀之上，喟然而歎。」❷ 事故，變故。《史記·秦始皇本紀》：「天下多～，吏弗能紀。」❸ 從事，做。唐·

李白《鄴中贈王大》:「龍蟠～躬耕。」❹職務,官位。《韓非子・五蠹》:「然則無功而受～,無爵而顯榮,為政如此,則國必亂,主必危矣。」❺職業,工作。《莊子・逍遙遊》:「宋人有善為不龜手之藥者,世世以洴澼絖為～。」❻典故。《南史・任昉傳》:「用～過多,屬辭不得流便。」❼侍奉,為君主或父母服務。《孟子・論四端》:「苟不充之,不足以～父母。」❽實踐。《論語・顏淵》:「(顏)回雖不敏,請～斯語矣。」❾僅,止。《論語・雍也》:「何～於仁,必也聖乎!」❿量詞,件,樣。唐・白居易《張常侍池涼夜閒讌贈諸公》:「對月五六人,管絃兩三～。」

侍 ⓖshì ⓥsi6士
❶陪在尊長身邊。《史記・項羽本紀》:「沛公北嚮坐,張良西嚮～。」❷奉養,伺候。晉・李密《陳情表》:「臣～湯藥,未曾廢離。」❸指隨侍的人。《三國演義・楊修之死》:「一近～慌取覆蓋,操躍起拔劍斬之。」

拭 ⓖshì ⓥsik1式
擦。明・袁宏道《滿井遊記》:「山巒為晴雪所洗,娟然如～。」

★是 ⓖshì ⓥsi6事
❶正,不斜。宋・曾鞏《寄歐陽舍人書》:「不惑不徇,則公且～矣。」❷正確,對。《孟子・論四端》:「～非之心,智之端也。」❸認為……正確。《墨子・尚同上》:「國君之所～,必皆～之。」❹表示判斷、肯定。唐・劉

禹錫《陋室銘》:「斯～陋室,惟吾德馨。」❺這,此。《孟子・論四端》:「人之有～四端也,猶其有四體也。」

> 「是」可與一些詞組合構成連詞,表示因果關係,常見的有「是故」、「是以」,都解作「因此」、「所以」。

恃 ⓖshì ⓥci5似
❶靠,憑藉。清・彭端淑《為學》:「吾數年來欲買舟而下,猶未能也,子何～而往?」❷依賴,依仗。漢・賈誼《論積貯疏》:「故其畜積足～。」❸代指母親。唐・韋應物《送楊氏女》:「爾輩況無～,撫念益慈柔。」

室 ⓖshì ⓥsat1失
❶房間內室。泛指房間、房屋。唐・劉禹錫《陋室銘》:「斯是陋～,惟吾德馨。」❷家。《國語・越語上》:「當～者死,三年釋其政。」❸家人。《列子・愚公移山》:「聚～而謀。」❹妻子。《禮記・曲禮上》:「三十曰壯,有～。」❺指以女嫁人。《左傳・宣公十四年》:「衞人以為成勞,復～其子。」❻王朝。三國蜀・諸葛亮《出師表》:「興復漢～,還於舊都。」❼家財,資產。《左傳・昭公十二年》:「吾出季氏,而歸其～於公。」❽墳墓。《詩經・唐風・葛生》:「百歲之後,歸于其～。」

逝 ⓖshì ⓥsai6誓
❶離去,過去。唐・王勃《滕王閣序》:「東隅已～,桑榆

非晚。」❷ 死亡。三國魏·曹丕《與吳質書》:「既痛～者,行自念也。」

**埶** ⓟshì
見 366 頁 yì。

**視** ⓟshì ⓒsi6 事
❶ 看,見。《論語·顏淵》:「非禮勿～,非禮勿聽,非禮勿言,非禮勿動。」❷ 觀察,察看。《左傳·曹劌論戰》:「吾～其轍亂,望其旗靡,故逐之。」❸ 看待,對待。《孟子·離婁下》:「君之～臣如手足,則臣～君如腹心。」❹ 眼力。唐·韓愈《祭十二郎文》:「吾年未四十而～茫茫,而髮蒼蒼。」

> Q 視、見、看。「視」為一般看的行為動作,多為近看;「見」為看見,指看的結果;「看」的本義為探望,後逐漸代替「視」,有了今天「看」的意義。

**勢** ⓟshì ⓒsai3 世
❶ 權力。《戰國策·秦策一》:「人生世上,～位富貴,蓋可忽乎哉!」❷ 力量,威力。漢·賈誼《過秦論》:「然秦以區區之地,致萬乘之～。」❸ 形態,姿態。唐·柳宗元《始得西山宴遊記》:「其高下之～,岈然窪然。」❹ 氣勢。唐·李白《夢遊天姥吟留別》:「天姥連天向天橫,～拔五嶽掩赤城。」❺ 形勢,趨勢。《戰國策·齊策三》:「是以天下之～,不得不事齊也。」❻ 勢必。《史記·廉頗藺相如列傳》:「今兩虎共鬥,其～不俱生。」

**軾** ⓟshì ⓒsik1 式
❶ 車前橫木。《左傳·曹劌論戰》:「下視其轍,登～而望之。」❷ 行車時,雙手扶車前橫木以表敬意。《漢書·石奮傳》:「見路馬(為君主駕車的馬)必～焉。」

**嗜** ⓟshì ⓒsi3 試
❶ 愛好。明·宋濂《送東陽馬生序》:「余幼時即～學。」❷ 貪。唐·柳宗元《梓人傳》:「謂其無能而貪祿～貨者。」

**弒** ⓟshì ⓒsi3 肆
地位低的人殺死地位高的人或晚輩殺死尊長。《史記·太史公自序》:「臣～君,子～父,非一旦一夕之故也。」

> Q 弒、殺、誅。見 256 頁「殺」。

**飾** 〔一〕ⓟshì ⓒsik1 式
❶ 刷,擦拭。《周禮·地官司徒·封人》:「凡祭祀,～其牛牲。」❷ 裝飾,打扮。《呂氏春秋·審為》:「冠所以～首也,衣所以～身也。」❸ 掩飾。《韓非子·有度》:「不敢蔽善～非。」
〔二〕ⓟchì ⓒcik1 斥
通「飭」,整頓,整治。唐·柳宗元《梓人傳》:「其後京兆尹將～官署,余往過焉。」

**試** ⓟshì ⓒsi3 肆
❶ 用,任用。三國蜀·諸葛亮《出師表》:「～用於昔日,先帝稱之曰『能』,是以眾議舉寵為督。」❷ 嘗試。《韓非子·鄭人買履》:「何不～之以足?」❸ 試探,試驗。《三國演義·楊修之死》:「操欲～曹丕、曹植之才幹。」❹ 考

S

試。《後漢書·周防傳》:「世祖巡狩汝南，召掾史～經。」❺ 姑且。漢·賈誼《過秦論》:「～使山東之國與陳涉度長絜（xié，衡量）大，比權量力。」

## 誓 ⓤshì ⓖsai6 逝

❶ 古時軍中告誡、約束將士的號令。《周禮·秋官司寇·士師》:「一曰～，用之于軍旅。」❷ 立誓。《國語·越語上》:「乃致其父兄昆弟而～之。」❸ 誓詞，盟約。《詩經·衛風·氓》:「言笑晏晏，信～旦旦。」

🔍 誓、盟。見 196 頁「盟」。

## 適 ㊀ⓤshì ⓖsik1 式

❶ 往，去。《莊子·逍遙遊》:「～千里者，三月聚糧。」❷ 女子出嫁。晉·潘岳《寡婦賦》:「少喪父母，～人而所天（所依靠的人，指丈夫）又殞。」❸ 相宜，相合。晉·陶潛《歸園田居》:「少無～俗韻，性本愛丘山。」❹ 適應。清·劉蓉《習慣說》:「足履平地，不與窪～也。」❺ 正好，恰巧。明·袁宏道《滿井遊記》:「而此地～與余近，余之遊將自此始。」

㊁ⓤdí ⓖdik1 的

通「嫡」，家庭正支，血統最近的。《公羊傳·隱公元年》:「立～以長，不以賢。」

㊂ⓤdí ⓖdik6 迪

通「敵」，相當，匹敵。《史記·晉世家》:「重耳去之楚，楚成王以～諸侯之禮待之。」

🔍 適、往、之、如。見 313 頁「往」。

## 噬 ⓤshì ⓖsai6 誓

❶ 咬。清·薛福成《貓捕雀》:「貓蔽身林間，突出～雀母。」❷ 侵吞，侵佔。《舊唐書·昭宗本紀》:「幽州節度使劉仁恭恃安塞之捷，欲吞～河朔。」

## 釋 ㊀ⓤshì ⓖsik1 式

❶ 放開，放下。宋·歐陽修《賣油翁》:「嘗射於家圃，有賣油翁～擔而立，睨之。」❷ 釋放，捨去。唐·柳宗元《始得西山宴遊記》:「心凝形～，與萬化冥合。」❸ 化解，解除。《史記·魯仲連鄒陽列傳》:「所貴於天下之士者，為人排患～難解亂而無取也。」❹ 解釋，說明。《左傳·襄公三十一年》:「若之何其～辭也？」❺ 赦免。漢·王充《論衡·變虛》:「方伯聞其言，～其罪，委之去乎？」❻ 釋迦牟尼的簡稱，亦泛指佛教或佛教教徒。

㊁ⓤyì ⓖjik6 逆

通「懌」，喜悅。《莊子·齊物論》:「南面而不～然，其故何也？」

## shou

## 收 ⓤshōu ⓖsau1 修

❶ 逮捕。《後漢書·班超傳》:「如令鄯善～吾屬送匈奴，骸骨長為豺狼食矣。」❷ 收稅。《國語·越語上》:「十年不～於國，民俱有三年之食。」❸ 攻取，佔據。漢·賈誼《過秦論》:「北～要害之郡。」❹ 收集，聚集。唐·白居易《與元微之書》:「危惙之際，不暇及他，唯～數帙文章。」❺ 殮葬。唐·杜甫《兵車行》:「古來白骨無人～。」

❻ 沒收。《孟子・離婁下》:「去三年不反,然後～其田里。」❼ 收復。唐・杜甫《聞官軍收河南河北》:「劍外忽傳收薊北,初聞涕淚滿衣裳。」❽ 收穫。唐・李紳《憫農》:「春種一粒粟,秋～萬顆子。」❾ 收容,接納。《史記・酷吏列傳》:「及列九卿,～接天下名士大夫。」❿ 收取。《戰國策・齊策四》:「乃有意欲為～責(zhài,債款)於薛乎?」⓫ 結束,停止。三國魏・曹植《贈白馬王彪》:「～淚即長路,援筆從此辭。」

## 手 @shǒu @sau2 首

❶ 人體上肢腕以下部分。《古詩十九首・迢迢牽牛星》:「纖纖擢素～,札札弄機杼。」❷ 與手有關的動作。《三國演義・楊修之死》:「遂一提鋼斧,逕奔私行。」❸ 親手,親自。明・歸有光《項脊軒志》:「庭有枇杷樹,吾妻死之年所～植也。」❹ 技能。宋・歐陽修《賣油翁》:「無他,但～熟爾。」❺ 做某種事情或擅長某種技藝的人。《三國演義・楊修之死》:「喝刀斧～推出斬之,將首級號令於轅門外。」

## 守 ㊀ @shǒu @sau2 首

❶ 守衛,防守,把守。漢・賈誼《過秦論》:「君臣固以窺周室。」❷ 守護,看護。《國語・越語上》:「將免(通『娩』)者以告,公令醫～之。」❸ 監視,圍困。《墨子・號令》:「客卒～主人,及以為守衛,主人亦～客卒。」❹ 守候,等候。《韓非子・守株待兔》:「因釋其耒而～株,冀復得兔。」❺ 保持,維持。《論語・衛

靈公》:「知及之,仁不能～之;雖得之,必失之。」❻ 遵循,奉行。《孟子・滕文公下》:「～先王之道,以待後之學者。」❼ 操守,節操。《周易・繫辭下》:「失其～者其辭屈。」❽ 請求。《漢書・外戚傳上》:「數～大將軍光,為丁外人求侯。」

㊁ @shòu @sau3 瘦

官職,地方長官。也是太守、郡守、刺史等官職的簡稱。

## 首 @shǒu @sau2 守

❶ 頭。唐・韓愈《祭鱷魚文》:「刺史雖駑弱,亦安肯為鱷魚低～下心。」❷ 君長,首領。《左傳・昭公二十九年》:「見羣龍無～,吉。」❸ 開端。北魏・酈道元《水經注・江水》:「斯三峽之～也。」❹ 根據。《禮記・曾子問》:「今之祭者不～其義,故誣於祭也。」❺ 第一,首先。《史記・項羽本紀》:「夫秦失其政,陳涉～難。」❻ 量詞,用於詩詞篇章等。唐・韓愈《與于襄陽書》:「謹獻舊所為文一十八～。」❼ 向,朝着。《論語・鄉黨》:「疾,君視之,東～,加朝服,拖紳。」❽ 屈服,認罪。《南史・范曄傳》:「詔收(謝)綜等,並皆款服,唯(范)曄不～。」❾ 告發。《水滸傳》第九十九回:「知而～者,隨即給賞。」

## 守 @shòu

見 274 頁 shǒu。

## 受 @shòu @sau6 壽

❶ 接受。三國蜀・諸葛亮《出師表》:「後值傾覆,～任於敗軍之際,奉命於危難之間。」❷ 授

予，給予。《戰國策・鄒忌諷齊王納諫》：「羣臣吏民能面刺寡人之過者，～上賞。」這個意義後來寫作「授」。❸ 傳授。唐・韓愈《師說》：「師者，所以傳道、～業、解惑也。」這個意義後來寫作「授」。❹ 盛，容納。唐・杜甫《南鄰》：「秋水才深四五尺，野航恰～兩三人。」❺ 被，遭到。漢・司馬遷《報任安書》：「假令僕伏法～誅，若九牛亡一毛，與螻蟻何以異？」❻ 接着，繼承。《孟子・萬章下》：「殷～夏，周～殷，所不辭也。」❼ 保證，監督。《周禮・地官司徒・大司徒》：「五比為閭，使之相～。」❽ 適合。《呂氏春秋・圜道》：「此所以無不～也。」

**授** ⓟshòu ⓒsau6 受
❶ 給予，付與。《史記・廉頗藺相如列傳》：「王～璧，相如因持璧卻立，倚柱。」❷ 任命，任用。戰國楚・屈原《楚辭・離騷》：「舉賢而～能兮。」❸ 教，傳授。唐・韓愈《師說》：「～之書而習其句讀者，非吾所謂傳其道、解其惑者也。」❹ 通「受」，接受。《論語・憲問》：「見利思義，見危～命，久要不忘平生之言，亦可以為成人矣。」

**售** ⓟshòu ⓒsau6 受
❶ 賣得出去。唐・柳宗元《鈷鉧潭西小丘記》：「唐氏之棄地，貨而不～（指想賣卻賣不出去）。」❷ 泛指賣。明・劉基《賣柑者言》：「吾～之，人取之。」❸ 實現。唐・柳宗元《小石城山記》：「更千百年不得一～其伎，是固勞而無用

神者。」

🔍 售、賣、鬻。三字都有賣的意思，區別在於：「售」本指賣出，「賣」和「鬻」只表示賣的行為。

**壽** ⓟshòu ⓒsau6 受
❶ 長久，長命。《莊子・人間世》：「是不材之木也，無所可用，故能若是之～。」❷ 年歲，壽命。《左傳・僖公三十二年》：「中～，爾墓之木拱矣。」❸ 敬酒或贈禮。《史記・廉頗藺相如列傳》：「請以趙十五城為秦王～。」❹ 婉辭，指生前為死後準備的裝殮物、墓穴等。《後漢書・侯覽傳》：「又豫作～冢。」❺ 保存。《晏子春秋・內篇雜下》：「賴君之賜，得以～三族。」

**瘦** ⓟshòu ⓒsau3 獸
❶ 身體消瘦，與「肥」相對。唐・白居易《燕詩》：「辛勤三十日，母～雛漸肥。」❷ 細小，薄。宋・陸游《泛舟》：「葉凋山寺出，溪～石橋高。」❸ 土壤貧瘠。唐・孟郊《秋夕懷遠》：「淺井不供飲，～田長廢耕。」❹ 貧窮。元・無名氏《陳州糶米》：「只要肥了你的私囊，也不管貧民～。」

**綬** ⓟshòu ⓒsau6 受
繫玉飾、印章、帷幕的絲帶。《史記・范雎蔡澤列傳》：「懷黃金之印，結紫～於要（yāo，腰）。」

shu

**杼** ⓟshū
見 417 頁 zhù。
見 417 頁 zhù。

S

**叔** 〔一〕⸿ shū ⸿ suk1 宿
❶ 拾取。《詩經·豳風·七月》：「九月～苴（jū，麻子）。」❷ 古人以伯、仲、叔、季排行，「叔」排行第三。唐·柳宗元《哭連州凌員外司馬》：「仲～繼幽淪。」❸ 父親的弟弟。晉·李密《陳情表》：「既無～伯，終鮮兄弟。」❹ 丈夫的弟弟。《戰國策·秦策一》：「妻不以我為夫，嫂不以我為～。」

〔二〕⸿ shū ⸿ suk6 熟
❶ 同「淑」，善，好。唐·杜甫《漢川王大錄事宅作》：「憶爾才名～，含悽意有餘。」❷ 通「菽」，豆。《漢書·昭帝紀》：「三輔、太常郡得以～粟當賦。」

**殊** ⸿ shū ⸿ syu4 薯
❶ 殺死。古代指帝王下詔，令有罪之人首身分離而死。《漢書·淮南王安傳》：「太子自刑，不～。」❷ 斷絕，分離。漢·李陵《答蘇武書》：「相去萬里，人絕路～。」❸ 異，不同。《周易·繫辭下》：「天下同歸而～塗。」❹ 區別，區分。《史記·太史公自序》：「法家不別親疏，不～貴賤，一斷於法。」❺ 特別，出眾。漢樂府《陌上桑》：「坐中數千人，皆言夫婿～。」❻ 超過。《後漢書·梁統傳》：「母氏年～七十。」❼ 很，極。《史記·廉頗藺相如列傳》：「廉君宣惡言而君畏匿之，恐懼～甚。」❽ 還，仍然。晉·謝靈運《南樓中望所遲客》：「圓景早已滿，佳人～未適。」

**書** ⸿ shū ⸿ syu1 舒
❶ 寫，記載。《墨子·非攻上》：「情不知其不義也，故～其言以遺後世。」❷ 著作，書籍。唐·韓愈《師說》：「授之～而習其句讀者，非吾所謂傳其道、解其惑者也。」❸ 特指曆書、刑書、占卜書等。漢樂府《孔雀東南飛》：「視曆復開～。」❹《尚書》的簡稱。《史記·孔子世家》：「故孔子不仕，退而修詩～禮樂。」❺ 文字。《南史·陳伯之傳》：「伯之不識～。」❻ 字體，字形。《隋書·閻毗傳》：「能篆～，工草隸。」❼ 指「六書」，漢字的六種造字法，即象形、指事、會意、形聲、轉注、假借。《禮記·內則》：「十年，出就外傅，居宿於外，學～計（算學）。」❽ 文件，書信。《史記·廉頗藺相如列傳》：「秦昭王聞之，使人遺趙王～，願以十五城請易璧。」❾ 皇帝詔書或臣子的奏議。《戰國策·鄒忌諷齊王納諫》：「上～諫寡人者，受中賞。」❿ 文體名，內容、體裁不一，如《史記》中有《禮書》、《律書》等八書，鋪陳陳國家政體；秦·李斯有《諫逐客書》，為論説政事的奏議；南朝梁·吳均有《與朱元思書》，是寫給友人的書信。

🔍 1. 書、寫。「書」指創造性的書寫，且多用於書面語；「寫」指傳抄。2. 書、籍。「書」本義為書寫，引申為書籍，側重指書寫的內容和文字。「籍」本義為名冊、戶口冊，引申為書籍，側重指成冊的著作。

**倏** ⸿ shū ⸿ suk1 叔
迅速，極快。《戰國策·楚

策四》：「～忽之間，墜於公子之手。」

## 淑 ⓟshū ⓒsuk6熟

❶ 清澈，明朗。《淮南子‧本經訓》：「明～清而揚光。」❷ 善，善良。《詩經‧周南‧關雎》：「窈窕～女，君子好逑。」❸ 美好。晉‧陸雲《張二侯頌》：「玉潤～貌。」

## 舒 ⓟshū ⓒsyu1書

❶ 伸展，展開。明‧袁宏道《滿井遊記》：「柳條將～未～，柔梢披風。」❷ 展現。明‧宋濂《閱江樓記》：「臣知斯樓之建，皇上所以發～精神。」❸ 表達，宣泄。漢‧司馬遷《報任安書》：「退而論書策以～其憤。」❹ 開，散開。明‧徐霞客《徐霞客遊記‧閩遊日記》：「陰霾盡～，碧空如濯。」❺ 寬闊。清‧顧祖禹《讀史方輿紀要》：「山川險塞，田野平～。」❻ 遲緩，平和。宋‧歐陽修《送楊寘序》：「急者悽然以促，緩者～然以和。」❼ 順暢，暢達。清‧林嗣環《口技》：「賓客意少～，稍稍正坐。」

## 疏 ⓞ ⓟshū ⓒso1蔬

❶ 疏通，開通。《孟子‧滕文公上》：「禹～九河。」❷ 稀疏。唐‧柳宗元《種樹郭橐駝傳》：「搖其本以觀其～密，而木之性日以離矣。」❸ 疏遠，遠離。《史記‧屈原賈生列傳》：「王怒而～屈平。」❹ 粗略，粗糙。《史記‧游俠列傳》：「故季次、原憲終身空室蓬戶，褐衣～食不厭。」❺ 不熟練，不熟悉。晉‧陶潛《詠荊軻》：「惜哉劍術～，奇功遂不成。」

ⓣ ⓟshù ⓒso3蔬三聲

❶ 分條記錄或陳述。清‧蒲松齡《聊齋志異‧促織》：「以金籠進之，細～其能。」❷ 奏章。唐‧杜甫《秋興八首》之三：「匡衡抗～功名薄，劉向傳經心事違。」❸ 為古書舊注所作的闡釋或擴展論述。唐‧柳冕《與權侍郎書》：「盡六經之義，而不能誦～與注，一切棄之。」

## 樗 ⓟshū ⓒsyu1舒

植物名，即臭椿樹。落葉喬木，葉子有臭味，木材不堅固。《莊子‧逍遙遊》：「吾有大樹，人謂之～。」

## 蔬 ⓞ ⓟshū ⓒso1梳

❶ 菜的總稱。清‧朱柏廬《朱子家訓》：「飲食約而精，園～愈珍饈。」❷ 種菜。《朱子語類‧陸氏》：「盛言山上有田可耕，有圃可～。」

ⓣ ⓟshǔ ⓒseoi2水

米粒。《莊子‧天道》：「鼠壤有餘～。」

## 輸 ⓟshū ⓒsyu1書

❶ 運送。唐‧杜牧《阿房宮賦》：「一旦不能有，～來其間。」❷ 交出，獻上。《左傳‧襄公三十一年》：「不敢～幣，亦不敢暴露。」❸ 負，失敗。唐‧白居易《放言》：「～贏須待局終時。」

## 孰 ⓟshú ⓒsuk6淑

❶ 食物熟，莊稼瓜果成熟。《墨子‧辭過》：「風雨節而五穀～。」這個意義後來寫作「熟」。❷ 詳細，周密。《史記‧廉頗藺相如列傳》：「唯大王與羣臣～計議之！」這個意義後來寫作「熟」。

S

❸ 疑問代詞，相當於「誰」，代人。唐‧韓愈《師說》：「人非生而知之者，～能無惑？」❹ 疑問代詞，相當於「哪一個」，代事。《孟子‧梁惠王下》：「獨樂樂，與人樂樂，～樂？」❺ 疑問代詞，相當於「何」、「甚麼」，代事。《論語‧八佾》：「是可忍，～不可忍。」

🔍　孰、誰。二字均可作疑問代詞，區別在於：「孰」可指代人和物，「誰」只能指代人。

## 塾 ⓙshú ⓒsuk6 淑

❶ 位於門內外兩側的房屋。《儀禮‧士冠禮》：「具饌於西～。」❷ 古時私人辦學的地方。《禮記‧學記》：「古之教者，家有～，黨有庠。」

📖　私塾教育始於春秋，成熟於唐宋，興盛於明清。教學內容主要以識字和儒家思想為主，教材有《三字經》、《千字文》等啟蒙讀本，進階的有四書五經、《古文觀止》等。

## 熟 ⓙshú ⓒsuk6 屬

❶ 食物加熱到可吃的程度。《論語‧鄉黨》：「君賜腥，必～而薦之。」❷ 植物果實等成熟。《孟子‧滕文公上》：「五穀～而民人育。」❸ 有收成，豐收。《國語‧吳語》：「四方歸之，年穀時～。」❹ 經過加工的。北周‧庾信《仙山》：「石軟如香飯，鉛銷似～銀。」❺ 精美。《史記‧大宛列傳》：「漢使者往既多，其少從率多進～於天子。」❻ 因常見或

常用而清楚、了解。唐‧韓愈《爭臣論》：「聞天下之得失不為不～矣。」❼ 精通而有經驗。宋‧歐陽修《賣油翁》：「無他，但手～爾。」❽ 仔細，審慎。漢‧鄒陽《獄中上梁王書》：「願大理～察之。」❾ 程度深。《列子‧周穆王》：「夜則昏憊而～寐。」

## 暑 ⓙshǔ ⓒsyu2 鼠

❶ 炎熱。《墨子‧公孟》：「今我問日何故為室，曰冬避寒焉，夏避～焉。」❷ 炎熱的季節。《列子‧愚公移山》：「寒～易節，始一反焉。」

## 署 ⓙshǔ ⓒcyu5 柱

❶ 佈置，安排。《史記‧淮陰侯列傳》：「遂聽信計，部～諸將所擊。」❷ 辦理公務的地方。晉‧李密《陳情表》：「且臣少仕偽朝，歷職郎～。」❸ 任命，委任。《後漢書‧劉永傳》：「遂招諸豪傑沛人周建等，並～為將帥。」❹ 執掌，代理。《三國志‧蜀書‧諸葛亮傳》：「以亮為軍師將軍，～左將軍府事。」❺ 記錄，題記。《墨子‧號令》：「悉舉民室材木、瓦若藺石數，～長短小大。」❻ 簽寫，簽名。清‧方苞《左忠毅公軼事》：「公瞿然注視，呈卷，即面～第一。」

## 鼠 ⓙshǔ ⓒsyu2 暑

鼠類的總稱。又特指老鼠。《莊子‧逍遙遊》：「今夫斄牛，其大若垂天之雲；此能為大矣，而不能執～。」

## 數 ⓙshǔ

見 280 頁 shù。

**蔬** 🔊shǔ

見 277 頁 shū。

**屬**

〔一〕🔊shǔ 🔊suk6淑

❶ 歸屬，隸屬。《史記·項羽本紀》：「當陽君蒲將軍皆～項羽。」❷ 部屬，官屬。《左傳·襄公三十一年》：「無若諸侯之～，辱在寡君者何，是以令吏人完客所館。」❸ 親屬。《孟子·離婁下》：「夫章子豈不欲有夫妻子母之～哉！」❹ 類，等。漢·賈誼《過秦論》：「有寧越、徐尚、蘇秦、杜赫之～為之謀。」

〔二〕🔊zhǔ 🔊zuk1足

❶ 連接，接續。《史記·屈原賈生列傳》：「然亡國破家相隨～。」❷ 繫，佩戴。《左傳·僖公二十三年》：「其左執鞭弭（mǐ，弓），右～櫜鞬（gāojiān，放弓箭的器具）。」❸ 集合。《孟子·梁惠王下》：「乃～其耆老而告之。」❹ 撰寫。《史記·屈原賈生列傳》：「屈平～草稿未定。」❺ 勸酒，邀。宋·蘇軾《前赤壁賦》：「舉酒～客。」❻ 請託，囑咐。宋·范仲淹《岳陽樓記》：「～予作文以記之。」這個意義後來寫作「囑」。❼ 看，注視。北魏·楊衒之《洛陽伽藍記·景明寺》：「俯闌激電，傍～奔星。」這個意義後來寫作「矚」。❽ 專注。《國語·晉語五》：「則恐國人之～耳目於我也。」❾ 恰好。《左傳·成公二年》：「下臣不幸，～當戎行。」

**戌** 🔊shù 🔊syu3庶

❶ 防守邊疆。唐·杜甫《兵車行》：「去時里正與裹頭，歸來頭白還～邊。」❷ 守邊之事。《史記·張耳陳餘列傳》：「北有長城之役，南有五嶺之～。」❸ 守衛的士兵。唐·杜甫《垂老別》：「萬國盡征～，烽火被岡巒。」❹ 軍隊駐防營地。唐·元結《欸乃曲》：「唱橈欲過平陽～。」

**束** 🔊shù 🔊cuk1速

❶ 捆綁，約束。《史記·廉頗藺相如列傳》：「燕畏趙，其勢必不敢留君，而～君歸趙矣。」❷ 狹窄。宋·陸游《將離江陵》：「地險多崎嶇，峽～少平曠。」❸ 量詞，用於捆在一起的東西。《詩經·小雅·白駒》：「生芻（餵牲畜的草）一～。」

**述** 🔊shù 🔊seot6術

❶ 遵循。《漢書·藝文志》：「祖～堯舜，憲章文武。」❷ 記敍，講述。宋·范仲淹《岳陽樓記》：「此則岳陽樓之大觀也，前人之～備矣。」❸ 特指闡述前人的學說。唐·柳宗元《箕子碑》：「故孔子～六經之旨，尤殷勤焉。」

🔍 述、說、敍、陳。四字都有講話的意思，但有細微差別：「述」側重在把過去了的事情講出來；「說」側重在解釋、說明；「敍」側重在事情發生的次序；「陳」側重在把事實一一羅列。

**恕** 🔊shù 🔊syu3戍

❶ 仁愛，推己及人。《禮記·中庸》：「忠～違道不遠，施諸己而不願，亦勿施於人。」❷ 寬恕，原諒。《戰國策·趙策四》：「竊自～，而恐太后玉體之有所

郄（xì，不舒適）也，故願望見太后。」❸ 幾乎，差不多。三國魏・嵇康《養生論》：「若此以往，～可與羨門比壽。」

# 術 Ⓚshù Ⓟseot6 述

❶ 道路。晉・左思《詠史》之四：「冠蓋蔭四～，朱輪竟長衢。」❷ 方法，手段。唐・柳宗元《種樹郭橐駝傳》：「吾問養樹，得養人～。」❸ 特指君王用臣之道。《韓非子・定法》：「君無～則弊於上，臣無法則亂於下。」❹ 計謀。宋・蘇洵《心術》：「吾之所長，吾陰而養之，使之狎而墮其中。此用長短之～也。」❺ 技藝。晉・陶潛《詠荊軻》：「惜哉劍～疏，奇功遂不成。」❻ 思想，學說。唐・韓愈《送孟東野序》：「楊朱、墨翟……孫武、張儀、蘇秦之屬，皆以其～鳴。」❼ 方術。古代指醫術、占星術、占卜術、相術、星相術等。宋・歐陽修《瀧岡阡表》：「～者謂我歲行在戌將死。」❽ 學習，效法。《禮記・學記》：「蛾子時～之。」❾ 通「述」，記述，陳述。《漢書・賈山傳》：「今陛下念思祖考，～追厥功。」

# 庶 Ⓚshù ⓅSyu3 恕

❶ 眾多，雜，各種。晉・陸機《辨亡論》：「百官苟合，～務不遑。」❷ 百姓，平民。《禮記・大學》：「自天子以至於～人，壹是皆以修身為本。」❸ 宗族旁支，非正妻所生子。《史記・十二諸侯年表》：「襄仲殺嫡，立～子為宣公。」❹ 差不多，將近。多用於向好、積極的方面。《論語・先進》：

「回也，其～乎！」此處意指顏回近於聖道。❺ 幸而，希望。三國蜀・諸葛亮《出師表》：「～竭駑鈍，攘除姦凶。」❻ 或許，也許。《左傳・桓公六年》：「君姑脩政而親兄弟之國，～免於難。」

# 疏 Ⓚshù

見 277 頁 shū。

# 豎 Ⓚshù ⓅSyu6 樹

❶ 立，直立。《後漢書・靈帝紀》：「槐樹自拔倒～。」❷ 童僕，家中未成年的僕人。《列子・説符》：「楊子之鄰人亡羊，既率其黨，又請楊子之～追之。」❸ 宮中役使的小臣，又特指宦官。漢・司馬遷《報任安書》：「事關於宦～，莫不傷氣，況慷慨之士乎！」

# ★數

# 〔一〕Ⓚshù ⓅSou3 素

❶ 數目，數量。《宋史・選舉志》：「文理通為合格，不限其～。」❷ 幾，表示不確定的少數。《莊子・逍遙遊》：「我世世為洴澼絖，不過～金。」❸ 算術。《周禮・地官司徒・大司徒》：「三日六藝：禮、樂、射、御、書、～。」❹ 技藝，技術。《孟子・告子上》：「今夫弈之為～，小～也。」❺ 特指占卜之類的方術。戰國楚・屈原《楚辭・卜居》：「～有所不逮，神有所不通。」❻ 命運。明・袁宏道《徐文長傳》：「然～奇，屢試輒蹶。」❼ 策略，權術。《漢書・刑法志》：「功賞相長，五甲首而隸五家，是最為有～，故能四世有勝於天下。」❽ 規律，道理。《後漢書・李固傳》：「夫窮高則危，大滿則溢，月盈則缺，日中則移，凡

此四者，自然之～也。」❾ 法制。《管子·任法》：「聖君任法而不任智，任～而不任説。」

三 ⑧shǔ ⑨sou2 嫂

❶ 計算，查點。《莊子·秋水》：「噴則大者如珠，小者如霧，雜而下者，不可勝～也。」❷ 在……之列。《戰國策·趙策四》：「願令得補黑衣之～，以衛王宮。」❸ 比較起來最突出。唐·杜甫《韋諷錄事宅觀曹將軍畫馬圖》：「國初已來畫鞍馬，神妙獨～江都王。」❹ 數説，責備。宋·文天祥《〈指南錄〉後序》：「～呂師孟叔侄為逆。」❺ 稱道。《荀子·王霸》：「不足～於大君子之前。」❻ 分析，詳察。《荀子·非相》：「欲觀千歲，則～今世。」

三 ⑧shuò ⑨sok3 索

多次。《三國演義·楊修之死》：「原來楊修為人，恃才放曠，～犯曹操之忌。」

四 ⑧cù ⑨cuk1 促

細密，細小。《孟子·梁惠王上》：「～罟不入洿池。」

樹 ⑧shù ⑨syu6 豎

❶ 種植。《莊子·逍遙遊》：「魏王貽我大瓠之種，我～之成而實五石。」❷ 木本植物總稱。晉·陶潛《桃花源記》：「忽逢桃花林，夾岸數百步，中無雜～。」❸ 直豎。漢·揚雄《長楊賦》：「皆稽首～領。」❹ 立，建立。《尚書·周書·泰誓下》：「～德務滋，除惡務本。」❺ 量詞，株，棵。宋·辛棄疾《青玉案·元夕》：「東風夜放花千～。」

🔍 樹、木。「樹」僅指生長的樹木；「木」除了指樹木，還可指木材及木製品。

## shua

刷 ⑧shuā ⑨caat3 察

❶ 清除，除垢。《晏子春秋·內篇諫上》：「公～涕而顧晏子。」❷ 洗雪，洗刷冤屈、恥辱等。《史記·楚世家》：「王雖東取地於越，不足以～恥。」❸ 刷子，除垢、塗抹的工具。三國魏·嵇康《養生論》：「勁～理鬢。」❹ 梳理。唐·白居易《燕詩》：「喃喃教言語，一一～毛衣。」❺ 塗抹。《南史·到彥之傳》：「見兩三人持堊（è，白土）～其家門。」

## shuai

衰 一 ⑧shuāi ⑨seoi1 雖

❶ 事物發展由強轉弱。《左傳·曹劌論戰》：「一鼓作氣，再而～，三而竭。」❷ 減退，減少。戰國楚·屈原《楚辭·九章·涉江》：「余幼好此奇服兮，年既老而不～。」

二 ⑧cuī ⑨ceoi1 催

❶ 由大至小依等級遞減。《管子·小匡》：「相地而～其政，則民不移矣。」❷ 粗麻布製的毛邊喪服。《莊子·天道》：「哭泣～絰，隆殺之服，哀之末也。」這個意義後來寫作「縗」。

三 ⑧suō ⑨so1 梳

「蓑」的本字。草或棕毛製成的雨衣。

帥 一 ⑧shuài ⑨seoi3 歲

軍中主將，首領。《論語·子

罕》:「三軍可奪～也,匹夫不可奪志也。」

三 @shuài @seot1 率
率領,引導。《國語‧越語上》:「將～二三子夫婦以蕃。」

**率** 一 @shuài @seot1 帥
❶ 捕鳥用的長柄網。也指用網捕鳥獸。漢‧張衡《東京賦》:「悉～百禽。」❷ 聚斂,徵收。《舊唐書‧德宗紀上》:「今後除兩税外,輒～一錢,以枉法論。」❸ 帶領。晉‧陶潛《桃花源記》:「先世避秦時亂,～妻子邑人來此絕境,不復出焉。」❹ 遵循,順從。《禮記‧中庸》:「～性之謂道。」❺ 沿着,順着。《詩經‧小雅‧北山》:「～土之濱,莫非王臣。」❻ 表率,典範。《史記‧平津侯主父列傳》:「夫三公者,百寮之～,萬民之表也,」❼ 直率,豪爽。《梁書‧張弘策傳》:「弘策為人寬厚通～。」❽ 直陳。晉‧王謐《答桓太尉》:「輒復～其短見。」❾ 草率,輕率。《論語‧先進》:「子路～爾而對。」❿ 一概,都。唐‧韓愈《進學解》:「占小善者～以錄。」⓫ 大概,一般。南朝梁‧劉勰《文心雕龍‧明詩》:「何晏之徒,～多浮淺。」

三 @lǜ @leot6 律
❶ 計算。《資治通鑑》卷八十三:「且關中之人百餘萬口,～其少多,戎狄居半。」❷ 比例,比率。《漢書‧梅福傳》:「建始以來,日食地震,以～言之,三倍春秋。」❸ 標準,法度。《孟子‧盡心上》:「羿不為拙射變其彀(gòu,張弓)～。」

**霜** @shuāng @soeng1 商
❶ 天冷時水汽在地面結成的白色冰晶。《呂氏春秋‧季秋》:「是月也,～始降。」❷ 像霜的東西。宋‧蘇軾《送金山鄉僧歸蜀開堂》:「冰盤薦琥珀,何似糖～美?」❸ 白色。南朝梁‧范雲《送別》:「不悉書篋寄,但悉鬢將～。」❹ 年的代稱。唐‧賈島《渡桑干》:「客舍并州已十～。」

**雙** @shuāng @soeng1 霜
❶ 兩隻。唐‧白居易《燕詩》:「梁上有～燕,翩翩雄與雌。」❷ 表示成對事物的量詞。《史記‧項羽本紀》:「我持白璧一～,欲獻項王。」❸ 匹敵。宋‧歐陽修《賣油翁》:「陳康肅公堯咨善射,當世無～。」

**孀** @shuāng @soeng1 商
寡婦,死了丈夫的婦人。《列子‧愚公移山》:「鄰人京城氏之～妻有遺男。」

**爽** @shuǎng @song2 桑二聲
❶ 明,亮。明‧徐霞客《徐霞客遊記‧滇遊日記》:「其廬雖茅蓋,而簷高牖～。」❷ 爽朗。南朝宋‧劉義慶《世說新語‧文學》:「辭氣俱～。」❸ 差錯,過失。《詩經‧衛風‧氓》:「女也不～,士貳(不專一)其行。」❹ 損傷,敗壞。《老子》十二章:「五音令人耳聾,五味令人口～。」

**誰** @shuí @seoi4 垂
❶ 哪個人。《史記‧廉頗藺

相如列傳》：「～可使者？」❷ 難道。漢·賈誼《治安策》：「一動而五業附，陛下～憚而久不為此？」

> 🔍 誰、孰。見 277 頁「孰」。

★**水** 🔊shuǐ 📢seoi2須二聲
❶ 水，無色無臭的透明液體。《荀子·勸學》：「冰，～為之，而寒於～。」❷ 河流，泛稱江、河、湖、海。宋·陸游《游山西村》：「山重～複疑無路，柳暗花明又一村。」❸ 水災，洪水。漢·晁錯《論貴粟疏》：「故堯禹有九年之～，湯有七年之旱。」❹ 游泳。《荀子·勸學》：「假舟楫者，非能～也，而絕江河。」❺ 五行之一。《孔子家語·五帝》：「天有五行，～、火、金、木、土，分時化育，以成萬物。」

**稅** 〔一〕🔊shuì 📢seoi3碎
❶ 田賦和各種賦稅。《荀子·富國》：「輕田野之～。」❷ 徵收租稅。《管子·大匡》：「歲饑不～，歲饑弛而～。」❸ 贈送財物。《史記·酈生陸賈列傳》：「辟陽侯乃奉百金往～。」❹ 租賃，租借。清·蒲松齡《聊齋志異·俠女》：「對戶舊有空第，一老嫗及少女，～居其中。」❺ 釋放，放。《呂氏春秋·慎大》：「乃～馬於華山，～牛於桃林。」
〔二〕🔊tuō 📢tyut3脫
通「脫」，脫下。《孟子·告子下》：「不～冕而行。」

> 🔍 稅、賦。見 85 頁「賦」。

**睡** 🔊shuì 📢seoi6瑞
❶ 坐着打盹。《戰國策·秦策一》：「讀書欲～，引錐自刺其股，血流至足。」❷ 睡覺。《三國演義·楊修之死》：「復上牀～，半晌而起。」

> 🔍 睡、寢、眠、寐。「睡」指坐着打瞌睡；「寢」指躺在牀上休息，不一定睡着；「眠」指閉上眼休息；「寐」指睡着了。

**說** 🔊shuì
見 283 頁 shuō。

### shun

**順** 🔊shùn 📢seon6脣六聲
❶ 道理，合理。《論語·子路》：「名不正則言不～，言不～則事不成。」❷ 沿着，跟從，隨着。《荀子·勸學》：「～風而呼，聲非加疾也，而聞者彰。」❸ 依從，順應。《呂氏春秋·仲秋》：「凡舉事無逆天數，必～其時。」❹ 流利，通順。唐·韓愈《南陽樊紹述墓誌銘》：「文從字～各識職。」

### shuo

**說** 〔一〕🔊shuō 📢syut3雪
❶ 講述，敍說。晉·陶潛《桃花源記》：「及郡下，詣太守，～如此。」❷ 解說，解釋。漢·王充《論衡·正說》：「儒者～五經，多失其實。」❸ 批評，責備，勸告。《紅樓夢》第九十四回：「你便狠狠的～他一頓。」❹ 觀點，學說。《荀子·儒效》：「百家之～，不及後王，則不聽也。」❺ 文體的一種，也稱雜說，如宋·周敦頤有《愛蓮說》，唐·韓愈有《師說》。

S

三 ⓟshuì ⓒseoi3 歲
❶ 勸別人聽從自己的意見。《莊子‧逍遙遊》：「客得之（指藥方），以～吳王。」❷ 停置，止息。《左傳‧宣公十二年》：「右廣雞鳴而駕，日中而～。」

三 ⓟyuè ⓒjyut6 月
高興，喜悦。《論語‧學而》：「學而時習之，不亦～乎？」這個意義後來寫作「悦」。

🔍 説、述、敍、陳。見 279 頁「述」。

**朔** ⓟshuò ⓒsok3 索
❶ 月相名，農曆每月初一。《岳飛之少年時代》：「每值～望，必具酒肉，詣同墓，奠而泣。」❷ 初始。《禮記‧禮運》：「治其麻絲，以為布帛，以養生送死，以事鬼神上帝，皆從其～。」❸ 月出。《後漢書‧馬融傳》：「月～西陂。」❹ 北方。北朝民歌《木蘭詩》：「～氣傳金柝，寒光照鐵衣。」❺ [撲朔] 見 224 頁「撲」。

**碩** ⓟshuò ⓒsek6 石
大，高大。《詩經‧魏風‧碩鼠》：「～鼠～鼠，無食我黍。」

**數** ⓟshuò
見 280 頁 shù。

### si

**司** 一 ⓟsī ⓒsi1 斯
❶ 掌管，職掌。《呂氏春秋‧孟春》：「乃命太史，守典奉法，～天日月星辰之行。」❷ 職責。南朝齊‧王融《〈三月三日曲水詩〉序》：「協律總章之～，厚倫正俗。」❸ 政府機構，官署。宋‧鄭樵《〈通志〉總序》：「校讎之～，未聞其法。」❹ 官吏。晉‧李密《陳情表》：「州～臨門，急於星火。」

二 ⓟsì ⓒzi6 自
通「伺」。❶ 探視，視察。《漢書‧灌夫傳》：「太后亦已使人候～，具以語太后。」❷ 守候。《戰國策‧趙策三》：「夫良商不與人爭買賣之賈，而謹～時。」

**私** ⓟsī ⓒsi1 思
❶ 私人的，與「公」相對。《史記‧廉頗藺相如列傳》：「吾所以為此者，以先國家之急而後～讎也。」❷ 偏愛，庇護。《戰國策‧鄒忌諷齊王納諫》：「吾妻之美我者，～我也。」❸ 暗中，偷偷地。《史記‧項羽本紀》：「項伯乃夜馳之沛公軍，～見張良。」❹ 男女私通。《戰國策‧燕策一》：「臣鄰家有遠為吏者，其妻～人。」

**★思** ⓟsī ⓒsi1 司
❶ 思考。《論語‧為政》：「學而不～則罔，～而不學則殆。」❷ 想念。唐‧王維《九月九日憶山東兄弟》：「獨在異鄉為異客，每逢佳節倍～親。」❸ 思緒，心情。唐‧柳宗元《登柳州城樓》：「海天愁～正茫茫。」❹ 哀愁，悲傷。《禮記‧樂記》：「亡國之音哀以～。」❺ 語助詞，用於句首、句中或句末。《詩經‧周南‧漢廣》：「漢之廣矣，不可泳～。」

**斯** ⓟsī ⓒsi1 思
❶ 劈開。《詩經‧陳風‧墓門》：「墓門有棘，斧以～之。」❷ 離，距離。《列子‧黃帝》：「不

知～齊國幾千里也。」❸ 指示代詞，此。唐‧劉禹錫《陋室銘》：「～是陋室，惟吾德馨。」❹ 則，乃，就。《孟子‧論四端》：「先王有不忍人之心，～有不忍人之政矣。」❺ 助詞，猶「是」、「之」，或無義。《詩經‧小雅‧甫田》：「乃求千～倉，乃求萬～箱。」❻ 句末語氣詞，表示疑問，相當於「呢」。《詩經‧小雅‧何人斯》：「彼何人～，其心孔艱。」❼ 句末語氣詞，表示感歎，相當於「啊」。《詩經‧豳風‧鴟鴞》：「恩～勤～，鬻子之閔～。」

**絲** 🔊sī 🔊si1 思
❶ 蠶絲。後泛指像蠶絲一樣的細縷。唐‧韓愈《原道》：「民者，出粟米麻～，作器皿，通貨財，以事其上者也。」❷ 絲織品。漢‧劉向《說苑‧建本》：「譬猶食穀衣～，而非耕織者也。」❸ 古代八音之一，指琴瑟等絃樂器。唐‧韓愈《送孟東野序》：「金、石、～、竹、匏、土、革、木八者，物之善鳴者也。」❹ 計算長度、重量或大小的微小單位。明‧程汝思《演算法統宗‧零數》：「度法，丈以下曰尺、寸、分、釐、毫、～、忽、微。」

**★死** 🔊sǐ 🔊sei2 四二聲
❶ 生命終止，與「生」相對。《論語‧為政》：「生事之以禮；～葬之以禮，祭之以禮。」❷ 熄滅，停止。《莊子‧齊物論》：「形固可使如槁木，而心固可使如～灰乎？」❸ 為……獻出生命。《岳飛之少年時代》：「使汝異日得為時

用，其殉國～義乎？」❹ 失去知覺，不靈活。唐‧杜甫《乾元中寓居同谷縣作歌》：「手腳凍皴皮肉～。」

> 🔍 死、卒、崩。古代封建制度下，等級分明，身分、地位不同，死的稱謂也不同：帝王死稱「崩」，諸侯死稱「薨」(hōng)，大夫死稱「卒」，庶人死稱「死」。後來「死」、「卒」都泛指死。

**★四** 🔊sì 🔊sei3 死三聲
❶ 數詞。《孟子‧論四端》：「人之有是～端也，猶其有～體也。」❷ 表示序數，第四。《左傳‧襄公二十六年》：「臣之位在～。」

> 📖 「四書」是《論語》、《大學》、《中庸》、《孟子》的合稱，是儒家的經典。因南宋時朱熹撰《四書章句集注》，為四者作了注釋，遂有了「四書」之名。

**司** 🔊sì
見 284 頁 sī。

**寺** 🔊sì 🔊zi6 自
❶ 官署，衙署，如大理寺（掌管刑獄的官署）、太常寺（掌管宗廟祭祀的機關）等。❷ 寺廟。唐‧張繼《楓橋夜泊》：「姑蘇城外寒山～，夜半鐘聲到客船。」

> 🔍 寺、廟、觀、祠。四字都指廟宇，區別在於：「寺」原是官署，後指佛教的寺廟，奉祀的是佛；「廟」在先秦時指祖廟，奉祀的是祖先，後泛指奉祀神的一般廟宇；「觀」原指一種高

**S**

大的樓臺建築，後指道教的廟宇，奉祀的是仙；「祠」表示神廟、祠堂，奉祀的是神或歷史上的著名人物。

## 似 <sup>●</sup>sì <sup>●</sup>ci5侍

❶ 類似，像。唐・韓愈《師說》：「彼與彼年相若也，道相～也。」❷ 似乎。南朝宋・劉義慶《世說新語・品藻》：「吾～有一日之長。」❸ 與，給予。唐・賈島《劍客》：「今日把～君，誰有不平事。」

## 伺 <sup>●</sup>sì <sup>●</sup>zi6寺

❶ 窺視。宋・蘇轍《六國論》：「至使秦人得～其隙以取其國，可不悲哉！」❷ 等候。唐・韓愈《與陳給事書》：「其後閣下位益尊，～候於門牆者日益進。」

## 祀 <sup>●</sup>sì <sup>●</sup>zi6寺

❶ 祭祀。《禮記・中庸》：「宗廟之禮，所以～乎其先也。」❷ 祭祀之場所。《禮記・檀弓下》：「過墓則式，過～則下。」❸ 年。《尚書・周書・洪範》：「惟十有三～，王訪於箕子。」❹ 世，代。唐・柳宗元《與友人論文書》：「固有文不傳於後～，聲遂絕於天下者矣。」

## 泗 <sup>●</sup>sì <sup>●</sup>si3試

❶ 水名，在今山東省西南部。《孟子・滕文公上》：「決汝、漢，排淮、～，而注之江。」❷ 鼻涕。唐・杜甫《登岳陽樓》：「戎馬關山北，憑軒涕～流。」

🔍 泗、涕、淚。見298頁「涕」。

## 俟 <sup>●</sup>sì <sup>●</sup>zi6寺

等待，等候。唐・柳宗元《捕蛇者說》：「故為之說，以～夫觀人風者得焉。」

## 食 <sup>●</sup>sì

見268頁 shí。

## 肆 <sup>●</sup>sì <sup>●</sup>si3試

❶ 恣意，放肆。《論語・陽貨》：「古之狂也～，今之狂也蕩。」❷ 陳設，鋪設。《詩經・大雅・行葦》：「或～之筵。」❸ 作坊，商店。《論語・子張》：「百工居～以成其事。」❹ 極。盡。《詩經・大雅・崧高》：「其詩孔碩，其風～好。」❺ 遂，於是。宋・王安石《蔣山鐘銘》：「～作大鐘，以警沉昏。」

## 駟 <sup>●</sup>sì <sup>●</sup>si3試

❶ 駕四馬的車或一車所駕的四馬。《史記・孔子世家》：「文馬三十～，遺魯君。」❷ 駕乘。戰國楚・宋玉《高唐賦》：「王乃乘玉輿，～倉螭。」

🔲 成語「駟馬難追」是指四匹馬拉的車也難以追上，比喻說出口的話就不能收回，必須遵守承諾。

### song

## 松 <sup>●</sup>sōng <sup>●</sup>cung4從

樹名，常綠喬木。《論語・子罕》：「歲寒，然後知～柏之後彫也。」

## 鬆 <sup>●</sup>sōng <sup>●</sup>sung1送一聲

疏鬆，鬆散。宋・陸游《春晚出遊》之一：「土～香草出瑤簪。」

## 聳 <sup>●</sup>sǒng <sup>●</sup>sung2慫

❶ 耳聾。漢・馬融《廣成頌》：「子野聽～，離朱目眩。」❷ 高起，聳立。唐・王勃《滕王閣序》：「層

巒～翠，上出重霄。」❸ 通「悚」，驚懼。《左傳·成公十四年》：「大夫聞之，無不～懼。」

## 宋 @sòng @sung3 送
❶ 周代諸侯國名，在今河南商丘一帶。❷ 朝代名。一是南北朝時劉裕所建立的朝代（公元 420 － 479 年），史稱「劉宋」。二是五代末趙匡胤所建的朝代（公元 960 － 1279 年），史稱「北宋」，遷都後史稱「南宋」。

## 送 @sòng @sung3 宋
❶ 送行，告別將要離開的人。唐·白居易《賦得古原草送別》：「又～王孫去，萋萋滿別情。」❷ 運送，傳送。《墨子·雜守》：「外宅粟米畜產財物諸可以佐城者，～入城中。」❸ 傳遞，帶來。宋·王安石《元日》：「爆竹聲中一歲除，春風～暖入屠蘇。」❹ 饋贈，贈送。《史記·孔子世家》：「吾聞富貴者～人以財，仁人者～人以言。」

## 誦 @sòng @zung6 訟
❶ 朗讀，背誦。宋·蘇軾《前赤壁賦》：「～明月之詩，歌窈窕之章。」❷ 陳述。唐·韓愈《答陳生書》：「聊為足下～其所聞。」❸ 詩篇。《詩經·大雅·烝民》：「吉甫作～，穆如清風。」❹ 諷諫，怨謗。《左傳·襄公四年》：「臧紇救鄭侵邾，敗於狐駘……國人～之。」❺ 通「訟」，公開。《漢書·高后紀》：「勃尚恐不勝，未敢～言誅之。」❻ 通「頌」，讚美，稱許。《左傳·襄公三十一年》：「文王之功，天下～而歌舞之。」

## 叟 @sōu
見 287 頁 sǒu。

## 搜 ㈠@sōu @sau2 首
❶ 查尋，索求。唐·韓愈《進學解》：「尋墜緒之茫茫，獨旁～而遠紹。」❷ 象聲詞，形容箭矢疾飛的聲音。《詩經·魯頌·泮水》：「角弓其觩（qiú，形容弓弦撑得很緊），束矢其～。」
㈡@shǎo @saau2 稍
攪亂。唐·韓愈《岳陽樓別竇司直》：「炎風日～攪，幽怪多冗長。」

## 叟 ㈠@sǒu @sau2 手
對老年男子的稱呼。元·白樸《沉醉東風·漁父詞》：「傲煞人間萬戶侯，不識字煙波釣～。」
㈡@sōu @sau1 收
象聲詞。[叟叟] 淘米聲。《詩經·大雅·生民》：「釋之～～。」

## 酥 @sū @sou1 穌
❶ 用牛羊奶製成的食品。《三國演義·楊修之死》：「塞北送～一盒至。」❷ 鬆脆的食品。宋·蘇軾《戲劉監倉求米粉餅》：「更覓君家為甚～。」❸ 肢體痠軟無力。《紅樓夢》第三十三回：「嚇得骨軟筋～。」

## 蘇 @sū @sou1 穌
❶ 草名，即紫蘇。漢·枚乘《七發》：「秋黃之～，白露之茹。」❷ 柴草。《宋書·羊玄保傳》：「貧弱者薪～無託。」❸ 割草。也指割草之人。南朝宋·鮑照《登大雷

岸與妹書》:「樵～一歎,舟子再泣。」❹ 鬚狀下垂物。南朝梁·簡文帝《七勵》:「金～翠幄,玉案象琳。」❺ 復活,甦醒。《左傳·宣公八年》:「晉人獲秦諜,殺諸絳市,六日而～。」❻ 解救,緩解。唐·杜甫《江漢》:「秋風病欲～。」

## 俗 ⓖsú ⓒzuk6濁

❶ 風俗,習俗。秦·李斯《諫逐客書》:「移風易～,民以殷盛,國以富強。」❷ 世人,世俗。《商君書·更法》:「論至德者不和於～。」❸ 庸俗,與「雅」相對。漢·司馬遷《報任安書》:「然此可為智者道,難為～人言也。」

## 夙 ⓖsù ⓒsuk1宿

❶ 早晨。三國蜀·諸葛亮《出師表》:「受命以來,～夜憂歎。」❷ 舊,平素。唐·白居易《祭崔常侍文》:「～志莫伸,幽憤何極!」

## 素 ⓖsù ⓒsou3訴

❶ 未染色的絹。漢樂府《孔雀東南飛》:「十三能織～,十四學裁衣。」❷ 未染色的,白色的。《呂氏春秋·情欲》:「墨子見染～絲而歎。」❸ 樸素,質樸。唐·劉禹錫《陋室銘》:「可以調～琴,閱金經。」❹ 本質,本性。《鶡冠子·學問》:「道德者,操行所以為～也。」❺ 同「愫」,本心,真情。漢·鄒陽《獄中上梁王書》:「披心腹,見情～,墮肝膽。」❻ 清寒,貧寒。《晉書·武帝紀》:「舉清能,拔寒～。」❼ 向來,一向。《史記·廉頗藺相如列傳》:「且相如～賤人,吾羞,不忍為之下。」

❽ 白白地,空。《詩經·魏風·伐檀》:「彼君子兮,不～餐兮。」

## 速 ⓖsù ⓒcuk1促

❶ 快速,迅速。《論語·子路》:「欲～,則不達;見小利,則大事不成。」❷ 招致。宋·蘇洵《六國論》:「至丹以荊卿為計,始～禍焉。」❸ 召,請。《荀子·樂論》:「主人親～賓及介。」

## 宿 ［一］ⓖsù ⓒsuk1粟

❶ 住宿。北朝民歌《木蘭詩》:「且辭爺娘去,暮～黃河邊。」❷ 住宿的地方。《周禮·地官司徒·遺人》:「三十里有～,有路室。」❸ 夜。《戰國策·趙策三》:「不出～夕,人必危之矣。」❹ 指前一夜。《莊子·逍遙遊》:「適百里者,～舂糧。」❺ 隔夜,隔時。《論語·顏淵》:「子路無～諾(宿留之諾,意指未及時兌現的諾言)。」❻ 老成的,久於其事的。《戰國策·魏策二》:「田盼,～將也。」❼ 通「夙」,素常,一向。《三國志·蜀書·諸葛亮傳》:「(孫)權既～服仰(劉)備,又睹(諸葛)亮奇雅。」

［二］ⓖxiù ⓒsau3秀

星座。《列子·天端》:「日明星～,亦積氣中之有光耀者也。」

---

🔲 古代天文學家把分佈在黃道和赤道附近的恒星劃分為二十八個區域,每個區域叫一宿。二十八宿分為四組,與四方和四象相配,分別是東方蒼龍:角、亢、氐、房、心、尾、箕;北方玄武:斗、牛、

女、虛、危、室、壁；西方白虎：奎、婁、胃、昴、畢、觜、參；南方朱雀：井、鬼、柳、星、張、翼、軫。

## 粟 ⓰sù ⓰suk1 肅

❶ 古時指禾、黍等作物的子粒。唐・李紳《憫農》：「春種一粒～，秋收萬顆子。」❷ 糧食。《管子・治國》：「田墾，則～多；～多，則國富。」❸ 俸祿。《史記・孔子世家》：「奉～六萬。」❹ 像粟粒般的細小顆粒狀物。宋・楊萬里《昌英叔門外小樹木樨早開》：「旋開三兩～，已作十分香。」❺ 皮膚受冷而起的小疙瘩。宋・蘇軾《和陶貧士》：「無衣～我膚，無酒霫我顏。」❻ 古時長度、容量單位。《淮南子・天文訓》：「十二～而當一寸。」

## 訴 ⓰sù ⓰sou3 素

❶ 訴說，告訴。唐・白居易《慈烏夜啼》：「聲中如告～，未盡反哺心。」❷ 控告，告狀。《三國志・魏書・郭嘉傳》：「初，陳羣非（郭）嘉不治行檢，數廷～（郭）嘉。」❸ 毀謗，誹謗。《左傳・成公十六年》：「取貨于宣伯而～公于晉侯，晉侯不見公。」❹ 辭酒不飲。宋・歐陽修《依韻答杜相公》：「平生未省降詩敵，到處何嘗～酒巡。」

🔍 訴、告。見 89 頁「告」。

## 愬 ⓰sù ⓰saak3 絲策三聲

❶ 告訴，訴說。《詩經・邶風・柏舟》：「薄言往～，逢彼之怒。」❷ 詆毀。《論語・憲問》：「公伯寮～子路於季孫。」❸ 向着。

晉・潘岳《西征賦》：「～黃巷以濟潼。」

## 肅 ⓰sù ⓰suk1 叔

❶ 收縮，萎縮。南朝宋・鮑照《山行見孤桐》：「未霜葉已～，不風條自吟。」❷ 恭敬。明・唐順之《信陵君救趙論》：「古者人君持權於上，而內外莫敢不～。」❸ 拜揖，深作揖。《左傳・成公十六年》：「三～使者而退。」❹ 嚴肅，嚴峻。《三國志・蜀書・諸葛亮傳》：「賞罰～而號令明。」❺ 整頓，整飭。宋・范仲淹《推委臣下論》：「～朝廷之儀，觸縉紳之邪，此御史府之職也。」

suí

## ★雖 ⓰suī ⓰seoi1 須

❶ 蟲名，一種身上有花紋的大蜥蜴。❷ 連詞，表示讓步，相當於「雖然」。《荀子・勸學》：「～有槁暴、不復挺者，輮使之然也。」❸ 連詞，表示轉折，相當於「儘管」。唐・杜甫《兵車行》：「長者～有問，役夫敢伸恨？」❹ 連詞，表示假設，相當於「即使」、「縱然」。《戰國策・鄒忌諷齊王納諫》：「期年之後，～欲言，無可進者。」

💡 「雖然」一詞，今用於讓步複句中，搭配「但」、「卻」等表轉折的連詞使用。在文言文中，「雖然」可獨立使用，意思是「儘管如此」、「即使這樣」。

## 隨 ⓰suí ⓰ceoi4 槌

❶ 跟隨，跟從。晉・陶潛

《桃花源記》：「太守即遣人～其往，尋向所誌，遂迷不復得路。」❷ 沿着，順着。唐·李白《渡荊門送別》：「山～平野盡，江入大荒流。」❸ 順從，順應。《淮南子·齊俗訓》：「故聖人論世而立法，～時而舉事。」❹ 聽任，聽憑。《史記·屈原賈生列傳》：「舉世混濁，何不～其流而揚其波？」❺ 追逐。晉·阮籍《詠懷》：「婉孌佞邪子，～利來相欺。」❻ 隨即，立即。《三國演義·楊修之死》：「（曹操）方憶楊修之言，～將修屍收回厚葬，就令班師。」❼ 依照，依據。《商君書·禁使》：「賞～功，罰～罪。」

**碎** ⓟsuì ⓒseoi3歲
❶ 破碎，粉碎。《史記·廉頗藺相如列傳》：「大王必欲急臣，臣頭今與璧俱～於柱矣。」❷ 瑣碎，繁瑣。《後漢書·韋彪傳》：「恐職事煩～，重有損焉。」❸ 衰敗。宋·王安石《還自舅家書所感》：「黃焦下澤稻，綠～短樊蔬。」

**歲** ⓟsuì ⓒseoi3碎
❶ 歲星，即木星。《國語·周語下》：「昔武王伐殷，～在鶉火。」❷ 年。唐·白居易《賦得古原草送別》：「離離原上草，一～一枯榮。」❸ 時間，光陰。《論語·陽貨》：「日月逝矣，～不我與。」❹ 表年齡的單位。晉·李密《陳情表》：「行年四～，舅奪母志。」❺ 年齡，年歲。清·姚鼐《寄袁香亭》：「同～書生盡白頭，異時江國共登樓。」❻ 年景，一年的收成。《左傳·昭公三十二年》：「閔

閔（mǐnmǐn，憂慮的樣子）焉如農夫之望～。」

🔍 歲、年。見 211 頁「年」。

★**遂** ⓟsuì ⓒseoi6睡
❶ 前，前進。《周易·大壯》：「羝羊觸藩，不能退，不能～。」❷ 舉薦，推舉。《禮記·月令》：「～賢良，舉長大。」❸ 順暢，通達。《淮南子·精神訓》：「能知大貴，何往而不～。」❹ 完成，成功。唐·柳宗元《瓶賦》：「功成事～，復於土泥。」❺ 養育，使順利成長。唐·柳宗元《種樹郭橐駝傳》：「字而幼孩，～而雞豚。」❻ 水道，水渠。《荀子·大略》：「迷者不問路，溺者不問～，亡人好獨。」❼ 道路。宋·蘇轍《巫山賦》：「蹊～蕪滅而不可陟兮。」❽ 於是，就。《史記·廉頗藺相如列傳》：「趙王於是～遣相如奉璧西入秦。」❾ 終於，竟然。晉·陶潛《桃花源記》：「太守即遣人隨其往，尋向所誌，～迷不復得路。」❿ 通「邃」，深遠。《淮南子·原道訓》：「幽兮冥兮，應無形兮；～兮洞兮，不虛動兮。」

sun

**孫** 〔一〕ⓟsūn ⓒsyun1宣
❶ 兒子的兒子。《列子·愚公移山》：「子又生～，～又生子。」❷ 指孫子以後的各代。宋·蘇洵《六國論》：「子～視之不甚惜，舉以予人，如棄草芥。」❸ 植物的再生者或攀生者。宋·蘇軾《煮菜》：「蘆菔生兒芥有～。」

三 ⓟxùn ⓒseon3 信

❶ 通「遜」，恭順，謙讓。《論語·衛靈公》：「君子義以為質，禮以行之，～以出之，信以成之。」❷ 出奔，逃遁。《左傳·莊公元年》：「夫人～于齊。」

飧 ⓟsūn ⓒsyun1 孫

❶ 晚餐。《孟子·滕文公上》：「賢者與民並耕而食，饔（yōng，早餐）～而治。」❷ 指熟食。唐·杜甫《客至》：「盤～市遠無兼味，樽酒家貧只舊醅。」❸ 吃飯。《詩經·魏風·伐檀》：「彼君子兮，不素～兮。」

Q 飧、餐。見 24 頁「餐」。

損 ⓟsǔn ⓒsyun2 選

❶ 減少。宋·蘇軾《郊祀奏議》：「自秦、漢已來，天子儀物，日以滋多，有加無～，以至於今。」❷ 害，傷。《論語·季氏》：「益者三友，～者三友。」❸ 喪失，損失。《商君書·慎法》：「以戰必～其將，以守必賣其城。」❹ 克制，謙抑。《史記·管晏列傳》：「其後夫自抑～。」

suo

衰 ⓟsuō

見 281 頁 shuāi。

簑 ⓟsuō ⓒso1 梭

❶ 簑衣，草或棕毛製成的雨衣。唐·柳宗元《江雪》：「孤舟～笠翁，獨釣寒江雪。」❷ 用草覆蓋。《公羊傳·定公元年》：「三月，晉人執宋仲幾於京師。仲幾之罪何？不～城也。」

★所 ⓟsuǒ ⓒso2 鎖

❶ 處所，地方。《詩經·魏風·碩鼠》：「樂土樂土，爰得我～。」❷ 連詞，假若，如果。《左傳·僖公二十四年》：「～不與舅氏同心者，有如白水。」❸ 代詞，放在動詞前面，組成名詞性詞組，表示「……的人」、「……的事物」、「……的地方」等。《戰國策·趙策三》：「奪其～憎而予其～愛。」❹ 助詞，和「為」字配合使用，表示被動。《史記·項羽本紀》：「先即制人，後則為人～制。」❺ 用於數量詞後，表約數。《史記·李將軍列傳》：「未到匈奴陣前二里～止。」❻ 量詞，計量房屋數目。漢·班固《西都賦》：「離宮別館，三十六～。」

> 凸 「所以」一詞，今用作連詞，常與「因為」、「由於」等詞搭配使用，表示因果關係。在文言文中，「所以」可單獨使用，表示原因，相當於「……的原因（緣故）」，如「親賢臣，遠小人，此先漢所以興隆也」（三國蜀·諸葛亮《出師表》）；也可表示行為所憑藉的方式、方法或依據，相當於「用來……的方法」、「是用來……的」等，如「師者，所以傳道、受業、解惑也」（唐·韓愈《師說》）。

索 一 ⓟsuǒ ⓒsok3 朔

❶ 粗繩。泛指繩索。《尚書·夏書·五子之歌》：「若朽～之馭六馬。」❷ 絞合，使成繩狀。漢·王充《論衡·語增》：「傳語又稱

S

紂力能～鐵伸鈎。」❸ 盡，耗盡。《韓非子‧初見秦》：「士民病，蓄積～。」❹ 孤獨，離羣。《禮記‧檀弓上》：「吾離羣而～居，亦已久矣。」❺ 法度。《左傳‧定公四年》：「皆啟以商政，疆以周～。」

㊂ 〔普〕suǒ 〔粵〕saak3 絲策第三聲

索取，索求。唐‧白居易《燕詩》：「四兒日夜長，～食聲孜孜。」

# 鎖 〔普〕suǒ 〔粵〕so2 所

❶ 鐵鏈條，以鐵環勾連而成的鏈子。《墨子‧備穴》：「鐵～長三丈，端環，一端鈎。」❷ 加在門、窗、器物等開合處或連接處，用鑰匙才能打開的金屬器具。唐‧杜甫《憶昔行》：「弟子誰依白茅室，盧老獨啟青銅～。」❸ 上鎖，用鎖關住。清‧朱柏廬《朱子家訓》：「既昏便息，關～門戶，必親自檢點。」❹ 拘繫，束縛。《漢書‧敍傳上》：「貫仁誼之羈絆，繫名聲之韁～。」

# T

ta

**他** ⓒtā ⓟtaa1 它
❶ 別的，其他的。《史記·高祖本紀》：「於是沛公乃夜引兵從～道還。」❷ 指其他的人或事物。《孟子·梁惠王下》：「王顧左右而言～。」❸ 第三人稱代詞。宋·辛棄疾《青玉案·元夕》：「眾裏尋～千百度，驀然回首，那人卻在，燈火闌珊處。」❹ 用作虛指。金·元好問《雙調·驟雨打新荷》：「任～兩輪日月，來往如梭。」

**榻** ⓒtà ⓟtaap3 塔
一種狹長而低矮的坐臥用具。唐·王勃《滕王閣序》：「徐孺下陳蕃之～。」

**踏** ⓒtà ⓟdaap6 沓
❶ 踩。唐·杜甫《自京赴奉先詠懷》：「蚩尤塞寒空，蹴（cù，踏踩）～崖谷滑。」❷ 實地查看。《元史·刑法志一》：「諸郡縣災傷，過時而不申，或申不以實，及按治官不以時檢～，皆罪之。」

tai

**台** 一 ⓒtāi ⓟtoi4 抬
用於地名、山名，如台州、天台等。唐·李白《夢遊天姥吟留別》：「天～四萬八千丈，對此欲倒東南傾。」
二 ⓒtái ⓟtoi4 抬
❶ 星名，即三台星。《晉書·天文志上》：「三～六星，兩兩而居。」❷ 用於對別人的敬稱，如兄台、

台甫等。宋·歐陽修《與程文簡公書》：「屢煩～端，悚仄可知。」
三 ⓒyí ⓟji4 而
❶ 第一人稱代詞，我。《尚書·商書·湯誓》：「非～小子，敢行稱亂。」❷ 何，甚麼。《尚書·商書·湯誓》：「夏罪其如～？」❸ 通「怡」，愉悅。《史記·太史公自序》：「唐堯遜位，虞舜不～。」

> 國 古代以三台星比喻三公（中央高級官員），後由此引申用作敬辭，如「台鑒」、「台啟」等，至今仍常用於正式信函中。
> Q 台、臺。見293頁「臺」。

**苔** ⓒtāi ⓟtoi4 抬
植物名，即青苔、苔蘚。唐·劉禹錫《陋室銘》：「～痕上階綠，草色入簾青。」

**台** ⓒtái
見293頁 tāi。

**抬** ⓒtái ⓟtoi4 臺
❶ 舉，仰起。宋·岳飛《滿江紅》：「～望眼、仰天長嘯，壯懷激烈。」❷ 合力扛舉。唐·白居易《馬墜強出贈同座》：「足傷遭馬墜，腰重倩（qìng，請別人代自己做事）人～。」

**臺** ⓒtái ⓟtoi4 抬
❶ 高而平的建築物，可供眺望遊覽之用。唐·杜牧《江南春》：「南朝四百八十寺，多少樓～煙雨中。」❷ 臺狀的器具。唐·韓偓《席上有贈》：「莫道風流無宋玉，好將心力事妝～。」❸ 古代官署名，如御史臺（專司彈劾的機關）、蘭臺（宮廷藏書機關）等。

❹ 古代對高級官員的尊稱，如撫臺、學臺、道臺。❺ 古代最低等級的奴隸。《左傳·昭公七年》：「人有十等……隸臣僚，僚臣僕，僕臣～。」❻ 草名。《詩經·小雅·南山有臺》：「南山有～，北山有萊。」

> Ｑ　臺、台。古代二字意義不同，不能混用。指高而平的建築物，以及表示官署時，不能寫作「台」；星名的「三台」常比喻「三公」，故「台」又用於對別人的敬稱，如「兄台」，此義不能寫作「臺」。

**大** ⓟtài
見 48 頁 dà。

**太** ⓟtài ⓒtaai3 泰
❶ 大。宋·蘇軾《喜雨亭記》：「歸于～空，～空冥冥，不可得而名。」❷ 過分。唐·杜甫《新婚別》：「暮婚晨告別，無乃～匆忙！」❸ 最，極。《韓非子·說疑》：「是故禁姦之法，～上禁其心，其次禁其言，其次禁其事。」❹ 對年長或輩分高的人的尊稱，如太公、太母。

**態** ⓟtài ⓒtaai3 泰
❶ 姿容，體態。唐·杜牧《阿房宮賦》：「一肌一容，盡～極妍。」❷ 事物的形態。唐·柳宗元《始得西山宴遊記》：「以為凡是州之山水有異～者，皆我有也，而未始知西山之怪特。」❸ 態度。戰國楚·屈原《楚辭·離騷》：「寧溘死以流亡兮，余不忍為此～也。」

---

### tan

**貪** ㊀ⓟtān ⓒtaam1 探一聲
❶ 過分愛財。《史記·項羽本紀》：「沛公居山東時，～於財貨，好美姬。」❷ 不知滿足地求取。唐·韓愈《進學解》：「～多務得，細大不捐。」❸ 貪戀，捨不得。漢·司馬遷《報任安書》：「夫人情莫不～生惡死，念父母，顧妻子。」
㊁ⓟtàn ⓒtaam3 探
通「探」，探求。《後漢書·郭躬郭鎮傳》：「推己以議物，舍狀以～情。」

**灘** ⓟtān ⓒtaan1 攤
❶ 江河中水淺石多且水流急之處。唐·崔道融《溪夜》：「漁人拋得釣筒盡，卻放輕舟下急～。」❷ 河、湖、海等水邊泥沙淤積的平地。元·白樸《沉醉東風·漁父詞》：「綠楊堤紅蓼～頭。」

**談** ⓟtán ⓒtaam4 痰
❶ 談話，談論。《戰國策·鄒忌諷齊王納諫》：「旦日，客從外來，與坐～～。」❷ 言談，言論。《公羊傳·閔公二年》：「魯人至今以為美～。」

> Ｑ　談、論。「談」是隨意的交談，是平淡之語；「論」則是有目的、有條理地商討。

**彈** ⓟtán
見 51 頁 dàn。

**坦** ⓟtǎn ⓒtaan2 袒
❶ 平，沒有高低起伏。清·劉蓉《習慣說》：「俯視地，～然

則既平矣！」」❷ 寬闊，廣大。漢・張衡《西京賦》：「雖斯宇之既～，心猶憑而未攄。」❸ 寬舒，直率。《論語・述而》：「君子～蕩蕩，小人長戚戚。」❹ 安泰，安閒。宋・蘇轍《黃州快哉亭記》：「使其中～然，不以物傷性，將何適而非快？」❺ 露出，敞開。唐・杜甫《江亭》：「～腹江亭臥，長吟野望時。」

**袒** 🔊 tǎn 🔊 taan2 坦
❶ 裸露。《史記・廉頗藺相如列傳》：「君不如肉～伏斧質請罪，則幸得脫矣。」❷ 偏袒，祖護。唐・柳宗元《平淮夷雅》：「士獲厥心，大～高驤。」

**探** 🔊 tàn 🔊 taam3 貪三聲
❶ 向深處摸取。《新五代史・南唐世家》：「取江南如～囊中物爾。」❷ 探測。《商君書・新經》：「～淵者知千仞之深。」❸ 偵察，試探。唐・張籍《出塞》：「月冷邊帳濕，沙昏夜～遲。」❹ 探尋，探求。《史記・太史公自序》：「上會稽，～禹穴。」

**貪** 🔊 tàn
見 294 頁 tān。

**歎** 🔊 tàn 🔊 taan3 炭
❶ 歎息。《禮記・大同與小康》：「仲尼之～，蓋～魯也。」❷ 讚歎。宋・歐陽修《〈梅聖俞詩集〉序》：「昔王文康公嘗見而～曰：『二百年無此作矣！』」❸ 繼聲和唱。《荀子・禮論》：「《清廟》之歌，一倡（chàng，領唱）而三～也。」❹ 吟誦，歌唱。晉・陸機《日出東南隅行》：「春遊良可～。」

tang

**湯** 🔊 tāng 🔊 tong1 堂一聲
❶ 開水，熱水。《論語・季氏》：「見善如不及，見不善如探～。」❷ 食物加水煮出的液汁。《三國演義・楊修之死》：「適庖官進雞～。」❸ 中藥湯劑。晉・李密《陳情表》：「臣侍～藥，未曾廢離。」
🔊 tàng 🔊 tong3 燙
通「燙」，加熱，用熱水燙或焐。《山海經・西山經》：「～其酒百樽。」
🔊 shāng 🔊 soeng1 商
[湯湯] 大水急流的樣子。宋・范仲淹《岳陽樓記》：「浩浩～～，橫無際涯。」

**唐** 🔊 táng 🔊 tong4 堂
❶ 大話。唐・韓愈《送孟東野序》：「莊周以其荒～之辭鳴。」❷ 虛空，空。宋・王安石《再用前韻寄蔡天啟》：「昔功恐～捐，異味今得饐。」❸ 古時朝堂前或宗廟門內的大路。《詩經・陳風・防有鵲巢》：「中～有甓（pì，磚）。」❹ 廣大。漢・揚雄《甘泉賦》：「平原～其壇曼兮，列新雉於林薄。」❺ 草名，即菟絲草。《詩經・鄘風・桑中》：「爰采～矣，沫之鄉矣。」❻ 朝代名，先後有陶唐、李唐、後唐、南唐四個歷史階段。❼ 古諸侯國名。周成王封弟叔虞於唐，在今山西翼城縣西。❽ 池塘。《淮南子・人間訓》：「且～有萬穴，塞其一，魚何遽無由出？」這個意義後來寫作「塘」。❾ 堤岸。《呂氏春秋・尊師》：「治～圃，疾灌浸，務種樹。」這個意義後來寫作「塘」。

T

## 堂 ⓟtáng ⓒtong4 唐

❶ 築土而成的高出地面的四方形屋基。《禮記・檀弓上》:「吾見封之若~者矣。」❷ 正房,大廳。《論語・先進》:「由也升~矣,未入室也。」❸ 朝堂,殿堂。北朝民歌《木蘭詩》:「歸來見天子,天子坐明~。」❹ 公堂,舊時官吏辦公的地方。《紅樓夢》第四回:「老爺明日坐~,只管虛張聲勢。」❺ 高大,盛大。《孫子・軍爭》:「勿擊~~之陳(zhèn,陣)。」❻ 尊稱他人母親曰「堂」,如令堂、尊堂。❼ 同祖的親屬稱「堂」,如堂兄、堂叔等。

## 塘 ⓟtáng ⓒtong4 堂

❶ 堤岸,堤防。宋・文天祥《指南錄》後序》:「坐桂公~土圍中,騎數千過其門,幾落賊手死。」❷ 水池。唐・溫庭筠《商山早行》:「因思杜陵夢,鳧雁滿回~。」

> 「池塘」在現代漢語中是個雙音詞,在文言文中則是兩個詞:圓的叫池,方的叫塘。

## 黨 ⓟtǎng

見 51 頁 dǎng。

## 湯 ⓟtàng

見 295 頁 tāng。

### tao

## 濤 ⓟtāo ⓒtou4 陶

大波浪。《岳飛之少年時代》:「母姚氏抱飛坐巨甕中,衝~乘流而下。」

## 桃 ⓟtáo ⓒtou4 逃

❶ 果樹名。也指其果實。《詩經・大雅・抑》:「投我以~,報之以李。」❷ 指桃符。古人在新年時會於門旁擺設兩塊桃木板,上有神明的名字或圖像,以驅鬼避邪。宋・王安石《元日》:「千門萬戶曈曈日,總把新~換舊符。」

## 逃 ⓟtáo ⓒtou4 淘

❶ 逃跑,逃離。唐・白居易《燕詩》:「翅有愛子,背翅~去,翅甚悲念之。」❷ 指逃跑的人。《左傳・文公七年》:「逐寇如追~。」❸ 避開,逃避。《孫子・謀攻》:「敵則能戰之,少則能~之。」

> Q 逃、逸、遯。三字都有逃走、逃避的意思。「逃」的適用範圍最廣,任何情況下的躲避或逃離均可稱「逃」;「逸」側重於擺脱束縛而逃離;「遯」是「遁」的本字,多指悄悄地溜走,動作具有隱蔽性。

## 淘 ⓟtáo ⓒtou4 桃

❶ 沖刷,沖洗。宋・蘇軾《念奴嬌・赤壁懷古》:「大江東去,浪~盡、千古風流人物。」❷ 用水沖洗,汰去雜質。北魏・賈思勰《齊民要術・造神麴并酒》:「若~米不淨,則酒色重濁。」❸ 疏浚,疏通。《宋史・河渠志》:「開~舊河。」

## 陶 ⊟ⓟtáo ⓒtou4 桃

❶ 陶器,用黏土燒製而成的器物。宋・王禹偁《黃岡竹樓記》:「剗去其節,用代~瓦,比屋皆然。」❷ 製造陶器。《孟子・告子下》:「萬室之國,一人~,則可乎?」❸ 培養,造就。《莊子・逍

遙遊》：「是其塵垢粃糠，將猶～鑄堯舜者也。」❹ 喜悅，高興。《禮記‧檀弓下》：「人喜則斯～，～斯詠。」

㈢ 粵yáo 普jiu4 搖
❶ 通「窯」，窯灶。《詩經‧大雅‧綿》：「～復～穴，未有家室。」❷ [陶陶] ① 和樂的樣子。《詩經‧王風‧君子陽陽》：「君子～～。」② 隨行的樣子。《禮記‧祭義》：「～～遂遂，如將復入然。」③ 漫長的樣子。戰國楚‧屈原《楚辭‧九思‧哀歲》：「冬夜兮～～，雨雪兮冥冥。」

## 萄
粵táo 普tou4 桃
[葡萄] 見 225 頁「葡」。

## 跳
粵táo
見 300 頁 tiào。

## 討
粵tǎo 普tou2 土
❶ 聲討，公開譴責。《左傳‧宣公二年》：「亡不越竟，反不～賊。」❷ 討伐，征伐。三國蜀‧諸葛亮《出師表》：「願陛下託臣以～賊興復之效。」❸ 探討，研究。《論語‧憲問》：「世叔～論之，行人子羽修飾之。」❹ 整治，治理。《左傳‧宣公十二年》：「其君無日不～國人而訓之。」❺ 索取，求取。清‧吳敬梓《儒林外史》第一四回：「滿天～價，就地還錢。」

te

## 特
粵tè 普dak6 得六聲
❶ 公牛，引申為雄性牲畜。《周禮‧夏官司馬‧校人》：「凡馬，～居四之一。」❷ 特指三歲的獸。《詩經‧魏風‧伐檀》：「胡瞻爾庭

有懸～兮？」❸ 一頭（牲畜）。《左傳‧襄公二十二年》：「祭以～羊。」❹ 配偶。《詩經‧小雅‧我行其野》：「不思舊姻，求爾新～。」❺ 與眾不同，超出一般。唐‧柳宗元《始得西山宴遊記》：「而未始知西山之怪～。」❻ 獨。《韓非子‧孤憤》：「處勢卑賤，無黨孤～。」❼ 特地，特意。晉‧李密《陳情表》：「詔書～下，拜臣郎中。」❽ 僅僅，只，只不過。《韓非子‧外儲說左上》：「～與嬰兒戲耳。」

teng

## 藤
粵téng 普tang4 騰
❶ 蔓生植物，有紫藤、白藤等多種。唐‧白居易《湖上閒望》：「～花浪拂紫莖條。」❷ 泛指蔓生植物的莖。元‧馬致遠《天淨沙‧秋思》：「枯～老樹昏鴉。」

ti

## 提
㈠ 粵tí 普tai4 題
❶ 垂手拿着東西。《莊子‧養生主》：「～刀而立，為之四顧。」❷ 攜帶。《戰國策‧燕策三》：「今～一匕首入不測之強秦。」❸ 提拔。《北史‧魏收傳》：「～獎後輩，以名行為先。」❹ 率領，帶領。漢‧司馬遷《報任安書》：「且李陵～步卒不滿五千。」❺ 舉出，指出。唐‧韓愈《進學解》：「記事者必～其要，纂言者必鈎其玄。」

㈡ 粵dǐ 普dai2 底
投擲。《戰國策‧燕策三》：「荊軻廢，乃引其匕首～秦王，不中，中柱。」

# 啼

⓪ tí ⓪ tai4 提

❶ 放聲哭。宋・王安石《傷仲永》：「仲永生五年，未嘗識書具，忽～求之。」❷ 動物鳴叫。唐・李白《早發白帝城》：「兩岸猿聲～不住，輕舟已過萬重山。」

# 題

⓪ tí ⓪ tai4 提

❶ 額頭。《禮記・王制》：「南方曰蠻，雕～交趾，有不火食者矣。」❷ 題目。唐・白居易《與元微之書》：「因事立～，～為《新樂府》者一百五十首。」❸ 題寫，書寫。明・魏學洢《核舟記》：「其船背稍夷，則～名其上。」❹ 品評。唐・李白《與韓荊州書》：「一經品～，便作佳士。」

# 體

⓪ tǐ ⓪ tai2 睇

❶ 肢體，胳膊和腿。《孟子・論四端》：「人之有是四端也，猶其有四～也。」❷ 指整個身體。《戰國策・趙策四》：「而恐太后玉～之有所郄（xì，不舒適）也。」❸ 事物的本體，實體。《呂氏春秋・情欲》：「萬物之形雖異，其情一～也。」❹ 樣式，指文體、詩體、字體等。宋・沈括《夢溪筆談・異事》：「其書有數～，甚有筆力。」❺ 占卜的卦兆。《詩經・衛風・氓》：「爾卜爾筮，～無咎言。」❻ 分解，劃分。《禮記・禮運》：「～其犬豕牛羊。」❼ 體諒，設身處地為他人着想。《禮記・中庸》：「敬大臣也，～羣臣也，子庶民也。」❽ 體察，領悟。《莊子・刻意》：「能～純素，謂之真人。」❾ 依據，依靠。《管子・君臣上》：「則君～法而立矣。」❿ 親近，聯結。《禮記・學記》：「就賢～遠，足以動眾，未足以化民。」⓫ 體驗，實踐。《淮南子・氾論訓》：「故聖人以身～之。」

# 弟

⓪ tì

見 56 頁 dì。

# 涕

⓪ tì ⓪ tai3 替

❶ 眼淚。《古詩十九首・迢迢牽牛星》：「終日不成章，泣～零如雨。」❷ 鼻涕。唐・杜甫《登岳陽樓》：「戎馬關山北，憑軒～泗流。」

> 🔍 涕、淚、泗。「涕」最初指眼淚，「淚」出現後，逐漸代替了「涕」，「涕」轉移表示鼻涕，逐漸代替了「泗」。

# 惕

⓪ tì ⓪ tik1 剔

戒懼，警惕。《孟子・論四端》：「今人乍見孺子將入於井，皆有怵～惻隱之心。」

# 替

⓪ tì ⓪ tai3 剃

❶ 廢棄。《尚書・周書・大誥》：「予惟小子，不敢～上帝命。」❷ 衰敗，衰落。《舊唐書・魏徵傳》：「以古為鏡，可以知興～。」❸ 代替。北朝民歌《木蘭詩》：「願為市鞍馬，從此～爺征。」

# 摘

⓪ tì

見 398 頁 zhāi。

tian

# ★天

⓪ tiān ⓪ tin1 田一聲

❶ 天空。《莊子・逍遙遊》：「～之蒼蒼，其正色邪？」❷ 天氣，氣候。唐・白居易《賣炭翁》：「可憐身上衣正單，心憂炭賤願～

寒。」❸ 季節。唐・杜甫《春日憶李白》：「渭北春～樹，江東日暮雲。」❹ 一晝夜的時間，如：昨天、後天。❺ 大自然。《荀子・天論》：「～行有常，不為堯存，不為桀亡。」❻ 天性，本性。唐・柳宗元《種樹郭橐駝傳》：「能順木之～，以致其性焉爾。」❼ 自然形成的，與生俱來的。《魏書・邢巒傳》：「劍閣～險，古來所稱。」❽ 天神，人們想像中的萬物主宰者。《國語・越語上》：「今寡人將助～滅之。」❾ 天命，天意。《左傳・成公十六年》：「國之存亡，～也。」❿ 依靠的對象。《漢書・酈食其傳》：「王者以民為～，而民以食為～。」

> 📖 「天子」是古代君主帝王之稱。這是由於古人認為君主帝王乃受天命而有天下，是上天的兒子，故稱為「天子」。

**添** 🔊 tiān 🔊 tim1 甜一聲
增加，增補。《三國演義・楊修之死》：「門內～『活』字，乃『闊』字也，丞相嫌園門闊耳。」

**田** 🔊 tián 🔊 tin4 填
❶ 農田。《孟子・梁惠王上》：「百畝之～，勿奪其時，數口之家可以無飢矣。」❷ 古代主管農事之官。《淮南子・天文訓》：「東方為～，南方為司馬。」❸ 耕種。漢・楊惲《報孫會宗書》：「～彼南山，蕪穢不治。」❹ 打獵。《左傳・宣公二年》：「宣子～於首山。」這個意義後來寫作「畋」。❺ [田田] 形容荷葉相連、茂盛貌。漢樂

府《江南》：「江南可採蓮，蓮葉何～～。」

**甸** 🔊 tián
見 57 頁 diàn。

**甜** 🔊 tián 🔊 tim4 恬
❶ 甘甜，與「苦」相對。唐・羅隱《蜂》：「採得百花成蜜後，為誰辛苦為誰～！」❷ 美，美好。宋・楊萬里《夜雨不寐》：「睡～詩思苦。」

### tiao

**挑** 🔊 tiāo
見 300 頁 tiǎo。

**迢** 🔊 tiáo 🔊 tiu4 條
❶ [迢迢] 遙遠的樣子。《古詩十九首・迢迢牽牛星》：「～～牽牛星，皎皎河漢女。」❷ [迢遞] ① 遙遠的樣子。三國魏・嵇康《琴賦》：「指蒼梧之～～。」② 高高的樣子。唐・李商隱《安定城樓》：「～～高城百尺樓，綠楊枝外盡汀洲。」

**條** 🔊 tiáo 🔊 tiu4 迢
❶ 樹名，楸樹。《詩經・秦風・終南》：「終南何有？有～有梅。」❷ 樹木的細長枝條。明・袁宏道《滿井遊記》：「柳～將舒未舒。」❸ 長。《尚書・夏書・禹貢》：「厥草惟繇（yáo，茂盛），厥木惟～。」❹ 條目，條款。《漢書・楚元王傳附劉向》：「比類相從，各有～目。」❺ 分條陳述。唐・白居易《與元微之書》：「其餘事況，～寫如後云云。」❻ 整頓，治理。唐・柳宗元《梓人傳》：「～其綱紀而盈縮焉，齊其法制而整頓

焉。」❼ 條理。《尚書·商書·盤庚上》：「有～而不紊。」❽ 通達，暢通。《淮南子·俶真訓》：「心無所載，通洞～達。」❾ 量詞，用於條目、條款或條狀物。《三國演義·楊修之死》：「（楊）修又嘗為曹植作答教十餘～。」

**髫** 🔊tiáo 🔊tiu4條
古時小孩頭上下垂的頭髮，引申指兒童。晉·陶潛《桃花源記》：「黃髮、垂～，並怡然自樂。」

**調** 🔊tiáo
見 58 頁 diào。

**挑** 〔一〕🔊tiǎo 🔊tiu1跳一聲
❶ 掘，挖出。《墨子·非儒下》：「～鼠穴，探滌器。」❷ 撥，彈撥。宋·辛棄疾《破陣子·為陳同甫賦壯詞以寄之》：「醉裏～燈看劍。」❸ 挑動，挑撥。明·王世貞《藺相如完璧歸趙論》：「此兩言決耳，奈之何既畏而復～其怒也？」❹ 挑逗，引誘。《史記·司馬相如列傳》：「（相如）以琴心～之。」

〔二〕🔊tiāo 🔊tiu1跳一聲
通「佻」，輕佻。《荀子·彊國》：「其服不～。」

**窕** 〔一〕🔊tiǎo 🔊tiu5挑五聲
❶ 寬緩，有空隙。《淮南子·要略》：「置之尋常而不塞，布之天下而不～。」❷ 閒暇。《司馬法·嚴位》：「擊其倦勞，避其閒～。」❸ 虛浮，不實。《韓非子·難二》：「君子不聽～言。」❹ ［窈窕］見 359 頁「窈」。

〔二〕🔊tiǎo 🔊tiu1挑
通「挑」，挑逗。漢·枚乘《七發》：

「目～心與。」

〔三〕🔊tiāo 🔊tiu1挑
通「佻」，輕佻，不莊重。《左傳·成公十六年》：「楚師輕～，固壘而待之，三日必退。」

〔四〕🔊yáo 🔊jiu4搖
通「姚」，妖豔。《荀子·禮論》：「故其立文飾也，不至於～冶。」

**眺** 🔊tiào 🔊tiu3跳
望，遠視。明·宋濂《送天台陳庭學序》：「詩人文士遊～、飲射、賦詠、歌呼之所，庭學無不歷覽。」

**跳** 〔一〕🔊tiào 🔊tiu3眺
❶ 腳跛。《荀子·非相》：「禹～。」❷ 跳躍，蹦跳。《列子·愚公移山》：「鄰人京城氏之孀妻有遺男，始齔，～往助之。」❸ 越過，跨越。《晉書·劉牢之傳》：「牢之策馬～五丈澗，得脫。」

〔二〕🔊táo 🔊tou4逃
通「逃」，逃跑。《史記·高祖本紀》：「遂圍城皋，漢王～。」

### tie

**帖** 〔一〕🔊tiē 🔊tip3貼
❶ 典押。《新唐書·李嶠傳》：「臣計天下編戶，貧弱者眾，有賣舍、～田供王役者。」❷ 添補。唐·白居易《追歡偶作》：「追歡逐樂少閒時，補～平生得事遲。」❸ 粘貼，粘附。北朝民歌《木蘭詩》：「當窗理雲鬢，對鏡～花黃。」❹ 安定，順從。《晉書·劉琨傳》：「舉而用之，羣情～然矣。」

〔二〕🔊tiě 🔊tip3貼
❶ 官府的文告、文書。北朝民歌

《木蘭詩》:「昨夜見軍～,可汗大點兵。」❷ 寫有簡短文字、應酬用的束帖,如請帖、謝帖。❸ 古時婦女放置針線等用品的紙夾。唐·孟郊《古意》:「啟～理針線,非獨學裁縫。」

㈢ 粵 tiè 普 tip3 貼

畫帖,字帖。宋·梅堯臣《乞米》:「幸存顏氏～,況有陶公詩。」

## 帖 粵 tiě

見 300 頁 tiě。

## 鐵 粵 tiě 普 tit3 提歇三聲

❶ 一種黑色的金屬。清·方苞《左忠毅公軼事》:「吾師肺肝,皆～石所鑄造也。」❷ 鐵製的器物。漢·李陵《答蘇武書》:「兵盡矢窮,人無尺～。」❸ 像鐵一樣的顏色,黑色。唐·杜甫《泥功山》:「白馬為～驪,小兒成老翁。」❹ 堅固,堅強。唐·駱賓王《代徐敬業討武氏檄》:「～騎成羣,玉軸相接。」

## 帖 粵 tiě

見 300 頁 tiě。

---

ting

## 汀 粵 tīng 普 ting1 亭一聲

水邊平地。宋·范仲淹《岳陽樓記》:「岸芷～蘭,郁郁青青。」

## 聽 ㈠ 粵 tīng 普 ting1 亭一聲

❶ 用耳朵接受聲音。《論語·顏淵》:「非禮勿視,非禮勿～,非禮勿言,非禮勿動。」❷ 聽從,採信。《史記·屈原賈生列傳》:「懷王竟～鄭袖,復釋去張儀。」❸ 服從,接受。《韓非子·五蠹》:「民固驕於愛,～於威矣。」❹ 打

探消息的人。《荀子·議兵》:「且仁人之用十里之國,則將有百里之～。」

㈢ 粵 tīng 普 ting3 亭三聲

❶ 判斷,處理。《國語·周語上》:「故天子～政,使公卿至於列士獻詩。」❷ 聽憑,聽任。《莊子·徐無鬼》:「匠石運斤成風,～而斲之。」

## 廷 粵 tíng 普 ting4 停

❶ 朝廷,君主上朝聽政的地方。《史記·廉頗藺相如列傳》:「今大王亦宜齋戒五日,設九賓於～,臣乃敢上璧。」❷ 古代地方官員辦事的公堂。《墨子·號令》:「皆詣縣～言,請問其所使。」❸ 通「庭」,院子。《詩經·唐風·山有樞》:「子有～內,弗洒弗掃。」

## 亭 粵 tíng 普 ting4 庭

❶ 古代建在路旁供行人停留食宿的處所。唐·李白《菩薩蠻》:「何處是歸程?長～更短～。」❷ 秦漢時的地方行政單位。《漢書·百官公卿表上》:「大率十里一～,～有長,十～一鄉。」❸ 邊境上供觀察敵情用的崗亭。《韓非子·內儲說上》:「秦有小～臨境,吳起欲攻之。」❹ 一種有頂無牆的建築物,供遊人歇息、觀賞之用。唐·杜甫《陪李北海宴歷下亭》:「海右此～古,濟南名士多。」❺ 公平處理。《史記·酷吏列傳》:「補廷尉史,～疑法。」❻ 調和,均衡。《淮南子·原道訓》:「味者,甘立而五味～矣。」❼ 正。唐·李白《古風五十九首》之二十四:「大車揚飛塵,～午暗阡陌。」❽ [亭

T

亭] ① 高聳直立貌。宋·周敦頤《愛蓮説》:「香遠益清，～～淨植。」② 高遠貌。三國魏·曹丕《雜詩二首》之二:「西北有浮雲，～～如車蓋。」③ 高潔貌。《後漢書·蔡邕傳》:「情志泊兮心～～。」⑨ 通「停」，停留，停滯。《漢書·西域傳上》:「其水～居，冬夏不增減。」

# 庭
⑧ tíng ⑧ ting4 停

❶ 廳堂。《論語·季氏》:「(孔) 鯉趨而過～。」❷ 庭院，院子。《古詩十九首·庭中有奇樹》:「～中有奇樹，綠葉發華滋。」❸ 寬闊的地方。唐·杜甫《兵車行》:「邊～流血成海水，武皇開邊意未已。」❹ 官署。《後漢書·馬援傳》:「(馬) 援奏言西於縣戶有三萬二千，遠界去～千餘里。」❺ 通「廷」，朝廷。《史記·廉頗藺相如列傳》:「於是趙王乃齋戒五日，使臣奉璧，拜送書於～。」

# 停
⑧ tíng ⑧ ting4 庭

❶ 停止，停留。晉·陶潛《桃花源記》:「～數日，辭去。」❷ 保存，保留。北魏·賈思勰《齊民要術·種胡荽》:「冬日亦得入窖，夏還出之，但不濕，亦得五六年～。」❸ 妥貼，妥當。《三國演義·楊修之死》:「於是再築牆圍，改造～當，又請操觀之。」❹ 總數分成幾份，其中一份為一停。《三國演義》第五十回:「三～人馬，一～落後，一～填了溝壑，一～跟隨曹操。」❺ 通「亭」，正。北魏·酈道元《水經注·江水》:「自非～午夜分，不見曦月。」

# 蜓
⑧ tíng ⑧ ting4 庭

[蜻蜓] 見 238 頁「蜻」。

# 霆
⑧ tíng ⑧ ting4 庭

❶ 疾雷，迅雷。《詩經·小雅·采芑》:「如～如雷。」❷ 閃電。《淮南子·兵略訓》:「疾雷不及塞耳，疾～不暇掩目。」

# 挺
⑧ tíng ⑧ ting5 亭五聲

❶ 拔，拔出。《戰國策·魏策四》:「～劍而起。」❷ 生出，長出。晉·左思《吳都賦》:「旁～龍目，側生荔枝。」❸ 挺直，伸直。《荀子·勸學》:「雖又槁暴，不復～者，鞣使之然也。」❹ 突出，傑出。《三國志·蜀書·呂凱傳》:「今諸葛丞相英才～出，深睹未萌。」❺ 動，動搖。《呂氏春秋·忠廉》:「雖名為諸侯，實有萬乘，不足以～其心矣。」❻ 寬緩，寬待。《禮記·月令》:「～重囚，益其食。」❼ 量詞，根。明·方孝孺《借竹軒記》:「草戶之外，有竹數～。」

## tong

# 通
⑧ tōng ⑧ tung1 同一聲

❶ 到達，通過。《列子·愚公移山》:「指～豫南，達於漢陰。」❷ 空心，貫通。宋·周敦頤《愛蓮説》:「中～外直，不蔓不枝。」❸ 暢通，通順。宋·范仲淹《岳陽樓記》:「政～人和，百廢具興。」❹ 通達，得志。宋·王安石《上皇帝萬言書》:「凡在左右～貴之人，皆順上之欲而服行之。」❺ 通報，傳達。《韓非子·説林下》:「毋為客～。」❻ 通曉，精通。唐·韓

愈《師説》:「六藝經傳，皆～習之。」❼ 學識廣博，貫通古今，明白事理。漢·王充《論衡·超奇》:「博覽古今者為～人。」❽ 交往，交好。《史記·孔子世家》:「孔子適齊，為高昭子家臣，欲以～乎景公。」❾ 交換，流通。《左傳·襄公十四年》:「我諸戎飲食衣服不與華同，贄幣不～，言語不達。」❿ 勾結，串通。《史記·魏其武安侯列傳》:「丞相亦言灌夫～奸滑，侵細民。」⓫ 私通，男女間發生不正常的關係。《戰國策·楚策四》:「齊崔杼之妻美，莊公～之。」⓬ 全部，整個。《孟子·告子上》:「弈秋，～國之善弈者也。」⓭ 普遍，一般。《史記·平津侯主父列傳》:「智、仁、勇，此三者天下之～德，所以行之者也。」

★**同** 🔊tóng 🔊tung4 童
❶ 相同，一樣。《論語·衛靈公》:「道不～，不相為謀。」❷ 共同，一起。北朝民歌《木蘭詩》:「～行十二年，不知木蘭是女郎！」❸ 齊一，統一。宋·陸游《示兒》:「死去元知萬事空，但悲不見九州～。」❹ 和諧，和平。《禮記·大同與小康》:「大道之行也，天下為公，選賢與能，講信修睦，……是謂『大～』。」❺ 跟，和。清·吳敬梓《儒林外史》第三回:「范進因沒有盤費，走去～丈人商議。」❻ 古代四方諸侯同時朝拜天子。宋·王安石《贈賈魏公神道碑》:「奠此中國，四夷來～。」

圖 「大同」是先秦儒家提出的最理想社會形態，次一級的是「小康」。《禮記》記述了孔子對這兩種社會的看法:當大道施行時，「天下為公」，人們博愛無私，故在各方面皆淳厚敦睦，是謂「大同」;當大道再無法施行時，則「天下為家」，人們以己為先，故需以禮義為治國綱紀，設立制度，方能保有和諧安定的局面，是謂「小康」。

**桐** 🔊tóng 🔊tung4 同
❶ 樹名，古多指梧桐。明·劉基《郁離子·良桐》:「工之僑得良～焉，斫而為琴，弦而鼓之，金聲而玉應。」❷ 琴瑟。唐·李賀《公莫舞歌》:「華筵鼓吹無～竹。」

**童** 🔊tóng 🔊tung4 同
❶ 本指男奴僕，又泛指奴僕，常指未成年奴僕。晉·李密《陳情表》:「外無期功強近之親，內無應門五尺之～僕。」❷ 少年，小孩。唐·杜牧《清明》:「借問酒家何處有，牧～遙指杏花村。」❸ 幼稚，無知。《國語·晉語四》:「～昏不可使謀。」❹ 頭無髮。唐·韓愈《進學解》:「頭～齒豁，竟死何裨？」❺ 牛羊無角。漢·揚雄《太玄·更》:「～牛角馬，不今不古。」❻ 山無草木。《荀子·王制》:「斬伐養長不失其時，故山林不～而百姓有餘材也。」❼ 通「同」，相同。《列子·黃帝》:「狀不必～而智～。」

**僮** 🔊tóng 🔊tung4 同
❶ 未成年的人。《左傳·哀

公十一年》：「公為與其嬖～汪錡乘，皆死，皆殯。」❷ 奴僕。《史記·貨殖列傳》：「富至～千人。」

**瞳** 🔊tóng 🔊tung4 童

［瞳瞳］日出時天色由暗轉明的樣子。宋·王安石《元日》：「千門萬戶～～日，總把新桃換舊符。」

**痛** 🔊tòng 🔊tung3 通三聲

❶ 疼痛。《韓非子·喻老》：「居五日，桓侯體～，使人索扁鵲，已逃秦矣。」❷ 悲痛，悲傷。晉·王羲之《〈蘭亭集〉序》：「古人云：『死生亦大矣。』豈不～哉！」❸ 恨，怨恨。《史記·淮陰侯列傳》：「秦父兄怨此三人，～入骨髓。」❹ 盡情地，徹底地。南朝宋·劉義慶《世說新語·任誕》：「～飲酒，熟讀《離騷》，何可稱名士。」

🔍 痛、慟。見 304 頁「慟」。

**慟** 🔊tòng 🔊dung6 洞

❶ 極度悲傷、悲哀。《論語·先進》：「顏淵死，子哭之～。」❷ 痛哭。南朝宋·劉義慶《世說新語·傷逝》：「公往臨殯，一～幾絕。」

🔍 慟、痛。二字都有悲傷、悲痛的意思，但「慟」的情感更深。

## tou

**偷** 🔊tōu 🔊tau1 透一聲

❶ 刻薄，不厚道。《論語·泰伯》：「故舊不遺，則民不～。」❷ 苟且，馬虎。《孫臏兵法·將失》：「令數變，眾～，可敗也。」❸ 竊取，盜竊。《三國演義·楊修之死》：「後曹丕暗買植左右，～答教來告操。」❹ 竊賊。《淮南子·

道應訓》：「～則夜解齊將軍之幬帳而獻之。」❺ 抽出（多指時間）。宋·程顥《春日偶成》：「時人不識余心樂，將謂～閒學少年。」❻ 暗中，暗地裏。《紅樓夢》第四回：「誰知這拐子又～賣與薛家。」

🔍 偷、盜、賊。三字本義不同。「偷」是不厚道、不莊重的意思，至漢代才有偷盜義。「盜」的本義是偷竊，作名詞時指偷竊東西的人。「賊」的本義是毀害，作名詞時指犯上作亂的人。

**投** 🔊tóu 🔊tau4 頭

❶ 扔，擲，拋。《列子·愚公移山》：「～諸渤海之尾，隱土之北。」❷ 自己跳入。《史記·屈原賈生列傳》：「於是懷石，自～汨羅以死。」❸ 贈送。《詩經·衛風·木瓜》：「～我以木瓜，報之以瓊琚。」❹ 投奔，投靠。《史記·淮陰侯列傳》：「足下右～則漢王勝，左～則項王勝。」❺ 投宿。唐·杜甫《石壕吏》：「暮～石壕村，有吏夜捉人。」❻ 到，臨。宋·王安石《觀明州圖》：「～老心情非復昔，當時山水故依然。」❼ 投合，迎合。唐·李白《秋日贈元六兄林宗》：「～分三十載，榮枯所共歡。」

**頭** 🔊tóu 🔊tau4 投

❶ 人或動物的腦袋。唐·李白《靜夜思》：「舉～望明月，低～思故鄉。」❷ 物體的兩端或頂端。北朝民歌《木蘭詩》：「旦辭黃河去，暮至黑山～。」❸ 頭領，首

領。唐·韓愈《論淮西事宜狀》：「或被分割隊伍，隸屬諸～。」❹ 事情的開始。宋·岳飛《滿江紅》：「待從～，收拾舊山河，朝天闕。」❺ 量詞，多用於計量動物。唐·柳宗元《小石潭記》：「潭中魚可百許～。」❻ 詞尾。漢樂府《陌上桑》：「東方千餘騎，夫婿居上～。」

## tu

**突** 🅐tū 🅑dat6凸
❶ 突然，猝然。清·薛福成《貓捕雀》：「貓蔽身林間，～出噬雀母。」❷ 衝撞，衝擊。唐·柳宗元《捕蛇者説》：「叫囂乎東西，隳～乎南北。」❸ 凸出，聳起。《呂氏春秋·任地》：「子能以窒（通『窪』）為～乎？」❹ 穿通，攻破。《左傳·襄公二十五年》：「宵～陳城，遂入之。」❺ 冒犯，觸犯。《三國志·吳書·孫權傳》：「知有科禁，公敢干～。」❻ 煙囱。《韓非子·喻老》：「百尺之室以～隙之煙焚。」

**徒** 🅐tú 🅑tou4途
❶ 步行。《周易·賁》：「舍車而～。」❷ 步兵。《左傳·昭公二十五年》：「帥～以往。」❸ 服勞役之人。《史記·高祖本紀》：「高祖為亭長，為縣送～酈山，～多道亡。」❹ 徒黨，同一夥的人，同一派別的人。《史記·屈原賈生列傳》：「楚有宋玉、唐勒、景差之～者，皆好辭而以賦見稱。」❺ 徒眾，代指某一類人，多為貶義。唐·韓愈《師説》：「郯子之～，其賢不及孔子。」❻ 門人，弟子。《論語·微子》：「是魯孔丘

之～與？」❼ 空，白白地。《史記·廉頗藺相如列傳》：「秦城恐不可得，～見欺。」❽ 只，僅僅。《史記·廉頗藺相如列傳》：「而藺相如以口舌為勞，而位居我上。」

**屠** 🅐tú 🅑tou4徒
❶ 宰殺牲畜。唐·韓愈《送董邵南序》：「復有昔時～狗者乎？」❷ 屠夫，以宰殺牲畜為職業的人。清·蒲松齡《聊齋志異·狼》：「一～晚歸，擔中肉盡，止有剩骨。」❸ 屠殺，殘殺人命。唐·駱賓王《為徐敬業討武曌檄》：「殺姊～兄，弒君鴆母。」

**塗** 🅐tú 🅑tou4途
❶ 泥。《韓非子·外儲説左上》：「夫嬰兒相與戲也，以塵為飯，以～為羹。」❷ 道路。《莊子·逍遙遊》：「立之～，匠者不顧。」這個意義在古書中也寫作「涂」、「途」。❸ 粉飾，塗抹。《穀梁傳·襄公二十四年》：「臺榭不～。」❹ 塗改，用筆抹去。唐·李商隱《韓碑》：「點竄《堯典》、《舜典》字，～改《清廟》、《生民》。」❺ 污染。《莊子·讓王》：「今天下暗，周德衰，其並乎周以～吾身也，不如避之以絜（通『潔』）吾行。」❻ 堵塞，堵上。《史記·貨殖列傳》：「～民耳目，則幾無行矣。」

**圖** 🅐tú 🅑tou4途
❶ 地圖。《史記·廉頗藺相如列傳》：「召有司案～，指從此以往十五都予趙。」❷ 圖畫，圖像。宋·王安石《桂枝香·金陵懷古》：「彩舟雲淡，星河鷺起，畫～難足。」❸ 特指河圖，一種古代關

T

於符命預言之類的神圖。《論語·子罕》：「鳳鳥不至，河不出～，吾已矣夫！」❹ 繪畫，描繪。唐·白居易《荔枝圖序》：「南賓守樂天命工吏～而書之。」❺ 謀劃，考慮。《左傳·僖公三十年》：「闕秦以利晉，唯君～之。」❻ 設法對付。《左傳·隱公元年》：「不如早為之所，無使滋蔓，蔓難～也。」❼ 貪求。晉·李密《陳情表》：「本～宦達，不矜名節。」❽ 法度。戰國楚·屈原《楚辭·九章·懷沙》：「前～未改。」

★土 　〔普〕tǔ 〔粵〕tou2 討
❶ 泥土。《荀子·勸學》：「積～成山，風雨興焉。」❷ 土地，田地。漢·晁錯《論貴粟疏》：「生穀之～未盡墾。」❸ 國土，領土。宋·蘇洵《六國論》：「燕趙之君，始有遠略，能守其～，義不賂秦。」❹ 鄉土，故鄉。《論語·里仁》：「君子懷德，小人懷～。」❺ 當地的，本地的。《後漢書·竇融傳》：「累世在河西，知其～俗。」❻ 社神，土地神。《公羊傳·僖公三十一年》：「諸侯祭～。」❼ 度量，測量。《周禮·地官司徒·大司徒》：「以土圭～其地而制其域。」❽ 五行之一。《孔子家語·五帝》：「天有五行，水、火、金、木、～，分時化育，以成萬物。」❾ 古代八音之一，指埏類土製樂器。唐·韓愈《送孟東野序》：「金、石、絲、竹、匏、～、革、木八者，物之善鳴者也。」

吐 　〔一〕〔普〕tǔ 〔粵〕tou3 兔
❶ 使物從口中出來。漢·曹操《短歌行》：「周公～哺，天下歸心。」❷ 發出聲音，說話。漢·王充《論衡·變動》：「其時皆～痛苦之言。」❸ 出現，露出。宋·梅堯臣《夜行憶山中》：「低迷薄雲開，心喜淡月～。」❹ 長出，開放。北魏·楊衒之《洛陽伽藍記·城西》：「秋霜降草，則菊～黃花。」❺ [吐蕃 bō] 或讀 tūfān。也作「吐番」，中國古代西北少數民族。
〔二〕〔普〕tù 〔粵〕tou3 兔
嘔吐。《水滸傳》第三回：「打得那店小二口中～血。」

吐 　〔普〕tù
見 306 頁 tǔ。

兔 　〔普〕tù 〔粵〕tou3 吐
❶ 動物名，兔子。《韓非子·守株待兔》：「～走觸株，折頸而死。」❷ 古代傳說月中有玉兔，故用為月亮的代稱。唐·李賀《李憑箜篌引》：「吳質不眠倚桂樹，露腳斜飛濕寒～。」

團 　〔普〕tuán 〔粵〕tyun4 屯
❶ 圓。南朝梁·吳均《八公山賦》：「桂皎月而常～。」❷ 聚集，聚合，圍。清·林嗣環《口技》：「眾賓～坐。」❸ 軍隊的編制單位。《新唐書·兵志》：「士以三百人為～，～有校尉。」

tui

推 　〔普〕tuī 〔粵〕teoi1 退一聲
❶ 用手加力使物體向外移動。《三國演義·楊修之死》：「喝刀斧手～出斬之。」❷ 推廣，推行。《孟子·梁惠王上》：「故～恩足以保四海，不～恩無以保妻子。」

❸ 按順序更換或移動。《周易·繫辭下》：「寒暑相〜而歲成焉。」❹ 推究，推求。《史記·屈原賈生列傳》：「〜此志也，雖與日月爭光可也。」❺ 舉薦，推選。漢·司馬遷《報任安書》：「教以慎於接物，〜賢進士為務。」❻ 推崇，讚許。《晉書·劉寔傳》：「天下所共〜，則天下士也。」❼ 除去，排除。《詩經·大雅·雲漢》：「旱既太甚，則不可〜。」❽ 推辭，辭讓。南朝宋·劉義慶《世說新語·方正》：「遂送樂器，紹〜卻不受。」❾ 推託，推諉。宋·辛棄疾《臨江仙·簪花屢墮戲作》：「一枝簪不住，〜道帽簪長。」

## 頹 ⓟtuí ⓒteoi4 退四聲

❶ 崩壞，倒塌。《禮記·檀弓上》：「泰山其〜乎！」❷ 跌倒，倒下。唐·柳宗元《始得西山宴遊記》：「引觴滿酌，〜然就醉。」❸ 衰敗，滅亡。三國蜀·諸葛亮《出師表》：「親小人，遠賢臣，此後漢所以傾〜也。」❹ 墜落，落下。南朝梁·陶弘景《答謝中書書》：「夕日欲〜，沉鱗競躍。」❺ 水向下流。《史記·河渠書》：「水〜以絕商頌。」❻ 流逝，消逝。晉·陶潛《雜詩》：「荏苒歲月〜，此心稍已去。」❼ 恭順的樣子。《禮記·檀弓上》：「拜而後稽顙（qǐsǎng，叩頭），〜乎其順也。」❽ 委靡，頹喪。宋·王安石《祭周幾道文》：「心〜如翁。」

## 退 ⓟtuì ⓒteoi3 蛻

❶ 退卻，後退。晉·李密《陳情表》：「臣之進〜，實為狼狽！」❷ 打退，退兵。《國語·越語上》：「有能助寡人謀而〜吳者，吾與之共知越國之政。」❸ 離去，離開。《荀子·堯問》：「〜朝而有喜色。」❹ 歸，返回。唐·柳宗元《捕蛇者説》：「〜而甘食其土之有，以盡吾齒。」❺ 辭去官職，引退。宋·范仲淹《岳陽樓記》：「是進亦憂，〜亦憂，然則何時而樂耶？」❻ 撤銷或降低官職。唐·韓愈《送李愿歸盤谷序》：「進〜百官。」❼ 減退，衰退。《南史·江淹傳》：「（江）淹少以文章顯，晚節才思微〜。」❽ 謙讓，謙遜。《史記·游俠列傳》：「然其私義廉潔〜讓，有足稱者。」❾ 和柔或柔弱的樣子。《禮記·檀弓下》：「文子其中〜然如不勝衣。」

## 脫 ⓟtuì

見 308 頁 tuō。

tun

## 吞 ⓟtūn ⓒtan1 吐根一聲

❶ 整個嚥下去。《戰國策·趙策一》：「（豫讓）又〜炭為啞，變其音。」❷ 容納，包容。宋·范仲淹《岳陽樓記》：「銜遠山，〜長江，浩浩湯湯，橫無際涯。」❸ 兼併，吞併。漢·桓寬《鹽鐵論·輕重》：「其後彊〜弱，大兼小，並為六國。」❹ 忍受着不發作出來。唐·杜甫《夢李白》：「死別已〜聲，生別常惻惻。」

## 屯 ㊀ ⓟtún ⓒtyun4 豚

❶ 聚集。戰國楚·屈原《楚辭·離騷》：「〜余車其千乘兮，齊玉軑（dài，車輪）而並馳。」

❷ 駐紮，駐防。《三國演義 · 楊修之死》：「操～兵日久，欲要進兵，又被馬超拒守。」❸ 土阜，土山。《莊子 · 至樂》：「生於陵～。」

（三）⑬ zhūn ⑱ zeon1 遵
艱難。唐 · 劉禹錫《子劉子自傳》：「重～累厄，數之奇兮。」

## 純 ⑬ tún
見 43 頁 chún。

## 豚 ⑬ tún ⑱ tyun4 臀
小豬。也泛指豬。《國語 · 越語上》：「生女子，二壺酒，一～。」

---

### tuo

## 拖 ⑬ tuō ⑱ to1 妥一聲
❶ 牽拉，曳行。漢 · 班固《西都賦》：「～熊螭（chī，無角龍），曳犀犛（lí，犛牛）。」❷ 下垂。明 · 劉基《賣柑者言》：「峨大冠、～長紳者。」❸ 奪取。《淮南子 · 人間訓》：「秦卒缺徑於山中而遇盜，……～其衣被。」❹ 拖延。宋 · 歐陽修《言青苗錢第一劄子》：「若連遇三兩料水旱，則青苗錢積壓～欠數多。」

## 託 ⑬ tuō ⑱ tok3 托
❶ 寄託，託身。《戰國策 · 趙策四》：「一旦山陵崩，長安君何以自～於趙？」❷ 委託，託付。三國蜀 · 諸葛亮《出師表》：「願陛下～臣以討賊興復之效。」❸ 推託。《宋史 · 禮志》：「有稱疾～故不赴者，從本臺彈奏。」❹ 假託。明 · 劉基《賣柑者言》：「豈其憤世嫉邪者耶？而～柑以諷耶？」

## 脱 （一）⑬ tuō ⑱ tyut3 拖雪三聲
❶ 肉剝去皮骨。清 · 方苞《左

忠毅公軼事》：「左膝以下，筋骨盡～矣。」❷ 脱落，掉下。宋 · 蘇軾《後赤壁賦》：「霜露既降，木葉盡～。」❸ 遺漏，失去。金 · 王若虛《〈論語〉辨惑四》：「疑是兩章，而～其『子曰』字。」❹ 解下。北朝民歌《木蘭詩》：「～我戰時袍，著我舊時裳。」❺ 離開。《韓非子 · 喻老》：「魚不可～於深淵。」❻ 逃脱，脱身。宋 · 王安石《讀孟嘗君傳》：「而卒賴其力，以～於虎豹之秦。」❼ 出，發出。《管子 · 霸形》：「言～乎口，而令行乎天下。」❽ 簡略，疏略。《史記 · 禮書》：「凡禮始乎～，成乎文。」❾ 輕率，輕慢。《左傳 · 僖公三十三年》：「輕則寡謀，無禮則～。」❿ 輕快、輕鬆的樣子。《公羊傳 · 昭公二十九年》：「樂正子春之視疾也，復加一飯，則～然愈（同『癒』）。」⓫ 或許，也許。《後漢書 · 李通傳》：「事既未然，～可免禍。」⓬ 連詞，倘使，即使。明 · 馬中錫《中山狼傳》：「吾終當有以活汝，～有禍，固所不辭也。」

（二）⑬ tuì ⑱ teoi3 退
蟬、蛇等脱去軀殼。唐 · 李山甫《酬劉書記見贈》：「石澗新蟬～，茅簷舊燕窠。」這個意義也寫作「蜕」。

## 税 ⑬ tuō
見 283 頁 shuì。

## 跎 ⑬ tuó ⑱ to4 駝
[蹉跎] 見 47 頁「蹉」。

## 駝 ⑬ tuó ⑱ to4 陀
❶ 駱駝，哺乳動物，身體高大，背上有肉峯，能馱重物在沙漠

中遠行。古書中也稱作「橐駝」。北朝民歌《木蘭詩》:「願借明～千里足,送兒還故鄉。」❷ 指人身體向前曲,背脊突起像駝峯。元·薩都刺《題四時宮人圖》:「一女淺步腰半～,小扇輕撲花間蛾。」

柝 ⓟtuò ⓒtok3 托

❶ 古時巡夜打更所敲的木梆。北朝民歌《木蘭詩》:「朔氣傳金～,寒光照鐵衣。」❷ 開拓。漢·王符《潛夫論·救邊》:「武皇帝攘夷～境,面數千里。」

T

# W

## wa

**窪** 🔊wā 🔊waa1 蛙
❶ 低凹。唐·柳宗元《始得西山宴遊記》：「其高下之勢，岈然～然。」❷ 低凹的地方。清·劉蓉《習慣說》：「室有～徑尺。」

**瓦** 〔一〕🔊wǎ 🔊ngaa5 雅
❶ 用土燒製而成的器物。清·朱柏廬《朱子家訓》：「器具質而潔，～缶勝金玉。」❷ 古代紡錘，多為土燒製而成，故稱「瓦」。《詩經·小雅·斯干》：「乃生女子……載弄（把玩）之～。」後以「弄瓦」稱生女兒。❸ 覆蓋屋頂用的建築材料。唐·杜甫《越王樓歌》：「孤城西北起高樓，碧～朱甍照城郭。」❹ 盾背拱起如覆瓦的部分。《左傳·昭公二十六年》：「射之，中楯（同『盾』）～。」

〔二〕🔊wà 🔊ngaa5 雅
鋪瓦，蓋瓦。宋·陸游《撫州廣壽禪院經藏記》：「其上未～，其下未甃（zhòu，修砌），其旁未垣（yuán，築牆）。」

**瓦** 🔊wà
見 310 頁 wǎ。

## wai

**★外** 🔊wài 🔊ngoi6 礙
❶ 外部，外面，與「內」、「裏」相對。《戰國策·鄒忌諷齊王納諫》：「且日，客從～來，與坐談。」❷ 外表。明·劉基《賣柑者言》：「又何往而不金玉其～、

敗絮其中也哉！」❸ 不屬於某種界限或一定範圍之內。宋·蘇洵《張益州畫像記》：「若夫肆意於法律之～，以威劫齊民，吾不忍為也。」❹ 對外，外交。秦·李斯《諫逐客書》：「內自虛而～樹怨於諸侯，求國無危，不可得也。」❺ 另外，其他。《孟子·滕文公下》：「～人皆稱夫子好辯，敢問何也？」❻ 疏遠。《韓非子·愛臣》：「此君人者所～也。」❼ 稱母家、妻家和出嫁的姐妹、女兒家的親屬。《漢書·楊敞傳附楊惲》：「惲母，司馬遷女也。惲始讀～祖《太史公記》，頗為《春秋》。」❽ 非正式的，非正規的。漢·王充《論衡·案書》：「《國語》，《左氏》之～傳也。」

## wan

**蜿** 〔一〕🔊wān 🔊jyun1 淵
❶ 屈曲行走的樣子。戰國楚·景差《大招》：「山林險隘，虎豹～只。」❷ 彎曲的樣子。漢·張衡《思玄賦》：「玄武宿於殼中兮，騰蛇～而自糾。」

〔二〕🔊wǎn 🔊jyun2 院
[蜿蟺]① 盤旋屈曲的樣子。漢·王延壽《魯靈光殿賦》：「虯龍騰驤（xiāng，奔馳，跳躍）以～～。」② 蚯蚓的別名。晉·崔豹《古今注·魚蟲》：「蚯蚓，一名～～。」

**完** 🔊wán 🔊jyun4 元
❶ 完整，完好。《史記·廉頗藺相如列傳》：「城不入，臣請～璧歸趙。」❷ 保守，保全。宋·蘇洵《六國論》：「蓋失強援，不能獨～。」❸ 堅固，牢固。《孟子·

離妻上》：「城郭不～，兵甲不多，非國之災也。」❹ 修葺，整治。《左傳·襄公三十一年》：「是以令吏人～客所館。」❺ 完成，終結。《紅樓夢》第四回：「令甥之事已～，不必過慮。」❻ 盡，沒有剩餘。清·吳敬梓《儒林外史》第三回：「只恐把鐵棍子打～了，也算不到這筆賬上來！」❼ 指品德完美無缺。《莊子·天地》：「不以物挫志之謂～。」

**玩** ⓖwán ⓥwun6換
❶ 戲弄，玩弄。宋·周敦頤《愛蓮說》：「可遠觀而不可褻～焉。」❷ 供玩賞的物品。《國語·楚語下》：「若夫白珩（héng，玉佩上的橫玉），先王之～也，何寶之焉？」❸ 研習，體會。《周易·繫辭上》：「是故君子居則觀其象而～其辭，動則觀其變而～其占。」❹ 欣賞，觀賞。戰國楚·屈原《楚辭·九章·思美人》：「吾誰與～此芳草？」❺ 忽視，輕慢。《左傳·昭公二十年》：「水懦弱，民狎而～之，則多死焉，故寬難。」

**宛** ⓖwǎn ⓥjyun2苑
❶ 彎曲，曲折。《史記·司馬相如列傳》：「～虹拖於楯軒。」❷ 好像。《詩經·秦風·蒹葭》：「溯游從之，～在水中央。」

**挽** ⓖwǎn ⓥwaan5輓
❶ 牽引，拉。《岳飛之少年時代》：「生有神力，未冠，能～弓三百斤。」❷ 捲起。宋·蘇軾《送周朝議守漢州》：「～袖謝鄰里。」❸ 扭轉，挽回。《史記·貨殖列傳》：「必用此為務，～近世，塗

民耳目，則幾無行矣。」❹ 悼念死者。南朝宋·劉義慶《世說新語·任誕》：「時袁山松出遊，每好令左右作～歌。」這個意義也寫作「輓」。❺ 推薦，引薦。唐·韓愈《柳子厚墓誌銘》：「既退，又無相知有氣力得位者推～。」

**晚** ⓖwǎn ⓥmaan5萬五聲
❶ 日暮，傍晚。唐·杜牧《山行》：「停車坐愛楓林～。」❷ 遲。《孔子家語·弟子行》：「慮不先定，臨事而謀，不亦～乎。」❸ 後來的，繼任的。《淮南子·本經訓》：「～世學者，不知道之所一體，德之所總要。」❹ 接近結束的，一個時期的後階段。《淮南子·本經訓》：「～世之時，帝有桀、紂。」❺ 老年。《史記·孔子世家》：「孔子～而喜《易》。」

**悗** ⓖwǎn ⓥwun2碗
歎息，恨恨。晉·陶潛《桃花源記》：「此人一一為具言所聞，皆歎～。」

**碗** ⓖwǎn ⓥwun2腕
盛飲食的圓形器皿。《三國演義·楊修之死》：「適庖官進雞湯，操見～中有雞肋。」

**蜿** ⓖwǎn
見 310 頁 wān。

★**萬** ⓖwàn ⓥmaan6慢
❶ 數詞。《史記·廉頗藺相如列傳》：「明年，復攻趙，殺二人。」❷ 數量很大，種類很多。唐·李白《早發白帝城》：「輕舟已過～重山。」❸ 絕對，一定。唐·韓愈《柳子厚墓誌銘》：「且～無母子俱往理。」

## wang

**亡** (一) 粵wáng 普mong4忙

❶ 逃跑，逃亡。《史記‧廉頗藺相如列傳》：「從徑道～，歸璧於趙。」❷ 逃跑的人，逃亡的人。漢‧賈誼《過秦論》：「追～逐北。」❸ 外出，不在。《論語‧陽貨》：「孔子時其～也，而往拜之，遇諸塗。」❹ 失去，遺失。《戰國策‧楚策四》：「～羊而補牢，未為遲也。」❺ 死亡。唐‧杜甫《垂老別》：「子孫陣～盡，焉用身獨完？」❻ 國家或朝代等的滅亡。三國蜀‧諸葛亮《出師表》：「今天下三分，益州疲弊，此誠危急存～之秋也！」❼ 消失，不存在。《荀子‧天論》：「天行有常，不為堯存，不為桀～。」

(二) 粵wàng 普mong4忙

通「忘」，忘記。《詩經‧邶風‧綠衣》：「心之憂矣，曷維其～。」

(三) 粵wú 普mou4毛

通「無」，沒有，不。《列子‧愚公移山》：「河曲智叟～以應。」

> 辨 「亡」在上古多指逃亡，而非死亡。
> 🔍 亡、滅。見 199 頁「滅」。

**★王** (一) 粵wáng 普wong4黃

❶ 古代最高統治者的稱號，秦始皇以後改稱皇帝。《孟子‧論四端》：「先～有不忍人之心，斯有不忍人之政矣。」❷ 秦漢以後指最高封爵。《史記‧陳涉世家》：「～侯將相寧有種乎？」❸ 首領。《西遊記》第一回：「那一個有本事的，鑽進去尋個源頭出來，不傷身體者，我等即拜他為～。」

(三) 粵wàng 普wong6旺

❶ 統治。《史記‧項羽本紀》：「懷王與諸將約曰：『先破秦入咸陽者～之。』」❷ 成就王業。《孟子‧梁惠王上》：「然而不～者，未之有也。」

> 📖 「王」在殷周時代本來是最高統治者「天子」的稱號。可是到了春秋戰國時代，諸侯僭越稱「王」，「王」於是不再只代表天子。到了秦王嬴政統一六國後，以「皇帝」為最高統治者的稱號，「王」就成了臣子的最高爵位。

**枉** 粵wǎng 普wong2汪二聲

❶ 彎曲。《荀子‧王霸》：「辟之是猶立直木，而求其景之～也。」❷ 不正直，邪惡。《論語‧為政》：「舉直錯諸～，則民服；舉～錯諸直，則民不服。」❸ 錯誤，過失。唐‧柳宗元《封建論》：「漢有天下，矯秦之～，循周之制。」❹ 屈尊就卑，謙詞，表示使對方受委屈。三國蜀‧諸葛亮《出師表》：「先帝不以臣卑鄙，猥自～屈，三顧臣於草廬之中。」❺ 繞，彎。《孟子‧滕文公下》：「如～道而從彼，何也？」❻ 違背，歪曲。《韓非子‧八說》：「明主之國，官不敢～法。」❼ 冤屈。《新唐書‧高仙芝傳》：「我有罪，若輩可言；不爾，當呼～。」❽ 徒然，白費。唐‧李白《清平調三首》之二：「雲雨巫山～斷腸。」

罔 🔊wǎng 🔊mong5 妄

❶ 用繩線等織成的捕魚或鳥獸的工具。《莊子·逍遙遊》：「中於機辟，死於～罟。」❷ 搜羅，收取。《孟子·公孫丑下》：「有賤丈夫焉，必求龍斷而登之，以左右望而～市利。」❸ 無，沒有。明·宋濂《閱江樓記》：「與神禹疏鑿之功同一～極。」❹ 害，陷害。《孟子·梁惠王上》：「及陷於罪，然後從而刑之，是～民也。」❺ 蒙蔽，欺騙。《孟子·萬章上》：「故君子可欺以其方，難～以非其道。」❻ 不正直。《論語·雍也》：「人之生也直，～之生也，幸而免。」❼ 通「惘」，迷惑無知。《論語·為政》：「學而不思則～，思而不學則殆。」

★往 ㊀🔊wǎng 🔊wong5 汪五聲

❶ 去，與「來」、「返」相對。晉·陶潛《桃花源記》：「太守即遣人隨其～。」❷ 昔時，過去。南唐·李煜《虞美人》：「春花秋月何時了？～事知多少！」❸ 交際，來往。宋·文天祥《〈指南錄〉後序》：「北與寇～來其間，無日不非可死。」❹ 以後。唐·韓愈《祭十二郎文》：「自今已～，吾其無意於人世矣！」❺ 指死或死者。唐·駱賓王《為徐敬業討武曌檄》：「倘能轉禍為福，送～事居（指生者）。」❻ 某種限度和範圍之外。《史記·廉頗藺相如列傳》：「召有司案圖，指從此以～十五都予趙。」

㊁🔊wàng 🔊wong6 旺

歸向。《史記·孔子世家》：「雖不能至，然心鄉～之。」

🔍 往、適、之、如。四字都有「往某個地方去」的意思，用法不同：「往」後面一般不帶賓語，如「孟獻伯拜上卿，叔向往賀」（《韓非子·外儲說左下》）。「適」、「之」、「如」後面一般跟有表示處所的賓語，如「逝將去女，適彼樂土」（《詩經·魏風·碩鼠》）。

亡 🔊wàng
見 312 頁 wáng。

王 🔊wàng
見 312 頁 wáng。

妄 ㊀🔊wàng 🔊mong5 網

❶ 胡亂，隨意。三國蜀·諸葛亮《出師表》：「不宜～自菲薄。」❷ 荒誕，沒有事實根據。漢·王充《論衡·變虛》：「是竟子韋之言～，延年之語虛也。」❸ 不法的行為，胡作非為。《左傳·哀公二十五年》：「彼好專利而～。」

㊁🔊wú 🔊mou4 毛

通「亡」，無。《禮記·儒行》：「今眾人之命儒也～常，以儒相詬病。」

忘 ㊀🔊wàng 🔊mong4 亡

❶ 忘記。晉·陶潛《桃花源記》：「緣溪行，～路之遠近。」❷ 遺失，遺漏。《詩經·大雅·假樂》：「不愆（qiān，過失）不～，率由舊章。」❸ 捨棄。三國蜀·諸葛亮《出師表》：「忠志之士，～身於外者。」此處指奮不顧身之意。

㊁🔊wú 🔊mou4 毛

無。《史記·平津侯主父列傳》：「高皇帝蓋悔之甚，乃使劉敬往結和親之約，然後天下～干戈之事。」

W

**往** 　普wàng
見 313 頁 wǎng。

**★望** 　普wàng　粵mong6亡六聲
❶ 向高處或遠處看。《左傳·曹劌論戰》:「登軾而～之。」❷ 期望,盼望。《孟子·梁惠王上》:「王如知此,則無～民之多於鄰國也。」❸ 企圖,希圖。《史記·廉頗藺相如列傳》:「三十日不還,則請立太子為王,以絕秦～。」❹ 看望。《戰國策·趙策四》:「而恐太后玉體之有所郄(xì,不舒適)也,故願～見太后」❺ 敬仰。《孟子·離婁下》:「良人者,所仰～而終身也。」❻ 怨恨,責備。《史記·張耳陳餘列傳》:「不意君之～臣深也!」❼ 指古代帝王祭祀山川、日月、星辰。《尚書·虞書·舜典》:「～于山川。」❽ 名望,聲望,威望。明·宋濂《送東陽馬生序》:「先達德隆～尊,門人弟子填其室,未嘗稍降辭色。」❾ 望日,月圓之時,通常指農曆每月十五日。《岳飛之少年時代》:「每值朔～,必具酒肉,詣同墓,奠而泣。」❿ 對着,向着。唐·李白《廬山謠寄盧侍御虛舟》:「香爐瀑布遙相～。」⓫ 介詞,朝着某一方向。《水滸傳》第三回:「～小腹上只一腳,騰地踢倒在當街上。」⓬ 將近,接近。唐·韓愈《祭竇司業文》:「逾七～八,年孰非翁。」

wei

**危** 　普wēi　粵ngai4巍
❶ 恐懼,憂懼。《戰國策·西周策》:「夫本末更盛,虛實有

時,竊為君～之。」❷ 不安全,危險。《史記·魏公子列傳》:「而晉鄙不授公子兵而復請之,事必～矣。」❸ 危難,艱難困苦。三國蜀·諸葛亮《出師表》:「今天下三分,益州疲弊,此誠～急存亡之秋也。」❹ 危害,傷害。漢·王充《論衡·答佞》:「讒以口害人,佞以事～人。」❺ 病重。特指人之將死。晉·李密《陳情表》:「但以劉日薄西山,氣息奄奄,人命～淺,朝不慮夕。」❻ 高。唐·李白《夜宿山寺》:「～樓高百尺,手可摘星辰。」❼ 端正,正直。宋·蘇軾《前赤壁賦》:「蘇子愀然,正襟～坐而問客曰:『何為其然也?』」

**委** 　普wēi
見 317 頁 wěi。

**威** 　普wēi　粵wai1委一聲
❶ 威嚴,尊嚴。《論語·學而》:「君子不重則不～。」❷ 權勢,威力。《史記·廉頗藺相如列傳》:「夫以秦王之～,而相如廷叱之,辱其羣臣。」❸ 震懾,欺凌。《孟子·公孫丑下》:「固國不以山溪之險,～天下不以兵革之利。」

**微** 　普wēi　粵mei4眉
❶ 隱蔽,藏匿。《左傳·哀公十六年》:「白公奔山而縊,其徒～之。」❷ 祕密地,偷偷地。《史記·魏公子列傳》:「(侯生)與其客語,～察公子。」❸ 偵察,伺察。《史記·孝武本紀》:「使人～得趙綰等姦利事。」❹ 精妙,深奧。《史記·屈原賈生列傳》:「其文約,其辭～。」❺ 細,輕,小,少。《三國志·蜀書·諸葛亮傳》:

「曹操比於袁紹，則名～而眾寡。」❻略略，輕輕地。宋·歐陽修《賣油翁》：「見其發矢十中八九，但～頷之。」❼昏暗，不明。晉·陶潛《歸去來兮辭》：「問征夫以前路，恨晨光之熹～。」❽衰微。《史記·孔子世家》：「孔子之時，周室～而禮樂廢。」❾卑賤。晉·李密《陳情表》：「今臣亡國賤俘，至～至陋。」❿非，不是。《詩經·邶風·柏舟》：「～我無酒，以敖以遊。」⓫如果沒有。宋·范仲淹《岳陽樓記》：「～斯人，吾誰與歸！」

**巍** [普]wēi [粵]ngai4危
高大的樣子。明·劉基《賣柑者言》：「觀其坐高堂，騎大馬，醉醇醴而飫肥鮮者，孰不～～乎可畏，赫赫乎可象也？」

★**為** [一] [普]wéi [粵]wai4圍
❶製作，製造。《莊子·逍遙遊》：「宋人有善～不龜手之藥者。」❷作，做，幹，辦。《孟子·梁惠王上》：「故王之不王，不～也，非不能也。」❸擔任，充當。《論語·為政》：「温故而知新，可以～師矣。」❹變作，成為。《荀子·勸學》：「冰，水～之，而寒於水。」❺當作。《岳飛之少年時代》：「拾薪～燭。」❻治，治理。《論語·為政》：「～政以德，譬如北辰。」❼研討，學習。《論語·陽貨》：「人而不～《周南》、《召南》，其猶正牆面而立也與？」❽認為。《莊子·逍遙遊》：「非不呺然大也，吾～其無用而掊之。」❾叫作，稱為。《莊子·逍遙遊》：「北冥有魚，其名～鯤。」❿表示判斷，相當於「是」。《論語·顏淵》：「克己復禮～仁。」⓫使。《左傳·昭公二十年》：「今君疾病，～諸侯憂，是祝史之罪也。」⓬有。《孟子·滕文公上》：「夫滕，壤地褊小，將～君子焉，將～野人焉。」⓭介詞，被。《韓非子·守株待兔》：「兔不可復得，而身～宋國笑。」⓮連詞，如。《戰國策·秦策四》：「秦～知之，必不救也。」⓯連詞，則，就。《莊子·寓言》：「同於己～是之，異於己～非之。」⓰句末語氣詞，表示反詰、疑問或感歎。清·劉蓉《習慣說》：「一室之不治，何以天下國家～？」

[二] [普]wèi [粵]wai6位
❶幫助，佑助。唐·韓愈《柳子厚墓誌銘》：「子厚前時少年，勇於～人。」❷介詞，替，給。《史記·廉頗藺相如列傳》：「秦王～趙王擊缻。」❸介詞，因為，由於。唐·杜甫《客至》：「蓬門今始～君開。」❹介詞，對，向。晉·陶潛《桃花源記》：「不足～外人道也。」❺通「謂」，說。《列子·湯問》：「孰～汝多知乎！」

**唯** [一] [普]wéi [粵]wai4圍
❶只，只有。唐·白居易《與元微之書》：「危惙之際，不暇及他，～收數帙文章。」❷副詞，表示希望、祈使。《史記·廉頗藺相如列傳》：「臣請就湯鑊，～大王與羣臣孰計議之！」❸助詞，用於句首，無實義。《論語·述而》：「與其進也，不與其退也，～何甚！」

[二] [普]wěi [粵]wai2毀
象聲詞，應答聲，用於對尊長恭敬

的應答。《論語‧里仁》:「子曰:『參乎!吾道一以貫之。』曾子曰:『~。』」

> 🔍 1. 唯、諾。二字均為應答聲,區別在於:「唯」的應聲急而恭敬,用於應答地位或輩分比自己高的人;「諾」的應聲較緩,用於應答平輩以及地位或輩分比自己低的人。2. 唯、惟、維。見 316 頁「惟」。

## 帷 ⓟ wéi ⓒ wai4 圍

帳幕。《史記‧項羽本紀》:「(樊)噲遂入,披~西嚮立。」

> 🔍 帷、幕。二字均指帳幕,而圍在四周的布稱「帷」,覆在上方的布稱「幕」。
>
> 📖 成語「運籌帷幄」比喻謀劃策略,當中的「帷幄」特指軍旅中的帳幕。

## ★惟

㊀ ⓟ wéi ⓒ wai4 圍
❶ 思考,想。《戰國策‧韓策一》:「此安危之要,國家之大事也,臣請深~而苦思之。」❷ 只,只是,只有。宋‧歐陽修《賣油翁》:「我亦無他,~手熟爾。」❸ 副詞,表示希望、祈使。《孟子‧梁惠王下》:「先王無流連之樂,荒亡之行。~君所行也。」❹ 助詞,用於句首,無實義。《孟子‧滕文公下》:「~士無田,則亦不祭。」

㊁ ⓟ wěi ⓒ wai2 毀
[惟惟]也作「唯唯」。順從的樣子。《荀子‧大略》:「~~而亡者,誹也。」

> 🔍 惟、唯、維。三字本義不同,「惟」是思考,「唯」是應答聲,「維」是大繩索,在這些意義上三字一般不通用。而由於讀音相同,在「只、只有」的意義上,以及用作句首語氣助詞時,三字可通用;在表示「希望、祈使」的意義上,「惟」、「唯」可通用。

## 圍 ⓟ wéi ⓒ wai4 惟

❶ 包圍。《左傳‧僖公三十年》:「晉侯、秦伯~鄭。」❷ 環繞。唐‧杜甫《秋興八首》之六:「珠簾繡柱~黃鵠。」❸ 用土石、荊棘等圍成的防禦設施。《三國演義‧楊修之死》:「於是再築牆~,改造停當,又請操觀之。」❹ 四周、周邊的長度。宋‧陸游《建寧府尊勝院佛殿記》:「石痕村之杉,修百有三十尺,~十有五尺。」❺ 計算圓周的單位。南朝宋‧劉義慶《世說新語‧言語》:「桓公北征,經金城,見前為琅邪時種柳,皆已十~。」

## 違 ⓟ wéi ⓒ wai4 圍

❶ 離別。《詩經‧邶風‧谷風》:「行道遲遲,中心有~。」❷ 離開,去。《論語‧公冶長》:「崔子弒齊君,陳文子有馬十乘,棄而~之。」❸ 相距,距離。《禮記‧中庸》:「忠恕~道不遠,施諸己而不願,亦勿施於人。」❹ 違背,違反。《論語‧里仁》:「君子無終食之間~仁。」

## 維 ⓟ wéi ⓒ wai4 惟

❶ 繫物的大繩索。《淮南子‧天文訓》:「天柱折,地~絕。」

❷ 繫，拴。《儀禮·士相見禮》：「～之以索。」❸ 綱紀，綱要。《史記·管晏列傳》：「四～不張，國乃滅亡。」❹ 維護，維持。《韓非子·心度》：「故民樸而禁之以名則治，世知～之以刑則從。」❺ 只有，僅僅。《詩經·小雅·谷風》：「將恐將懼，～予與女。」❻ 助詞，用於句首或句中。唐·韓愈《送孟東野序》：「～天之於時也亦然。」

🔍 維、惟、唯。見316頁│惟。

# 尾 ⓦwěi ⓒmei5美

❶ 尾巴。漢樂府《陌上桑》：「青絲繫馬～。」❷ 末端，末尾。明·魏學洢《核舟記》：「舟首～長約八分有奇，高可二黍許。」❸ 在後跟隨。《戰國策·秦策五》：「王若能為此～，則三王不足四，五伯不足六。」❹ 水流的下游。《左傳·昭公十二年》：「楚子狩于州來，次于潁～。」❺ 邊際，邊界。《列子·愚公移山》：「投諸渤海之～，隱土之北。」❻ 量詞，頭，條。唐·柳宗元《遊黃溪記》：「有魚數百～，方來會石下。」

# 委 ㊀ ⓦwěi ⓒwai2毀

❶ 順從，聽從。晉·陶潛《歸去來兮辭》：「何不～心任去留？」❷ 交付，託付。《左傳·襄公三十一年》：「子皮以為忠，故～政焉。」❸ 丟棄，捨棄。《孟子·公孫丑下》：「米粟非不多也，～而去之，是地利不如人和也。」❹ 推卸，推託。《晉書·王戎傳》：「司馬欲～罪於孤耶？」❺ 放置。《戰國策·燕策三》：「是以～肉當餓虎

之蹊，禍必不振矣。」❻ 聚集，堆積。《淮南子·齊俗訓》：「無天下之～財，而欲遍贍萬民，利不能足也。」❼ 垂，垂下。唐·元稹《表夏十首》：「露葉傾暗光，流星～餘素。」❽ 遺留。漢·賈誼《治安策》：「植遺腹，朝～裘，而天下不亂。」❾ 確實，確知。漢·王充《論衡·宣漢》：「～不能知有聖與無。」

㊁ ⓦwēi ⓒwai1威
[委蛇 yí]也作「逶迤」、「逶蛇」、「委移」、「委佗」等。① 形容山勢、河流蜿蜒曲折的樣子。明·宋濂《閱江樓記》：「長江發源岷山，～～七千餘里而入海。」② 伏地曲折爬行的樣子。《史記·蘇秦列傳》：「嫂～～蒲服（púfú，同「匍匐」，爬行），以面掩地而謝。」③ 隨順的樣子。《莊子·應帝王》：「吾與之虛而～～。」

# 唯 ⓦwěi
見315頁 wéi。

# 偽 ⓦwěi ⓒngai6魏

❶ 人為。《荀子·性惡》：「人之性惡，其善者～也。」❷ 欺詐，假裝。清·方苞《左忠毅公軼事》：「使史更敝衣草屨，背筐，手長鑱，～為除不潔者。」❸ 虛假，不真實。宋·歐陽修《朋黨論》：「當其同利之時，暫相黨引以為朋者，～也。」❹ 非法的，非正統的。晉·李密《陳情表》：「且臣少事～朝，歷職郎署。」

# 惟 ⓦwěi
見316頁 wéi。

# 猥 ⓦwěi ⓒwai2委

❶ 積聚。《資治通鑑》卷四

十八：「君侯在外國三十餘年，而小人一承君後。」❷ 多。《後漢書·仲長統傳》：「所恃者寡，所取者～。」❸ 雜，瑣碎。《明史·刑法志》：「家人米鹽～事，宮中或傳為笑謔。」❹ 卑賤，鄙陋。晉·葛洪《抱朴子·百里》：「庸～之徒，器小志近。」❺ 隨便，苟且。漢·楊惲《報孫會宗書》：「然竊恨足下不深惟其終始，而～隨俗之毀譽也。」❻ 突然。《漢書·王莽傳中》：「今～被以大罪，恐其遂畔。」❼ 謙詞，表示自己的謙卑，或表示對方屈尊就卑。三國蜀·諸葛亮《出師表》：「先帝不以臣卑鄙，～自枉屈，三顧臣於草廬之中。」

**緯** 🔊 wěi 🔊 wai5 偉

❶ 織物的橫線，與「經」相對。南朝梁·劉勰《文心雕龍·情采》：「經正而後～成。」❷ 地理上東西為緯，南北為經。《晉書·地理志上》：「所謂南北為經，東西為～。」❸ 古代行星稱做緯。《史記·天官書》：「水、火、金、木、土星，此五星者，天之五佐，為～。」❹ 編織，紡織。《莊子·列御寇》：「河上有家貧恃～蕭而食者。」❺ 組織（文辭）。《宋書·謝靈運傳論》：「甫乃以情～文。」❻ 治理，整飭。《晉書·李玄盛傳》：「玄盛以～世之量，當呂氏之末。」

**★未** 🔊 wèi 🔊 mei6 味

❶ 將來，未來。《荀子·正論》：「凡刑人之本，禁暴惡惡，且徵其～也。」❷ 表示否定，相當於「不」、「沒有」。《左傳·曹劌論戰》：「肉食者鄙，～能遠謀。」❸ 用於句末，表示疑問，相當於「否」。《史記·魏其武安侯列傳》：「君除吏盡～？吾亦欲除吏。」

**位** 🔊 wèi 🔊 wai6 胃

❶ 朝廷中羣臣的位列。《孟子·離婁下》：「禮，朝廷不歷而相與言，不踰階而相揖也。」❷ 位置。《左傳·成公二年》：「逢丑父與公易～。」❸ 職位，官爵。唐·韓愈《師說》：「～卑則足羞，官盛則近諛。」❹ 爵次，等列。《孟子·萬章下》：「天子一～，公一～，侯一～，伯一～，子、男同一～，凡五等也。」❺ 特指君王或諸侯之位。《史記·伯夷列傳》：「堯將遜～，讓於舜、禹之間。」❻ 使安於其所。《禮記·中庸》：「致中和，天地～焉，萬物育焉。」❼ 對人的敬稱。清·吳敬梓《儒林外史》第三回：「諸～請坐，小兒方才出去了。」

**味** 🔊 wèi 🔊 mei6 未

❶ 滋味，味道。《禮記·大學》：「心不在焉，視而不見，聽而不聞，食而不知其～。」❷ 品嘗，辨別滋味。《荀子·哀公》：「非口不能～也。」❸ 菜餚。唐·杜甫《客至》：「盤飧市遠無兼～，樽酒家貧只舊醅。」❹ 意義，旨趣。《紅樓夢》第一回：「滿紙荒唐言，一把辛酸淚，都云作者痴，誰解其中～？」❺ 研究，體會。漢·王充《論衡·自紀》：「言瞭於耳，則事～於心。」❻ 量詞，菜餚或藥物的品種。宋·韓世忠《臨江仙》：「單方只一～，盡在不言中。」

W

# 畏 ⓟwèi ⓒwai3慰
**❶** 害怕，恐懼。《史記·廉頗藺相如列傳》：「相如雖駑，獨~廉將軍哉？」**❷** 疑慮，擔心。宋·范仲淹《岳陽樓記》：「登斯樓也，則有去國懷鄉，憂讒~譏。」**❸** 憎惡，嫉妒。《史記·淮陰侯列傳》：「信知漢王~惡其能。」**❹** 心服，敬服。《論語·子罕》：「後生可~，焉知來者之不如今也？」

# 為 ⓟwéi
見 315 頁 wéi。

# 渭 ⓟwèi ⓒwai6胃
水名，源出甘肅，流經陝西中部，至潼關入黃河。《詩經·邶風·谷風》：「涇以~濁。」

# 遺 ⓟwèi
見 363 頁 yí。

# 衛 ⓟwèi ⓒwai6位
**❶** 守衛，防護。《戰國策·趙策四》：「願令得補黑衣之數，以~王宮。」**❷** 任守衛、防護工作的人。《史記·項羽本紀》：「(樊)噲即帶劍擁盾入軍門，交戟之~士欲止不內。」**❸** 特指錦衣衛，明代的特務機構。《明史·刑法志》：「廠與~相倚，故言者並稱廠~。」**❹** 邊陲，邊遠的地方。《周禮·春官宗伯·巾車》：「以封四~。」**❺** 驢的別稱。清·蒲松齡《聊齋志異·胡氏》：「次日，有客來謁，繫黑~於門。」**❻** 古國名。漢·賈誼《過秦論》：「約從離橫，兼韓、魏、燕、楚、齊、趙、宋、~、中山之眾。」

# ★謂 ⓟwèi ⓒwai6胃
**❶** 告訴，對……説。《莊子·逍遙遊》：「惠子~莊子曰：『魏王貽我大瓠之種，我樹之成而實五石。』」**❷** 説。《孟子·論四端》：「所以~人皆有不忍人之心者。」**❸** 叫做，稱為。《莊子·逍遙遊》：「吾有大樹，人~之樗。」**❹** 認為，以為。宋·周敦頤《愛蓮説》：「予~：菊，花之隱逸者也。」

> Q 謂、曰。二字都有説的意思，其後都跟有所説的話，區別在於：「謂」不與所説的話緊接，「曰」則與所説的話緊接。

# 魏 ⓟwèi ⓒngai6偽
**❶** 古國名，周代時的諸侯國，戰國七雄之一。**❷** 朝代名。一是三國時魏，公元 220 年曹丕代漢稱帝，國號魏，與吳、蜀三分天下，公元 265 年司馬炎代魏稱晉，魏亡。二是南北朝時魏，北朝之一，公元 386 年為鮮卑族拓跋珪所建，居長江以北，史稱北魏，後分裂為東魏和西魏。公元 550 年北齊廢東魏，公元 557 年北周廢西魏。

## wen

# 溫 
〔一〕ⓟwēn ⓒwan1瘟
**❶** 暖和。漢·王充《論衡·寒溫》：「近水則寒，近火則~。」**❷** 柔和，平和，寬厚。《論語·學而》：「夫子~、良、恭、儉、讓以得之。」**❸** 溫習，複習。《論語·為政》：「~故而知新，可以為師矣。」
〔二〕ⓟyùn ⓒwan2穩
通「蘊」，蘊藏，蘊積。《荀子·榮辱》：「其流長矣，其~厚矣，其功盛姚遠矣。」

W

**文**

（一）⟨普⟩wén ⟨粵⟩man4 聞

❶ 在肌膚上刺畫花紋。《莊子·逍遙遊》:「越人斷髮〜身。」
❷ 色彩交錯的花紋,紋理。《禮記·樂記》:「五色成〜而不亂。」這個意義後來寫作「紋」。
❸ 自然界或人類社會某些帶有規律性的現象。《周易·賁》:「觀乎天〜,以察時變;觀乎人〜,以化成天下。」
❹ 禮樂制度。《論語·子罕》:「文王既沒,〜不在茲乎?」
❺ 法令條文。《國語·周語上》:「明利害之鄉,以〜修之。」
❻ 文字。《孟子·萬章上》:「故說《詩》者,不以文害辭,不以辭害志。」
❼ 文辭,言辭。《國語·楚語上》:「〜詠物以行之。」
❽ 文章。唐·柳宗元《始得西山宴遊記》:「然後知吾嚮之未始遊,遊於是乎始,故為之〜以志。」
❾ 非軍事的,與「武」相對。唐·魏徵《諫太宗十思疏》:「〜武並用,垂拱而治。」
❿ 美,善。《禮記·樂記》:「禮減而進,以進為〜;樂盈而反,以反為〜。」
⓫ 華麗,與「質」相對。《論語·顏淵》:「君子質而已矣,何以〜為?」
⓬ 貨幣單位。《水滸傳》第三回:「當初不曾得他一〜,如今那討錢來還他?」

（二）⟨普⟩wén ⟨粵⟩man6 問

舊讀 wèn。掩飾。《論語·子張》:「小人之過也必〜。」

**★聞**

（一）⟨普⟩wén ⟨粵⟩man4 文

❶ 聽見。《禮記·大學》:「心不在焉,視而不見,聽而不〜,食而不知其味。」
❷ 知道。《論語·里仁》:「朝〜道,夕死可矣。」
❸ 知識,見聞。《論語·季氏》:「友直,友諒,友多〜,益矣。」
❹ 消息,聽到的事情。漢·司馬遷《報任安書》:「網羅天下放失舊〜。」
❺ 傳佈,傳揚。《詩經·小雅·鶴鳴》:「鶴鳴於九皋,聲〜于野。」
❻ 聞名,著稱。《史記·廉頗藺相如列傳》:「以勇氣〜於諸侯。」
❼ 奏,使君主知道。晉·李密《陳情表》:「臣不勝犬馬怖懼之情,謹拜表以〜。」
❽ 嗅,嗅到。《韓非子·十過》:「共王駕而自往,入其幄中,〜酒臭而還。」

（二）⟨普⟩wèn ⟨粵⟩man6 問

名聲,名望。《孟子·告子上》:「令〜廣譽施於身,所以不願人之文繡也。」

**刎**

⟨普⟩wěn ⟨粵⟩man5 敏

割頸。《史記·項羽本紀》:「(項王)乃自〜而死。」

**穩**

⟨普⟩wěn ⟨粵⟩wan2 允二聲

❶ 安穩,安全。南朝宋·劉義慶《世說新語·排調》:「行人安〜,布帆無恙。」
❷ 妥貼。唐·杜甫《長吟》:「賦詩歌句〜,不覺自長吟。」
❸ 使人暫緩行動。元·秦簡夫《東堂老》:「他兩個把我〜在這裏,推買東西去了。」

**★問**

⟨普⟩wèn ⟨粵⟩man6 紊

❶ 詢問。唐·杜甫《兵車行》:「道旁過者〜行人,行人但云點行頻。」
❷ 問學,請教。唐·韓愈《師說》:「古之聖人,其出人也遠矣,猶且從師而〜焉。」
❸ 論難,探討。明·歸有光《項脊軒志》:「後五年,吾妻來歸,時至軒中,從余〜古事,或憑几學書。」
❹ 考

察。宋·王安石《上皇帝萬言書》：「欲審知其聽，～其行。」❺審訊。《紅樓夢》第四回：「勾取一干有名人犯，雨村詳加審～。」❻責問，追究。《左傳·僖公四年》：「昭王南征而不復，寡人是～。」❼餽贈。《詩經·鄭風·女曰雞鳴》：「知子之順之，雜佩以～之。」❽慰問，探望。《國語·越語上》：「於是葬死者，～傷者，養生者。」

Q　問、叩、訊、諏。見 162 頁「叩」。

**聞** 〔粵〕wèn
見 320 頁 wén。

---

weng

**翁** 〔粵〕wēng 〔粵〕jung1 雍
❶鳥頸上的毛。《山海經·西山經》：「有鳥焉其狀如鶉，黑文而赤～。」❷父親。宋·陸游《示兒》：「王師北定中原日，家祭無忘告乃～。」❸丈夫的父親或妻子的父親。清·鄭燮《姑惡》：「小婦年十二，辭家事～姑。」❹泛指老年男子。唐·柳宗元《江雪》：「孤舟蓑笠～，獨釣寒江雪。」❺對男性的敬稱。唐·杜甫《自京赴奉先詠懷》：「取笑同學～，浩歌彌激烈。」

**甕** 〔粵〕wèng 〔粵〕ung3 凍(不讀聲母)
盛東西用的陶器。《岳飛之少年時代》：「母姚氏抱飛坐巨～中，衝濤乘流而下。」

---

wo

**★我** 〔粵〕wǒ 〔粵〕ngo5 鵝五聲
❶第一人稱代詞。《列子·

愚公移山》：「～雖死，有子存焉。」❷我的，自己的。《論語·述而》：「三人行，必有～師焉。」❸我方。《左傳·莊公十年》：「春，齊師伐～，公將戰。」❹自以為是。《論語·子罕》：「毋意，毋必，毋固，毋～。」

**沃** 〔粵〕wò 〔粵〕juk1 郁
❶澆，灌。《左傳·僖公二十三年》：「奉匜～盥，既而揮之。」❷肥沃。《三國志·蜀書·諸葛亮傳》：「益州險塞，～野千里。」

**臥** 〔粵〕wò 〔粵〕ngo6 餓
❶伏着休息。《孟子·公孫丑下》：「坐而言，不應，隱几而～。」❷躺着休息。明·歸有光《項脊軒志》：「余久～病無聊，乃使人復葺南閣子。」❸睡。唐·柳宗元《始得西山宴遊記》：「醉則更相枕以～，～而夢。」❹睡覺的地方，指寢室或牀。《史記·魏公子列傳》：「嬴聞晉鄙之兵符常在王～內。」❺隱居。唐·李白《沙丘城下寄杜甫》：「我來竟何事？高～沙丘城。」❻倒伏。唐·杜甫《垂老別》：「老妻～路啼，歲暮衣裳單。」❼橫陳。唐·杜牧《阿房宮賦》：「長橋～波，未雲何龍？」

**握** 〔粵〕wò 〔粵〕ak1 扼
❶握持，執持。《史記·廉頗藺相如列傳》：「燕王私～臣手，曰『願結友』。」❷屈指成拳。《老子》五十五章：「骨弱筋柔而～固。」❸掌握，控制。漢·揚雄《解嘲》：「且～權則為卿相，夕失勢則為匹夫。」❹量詞，一手抓滿之量。《詩經·陳風·東門之枌》：「貽我～椒。」

## 幄
⊜wò ⊜ak1握

帳幕，篷帳。《呂氏春秋·權勳》：「襲王駕而往視之，入～中，聞酒臭而還。」

## 渥
⊜wò ⊜ak1握

❶ 沾濕，沾潤。《詩經·小雅·信南山》：「既優既～，既霑既足，生我百穀。」❷ 光潤，光澤。宋·歐陽修《秋聲賦》：「宜其～然丹者為槁木。」❸ 深厚，豐厚。晉·李密《陳情表》：「過蒙拔擢，寵命優～。」

---

### wu

## 巫
⊜wū ⊜mou4無

古代稱代人祈禱、求鬼神賜福、解決問題的人，女稱巫，男稱巫或覡（xí）。唐·韓愈《師説》：「～、醫、樂師、百工之人，不恥相師。」

## 於
⊜wū

見380頁yú。

## 屋
⊜wū ⊜uk1谷(不讀聲母)

❶ 房頂。《詩經·豳風·七月》：「亟其乘～，其始播百穀。」❷ 泛指覆蓋之物。《禮記·雜記上》：「素錦以為～而行。」此指蓋棺的小帳。❸ 房屋，房舍。晉·陶潛《桃花源記》：「土地平曠，～舍儼然。」

## 烏
⊜wū ⊜wu1污

❶ 鳥名，烏鴉。漢·曹操《短歌行》：「月明星稀，～鵲南飛。」❷ 黑色。《三國志·魏書·鄧艾傳》：「身被～衣，手執耒耜以率將士。」❸ 太陽。元·楊維楨《鴻門會》：「照天萬古無二～，殘星

破月開天餘。」❹ 副詞，表示反問語氣。明·王守仁《象祠記》：「又～知其終之不見化於舜也？」❺ 象聲詞。漢·楊惲《報孫會宗書》：「酒後耳熱，仰天拊缶，而呼～～。」

> 烏鴉在古代曾被視作祥鳥，神話傳説中太陽中央有一隻黑色的三足烏鴉，因以「烏」為太陽的代稱。此外，相傳烏鴉有反哺之情，後以「烏烏私情」比喻奉養之孝心，如晉·李密《陳情表》：「烏烏私情，願乞終養。」

## 惡
⊜wū

見67頁è。

## 嗚
⊜wū ⊜wu1烏

❶ [嗚呼] 也作「烏乎」、「烏虖」、「於乎」等。① 歎詞，表示感歎。唐·韓愈《師説》：「～～！師道之不復，可知矣。」② 歎詞，表示讚歎。《尚書·周書·旅葵》：「～～！明王慎德，四夷咸賓。」③ 死的代稱。《紅樓夢》第十六回：「自己氣的老病發作，三五日光景，～～～了。」❷ [嗚咽] ① 低聲哭泣。清·方苞《左忠毅公軼事》：「史前跪，抱公膝而～～。」② 形容凄涼低沉的聲音。漢·蔡琰《胡笳十八拍》：「夜聞隴水兮聲～～，朝見長城兮路杳漫。」❸ 象聲詞。秦·李斯《諫逐客書》：「彈箏搏髀而歌呼～～快耳者，真秦之聲也。」❹ 親吻。明·湯顯祖《牡丹亭·尋夢》：「他興心兒緊嗚嗒，～着咱香肩。」

## 誣
⊜wū ⊜mou4巫

❶ 説話虛妄不實，欺騙。《韓

非子・顯學》：「故明據先王，必定堯舜者，非愚則～也。」❷ 誣衊，誣陷。宋・蘇軾《潮州韓文公廟碑》：「古今所傳，不可～也。」

**亡** 🔊 wú
見 312 頁 wáng。

**毋** 🔊 wú 🔊 mou4 無
❶ 副詞，表示禁止，相當於「別」、「不要」。清・朱柏廬《朱子家訓》：「宜未雨而綢繆，～臨渴而掘井。」❷ 副詞，表示否定，相當於「不」。《史記・廉頗藺相如列傳》：「趙王畏秦，欲～行。」❸ 代詞，相當於「沒有誰」或「沒有人」。《史記・魏其武安侯列傳》：「上察宗室諸竇，～如寶嬰賢，乃召嬰。」❹ 通「無」，沒有。《史記・酷吏列傳》：「為吏以來，舍～食客。」

**妄** 🔊 wú
見 313 頁 wàng。

★**吾** 🔊 wú 🔊 ng4 吳
我，我的。《列子・愚公移山》：「～與汝畢力平險。」

> 💡 「吾」是文言文中常見的第一人稱代詞。要注意的是，當組成「吾子」一詞時，除了可解作「我的兒子」外，還能作為對男子的尊稱，相當於「您」，如明・劉基《賣柑者言》：「吾子未之思也。」閱讀時要注意根據上文下理推敲出正確詞義。

**忘** 🔊 wú
見 313 頁 wàng。

**梧** 〔一〕🔊 wú 🔊 ng4 吳
❶ 樹名，即梧桐。《莊子・

齊物論》：「惠子之據～也。」❷ 屋樑上的斜柱，支柱。漢・司馬相如《長門賦》：「羅丰茸之遊樹兮，離樓～而相撐。」❸ 支撐。《後漢書・方術傳下》：「炳乃故升茅屋，～鼎而爨。」❹ 抵觸。《漢書・司馬遷傳贊》：「甚多疏略，或有抵～。」

〔二〕🔊 wù 🔊 ng6 誤
高大、雄偉的樣子。《後漢書・臧洪傳》：「洪體貌魁～～，有異姿。」

★**無** 🔊 wú 🔊 mou4 毛
❶ 沒有。《孟子・論四端》：「～惻隱之心，非人也。」❷ 非，不是。《管子・形勢》：「雖已盛滿，無德厚以安之，無度數以治之，則國非其國，而民～其民也。」❸ 副詞，表示否定，相當於「不」、「未」。唐・賀知章《回鄉偶書》：「少小離家老大回，鄉音～改鬢毛衰。」❹ 通「毋」，不要。《孟子・梁惠王上》：「雞豚狗彘之畜，～失其時，七十者可以食肉矣。」❺ 副詞，表示反詰，多與「得」連用。《晏子春秋・內篇雜下》：「今民生長於齊不盜，入楚則盜，得～楚之水土使民善盜耶？」❻ 副詞，表示疑問，用在句尾，相當於「不」、「沒」。唐・朱慶餘《近試上張籍水部》：「畫眉深淺入時～？」❼ 連詞，表示條件關係或假設關係，相當於「不論」、「無論」或「即使」。三國蜀・諸葛亮《出師表》：「事～大小，悉以咨之，然後施行。」

**廡** 🔊 wú
見 324 頁 wǔ。

**★五** 🔊wǔ 🔊ng5午
① 數詞。宋·蘇洵《六國論》：「趙嘗～戰於秦，二敗而三勝。」② 縱橫交錯。南朝梁·蕭衍《河中之水歌》：「頭上金釵十二行，足下絲履～文章。」

**午** 🔊wǔ 🔊ng5五
① 縱橫交錯。《儀禮·特牲饋食禮》：「～割之。」② 通「迕」，違反，抵觸。《荀子·富國》：「～其軍，取其將。」

**武** 🔊wǔ 🔊mou5舞
① 泛指軍事、技擊、強力之事，與「文」相對。《史記·游俠列傳》：「儒以文亂法，而俠以～犯禁。」② 勇猛，剛健，威武。戰國楚·屈原《楚辭·九歌·國殤》：「誠既勇兮又以～。」③ 士。《淮南子·覽冥訓》：「勇～一人為三軍雄。」④ 兵器。唐·王勃《滕王閣序》：「紫電清霜，王將軍之～庫。」⑤ 足跡。戰國楚·屈原《楚辭·離騷》：「忽奔走以先後兮，及前王之踵～。」

**舞** 🔊wǔ 🔊mou5武
① 舞蹈。《莊子·養生主》：「奏刀騞然，莫不中音，合於桑林之～，乃中經首之會。」② 跳舞。《論語·八佾》：「八佾～於庭，是可忍也，孰不可忍也？」③ 揮動，搖動。《孟子·離婁上》：「則不知足之蹈之、手之～之。」④ 玩弄，要弄。《漢書·汲黯傳》：「好興事，～文法。」

**廡** 🈁 🔊wǔ 🔊mou5武
① 高堂下周圍的廊房、廂房。《史記·魏其武安侯列傳》：「所賜金，陳之廊～下。」② 房屋。《史記·李斯列傳》：「居大～之下。」

🈔 🔊wú 🔊mou4無
通「蕪」，草木茂盛的樣子。《國語·晉語四》：「黍不為黍，不能蕃～。」

**勿** 🔊wù 🔊mat6物
① 表示否定，相當於「不」。《孟子·魚我所欲也》：「非獨賢者有是心也，人皆有之，賢者能～喪耳。」② 表示禁止或勸阻，相當於「不要」、「別」。《論語·顏淵》：「非禮～視，非禮～聽，非禮～言，非禮～動。」③ 助詞，用於句首，無義。《詩經·小雅·節南山》：「弗問弗仕，～罔君子。」

**物** 🔊wù 🔊mat6勿
① 東西，事物。《禮記·大學》：「～有本末，事有終始。」② 社會，外界環境。《荀子·勸學》：「君子生非異也，善假於～也。」③ 實質內容。《周易·家人》：「君子以言有～，而行有恆。」④ 物產。《史記·項羽本紀》：「今入關，財～無所取。」⑤ 選擇，觀察。宋·文天祥《〈指南錄〉後序》：「經北艦十餘里，為巡船所～色，幾從魚腹死。」

**悟** 🔊wù 🔊ng6誤
① 明白，覺醒。晉·陶潛《歸去來兮辭》：「～已往之不諫，知來者之可追。」② 聰慧。宋·王安石《傷仲永》：「仲永之通～，受之天也。」

**梧** 🔊wù
見 323 頁 wú。

**務** [普]wù [粵]mou6 冒
❶ 致力，從事。《論語·雍也》：「～民之義，敬鬼神而遠之，可謂知矣。」❷ 追求，謀求。《國語·周語上》：「使～利而避害，懷德而畏威，故能保世以滋大。」❸ 工作，職責。漢·司馬遷《報任安書》：「曩者辱賜書，教以慎於接物，推賢進士為～。」❹ 必須，一定。《孟子·告子下》：「君子之事君也，～引其君以當道，志於仁而已。」

**惡** [普]wù
見 67 頁 è。

**誤** [普]wù [粵]ng6 悟
❶ 錯誤。《韓非子·制分》：「是以賞罰擾亂，邦道差～。」❷ 耽誤。《左傳·僖公十五年》：「鄭以救公～之，遂失秦伯。」❸ 誤導，迷惑。《荀子·正論》：「是特姦人之～於亂說，以欺愚者。」

**寤** [普]wù [粵]ng6 誤
❶ 睡醒。《詩經·周南·關雎》：「窈窕淑女，～寐求之。」❷ 通「悟」，醒悟，理解。《史記·項羽本紀》：「五年卒亡其國，身死東城，尚不覺～而不自責，過矣。」

**騖** [普]wù [粵]mou6 務
❶ 亂跑，縱橫奔馳。《韓非子·外儲說右下》：「代御執轡持策，則馬咸～矣。」❷ 急速。《素問·大奇論》：「肝脈～暴，有所驚駭。」❸ 力求，追求。《宋史·程顥傳》：「病學者厭卑近而～高遠，卒無成焉。」

W

# X

## xi

**夕** 　⟨普⟩xī　⟨粤⟩zik6直

❶ 傍晚。《論語·里仁》:「朝聞道,～死可矣。」❷ 特指傍晚時謁見君主。《左傳·成公十二年》:「百官承事,朝而不～。」❸ 夜晚。宋·蘇洵《六國論》:「今日割五城,明日割十城,然後得一～安寢。」❹ 傾斜、不正的樣子。《呂氏春秋·明理》:「是正坐於～室,其所謂正,乃不正也。」

**★西** 　⟨普⟩xī　⟨粤⟩sai1犀

❶ 方位名,與「東」相對。唐·李白《憶秦娥》:「～風殘照,漢家陵闕。」❷ 向西去,向西行。宋·蘇軾《後赤壁賦》:「掠予舟而～也。」❸ 副詞,向西面,往西面。《史記·留侯世家》:「與韓王將千餘人～略韓地。」❹ 西邊的。北朝民歌《木蘭詩》:「東市買駿馬,～市買鞍韉。」

---

💡 「東、南、西、北」四個方位詞,在文言文中常用作動詞,表示「向東、南、西、北去」。

---

**希** 　⟨普⟩xī　⟨粤⟩hei1嬉

❶ 少。《孟子·離婁下》:「人之所以異於禽獸者幾～。」這個意義後來寫作「稀」。❷ 仰慕。晉·左思《詠史》之三:「吾～段干木,偃息藩魏君;吾慕魯仲連,談笑卻秦軍。」❸ 希望,希求。晉·李密《陳情表》:「豈敢盤桓,有所～冀?」

**昔** 　⟨普⟩xī　⟨粤⟩sik1息

❶ 過去,從前,與「今」相對。晉·王羲之《〈蘭亭集〉序》:「後之視今,亦猶今之視～。」❷ 夜。《莊子·天運》:「通～不寐矣。」

**析** 　⟨普⟩xī　⟨粤⟩sik1息

❶ 劈開。《詩經·齊風·南山》:「～薪如之何?匪斧不克。」❷ 離散。《論語·季氏》:「邦分崩離～而不能守也。」❸ 分析,辨析。《莊子·天下》:「判天地之美,～萬物之理。」

**息** 　⟨普⟩xī　⟨粤⟩sik1昔

❶ 呼吸。《莊子·逍遙遊》:「生物之以～相吹也。」❷ 歎息。《戰國策·燕策三》:「樊將軍仰天太～流涕曰。」❸ 停止。《周易·乾》:「君子以自強不～。」❹ 滅。《漢書·霍光傳》:「俄而家果失火,鄰里共救之,幸而得～。」這個意義後來寫作「熄」。❺ 休息。《孟子·梁惠王下》:「飢者弗食,勞者弗～。」❻ 滋生,繁殖。《史記·孔子世家》:「嘗為司職吏而畜蕃～。」❼ 子女。晉·李密《陳情表》:「門衰祚薄,晚有兒～。」❽ 利息。《史記·孟嘗君列傳》:「貸錢多者不能與其～。」

**悉** 　⟨普⟩xī　⟨粤⟩sik1昔

❶ 詳盡。漢·賈誼《論積貯疏》:「古之治天下,至纖至～也。」❷ 全,都。三國蜀·諸葛亮《出師表》:「愚以為宮中之事,事無大小,～以咨之,然後施行。」

**惜** 　⟨普⟩xī　⟨粤⟩sik1昔

❶ 可惜,哀傷。漢·賈誼《惜誓》:「～余年老而日衰兮,歲

忽忽而不反。」❷ 愛惜，珍惜。宋·蘇洵《六國論》：「子孫視之不甚～，舉以予人，如棄草芥。」❸ 吝惜，捨不得。《後漢書·光武帝紀上》：「悉發諸營兵，而諸將貪～財貨，欲分留守之。」

## 稀 ⓤxī ⓒhei1 希

❶ 疏，與「密」相對。晉·陶潛《歸園田居》：「種豆南山下，草盛豆苗～。」❷ 少，與「多」相對。漢·曹操《短歌行》：「月明星～，烏鵲南飛。」❸ 薄，與「稠」相對。元·陳思濟《漱石亭和段超宗韻》：「羨殺田家豆粥～。」

## 溪 ⓤxī ⓒkai1 稽

❶ 山間的小河溝。《漢書·司馬相如傳上》：「振～通谷，蹇產溝瀆。」❷ 小河。晉·陶潛《桃花源記》：「緣～行，忘路之遠近。」

## 熙 ⓤxī ⓒhei1 希

❶ 明亮。三國魏·曹植《七啟》：「～天曜日。」❷ 和樂，和悅。《老子》二十章：「眾人～～，如享太牢。」

## 嘻 ⓤxī ⓒhei1 希

❶ 笑。漢·揚雄《太玄·樂》：「人～鬼～，天要之期。」❷ 歎詞，表示讚歎。《莊子·養生主》：「文惠君曰：『～，善哉！技蓋至此乎！』」❸ 歎詞，表示感歎、悲痛。《禮記·檀弓上》：「伯魚之母死，期而猶哭。……夫子曰：『～，其甚也！』」❹ 歎詞，表示憤怒、不滿。《戰國策·趙策三》：「辛垣衍怏然不悅曰：『～！亦太甚矣，先生之言也。』」

## 膝 ⓤxī ⓒsat1 瑟

膝蓋，大腿與小腿相連處。清·方苞《左忠毅公軼事》：「左～以下，筋骨盡脫矣。」

## 蹊 ⓤxī ⓒhai4 兮

❶ 小路。《呂氏春秋·孟冬》：「塞～徑。」❷ 走，踐踏。《左傳·宣公十一年》：「牽牛以～人之田，而奪之牛。」

## 曦 ⓤxī ⓒhei1 希

陽光，太陽。北魏·酈道元《水經注·江水》：「不見～月。」

## 犧 ⓤxī ⓒhei1 希

古時宗廟祭祀用的毛色純而不雜的牲畜。《禮記·曲禮下》：「天子以～牛，諸侯以肥牛。」

> 💡 「犧牲」一詞本指古代祭祀時用的牲畜，色純的為「犧」，體全的為「牲」，如《左傳·曹劌論戰》：「犧牲玉帛，弗敢加也，必以信。」今則指為了某種目的，捨棄自己的利益或生命。

## 席 ⓤxí ⓒzik6 直

❶ 草蓆。南朝宋·劉義慶《世說新語·管寧華歆共園中鋤菜》：「寧割～分坐曰：『子非吾友也。』」❷ 席位，座位。《漢書·霍光傳》：「田延年前，離～按劍。」❸ 酒筵。明·張岱《西湖七月半》：「官府～散。」❹ 特指船帆。唐·杜甫《早發》：「早行篙師怠，～掛風不正。」❺ 憑藉，倚仗。《漢書·劉向傳》：「呂產、呂祿～太后之寵，據將相之位。」

🔍 席、筵。見 354 頁「筵」。

## 習 ⊕xí ⊜zaap6 集

❶ 鳥多次撲着翅膀練習飛。《禮記·月令》:「鷹乃學～。」❷ 複習,溫習。《論語·學而》:「學而時～之,不亦説乎?」❸ 學習。宋·歐陽修《梅聖俞詩集》序:「幼～於詩。」❹ 了解,熟悉。《管子·正世》:「明於治亂之道,～於人事之終始者也。」❺ 習慣。《論語·陽貨》:「性相近也,～相遠也。」❻ 擅長。《晏子春秋·內篇雜下》:「晏嬰,齊之～辭者也。」❼ 君主身邊寵信的人。《韓非子·五蠹》:「今世近～之請行,則官爵可買。」❽ 常。《後漢書·黃瓊傳》:「瓊隨父在臺閣,～見故事。」

## 檄 ⊕xí ⊜hat6 核

❶ 古代用來徵召的文書。清·方苞《左忠毅公軼事》:「史公以鳳廬道奉～守禦。」❷ 古代用來聲討的文書。《史記·張耳陳餘列傳》:「此臣之所謂傳～而千里定者也。」❸ 緝捕文書。宋·文天祥《〈指南錄〉後序》:「至高郵,制府～下,幾以捕係死。」

## 襲 ⊕xí ⊜zaap6 習

❶ 量詞,衣服一套為一襲。《漢書·昭帝紀》:「有不幸者,賜衣被一～。」❷ 衣上加衣。《禮記·內則》:「寒不敢～。」❸ 重疊,重複。戰國楚·屈原《楚辭·九章·懷沙》:「重仁～義兮。」❹ 因循,沿用。《史記·秦始皇本紀》:「五帝不相復,三代不相～。」❺ 繼承王位或爵位。《史記·秦始皇本紀》:「太子胡亥～位。」❻ 乘人不備突然進攻。《左傳·僖公三十二年》:「勞師以～遠,非所聞也。」

## 洗 〔一〕⊕xǐ ⊜sai2 駛

❶ 洗腳。《漢書·高帝紀上》:「沛公方踞牀,使兩女子～。」❷ 用水除去污垢。明·王冕《墨梅》:「我家～硯池頭樹,朵朵花開淡墨痕。」❸ 承接洗手水的器皿。《儀禮·士冠禮》:「夙興設～直于東榮。」❹ 掃除乾淨。宋·岳飛《五嶽祠盟記》:「～蕩巢穴,亦且快國讎之萬一。」❺ 消除,除去。唐·杜甫《鳳凰臺》:「再光中興業,一～蒼生憂。」

〔二〕⊕xiǎn ⊜sin2 先二聲
[洗馬] 官名。晉·李密《陳情表》:「尋蒙國恩,除臣～～。」

📖 「洗馬」是古代官名,其職責並非擦洗馬匹。洗馬也稱先馬,秦漢時負責於太子出行時在前面做先導;晉以後負責掌管宮中圖書、典籍,講解經義。

## 徙 ⊕xǐ ⊜saai2 璽

❶ 遷移。《莊子·逍遙遊》:「鵬之～於南冥也,水擊三千里。」❷ 調職。《史記·淮陰侯列傳》:「～齊王信為楚王。」

🔍 徙、遷。見 231 頁「遷」。

## 喜 ⊕xǐ ⊜hei2 起

❶ 高興,快樂。《論語·里仁》:「子曰:『父母之年,不可不知也。一則以～,一則以懼。』」❷ 喜慶的事。《國語·魯語下》:「固慶其～而弔其憂。」❸ 喜歡,

愛好。《詩經・小雅・彤弓》：「我
有嘉賓，中心～之。」

**灑** ⓟxǐ
見 254 頁 sǎ。

**係** ⓟxì ⓒhai6 繫
❶ 捆綁。漢・賈誼《過秦論》：
「俛首～頸，委命下吏。」❷ 關聯。
唐・李商隱《韓碑》：「古者世稱
大手筆，此事不～于職司。」

**細** ⓟxì ⓒsai3 世
❶ 小，與「大」相對。《尚
書・周書・旅獒》：「不矜～行，
終累大德。」❷ 纖小，與「粗」相
對。《韓非子・二柄》：「楚靈王好～
腰。」❸ 精細，細緻。漢・蔡邕
《衣箴》：「帛必薄～，衣必輕暖。」
❹ 詳細，仔細。宋・蘇軾《水龍吟・
次韻章質夫楊花詞》：「～看來，
不是楊花，點點是離人淚。」❺ 小
人。《史記・項羽本紀》：「而聽～
說，欲誅有功之人。」

**隙** ⓟxì ⓒgwik1 瓜益一聲
❶ 牆交界處的裂縫。《左傳・
昭公元年》：「人之有牆，以蔽惡
也。牆之～壞，誰之咎也？」❷ 一
般物體的裂縫、孔、洞。明・徐
霞客《徐霞客遊記・楚遊日記》：
「石～低而隘。」❸ 感情上的裂痕。
《史記・范睢蔡澤列傳》：「已而
與武安君白起有～，言而殺之。」
❹ 漏洞，空子。三國魏・曹植《諫
伐遼東表》：「東有待釁之吳，西
有伺～之蜀。」❺ 空閒。唐・柳宗
元《始得西山宴遊記》：「其～也，
則施施而行，漫漫而遊。」❻ 鄰
近，接近。《漢書・地理志下》：
「上谷至遼東，北～烏丸、夫餘。」

**戲** ⓐ ⓟxì ⓒhei3 氣
❶ 角力，角鬥。《史記・秦
本紀》：「武王有力好～。」❷ 嬉
戲，遊戲。《史記・孔子世家》：
「孔子為兒嬉～，常陳俎豆，設禮
容。」❸ 嘲弄，調笑。《史記・廉
頗藺相如列傳》：「得璧，傳之美
人，以～弄臣。」❹ 雜技、歌舞等
表演。《史記・孔子世家》：「優倡
侏儒為～而前。」
ⓑ ⓟhū ⓒfu1 呼
通「呼」，語氣詞。《禮記・大學》：
「於～！前王不忘，君子賢其賢而
親其親。」
ⓒ ⓟhuī ⓒfai1 輝
同「麾」，軍中帥旗。《史記・淮
陰侯列傳》：「及項梁渡淮，（韓）
信杖劍從之，居～下。」

**繫** ⓟxì ⓒhai6 係
❶ 懸掛。《荀子・勸學》：
「以羽為巢，而編之以髮，～之葦
苕。」❷ 捆綁。《左傳・成公二
年》：「禽之而乘其車，～桑本
焉。」❸ 拘囚。《史記・魏其武安
侯列傳》：「劾灌夫罵坐不敬，～
居室（官署名）。」❹ 關聯，聯繫。
唐・柳宗元《封建論》：「大業彌
固，何～於諸侯哉？」

xia

**岈** ⓟxiā ⓒhaa1 哈
❶ 深邃的樣子。唐・柳宗元
《始得西山宴遊記》：「其高下之
勢，～然窪然，若垤若穴。」❷ 山
谷。北魏・酈道元《水經注・漾
水》：「漢水又西徑南～、北～中，
上下有二城相對。」

X

## 呷

（一）⦾xiā ⦿haap3 掐

小口吸飲。明·袁宏道《滿井遊記》：「凡曝沙之鳥，～浪之鱗，悠然自得。」

（二）⦾gā ⦿gaat3 戛

[呷呷] 象聲詞。① 形容鴨叫聲或其他禽獸叫聲。唐·李白《大獵賦》：「嘽嘽～～，盡奔突於場中。」② 形容笑聲。元·關漢卿《魯齋郎》：「採樵人鼓掌～～笑。」

## 匣

⦾xiá ⦿haap6 峽

藏物的小箱。明·袁宏道《滿井遊記》：「晶晶然如鏡之新開而冷光之乍出於～也。」

## 峽

⦾xiá ⦿haap6 匣

❶ 兩山之間。《淮南子·原道訓》：「逍遙于廣澤之中，而仿洋于山～之旁。」❷ 指兩山之間流水的地方。常用於地名。宋·范仲淹《岳陽樓記》：「然則北通巫～，南極瀟湘，遷客騷人，多會於此。」

## 狹

⦾xiá ⦿haap6 匣

❶ 窄，與「寬」相對。晉·陶潛《桃花源記》：「初極～，才通人。」❷ 心胸或見識不寬廣。三國魏·嵇康《與山巨源絕交書》：「吾直性～中，多所不堪。」❸ 小。《淮南子·說林訓》：「匠人處～廬。」❹ 少。《史記·滑稽列傳》：「臣見其所持者～而所欲者奢，故笑之。」

## 瑕

⦾xiá ⦿haa4 霞

❶ 玉石上的斑點。《史記·廉頗藺相如列傳》：「璧有～，請指示王。」❷ 指人的缺點。唐·韓愈《進學解》：「指前人之～疵。」❸ 裂痕，空隙。《管子·制分》：「攻堅則軔，乘～則神。」

## ★下

⦾xià ⦿haa6 夏

❶ 下面，下部，與「上」相對。唐·白居易《與元微之書》：「到東西二林間香爐峯～，見雲水泉石。」❷ 低，與「高」相對。《莊子·逍遙遊》：「東西跳梁，不辟高～。」❸ 等次或品級低。《戰國策·鄒忌諷齊王納諫》：「能謗譏於市朝，聞寡人之耳者，受～賞。」❹ 從高處到低處。《左傳·曹劌論戰》：「～視其轍。」❺ 指屈尊，降低身分。《論語·公冶長》：「不恥～問。」❻ 放下。晉·干寶《搜神記》卷十六：「徑至宛市中～著地，化為一羊，便賣之。」❼ 頒佈。《戰國策·鄒忌諷齊王納諫》：「令初～，羣臣進諫，門庭若市。」❽ 攻克，佔領。《史記·魏公子列傳》：「吾攻趙，且暮且～。」❾ 少於。漢·晁錯《論貴粟疏》：「其服役者，不～二人。」❿ 指屬於某一範圍、情況等之內。《漢書·嚴延年傳》：「吏忠盡節者，厚遇之如骨肉，皆親鄉之，出身不顧，以是治～無隱情。」

## 夏

（一）⦾xià ⦿haa6 下

❶ 四季之一。《國語·越語上》：「賈人～則資皮，冬則資絺。」❷ 古代中原地區各民族。唐·韓愈《原道》：「《經》曰：『夷狄之有君，不如諸～之亡。』」❸ 朝代名，相傳由禹建立。《孟子·萬章下》：「殷受～，周受殷，所不辭也。」❹ 河流名。戰國楚·屈原《楚辭·九章·哀郢》：「江與～之不可涉。」❺ 古樂舞名。《穀梁傳·隱公五年》：「舞～，天子八佾，

諸公六佾，諸侯四佾。」❻ 大。《詩經·秦風·權輿》：「～屋渠渠。」

三 ⓟshà ⓒhaa6 下

通「廈」，高大的房屋。戰國楚·屈原《楚辭·九章·哀郢》：「曾不知～之為丘兮。」

---

## xiān

**仙** ⓟxiān ⓒsin1 先

❶ 神話中能長生不老的人。唐·劉禹錫《陋室銘》：「山不在高，有～則名。」❷ 死的委婉說法。清·吳敬梓《儒林外史》第八回：「難道已～遊了麼？」❸ 超凡脫俗的。唐·貫休《古意》之八：「常思李太白，～筆驅造化。」❹ 性行超凡脫俗的人。唐·杜甫《飲中八仙歌》：「天子呼來不上船，自稱臣是酒中～。」

**★先** ⓟxiān ⓒsin1 仙

❶ 位置在前，與「後」相對。《史記·魏公子列傳》：「平原君負矢為公子～引。」❷ 次序或時間在前，與「後」相對。唐·韓愈《師說》：「生乎吾前，其聞道也，固～乎吾，吾從而師之。」❸ 祖先。《史記·孔子世家》：「孔子生魯昌平鄉陬邑，其～宋人也。」❹ 對去世者的尊稱。三國蜀·諸葛亮《出師表》：「～帝創業未半，而中道崩殂。」

**鮮** 一 ⓟxiān ⓒsin1 先

❶ 活魚。唐·韓愈《送李愿歸盤谷序》：「釣於水，～可食。」❷ 新鮮的肉。明·劉基《賣柑者言》：「醉醇醴而飫肥～者。」❸ 鮮明，鮮豔。晉·陶潛《桃花源記》：「芳草～美，落英繽紛。」❹ 夭折，早死。《左傳·昭公五年》：「葬者自西門。」

三 ⓟxiǎn ⓒsin2 先二聲

少，與「多」相對。《論語·學而》：「其為人也孝弟，而好犯上者，～矣。」

**纖** ⓟxiān ⓒcim1 簽

❶ 細小，細微。漢·賈誼《論積貯疏》：「古之治天下，至～至悉也。」❷ [纖纖] ① 細微的事物。《荀子·大略》：「禍之所由生也，生自～～也。」② 尖細的樣子。南朝宋·鮑照《翫月城西門解中詩》：「始見西南樓，～～如玉鈎。」③ 小巧、柔美的樣子。《古詩十九首·迢迢牽牛星》：「～～擢素手，札札弄機杼。」❸ 吝嗇。《史記·貨殖列傳》：「周人既～，而師史尤甚。」

**弦** ⓟxián ⓒjin4 賢

❶ 弓弦。宋·辛棄疾《破陣子·為陳同甫賦壯詞以寄之》：「馬作的盧（馬名）飛快，弓如霹靂～驚。」❷ 琴絃。《禮記·樂記》：「昔日舜作五～之琴以歌《南風》。」❸ 月亮半圓。唐·杜甫《月三首》：「萬里瞿塘峽，春來六上～。」❹ 數學名詞，不等腰直角三角形的斜邊。宋·沈括《夢溪筆談·技藝》：「各自乘，以股除～，餘者開方為句。」

弦月是因太陽、地球、月球的位置不斷變化而形成的天文現象。農曆初七、初八月亮缺上半時稱「上弦」，二十二、二十三月亮缺下半時稱「下弦」。

X

# 咸

⟨普⟩xián ⟨粵⟩haam4 函

❶ 全，都。晉·王羲之《〈蘭亭集〉序》：「羣賢畢至，少長～集。」❷ 普遍。《國語·魯語上》：「小賜不～。」

# 閑

⟨普⟩xián ⟨粵⟩haan4 閒

❶ 木柵欄，馬廄。《周禮·夏官司馬·校人》：「天子十有二～，馬六種。」❷ 道德、法度所允許的範圍。《論語·子張》：「大德不踰～，小德出入可也。」❸ 防止，防範。唐·劉禹錫《天論》：「建極（準則）～邪（謬說）。」❹ 空閒。戰國楚·屈原《楚辭·九歌·湘君》：「期不信兮告余以不～。」❺ 通「嫻」，熟習，通曉。《戰國策·燕策二》：「～於兵甲，習於戰攻。」❻ 通「嫻」，文雅，文靜。晉·陶潛《五柳先生傳》：「～靖少言，不慕榮利。」

Q　閑、閒、間。見 332 頁「閒」。

# 閒

⟨一⟩⟨普⟩xián ⟨粵⟩haan4 嫻

空閒，閒暇。《史記·李斯列傳》：「吾常多～日，丞相不來。」

⟨二⟩⟨普⟩jiàn ⟨粵⟩gaan3 諫

❶ 空隙，縫隙。《莊子·養生主》：「彼節者有～而刀刃者無厚。」❷ 嫌隙。《國語·越語下》：「時將有反，事將有～。」❸ 離間。《國語·晉語一》：「且夫～父之愛而嘉其貺，有不忠焉。」❹ 參與，參加。《左傳·曹劌論戰》：「肉食者謀之，又何～焉？」❺ 間諜。《史記·河渠書》：「始臣為～，然渠成亦秦之利也。」❻ 私自，祕密地。《後漢書·鄧禹傳》：「光武笑，因留宿～語。」

Q　閒、間、閑。上古沒有「間」字，後代寫作「間」的，上古都寫作「閒」。後代把讀 jiān 和 jiàn 的都寫作「間」，把讀 xián 的寫作「閒」。「閑」的本義是柵欄，在一般情況下，「閒」和「閑」是不相通的；只有在「空閒」的意義上有時寫作「閑」。

# 嫌

⟨普⟩xián ⟨粵⟩jim4 鹽

❶ 疑惑。《史記·太史公自序》：「別～疑，明是非，定猶豫。」❷ 猜疑。唐·李白《行路難三首》之二：「君不見昔時燕家重郭隗，擁篲（huì，掃帚）折節無～猜。」❸ 憎恨，怨恨。南朝宋·劉義慶《世說新語·言語》：「太傅已構～孝伯。」❹ 不滿意。《三國演義·楊修之死》：「修曰：『門內添「活」字，乃「闊」字也，丞相～園門闊耳。』」❺ 近似，近乎。《呂氏春秋·貴直》：「出若言非平論也，將以救敗也，固～於危。」

# 銜

⟨普⟩xián ⟨粵⟩haam4 咸

❶ 馬嚼子。《戰國策·秦策一》：「伏軾撙（zǔn，控制）～，橫歷天下。」❷ 用嘴含住。《山海經·北山經》：「常～西山之木石，以堙（yīn，填塞）于東海。」❸ 藏在心中。唐·韓愈《祭十二郎文》：「乃能～哀致誠。」❹ 感激。《管子·形勢解》：「法立而民樂之，令出而民～之。」❺ 懷恨。《資治通鑑》卷七十九：「吳主素～其切

直。」❻ 奉，接受。《禮記·檀弓上》：「～君命而使。」❼ 官員的等級。唐·白居易《聞行簡恩賜章服》：「官一俱是客曹郎。」

## 賢 ⓟxián ⓥjin4 言

❶ 有德行有才能的人。《禮記·大同與小康》：「選～與能，講信修睦。」❷ 德行，才能。唐·韓愈《師說》：「郯子之徒，其～不及孔子。」❸ 尊崇，重視。《禮記·大同與小康》：「以～勇知，以功為己。」❹ 善，好。《論語·衛靈公》：「知柳下惠之～，而不與立也。」❺ 多於，勝過。宋·王安石《傷仲永》：「其受之天也，～於材人遠矣。」❻ 勞累。《詩經·小雅·北山》：「大夫不均，我從事獨～。」

## 洗 ⓟxiǎn

見 328 頁 xǐ。

## 險 ⓟxiǎn ⓥhim2 謙二聲

❶ 地勢不平坦。宋·王安石《遊褒禪山記》：「夫夷以近，則遊者眾；～以遠，則至者少。」❷ 易守難攻之處，險要。《孟子·公孫丑下》：「固國不以山谿之～，威天下不以兵革之利。」❸ 險惡，危急。《荀子·天論》：「上闇（àn，昏庸）而政～。」❹ 陰險，狠毒。宋·蘇洵《辨姦論》：「陰賊～狠，與人異趣。」❺ 危險，艱難。宋·王安石《與王子醇書》：「上固欲公毋涉難冒～，以百全取勝。」❻ 遙遠。《淮南子·主術訓》：「是乘眾勢以為車，御眾智以為馬，雖幽野～塗，則無由惑矣。」❼ 幾乎，差一點。元·王實甫《西廂

記》：「～化做望夫石。」

## 鮮 ⓟxiǎn

見 331 頁 xiān。

## 顯 ⓟxiǎn ⓥhin2 遣

❶ 顯著，明顯。《史記·伯夷列傳》：「顏淵雖篤學，附驥尾而行益～。」❷ 高貴，顯赫。《孟子·離婁下》：「未嘗有～者來。」❸ 顯露。唐·柳宗元《鈷鉧潭西小丘記》：「嘉木立，美竹露，奇石～。」❹ 顯揚，傳揚。《孟子·萬章上》：「相秦而～其君於天下，可傳於後世。」

## 見 ⓟxiàn

見 132 頁 jiàn。

## 限 ⓟxiàn ⓥhaan6 閑六聲

❶ 險阻。《戰國策·秦策一》：「南有巫山黔中之～，東有殽函之固。」❷ 邊界，界限。清·姚鼐《登泰山記》：「越長城之～，至於泰安。」❸ 限度。宋·蘇洵《六國論》：「然則諸侯之地有～，暴秦之欲無厭。」❹ 限定，限制。清·彭端淑《為學》：「不自～其昏與庸而力學不倦者，自力者也。」❺ 門檻。《後漢書·臧宮傳》：「夜使鋸斷城門～。」

## 陷 ⓟxiàn ⓥhaam6 餡

❶ 陷阱。《韓非子·六反》：「犯而誅之，是為民設～也。」❷ 陷入。《史記·項羽本紀》：「（項王）乃～大澤中。」❸ 陷害。《史記·酷吏列傳》：「三長史皆害湯，欲～之。」❹ 刺入。漢·賈誼《治安策》：「適啟其口，匕首已～其胸矣。」❺ 淪陷。唐·韓愈《〈張中丞傳〉後序》：「及城～，賊縛巡

X

等數十人坐。」❻[搆陷] 見 94 頁「搆」。

## 線 ⓹xiàn ⓺sin3扇

用絲、棉、麻等紡成的細縷。唐·孟郊《遊子吟》：「慈母手中～，遊子身上衣。」

## 縣

[一] ⓹xiàn ⓺jyun6願

❶ 帝王所居之處，也稱「王畿」。《禮記·王畿》：「天子之～內。」❷ 地方行政區劃的一級。唐·杜甫《兵車行》：「～官急索租，租稅從何出？」

[二] ⓹xuán ⓺jyun4原

❶ 懸掛。《詩經·魏風·伐檀》：「不狩不獵，胡瞻爾庭有～貆兮？」❷ 懸殊，差別大。《荀子·修身》：「彼人之才性之相～也，豈若跛鱉之與六驥足哉？」以上兩個義項後來均寫作「懸」。

## 獻 ⓹xiàn ⓺hin3憲

❶ 獻祭。《後漢書·百官志二》：「郊祀之事，掌三～（獻酒三次）。」❷ 奉獻，進獻。《史記·廉頗藺相如列傳》：「和氏璧，天下所共傳寶也。趙王恐，不敢不～。」❸ 特指主人向賓客敬酒。《史記·孔子世家》：「～酬之禮畢，齊有司趨而進曰：『請奏四方之樂。』」

> 📖 古代敬酒儀式可以分為「獻、酢、酬」：主人向客人進酒叫「獻」；客人回敬主人叫「酢」；主人自飲後再向客人勸酒叫「酬」。「一獻、一酢、一酬」合稱「一獻之禮」。
>
> 🔍 獻、貢。見 93 頁「貢」。

## ★相

[一] ⓹xiāng ⓺soeng1箱

❶ 互相，動作涉及雙方。唐·韓愈《師說》：「巫、醫、樂師、百工之人，不恥～師。」❷ 表示一方對另一方的動作。《列子·愚公移山》：「雜然～許。」

[二] ⓹xiàng ⓺soeng3箱三聲

❶ 仔細看。《韓非子·説林下》：「伯樂教其所憎者～千里之馬，教其所愛者～駑馬。」❷ 容貌。《史記·高祖本紀》：「君～貴不可言。」❸ 根據人的形貌判斷命運的方術。《史記·高祖本紀》：「呂公者，好～人，見高祖狀貌，因重敬之。」❹ 輔助，幫助。《論語·季氏》：「今由與求也～夫子。」❺ 特指扶助盲人。也指扶助盲人的人。《論語·季氏》：「危而不持，顛而不扶，則將焉用彼～矣？」❻ 官名，輔助國君執政的最高文官。《史記·項羽本紀》：「使子嬰為～，珍寶盡有之。」❼ 贊禮者，古代主持禮節儀式的人。《論語·先進》：「宗廟之事，如會同，端章甫，願為小～焉。」

## 香 ⓹xiāng ⓺hoeng1鄉

❶ 本指禾穀成熟後的氣味。後泛指芬芳的氣味。宋·周敦頤《愛蓮説》：「～遠益清。」❷ 點燃時產生香味的製品。宋·王禹偁《黃岡竹樓記》：「焚～默坐，消遣世慮。」❸ 女子的代稱，或指與女子有關的事物。唐·温庭筠《菩薩蠻》：「小山重疊金明滅，鬢雲欲度～腮雪。」

🔍 香、芳、馨。見 73 頁「芳」。

**湘** 普xiāng 粤soeng1 商
❶ 水名，即湘江。戰國楚·屈原《楚辭·九章·涉江》：「哀南夷之莫吾知兮，且余將濟乎江～。」❷ 烹煮。《詩經·召南·采蘋》：「于以～之？維錡（qí，古代烹煮器）及釜。」

**★鄉** 一 普xiāng 粤hoeng1 香
❶ 古代地方行政組織之一，後指縣以下的農村行政單位。❷ 家鄉。明·宋濂《送東陽馬生序》：「余朝京師，生以～人子謁余。」❸ 處所，地方。《莊子·逍遙遊》：「何不樹之於無何有之～，廣莫之野。」
二 普xiàng 粤hoeng3 向
❶ 面向，面對着。《史記·魏公子列傳》：「北～自剄，以送公子。」❷ 趨向。《史記·孔子世家》：「雖不能至，然心～往之。」❸ 過去，從前。《孟子·魚我所欲也》：「～為身死而不受，今為宮室之美為之。」以上三個義項也寫作「向」、「嚮」。
三 普xiǎng 粤hoeng2 享
❶ 通「響」，回聲。《漢書·天文志六》：「猶景（yǐng，影）之象形，～之應聲。」❷ 通「享」、「饗」，享受。《漢書·文帝紀》：「專～獨美其福。」

**襄** 一 普xiāng 粤soeng1 箱
❶ 沖到高處。北魏·酈道元《水經注·江水》：「至于夏水～陵，沿泝阻絕。」❷ 上舉。《漢書·鄒陽傳》：「臣聞交龍～首奮翼。」❸ 高。北魏·酈道元《水經注·河水》：「河中竦石桀出，勢連～陸。」❹ 完成。《左傳·定公十五年》：「葬定公，雨，不克～事。」
二 普rǎng 粤joeng4 陽
通「攘」，除去。《詩經·鄘風·牆有茨》：「牆有茨（cí，蒺藜），不可～也。」

**羊** 普xiáng
見 356 頁 yáng。

**降** 普xiáng
見 136 頁 jiàng。

**祥** 普xiáng 粤coeng4 詳
❶ 吉凶的預兆。特指吉兆。《禮記·中庸》：「國家將興，必有禎～。」❷ 吉利，吉祥。唐·韓愈《原道》：「是故以之為己，則順而～。」

📖 在古代，父母死後第十三個月舉行的祭禮，叫做「小祥」；死後第二十五個月舉行的祭禮，叫做「大祥」。

**翔** 普xiáng 粤coeng4 祥
❶ 盤旋着飛。宋·范仲淹《岳陽樓記》：「沙鷗～集，錦鱗游泳。」❷ 行走時張開兩臂。《禮記·曲禮上》：「室中不～，並坐不橫肱。」❸ 通「詳」，詳盡。《漢書·西域傳上》：「其土地山川王侯戶數道里遠近～實矣。」

**詳** 一 普xiáng 粤coeng4 祥
❶ 詳盡。《史記·伯夷列傳》：「孔子序列古之仁聖賢人，如吳太伯、伯夷之倫～矣。」❷ 詳細地知道。晉·陶潛《五柳先生傳》：「先生不知何許人也，亦不～

X

其姓字。」❸ 審慎。《後漢書・明帝紀》：「～刑慎罰。」❹ 莊重，安詳。《後漢書・張湛傳》：「～言正色，三輔以為儀表。」

㈢ ⓟyáng ⓒjoeng4 洋

通「佯」，假裝。《史記・屈原賈生列傳》：「(惠王)乃令張儀～去秦。」

**享** ⓟxiǎng ⓒhoeng2 響

❶ 用酒食等供奉鬼神。《詩經・小雅・楚茨》：「以～以祀。」❷ 鬼神享用祭品。《孟子・萬章上》：「使之主祭而百神～之，是天受之。」❸ 進獻。《周禮・冬官考工記・玉人》：「璧琮九寸，諸侯以～天子。」❹ 用食物款待人。《左傳・僖公二十三年》：「他日，公～之。」❺ 享受，享用。明・宋濂《送東陽馬生序》：「無鮮肥滋味之～。」

**鄉** ⓟxiǎng
見 335 頁 xiāng。

**想** ⓟxiǎng ⓒsoeng2 賞

❶ 思考。戰國楚・屈原《楚辭・九章・悲回風》：「聞省～而不可得。」❷ 如，像。唐・李白《清平調三首》之一：「雲～衣裳花～容。」❸ 思念，懷念。漢・李陵《答蘇武書》：「望風懷～，能不依依。」❹ 想像。三國魏・嵇康《與山巨源絕交書》：「慨然慕之，～其為人。」❺ 希望。《漢書・霍光傳》：「天下～聞其風采。」

**餉** ⓟxiǎng ⓒhoeng2 享

❶ 送食物給別人。《孟子・滕文公下》：「有童子以黍肉～，殺而奪之。」❷ 軍糧。《漢書・高帝紀》：「丁壯苦軍旅，老弱罷轉

～。」❸ 贈送。隋・侯白《啟顏錄・賣羊》：「有人～其一羝羊。」

**嚮** ⓟxiǎng
見 337 頁 xiàng。

**響** ⓟxiǎng ⓒhoeng2 享

❶ 回聲。北魏・酈道元《水經注・江水》：「空谷傳～，哀轉久絕。」❷ 聲音。宋・蘇軾《石鐘山記》：「枹止～騰，餘韻徐歇。」❸ 發出聲音。南朝梁・吳均《與顧章書》：「水～猿啼。」

**向** ⓟxiàng ⓒhoeng3 享三聲

❶ 窗戶。北魏・賈思勰《齊民要術・種紫草》：「閉戶塞～，密泥，勿使風入漏氣。」❷ 朝向，面對。唐・駱賓王《詠鵝》：「鵝鵝鵝，曲項～天歌。」❸ 趨向，奔向。唐・杜甫《聞官軍收河南河北》：「即從巴峽穿巫峽，便下襄陽～洛陽。」❹ 看待，對待。唐・高適《別韋參軍》：「世人～我同眾人，惟君於我最相親。」❺ 將近。唐・李商隱《樂遊原》：「～晚意不適，驅車登古原。」❻ 從前。晉・陶潛《桃花源記》：「既出，得其船，便扶～路，處處誌之。」❼ 假如。宋・蘇洵《六國論》：「～使三國各愛其地，齊人勿附於秦。」

**相** ⓟxiàng
見 334 頁 xiāng。

**項** ⓟxiàng ⓒhong6 巷

❶ 脖子的後部，也泛指脖子。唐・駱賓王《詠鵝》：「鵝鵝鵝，曲～向天歌。」❷ 冠的後部。《儀禮・士冠禮》：「賓右手執～～。」❸ 大，肥大。《詩經・小雅・節南

《山》：「駕彼四牡（mǔ，公馬），四牡〜領。」❹ 條目。《宋史・兵志》：「願應募為部領人者，依逐〜名目，權攝部領。」

## 象 ⓐxiàng ⓔzoeng6丈

❶ 哺乳動物，大象。《孟子・滕文公下》：「驅虎豹犀象〜而遠之。」❷ 特指象牙。秦・李斯《諫逐客書》：「犀〜之器，不為玩好。」❸ 形狀，樣子。《左傳・僖公十五年》：「物生而後有〜。」❹ 徵兆，象徵。《左傳・襄公九年》：「國亂無〜。」❺ 相似，好像。唐・李白《古風五十九首》之三：「額鼻〜五嶽，揚波噴雲雷。」❻ 效法，模仿。《左傳・襄公三十一年》：「君有君之威儀，其臣畏而愛之，則而〜之，故能有其國家。」

## 鄉 ⓐxiàng

見 335 頁 xiāng。

## 嚮 ㊀ⓐxiàng ⓔhoeng3向

❶ 朝向，對着。《史記・項羽本紀》：「沛公北〜坐，張良西〜侍。」❷ 趨向，奔向。《商君書・慎法》：「民倍主位而〜私交。」❸ 接近，將近。《周易・説》：「〜明而治。」❹ 從前，往昔。唐・柳宗元《始得西山宴遊記》：「然後知吾〜之未始遊，遊於是乎始，故為之文以志。」❺ 假使，假如。唐・柳宗元《捕蛇者説》：「〜吾不為斯役，則久已病矣。」❻ 窗戶。《荀子・君道》：「便嬖左右者，人主之所以窺遠收眾之門戶牖〜也。」

㊁ⓐxiǎng ⓔhoeng2享

❶ 通「響」，回聲。《莊子・在宥》：

「若形之於影，聲之於〜。」❷ 通「享」，享受。《史記・游俠列傳》：「已〜其利者為有德。」❸ 通「饗」，鬼神享用祭品。《漢書・宣帝紀》：「上帝嘉〜，海內承福。」」

---

xiao

## 咢 ㊀ⓐxiāo ⓔhiu1囂

大而中空的樣子。《莊子・逍遙遊》：「非不〜然大也，吾為其無用而掊之。」

㊁ⓐháo ⓔhou4毫

呼嘯，吼叫。《莊子・齊物論》：「夫大塊噫氣，其名為風。是唯無作，作則萬竅怒〜。」

## 削 ㊀ⓐxiāo ⓔsoek3爍

❶ 用刀砍。漢・司馬遷《報任安書》：「〜木為吏，議不可對。」❷ 刪除。《史記・孔子世家》：「至於為《春秋》，筆則筆，〜則〜。」❸ 分割。宋・蘇洵《六國論》：「日〜月割，以趨於亡。」❹ 削弱，減少。《孟子・告子下》：「子柳、子思為臣，魯之〜也滋甚。」

㊁ⓐxuē ⓔsoek3爍

❶ 古代用來削去竹簡或木簡上錯字的小刀。《周禮・冬官考工記・築氏》：「築氏為〜，長尺，博寸。」❷ 竹札或木札。《後漢書・蘇竟楊厚傳》：「昔以摩研編〜之才，與國師公從事出入，校定祕書。」

## 消 ⓐxiāo ⓔsiu1宵

❶ 減少。宋・蘇軾《前赤壁賦》：「盈虛者如彼，而卒莫〜長也。」❷ 消除，除去。晉・陶潛《歸去來兮辭》：「樂琴書以〜憂。」❸ 消失，消散。《孟子・滕文公

X

下》：「鳥獸之害人者～，然後人得平土而居之。」❹ 承受，經得起。宋・辛棄疾《摸魚兒》：「更能～幾番風雨，匆匆春又歸去。」

## 逍 ⓟxiāo ⓖsiu1 消

[逍遙] 優遊自得的樣子。《莊子・逍遙遊》：「彷徨乎無為其側，～～乎寢臥其下。」

## 霄 ⓟxiāo ⓖsiu1 消

❶ 雲氣。《淮南子・人間訓》：「凌乎浮雲，背負青天，膺摩赤～。」❷ 天空。唐・劉禹錫《秋詞》：「晴空一鶴排雲上，便引詩情到碧～。」❸ 通「宵」，夜。《呂氏春秋・明理》：「有晝盲，有～見。」❹ 通「消」，消失，消滅。《墨子・經說上》：「～，盡也，蕩也。」

## 蕭 ⓟxiāo ⓖsiu1 消

❶ 艾蒿，一種香草。《詩經・王風・采葛》：「彼采～兮。」❷ 清寂，凄清。宋・范仲淹《岳陽樓記》：「登斯樓也，則有去國懷鄉，憂讒畏譏，滿目～然，感極而悲者矣。」❸ [蕭蕭] 象聲詞。① 形容馬鳴叫聲。唐・杜甫《兵車行》：「車轔轔，馬～～，行人弓箭各在腰。」② 形容風聲。《史記・刺客列傳》：「風～～兮易水寒，壯士一去兮不復還。」③ 形容落葉聲。唐・杜甫《登高》：「無邊落木～～下，不盡長江滾滾來。」

## 簫 ⓟxiāo ⓖsiu1 消

❶ 竹製管樂器。宋・辛棄疾《青玉案・元夕》：「鳳～聲動，玉壺光轉，一夜魚龍舞。」❷ 弓的末梢。《禮記・曲禮上》：「右手執～，左手承弣（fǔ，弓把的中央）。」

## 瀟 ⓟxiāo ⓖsiu1 消

❶ 水名。唐・柳宗元《〈愚溪詩〉序》：「灌水之陽有溪焉，東流入於～水。」❷ 水清而深的樣子。北魏・酈道元《水經注・湘水》：「～者，水清深也。」❸ [瀟瀟] 形容風雨急驟的樣子。宋・岳飛《滿江紅》：「怒髮衝冠，憑闌處、～～雨歇。」❹ [瀟然] 悠然自在、脫俗不羈的樣子。明・袁宏道《滿井遊記》：「夫能不以遊墮事，而～～於山石草木之間者，惟此官也。」

## ★小 ⓟxiǎo ⓖsiu2 蕭二聲

❶ 細，微，與「大」相對。宋・蘇洵《六國論》：「秦以攻取之外，～則獲邑，大則得城。」❷ 認為小。《孟子・盡心上》：「孟子曰：『孔子登東山而～魯，登泰山而～天下。』」❸ 輕視，小看。《左傳・桓公四年》：「秦師侵芮，敗焉，～之也。」❹ 稍微。《孟子・公孫丑下》：「今病～愈。」❺ 壞人，小人。唐・柳宗元《賀進士王參元失火書》：「於是有水火之孽，有羣～之愠。」

📖 小人、君子，詳見 156 頁「君」。

## 曉 ⓟxiǎo ⓖhiu2 囂二聲

❶ 天亮。唐・孟浩然《春曉》：「春眠不覺～，處處聞啼鳥。」❷ 知道，明白。《三國演義・楊修之死》：「只取筆於門上書一『活』字而去，人皆不～其意。」❸ 告知使明白。漢・司馬遷《報任安書》：「是僕終已不得舒憤懣以～左右。」

# 孝 ⓟxiào ⓟhaau3巧三聲

❶ 古代的一種道德規範，指奉養和尊敬父母。《論語·為政》：「孟懿子問～。子曰：『無違。』」❷ 為父母服喪。《北史·崔逞傳》：「崔九作～，風吹即倒。」

# 肖 ⓟxiào ⓟciu3俏

❶ 相，似。宋·蘇軾《影答形》：「我依月燈出，相～兩奇絕。」❷ 賢。常與否定詞「不」連用。《史記·廉頗藺相如列傳》：「臣等不～，請辭去。」

# ★笑 ⓟxiào ⓟsiu3嘯

❶ 微笑，歡笑。唐·賀知章《回鄉偶書》：「兒童相見不相識，～問客從何處來？」❷ 譏笑，恥笑。《韓非子·守株待兔》：「兔不可復得，而身為宋國～。」

# 效 ⓟxiào ⓟhaau6校

❶ 效法，模仿。唐·柳宗元《種樹郭橐駝傳》：「他植者雖窺伺～慕，莫能如也。」這個意義也寫作「傚」。❷ 效果，成效。宋·蘇洵《六國論》：「是故燕雖小國而後亡，斯用兵之～也。」❸ 效驗，證明。漢·王充《論衡·雷虛》：「夫論雷之為火有五驗，言雷為天怒無一～。」❹ 獻出。漢·司馬遷《報任安書》：「誠欲～其款款之愚。」❺ 授予。《莊子·逍遙遊》：「故夫知～一官，行比一鄉，德合一郡。」

# 嘯 ⓟxiào ⓟsiu3笑

❶ 撮口發出悠長清越的聲音。宋·岳飛《滿江紅》：「抬望眼、仰天長～，壯懷激烈。」❷ 獸類的長聲吼叫。宋·范仲淹《岳陽樓記》：「薄暮冥冥，虎～猿啼。」

xie

# 歇 ⓟxiē ⓟhit3喜揭三聲

❶ 休息。唐·白居易《賣炭翁》：「牛困人飢日已高，市南門外泥中～。」❷ 停止。宋·岳飛《滿江紅》：「怒髮衝冠，憑闌處、瀟瀟雨～。」❸ 盡，完。《左傳·宣公十二年》：「得臣猶在，憂未～也。」❹ 凋零，衰敗。唐·王維《山居秋暝》：「隨意春芳～，王孫自可留。」

# 汁 ⓟxié

見 407 頁 zhī。

# 邪 ㈠ⓟxié ⓟce4斜

❶ 歪斜，與「正」相對。《晉書·輿服志》：「安車～拖之。」這個意義後來寫作「斜」。❷ 不正派，邪惡。宋·王安石《答司馬諫議書》：「闢～說，難壬人，不為拒諫。」❸ 妖異怪誕。《南史·袁君正傳》：「性不信巫～。」❹ 中醫指一切致病的因素。漢·史游《急就篇》：「灸刺和藥逐去～。」

㈡ⓟyé ⓟje4爺

疑問語氣詞，亦寫作「耶」。《史記·廉頗藺相如列傳》：「趙王豈以一璧之故欺秦～！」

# 挾 ⓟxié ⓟhip6協

❶ 用胳膊夾住。《孟子·梁惠王上》：「～太山以超北海。」❷ 挾制，用強力威脅別人聽從自己支配。《戰國策·秦策一》：「～天子以令天下，天下莫敢不聽。」❸ 倚仗。《孟子·萬章下》：「不～長，不～貴，不～兄弟而友。」

X

❹ 懷着，藏着。漢‧桓寬《鹽鐵論‧世務》：「今匈奴～信之心，懷不測之詐。」

## 脅 ⓟxié ⓖhip3 怯

❶ 胸部兩側肋骨所在的部位。《莊子‧秋水》：「予動吾～而行，則有似也。」❷ 逼迫，威脅。漢‧鄒陽《獄中上梁王書》：「～於位勢之貴。」❸ 收縮，收斂。《孟子‧滕文公下》：「～肩諂笑，病于夏畦。」

## 偕 ⓟxié ⓖgaai1 佳

❶ 共同，一起。《詩經‧邶風‧擊鼓》：「執子之手，與子～老。」❷ 普遍。《左傳‧襄公二年》：「降福孔（很）～。」

## 斜 ⓟxié ⓖce4 邪

不正，不直。唐‧杜牧《山行》：「遠上寒山石徑～，白雲生處有人家。」

## 寫 ⤷ ⓟxiě ⓖse2 捨

❶ 鑄刻。漢‧劉向《新序‧雜事五》：「葉公子高好龍，鈎以～龍，鑿以～龍，屋宇雕文以～龍。」❷ 摹擬，摹仿。漢‧劉安《淮南子‧本經訓》：「雷震之聲，可以鼓鐘～也。」❸ 描繪。《史記‧秦始皇本紀》：「秦每破諸侯，～放其宮室，作之咸陽北阪上。」❹ 用文字形式描述。宋‧歐陽修《〈梅聖俞詩集〉序》：「以道羈臣寡婦之所歎，而～人情之難言，蓋愈窮則愈工。」❺ 抄錄，謄寫。唐‧李白《與韓荊州書》：「請給紙筆，兼之書人，然後退掃閒軒，繕～呈上。」

㉁ ⓟxiè ⓖse3 卸

❶ 傾瀉，傾注。南朝齊‧孔稚珪《北

山移文》：「還飆入幕，～霧出楹。」這個意義後來寫作「瀉」。❷ 宣泄，消除。《詩經‧邶風‧泉水》：「駕言出遊，以～我憂。」❸ 通「卸」，卸除，取下。《晉書‧潘岳傳》：「發梮（gé，大車的軺）～鞍，皆有所憩。」

🔍 寫、書。見 276 頁「書」。

## 屑 ⓟxiè ⓖsit3 泄

❶ 碎末。南朝宋‧劉義慶《世說新語‧政事》：「於是悉用木～覆之。」❷ 研成碎末。《禮記‧內則》：「～桂與薑。」❸ 重視，顧惜。常與否定詞「不」連用。《孟子‧魚我所欲也》：「蹴爾而與之，乞人不～也。」❹ 忽然。《漢書‧外戚傳上》：「超兮西征，～兮不見。」

## 械 ⓟxiè ⓖhaai6 懈

❶ 器具，器械。《墨子‧公輸》：「公輸盤為楚造雲梯之～。」❷ 特指兵器。《周禮‧天官冢宰‧司書》：「以知民之財，器～之數。」❸ 特指鐐銬、枷等刑具。《新唐書‧酷吏列傳》：「凡囚至，先布～于前示囚，莫不震懼，皆自誣服。」❹ 用刑具拘禁。清‧方苞《獄中雜記》：「苟入獄，不問罪之有無，必～手足，置老監，俾困苦不可忍。」

## 解 ⓟxiè

見 140 頁 jiě。

## 寫 ⓟxiè

見 340 頁 xiě。

## 懈 ⓟxiè ⓖhaai6 械

鬆弛，懈怠。三國蜀‧諸葛亮《出師表》：「侍衛之臣不～於內，忠志之士忘身於外。」

**謝** 🔊xiè 🔊ze6 榭

❶ 道歉。《史記·廉頗藺相如列傳》：「秦王恐其破璧，乃辭～固請。」❷ 推辭，拒絕。《史記·秦本紀》：「重耳初～，後乃受。」❸ 辭別，告別。《史記·魏公子列傳》：「侯生視公子色終不變，乃～客就車。」❹ 感謝。《史記·項羽本紀》：「（樊）噲拜～，起，立而飲之。」❺ 告訴，告知。漢樂府《孔雀東南飛》：「多～後世人，戒之慎勿忘。」❻ 凋落，衰退。明·劉基《司馬季主論卜》：「一晝一夜，花開者～；一春一秋，物故者新。」❼ 更替。《淮南子·兵略訓》：「若春秋有代～。」❽ 遜於，不如。唐·李白《上皇西巡南京歌》：「錦江何～曲江池？」❾ 通「榭」，建築在臺上的屋子。《荀子·王霸》：「臺～甚高。」

**褻** 🔊xiè 🔊sit3 屑

❶ 內衣。《禮記·檀弓下》：「季康子之母死，陳～衣。」❷ 親近。《禮記·檀弓下》：「（李）調也，君之～臣也。」❸ 輕慢，不莊重。宋·周敦頤《愛蓮說》：「可遠觀而不可～玩焉。」❹ 時常相見，熟悉。《論語·鄉黨》：「見冕者與瞽者，雖～，必以貌。」

**蟹** 🔊xiè 🔊haai5 駭

螃蟹，節肢動物，第一對腳長成鉗狀。《荀子·勸學》：「～六跪而二螯。」

xin

**★心** 🔊xīn 🔊sam1 深

❶ 心臟。《淮南子·原道訓》：「夫～者，五藏之主也。」❷ 心思，意念。漢·賈誼《過秦論》：「囊括四海之意，并吞八荒之～。」❸ 中國古代哲學概念，指人的意識。宋·陸九淵《雜說》：「宇宙便是吾～，吾～即是宇宙。」❹ 中心，中央。明·張岱《湖心亭看雪》：「湖～亭一點，與余舟一芥，舟中人兩三粒而已。」

📖 古人認為「心」是思考的器官，故把思想、意念、感情等都稱作「心」。

**辛** 🔊xīn 🔊san1 新

❶ 辣。《呂氏春秋·本味》：「調和之事，必以甘酸苦～鹹。」❷ 葱、蒜等有刺激性氣味的蔬菜。《宋史·顧忻傳》：「以母病，葷～不入口者十載。」❸ 勞苦。唐·白居易《燕詩》：「～勤三十日，母瘦雛漸肥。」❹ 悲痛，痛苦。唐·杜甫《垂老別》：「投杖出門去，同行為～酸。」

**欣** 🔊xīn 🔊jan1 因

❶ 喜悅，高興。晉·王羲之《〈蘭亭集〉序》：「向之所～，俛仰之間，已為陳跡。」❷ 愛戴。《國語·周語上》：「商王帝辛，大惡於民。庶民弗忍，～戴武王。」

**新** 🔊xīn 🔊san1 辛

❶ 剛開始的，剛出現的，與「舊」相對。唐·王勃《滕王閣序》：「豫章故郡，洪都～府。」❷ 新鮮。唐·王維《送元二使安西》：「客舍青青柳色～。」❸ 改舊，更新。宋·蘇軾《超然臺記》：「因城以為臺者舊矣，稍葺而～之。」❹ 剛，

**X**

才。《史記·屈原賈生列傳》:「～沐者必彈冠,～浴者必振衣。」

**歆** ⓟxīn ⓒjam1 音
❶ 祭祀時鬼神享用祭品的香氣。《詩經·大雅·生民》:「其香始升,上帝居～。」❷ 欣喜,悅服。《國語·周語下》:「以言德於民,民～而德之,則歸厚焉。」❸ 貪圖。《國語·楚語上》:「若易中下,楚必～之。」❹ 羨慕。《新唐書·王綝傳》:「士人～其寵。」

**親** ⓟxīn
見 236 頁 qīn。

**薪** ⓟxīn ⓒsan1 新
木柴。宋·蘇洵《六國論》:「以地事秦,猶抱～救火,～不盡,火不滅。」

**馨** ⓟxīn ⓒhing1 輕
❶ 散佈到遠處的香氣。《左傳·僖公五年》:「黍稷非～,明德惟～。」❷ 氣味芬芳的花草。戰國楚·屈原《楚辭·九歌·山鬼》:「折芳～兮遺所思。」❸ 比喻流傳久遠的好名聲。《晉書·苻堅載記》:「垂～千祀。」

🔍 馨、芳、香。見 73 頁「芳」。

**信** 一 ⓟxìn ⓒseon3 迅
❶ 言語真實。《史記·屈原賈生列傳》:「～而見疑,忠而被謗。」❷ 講信用。《論語·衛靈公》:「君子義以為質,禮以行之,孫以出之,～以成之。」❸ 確實,的確。唐·杜甫《兵車行》:「～知生男惡,反是生女好。」❹ 相信。三國蜀·諸葛亮《出師表》:「願陛下親之、～之,則漢室之隆,可計日而待也。」❺ 信物,取

得對方信任的憑據。《後漢書·烏桓鮮卑傳》:「大人有所召呼,則刻木為～,雖無文字,而部眾不敢違犯。」❻ 信使,送信的人。南朝宋·劉義慶《世說新語·文學》:「司空鄭沖馳遣～就阮籍求文。」❼ 音訊,消息。唐·杜甫《喜達行在所三首》之一:「西憶岐陽～。」❽ 書信。唐·賈島《寄韓潮州愈》:「出關書～過瀧流。」❾ 靠,憑。唐·白居易《對酒閒吟贈同老者》:「扶持仰婢僕,將養～妻兒。」❿ 隨意,隨便。唐·白居易《與元微之書》:「～手把筆,隨意亂書。」
二 ⓟshēn ⓒsan1 新
通「伸」,伸展,伸張。《三國志·蜀書·諸葛亮傳》:「孤不度德量力,欲～大義於天下。」

**釁** ⓟxìn ⓒjan6 刃
❶ 古代的一種祭祀儀式,將牲畜的血塗在新製成的器物上。《孟子·梁惠王上》:「有牽牛而過堂下者,王見之,曰:『牛何之?』對曰:『將以～鐘。』」❷ 塗抹。漢·賈誼《治安策》:「豫讓～面吞炭。」❸ 縫隙,破綻。《左傳·宣公十二年》:「(士)會聞用師,觀～而動。」❹ 罪過,災禍。晉·李密《陳情表》:「臣以險～,夙遭閔凶。」❺ 徵兆,跡象。《左傳·襄公二十四年》:「其有亡～乎!」❻ 衝動,激動。《左傳·襄公二十六年》:「夫小人之性,～於勇。」

xing

**狌** ⓟxīng
見 264 頁 shēng。

# 星
⑧ xīng ⑨ sing1 升

❶ 太陽、月球以外的發光天體。唐·杜甫《旅夜書懷》：「～垂平野闊，月湧大江流。」❷ 天文。漢·司馬遷《報任安書》：「文史～曆，近乎卜祝之間。」❸ 細碎或發亮如星的東西。唐·劉禹錫《秋螢引》：「金爐～噴鐙花發。」❹ 少，零星。唐·李羣玉《仙明洲口號》：「一～幽火照叉魚。」❺ 疾速。晉·潘岳《世祖武皇帝誄》：「羽檄～馳，鉦鼓日戒。」

# 興
㊀ ⑧ xīng ⑨ hing1 兄

❶ 起，起來。《史記·孔子世家》：「從者病，莫能～。」❷ 興起，產生。《荀子·勸學》：「積土成山，風雨～焉。」❸ 建立。宋·司馬光《諫院題名記》：「古者諫無官……漢～以來始置官。」❹ 發動。《史記·屈原賈生列傳》：「懷王怒，大～師伐秦。」❺ 興旺，興盛。三國蜀·諸葛亮《出師表》：「親賢臣，遠小人，此先漢所以～隆也。」

㊁ ⑧ xìng ⑨ hing3 慶

❶ 興趣，興致。唐·王勃《滕王閣序》：「～盡悲來，識盈虛之有數。」❷ 喜歡。《禮記·學記》：「不～其藝，不能樂學。」

# 刑
⑧ xíng ⑨ jing4 形

❶ 刑罰，刑法。《孟子·梁惠王上》：「省～罰，薄稅斂。」❷ 懲罰。三國蜀·諸葛亮《出師表》：「若有作姦、犯科，及為忠善者，宜付有司，論其～賞。」❸ 傷殘。《戰國策·趙策一》：「（豫讓）自～以變其容。」❹ 殺。南朝梁·丘遲《與陳伯之書》：「並～

馬作誓，傳之子孫。」❺ 治理。《周禮·秋官司寇·大司寇》：「以佐王～邦國。」❻ 成，形成。《禮記·大傳》：「禮俗～，然後樂。」❼ 通「型」，鑄造器物的模具。《荀子·彊國》：「～范正，金錫美，工冶巧，火齊得，剖～而莫邪已。」❽ 通「型」，法式，典範。《禮記·大同與小康》：「著有過，～仁，講讓，示民有常。」這裏作動詞用，表示以仁為典範。

> 🔍 刑、罰。二字本義不同，「刑」是刑法，「罰」是罪過，皆引申出懲罰義，但有程度區別：犯法者處以「刑」，程度較重；犯規者處以「罰」，程度較輕。

# ★行
㊀ ⑧ xíng ⑨ hang4 恆

❶ 行走。《論語·述而》：「三人～，必有我師焉。」❷ 前往或離去。《史記·廉頗藺相如列傳》：「趙王畏秦，欲毋～。」❸ 運行。漢·曹操《步出夏門行·觀滄海》：「日月之～，若出其中。」❹ 推行，傳播。《史記·孔子世家》：「夫子之道至大，故天下莫能容。雖然，夫子推而～之。」❺ 行動，行為。《史記·孔子世家》：「聽其言而觀其～。」❻ 做，施行。《孟子·論四端》：「以不忍人之心，～不忍人之政。」❼ 春秋時指代理官職；唐宋時指兼代官職，官階高而所兼職位低者稱「行」，反之稱「守」。宋·歐陽修《瀧岡阡表》：「觀文殿學士特進～兵部尚書。」❽ 將要。晉·陶潛《歸去來兮辭》：「善萬物之得時，感吾生之～休。」

㊂ 粵xíng 粵hang6杏
舊讀 xìng。品行，品德。三國蜀·諸葛亮《出師表》：「將軍向寵，性～淑均，曉暢軍事。」

㊂ 粵háng 粵hong4航
❶ 道路。《詩經·豳風·七月》：「遵彼微～。」❷ 行列，行陣。戰國楚·屈原《楚辭·九歌·國殤》：「凌余陣兮躐余～。」❸ 量詞，用於成行的東西。唐·杜甫《絕句》：「一～白鷺上青天。」❹ 輩分。《漢書·蘇武傳》：「漢天子，我丈人～也。」

## 形 粵xíng 粵jing4型
❶ 形體，身體。唐·劉禹錫《陋室銘》：「無絲竹之亂耳，無案牘之勞～。」❷ 容貌。《戰國策·鄒忌諷齊王納諫》：「鄒忌脩八尺有餘，而～貌昳麗。」❸ 形狀。《孫子·虛實》：「故兵無常勢，水無常～。」❹ 特指地形。《史記·高祖本紀》：「秦，～勝之國，帶山之險。」❺ 表現，表露。《禮記·大學》：「此謂誠於中，～於外。」❻ 對照，對比。《淮南子·齊俗訓》：「故高下之相傾也，短脩之相～也，亦明矣。」❼ 形勢。漢·司馬遷《報任安書》：「勇怯，勢也；彊弱，～也。」❽ 通「刑」，刑罰。《荀子·成相》：「眾人貳之，讒夫棄之，～是詰。」

## 省 粵xǐng
見 265 頁 shěng。

## 醒 粵xǐng 粵sing2星二聲
❶ 酒醉後恢復常態，或未醉的清醒狀態。宋·歐陽修《醉翁亭記》：「醉能同其樂，～能述以文者，太守也。」❷ 睡眠結束，或尚未入睡。唐·韓愈《東都遇春》：「朝曦入牖來，鳥喚昏不～。」❸ 覺悟。《新書·先醒》：「故世主有先～者，有後～者，有不～者。」

## 杏 粵xìng 粵hang6幸
落葉喬木，春天開花，白色或淡紅色。宋·葉紹翁《遊園不值》：「一枝紅～出牆來。」

## 幸 粵xìng 粵hang6杏
❶ 幸運。《論語·雍也》：「不～短命死矣。」❷ 僥倖。《史記·廉頗藺相如列傳》：「君不如肉袒伏斧質請罪，則～得脫矣。」❸ 幸虧。《史記·項羽本紀》：「今事有急，故～來告良。」❹ 特指天子、國君寵愛某人。《史記·廉頗藺相如列傳》：「夫趙彊而燕弱，君～於趙王，故燕王欲結於君。」❺ 特指皇帝到某處去。《史記·秦始皇本紀》：「始皇帝～梁山宮。」❻ 敬詞，表示對方的行為使自己感到幸運。《戰國策·秦策三》：「先生何以～教寡人？」❼ 希望。宋·歐陽修《朋黨論》：「臣聞朋黨之說，自古有之，惟～人君辨其君子小人而已。」

## 性 粵xìng 粵sing3姓
❶ 人的本性。《論語·陽貨》：「子曰：『～相近也，習相遠也。』」❷ 事物的固有性質。唐·柳宗元《種樹郭橐駝傳》：「橐駝非能使木壽且孳也，能順木之天以致其～焉爾。」❸ 性情，性格。三國蜀·諸葛亮《出師表》：「將軍向寵，～行淑均，曉暢軍事。」❹ 生命，生機。《左傳·昭公八年》：「民力彫盡，怨讟（dú，誹謗）並作，莫保其～。」

**荇** 普xìng 粵hang6杏
水生植物，即荇菜。《詩經·周南·關雎》：「參差～菜，左右流之。」

**倖** 普xìng 粵hang6杏
[僥倖] 見 138 頁「僥」。

**興** 普xìng
見 343 頁 xīng。

---

### xiong

**凶** 普xiōng 粵hung1空
❶ 不吉祥。戰國楚·屈原《楚辭·卜居》：「此孰吉孰～？何去何從？」❷ 不幸，通常指喪事。晉·李密《陳情表》：「臣以險釁，夙遭閔～。」❸ 莊稼收成不好，荒年。《孟子·梁惠王上》：「河內～，則移其民於河東，移其粟於河內。」❹ 兇惡，殘暴。《後漢書·盧植傳》：「植知卓～悍難制，必生後患。」❺ 兇惡的人，壞人。三國蜀·諸葛亮《出師表》：「攘除姦～，興復漢室。」❻ 恐懼，害怕。《國語·晉語一》：「敵入而～，救敗不暇，誰能退敵？」

**兄** ㊀ 普xiōng 粵hing1卿
❶ 哥哥。《禮記·大同與小康》：「以正君臣，以篤父子，以睦～弟，以和夫婦。」❷ 對朋友的尊稱。唐·柳宗元《與蕭翰林俛書》：「～知之勿為他人言也。」
㊁ 普kuàng 粵fong3況
通「況」。❶ 更加。《墨子·非攻下》：「王～自縱也。」❷ 況且。《管子·大匡》：「雖得天下，吾不生也，～與我齊國之政也？」

**兇** 普xiōng 粵hung1空
❶ 恐懼。《左傳·僖公二十八年》：「曹人～懼。」❷ 兇狠，兇惡。南朝宋·劉義慶《世說新語·自新》：「周處年少時，～強俠氣，為鄉里所患。」

**匈** 普xiōng 粵hung1空
❶ 胸膛。《戰國策·燕策三》：「臣左手把其袖，右手揕（zhèn，刺）其～。」❷ [匈匈] 喧鬧紛亂的樣子。《後漢書·竇武傳》：「天下～～，正以此故。」❸ [匈奴] 古代北方民族名。宋·岳飛《滿江紅》：「壯志飢餐胡虜肉，笑談渴飲～～血。」

**雄** 普xióng 粵hung4紅
❶ 雄性，與「雌」相對。北朝民歌《木蘭詩》：「～兔腳撲朔，雌兔眼迷離。」❷ 傑出的人物或強大的國家。宋·王安石《讀孟嘗君傳》：「孟嘗君特雞鳴狗盜之～耳，豈足以言得士？」❸ 稱雄。《戰國策·趙策三》：「今齊湣王已益弱，方今唯秦～天下。」❹ 剛強。《老子》二十八章：「知其～，守其雌。」❺ 形容人雄壯、雄偉。宋·蘇軾《念奴嬌·赤壁懷古》：「遙想公瑾當年，小喬初嫁了，～姿英發。」❻ 形容地方雄奇、壯麗。唐·王勃《滕王閣序》：「～州霧列，俊彩星馳。」

**熊** 普xióng 粵hung4雄
❶ 哺乳動物，食肉類猛獸，種類很多，體大，尾短，能攀登樹木。《孟子·魚我所欲也》：「魚，我所欲也，～掌，亦我所欲也。」❷ [熊熊] 火光旺盛的樣子。《山海經·西山經》：「南望崑崙，其光～～。」

X

## xiu

**休** 🔊xiū 🔊jau1 丘
❶ 休息。宋·歐陽修《醉翁亭記》：「負者歌於途，行者～於樹。」❷ 停止，結束。唐·杜甫《兵車行》：「且如今年冬，未～關西卒。」❸ 不要，表示祈使或勸阻。宋·李清照《漁家傲·記夢》：「九萬里風鵬正舉，風～住，蓬舟吹取三山去。」❹ 樹蔭。《漢書·外戚傳下》：「依松柏之餘～。」❺ 蔭庇。《漢書·王莽傳上》：「誠上～陛下餘光，而下依羣公之故也。」❻ 美善。《左傳·宣公三年》：「德之～明。」❼ 福祿。《國語·周語中》：「各守爾典，以承天～。」❽ 喜慶。《晉書·馮跋載記》：「思與兄弟，同茲～戚。」

**修** 🔊xiū 🔊sau1 收
❶ 修飾，裝飾。戰國楚·屈原《楚辭·九歌·湘君》：「美要眇兮宜～。」❷ 整治，治理。漢·賈誼《過秦論》：「務耕織，～守戰之具。」❸ 修建。宋·范仲淹《岳陽樓記》：「乃重～岳陽樓。」❹ 研究，學習。《商君書·更法》：「湯武之王也，不～古而興。」❺ 修養品德。《禮記·大學》：「自天子以至於庶人，壹是皆以～身為本。」❻ 善，美好。唐·韓愈《進學解》：「行雖～而不顯於眾。」❼ 長，高。晉·王羲之《〈蘭亭集〉序》：「此地有茂林～竹。」❽ 著，撰寫。《新唐書·百官志二》：「掌～國史。」

**脩** 🔊xiū 🔊sau1 收
❶ 乾肉。《論語·述而》：「自行束～以上，吾未嘗無誨焉。」❷ 乾，乾枯。《詩經·王風·中谷有蓷》：「中谷有蓷（tuī，草名），暵（hàn，枯）其～矣。」❸ 洗滌，打掃。《禮記·中庸》：「春秋～其祖廟，陳其宗器。」❹ 修養，整治。《孟子·梁惠王下》：「壯者以暇日～其孝悌忠信。」❺ 研習。《論語·述而》：「德之不～，學之不講……是吾憂也。」❻ 長，高。《戰國策·鄒忌諷齊王納諫》：「鄒忌～八尺有餘，而形貌昳麗。」❼ 美好，美善。戰國楚·屈原《楚辭·離騷》：「老冉冉其將至兮，恐～名之不立。」

**羞** 🔊xiū 🔊sau1 收
❶ 進獻。漢·張衡《思玄賦》：「～玉芝以療飢。」❷ 食物。唐·李白《行路難三首》之一：「金樽清酒斗十千，玉盤珍～直萬錢。」這個意義後來寫作「饈」。❸ 羞慚，恥辱。《孟子·論四端》：「～惡之心，義之端也。」❹ 羞辱。漢·司馬遷《報任安書》：「不亦輕朝廷～當世之士邪？」

**饈** 🔊xiū 🔊sau1 收
美味的食物。清·朱柏廬《朱子家訓》：「飲食約而精，園蔬愈珍～。」

**朽** 🔊xiǔ 🔊nau2 扭
❶ 腐爛。《荀子·勸學》：「鍥而舍之，～木不折。」❷ 衰老。唐·韓愈《左遷至藍關示姪孫湘》：「肯將衰～惜殘年？」❸ 磨滅。三國魏·曹丕《與吳質書》：「著《中論》二十餘篇……此子為不～矣。」

**秀** 🔊xiù 🔊sau3 瘦
❶ 穀物吐穗開花。《論語·

子罕》：「苗而不～者有矣夫！～而不實者有矣夫！」❷ 泛指植物開花。唐·杜甫《九日寄岑參》：「是節東籬菊，紛披為誰～？」❸ 秀美，秀麗。宋·歐陽修《醉翁亭記》：「望之蔚然而深～者，琅邪也。」❹ 茂盛。宋·歐陽修《醉翁亭記》：「佳木～而繁陰。」❺ 美女。明·張岱《西湖七月半》：「名娃閨～，攜及童孌，笑啼雜之。」❻ 高出。唐·李白《廬山謠寄盧侍御虛舟》：「廬山～出南斗傍。」❼ 優秀的人才。唐·李白《春夜宴從弟桃花園序》：「羣季俊～，皆為惠連。」

**臭** 🔊xiù
見 39 頁 chòu。

**袖** 🔊xiù 🔊zau6 就
❶ 衣袖。唐·杜牧《阿房宮賦》：「舞殿冷～。」❷ 藏在袖子裏。《史記·魏公子列傳》：「朱亥～四十斤鐵椎，椎殺晉鄙。」

**宿** 🔊xiù
見 288 頁 sù。

## xu

**于** 🔊xū
見 379 頁 yú。

**虛** 🔊xū 🔊heoi1 墟
❶ 大土山。《詩經·鄘風·定之方中》：「升彼～矣，以望楚矣。」❷ 廢墟。《荀子·哀公》：「亡國之～則必有數蓋焉。」這個意義後來寫作「墟」。❸ 空虛，與「實」相對。晉·陶潛《歸園田居》：「戶庭無塵雜，～室有餘閑。」❹ 虛假，不真實。《史記·五帝本紀》：

「其所表見皆不～。」❺ 徒然，白白地。唐·李商隱《安定城樓》：「賈生年少～垂涕，王粲春來更遠遊。」❻ 集市。唐·柳宗元《童區寄傳》：「去逾四十里之～所，賣之。」這個意義後來寫作「墟」。

**須** 🔊xū 🔊seoi1 需
❶ 等待。漢·賈誼《治安策》：「～其子孫生者，舉使君之。」❷ 必須，必要。宋·朱熹《熟讀精思》：「大抵觀書先～熟讀。」❸ 應當。唐·杜秋娘《金縷衣》：「花開堪折直～折，莫待無花空折枝。」❹ 要，需要。《樂府詩集·折楊柳歌辭》：「健兒～快馬，快馬～健兒。」❺ [須臾] ① 片刻，一會兒。《荀子·勸學》：「吾嘗終日而思矣，不如～～之所學也。」② 遷延，苟延。《史記·淮陰侯列傳》：「足下所以得～～至今者，以項王尚存也。」

**墟** 🔊xū 🔊heoi1 虛
❶ 大土山。《孔子家語·相魯》：「～土之人大，沙土之人細。」❷ 廢墟。唐·韓愈《圬者王承福傳》：「又往過之，則為～矣。」❸ 處所，區域。唐·王勃《滕王閣序》：「物華天寶，龍光射牛斗之～。」❹ 村落。晉·陶潛《歸園田居》：「依依～里煙。」❺ 集市。宋·陸游《溪行》：「逢人問～市，計日買薪蔬。」

**徐** 🔊xú 🔊ceoi4 除
❶ 緩慢，慢慢地。宋·歐陽修《賣油翁》：「～以杓酌油瀝之。」❷ 古國名。《韓非子·五蠹》：「荊文王恐其害己也，舉兵伐～，遂滅之。」

X

# 許

□ 🔊xǔ 🔈heoi2 栩

❶ 答應，允許。《史記・廉頗藺相如列傳》：「相如曰：『秦彊而趙弱，不可不～。』」❷ 贊同。《列子・愚公移山》：「雜然相～。」❸ 用在數詞後，表示大約的數量。明・袁宏道《滿井遊記》：「麥田淺鬣寸～。」❹ 處所，地方。晉・陶潛《五柳先生傳》：「先生不知何～人也。」❺ 周代諸侯國名，在今河南許昌東。《左傳・隱公十一年》：「秋七月，公會齊侯、鄭伯伐～。」

□ 🔊hǔ 🔈fu2 府

[許許] 象聲詞。清・林嗣環《口技》：「曳屋～～聲，搶奪聲，潑水聲，凡所應有，無所不有。」

# 序

🔊xù 🔈zeoi6 聚

❶ 古代地方學校。《孟子・滕文公上》：「夏曰校，殷曰～，周曰庠，學則三代共之。」❷ 堂屋的東西牆或東西廂。唐・柳宗元《永州龍興寺西軒記》：「居龍興寺西～之下。」❸ 次序，秩序。南朝梁・丘遲《與陳伯之書》：「今功臣名將，雁行有～。」❹ 依次序排列。漢・賈誼《過秦論》：「～八州而朝同列。」❺ 季節。唐・王勃《滕王閣序》：「時維九月，～屬三秋。」❻ 書序，序言。宋・文天祥《〈指南錄〉後序》：「廬陵文天祥，自～其詩，名曰《指南錄》。」這個意義也寫作「敍」。❼ 送序，用作臨別贈言，如明・宋濂有《送東陽馬生序》。

# 恤

🔊xù 🔈seot1 摔

也作「卹」。❶ 憂慮。《左

傳・隱公五年》：「君命寡人同～社稷之難。」❷ 同情，憐憫。《史記・項羽本紀》：「今不～士卒而徇其私。」❸ 救濟。《呂氏春秋・孟冬》：「乃賞死事，～孤寡。」

# 畜

🔊xù

見 40 頁 chù。

# 敍

🔊xù 🔈zeoi6 序

❶ 次序，秩序。《淮南子・本經訓》：「四時不失其～。」❷ 依次排列。《周禮・天官冢宰・司書》：「以～其財。」❸ 敍說，陳述。《國語・晉語三》：「紀言以～之，述意以導之。」❹ 序文，序言。宋・歐陽修《〈釋祕演詩集〉序》：「於其將行，為～其詩。」

> 🔍 敍、述、說、陳。見 279 頁「述」。

# 絮

🔊xù 🔈seoi5 緒

❶ 粗絲綿。《孟子・滕文公上》：「麻縷絲～輕重同，則賈相若。」❷ 楊柳、蘆葦等植物類似棉絮的花。宋・辛棄疾《滿庭芳》：「惟有楊花飛～～。」❸ 往衣服、被褥中鋪絲綿。唐・李白《子夜吳歌》：「明朝驛使發，一夜～征袍。」

# 緒

🔊xù 🔈seoi5 贅

❶ 絲的開端。唐・柳宗元《種樹郭橐駝傳》：「早繅而～，早織而縷。」❷ 開端，頭緒。《淮南子・精神訓》：「不知其端～。」❸ 前人留下的事業。唐・韓愈《進學解》：「尋墜～之茫茫，獨旁搜而遠紹。」❹ 情緒，意緒。宋・陸游《釵頭鳳》：「一懷愁～，幾年離索。」

X

## xuān

**宣** 🔊xuān 🔊syun1 孫
❶ 古代天子宮殿名，即「宣室」。❷ 疏通，疏導。《國語·周語上》：「為川者決之使導，為民者～之使言。」❸ 普遍，周遍。《史記·秦始皇本紀》：「～省（xǐng，考察）習俗。」❹ 宣佈，公開說。《史記·廉頗藺相如列傳》：「（廉頗）～言曰：『我見相如，必辱之。』」❺ 特指宣佈帝王之命。北魏·酈道元《水經注·江水》：「或王命急～，有時朝發白帝，暮到江陵。」❻ 宣揚，發揚。唐·柳宗元《斬曲几文》：「詔諛宜惕，正直宜～。」❼ 發泄。漢·劉楨《贈徐幹》：「中情無由～。」❽ 泄漏。《三國志·吳書·周魴傳》：「事之～泄，受罪不測。」

**軒** 🔊xuān 🔊hin1 牽
❶ 古代大夫以上的官員乘坐的車子。《左傳·定公十三年》：「齊侯皆斂諸大夫之～。」❷ 泛指車子。南朝梁·江淹《別賦》：「朱～繡軸。」❸ 指車子前高後低，引申為高舉、上揚。南朝齊·孔稚珪《北山移文》：「爾乃眉～席次，袂聳筵上。」❹ 欄杆。唐·杜甫《登岳陽樓》：「憑～涕泗流。」❺ 門窗。唐·孟浩然《過故人莊》：「開～面場圃，把酒話桑麻。」❻ 敞開，打開。明·宋濂《閱江樓記》：「千載之祕，一旦～露。」❼ 書房的通稱。明·歸有光《項脊軒志》：「項脊～，舊南閣子也。」

**喧** 🔊xuān 🔊hyun1 圈
❶ 聲音大而嘈雜。晉·陶潛《飲酒》：「結廬在人境，而無車馬～。」❷ 泛指響聲。唐·王維《山居秋暝》：「竹～歸浣女，蓮動下漁舟。」

**暖** 🔊xuān
見 214 頁 nuǎn。

**諠** 🔊xuān 🔊hyun1 圈
❶ 同「喧」。嘈雜，吵鬧。《後漢書·銚期傳》：「百姓聚觀，～呼滿道。」❷ 同「諼」。忘記。《韓詩外傳·孟母戒子》：「其母知其～也。」❸ 同「諼」。詭詐。《史記·淮陰侯列傳》：「使～言者東告齊，齊必從風而靡。」

**玄** 🔊xuán 🔊jyun4 元
❶ 帶赤的黑色。泛指黑色。宋·蘇軾《後赤壁賦》：「翅如車輪，～裳縞衣。」❷ 玄妙，深奧。唐·韓愈《進學解》：「纂言者必鈎其～。」❸ 指魏晉玄學。南朝齊·孔稚珪《北山移文》：「既文既博，亦～亦史。」

**旋** 🔊xuán 🔊syun4 船
❶ 轉動。《莊子·秋水》：「於是焉河伯始～其面目，望洋向若而歎。」❷ 回，歸來。《新五代史·伶官傳序》：「請其矢，盛以錦囊，負而前趨，及凱～而納之。」❸ 很快，立即。《史記·扁鵲倉公列傳》：「則刺其足心各三所，案之無出血，病～已。」❹ 表示同時進行兩件事。唐·章碣《陪浙西王侍郎夜宴》：「～看歌舞～傳杯。」❺ 小便。《左傳·定公三年》：「夷射姑（人名）～焉。」

**縣** 🔊xuán
見 334 頁 xiàn。

X

還 ⓐxuán
見 114 頁 huán。

選 ⓐxuǎn ⓑsyun2 損
❶ 挑揀，選擇。《禮記·大同與小康》：「～賢與能，講信修睦。」❷ 精選的。《史記·魏公子列傳》：「得～兵八萬人。」❸ 指挑選出來編輯成冊的作品，如南朝梁·蕭統編有《文選》。

眩 ⓐxuàn ⓑjyun6 願
眼花，看不清楚。《戰國策·燕策三》：「左右既前，斬荊軻，秦王目～良久。」

衒 ⓐxuàn ⓑjyun6 願
❶ 沿街叫賣，賣。戰國楚·屈原《天問》：「妖夫曳～，何號于市？」❷ 炫耀，自誇。明·劉基《賣柑者言》：「將～外以惑愚瞽乎？」❸ 迷惑，惑亂。《晉書·慕容暐載記》：「～以千金之餌，蓄力待敵。」

xue

削 ⓐxuē
見 337 頁 xiāo。

穴 ⓐxué ⓑjyut6 月
❶ 山洞。宋·王安石《遊褒禪山記》：「由山以上五六里，有～窈然。」❷ 小孔。《孟子·滕文公下》：「鑽～隙相窺，踰牆相從。」❸ 動物的巢穴。《荀子·勸學》：「蟹六跪而二螯，非蛇蟺之～無可寄託者，用心躁也。」❹ 墓穴。唐·韓愈《祭十二郎文》：「斂不憑其棺，窆（biǎn，把靈柩放入墓穴）不臨其～。」❺ 人體的穴位。《素問·氣府論》：「足太陽脈氣所發者，七十八～。」

★學 ⓐxué ⓑhok6 鶴
❶ 學習。《論語·為政》：「～而不思則罔，思而不～則殆。」❷ 模仿，效法。《墨子·貴義》：「貧家而～富家之衣食多用，則速亡必矣。」❸ 學校。《禮記·學記》：「古之教者，家有塾，黨有庠，術有序，國有～。」❹ 學問，學識。《論語·述而》：「德之不脩，～之不講……是吾憂也。」❺ 學說，學派。《莊子·天下》：「百家之～，時或稱而道之。」❻ 述説，訴説。唐·陸龜蒙《漁具·背蓬》：「見説萬山潭，漁童盡能～。」

雪 ⓐxuě ⓑsyut3 説
❶ 水冷而結成的白色水晶體。明·袁宏道《滿井遊記》：「山巒為晴～所洗，娟然如拭。」❷ 像雪一樣的顏色，白色。隋·盧思道《孤鴻賦》：「振～羽而臨風。」❸ 洗濯。《莊子·知北遊》：「澡～而精神。」❹ 洗去，除去。特指洗除恥辱、仇恨。宋·岳飛《滿江紅》：「靖康恥，猶未～；臣子恨，何時滅！」❺ 擦拭。《呂氏春秋·觀表》：「吳起～泣而應之。」

血 ⓐxuè ⓑhyut3 怯決三聲
❶ 血液。《史記·廉頗藺相如列傳》：「相如請得以頸～濺大王矣！」❷ 悲痛的淚水。唐·顧況《傷子》：「老夫哭愛子，日暮千行～。」❸ 有血緣關係的。明·黃道周《退尋仁清之旨疏》：「子思子為仲尼～孫，一生以誠明為本。」❹ 像血一樣的顏色，紅色。唐·白居易《琵琶行》：「～色羅裙翻酒污。」

X

xun

**熏** [普]xūn [粵]fan1 芬
❶ 火煙。南朝梁·陶弘景《許長史舊館壇碑》：「蘭缸烈耀，金爐揚～。」❷ 用火煙熏。《詩經·豳風·七月》：「穹窒～鼠。」❸ 煙氣侵襲。南朝宋·鮑照《苦熱行》：「瘴氣晝～體，草露夜沾衣。」

**勳** [普]xūn [粵]fan1 分
功勞，功績。北朝民歌《木蘭詩》：「策～十二轉，賞賜百千彊。」

**曛** [普]xūn [粵]fan1 芬
❶ 落日時的餘光。晉·謝靈運《晚出西射堂》：「曉霜楓葉丹，夕～嵐氣陰。」❷ 黃昏。唐·李華《弔古戰場文》：「風悲日～。」

**徇** [普]xún
見 351 頁 xùn。

**循** [普]xún [粵]ceon4 巡
❶ 沿着，順着。《呂氏春秋·察今》：「～表而夜涉，溺死者千有餘人。」❷ 遵從，遵守。《戰國策·燕策二》：「所以能～法令、順庶孽者，施及萌隸，皆可以教於後世。」

**尋** [普]xún [粵]cam4 沉
❶ 古代長度單位，八尺為尋。《淮南子·天文訓》：「故八尺而為～。」❷ 找，探求。晉·陶潛《桃花源記》：「太守即遣人隨其往，～向所誌，遂迷不復得路。」❸ 沿着，隨着。《後漢書·袁紹傳》：「紹遂～山北行。」❹ 不久。晉·陶潛《桃花源記》：「～病終，後遂無問津者。」

**徇** [一] [普]xùn [粵]seon1 荀
❶ 示眾。《史記·司馬穰苴列傳》：「遂斬莊賈以～三軍。」❷ 奪取。《史記·項羽本紀》：「廣陵人召平於是為陳王～廣陵，未能下。」❸ 通「殉」，為某種目的而捨棄。《史記·伯夷列傳》：「貪夫～財，烈士～名。」

[二] [普]xún [粵]ceon4 巡
巡行。《左傳·襄公十四年》：「遒人以木鐸～于路。」

[三] [普]xún [粵]seon6 順
順從，曲從。《史記·項羽本紀》：「今不恤士卒而～其私，非社稷之臣也。」

**殉** [普]xùn [粵]seon1 詢
❶ 以人陪葬。《左傳·昭公十三年》：「申亥以其二女～而葬之。」❷ 為追求理想、道義或某種事物而捨棄生命。《岳飛之少年時代》：「使汝異日得為時用，其～國死義乎？」❸ 跟從。《孟子·盡心下》：「故驅其所愛子弟以～之。」❹ 追求，謀求。晉·陸機《〈豪士賦〉序》：「遊子～高位於生前，志士思垂名於身後。」

**訊** [普]xùn [粵]seon3 迅
❶ 問，詢問。晉·陸機《文賦》：「其始也，皆收視反聽，耽思傍～。」❷ 審問。漢·鄒陽《獄中上梁王書》：「卒從吏～，為世所疑。」❸ 告訴，勸諫。《詩經·陳風·墓門》：「夫（fú，那人）也不良，歌以～之。」❹ 消息，音信。晉·陶潛《桃花源記》：「村中聞有此人，咸來問～。」

🔍 訊、叩、問、諏。見 162 頁「叩」。

**孫** [普]xùn
見 290 頁 sūn。

# Y

## ya

**啞** ⓤyā
見 352 頁 yǎ。

**厭** ⓤyā
見 355 頁 yàn。

**鴉** ⓤyā ⓒaa1 丫
鳥名，身體黑色，嘴大翼長，種類較多，常見的有烏鴉、寒鴉等。元·馬致遠《天淨沙·秋思》：「枯藤老樹昏~。」

**牙** ⓤyá ⓒngaa4 芽
❶ 人或動物的牙齒。《荀子·勸學》：「蚓無爪~之利，筋骨之強。」❷ 用牙齒咬。《戰國策·秦策三》：「投之以骨，輕起相~者，何則？有爭意也。」❸ 形狀像牙齒的東西。唐·杜牧《阿房宮賦》：「廊腰縵迴，簷~高啄。」❹ 牙旗，即天子或將軍立於軍營前的大旗，因竿上以象牙為飾而名。宋·柳永《望海潮》：「千騎擁高~。」❺ 古代官署。《新唐書·泉獻誠傳》：「命宰相南北~羣臣舉善射五輩，中者以賜。」

🔍 牙、齒。見 36 頁「齒」。

**涯** ⓤyá ⓒngaai4 崖
❶ 岸，水邊。宋·歐陽修《〈梅聖俞詩集〉序》：「凡士之蘊其所有而不得施於世者，多喜自放於山巔水~之外。」❷ 邊際，盡頭。唐·柳宗元《始得西山宴遊記》：「悠悠乎與灝氣俱，而莫得其~。」

**啞** 〔一〕ⓤyǎ ⓒaa2 鴉二聲
❶ 不能説話。明·張岱《西湖七月半》：「如聾如~，大船小船一齊湊岸，一無所見。」❷ 發音乾澀或不清楚。《戰國策·趙策一》：「（豫讓）又吞炭為~，變其音。」
〔二〕ⓤyā ⓒaa1 鴉
[啞啞] 形容雀鳥鳴叫、小孩學説話等的聲音。唐·白居易《慈烏夜啼》：「慈烏失其母，~~吐哀音。」
〔三〕ⓤè ⓒak1 握
笑的樣子。漢·揚雄《揚子法言·學行》：「或人~爾笑曰。」

**雅** ⓤyǎ ⓒngaa5 瓦
❶ 正確的，合乎規範的。三國蜀·諸葛亮《出師表》：「陛下亦宜自謀，以咨諏善道，察納~言，深追先帝遺詔。」❷ 美好，不俗。三國魏·曹丕《與吳質書》：「著《中論》二十餘篇，成一家之言，辭義典~，足傳於後。」❸ 平素，向來。《後漢書·張衡傳》：「安帝~聞衡善術學。」❹ 很，非常。漢·楊惲《報孫會宗書》：「婦趙女也，~善鼓瑟。」

## yan

**奄** 〔一〕ⓤyān ⓒjim1 淹
[奄奄] ① 氣息微弱的樣子。晉·李密《陳情表》：「氣息~~，人命危淺。」② 昏暗的樣子。漢樂府《孔雀東南飛》：「~~黃昏後，寂寂人定初。」
〔二〕ⓤyǎn ⓒjim2 掩
❶ 覆蓋，擁有。《資治通鑒》卷六

十五：「今操得荊州，～有其地。」❷ 突然，忽然。晉・潘岳《西征賦》：「圖萬載而不傾，～摧落於十紀。」

# 咽

（二）⊜yān ⊜jin1 煙

咽頭，咽喉。《三國志・魏書・華佗傳》：「（華）佗嘗行道，見一人病～塞，嗜食而不得下。」

（三）⊜yàn ⊜jin3 燕

吞食。《孟子・滕文公下》：「匍匐往將食之，三～，然後耳有聞，目有見。」這個意義也寫作「嚥」。

（四）⊜yè ⊜jit3 熱

❶ 聲音受阻而哽咽。唐・杜甫《石壕吏》：「夜久語聲絕，如聞泣幽～。」❷ 聲音悲涼悽切。唐・李白《憶秦娥》：「簫聲～，秦娥夢斷秦樓月。」❸ [嗚咽] 見 322 頁「嗚」。❹ 阻塞，填塞。北魏・楊衒之《洛陽伽藍記・景明寺》：「車騎填～，繁沓相傾。」

# 殷

⊜yān

見 369 頁 yīn。

# ★焉

⊜yān ⊜jin1 煙

❶ 疑問代詞，甚麼，怎麼，哪裏。多用於反問。《左傳・僖公三十年》：「～用亡鄭以陪鄰？」❷ 代詞，相當於「之」。宋・王安石《傷仲永》：「又七年，還自揚州，復到舅家，問～。」❸ 連詞，乃，則。《老子》十七章：「信不足，～有不信焉。」

（二）⊜yán ⊜jin4 然

❶ 於此，在這裏。《荀子・勸學》：「積土成山，風雨興～。」❷ 語氣詞，表陳述語氣。《論語・顏淵》：「一日克己復禮，天下歸仁～。」❸ 語氣詞，表疑問語氣。《孟子・魚我所欲也》：「萬鍾於我何加～？」❹ 形容詞詞尾，表示「……的樣子」。《莊子・在宥》：「昔堯之治天下也，使天下欣欣～人樂其性。」

# 淹

⊜yān ⊜jim1 厭一聲

❶ 浸漬，淹沒。漢・劉向《楚辭・九歎・怨思》：「～芳芷於腐井兮。」❷ 停留，停滯。《戰國策・楚策四》：「～乎大沼。」❸ 精深，廣博。南朝梁・劉勰《文心雕龍・體性》：「平子～通，故慮周而藻密。」

# 煙

⊜yān ⊜jin1 焉

❶ 物質燃燒時產生的氣狀物。晉・陶潛《歸園田居》：「曖曖遠人村，依依墟里～。」❷ 煙狀的水蒸汽。宋・范仲淹《岳陽樓記》：「而或長～一空，皓月千里。」

# 厭

⊜yān

見 355 頁 yàn。

# 燕

⊜yān

見 356 頁 yàn。

# 閹

⊜yān ⊜jim1 淹

❶ 割掉人或動物的生殖器。《資治通鑑》卷二百三：「臣請～之，庶不亂宮闈。」❷ 太監，宦官。清・方苞《左忠毅公軼事》：「逆～防伺甚嚴，雖家僕不得近。」

# ★言

⊜yán ⊜jin4 延

❶ 說，談論。《戰國策・鄒忌諷齊王納諫》：「期年之後，雖欲～，無可進者。」❷ 話，言論。《莊子・逍遙遊》：「今子之～，大而無用，眾所同去也。」❸ 一個

字叫一言。三國魏·曹丕《與吳質書》：「其五～詩之善者，妙絕時人。」❹ 一句話也叫一言。《論語·為政》：「一～以蔽之，曰：思無邪。」❺ 助詞，用作動詞詞頭。《詩經·周南·葛覃》：「～告～歸。」

## 妍　⦿yán　⦿jin4然
美好，美麗。唐·杜牧《阿房宮賦》：「一肌一容，盡態極～。」

## 延　⦿yán　⦿jin4賢
❶ 延長，延續。南朝梁·丘遲《與陳伯之書》：「欲～歲月之命耳。」❷ 伸長。《韓非子·十過》：「～頸而鳴，舒翼而舞。」❸ 蔓延，擴展。《史記·汲鄭列傳》：「河內失火，～燒千餘家。」❹ 迎候，引進。漢·賈誼《過秦論》：「秦人開關～敵，九國之師，遂巡遁逃而不敢進。」❺ 邀請。晉·陶潛《桃花源記》：「餘人各復～至其家，皆出酒食。」

## 筵　⦿yán　⦿jin4延
❶ 鋪在地上供坐臥的竹蓆。《詩經·大雅·行葦》：「或肆之～，或授之几。」❷ 酒席，宴席。唐·李白《春夜宴從弟桃花園序》：「開瓊～以坐花。」

> 🔍 筵、蓆。二字均可指蓆子。古人蓆地而坐，「筵」長、「蓆」短，「筵」鋪在地上，「蓆」加在上面，供人坐臥。

## 顏　⦿yán　⦿ngaan4眼四聲
❶ 額頭。《史記·高祖本紀》：「高祖為人，隆準而龍～。」❷ 臉，面部。《史記·屈原賈生列傳》：「～色憔悴，形容枯槁。」

❸ 面容，臉色。唐·杜甫《茅屋為秋風所破歌》：「大庇天下寒士俱歡，風雨不動安如山！」

## 簷　⦿yán　⦿jim4鹽
屋簷。晉·陶潛《歸園田居》：「榆柳蔭後～。」

## 嚴　⦿yán　⦿jim4炎
❶ 緊急，緊迫。《孟子·公孫丑下》：「充虞請曰：『前日不知虞之不肖，使虞敦匠事。～，虞不敢請。』」❷ 嚴厲，嚴格。清·方苞《左忠毅公軼事》：「逆閹防伺甚～，雖家僕不得近。」❸ 威嚴，嚴肅。南朝宋·劉義慶《世說新語·德行》：「華歆遇子弟甚整，雖閒室之內，～若朝典。」❹ 尊敬。《史記·廉頗藺相如列傳》：「～大國之威以修敬也。」❺ 猛烈，酷烈。清·方苞《左忠毅公軼事》：「風雪～寒，從數騎出，微行入古寺。」❻ 殘酷，嚴酷。戰國楚·屈原《楚辭·九歌·國殤》：「天時墜兮威靈怒，～殺盡兮棄原野。」❼ 整理，整治。三國魏·曹植《雜詩六首》之五：「僕夫早～駕，吾將遠行遊。」

## 巖　⦿yán　⦿ngaam4癌
❶ 高峻的山崖。南朝宋·劉義慶《世說新語·言語》：「千～競秀，萬壑爭流。」❷ 險要。《左傳·隱公元年》：「制（地名），～邑也。」❸ 山中洞穴。《呂氏春秋·必己》：「身處山林～堀（同『窟』）。」

## 奄　⦿yǎn
見 352 頁 yān。

## 掩　⦿yǎn　⦿jim2淹二聲
❶ 遮蔽，掩蓋。《孟子·離

妻上》：「眸子不能～其惡。」❷ 關
閉。清·方苞《左忠毅公軼事》：
「公閱畢，即解貂覆生，為～戶。」
❸ 乘其不備而攻擊。《史記·魏豹
彭越列傳》：「於是上使使～梁王，
梁王不覺。」

**眼** ⊜yǎn ⊜ngaan5 顏五聲
❶ 眼睛。北朝民歌《木蘭詩》：
「雄兔腳撲朔，雌兔～迷離。」❷ 洞
孔，窟窿。宋·楊萬里《小池》：
「泉～無聲惜細流，樹陰照水愛晴
柔。」❸ 關鍵，要點。宋·嚴羽《滄
浪詩話·詩辨》：「其用功有三：曰
起結，曰句法，曰字法。」

**偃** ⊜yǎn ⊜jin2 演
❶ 仰臥。《詩經·小雅·
北山》：「或息～在牀，或不已于
行。」❷ 向後倒。《左傳·定公八
年》：「與一人俱斃，～。」❸ 倒
下，倒伏。《論語·顏淵》：「君
子之德風，小人之德草；草上之風
必～。」❹ 停止，停息。《呂氏春
秋·蕩兵》：「夫兵不可～也。」

🔍 偃、仆。見 224 頁「仆」。

**厴** ⊜yǎn
見 355 頁 yàn。

**儼** ⊜yǎn ⊜jim5 染
❶ 莊重，恭敬。《論語·子
張》：「望之～然，即之也溫，聽
其言也厲。」❷ 整治，整肅。唐·
王勃《滕王閣序》：「～驂騑於上
路，訪風景於崇阿。」❸ 整齊。
晉·陶潛《桃花源記》：「土地平
曠，屋舍～然。」❹ 好像。唐·趙
嘏《詠端正春樹》：「異花奇葉～
天成。」

**咽** ⊜yàn
見 353 頁 yān。

**晏** ⊜yàn ⊜aan3 雁三聲
❶ 天氣晴朗。漢·揚雄《羽
獵賦》：「於是天清日～。」❷ 晚，
遲。《論語·子路》：「冉子退朝。
子曰：『何～也？』」❸ 平靜，安
逸。《戰國策·趙策三》：「彼又將
使其子女讒妾為諸侯妃姬，處梁之
宮，梁王安得～然而已乎？」

**宴** ⊜yàn ⊜jin3 燕
❶ 安逸，安閒。《左傳·成
公二年》：「衡父不忍數年之不～，
以棄魯國，國將若之何？」❷ 用酒
食招待賓客。宋·蘇洵《張益州畫
像記》：「公～其僚，伐鼓淵淵。」
❸ 酒席，宴會。唐·李白《與韓荊
州書》：「必若接之以高～，縱之
以清談，請日試萬言，倚馬可待。」

**雁** ⊜yàn ⊜ngaan6 贗
❶ 大雁，一種候鳥，飛時自
成列行。宋·李清照《聲聲慢·秋
情》：「～過也，正傷心，卻是舊
時相識。」❷ 通「贗」，假的，偽
造的。《韓非子·說林下》：「齊伐
魯，索讒鼎，魯以其～往。」

**厭** 〔一〕⊜yàn ⊜jim3 淹三聲
❶ 飽，滿足。宋·蘇洵《六
國論》：「然則諸侯之地有限，暴
秦之欲無～。」這個意義後來寫作
「饜」。❷ 合於心，心服。《漢書·
景帝紀》：「諸獄疑，若雖文致於
法而于人心不～者，輒讞之。」
❸ 嫌，厭惡。漢·曹操《短歌行》：
「山不～高，海不～深。」
〔二〕⊜yā ⊜aat3 壓
同「壓」。❶ 壓倒，傾覆。《漢書·

**Y**

五行志下之上》：「地震隴西，～四百餘家。」❷壓制，壓抑。《漢書·翼奉傳》：「東～諸侯之權，西遠羌胡之難。」❸堵塞。《荀子·修身》：「～其源，開其瀆，江河可竭。」

三 ⓐ yān ⓒ jim1 淹
安靜。《荀子·王制》：「是以～然畜積修飾。」

四 ⓐ yǎn ⓒ jim2 掩
做惡夢。漢·王充《論衡·問孔》：「適有卧～不悟者。」這個意義後來寫作「魘」。

**燕** 一 ⓐ yàn ⓒ jin3 宴
❶候鳥名，背黑，肚白，翅長，尾巴如張開的剪刀。唐·白居易《燕詩》：「梁上有雙～，翩翩雄與雌。」❷通「宴」，安閒，安適。《論語·述而》：「子之～居，申申如也，夭夭如也。」❸通「宴」，用酒食款待客人。《史記·留侯世家》：「及～，置酒，太子侍。」

二 ⓐ yān ⓒ jin1 煙
古國名，在今河北北部和遼寧南部。《戰國策·鄒忌諷齊王納諫》：「～、趙、韓、魏聞之，皆朝於齊。」

**嚥** ⓐ yàn ⓒ jin3 宴
吞。宋·蘇洵《六國論》：「則吾恐秦人食之不得下～也。」

**驗** ⓐ yàn ⓒ jim6 豔
❶憑證，證據。《史記·商君列傳》：「商君之法，舍人無～者坐之。」❷檢驗，驗證。《呂氏春秋·察傳》：「凡聞言必熟論，其於人必～之以理。」❸效果，效驗。《淮南子·主術訓》：「道在易

而求之難，～在近而求之遠，故弗得也。」

**央** ⓐ yāng ⓒ joeng1 秧
❶中間，中心。《詩經·秦風·蒹葭》：「溯游從之，宛在水中～。」❷盡，完了。唐·韓愈《送李愿歸盤谷序》：「嗟盤之樂兮，樂且無～。」

**殃** ⓐ yāng ⓒ joeng1 央
❶災禍，禍害。《禮記·大同與小康》：「如有不由此者，在執者去，眾以為～。」❷殘害，損害。《孟子·告子下》：「～民者，不容於堯舜之世。」

**羊** 一 ⓐ yáng ⓒ joeng4 陽
哺乳動物，一般頭上有一對角，有山羊、綿羊、羚羊等多種。北朝民歌《木蘭詩》：「小弟聞姊來，磨刀霍霍向豬～。」

二 ⓐ xiáng ⓒ coeng4 詳
吉利。《墨子·明鬼下》：「有恐後世子孫，不能敬莙（jūn，威）以取～。」這個意義後來寫作「祥」。

**佯** ⓐ yáng ⓒ joeng4 羊
假裝。《史記·廉頗藺相如列傳》：「相如度秦王特以詐～為予趙城，實不可得。」

**洋** ⓐ yáng ⓒ joeng4 羊
❶海洋。宋·文天祥《〈指南錄〉後序》：「然後渡揚子江，入蘇州～，輾轉四明、天台，以至於永嘉。」❷[洋洋]①盛大眾多的樣子。《詩經·衛風·碩人》：「河水～～，北流活活。」②廣闊無際的樣子。唐·柳宗元《始得西山宴

遊記》：「～～乎與造物者遊，而不知其所窮。」❸ 喜悦自得的樣子。宋・范仲淹《岳陽樓記》：「把酒臨風，其喜～～者矣。」

# 揚 ⓐyáng ⓟjoeng4 羊

❶ 舉起。唐・李白《至邯鄲登城樓覽古書懷》：「～鞭動柳色。」❷ 掀起。《史記・屈原賈生列傳》：「何不隨其流而～其波？」❸ 傳播，傳揚。《禮記・中庸》：「隱惡而～善，執其兩端。」❹ 發揮。三國蜀・諸葛亮《便宜十六策・治軍》：「彊征伐之勢，～士卒之能。」❺ 振作。唐・杜甫《新婚別》：「婦人在軍中，兵氣恐不～。」❻ 突出，出眾。唐・裴度《自題寫真贊》：「爾才不長，爾貌不～。」

# 陽 ⓐyáng ⓟjoeng4 羊

❶ 山的南面或河流的北面。宋・王安石《遊褒禪山記》：「所謂華山洞者，以其乃華山之～名之也。」❷ 太陽，陽光。宋・歐陽修《醉翁亭記》：「已而夕～在山，人影散亂，太守歸而賓客從也。」❸ 温暖，暖和。漢樂府《長歌行》：「～春布德澤，萬物生光輝。」❹ 表面上，假裝。漢・鄒陽《獄中上梁王書》：「是以箕子～狂，接輿避世，恐遭此患也。」❺ 古代的哲學概念，與「陰」相對。《史記・孔子世家》：「竭澤涸漁則蛟龍不合陰～。」

# 楊 ⓐyáng ⓟjoeng4 羊

落葉喬木，有白楊、大葉楊、小葉楊等多種，木材可做器物。《詩經・陳風・東門之楊》：「東

門之～，其葉牂牂（zāngzāng，茂盛的樣子）。」

> 🔍 楊、柳。兩者均為落葉喬木，枝硬而揚起者為楊，枝弱而垂者為柳。古人常以「楊柳」並稱而實指柳樹。

# 詳 ⓐyáng

見 335 頁 xiáng。

# 仰 ⓐyǎng ⓟjoeng5 養

❶ 抬頭，臉向上。宋・岳飛《滿江紅》：「抬望眼，～天長嘯，壯懷激烈。」❷ 仰望。《論語・子張》：「君子之過也，如日月之食焉：過也，人皆見之；更也，人皆～之。」❸ 對上。《孟子・梁惠王上》：「是故明君制民之產，必使～足以事父母，俯足以畜妻子。」❹ 依賴，指望。《孟子・離婁下》：「其妻歸，告其妾曰：『良人者，所～望而終身也，今若此！』」

# 養 ⓐyǎng ⓟjoeng5 仰

❶ 撫養，照顧。《禮記・大同與小康》：「矜、寡、孤、獨、廢、疾者皆有所～。」❷ 贍養，奉養。《論語・為政》：「子曰：『今之孝者，是謂能～。』」❸ 飼養，培植。《周禮・夏官司馬・圉人》：「圉人掌～馬芻牧之事。」❹ 醫治，調養。《周禮・天官冢宰・疾醫》：「疾醫掌～萬民之疾病。」❺ 保養，培養。《呂氏春秋・孝行》：「安牀笫，節飲食，～體之道也。」❻ 修養，涵養。《孟子・盡心下》：「～心莫善於寡欲。」❼ 教導，教育。《周禮・地官司徒・保氏》：「保氏

掌諫王惡，而～國子以道，乃教之六藝。

**恙** 🔊yàng 🔊joeng6讓
❶ 憂患，災害。《戰國策·齊策四》：「歲亦無～耶？民亦無～耶？王亦無～耶？」❷ 疾病。唐·白居易《與元微之書》：「下至家人，幸皆無～。」

**樣** 🔊yàng 🔊joeng6讓
❶ 式樣。《隋書·何稠傳》：「凡有所為，何稠先令亘、袞立～，當時工人皆稱其善，莫能有所損益。」❷ 形狀。唐·杜甫《楊監又出畫鷹十二扇》：「近時馮紹正，能畫鷙鳥～。」❸ 種類。宋·楊萬里《曉出淨慈寺送林子方》：「接天蓮葉無窮碧，映日荷花別～紅。」❹ 量詞，計算事物種類的單位。宋·范成大《晚步西園》：「一種東風兩～心。」

## yao

**夭** 🔊yāo 🔊jiu2擾二聲
❶ 指早死，幼小時死去。唐·杜甫《自京赴奉先詠懷》：「所愧為人父，無食致～折。」❷ 摧折。《莊子·逍遙遊》：「不～斤斧，物無害者。」❸ 災害。《詩經·小雅·正月》：「民今之無祿，天～是椓（zhuó，殘害）。」❹ 堵塞，壅塞。《莊子·逍遙遊》：「背負青天，而莫之～閼（è，阻塞）者，而後乃今將圖南。」
🔊yāo 🔊jiu1邀
[夭夭] ① 美盛的樣子。《詩經·周南·桃夭》：「桃之～～，灼灼其華。」② 體貌和舒的樣子。《論語·述而》：「子之燕居，申申如也，～～如也。」
🔊ǎo 🔊ou2奧二聲
幼小的動植物。《國語·魯語上》：「且夫山不槎蘗（chánniè，砍伐再生的枝條），澤不伐～。」

**妖** 🔊yāo 🔊jiu2擾二聲
❶ 豔麗，嫵媚。明·袁宏道《徐文長傳》：「歐陽公所謂～韶女，老自有餘態者也。」❷ 反常怪異的事物或現象。唐·元稹《酬劉猛見送》：「種花有顏色，異色即為～。」❸ 怪誕的、蠱惑人心的（言辭或行為）。宋·蘇洵《張益州畫像記》：「～言流聞，京師震驚。」❹ 不正派，不莊重。宋·周敦頤《愛蓮說》：「予獨愛蓮之出淤泥而不染，濯清漣而不～。」

**要** 🔊yāo
見 359 頁 yào。

**腰** 🔊yāo 🔊jiu1邀
❶ 腰部，人體軀幹中間部分。唐·杜甫《兵車行》：「車轔轔，馬蕭蕭，行人弓箭各在～。」❷ 指事物的中間部分。北周·庾信《枯樹賦》：「橫洞口而敧臥，頓山～而半折。」❸ 量詞，用於衣帶。《北史·柳裘傳》：「賜綵三百匹，金九環帶一～。」

**邀** 🔊yāo 🔊jiu1腰
❶ 迎候，半路攔截。《三國志·魏書·劉放傳》：「帝欲～討之，朝議多以為不可。」❷ 邀請，約請。唐·李白《月下獨酌》：「舉杯～明月，對影成三人。」❸ 求取，謀取。漢·王充《論衡·自然》：「不作功～名。」

**肴** 普yáo 粵ngaau4 淆
肉類食物，葷菜。宋·蘇軾《後赤壁賦》：「有酒無～，月白風清，如此良夜何？」這個意義後來寫作「餚」。

**姚** 普yáo 粵jiu4 搖
❶ 美好的樣子。《荀子·非相》：「莫不美麗～冶。」通「遙」，遠。《荀子·榮辱》：「其功盛～遠矣。」

**陶** 普yáo
見296頁táo。

**堯** 普yáo 粵jiu4 搖
❶ 高。《墨子·親士》：「王德不～～者，乃千人之長也。」❷ 傳說中上古帝王名。《論語·泰伯》：「大哉，～之為君也！」

**徭** 普yáo 粵jiu4 遙
勞役。《韓非子·備內》：「～役少則民安。」

**遙** 普yáo 粵jiu4 搖
❶ 遠。唐·李白《望廬山瀑布》：「～看瀑布掛前川。」❷ 長。唐·李白《南奔書懷》：「～夜何漫漫，空歌白石爛。」❸ 疾行。戰國楚·屈原《楚辭·九章·抽思》：「願～起而橫奔兮，覽民尤以自鎮。」❹ [逍遙] 見338頁「逍」。

**窈** 普yǎo 粵jiu2 擾二聲
❶ 幽深，深遠。唐·韓愈《送李愿歸盤谷序》：「～而深，廓其有容。」❷ 昏暗。《淮南子·道應訓》：「可以陰，可以陽；可以～，可以明。」❸ [窈窕] ① 美好的樣子。《詩經·周南·關雎》：「～～淑女，君子好逑。」② 妖冶的樣子。秦·李斯《諫逐客書》：「而

隨俗雅化，佳冶～～，趙女不立於側也。」③ 深遠的樣子。晉·陶潛《歸去來兮辭》：「既～～以尋壑，亦崎嶇而經丘。」

**要** 普yào 粵jiu3 腰三聲
❶ 綱要，關鍵。漢·賈誼《過秦論》：「東割膏腴之地，北收～害之郡。」❷ 總之，總括。漢·司馬遷《報任安書》：「～之，死日然後是非乃定。」
普yāo 粵jiu1 腰
❶ 人體胯上脅下部分。《史記·孔子世家》：「然自～以下不及禹三寸。」這個意義後來寫作「腰」。❷ 邀請。晉·陶潛《桃花源記》：「便～還家，設酒、殺雞，作食。」❸ 相約，交往。《論語·憲問》：「久～不忘平生之言。」❹ 攔阻。《孟子·公孫丑下》：「使數人～於路。」❺ 約束，控制。《史記·貨殖列傳》：「然地亦窮險，唯京師～其道。」❻ 求取。《孟子·論四端》：「非所以～譽於鄉黨朋友也。」

**樂** 普yào
見171頁lè。

**曜** 普yào 粵jiu6 耀
❶ 日光。《詩經·檜風·羔裘》：「日出有～。」❷ 照耀。唐·李白《古風五十九首》之三十四：「白日～紫微。」❸ 炫耀，顯示。《國語·吳語》：「若無越，則吾何以春秋～吾軍士？」❹ 日、月、星的總稱。《素問·天元紀大論》：「九星懸朗，七～周旋。」

**藥** 普yào 粵joek6 若
❶ 能夠治病的植物。後泛指可治病之物。晉·李密《陳情表》：

「臣侍湯～，未曾廢離。」❷ 用藥治療。唐・韓愈《原道》：「為之醫～，以濟其夭死。」

## 耀 ⦿yào ⦿jiu6曜

❶ 照射，放光。《左傳・莊公二十二年》：「光遠而自他有～者也。」❷ 光芒，光輝。宋・范仲淹《岳陽樓記》：「日星隱～，山岳潛形。」❸ 顯示，顯揚。宋・歐陽修《相州晝錦堂記》：「以～後世而垂無窮。」

---

ye

## 邪 ⦿yé

見 339 頁 xié。

## 耶 ⦿yé ⦿je4爺

❶ 父親。唐・杜甫《北征》：「見～背面啼，垢膩腳不襪。」這個意義後來寫作「爺」。❷ 表示疑問，相當於「嗎」、「呢」。宋・范仲淹《岳陽樓記》：「是進亦憂，退亦憂，然則何時而樂～？」

## 爺 ⦿yé ⦿je4耶

❶ 父親。北朝民歌《木蘭詩》：「軍書十二卷，卷卷有～名。」❷ 對男性尊長的敬稱。宋・劉克莊《賀新郎・送陳真州子華》：「記得太行兵百萬，曾入宗～駕御。」

## ★也 ⦿yě ⦿jaa5廿五聲

❶ 句末語氣詞，表示判斷或肯定。唐・韓愈《師說》：「師者，所以傳道、受業、解惑～。」❷ 句末語氣詞，與「何」等詞相應，表示疑問語氣。《孟子・梁惠王上》：「鄰國之民不加少，寡人之民不加多，何～？」❸ 句末語氣詞，表示感歎的語氣。三國蜀・諸葛亮《出

師表》：「此誠危急存亡之秋～！」❹ 句中語氣詞，表示語氣的停頓，以引起下文。唐・韓愈《師說》：「師道之不傳～久矣！欲人之無惑～難矣！」❺ 副詞，表示同樣、並行等意義。宋・黃庭堅《虞美人・宜州見梅作》：「天涯～有江南信，梅破知春近。」❻ 副詞，表示強調，含有「甚至」等意思。宋・蘇軾《水龍吟・次韻章質夫楊花詞》：「似花還似非花，～無人惜從教墜。」

## 野 ⦿yě ⦿je5惹

❶ 郊外。唐・柳宗元《捕蛇者說》：「永州之～產異蛇，黑質而白章。」❷ 曠野，田野。《莊子・逍遙遊》：「何不樹之於無何有之鄉，廣莫之～。」❸ 民間，與「朝」相對。《漢書・藝文志》：「禮失而求諸～。」❹ 粗陋。《論語・雍也》：「質勝文則～，文勝質則史。」❺ 放蕩不羈，不受約束。南朝梁・丘遲《與陳伯之書》：「唯北狄～心，掘強沙塞之間，欲延歲月之命耳。」❻ 非正式的，不合法的。《史記・孔子世家》：「紇與顏氏女～合而生孔子。」

## ★夜 ⦿yè ⦿je6耶六聲

❶ 從天黑到天亮的一段時間，與「日」、「晝」相對。唐・白居易《燕詩》：「卻入空巢裏，啁啾終～悲。」❷ 昏暗。漢・王符《潛夫論・讚學》：「是故索物於～室者，莫良於火。」

## 咽 ⦿yè

見 353 頁 yān。

## 葉 ⦿yè ⦿jip6頁

❶ 植物的葉子。漢樂府《江

南》：「江南可採蓮，蓮～何田田。」❷ 世，時期。《詩經・商頌・長發》：「昔在中～，有震且業。」❸ 書頁。《宋史・何涉傳》：「人間書傳中事，必指卷第冊～所在，驗之果然。」

## 業 ⓟyè ⓒjip6葉

❶ 學業。唐・韓愈《師說》：「師者，所以傳道、受～、解惑也。」❷ 職業，職務。晉・陶潛《桃花源記》：「晉太元中，武陵人，捕魚為～。」❸ 產業，財產。漢・楊惲《報孫會宗書》：「治產～，起室宅，以財自娛。」❹ 功業，基業。三國蜀・諸葛亮《出師表》：「先帝創～未半，而中道崩殂。」❺ 創始。《史記・太史公自序》：「項梁～之，子羽接之。」❻ 繼承。《左傳・昭公元年》：「臺駘能～其官。」❼ 已經，既。《史記・留侯世家》：「父曰：『履我！』良～為取履，因長跪履之。」

## 謁 ⓟyè ⓒjit3噎

❶ 稟告，陳述。《戰國策・秦策一》：「臣請～其故。」❷ 請求。《左傳・隱公十一年》：「唯我鄭國之有請～焉，如舊昏媾。」❸ 進見，拜見。明・宋濂《送東陽馬生序》：「余朝京師，生以鄉人子～余。」

## 燁 ⓟyè ⓒjip6葉

明亮光彩。明・劉基《賣柑者言》：「出之～然，玉質而金色。」

---

yi

---

## ★一 ⓟyī ⓒjat1壹

❶ 數詞。明・歸有光《項脊

軒志》：「室僅方丈，可容～人居。」❷ 表示序數，第一。《史記・平原君虞卿列傳》：「～戰而舉鄢郢，再戰而燒夷陵，三戰而辱王之先人。」❸ 全，滿。南朝宋・劉義慶《世說新語・荀巨伯遠看友人疾》：「大軍至，～郡盡空。」❹ 相同，一樣。《莊子・逍遙遊》：「能不龜手～也；或以封，或不免於洴澼絖，則所用之異也。」❺ 專一。《荀子・勸學》：「上食埃土，下飲黃泉，用心～也。」❻ 統一。唐・杜牧《阿房宮賦》：「六王畢，四海～。」❼ 每，各。唐・李商隱《錦瑟》：「～絃～柱思華年。」❽ 都，一概。《史記・曹相國世家》：「舉事無所變更，～遵蕭何約束。」❾ 一旦，一經。《戰國策・燕策三》：「壯士～去兮不復還。」❿ 竟，乃。《呂氏春秋・貴直》：「士之速弊～若此乎？」

## 伊 ⓟyī ⓒji1衣

❶ 表示判斷，常與「匪」連用，相當於「卻是」、「即是」。《詩經・小雅・蓼莪》：「蓼蓼者莪，匪我～蒿。」❷ 這，此。《詩經・秦風・蒹葭》：「所謂～人，在水一方。」❸ 第三人稱代詞，他，彼。宋・柳永《鳳棲梧》：「衣帶漸寬終不悔，為～消得人憔悴。」❹ 語氣詞，相當於「惟」、「維」。《詩經・小雅・正月》：「有皇上帝，～誰云憎？」

## ★衣 〔一〕ⓟyī ⓒji1醫

古時指上衣。後泛指衣服。《左傳・曹劌論戰》：「～食所安，弗敢專也，必以分人。」

Y

（三）⦿yì ⦿ji3 意

❶ 穿戴。《史記‧廉頗藺相如列傳》：「乃使其從者～褐，懷其璧，從徑道亡，歸璧於趙。」❷ 覆蓋。《周易‧繫辭下》：「古之葬者，厚～之以薪。」

## 依 ⦿yī ⦿ji1 衣

❶ 依傍，靠着。唐‧王之渙《登鸛雀樓》：「白日～山盡，黃河入海流。」❷ 依靠，依仗。《左傳‧隱公六年》：「我周之東遷，晉、鄭焉～。」❸ 按照，遵循。《論語‧述而》：「志於道，據於德，～於仁。」❹ 仍舊，仍然。唐‧方干《獻王大夫》：「歷任聖朝清峻地，至今～是少年身。」

## 壹 ⦿yī ⦿jat1 一

❶ 專一。《孟子‧公孫丑上》：「志～則動氣，氣～則動志也。」❷ 統一，一致。《左傳‧昭公二十三年》：「政令不～。」❸ 所有，一切。《禮記‧大學》：「自天子以至於庶人，～是皆以修身為本。」❹ 一旦，一經。《禮記‧中庸》：「～戎衣而有天下，身不失天下之顯名。」❺ 的確，實在。《禮記‧檀弓下》：「子之哭也，～似重有憂者。」❻ 數詞「一」的大寫。漢‧司馬遷《報任安書》：「左右親近不為～言。」❼ 加強語氣。《左傳‧襄公二十年》：「今～不免其身，以棄社稷，不亦惑乎？」

## 褘 ⦿yī ⦿ji1 衣

美好。漢‧張衡《東京賦》：「漢帝之德，侯其～而。」

## 噫 （一）⦿yī ⦿ji1 衣

歎詞，表示感歎。宋‧范仲淹《岳陽樓記》：「噫！～！微斯人，吾誰與歸！」

（二）⦿ài ⦿aai3 隘

呼氣，吹氣。《莊子‧齊物論》：「夫大塊～氣，其名為風。」

## 醫 ⦿yī ⦿ji1 依

❶ 醫生，治病的人。《莊子‧列御寇》：「秦王有病召～。」❷ 治病。唐‧韓愈《原道》：「為之～藥，以濟其夭死。」❸ 治理，除去弊患。《國語‧晉語八》：「上醫～國，其次疾人。」❹ 醫學，醫術。《史記‧萬石張叔列傳》：「郎中令周文者，名仁，其先故任城人也。以～見。」

## 台 ⦿yí

見 293 頁 tāi。

## 夷 ⦿yí ⦿ji4 而

❶ 古代對東方民族的統稱。《左傳‧昭公四年》：「東～叛之。」❷ 泛稱少數民族。《孟子‧梁惠王上》：「莅中國而撫四～也。」❸ 平坦。宋‧王安石《遊褒禪山記》：「夫～以近，則遊者眾；險以遠，則至者少。」❹ 剷平，削平。《左傳‧成公十三年》：「芟～我農功。」❺ 平和，喜悅。明‧宋濂《送東陽馬生序》：「言和而色～。」

## 怡 ⦿yí ⦿ji4 宜

❶ 和悅。《禮記‧內則》：「父母有過，下氣～色，柔聲以諫。」❷ 喜悅，快樂。漢‧司馬遷《報任安書》：「主上為之食不甘味，聽朝不～。」❸ 安適，舒暢。晉‧陶潛《桃花源記》：「黃髮、垂髫，並～然自樂。」

## 宜 ⦿yí ⦿ji4 怡

❶ 事宜。唐‧柳宗元《梓人

傳》：「吾善度材，視棟宇之制，高深圓方短長之～。」❷ 相稱。宋・蘇軾《飲湖上初晴後雨》：「欲把西湖比西子，淡妝濃抹總相～。」❸ 應當，應該。《史記・廉頗藺相如列傳》：「今大王亦～齋戒五日，設九賓於廷，臣乃敢上璧。」❹ 大概，可能。《漢書・律曆志上》：「今陰陽不調，～更曆之過矣。」

## 施 ⓐyí
見 266 頁 shī。

## 蛇 ⓐyí
見 261 頁 shé。

## 移 ⓐyí ⓟji4宜
❶ 搖動，擺動。明・歸有光《項脊軒志》：「風～影動，珊珊可愛。」❷ 遷徙，轉移。《孟子・梁惠王上》：「河內凶，則～其民於河東。」❸ 搬動，挪動。明・歸有光《項脊軒志》：「每～案，顧視無可置者。」❹ 變易，改變。《孟子・滕文公下》：「富貴不能淫，貧賤不能～，威武不能屈。」❺ 延及。唐・柳宗元《種樹郭橐駝傳》：「以子之道，～之官理，可乎？」

## 貽 ⓐyí ⓟji4怡
❶ 贈送。《莊子・逍遙遊》：「魏王～我大瓠之種，我樹之成而實五石。」❷ 遺留。唐・駱賓王《為徐敬業討武曌檄》：「坐昧先幾之兆，必～後至之誅。」

## 疑 〔一〕ⓐyí ⓟji4移
❶ 迷惑。宋・蘇洵《心術》：「吾之所短，吾抗而暴之，使之～而卻。」❷ 疑問。明・宋濂《送東陽馬生序》：「余立侍左右，援～質理，俯身傾耳以請。」❸ 懷疑，猜忌。《史記・屈原賈生列傳》：「信而見～，忠而被謗。」❹ 猶豫，不果斷。《史記・淮陰侯列傳》：「故知者決之斷也，～者事之害也。」❺ 好像，似。唐・李白《靜夜思》：「牀前明月光，～是地上霜。」

〔二〕ⓐnǐ ⓟji5以
通「擬」，比擬。漢・賈誼《論積貯疏》：「遠方之能～者並舉而爭起矣。」

## 儀 ⓐyí ⓟji4兒
❶ 法度，準則。《史記・太史公自序》：「是非二百四十二年之中，以為天下～表。」❷ 典範，表率。戰國楚・屈原《楚辭・九章・抽思》：「望三五以為像兮，指彭咸以為～。」❸ 禮節，儀式。《禮記・中庸》：「禮～三百，威～三千。」❹ 容貌，風度。《詩經・大雅・烝民》：「令～令色，小心翼翼。」

## 頤 ⓐyí ⓟji4怡
❶ 面頰。《莊子・漁父》：「左手據膝，右手持～以聽。」❷ 保養。《晉書・鄭沖傳》：「公宜～精養神。」

## 遺 〔一〕ⓐyí ⓟwai4維
❶ 丟失。《韓非子・難二》：「齊桓公飲酒醉，～其冠，恥之，三日不朝。」❷ 漏掉，忘記。《孝經・孝治》：「昔者明王之以孝治天下也，不敢～小國之臣。」❸ 丟失或漏掉的東西。《史記・孔子世家》：「男女行者別於塗，塗不拾～。」❹ 捨棄，丟棄。《孟子・梁惠王上》：「未有仁而～其親者也。」❺ 留下。《史記・項羽本紀》：

Y

「此所謂養虎自～患也。」❻ 特指前人留下來的。三國蜀・諸葛亮《出師表》：「誠宜開張聖聽，以光先帝～德，恢弘志士之氣。」❼ 剩餘。漢・晁錯《論貴粟疏》：「地有～利，民有餘力。」❽ 排泄大小便。《史記・廉頗藺相如列傳》：「廉將軍雖老，尚善飯，然與臣坐，頃之三～矢（通『屎』）矣。」

三 ⓐwèi ⓔwai6 謂

❶ 送。《史記・廉頗藺相如列傳》：「秦昭王聞之，使人～趙王書，願以十五城請易璧。」❷ 給予。明・宋濂《送東陽馬生序》：「父母歲有裘葛之～，無凍餒之患矣。」

★巳 ⓐyǐ ⓔji5 以

❶ 停止。《荀子・勸學》：「學不可以～。」❷ 完成，完畢。唐・李白《春夜宴從弟桃花園序》：「幽賞未～，高談轉清。」❸ 罷免，黜退。《論語・公冶長》：「令尹子文三仕為令尹，無喜色；三～之，無慍色。」❹ 廢棄。《孟子・盡心上》：「於不可～而～者，無所不～。」❺ 病癒。明・袁宏道《徐文長傳》：「狂疾不～，遂為囹圄。」❻ 已經。《古詩十九首・行行重行行》：「相去日～遠，衣帶日～緩。」❼ 太，過分。唐・韓愈《原毀》：「是不亦責於人者～詳乎？」❽ 語氣詞，相當於「矣」。《左傳・僖公三十年》：「今老矣，無能為也～。」

Q　已、既。見126頁「既」。

★以 ⓐyǐ ⓔji5 巳

❶ 用，使用。戰國楚・屈原《楚辭・九章・涉江》：「忠不必用兮，賢不必～。」❷ 認為，以為。《戰國策・鄒忌諷齊王納諫》：「臣之客欲有求於臣，皆～美於徐公。」❸ 介詞，表示憑藉、依靠，可譯作「憑」、「靠」。《史記・廉頗藺相如列傳》：「～勇氣聞於諸侯。」❹ 介詞，表示所處置的對象，可譯作「把」。《史記・廉頗藺相如列傳》：「秦亦不～城予趙，趙亦終不予秦璧。」❺ 介詞，表示時間、處所，可譯作「從」、「在」、「於」。清・姚鼐《登泰山記》：「余～乾隆三十九年十二月，自京師乘風雪……至於泰安。」❻ 介詞，表示原因，可譯作「因為」、「由於」。宋・范仲淹《岳陽樓記》：「不～物喜，不～己悲。」❼ 介詞，表示依據，可譯作「按照」、「依照」、「根據」。晉・皇甫謐《〈三都賦〉序》：「方～類聚，物～羣分。」❽ 連詞，表示目的關係，可譯作「而」、「來」、「用來」、「以致」等。三國蜀・諸葛亮《出師表》：「不宜妄自菲薄，引喻失義，～塞忠諫之路也。」❾ 助詞，與某些方位詞、時間詞等連用，表示方位、時間和範圍。三國蜀・諸葛亮《出師表》：「受命～來，夙夜憂歎。」❿ 通「已」，已經。《戰國策・楚策一》：「五國～破齊秦，必南圖楚。」

☝「以為」一詞，是文言文中一種常見的固定結構，可譯作「認為……怎麼樣」或「覺得……是」，如「愚以為宮中之事，事

無大小，悉以咨之」（三國蜀·諸葛亮《出師表》）。另一種用法為「以……為……」的緊縮，相當於「把……當作……」，如：「虎視之，龐然大物也，以為神」（唐·柳宗元《黔之驢》）；或相當於「用……做……」，如「生時，有大禽若鵠，飛鳴室上，因以為名」（《岳飛之少年時代》）。

★**矣** ⓐyǐ ⓒji5 以
❶ 語氣詞，表示陳述。宋·蘇洵《六國論》：「故不戰而強弱勝負已判～。」❷ 語氣詞，表示感歎。《列子·愚公移山》：「甚～，汝之不惠！」❸ 語氣詞，表示命令或請求。《左傳·宣公四年》：「乃速行～，無及於難。」❹ 語氣詞，與疑問詞結合，表示疑問。《孟子·梁惠王上》：「德何如則可以王～？」

**倚** ⓐyǐ ⓒji2 椅
❶ 依靠在人或物體上。《史記·廉頗藺相如列傳》：「王授璧，相如因持璧卻立，～柱。」❷ 依附，依靠。明·宋濂《閱江樓記》：「六朝之時，往往～之為天塹。」❸ 依仗，仗恃。《尚書·周書·君陳》：「無～勢作威。」❹ 偏斜，偏頗。《禮記·中庸》：「中立而不～。」❺ 依照，配合。宋·蘇軾《前赤壁賦》：「客有吹洞簫者，～歌而和之，其聲嗚嗚然。」

★**亦** ⓐyì ⓒjik6 翼
❶ 也，也是。《孟子·魚我所欲也》：「魚，我我所欲也，熊掌，～

我所欲也。」❷ 語氣詞。漢·司馬遷《報任安書》：「～欲以究天人之際，通古今之變，成一家之言。」

凸「不亦……乎」是文言文中一種常見的固定結構，表示反問，語氣較委婉，可譯作「不是……也……嗎」，如《論語·學而》：「學而時習之，不亦說乎？」

**衣** ⓐyì
見 361 頁 yī。

**抑** ⓐyì ⓒjik1 億
❶ 按，向下壓，與「揚」相對。唐·柳宗元《梓人傳》：「高者不可～而下也，狹者不可張而廣也。」❷ 抑制，遏止。《戰國策·秦策一》：「約縱散橫，以～強秦。」❸ 連詞，表示選擇，相當於「還是」、「或是」。《新五代史·伶官傳序》：「～本其成敗之跡，而皆自於人歟？」

**邑** ⓐyì ⓒjap1 泣
❶ 國家。《左傳·僖公四年》：「君惠徼（jiǎo，求）福於敝～之社稷，辱收寡君，寡君之願也。」❷ 國都，京城。唐·李白《為宋中丞請都金陵表》：「湯及盤庚，五遷其～。」❸ 泛指一般城鎮。大曰「都」，小曰「邑」。宋·蘇洵《六國論》：「秦以攻取之外，小則獲～，大則得城。」❹ 城邑的長官。《左傳·襄公三十一年》：「子皮欲使尹何為～。」❺ 封地。《晏子春秋·內篇雜下》：「景公賜晏子～，晏子辭。」

**役** ⓐyì ⓒjik6 亦
❶ 服兵役，服勞役。《詩經·

王風・君子于役》：「君子于～，不知其期。」❷ 兵役，勞役。漢・晁錯《論貴粟疏》：「今農夫五口之家，其服～者，不下二人。」❸ 事情，事件。《左傳・僖公二十四年》：「蒲城之～，君命一宿，女即至。」❹ 戰爭，戰役。唐・杜甫《石壕吏》：「急應河陽～，猶得備晨炊。」❺ 役使，驅使。晉・陶潛《歸去來兮辭》：「既自以心為形～，奚惆悵而獨悲？」❻ 僕役，差役。《南史・陶潛傳》：「汝輩幼小，家貧無～，柴水之勞，何時可免？」❼ 指職位低微的官員。唐・韓愈《送孟東野序》：「東野之～於江南也，有若不釋然者。」

**易** 〔一〕⊜yì ⊜jik6 亦
❶ 改變，變化。《列子・愚公移山》：「寒暑～節，始一反焉。」❷ 交易。《史記・廉頗藺相如列傳》：「秦昭王聞之，使人遺趙王書，願以十五城請～璧。」❸ 替換，替代。《左傳・僖公三十年》：「以亂～整。」❹《周易》的簡稱。《論語・述而》：「五十以學～。」❺ 治，治理。《荀子・富國》：「田肥以～則出實百倍。」

〔二〕⊜yì ⊜ji6 義
❶ 容易，與「難」相對。宋・蘇洵《六國論》：「則勝負之數，存亡之理，當與秦相較，或未～量。」❷ 平坦。唐・韓愈《爭臣論》：「聽其是非，視其險～，然後身得安焉。」❸ 簡慢，輕率。《論語・八佾》：「喪，與其～也，寧戚。」❹ 輕視。《左傳・僖公二十二年》：「國無小，不可～也。」

**昳** ⊜yì
見 59 頁 dié。

**弈** ⊜yì ⊜jik6 亦
下棋。《孟子・告子上》：「弈秋，通國之善～者也。」

**施** ⊜yì
見 266 頁 shī。

**益** 〔一〕⊜yì ⊜jik1 億
❶ 富裕，富足。《呂氏春秋・貴當》：「其家必日～。」❷ 增加。《史記・滑稽列傳》：「於是齊威王乃～齎黃金千溢。」❸ 幫助，補助。秦・李斯《諫逐客書》：「今逐客以資敵國，損民以～讎。」❹ 利益，好處。《左傳・僖公三十年》：「若亡鄭而有～於君，敢以煩執事。」❺ 有益，有利。《論語・季氏》：「～者三友……友直，友諒，友多聞。」❻ 更加。唐・韓愈《師說》：「是故聖～聖，愚～愚。」❼ 漸漸地。《漢書・蘇武傳》：「武～愈，單于使使曉（告知）武。」

〔二〕⊜yì ⊜jat6 日
水漫出來。《呂氏春秋・察今》：「澭水暴～。」這個意義後來寫作「溢」。

**埶** 〔一〕⊜yì ⊜ngai6 藝
種植。漢・許慎《説文解字・丮部》：「～，種也。」這個意義後來寫作「藝」、「蓺」。

〔二〕⊜shì ⊜sai3 世
通「勢」。形勢，權勢。《禮記・大同與小康》：「如有不由此者，在～者去，眾以為殃。」

**★異** ⊜yì ⊜ji6 義
❶ 分開。《史記・商君列傳》：

「民有二男以上不分～者，倍其賦。」❷ 不相同。三國蜀‧諸葛亮《出師表》：「不宜偏私，使內外～法也。」❸ 其他，別的，另外的。唐‧王維《九月九日憶山東兄弟》：「獨在～鄉為～客，每逢佳節倍思親。」❹ 不平常的，特別的。唐‧柳宗元《捕蛇者說》：「永州之野產～蛇，黑質而白章。」❺ 感到奇怪。宋‧王安石《傷仲永》：「父～焉，借旁近與之。」❻ 違逆，叛離。漢‧賈誼《治安策》：「諸侯之君不敢有～心。」

**逸** 🔊yì 🔊jat6 日
❶ 逃跑，奔跑。《左傳‧桓公八年》：「隨師敗績，隨侯～。」❷ 釋放。《左傳‧成公十六年》：「明日復戰，乃～楚囚。」❸ 隱居，隱逸。《論語‧堯曰》：「興滅國，繼絕世，舉～民。」❹ 閒適，安樂。《新五代史‧伶官傳序》：「憂勞可以興國，～豫可以亡身，自然之理也。」❺ 超絕。唐‧李白《宣州謝朓樓餞別校書叔雲》：「俱懷～興壯思飛。」

🔍 逸、逃、遯。見 296 頁「逃」。

**詣** 🔊yì 🔊ngai6 毅
❶ 往，到。《岳飛之少年時代》：「每值朔望，必具酒肉，～同墓。」❷ 拜訪。晉‧陶潛《桃花源記》：「及郡下，～太守，說如此。」❸（學問等）所達到的境界。宋‧姜夔《詩說》：「陶淵明天資既高，趣～又遠。」

**裛** 🔊yì 🔊jap1 泣
❶ 書袋，書套。漢‧許慎《說文解字‧衣部》：「～，書囊也。」❷ 纏繞，包裹。漢‧班固《西都賦》：「～以藻繡。」❸ 以香氣熏衣。唐‧韋莊《和鄭拾秋日感事一百韻》：「麝～戰袍香。」❹ 通「浥」，沾濕。唐‧王維《送元二使安西》：「渭城朝雨～輕塵，客舍青青柳色新。」

★**意** 🔊yì 🔊ji3 懿
❶ 意向，願望。唐‧杜甫《兵車行》：「邊庭流血成海水，武皇開邊～未已。」❷ 意思，意義。宋‧王安石《傷仲永》：「其詩以養父母、收族為～。」❸ 猜測，料想。《戰國策‧燕策三》：「羣臣皆愕，卒起不～，盡失其度。」❹ 意氣，氣勢。漢‧曹操《讓縣自明本志令》：「多兵～盛。」❺ 感情，情意。唐‧王勃《送杜少府之任蜀州》：「與君離別～，同是宦遊人。」❻ 情趣，意味。晉‧陶潛《飲酒》：「此中有真～，欲辨已忘言。」

★**義** 🔊yì 🔊ji6 異
❶ 合宜的道德、行為或道理。《孟子‧梁惠王上》：「謹庠序之教，申之以孝悌之～。」❷ 正義，正當。唐‧駱賓王《為徐敬業討武曌檄》：「爰舉～旗，以清妖孽。」❸ 意義，意思。三國魏‧曹丕《與吳質書》：「辭～典雅。」

**毅** 🔊yì 🔊ngai6 藝
❶ 堅強，果斷。《論語‧述而》：「士不可以不弘～，任重而道遠。」❷ 殘酷，嚴厲。《韓非子‧內儲說上》：「棄灰之罪輕，斷手之罰重，古人何太～也？」

Y

**懌** 普yì 粵jik6 譯
喜悅。《史記·廉頗藺相如列傳》：「於是秦王不～，為一擊瓴。」

**憶** 普yì 粵jik1 億
❶ 思念，想念。北朝民歌《木蘭詩》：「問女何所思，問女何所～。」❷ 回憶，想起。唐·白居易《與元微之書》：「～昔封書與君夜，金鑾殿後欲明天。」❸ 記住，不忘。唐·韓愈《祭十二郎文》：「汝時尤小，當不復記～。」

**縊** 普yì 粵ai3 翳
❶ 上吊，吊死。《左傳·桓公十三年》：「莫敖～于荒谷。」❷ 勒死。《左傳·僖公元年》：「桓公召而～殺之。」

**斁** 〔一〕普yì 粵jik6 譯
❶ 厭倦，懈怠。漢·枚乘《七發》：「高歌陳唱，萬歲無～。」❷ 盛大的樣子。《詩經·商頌·那》：「庸鼓有～，萬舞有奕。」
〔二〕普dù 粵dou3 妒
敗，敗壞。明·劉基《賣柑者言》：「吏奸而不知禁，法～而不知理。」

**翼** 普yì 粵jik6 亦
❶ 翅膀。《莊子·逍遙遊》：「怒而飛，其～若垂天之雲。」作戰時陣形的兩側。《史記·廉頗藺相如列傳》：「李牧多為奇陳（zhèn，陣），張左右～擊之。」❸ 覆蓋，遮蔽。《史記·項羽本紀》：「項伯亦拔劍起舞，常以身～蔽沛公，（項）莊不得擊。」❹ 輔佐，輔助。《孟子·滕文公上》：「匡之直之，輔之～之。」

**藝** 普yì 粵ngai6 魏
❶ 種植。《孟子·滕文公上》：「樹～五穀，五穀熟而民人育。」❷ 才能，技藝。《淮南子·詮言訓》：「不得其道，伎～雖多，未有益也。」❸ 準則，限度。《國語·晉語八》：「及桓子驕泰奢侈，貪欲無～。」

**釋** 普yì
見 273 頁 shì。

**議** 普yì 粵ji5 已
❶ 商議，討論。《史記·廉頗藺相如列傳》：「趙王悉召羣臣～。」❷ 評定是非。《戰國策·鄒忌諷齊王納諫》：「能謗～於市朝，聞寡人之耳者，受下賞。」❸ 主張，建議。三國蜀·諸葛亮《出師表》：「試用於昔日，先帝稱之曰『能』，是以眾～舉寵為督。」❹ 古代文體的一種，用以論事、說理或陳述意見，如：奏議、駁議。

**懿** 普yì 粵ji3 意
❶ 美好。《詩經·大雅·烝民》：「民之秉彝，好是～德。」❷ 讚美。漢·班固《幽通賦》：「～前烈之純淑兮，窮與達其必濟。」

**驛** 普yì 粵jik6 譯
❶ 供傳遞公文或官員來往使用的馬。唐·白居易《寄隱者》：「道逢馳～者，色有非常懼。」❷ 驛站，供傳遞公文的人或來往官員暫住的處所。《新唐書·百官志一》：「凡三十里有～，～有長。」

## yin

**因** 普yīn 粵jan1 欣
❶ 依靠，憑藉。《左傳·僖公三十年》：「～人之力而敝之，不仁。」❷ 經由（某種關係）。《史

記・廉頗藺相如列傳》:「廉頗聞之，肉袒負荊，～賓客至藺相如門謝罪。」❸ 沿襲，因襲。《論語・為政》:「殷～於夏禮，所損益，可知也。」❹ 原因，緣故。漢・鄒陽《獄中上梁王書》:「何則？無～而至前也。」❺ 介詞，依照，根據。《韓非子・外儲說左上》:「法者，見功而與賞，～能而受官。」❻ 介詞，趁着，順着。《三國志・魏書・郭嘉傳》:「～其無備，卒然擊之。」❼ 介詞，由於，因為。《三國演義・楊修之死》:「～恐有人知覺，乃用大簏藏吳質於中。」❽ 連詞，於是，就。《史記・廉頗藺相如列傳》:「王授璧，相如～持璧卻立，倚柱。」

**音** 🔊yīn 🔊jam1 陰
❶ 聲音。唐・白居易《慈烏夜啼》:「慈烏失其母，啞啞吐哀～。」❷ 音樂，音律，音調。《史記・廉頗藺相如列傳》:「寡人竊聞趙王好～，請奏瑟。」❸ 消息。《詩經・鄭風・子衿》:「縱我不往，子寧不嗣～？」❹ 語音，讀音。唐・賀知章《回鄉偶書》:「少小離家老大回，鄉～無改鬢毛衰。」

**殷** 🔊yīn 🔊jan1 因
❶ 眾，眾多。《詩經・鄭風・溱洧》:「士與女，～其盈也。」❷ 富裕，富足。《三國志・蜀書・諸葛亮傳》:「民～國富而不知存恤。」❸ 殷切，深切。唐・韓愈《與于襄陽書》:「何其稱須之～，而相遇之疎（同『疏』）也？」
🔊yān 🔊jin1 煙
赤黑色。唐・李華《弔古戰場文》:

「秦起茶毒生靈，萬里朱～。」

**陰** 🔊yīn 🔊jam1 音
❶ 水的南面或山的北面。《列子・愚公移山》:「指通豫南，達於漢～。」❷ 背陽的部分，陰影。宋・楊萬里《小池》:「泉眼無聲惜細流，樹～照水愛晴柔。」❸ 幽暗，昏暗。宋・范仲淹《岳陽樓記》:「朝暉夕～，氣象萬千。」❹ 祕密的，深藏不露的。《史記・魏公子列傳》:「臣之客有能探得趙王～事者。」❺ 陰險，不光明正大。《新唐書・李林甫傳》:「性～密，忍誅殺，不見喜怒。」❻ 日影。常指光陰。宋・司馬光《陶侃》:「大禹聖人，乃惜寸～，至於眾人，當惜分～。」❼ 古代的哲學概念，與「陽」相對。《史記・孔子世家》:「竭澤涸漁則蛟龍不合～陽。」

> 📖 「陰陽」是中國古代的哲學觀，以陰和陽的概念來解釋宇宙運作的根本規律，萬事萬物都是相互對立又相互依存的，如天地、日月、男女等。

**蔭** 🔊yīn 🔊jam3 陰三聲
❶ 樹蔭。《荀子・勸學》:「樹成～而眾鳥息焉。」❷ 日影。《左傳・昭公元年》:「趙孟視～日。」
🔊yìn 🔊jam3 陰三聲
❶ 遮蓋。晉・陶潛《歸園田居》:「榆柳～後簷，桃李羅堂前。」❷ 庇蔭，指子孫因先代功勳而受到封賞。宋・歐陽修《〈梅聖俞詩集〉序》:「予友梅聖俞，少以～補為吏。」

**Y**

# 吟 ⓟyín ⓒjam4 淫

❶ 吟詠，吟誦。唐·白居易《與元微之書》：「至今每～，猶惻惻耳。」❷ 歎息，呻吟。《戰國策·楚策一》：「雀立不轉，晝～宵哭。」❸ 鳴，啼。漢·李陵《答蘇武書》：「牧馬悲鳴，～嘯成羣，邊聲四起。」❹ 古代詩歌體裁的一種，如唐·王維有《隴頭吟》，唐·孟郊有《遊子吟》。

# 垠 ⓟyín ⓒngan4 銀

❶ 邊際，界線。唐·李華《弔古戰場文》：「浩浩乎平沙無～，敻（xiòng，遠，遼闊）不見人。」❷ 形跡。《淮南子·覽冥訓》：「日行月動，星耀而玄運……不見朕（徵兆）～。」

# 淫 ⓟyín ⓒjam4 吟

❶ 過度，無節制。《論語·八佾》：「《關雎》，樂而不～，哀而不傷。」❷ 迷惑，惑亂。《孟子·滕文公下》：「富貴不能～，貧賤不能移，威武不能屈。」❸ 邪惡不正。《尚書·周書·洪範》：「凡厥庶民，無有～朋。」❹ 浮華不實。《孟子·公孫丑上》：「～辭知其所陷，邪辭知其所離。」❺ 奢侈。漢·賈誼《論積貯疏》：「～侈之俗日日以長，是天下之大賊也。」❻ 放縱，恣肆。漢·楊惲《報孫會宗書》：「誠～荒無度，不知其不可也。」❼ 在男女關係上行為不正當。《隋書·燕榮傳》：「榮每巡省管內，聞官人及百姓妻女有美色，輒舍其室而～之。」❽ 浸漬。清·劉蓉《習慣說》：「室有窪徑尺，浸～日廣。」❾ 大。《詩經·周頌·有客》：「既有～威，降福孔夷。」❿ 通「霪」，久雨。《左傳·莊公十一年》：「天作～雨。」

# 霊 ⓟyín ⓒjam4 吟

久雨，連綿不斷地下雨。宋·范仲淹《岳陽樓記》：「若夫～雨霏霏，連月不開。」

# 引 ⓟyǐn ⓒjan5 蚓

❶ 開弓。漢·司馬遷《報任安書》：「舉～弓之民，一國共攻而圍之。」❷ 拉，拽。《史記·廉頗藺相如列傳》：「左右或欲～相如去。」❸ 延長，伸長。《孟子·梁惠王上》：「則天下之民皆～領而望之矣。」❹ 避開，退卻。《戰國策·趙策三》：「秦軍～而去。」❺ 拿，持，舉。唐·柳宗元《始得西山宴遊記》：「～觴滿酌，頹然就醉。」❻ 召引，引見。《史記·廉頗藺相如列傳》：「乃設九賓禮於廷，～趙使者藺相如。」❼ 導引，帶領。唐·白居易《燕詩》：「一旦羽翼長，～上庭樹枝。」❽ 引用。南朝梁·劉勰《文心雕龍·事類》：「雖～古事，而莫取舊辭。」❾ 選拔，薦取。唐·韓愈《後廿九日復上宰相書》：「今雖不能如周公吐哺握髮，亦宜～而進之。」❿ 揭發，檢舉。《史記·秦始皇本紀》：「諸生傳相告～，乃自除。」⓫ 樂府詩體的一種，如《箜篌引》。⓬ 文體名，似序而較短。唐·王勃《滕王閣序》：「敢竭鄙誠，恭疏短～。」⓭ 長度單位，十丈為引。

# 飲 ⓒⓟyǐn ⓒjam2 陰二聲

❶ 喝。《荀子·勸學》：「上食埃土，下～黃泉，用心一也。」

❷ 特指喝酒。宋·蘇軾《水調歌頭並序》:「丙辰中秋,歡～達旦。」❸ 飲料,飲食。《戰國策·秦策一》:「清宮除道,張樂設～,郊迎三十里。」❹ 沒入,隱沒。《呂氏春秋·精通》:「養由基射兕中石,矢乃～羽,誠乎兕也。」❺ 含忍,隱忍。南朝梁·江淹《恨賦》:「自古皆有死,莫不～恨而吞聲。」

㈡ ⓹yìn ⓺jam3 蔭

給……吃或喝。《左傳·宣公二年》:「晉侯、趙盾酒。」

**蟢** ⓹yǐn ⓺jan5 引

同「蚓」,蚯蚓。《荀子·勸學》:「～無爪牙之利,筋骨之強。」

**隱** ㈠ ⓹yǐn ⓺jan2 忍

❶ 隱蔽,隱藏。宋·范仲淹《岳陽樓記》:「日星～耀,山岳潛形。」❷ 隱居。《論語·泰伯》:「天下有道則見,無道則～。」❸ 隱諱,隱瞞。《論語·述而》:「二三子以我為～乎?吾無～乎爾。」❹ 憐憫,同情。《孟子·梁惠王上》:「王若～其無罪而就死地,則牛羊何擇焉!」❺ 痛苦。《國語·周語上》:「是先王非務武也,勤恤民～而除其害也。」❻ 隱語,謎語。《史記·滑稽列傳》:「齊威王之時喜～。」

㈡ ⓹yìn ⓺jan3 印

倚,靠着。《孟子·公孫丑下》:「不應,～几而臥。」

**印** ⓹yìn ⓺jan3 因三聲

❶ 圖章,印章。《戰國策·秦策一》:「封為武安君,受相～。」❷ 印刷。宋·沈括《夢溪筆談·活板》:「板～書籍,唐人尚未盛為之。」

**飲** ⓹yìn
見 370 頁 yǐn。

**蔭** ⓹yìn
見 369 頁 yīn。

**隱** ⓹yìn
見 371 頁 yǐn。

---

### ying

**英** ⓹yīng ⓺jing1 嬰

❶ 花。晉·陶潛《桃花源記》:「芳草鮮美,落～繽紛。」❷ 傑出,出眾。唐·柳宗元《梓人傳》:「日與天下之～才,討論其大經。」❸ 傑出的人才。《禮記·大同與小康》:「孔子曰:『大道之行也,與三代之～,丘未之逮也,而有志焉。』」❹ 美好,優美。晉·左思《詠史》之四:「悠悠百世後,～名擅八區。」❺ 精華。唐·韓愈《進學解》:「含～咀華。」❻ 神靈,精靈。南朝齊·孔稚珪《北山移文》:「鍾山之～,草堂之靈。」❼ 英勇。宋·蘇軾《真興寺閣》:「曷不觀此閣,其人勇且～。」

**嬰** ⓹yīng ⓺jing1 英

❶ 繫,戴。漢·司馬遷《報任安書》:「其次剔毛髮,～金鐵受辱。」❷ 環繞。《漢書·蒯通傳》:「必將～城固守。」❸ 糾纏,羈絆。晉·李密《陳情表》:「而劉夙～疾病,常在牀蓐。」❹ 遭受。《後漢紀·質帝紀》:「今我元元,～此饑饉。」❺ 施加。漢·賈誼《治安策》:「釋斤斧之用,而

欲～以芒刃，臣以為不缺則折。」❻ 觸犯。《荀子・彊國》：「則兵勁城固，敵國不敢～也。」❼ 初生的小孩。《老子》十章：「專氣致柔，能～兒乎？」

**應** ㊀ 魯yīng 粵jing1 英

應當，應該。唐・白居易《燕詩》：「當時父母念，今日爾～知！」

㊁ 魯yìng 粵jing3 英三聲

❶ 回答。《列子・愚公移山》：「河曲智叟亡以～。」❷ 呼應，響應。《史記・陳涉世家》：「殺之以應陳涉。」❸ 適應，順應。《三國志・魏書・鍾會傳》：「高祖文皇帝～天順民，受命踐阼。」❹ 對付。《戰國策・燕策二》：「夫以蘇子之賢，將（jiàng，領兵）而～弱燕，燕必破矣。」

**纓** 魯yīng 粵jing1 英

❶ 繫帽的帶子。《孟子・離婁上》：「清斯濯～，濁斯濯足矣，自取之也。」❷ 拘繫人的繩索。唐・王勃《滕王閣序》：「無路請～，等終軍之弱冠。」

**盈** 魯yíng 粵jing4 營

❶ 充滿。晉・陶潛《歸去來兮辭》：「攜幼入室，有酒～樽。」❷ 旺盛。《左傳・曹劌論戰》：「彼竭我～，故克之。」❸ 豐滿，飽滿。戰國楚・宋玉《神女賦》：「貌豐～以莊姝兮。」❹ 圓滿。《周易・豐》：「月～則食。」❺ 足夠，超過。唐・李白《蜀道難》：「連峯去天不～尺。」❻ 滿足。《國語・周語中》：「若貪陵之人來而～其願，是不賞善也。」❼ 增加。《史

記・范睢蔡澤列傳》：「進退～縮，與時變化，聖人之常道也。」❽ [盈盈] ① 形容水晶瑩清澈。《古詩十九首・迢迢牽牛星》：「～～一水間，脈脈不得語。」② 形容儀態輕巧美好。宋・辛棄疾《青玉案・元夕》：「蛾兒雪柳黃金縷，笑語～～暗香去。」

**楹** 魯yíng 粵jing4 盈

❶ 廳堂的前柱。也泛指房屋的柱子。南朝齊・孔稚珪《北山移文》：「還颺入幕，寫霧出～。」❷ 量詞，計算房屋的單位。《新唐書・陸龜蒙傳》：「有田數百畝，屋三十～。」

**贏** 魯yíng 粵jing4 型

❶ 姓。宋・蘇洵《六國論》：「與～而不助五國也。」秦，嬴姓，故此處指秦國。❷ 勝，獲勝。《史記・蘇秦列傳》：「～則兼欺舅與母。」❸ 通「盈」，滿，有餘。《史記・趙世家》：「命乎命乎，曾無我～。」❹ 通「贏」，背，擔。《後漢書・鄧禹傳》：「鄧公～糧徒步。」

**縈** 魯yíng 粵jing4 營

❶ 纏繞，盤繞。唐・柳宗元《始得西山宴遊記》：「～青（喻山）繚白（喻水），外與天際，四望如一。」❷ 牽纏，牽掛。唐・段成式《閒中好》：「塵務不～心。」

**營** 魯yíng 粵jing4 螢

❶ 四圍壘土而居。《孟子・滕文公下》：「下者為巢，上者為～窟。」❷ 軍營。三國蜀・諸葛亮《出師表》：「愚以為～中之事，悉以咨之，必能使行陣和穆，優劣得所也。」❸ 安營，駐紮。唐・元

積《沂國公魏博德政碑》：「距其城四十里～焉。」❹ 建造，營建。《史記・周本紀》：「使召公復～洛邑。」❺ 經營，料理。《淮南子・主術訓》：「執正～事，則讒佞姦邪無由進矣。」❻ 謀求。漢・蔡邕《釋誨》：「安貧樂賤，與世無～。」❼ 度量，丈量。《呂氏春秋・孟冬紀》：「～丘壟之小大高卑薄厚之度。」❽ 衛護，救助。《墨子・天志中》：「欲人之有力相～。」

**贏** 🔊yíng 🔈jing4 營

❶ 經商獲取餘利。《左傳・昭公元年》：「賈而欲～而惡囂乎？」❷ 盈利，利潤。《戰國策・秦策五》：「珠玉之～幾倍？」❸ 擔負。漢・賈誼《過秦論》：「天下雲集而響應，～糧而景（yǐng，影）從。」❹ 勝出，得到。宋・辛棄疾《破陣子・為陳同甫賦壯詞以寄上》：「～得生前身後名。」

**景** 🔊yǐng

見 147 頁 jǐng。

**影** 🔊yǐng 🔈jing2 映

❶ 影子，因擋光而產生的陰影。唐・李白《月下獨酌》：「舉杯邀明月，對～成三人。」❷ 水面、鏡面等反射的形象。唐・杜甫《閣夜》：「三峽星河～動搖。」❸ 畫像。唐・玄奘《大唐西域記・那揭羅曷國》：「昔有佛～，煥若真容。」❹ 模糊的形象。唐・李白《黃鶴樓送孟浩然之廣陵》：「孤帆遠～碧空盡。」❺ 隱藏。唐・劉禹錫《送僧方及南謁柳員外並引》：「九江僧方及既出家……～不出山者十年。」

**穎** 🔊yǐng 🔈wing6 泳

❶ 帶芒的穀穗。《後漢書・班固傳》：「五穀垂～。」❷ 物體末端的尖頭。晉・左思《吳都賦》：「鈎爪鋸牙，自成鋒～。」❸ 聰慧，聰明。漢・王充《論衡・程材》：「博學覽古今，計胸中之～，出溢十萬。」

> 🔲 成語「脫穎而出」指錐子的尖端透過囊袋顯露出來，比喻才能、本領顯露出來，超越眾人。

**映** 🔊yìng 🔈jing2 影

❶ 照射，照映。南朝宋・謝靈運《夜發石關亭》：「亭亭曉月～，泠泠朝露滴。」❷ 映襯，襯托。唐・杜牧《江南春》：「千里鶯啼綠～紅。」❸ 遮蔽。唐・杜甫《蜀相》：「～階碧草自春色。」❹ 陽光。漢・王粲《七哀》：「山崗有餘～，巖阿增重陰。」

**應** 🔊yìng

見 372 頁 yīng。

見 372 頁 yīng。

## yong

**庸** 🔊yōng 🔈jung4 容

❶ 用。常與「勿」、「無」等否定詞連用。唐・韓愈《進學解》：「占小善者率以錄，名一藝者無不～。」❷ 功勞，功勳。《國語・周語中》：「以創制天下，自顯～也。」❸ 平常，經常。《禮記・中庸》：「～德之行，～言之謹；有所不足，不敢不勉。」❹ 平凡，平庸。《史記・廉頗藺相如列傳》：「且～人尚羞之，況於將相乎！」❺ 隋唐時期的賦役法，規定成年男子每年服役

二十日，亦可以納絹代之。❻豈，何，難道。唐·韓愈《師説》：「吾師道也，夫～知其年之先後生於吾乎？」❼乃，於是。《左傳·襄公二十五年》：「～以元女大姬配胡公而封諸陳。」❽通「傭」，受僱。也指受僱者。《史記·陳涉世家》：「若為～耕，何富貴也？」

## 傭
@ yōng ◎ jung4 容

❶ 受僱，出賣勞動力。《史記·陳涉世家》：「陳涉少時，嘗與人～耕。」❷ 傭工，僕役。《後漢書·夏馥傳》：「入林慮山中，隱匿姓名，為冶家～。」❸ 通「庸」，平庸，庸俗。《荀子·正名》：「色不及～而可以養目，聲不及～而可以養耳。」

## 雍
一 @ yōng ◎ jung1 翁

❶ 和諧，和睦。《尚書·虞書·堯典》：「百姓昭明，協和萬邦，黎民於變時～。」❷ 天子祭祀宗廟後撤除祭品時所奏的樂章。《論語·八佾》：「三家者以～徹。」
二 @ yōng ◎ jung2 擁

❶ 通「壅」，堵塞，遮蔽。《漢書·匈奴傳下》：「隔以山谷，～以沙幕。」❷ 通「擁」，擁有。《戰國策·秦策五》：「～天下之國，徙兩周之疆。」

## 擁
@ yōng ◎ jung2 湧

❶ 抱。《戰國策·楚策四》：「左抱幼妾，右～嬖女。」❷ 持，拿着。《史記·項羽本紀》：「（樊）噲即帶劍～盾入軍門。」❸ 擁有，據有。漢·賈誼《過秦論》：「秦孝公據殽函之固，～雍州之地。」❹ 擁護，護衛。宋·歐陽修《相州畫錦堂記》：「旌旗導前，而騎卒～後。」❺ 圍裹，圍繞。《南史·陶潛傳》：「敗絮自～，何慚兒子。」❻ 遮蔽，遮蓋。《禮記·內則》：「女子出門，必～蔽其面。」❼ 擁塞，阻塞。唐·韓愈《左遷至藍關示姪孫湘》：「雲～藍關馬不前。」❽ 積壓。《南史·梁武帝紀》：「或遇事～，日儻移中，便嗽口以過。」❾ 擁擠。宋·梅堯臣《左承李相公自洛移鎮河陽》：「夾道都人～。」❿ 通「臃」，臃腫。《莊子·逍遙遊》：「吾有大樹，人謂之樗，其大本～腫而不中繩墨。」

## 永
@ yǒng ◎ wing5 榮五聲

❶ 水長流的樣子。《詩經·周南·漢廣》：「江之～矣，不可方思。」❷（時間或空間）長。《尚書·商書·高宗肜日》：「降年（指壽命）有～有不～。」❸ 延長。晉·束皙《補亡詩》之五：「物極其性，人～其壽。」❹ 永久，永遠。唐·李白《月下獨酌》：「～結無情遊，相期邈雲漢。」❺ 終，盡，一直。南朝梁·陶弘景《冥通記》：「巫令人委曲科檢諸篋蘊，庶覩遺記，而～無一札。」❻ 通「詠」，吟詠。《尚書·虞書·舜典》：「詩言志，歌～言。」

## 泳
@ yǒng ◎ wing6 詠

在水中或水上浮行。宋·范仲淹《岳陽樓記》：「沙鷗翔集，錦鱗游～。」

## 勇
@ yǒng ◎ jung5 湧五聲

❶ 有膽量，勇敢。《論語·憲問》：「仁者不憂，知者不惑，～者不懼。」❷ 兇猛。《莊子·盜跖》：「～悍果敢，聚眾率兵，此

下德也。」❸ 勇士，兵士。《後漢書·蔡邕傳》：「帶甲百萬，非一～所抗。」

**詠** ⓹ yǒng ⓺ wing6 泳
❶ 歌唱，吟唱。《論語·先進》：「浴乎沂，風乎舞雩，～而歸。」❷ 用詩詞來頌讀或敍述。漢·曹操《步出夏門行·觀滄海》：「幸甚至哉，歌以～志。」

★**用** ⓹ yòng ⓺ jung6 翁六聲
❶ 使用，運用，採用。宋·蘇洵《六國論》：「是故燕雖小國而後亡，斯～兵之效也。」❷ 效勞，出力。漢·司馬遷《報任安書》：「士為知己者～，女為悅己者容。」❸ 任命，舉用。《左傳·僖公三十年》：「吾不能早～子，今急而求子，是寡人之過也。」❹ 主宰，治理。《荀子·富國》：「仁人之～國，將修志意，正身行。」❺ 功用，作用。《莊子·逍遙遊》：「今子有大樹，患其無～。」❻ 資財，費用。《論語·學而》：「節～而愛人，使民以時。」❼ 器物，用具。《左傳·昭公十二年》：「子大叔使其除徒執～以立。」❽ 進食。《韓非子·外儲說左下》：「孔子御坐於魯哀公，哀公賜之桃與黍。哀公：『請～。』」❾ 須，需要。多用於否定或反問。《左傳·僖公三十年》：「越國以鄙遠，君知其難也，焉～亡鄭以陪鄰？」❿ 因此，因而。《國語·周語下》：「皇天弗福，庶民弗助，禍亂並興，共工～滅。」⓫ 介詞，以。《孟子·滕文公上》：「吾聞～夏變夷者，未聞變於夷者也。」

**攸** ⓹ yōu ⓺ jau4 由
❶ 迅疾。《孟子·萬章上》：「圉圉焉，少則洋洋焉，～然而逝。」❷ 乃，就，於是。《詩經·小雅·斯干》：「風雨～除。」❸ 相當於「所」，置於動詞前，構成名詞性詞組。南朝梁·丘遲《與陳伯之書》：「不遠而復，先典～高。」❹ 用於句首或句中，無義。《尚書·周書·洪範》：「予～好德，汝則錫之福。」

**幽** ⓹ yōu ⓺ jau1 休
❶ 幽深，深遠。宋·歐陽修《豐樂亭記》：「下則～谷窈然而深藏。」❷ 深沉，鬱結。唐·白居易《琵琶行》：「別有～愁暗恨生。」❸ 深奧，隱微。唐·韓愈《進學解》：「補苴罅漏，張皇～眇。」❹ 昏暗。戰國楚·屈原《楚辭·離騷》：「路～昧以險隘。」❺ 幽靜，僻靜。唐·柳宗元《始得西山宴遊記》：「～泉怪石，無遠不到。」❻ 幽雅，閒適。唐·李白《春夜宴從弟桃花園序》：「～賞未已，高談轉清。」❼ 隱蔽。《荀子·正論》：「上～險，則下漸詐矣。」❽ 退隱，隱居。晉·陶潛《命子詩》：「鳳隱於林，～人在丘。」❾ 囚禁，囚拘。漢·司馬遷《報任安書》：「～於圜牆之中。」❿ 陰間。宋·蘇軾《潮州韓文公廟碑》：「～則為鬼神，而明則復為人。」

**悠** ⓹ yōu ⓺ jau4 由
❶ 憂思，思念。《詩經·周南·關雎》：「～哉～哉，輾轉反

側。」❷ 遙遠，長久。漢・蘇武《詩四首》之四：「山海隔中州，相去～且長。」❸ 閒適的樣子。晉・陶潛《飲酒》：「採菊東籬下，～然見南山。」

## 憂 @yōu @jau1 休

❶ 憂愁，憂慮。《論語・述而》：「發憤忘食，樂以忘～。」❷ 擔心，畏懼。宋・范仲淹《岳陽樓記》：「登斯樓也，則有去國懷鄉，～讒畏譏。」❸ 憂患，禍患。《孟子・告子下》：「然後知生於～患而死於安樂也。」❹ 疾病。《孟子・公孫丑下》：「有采薪之～，不能造朝。今病小愈，趨造於朝。」❺ 指父母的喪事。《資治通鑑》卷一百四十五：「尚書左僕射沈約以母～去職。」

## 優 @yōu @jau1 休

❶ 充足，充裕。《荀子・王制》：「污池淵沼川澤，謹其時禁，故魚鱉～多而百姓有餘用也。」❷ 優良，優勝。《漢書・王貢兩龔鮑傳贊》：「王、貢之材，～於龔、鮑。」❸ 勝任而有餘力。唐・韓愈《進學解》：「絕類離倫，～入聖域。」❹ 悠閒，安逸。《後漢書・鄧太傅》：「百姓～逸，忘戰日久。」❺ 優厚，優待。《漢書・車千秋傳》：「千秋年老，上～之。」❻（情誼）深厚。晉・李密《陳情表》：「過蒙拔擢，寵命～渥。」❼ 優柔寡斷。《管子・小匡》：「人君唯～與不敏為不可。」❽ 古代的樂舞雜戲。也指樂舞雜戲演員。《左傳・襄公二十八年》：「士皆釋甲束馬，而飲酒，且觀～。」❾ 戲謔。《左傳・襄公六年》：「宋華弱與樂轡

少相狎，長相～，又相謗也。」

## 尤 @yóu @jau4 由

❶ 過失，罪過。南朝梁・任昉《為齊明帝讓宣城郡公第一表》：「非臣之～，誰任其咎？」❷ 責怪，抱怨。《論語・憲問》：「不怨天，不～人。」❸ 優異，突出。唐・韓愈《送孟東野序》：「從吾遊者，李翱、張籍其～也。」❹ 尤其，格外。《岳飛之少年時代》：「天資敏悟，強記書傳，～好《左氏春秋》及孫吳兵法。」❺ 同「猶」，還，尚且。唐・韓愈《祭十二郎文》：「汝時～小，當不復記憶。」❻ 通「疣」，肉贅，引申為病苦。戰國楚・屈原《楚辭・九章・抽思》：「願搖起而橫奔兮，覽民～以自鎮。」

## 由 @yóu @jau4 尤

❶ 原因，緣由。晉・王羲之《〈蘭亭集〉序》：「每覽昔人興感之～，若合一契。」❷ 機緣，機會。明・王鏊《親政篇》：「雖欲言無～也。」❸ 經由，經歷。《論語・為政》：「視其所以，觀其所～，察其所安。」❹ 遵循，遵從。《禮記・大同與小康》：「如有不～此者，在執者去，眾以為殃。」❺ 聽憑，聽任。《論語・顏淵》：「為仁～己，而～人乎哉？」❻ 用。《左傳・襄公三十年》：「以晉國之多虞，不能～吾子。」❼ 由於，因為。《左傳・桓公二年》：「國家之敗，～官邪也。」❽ 自，從。《孟子・盡心下》：「～堯、舜至於湯，五百有餘歲。」❾ 通「猶」，還，尚且。《孟子・離婁下》：「舜為法於天下，可傳於後

世，我～未免為鄉人也。」⑩ 通「猶」，如同。《孟子・梁惠王上》：「民歸之，～水之就下。」

**油** 普yóu 粵jau4 由

❶ 由動物脂肪或植物、礦物的脂質物製成的液體。唐・韓愈《進學解》：「焚膏～以繼晷。」❷ 用油塗飾。宋・蔡襄《茶錄・色》：「茶色貴白，而餅茶多以珍膏～其面。」❸ 浮華不實，油滑。清・王士禎《師友傳燈錄》：「若不多讀書，多貫穿，而遽言性情，則開後學～腔滑調、信口成章之惡習矣。」

**★猶** 普yóu 粵jau4 尤

❶ 猶猢，一種猴屬動物，似猴而短足。《爾雅・釋獸》：「～如麂，善登木。」❷ 如同，好像。《孟子・論四端》：「人之有是四端也，～其有四體也。」❸ 還，仍。唐・白居易《燕詩》：「須臾十來往，～恐巢中飢。」❹ 尚且。唐・杜甫《兵車行》：「生女～得嫁比鄰，生男埋沒隨百草。」❺ 通「尤」，指責，責怪。《詩經・小雅・斯干》：「式相好矣，無相～矣。」❻ 通「由」，從。《孟子・公孫丑上》：「然而文王～方百里起，是以難也。」

**游** 普yóu 粵jau4 由

❶ 在水上浮行，游水。宋・范仲淹《岳陽樓記》：「沙鷗翔集，錦鱗～泳。」❷ 河流，水流。《詩經・秦風・蒹葭》：「溯～從之，宛在水中央。」❸ 流動，飄浮。《史記・司馬相如列傳》：「飄飄有凌雲之氣，似～天地之間意。」❹ 虛浮不實。《周易・繫辭下》：「誣善

之人其辭～。」❺ 行走，運行。《淮南子・覽冥訓》：「鳳皇翔於庭，麒麟～於郊。」❻ 遨遊，遊覽。《詩經・大雅・卷阿》：「豈弟（kǎitì，和樂平易）君子，來～來歌。」❼ 遊憩，嬉戲。漢・晁錯《復言募民徙塞下》：「幼則同～，長則共事。」❽ 交遊，交往。《荀子・勸學》：「故君子居必擇鄉，～必就士。」❾ 外出求學，出仕。《墨子・公孟》：「有~於子墨子之門者。」⑩ 遊說，戰國楚・屈原《楚辭・卜居》：「寧誅鋤草茅以力耕乎，將～大人以成名乎？」

> 🔍 游、遊。二字在古籍中多通用，但有關水中的活動時，一般用「游」。

**遊** 普yóu 粵jau4 由

❶ 遨遊，遊覽。《禮記・大同與小康》：「出～於觀之上。」❷ 遊歷。《論語・里仁》：「父母在，不遠～，～必有方。」❸ 遊動，移動。《莊子・養生主》：「以無厚入有間，恢恢乎其於～刃必有餘地矣。」❹ 交遊，交往。《孟子・離婁下》：「匡章，通國皆稱不孝焉，夫子與之～，又從而禮貌之。」❺ 遊說。三國魏・李康《運命論》：「張良受黃石之符，誦三略之說，以～於羣雄。」❻ 外出求學或求仕。《孟子・盡心上》：「故觀於海者難為水，～於聖人之門者難為言。」❼ 在水上浮行，游水。《莊子・秋水》：「儵魚出～從容，是魚之樂也。」

> 🔍 遊、游。見377頁「游」。

Y

## 友 ⓐyǒu ⓒjau5 有

❶ 朋友。《史記·廉頗藺相如列傳》：「燕王私握臣手，曰『願結～。』」❷ 結交，交友。《論語·學而》：「無～不如己者。」❸ 親近，友愛。《詩經·周南·關雎》：「窈窕淑女，琴瑟～之。」❹ 合作，協助。《孟子·滕文公上》：「出入相～，守望相助。」

## ★有 〔一〕ⓐyǒu ⓒjau5 友

❶ 擁有，具有。《莊子·逍遙遊》：「今子～五石之瓠。」❷ 取得，獲得。宋·蘇洵《六國論》：「暴霜露，斬荊棘，以～尺寸之地。」❸ 表示存在。《莊子·逍遙遊》：「北冥～魚，其名為鯤。」❹ 呈現，產生。《荀子·宥坐》：「弟子皆～飢色。」❺ 豐收，富足。《詩經·魯頌·有駜》：「自今以始，歲其～。」❻ 助詞，置於名詞、動詞和單音形容詞前，無實義。《詩經·周南·桃夭》：「桃之夭夭，～蕡其實。」❼ 同「或」，有人，有的。《左傳·僖公十六年》：「城郠，役人病，～夜登丘而呼曰：『齊有亂。』」❽ 通「友」，親愛，相親。《荀子·正論》：「不應不動，則上下無以相～也。」

〔二〕ⓐyòu ⓒjau6 右

❶ 通「又」，復，更。《荀子·勸學》：「雖～槁暴、不復挺者，輮使之然也。」❷ 用同「又」，用於整數與零數之間。三國蜀·諸葛亮《出師表》：「爾來二十～一年矣。」

## 牖 ⓐyǒu ⓒjau5 友

窗戶。《論語·雍也》：「伯牛有疾，子問之，自～執其手。」

> Q.　牖、窗。「牖」指窗戶，開在牆壁上；「窗」本指天窗，開在屋頂上，也可泛指窗戶。

## ★又 ⓐyòu ⓒjau6 右

❶ 表示重複或繼續，相當於「再」。唐·白居易《賦得古原草送別》：「野火燒不盡，春風吹～生。」❷ 表示同時存在。《紅樓夢》第五十二回：「寶玉聽了，～喜、～氣、～歎。」❸ 表示遞進關係，相當於「而且」。宋·王安石《傷仲永》：「今夫不受之天，固眾人，～不受之人，得為眾人而已邪？」❹ 表示轉折，相當於「卻」。宋·蘇軾《水調歌頭並序》：「我欲乘風歸去，～恐瓊樓玉宇，高處不勝寒。」❺ 用於疑問或否定句中，加強語氣。唐·柳宗元《種樹郭橐駝傳》：「故不我若也，吾～何能為哉？」❻ 表示整數再加零數。宋·辛棄疾《美芹十論》：「蓋歷二十～三年，而句踐未嘗以為遲而奪其權。」

## 右 ⓐyòu ⓒjau6 又

❶ 右手。《左傳·成公二年》：「～援枹（fú，鼓槌）而鼓。」❷ 右邊，與「左」相對。《詩經·衛風·竹竿》：「淇水在～，泉源在左。」❸ 地理上以西為右。漢·王粲《從軍詩》之一：「相公征關～，赫怒震天威。」❹ 古代尚右，右指較高或較尊貴的地位。《史記·廉頗藺相如列傳》：「以相如功大，拜為上卿，位在廉頗之～。」❺ 尊崇，崇尚。《史記·平津侯主父列傳》：「守成尚文，遭遇～武。」❻ 親近，袒

護。《戰國策・魏策二》:「張儀相魏,必～秦而去魏。」❼幫助。《左傳・襄公二十一年》:「周公～王。」這個意義後來寫作「佑」。❽保祐。唐・韓愈《南海神廟碑》:「明用享錫,～我家邦。」這個意義後來寫作「祐」。❾通「侑」,勸酒,勸食。《詩經・小雅・彤弓》:「鐘鼓既設,一朝～之。」

**幼** ⓟyòu ⓠjau3 休三聲
❶幼小,未成年。唐・杜甫《自京赴奉先詠懷》:「入門聞號咷,～子餓已卒。」❷對小孩子的慈愛,愛護。《孟子・梁惠王上》:「～吾幼,以及人之幼。」

**有** ⓟyòu
見 378 頁 yǒu。

**誘** ⓟyòu ⓠjau5 有
❶引導,啟發。《論語・子罕》:「夫子循循然善～人。」❷引誘,誘惑。清・蒲松齡《聊齋志異・狼》:「乃悟前狼假寐,蓋以～敵。」

---

## yu

**迂** ⓟyū ⓠjyu1 於
❶迂迴,曲折。《列子・愚公移山》:「懲山北之塞,出入之～也,聚室而謀。」❷迂腐,不切實際。《論語・子路》:「有是哉,子之～也。」

**淤** ⓟyū ⓠjyu1 於
❶水中沉積的泥沙。宋・周敦頤《愛蓮說》:「予獨愛蓮之出～泥而不染。」❷沉積,阻塞。宋・蘇軾《申三省起請開湖六條狀》:「若運河～塞,遠則五年,近則三

---

年,率常一開。」

**于** ⓐⓟyú ⓠjyu1 於
❶介詞,在。《詩經・大雅・卷阿》:「鳳凰鳴矣,～彼高岡。」❷介詞,至,到。《詩經・小雅・鶴鳴》:「聲聞～天。」❸介詞,對於。《論語・為政》:「吾十有五,有志～學。」❹介詞,向。《史記・魏世家》:「趙請救～齊。」❺介詞,由於。唐・韓愈《進學解》:「業精～勤,荒～嬉。」❻介詞,表示比較,相當於「過」。《尚書・夏書・胤征》:「天吏逸德,烈～猛火。」❼介詞,表示被動,相當於「被」。《左傳・莊公十九年》:「王姚嬖(bì,寵愛)～莊公。」❽用於句首或句中,以湊足音節,無實義。《論語・為政》:「孝乎惟孝,友～兄弟。」
ⓑⓟyú ⓠjyu4 如
[單于] 見 50 頁「單」。
ⓒⓟxū ⓠheoi1 虛
通「吁」,歎詞,表示感歎等。《詩經・周南・麟之趾》:「振振公子,～嗟麟兮。」

> Q　于、於。作為介詞,二字基本通用。《詩經》、《尚書》、《周易》多用「于」字;《左傳》二字並用,而「于」多用於地名前;其他文獻多用「於」字。

**予** ⓟyú
見 382 頁 yǔ。

**余** ⓟyú ⓠjyu4 如
❶我,我的。唐・韓愈《師說》:「～嘉其能行古道,作《師說》以貽之。」❷我們。《左傳・

Y

閔公二年》：「將戰，國人受甲者皆曰：『使鶴，鶴實有祿位，～焉能戰！』」

**臾** 瀎yú 瀌jyu4 余
❶ [須臾] 見 347 頁「須」。
❷ 肥沃。《管子·乘馬數》：「郡縣上～之壤，守之若干。」這個意義後來寫作「腴」。

**★於** ㊀瀎yú 瀌jyu1 于
❶ 介詞，在。三國蜀·諸葛亮《出師表》：「苟全性命～亂世。」❷ 介詞，從、由。《老子》六十四章：「千里之行，始～足下。」❸ 介詞，到，至。唐·柳宗元《捕蛇者說》：「自吾氏三世居是鄉，積～今六十歲矣。」❹ 介詞，給，對，向。《論語·衛靈公》：「己所不欲，勿施～人。」❺ 介詞，表示比較，相當於「過」。漢·司馬遷《報任安書》：「人固有一死，或重～泰山，或輕～鴻毛。」❻ 介詞，表示被動，相當於「被」。《史記·廉頗藺相如列傳》：「臣誠恐見欺～王而負趙。」❼ 介詞，由於，在於。《孟子·告子下》：「然後知生～憂患，而死～安樂也。」❽ 介詞，與，跟，同。《三國志·蜀書·諸葛亮傳》：「身長八尺，每自比～管仲、樂毅。」
㊁瀎wū 瀌wu1 烏
歎詞，表示讚美。《尚書·虞書·堯典》：「僉曰：『～！鯀哉！』」

🔍 於、于。見 379 頁「于」。

**竽** 瀎yú 瀌jyu4 如
竹製管樂器。《呂氏春秋·貴當》：「～瑟陳而民知樂。」

**娛** 瀎yú 瀌jyu4 余
❶ 歡樂，歡娛。晉·王羲之《〈蘭亭集〉序》：「足以極視聽之～，信可樂也。」❷ 安慰，排遣。唐·韓愈《上兵部李侍郎書》：「舒憂～悲，雜以瑰怪之言。」

**魚** 瀎yú 瀌jyu4 余
❶ 水生動物，通常體側扁，有鱗和鰭，用鰓呼吸，種類很多。晉·陶潛《桃花源記》：「晉太元中，武陵人，捕～為業。」❷ 捕魚。《左傳·隱公五年》：「公將如棠觀～者。」這個意義後來寫作「漁」。❸ 魚袋，古代官吏的佩戴物。唐·杜甫《復愁十二首》之十二：「莫看江總老，猶被賞時～。」❹ 書信。宋·汪元量《曉行》：「西舍東鄰今日別，北～南雁幾時通。」

**荑** 瀎yú 瀌jyu4 如
[荼荑] 見 415 頁「荼」。

**隅** 瀎yú 瀌jyu4 愚
角落。《詩經·邶風·靜女》：「靜女其姝，俟我於城～。」

**虞** 瀎yú 瀌jyu4 如
❶ 意料，料想。《孟子·離婁上》：「有不～之譽，有求全之毀。」❷ 預備，防備。《孫子·謀攻》：「以～待不～者勝。」❸ 憂慮，憂患。《後漢書·楊震傳》：「今天下無～，百姓樂安。」❹ 欺詐，欺騙。《左傳·宣公十五年》：「我無爾詐，爾無我～。」❺ 古代掌管山澤的官員。《尚書·虞書·舜典》：「汝作朕～。」

**愚** 瀎yú 瀌jyu4 如
❶ 愚笨，愚昧。《論語·為政》：「(顏)回也不～。」❷ 愚弄，

欺騙。漢・賈誼《過秦論》：「於是廢先王之道，燔百家之言，以～黔首。」❸ 自稱，用作謙詞。三國蜀・諸葛亮《出師表》：「～以為宮中之事，事無大小，悉以咨之，然後施行。」

**與** [普]yú
見 383 頁 yǔ。

**逾** [普]yú [粵]jyu4 如
❶ 越過。《尚書・夏書・禹貢》：「浮于江、沱、潛、漢，～于洛，至于南河。」❷ 超過，勝過。唐・韓愈《合江亭》：「栽竹～萬個。」❸ 更加，愈益。《墨子・三辯》：「故其樂～繁者，其治～寡。」

**漁** [普]yú [粵]jyu4 余
❶ 捕魚。宋・歐陽修《醉翁亭記》：「臨谿而～，谿深而魚肥。」❷ 捕魚的人，漁人。清・姚燮《歲暮四章》：「旅舶守關停市易，貧～掠海抗官僚。」❸ 侵佔，掠奪。《淮南子・主術訓》：「侵～其民，以適無窮之欲。」

**餘** [普]yú [粵]jyu4 如
❶ 豐足，寬裕。《戰國策・秦策五》：「今力田疾作，不得暖衣～食。」❷ 剩餘，剩下。《列子・愚公移山》：「以殘年～力，曾不能毀山之一毛，其如土石何？」❸ 遺留，遺存。《史記・陳涉世家》：「奮六世之～烈。」❹ 其餘，此外。《史記・高祖本紀》：「與父老約，法三章耳：殺人者死，傷人及盜抵罪，～悉除去秦法。」❺ 之後，以後。宋・黃庭堅《畫堂春》：「東風吹柳日初長，雨～芳草斜陽。」❻ 微末，非主要的。唐・柳宗元《非國語・卜》：「卜者，世之～伎也。」❼ 表示整數後的零數。《史記・廉頗藺相如列傳》：「秦自繆公以來二十～君，未嘗有堅明約束者也。」

**諛** [普]yú [粵]jyu4 如
❶ 奉承，恭維。唐・韓愈《師説》：「位卑則足羞，官盛則近～。」❷ 和樂柔順的樣子。《管子・五行》：「～然告民有事，所以待天地之殺斂也。」

> 🔍 諛、諂。二字都是奉承、討好的意思。「諛」特指以言語巴結；「諂」則不限於言語。

**踰** [普]yú [粵]jyu4 如
越，越過。《呂氏春秋・知接》：「有一婦人～垣入。」

**輿** [普]yú [粵]jyu4 如
❶ 車箱。《論語・衛靈公》：「在～則見其倚於衡（車轅前端的橫木）也。」❷ 車。《荀子・勸學》：「假～馬者，非利足也，而致千里。」❸ 轎子。南朝宋・劉義慶《世説新語・簡傲》：「肩～徑造竹下。」❹ 抬，扛，運載。《隋書・東夷傳》：「王乘木獸，令左右～之而行。」❺ 古代地位低賤的吏卒。《左傳・昭公七年》：「皂臣～，～臣隸。」❻ 眾，多。《國語・晉語三》：「惠公入而背外內之賂，～人誦之。」❼ 公眾的。《資治通鑑》卷二百二十九：「頃者竊聞～議，頗究羣情。」❽ 大地，地域。晉・束皙《補亡詩》之五：「漫漫方～。」

## 歟

🔊yú 🔊jyu4 如

❶ 句末語氣詞，表示疑問、反問。明·張溥《五人墓碑記》：「縉紳而能不易其志者，四海之大，有幾人～？」❷ 句末語氣詞，表示選擇。晉·陶潛《五柳先生傳》：「無懷氏之民～？葛天氏之民～？」❸ 句末語氣詞，表示感歎。唐·韓愈《師說》：「今其智乃反不能及，其可怪也～！」

## 予

（一）🔊yǔ 🔊jyu5 語

❶ 給予，授予。《史記·廉頗藺相如列傳》：「秦亦不以城～趙，趙亦終不～秦璧。」❷ 讚許，稱許。《荀子·大略》：「天下之人唯各特意哉，然而有所共～也。」❸ 同，與。《史記·游俠列傳》：「誠使鄉曲之俠，～季次、原憲比權量力，效功於當世，不同日而論矣。」

（二）🔊yú 🔊jyu4 余

我。宋·范仲淹《岳陽樓記》：「～觀夫巴陵勝狀，在洞庭一湖。」

## 宇

🔊yǔ 🔊jyu5 羽

❶ 屋簷。《周易·繫辭下》：「後世聖人易之以宮室，上棟下～，以待風雨。」❷ 房屋，住處。宋·蘇軾《水調歌頭並序》：「又恐瓊樓玉～，高處不勝寒。」❸ 疆土，天下。《左傳·昭公四年》：「或無難以喪其國，失其守～。」❹ 上下四方，空間。《荀子·富國》：「萬物同～而異體。」❺ 胸襟，氣度。《莊子·庚桑楚》：「～泰定者，發乎天光。」

## 羽

🔊yǔ 🔊jyu5 雨

❶ 鳥翅的長毛。《孟子·梁惠王上》：「吾力足以舉百鈞而不足以舉一～。」❷ 以羽毛製成的。宋·蘇軾《念奴嬌·赤壁懷古》：「～扇綸巾，談笑間、檣櫓灰飛煙滅。」❸ 翅膀。《詩經·小雅·鴻雁》：「鴻雁于飛，肅肅其～。」❹ 鳥類的代稱。宋·梅堯臣《河南張應之東齋》：「池清少游魚，林淺無棲～。」❺ 箭桿上的羽毛。《呂氏春秋·精通》：「養由基射兕中石，矢乃飲～。」❻ 代指箭。南朝梁·江淹《別賦》：「或乃邊郡未和，負～從軍。」❼ 旌旗的代稱。《後漢書·賈復傳》：「於是被～先登，所向皆靡。」❽ 指書信。清·顧炎武《與楊雪臣書》：「輒因便～，附布區區。」❾ 同黨，朋友。《韓非子·外儲說右上》：「時季～在側。」❿ 古代五音「宮、商、角、徵、羽」之一。

## 雨

（一）🔊yǔ 🔊jyu5 語

❶ 從雲層降到地面的水滴。唐·杜牧《清明》：「清明時節～紛紛。」❷ 比喻眾多。《詩經·齊風·敝笱》：「齊子歸止，其從如～。」❸ 比喻恩澤。南朝梁·蕭綱《上大法頌表》：「澤～無偏，心田受潤。」❹ 比喻朋友。宋·楊萬里《重九前四日晝睡獨覺》：「舊～不來從草綠，新豐獨酌又花黃。」

（二）🔊yù 🔊jyu6 遇

❶ 降雨。《戰國策·鷸蚌相爭》：「今日不～，明日不～，即有死蚌。」❷ 像雨一樣從空中降落。《詩經·邶風·北風》：「北風其涼，～雪其雱。」❸ 灌溉。唐·孟郊《終南山下作》：「山村不假陰，流水自～田。」❹ 潤澤。漢·劉向《說

苑·貴德》：「吾不能以春風風人，吾不能以夏雨～人。」

**庾** ㊀yǔ ㊁jyu5 羽
露天的穀倉。《詩經·小雅·楚茨》：「我倉既盈，我～維億。」

**★與** ㊀yǔ ㊁jyu5 語
❶ 給予，授予。《孟子·魚我所欲也》：「嘑爾而～之，行道之人弗受。」❷ 同黨，同盟者。唐·韓愈《原毀》：「其應者，必其人之～也。」❸ 親近，交往。宋·蘇洵《六國論》：「何哉？～嬴而不助五國也。」❹ 幫助，支持。《孟子·公孫丑上》：「取諸人以為善，是～人為善者也。」❺ 稱讚。《論語·述而》：「～其進也，不～其退也。」❻ 等待。《論語·陽貨》：「日月逝矣，歲不我～。」❼ 對付。《宋史·岳飛傳》：「以為諸帥易～，獨飛不可當。」❽ 介詞，被。《戰國策·秦策五》：「(夫差) 遂～勾踐禽。」❾ 介詞，對，向。《韓非子·解老》：「治世之民，不～鬼神相害也。」❿ 介詞，為，替。《史記·陳涉世家》：「陳涉少時，嘗～人傭耕。」⓫ 連詞，和，及。《論語·里仁》：「富～貴，是人之所欲也。」⓬ 連詞，或者，還是。《晏子春秋·內篇問下》：「正行則民遺，曲行則道廢。正行而遺民乎，～持民而遺道乎？」⓭ 用同「舉」，推舉，進用。《禮記·大同與小康》：「選賢～能，講信修睦。」

㊂ ㊀yù ㊁jyu6 遇
❶ 參加。《禮記·大同與小康》：「昔者，仲尼～於蜡賓。」❷ 干預，

相干。《漢書·淮南厲王傳》：「皇帝不使吏～其間。」

㊂ ㊀yú ㊁jyu4 餘
同「歟」，語氣詞，表示疑問或感歎。《孟子·魚我所欲也》：「為宮室之美、妻妾之奉、所識窮乏者得我～？」

**★語** ㊀yǔ ㊁jyu5 羽
❶ 說話，談論。《論語·鄉黨》：「食不～，寢不言。」❷ 說的話，言論。《孟子·萬章上》：「此非君子之言，齊東野人之～也。」❸ 語言。《孟子·滕文公下》：「有楚大夫於此，欲其子之齊～也，則使齊人傅諸？使楚人傅諸？」❹ 諺語，成語。《穀梁傳·僖公二年》：「～曰：『脣亡則齒寒。』」❺ 文句。唐·杜甫《江上值水如海勢聊短述》：「～不驚人死不休。」

**玉** ㊀yù ㊁juk6 欲
❶ 美玉。《詩經·小雅·鶴鳴》：「它山之石，可以攻～。」❷ 玉石製品，如玉佩、玉帶等。《左傳·曹劌論戰》：「犧牲～帛，弗敢加也，必以信。」❸ 玉製樂器。《孟子·萬章下》：「集大成也者，金聲而～振之也。」❹ 用來形容晶瑩潔白的東西。宋·黃庭堅《念奴嬌》：「萬里青天，姮娥何處，駕此一輪～。」此指圓月。❺ 比喻美德賢才。《老子》七十二章：「是以聖人被褐懷～。」❻ 敬詞，用來指稱對方的體貌言行等。《戰國策·趙策四》：「而恐太后～體之有所郤 (xì，不舒適) 也，故願望見太后。」

**Y**

# 雨

🔊yù

見 382 頁 yǔ。

# 育

🔊yù 🔊juk6 玉

❶ 生育。《周易·漸》：「婦孕不～，失其道也。」❷ 撫養，養育。晉·李密《陳情表》：「凡在故老，猶蒙矜～。」❸ 培養，教育。《孟子·告子下》：「尊賢～才，以彰有德。」❹ 生長，成長。《禮記·中庸》：「天地位焉，萬物～焉。」❺ 飼養，種植。《管子·度地》：「養其人以～六畜。」

# 郁

🔊yù 🔊juk1 沃

❶ 果實無核。漢·王充《論衡·量知》：「物實無中核者謂之～。」❷ [郁郁] ① 文采美盛的樣子。《論語·八佾》：「周監於二代，～～乎文哉，吾從周。」② 香氣濃烈的樣子。宋·范仲淹《岳陽樓記》：「岸芷汀蘭，～～青青。」

# 浴

🔊yù 🔊juk6 欲

洗澡。戰國楚·屈原《楚辭·漁父》：「新沐者必彈冠，新～者必振衣。」

🔍 浴、沐。見 206 頁「沐」。

# 御

🔊yù 🔊jyu6 預

❶ 駕取馬車。《論語·為政》：「樊遲～～。」❷ 駕取車馬的人。《史記·管晏列傳》：「晏子為齊相，出，其～之妻從門間而闚（kuī，窺）其夫。」❸ 統治，治理。漢·賈誼《過秦論》：「振長策而～宇內，吞二周而亡諸侯。」❹ 侍奉，陪侍。《尚書·夏書·五子之歌》：「厥弟五人，～其母以從。」❺ 進用，使用。宋·王安石《與微之同

賦梅花得香字》：「不～鉛華知國色，只裁雲縷想仙裝。」❻ 對皇帝行為及用物的敬稱。《漢書·王商傳》：「天子親～前殿，召公卿議。」❼ 抵禦。明·劉基《賣柑者言》：「盜起而不知～，民困而不知救。」這個意義後來寫作「禦」。

# ★欲

🔊yù 🔊juk6 玉

❶ 慾望，慾求。宋·蘇洵《六國論》：「然則諸侯之地有限，暴秦之～無厭。」這個意義後來寫作「慾」。❷ 愛好，喜愛。漢·王充《論衡·案書》：「人情～厚惡薄，神心猶然。」❸ 想要，希望。《論語·述而》：「我～仁，斯仁至矣。」❹ 應該，需要。北魏·賈思勰《齊民要術·耕田》：「凡秋耕～深，春夏～淺。」❺ 將要。唐·許渾《咸陽城東樓》：「山雨～來風滿樓。」

# 喻

🔊yù 🔊jyu6 預

❶ 告知，曉諭。《史記·齊悼惠王世家》：「使使～齊王及諸侯與連和。」❷ 知道，明白。《論語·里仁》：「君子～於義，小人～於利。」❸ 說明，表明。《史記·淮南衡山列傳》：「夫百年之秦，近世之吳楚，亦足以～國家之存亡矣。」❹ 比喻，比方。《孟子·梁惠王上》：「王好戰，請以戰～。」

🔍 喻、諭。二字古代通用，後在「知道」、「比喻」的意義上一般用「喻」，在「曉諭」、「上告下」的意義上一般用「諭」。

# 飫

🔊yù 🔊jyu3 於三聲

❶ 本指家庭私宴。後泛指飲

宴。《漢書·游俠傳》：「遵知飲酒～宴有節。」❷ 飽食。明·劉基《賣柑者言》：「觀其坐高堂，騎大馬，醉醇醴而～肥鮮者。」❸ 滿。唐·韓愈《燕喜亭記》：「極幽遐瑰詭之觀，宜其於山水～聞而厭見也。」

## 寓 ⑧yù ⑧jyu6遇

❶ 寄居。《孟子·離婁下》：「無～人於我室。」❷ 住處，住所。《漢書·高惠高后文功臣表》：「高其位，大其～。」❸ 寄託。宋·歐陽修《醉翁亭記》：「山水之樂，得之心而～之酒也。」

## 粥 ⑧yù

見 415 頁 zhōu。

## 遇 ⑧yù ⑧jyu6預

❶ 相逢，不期而會。唐·韓愈《祭十二郎文》：「吾往河陽省墳墓，～汝從嫂喪來葬。」❷ 遭受，遇到。漢·司馬遷《報任安書》：「僕以口語～此禍，重為鄉黨所笑。」❸ 遇合，投合。唐·韓愈《送李愿歸盤谷序》：「大丈夫不～於時者之所為也，我則行之。」❹ 際遇，機會。明·張溥《五人墓碑記》：「而五人亦得以加其土封，列其姓名於大堤之上……斯固百世之～也。」❺ 抵擋，對付。《荀子·大略》：「無用吾之所短，～人之所長。」❻ 對待。《史記·廉頗藺相如列傳》：「不如因而厚～之，使歸趙，趙王豈以一璧之故欺秦邪！」

## 與 ⑧yù

見 383 頁 yǔ。

## 愈 ⑧yù ⑧jyu6預

❶ 病情痊癒。《孟子·滕文公上》：「病～，我且往見。」這個意義後來寫作「癒」。❷ 賢，勝過。《論語·公冶長》：「子謂子貢曰：『女與回也孰～？』」❸ 更加，越發。宋·蘇洵《六國論》：「奉之彌繁，侵之～急。」

## 獄 ⑧yù ⑧juk6育

❶ 爭訟。《國語·周語中》：「君臣皆～，父子將～，是無上下也。」❷ 訟案，案件。《左傳·曹劌論戰》：「小大之～，雖不能察，必以情。」❸ 罪過，罪案。宋·歐陽修《瀧岡阡表》：「此死～也，我求其生不得爾。」❹ 監獄，牢獄。漢·楊惲《報孫會宗書》：「身幽北闕，妻子滿～。」

## 嫗 ⑧yù ⑧jyu2二聲

老年婦女。《史記·高祖本紀》：「有一老～夜哭。」

## 禦 ⑧yù ⑧jyu6預

❶ 阻止，防止。《國語·周語中》：「囿有林池，所以～災也。」❷ 抗拒，抵禦。《左傳·隱公九年》：「北戎侵鄭，鄭伯～之。」❸ 匹敵，相當。《詩經·秦風·黃鳥》：「維此鍼虎（人名），百夫之～。」

## 諭 ⑧yù ⑧jyu6預

❶ 告知，告訴。《淮南子·氾論訓》：「～寡人以義者擊鐘。」❷ 明白，理解。《戰國策·魏策四》：「寡人～矣，夫韓魏滅亡，而安陵以五十里之地存者，徒以有先生也。」❸ 上對下的告誡、指示，也特指皇帝的詔令。《漢書·南粵王趙佗傳》：「故使賈馳～告王朕意。」❹ 表明，顯示。《呂氏春秋·離謂》：「言者，以～意

也。」❺ 比喻，比擬。《戰國策‧齊策四》：「請以市～：市朝則滿，夕則虛，非朝愛市而夕憎之也。」

🔍 諭、喻。見 384 頁「喻」。

**豫** 🔊yù 🔊jyu6 預

❶ 安樂，安逸。《新五代史‧伶官傳序》：「憂勞可以興國，逸～可以亡身，自然之理也。」❷ 喜悅，快樂。《孟子‧公孫丑下》：「夫子若有不～色然。」❸ 巡遊。《孟子‧梁惠王下》：「一遊一～，為諸侯度。」❹ 預備，預先。《莊子‧刻意》：「不思慮，不～謀。」❺ 猶豫，遲疑不決。《老子》十五章：「～兮若冬涉川，猶兮若畏四鄰。」❻ 變化，變動。《鶡冠子‧泰錄》：「百化隨而變，終始從而～。」❼ 通「與」，參與。《後漢書‧東夷傳》：「及楚靈會申，亦來～盟。」

**譽** 🔊yù 🔊jyu6 預

❶ 稱讚，讚美。《韓非子‧難勢》：「～其楯（同『盾』）之堅，物莫能陷也。」❷ 名譽，美名。《孟子‧論四端》：「非所以要～於鄉黨朋友也。」

**鬻** 〔一〕🔊yù 🔊juk6 育

❶ 賣。《莊子‧逍遙遊》：「今一朝而～技百金，請與之。」❷ 買。明‧劉基《賣柑者言》：「置於市，賈十倍，人爭～之。」❸ 通「育」，生育，養育。《莊子‧德充符》：「四者，天～也。天～者，天食也。」

〔二〕🔊zhōu 🔊zuk1 足

同「粥」，稀飯。《左傳‧昭公七年》：「饘於是，～於是，以餬余口。」

🔍 鬻、售、賣。見 275 頁「售」。

**鷸** 🔊yù 🔊wat6 屈六聲

❶ 水鳥名，羽毛茶褐色，嘴長，腳長，趾間無蹼，常在水邊或田野中捕吃小魚、小蟲和貝類。《戰國策‧鷸蚌相爭》：「蚌方出曝，而～啄其肉。」❷ 疾飛的樣子。晉‧木華《海賦》：「～如驚鳧（fú，野鴨）之失侶。」

**鬱** 🔊yù 🔊wat1 屈

❶ 繁茂。《詩經‧秦風‧晨風》：「～彼北林。」❷ 積結。《漢書‧賈鄒枚路傳》：「忠良切言皆～於胸。」❸ 憂愁，憂鬱。漢‧劉向《楚辭‧九歎‧憂苦》：「志紆～其難釋。」

## yuan

**冤** 🔊yuān 🔊jyun1 淵

❶ 屈縮。《漢書‧息夫躬傳》：「～頸折翼，庸得往兮！」❷ 冤枉，冤屈。《淮南子‧泰族訓》：「無勞役，無～刑。」❸ 怨恨，仇恨。唐‧韓愈《謝自然》：「孤魂抱深～。」❹ 上當，吃虧。清‧文康《兒女英雄傳》第三十八回：「我瞧今兒個這趟，八成兒要作～。」

**淵** 🔊yuān 🔊jyun1 冤

❶ 迴旋的水流。《列子‧黃帝》：「流水之潘（通『蟠』，盤曲）為～。」❷ 深潭，深水。《荀子‧勸學》：「積水成～，蛟龍生焉。」❸ 事物的匯集之處。《後漢書‧杜篤傳》：「略荒裔之地，不如保殖五穀之～。」❹ 源頭。《新唐書‧第五琦傳》：「今之急在兵，兵彊

弱在賦，賦所出以江、淮為～。」❺ 深邃，深沉。《呂氏春秋‧觀表》：「人心之隱匿難見，～深難測。」

## 元 ⦿yuán ⦿jyun4 原

❶ 首，頭。《孟子‧滕文公下》：「志士不忘在溝壑，勇士不忘喪其～。」❷ 為首的。《荀子‧王制》：「～惡不待教而誅。」❸ 開始，開端。《公羊傳‧隱公元年》：「～年者何？君之始年也。」❹ 排行第一的。《左傳‧襄公二十五年》：「庸以～女大姬配胡公。」❺ 大。《漢書‧哀帝紀》：「夫基事之～命，必與天下自新。」❻ 善，吉。《國語‧晉語七》：「抑人之有～君，將稟命焉。」❼ 根本，根源。《呂氏春秋‧召類》：「愛惡循義，文武有常，聖人之～也。」❽ 本來，原來。宋‧陸游《示兒》：「死去～知萬事空。」

## 原 ㊀ ⦿yuán ⦿jyun4 元

❶ 水源，源頭。《荀子‧君道》：「～清則流清，～濁則流濁。」這個意義後來寫作「源」。❷ 根本。《呂氏春秋‧孟冬紀》：「萬物不同，而用之於人異也，此治亂存亡死生之～。」❸ 推究，考究。《新五代史‧伶官傳序》：「～莊宗之所以得天下，與其所以失之者，可以知之矣。」❹ 廣闊平坦的地方。唐‧白居易《賦得古原草送別》：「離離～上草，一歲一枯榮。」❺ 原諒，諒解。《史記‧高祖本紀》：「城降，令出罵者斬之，不罵者～之。」❻ 再，重。《後漢書‧張衡傳》：「曩滯日官，今又～之。」

## 原 ㊁ ⦿yuàn ⦿jyun6 願

通「願」，質樸，老實。《孟子‧盡心下》：「一鄉皆稱～人焉，無所往而不為～人，孔子以為德之賊，何哉？」

## 援 ⦿yuán ⦿wun4 垣

❶ 拉，拽，牽引。《孟子‧離婁下》：「嫂溺，～之以手者，權也。」❷ 攀附，依附權勢往上爬。《禮記‧中庸》：「在下位，不～上。」❸ 攀折，摘取。《呂氏春秋‧下賢》：「桃李之垂於行者，莫之～也。」❹ 引進，引薦。《禮記‧儒行》：「其舉賢～能有如此者。」❺ 引用，引證。唐‧劉泊《諫詰難臣寮上言書》：「飾辭以析其理，～古以排其議。」❻ 幫助，救助。宋‧蘇洵《六國論》：「不賂者以賂者喪，蓋失強～，不能獨完。」❼ 執，持。《孟子‧告子上》：「一心以為有鴻鵠將至，思～弓繳而射之。」

## 園 ⦿yuán ⦿jyun4 元

❶ 用來種植蔬果花木的場地。《墨子‧非攻上》：「今有一人，入人～圃，竊其桃李。」❷ 供人遊憩觀賞的地方。南朝宋‧劉義慶《世說新語‧簡傲》：「王子敬自會稽經吳，聞顧辟疆有名～。」❸ 帝王后妃的墓地，園陵。《史記‧淮南衡山列傳》：「追尊謚淮南王為厲王，置～復如諸侯儀。」❹ 事物聚集之處。漢‧司馬相如《上林賦》：「修容乎《禮》～，翱翔乎《書》圃。」

## 圓 ⦿yuán ⦿jyun4 元

❶ 圓形。《孟子‧離婁上》：「不以規矩，不能成方～。」❷ 完

整，飽滿。宋・蘇軾《水調歌頭並序》：「人有悲歡離合，月有陰晴～缺。」❸圓潤，滑潤。唐・元稹《善歌如貫珠賦》：「吟斷章而離離若間，引妙囀而一一皆～。」❹圓滑，靈活。漢・桓寬《鹽鐵論・論儒》：「孔子能方不能～。」❺團圓。宋・辛棄疾《木蘭花慢》：「十分好月，不照人～。」❻丸，球。清・吳敬梓《儒林外史》第二十五回：「煎肉～，悶青魚。」

> 圖圖　古人認為天圓地方，故「圓」特指天，「方」特指地。從一些古代建築和貨幣中可看到這種哲學思想，如：天壇和地壇的建築格局，古錢幣中最常見的方孔圓錢。

**猿**　⓿yuán ⓫jyun4 元

猴一類的動物，顎下沒有囊，沒有尾巴，種類包括猩猩、長臂猿等。宋・范仲淹《岳陽樓記》：「薄暮冥冥，虎嘯～啼。」

**源**　⓿yuán ⓫jyun4 原

❶水流起始處。晉・陶潛《桃花源記》：「林盡水～，便得一山。」❷來源，根源。《史記・酷吏列傳》：「法令者治之具，而非制治清濁之～也。」

**緣**　⓿yuán ⓫jyun4 原

❶衣邊。《後漢書・皇后紀上》：「常衣大練，裙不加～。」❷物體的邊沿。北魏・賈思勰《齊民要術・餅法》：「熟而出之，一面白，一面赤，輪～亦赤。」❸圍繞，繞着。《荀子・議兵》：「限之以鄧林，～之以方城。」❹順着，

沿着。晉・陶潛《桃花源記》：「～溪行，忘路之遠近。」❺攀援。《孟子・梁惠王上》：「以若所為，求若所欲，猶～木而求魚也。」❻憑藉，依據。《荀子・正名》：「～目而知形可也。」❼緣分，機緣。清・吳敬梓《儒林外史》第三回：「只是無～，不曾拜會。」❽因為。唐・杜甫《客至》：「花徑不曾～客掃，蓬門今始為君開。」

**轅**　⓿yuán ⓫jyun4 袁

❶車轅，車前駕牲畜的直木。《墨子・雜守》：「載矢以轀車（輕便的馬車），輪轂，廣十尺，～長丈，為四輪，廣六尺。」❷車。南朝齊・孔稚珪《北山移文》：「截來～於谷口，杜妄轡於郊端。」❸[轅門]①帝王出行止宿時，以車為屏障，於出入處仰起兩車，使車轅相對以表示門，故稱「轅門」。《周禮・天官冢宰・掌舍》：「設車宮～～。」②領兵將帥軍營的門。《三國演義・楊修之死》：「喝刀斧手推出斬之，將首級號令於～～外。」③地方高級官署的外門。《古今小說・沈小霞相會出師表》：「解到～～外，伏聽鈞旨。」

**★遠**　㊀⓿yuǎn ⓫jyun5 軟

❶遙遠，指空間距離大。《荀子・勸學》：「登高而招，臂非加長也，而見者～。」❷久遠，指時間漫長。三國魏・曹丕《與吳質書》：「三年不見，《東山》猶歎其～，況乃過之。」❸多，指差距大。唐・韓愈《師說》：「今之眾人，其下聖人也亦～矣，而恥學於師。」❹深奧，深遠。《周易・繫

辭下》：「其旨～，其辭文，其言曲而中。」❺ 高遠，遠大。宋・蘇洵《六國論》：「燕趙之君，始有～略，能守其土，義不賂秦。」❻ 遠地，遠方。《左傳・僖公三十二年》：「勞師以襲～，非所聞也。」

三 ⓟyuǎn ⓒjyun6 縣

疏遠，離去。三國蜀・諸葛亮《出師表》：「親賢臣，～小人，此先漢所以興隆也。」

## 苑 ⓟyuàn ⓒjyun2 婉

❶ 養禽獸植林木的地方，多指帝王遊獵的場所。《漢書・賈山傳》：「去諸～以賦農夫。」❷ 學術文藝等會集之地。南朝梁・劉勰《文心雕龍・才略》：「晉世文～，足儷（lì，比）鄴都。」

## 怨 ⓟyuàn ⓒjyun3 冤三聲

❶ 埋怨，抱怨。《論語・里仁》：「事父母幾諫，見志不從，又敬不違，勞而不～。」❷ 怨恨，仇恨。《孟子・梁惠王上》：「抑王興兵甲，危士臣，構～於諸侯，然後快於心與？」❸ 悲愁，哀愁。唐・白居易《慈烏夜啼》：「百鳥豈無母？爾獨哀～深。」❹ 怨仇。也指仇人。《禮記・儒行》：「儒有內稱不辟親，外舉不辟～。」❺ 違背。《管子・宙合》：「夫名實之相～久矣。」

🔍 怨、憾、恨。見 103 頁「憾」。

## 原 ⓟyuàn

見 387 頁 yuán。

## 願 ⓟyuàn ⓒjyun6 縣

❶ 心願，願望。晉・陶潛《歸去來兮辭》：「富貴非吾～，帝鄉不可期。」❷ 願意，情願。《史記・廉頗藺相如傳》：「王必無人，臣～奉璧往使。」❸ 希望。宋・蘇軾《水調歌頭並序》：「但～人長久，千里共嬋娟。」❹ 羨慕，傾慕。《孟子・告子上》：「令聞廣譽施於身，所以不～人之膏粱之味也。」❺ 思念。《詩經・衛風・伯兮》：「～言思伯，甘心疾首。」

### yue

## ★曰 ⓟyuē ⓒjoek6 藥

❶ 說。《論語・顏淵》：「子～：『克己復禮為仁。』」❷ 句首、句中語氣詞。《詩經・小雅・采薇》：「～歸～歸，歲亦莫止。」

🔍 曰、謂。見 319 頁「謂」。

## 約 ⓟyuē ⓒjoek3 躍

❶ 捆縛，纏束。三國魏・曹植《美女篇》：「攘袖見素手，皓腕～金環。」❷ 約束，節制。《論語・雍也》：「君子博學於文，～之以禮。」❸ 省減，減縮。《漢書・文帝紀》：「漢興，除秦煩苛，～法令。」❹ 簡要，簡明。《禮記・學記》：「其言也，～而達。」❺ 節儉。《論語・里仁》：「以～失之者鮮矣。」❻ 貧困。《論語・里仁》：「不仁者，不可以久處～，不可以長處樂。」❼ 約定。《史記・廉頗藺相如傳》：「相如度秦王雖齋，決負～不償城。」❽ 邀結，邀請。《孟子・告子下》：「我能為君～與國，戰必克。」❾ 置辦，準備。《戰國策・齊策四》：「於是～車治裝，載券契而行。」❿ 大約，大概。《三

國志・魏書・華佗傳》：「見（華）佗北壁縣此蛇輩，〜以十數。」

★ **月**

一 ⓟyuè ⓒjyut6 粵

❶ 月亮，月球。唐・李白《月下獨酌》：「舉杯邀明〜，對影成三人。」❷ 月光，月色。晉・陶潛《歸園田居》：「晨興理荒穢，帶〜荷鋤歸。」❸ 農曆月相變化的一個周期，即一個月。宋・范仲淹《岳陽樓記》：「若夫霪雨霏霏，連〜不開。」❹ 每月。《孟子・滕文公下》：「〜攘（ rǎng，竊取）一雞，以待來年然後已。」❺ [月氏 zhī] 或讀 ròuzhī。古時西域國名。《漢書・張騫傳》：「（張）騫以郎應募，使〜〜。」

二 ⓟròu ⓒjuk6 育

同「肉」，肌肉。漢・桓潭《新論・琴道》：「宮中相殘，骨〜成泥。」

**岳**

ⓟyuè ⓒngok6 鄂

❶ 同「嶽」，高大的山。宋・范仲淹《岳陽樓記》：「日星隱耀，山〜潛形。」❷ 對妻子父母的稱呼。清・蒲松齡《聊齋志異・水莽草》：「既婿矣，而不拜〜，妾復何心？」

**越**

ⓟyuè ⓒjyut6 月

❶ 度過，跨過。唐・杜甫《自京赴奉先詠懷》：「行李相攀援，川廣不可〜。」❷ 經過。宋・范仲淹《岳陽樓記》：「〜明年，政通人和，百廢具興。」❸ 超出某種範圍。《莊子・逍遙遊》：「庖人雖不治庖，尸祝不〜樽俎而代之矣。」❹ 傳播，宣揚。《國語・晉語八》：「宣其德行，順其憲則，使〜于諸侯。」❺ 高昂，激揚。《禮記・聘義》：「叩之，其聲清〜以長。」❻ 遠，遠離。《左傳・襄公十四年》：「聞君不撫社稷，而〜在他竟，若之何不弔？」❼ 墜落，失墜。《左傳・成公二年》：「射其左，〜于車下。」❽ 搶奪，奪取。《尚書・周書・康誥》：「凡民自得罪，寇攘姦宄，殺〜人於貨。」❾ 愈加，越發。宋・辛棄疾《浣溪沙》：「宜顰宜笑〜精神。」

**說**

ⓟyuè

見 283 頁 shuō。

**閱**

ⓟyuè ⓒjyut6 月

❶ 查點，逐個數。漢・王充《論衡・自紀》：「〜錢滿億，穿決出萬。」❷ 考核，視察。《管子・度地》：「常以秋歲之時〜其民。」❸ 檢閱。《左傳・桓公六年》：「秋，大〜，簡車馬也。」❹ 閱讀，閱覽。唐・劉禹錫《陋室銘》：「可以調素琴，〜金經。」❺ 觀看。明・宋濂《閱江樓記》：「天不寓其致治之思，奚止〜夫長江而已哉！」❻ 經歷，閱歷。《史記・孝文本紀》：「〜天下之義理多矣，明於國家之大體。」❼ 匯集，匯總。晉・陸機《歎逝賦》：「川〜水以成川，水滔滔而日度。」

**樂**

ⓟyuè

見 171 頁 lè。

**嶽**

ⓟyuè ⓒngok6 鄂

高大的山。《詩經・大雅・崧高》：「崧高維〜。」

📖 中國有五大名山，合稱「五嶽」，包括：位於山東的東嶽泰山、位於陝西的西嶽華山、位於

山西的北嶽恒山、位於湖南的南嶽衡山、位於河南的中嶽嵩山。

躍 働yuè 働joek6弱
❶ 跳，躍動。《荀子・勸學》：「騏驥一～，不能十步。」❷ 物價上漲。漢・桓寬《鹽鐵論・本議》：「萬物並收，則物騰為～。」

### yun

云 働yún 働wan4雲
❶「雲」的古字。雲朵。❷ 説。晉・陶潛《桃花源記》：「自～：先世避秦時亂，率妻子邑人來此絕境，不復出焉。」❸ 為，是。《墨子・耕柱》：「子兼愛天下，未～利也；我不愛天下，未～賊也。」❹ 有。《荀子・法行》：「事已敗矣，乃重太息，其～益乎！」❺ 代詞，這樣，如此。《左傳・襄公二十八年》：「子之言～，又焉用盟？」❻ 連詞，如果，假如。《列子・力命》：「仲父之病病矣，可不諱。～至於大病，則寡人惡乎屬國而可？」❼ 助詞，用於句首、句中或句末，無實義。《論語・陽貨》：「禮～禮～，玉帛～乎哉！」

耘 働yún 働wan4雲
除草。宋・范成大《四時田園雜興》之七：「晝出～田夜績麻，村莊兒女各當家。」

★雲 働yún 働wan4暈
❶ 雲朵。《古詩十九首・行行重行行》：「浮～蔽白日，遊子不顧返。」❷ 比喻高。《後漢書・光武帝紀上》：「～車十餘丈，瞰臨城中。」❸ 比喻盛多。漢・賈誼《過秦論》：「天下～集而響應，贏糧而景從。」

允 働yǔn 働wan5尹
❶ 誠信。《漢書・司馬相如傳下》：「～哉漢德，此鄙人之所願聞也。」❷ 公平，得當。晉・庾亮《讓中書令表》：「事有不～，罪不容誅。」❸ 答應，許諾。唐・韓愈《黃家賊事宜狀》：「朝廷信之，遂～其請。」❹ 果真，誠然。漢・揚雄《揚子法言・問道》：「～治天下不待禮文與五教，則吾以黃帝、堯、舜為疣贅。」❺ 語氣助詞，用於句首。《詩經・周頌・時邁》：「～王保之。」

慍 働yǔn
見 391 頁 yùn。

隕 働yǔn 働wan5允
❶ 墜落。《左傳・莊公七年》：「夜中，星～如雨。」❷ 毀壞，敗壞。《史記・五帝本紀》：「此十六族者，世濟其美，不～其名。」❸ 喪失，覆滅。《左傳・成公十三年》：「我襄公未忘君之舊勳，而懼社稷之～。」❹ 通「殞」，死亡。漢・賈誼《弔屈原文》：「遭世罔極兮，乃～厥身。」

均 働yùn
見 156 頁 jūn。

慍 ㊀ 働yùn 働wan3温三聲
含怒，生氣。《論語・學而》：「人不知而不～，不亦君子乎？」
㊁ 働yǔn 働wat1屈
鬱結。《孔子家語・辯樂》：「南風之薰兮，可以解吾民之～兮。」

温 働yùn
見 319 頁 wēn。

Y

**運** 普yùn 粵wan6混

❶ 運轉，轉動。《周易·繫辭上》：「日月～行，一寒一暑。」❷ 搬運，運送。《列子·愚公移山》：「叩石墾壤，以箕畚～於渤海之尾。」❸ 運用，使用。《孫子·九地》：「～兵計謀，為不可測。」❹ 氣數，運氣。唐·王勃《滕王閣序》：「時～不齊，命途多舛。」

**韻** 普yùn 粵wan6運

❶ 和諧的聲音。南朝宋·謝莊《月賦》：「若乃涼夜自淒，風篁成～。」❷ 音節的韻母部分。也指押韻。唐·白居易《與元九書》：「音有～，義有類，～協則言順，言順則聲易入。」❸ 風度，情趣。晉·陶潛《歸園田居》：「少無適俗～，性本愛丘山。」

# Z

## za

**雜** 🔊zá 🔊zaap6 集

❶ 各種顏色互相配合。南朝梁‧劉勰《文心雕龍‧情采》:「五色～而成黼黻（fúfú，衣服上繡的花紋）。」❷ 混合，夾雜。《史記‧滑稽列傳》:「男女～坐。」❸ 不純，駁雜。晉‧陶潛《桃花源記》:「忽逢桃花林，夾岸數百步，中無～樹。」❹ 交錯，錯雜。宋‧歐陽修《醉翁亭記》:「～然而前陳者，太守宴也。」❺ 聚集。《呂氏春秋‧仲秋》:「四方來～，遠鄉皆至。」❻ 都，共，同。唐‧韓愈《進學解》:「登明選公，～進巧拙。」❼ 兼，兼顧。《孫子‧九變》:「是故智者之慮必～於利害。」

**乍** 🔊zǎ
見 398 頁 zhà。

## zai

**★哉** 🔊zāi 🔊zoi1 災

❶ 語氣詞，表示感歎，相當於「啊」。唐‧白居易《慈烏夜啼》:「嗟～斯徒輩，其心不如禽！」❷ 語氣詞，表示疑問或反問，相當於「嗎」、「呢」。宋‧范仲淹《岳陽樓記》:「予嘗求古仁人之心，或異二者之為。何～？」❸ 語氣詞，表示推測，可譯作「吧」。宋‧蘇軾《賈誼論》:「彼其匹夫略有天下之半，其以此～。」❹ 語氣詞，表示肯定。《論語‧衛靈公》:

「君子義以為質，禮以行之，孫以出之，信以成之。君子～！」

**載** 🔊zǎi
見 393 頁 zài。

**再** 🔊zài 🔊zoi3 載

❶ 兩次。宋‧蘇洵《六國論》:「後秦擊趙者～，李牧連卻之。」❷ 第二次。《左傳‧曹劌論戰》:「一鼓作氣，～而衰，三而竭。」

> 🔍 1. 再、二、兩、貳。見 69 頁「二」。2. 再、復。「再」在文言文中是數詞，不作副詞「又」、「復」講，而限於指兩次。如:「一年再會」，是指一年之中相見兩次，而不是指一年之後重相見。「復」是副詞，意思是又、又一次，沒有數量的限制，如《左傳‧僖公五年》:「晉侯復假道於虞以伐虢。」

**★在** 🔊zài 🔊zoi6 再六聲

❶ 存在。南唐‧李煜《虞美人》:「雕闌玉砌應猶～，只是朱顏改。」❷ 處於，居於。《詩經‧周南‧關雎》:「關關雎鳩，～河之洲。」❸ 決定於，在於。唐‧劉禹錫《陋室銘》:「山不～高，有仙則名。」❹ 存問，問候。《左傳‧襄公二十六年》:「吾子獨不～寡人。」❺ 觀察，看。《尚書‧虞書‧舜典》:「～璿璣玉衡，以齊七政。」❻ 介詞，表示動作所涉及的處所、時間、對象等。《左傳‧襄公三十一年》:「衣服附～吾身，我知而慎之。」

**載** 🔊zài 🔊zoi3 再

❶ 用車、船或其他工具裝運。

唐・柳宗元《黔之驢》:「黔無驢,有好事者船~以入。」❷ 車、船等交通工具。漢・司馬遷《報任安書》:「昔衛靈公與雍渠同~,孔子適陳。」❸ 乘坐。《史記・河渠書》:「陸行~車,水行~舟。」❹ 承載,承擔。漢・王充《論衡・效力》:「身~重任,至於終死。」❺ 滿,充滿。唐・李白《天長節度使鄂州刺史韋公德政碑》:「頌聲~路。」❻ 開始。《詩經・豳風・七月》:「春日~陽,有鳴倉庚。」❼ 語氣詞,用於句首或句中,使語句和諧勻稱。晉・陶潛《歸去來兮辭》:「乃瞻衡宇,~欣~奔。」

**⃞二** 🔊zǎi 🔊zoi3再

記載,記錄。《史記・太史公自序》:「堯舜之盛,《尚書》~之。」

**⃞三** 🔊zǎi 🔊zoi2宰

年。《史記・高祖功臣侯者年表》:「歷三代千有餘~。」

---

## zan

**簪** 🔊zān 🔊zaam1暫一聲

❶ 古人用來固定頭髮或帽子的一種針形首飾。秦・李斯《諫逐客書》:「則是宛珠之~簪,傅璣之珥。」❷ 插在頭髮上。《史記・滑稽列傳》:「西門豹~筆磬折,嚮河立待良久。」

**攢** **⃞一** 🔊zǎn 🔊zaan2盞

積蓄。《西遊記》第七十六回:「他~了些私房。」

**⃞二** 🔊cuán 🔊cyun4全

聚集,聚攏。唐・柳宗元《始得西山宴遊記》:「~蹙累積,莫得遯隱。」

---

**暫** 🔊zàn 🔊zaam6站

❶ 時間短暫。唐・韓愈《進學解》:「~為御史。」❷ 姑且。唐・李白《月下獨酌》:「~伴月將影,行樂須及春。」❸ 突然,忽然。漢・馬融《長笛賦》:「融去京師踰年,~聞甚悲而樂之。」❹ 初,剛。唐・韓愈《秋懷》:「寒蟬~寂寞,蟋蟀鳴自恣。」

> 💡 現代漢語中的「暫」,指暫時這樣,將來不一定這樣;文言文中的「暫」,只指時間短暫,沒有與將來對比的意思。

**贊** 🔊zàn 🔊zaan3讚

❶ 輔佐,幫助。《左傳・僖公二十二年》:「天~我也。」❷ 告訴。《史記・魏公子列傳》:「公子引侯生坐上坐,遍~賓客。」❸ 稱讚,讚美。明・宗臣《報劉一丈書》:「聞者亦心計交~之。」這個意義後來寫作「讚」。❹ 史書紀傳或其他論著篇末簡短而有總評性質的話稱「贊」。晉・陶潛《五柳先生傳》:「~曰:黔婁有言:『不戚戚於貧賤,不汲汲於富貴。』」

---

## zang

**臧** **⃞一** 🔊zāng 🔊zong1莊

❶ 奴僕。《莊子・駢拇》:「~與穀(小孩)二人相與牧羊,而俱亡其羊。」❷ 善,好。三國蜀・諸葛亮《出師表》:「陟罰~否,不宜異同。」❸ 通「贓」,贓物。漢・桓寬《鹽鐵論・刑德》:「盜有~者罰。」

**⃞二** 🔊zàng 🔊zong6狀

❶ 通「臟」,臟腑。《漢書・王吉

傳》：「吸新吐故以練～。」❷ 通「藏」，庫藏，儲藏的東西。《後漢書·張禹傳》：「後連歲災荒，庫～空虛。」

㊂ 🔊cáng 🔊cong4 牀
通「藏」，收藏，儲藏。《漢書·食貨志上》：「春耕、夏耘、秋穫、冬～。」

**葬** 🔊zàng 🔊zong3 壯三聲
掩埋死人。《論語·為政》：「生事之以禮；死～之以禮。」

**臧** 🔊zàng
見 394 頁 zāng。

**藏** 🔊zàng
見 25 頁 cáng。

---

zao

**遭** 🔊zāo 🔊zou1 糟
❶ 遇到，遇上。《禮記·曲禮上》：「～先生於道，趨而進，正立拱手。」❷ 遭受，蒙受（多指不幸的事）。晉·李密《陳情表》：「臣以險釁，夙～閔凶。」❸ 遭遇，際遇。唐·柳宗元《鈷鉧潭西小丘記》：「書於石，所以賀茲丘之～也。」❹ 四圍，周圍。唐·劉禹錫《石頭城》：「山圍故國周～在。」❺ 圈，匝。唐·李德裕《登崖州城作》：「青山似欲留人住，百匝千～繞郡城。」❻ 次，回。《水滸傳》第七十二回：「我這一～並不惹事。」

**鑿** 🔊záo 🔊zok6 昨六聲
❶ 鑿子，挖槽打孔用的工具。《莊子·天道》：「桓公讀書於堂上，輪扁斲輪於堂下，釋椎～而上。」❷ 鑿開，挖通。唐·李白《丁

都護歌》：「萬人～磐石，無由達江滸。」❸ 穿鑿附會，牽強解釋。《孟子·離婁下》：「所惡於智者，為其～也。」

**早** 🔊zǎo 🔊zou2 祖
❶ 早晨。《韓非子·外儲說左上》：「明日～，令人求故人。」❷ 比一定的時間提前。《呂氏春秋·情欲》：「秋～寒則冬必暖矣。」

**棗** 🔊zǎo 🔊zou2 早
果樹名，枝有刺，開小黃花。也指其果實，橢圓形，熟時紅色。清·薛福成《貓捕雀》：「窗外有～林，雛雀習飛其下。」

**藻** 🔊zǎo 🔊zou2 早
❶ 藻類植物。《詩經·召南·采蘋》：「于以采～，于彼行潦。」❷ 文采。三國魏·曹植《七啟》：「步光之劍，華～繁縟。」❸ 修飾。《晉書·嵇康傳》：「土木形骸，不自～飾。」❹ 辭藻。南朝梁·劉勰《文心雕龍·情采》：「理正而後摛（chī，鋪陳）～。」

**皂** 🔊zào 🔊zou6 做
也作「皁」。❶ 植物名，即櫟樹的果實，可染黑色。《周禮·地官司徒·大司徒》：「其植物宜～物。」❷ 黑色。《史記·五宗世家》：「彭祖衣～布衣。」❸ 奴隸的一個等級。《左傳·昭公七年》：「士臣～，～臣輿。」

**造** ㊀ 🔊zào 🔊zou6 做
製造，創造。唐·柳宗元《始得西山宴遊記》：「洋洋乎與～物者遊，而不知其所窮。」
㊁ 🔊zào 🔊cou3 燥
❶ 到（某地）去。清·方苞《左忠

毅公軼事》：「史公治兵，往來桐城，必躬～左公第。」❷ 指到達某一境界。《孟子・離婁下》：「君子深～之以道。」❸ 成就，功績。《左傳・成公十三年》：「秦師克還無害，則是我有大～于西也。」❹ 時代，時期。《儀禮・士冠禮》：「公侯之有冠禮也，夏之末～也。」❺ 急遽，倉促。《禮記・玉藻》：「～受命於君前，則書於笏。」

**噪** 　⸢普⸣zào　⸢粵⸣cou3 燥
❶ 鳥、蟲等鳴叫。南朝梁・王籍《入若耶溪》：「蟬～林逾靜，鳥鳴山更幽。」❷ 喧嘩，叫嚷。《後漢書・班超傳》：「超乃順風縱火，前後鼓～，虜眾驚亂。」

**躁** 　⸢普⸣zào　⸢粵⸣cou3 醋
急躁，不冷靜。《荀子・勸學》：「蟹六跪而二螯，非蛇蟺之穴無可寄託者，用心～也。」

---

ze

---

**★則** 　⸢普⸣zé　⸢粵⸣zak1 仄
❶ 準則，法則。戰國楚・屈原《楚辭・離騷》：「願依彭咸之遺～。」❷ 效法。《周易・繫辭上》：「河出圖，洛出書，聖人～之。」❸ 副詞，用以加強判斷，可譯作「乃」、「即」。宋・范仲淹《岳陽樓記》：「此～岳陽樓之大觀也。」❹ 副詞，表示範圍，可譯作「僅」、「只」。《荀子・勸學》：「口、耳之間～四寸耳，曷足以美七尺之軀哉？」❺ 副詞，強調已經發現的狀態，可譯作「已經」、「原來」。《孟子・公孫丑上》：「其子趨而往視之，苗～槁矣。」❻ 連詞，表示承接關係，可譯作「就」、「便」、「那麼」。《論語・為政》：「學而不思～罔，思而不學～殆。」❼ 連詞，常「則……則」並用，有加強對比的作用。宋・蘇洵《六國論》：「秦以攻取之外，小～獲邑，大～得城。」❽ 連詞，表示轉折關係，可譯作「然而」、「反倒」。唐・韓愈《師說》：「於其身也～恥師焉，惑矣！」❾ 連詞，表示讓步關係，可譯作「倒是」、「固然」。《莊子・天道》：「美～美矣，而未大也。」❿ 連詞，表示選擇關係，常與「非」、「不」搭配，可譯作「不是……就是……」。唐・柳宗元《捕蛇者說》：「非死～徙矣。」

**責** 　⸢一⸣⸢普⸣zé　⸢粵⸣zaak3 窄
❶ 索取，要求。唐・韓愈《原毀》：「古之君子，其～己也重以周。」❷ 責問，責備。三國蜀・諸葛亮《出師表》：「若無興德之言，則～攸之、禕、允等之慢，以彰其咎。」❸ 責任。《孟子・公孫丑下》：「有言～者不得其言則去。」
⸢二⸣⸢普⸣zhài　⸢粵⸣zaai3 債
債務，債款。《戰國策・齊策四》：「能為文收～於薛者乎？」這個意義後來寫作「債」。

**擇** 　⸢普⸣zé　⸢粵⸣zaak6 澤
❶ 選擇，挑選。唐・韓愈《師說》：「愛其子，～師而教之。」❷ 區別，差異。《孟子・梁惠王上》：「王若隱其無罪而就死地，則牛羊何～焉？」

**澤** 　⸢普⸣zé　⸢粵⸣zaak6 擇
❶ 聚水的窪地，沼澤。《史記・屈原賈生列傳》：「屈原至於

江濱，被髮行吟～畔。」❷ 光亮，潤澤。《周禮・冬官考工記・弓人》：「瘠牛之角無～。」❸ 雨露。宋・王安石《上杜學士開河書》：「幸而雨～時至。」❹ 恩澤，恩德。《莊子・大宗師》：「～及萬世而不為仁。」

㈢ 粵 jiàn 普 cim3 簽三聲
通「僭」，不信，不親。《詩經・大雅・桑柔》：「朋友已～。」

## zeng

曾 粵 zēng
見 26 頁 céng。

增 ㈠ 粵 zēng 普 zang1 憎
❶ 加多，添，與「減」相對。《史記・呂不韋列傳》：「有能～損一字者予千金。」❷ 擴大。宋・范仲淹《岳陽樓記》：「乃重修岳陽樓，～其舊制，刻唐賢、今人詩賦於其上。」

㈡ 粵 céng 普 cang4 層
通「層」，重，重疊。戰國楚・屈原《楚辭・招魂》：「～冰峨峨，飛雪千里些。」

贈 粵 zèng 普 zang6 僧六聲
❶ 贈送。唐・王勃《滕王閣序》：「臨別～言。」❷ 送走，驅除。《周禮・春官宗伯・占夢》：「以～惡夢。」❸ 追封死者爵位。宋・歐陽修《瀧岡阡表》：「皇曾祖府君累～金紫光祿大夫、太師中書令。」

## zei

賊 粵 zéi 普 caak6 拆六聲
❶ 傷害，殺害。《孟子・論四端》：「有是四端而自謂不能者，自～者也。」❷ 禍害。漢・賈誼《論積貯疏》：「淫侈之俗日日以長，是天下之大～也。」❸ 殺人者。《史記・秦始皇本紀》：「燕王昏亂，其太子丹乃陰令荊軻為～。」❹ 犯上作亂、禍國殃民的人。三國蜀・諸葛亮《出師表》：「願陛下託臣以討～興復之效。」❺ 敵人，仇敵。《荀子・修身》：「諂諛我者，吾～也。」❻ 強盜。唐・柳宗元《童區寄傳》：「二豪～劫持反接，布囊其口。」❼ 狠毒。《史記・游俠列傳》：「（郭解）少時陰～。」

🔍 賊、偷、盜。見 304 頁「偷」。

## zha

札 粵 zhá 普 zaat3 紮
❶ 古人書寫用的小木片。《漢書・司馬相如傳上》：「上令尚書給筆～。」❷ 書信。《古詩十九首・孟冬寒氣至》：「客從遠方來，遺我一書～。」❸ 鎧甲上的葉片。《左傳・成公十六年》：「潘尫之黨與養由基蹲甲而射之，徹七～焉。」❹ 瘟疫。《周禮・春官宗伯・大宗

## zen

怎 粵 zěn 普 zam2 枕
如何，怎麼。表示反問。宋・李清照《聲聲慢・秋情》：「三杯兩盞淡酒，～敵他晚來風急！」

譖 ㈠ 粵 zèn 普 zam3 浸
說人的壞話，誣陷。《三國演義・楊修之死》：「操因疑修～害曹丕，愈惡之。」

Z

伯》：「以荒禮哀凶～。」❺指因瘟疫而早死。《左傳・昭公四年》：「癘疾不降，民不夭～。」❻象聲詞，形容織機聲等。《古詩十九首・迢迢牽牛星》：「纖纖擢素手，～～弄機杼。」

**乍**

㊀ 🔊zhà 🔊zaa3炸
❶ 猝然，忽然。《孟子・論四端》：「今人～見孺子將入於井，皆有怵惕惻隱之心。」❷ 初，剛剛。明・袁宏道《滿井遊記》：「晶晶然如鏡之新開而冷光之～出於匣也。」❸ 寧可，寧願。唐・李白《設辟邪伎鼓吹雉子斑曲辭》：「～向草中耿介死，不求黃金籠下生。」
㊁ 🔊zǎ 🔊zaa3炸
通「咋」，怎麼。《西遊記》第三十三回：「～想到了此處，遭逢魔障。」

**詐**

🔊zhà 🔊zaa3炸
❶ 欺騙。《史記・廉頗藺相如列傳》：「相如度秦王特以～佯為予趙城，實不可得。」❷ 虛偽，奸詐。《論語・子罕》：「久矣哉，由之行～也。」❸ 假裝。《後漢書・杜根傳》：「(杜)根遂～死。」❹ 通「乍」，倉促，突然。《公羊傳・僖公三十三年》：「～戰不日。」

**蜡**

🔊zhà
見 244 頁 qù 。

## zhai

**摘**

㊀ 🔊zhāi 🔊zaak6宅
❶ 採，摘下。唐・孟浩然《裴司士見訪》：「稚子～楊梅。」❷ 選取，摘取。唐・李賀《南園》：「尋章～句老雕蟲。」❸ 批評，指摘。

明・王世貞《藝苑卮言》：「詩不能無疵，雖三百篇亦有之，人自不敢～耳。」
㊁ 🔊tì 🔊tik1剔
侵擾。《後漢書・陳囂傳》：「西侵羌戎，東～濊貊（huìmò）。」

**齋**

🔊zhāi 🔊zaai1債一聲
❶ 齋戒，祭祀前潔淨身心。《史記・廉頗藺相如列傳》：「秦王～五日後，乃設九賓禮於廷，引趙使者藺相如。」❷ 相信佛教的人以素食為齋。唐・杜甫《飲中八仙歌》：「蘇晉長～繡佛前。」❸ 書房或學舍。《宋史・選舉志》：「一～可容三十人。」

**責**

🔊zhài
見 396 頁 zé 。

**寨**

🔊zhài 🔊zaai6齋六聲
防守用的柵欄，營壘。《三國演義・楊修之死》：「遂手提鋼斧，逕～私行。」

## zhan

**占**

㊀ 🔊zhān 🔊zim1尖
根據徵兆推算吉凶。《淮南子・時則訓》：「～龜策，審卦兆，以察吉凶。」
㊁ 🔊zhàn 🔊zim3佔
❶ 口授。《後漢書・袁敞傳》：「(張)俊自獄中～獄吏上書自訟。」❷ 計數上報。《史記・平準書》：「各以其物自～。」❸ 佔有，佔據。唐・羅隱《蜂》：「不論平地與山尖，無限風光盡被～。」這個意義後來寫作「佔」。❹ 有，具有。唐・韓愈《進學解》：「～小善者率以錄。」

**沾** 鲁zhān 粤zim1尖
❶ 浸潤，浸濕。唐·王勃《送杜少府之任蜀州》：「無為在歧路，兒女共～巾。」❷ 受益，沾光。唐·李商隱《九成宮》：「荔枝盧橘～恩幸，鸑鷟天書濕紫泥。」❸ 熏陶，感化。《後漢書·王暢傳》：「士女～教化，黔首仰風流。」

**霑** 鲁zhān 粤zim1尖
❶ 同「沾」，沾濕。唐·白居易《慈烏夜啼》：「夜夜夜半啼，聞者為～襟。」❷ 比喻受人恩澤。《韓非子·詭使》：「今戰勝攻取之士勞而賞不～。」

**瞻** 鲁zhān 粤zim1尖
往上或往前看。明·歸有光《項脊軒志》：「～顧遺跡，如在昨日。」

**斬** 鲁zhǎn 粤zaam2簪二聲
❶ 古代酷刑，指車裂或腰斬。《國語·吳語》：「～有罪者以徇。」❷ 殺，砍。《三國演義·楊修之死》：「喝刀斧手推出～之，將首級號令於轅門外。」❸ 砍斷，割斷。漢·賈誼《過秦論》：「～木為兵，揭竿為旗。」❹ 斷絕，盡。《孟子·離婁下》：「君子之澤，五世而～。」❺ 喪服不縫邊。《左傳·襄公十七年》：「齊晏桓子卒，晏嬰粗縗，～。」

**盞** 鲁zhǎn 粤zaan2賺二聲
❶ 酒杯。宋·蘇軾《前赤壁賦》：「客喜而笑，洗～更酌。」❷ 量詞，用於酒或燈。宋·李清照《聲聲慢·秋情》：「三杯兩～淡酒，怎敵他晚來風急！」

**輾** 〔一〕鲁zhǎn 粤zin2展
❶ 轉，迴轉。宋·葛長庚《中秋月》：「千崖爽氣已平分，萬里青天～玉輪。」❷ [輾轉 zhuǎn] ① 臥不安席，翻來覆去的樣子。《詩經·周南·關雎》：「悠哉悠哉，～～反側。」② 反覆不定。《後漢書·來歷傳》：「大臣乘朝車，處國事，固得～～若此乎？」
〔二〕鲁niǎn 粤nin5年五聲
通「碾」，碾壓。唐·白居易《賣炭翁》：「曉駕炭車～冰轍。」

**占** 鲁zhàn
見 398 頁 zhān。

**棧** 鲁zhàn 粤zaan6賺
❶ 指關養牲畜的木棚或柵欄。《莊子·馬蹄》：「編之以皂～。」❷ 棧道，在山巖上用木材架起來的道路。《漢書·張良傳》：「（張）良因說漢王燒絕～道。」

**戰** 鲁zhàn 粤zin3顫
❶ 戰爭。《史記·律書》：「昔黃帝有涿鹿之～，以定火災。」❷ 作戰，打仗。《左傳·曹劌論戰》：「～於長勺。」❸ 較量。宋·蘇軾《超然臺記》：「美惡之辨～於中。」❹ 恐懼，發抖。《戰國策·楚策四》：「襄王聞之，顏色變作，身體～慄。」

zhang

**章** 鲁zhāng 粤zoeng1張
❶ 音樂的一章，文章或詩歌的一節或一篇。宋·蘇軾《前赤壁賦》：「歌《窈窕》之～。」❷ 條例，規章。《史記·高祖本紀》：「與父老約法三～。」❸ 條理。唐·

Z

韓愈《送孟東野序》：「其為言也，亂雜而無～。」❹ 花紋。唐・柳宗元《捕蛇者説》：「永州之野產異蛇，黑質而白～。」❺ 文采。《論語・公冶長》：「吾黨之小子狂簡，斐然成～。」❻ 奏章，上奏給皇帝的文書。唐・韓愈《諱辯》：「今上～及詔，不聞諱『滸、勢、秉、機』也。」❼ 印章。《漢書・朱買臣傳》：「視其印，會稽太守～也。」❽ 通「彰」，明顯，鮮明。《史記・五帝本紀》：「予觀《春秋》、《國語》，其發明《五帝德》、《帝繫姓》～矣。」❾ 通「彰」，表彰，表揚。《史記・衛康叔世家》：「舉康叔為周司寇，賜衛寶祭器，以～有德。」

**張** 〔一〕⦿ zhāng ⦿ zoeng1 章
❶ 拉緊弓弦，開弓，與「弛」相對。《漢書・王尊傳》：「使騎吏五人～弓射殺之。」❷ 緊，繃緊。《禮記・雜記下》：「一～一弛，文武之道也。」❸ 樂器上絃。《荀子・禮論》：「琴瑟～而不均。」❹ 張開，擴大。《史記・廉頗藺相如列傳》：「相如～目叱之。」❺ 誇大。《後漢書・皇甫規傳》：「微勝則虛～首級，軍敗則隱匿不言。」❻ 佈置，設置。《戰國策・秦策一》：「～樂設飲，郊迎三十里。」❼ 設網捕捉。《公羊傳・隱公五年》：「百金之魚，公～之。」❽ 量詞。《左傳・昭公十三年》：「子產以幄幕九～行。」

〔二〕⦿ zhàng ⦿ zoeng3 障
❶ 驕傲自大。戰國楚・屈原《楚辭・卜居》：「讒人高～，賢士無

名。」❷ 通「帳」，帳幕。《荀子・正論》：「居則設～容，負依而坐。」❸ 通「脹」，肚內膨脹。《左傳・成公十年》：「（晉侯）將食，～，如廁，陷而卒。」

**彰** ⦿ zhāng ⦿ zoeng1 張
❶ 明顯，顯著。《荀子・勸學》：「順風而呼，聲非加疾也，而聞者～。」❷ 表明，顯揚。三國蜀・諸葛亮《出師表》：「若無興德之言，則責攸之、禕、允等之慢，以～其咎。」

**長** ⦿ zhǎng
見 28 頁 cháng。

**掌** ⦿ zhǎng ⦿ zoeng2 槳
❶ 手心，手掌。《孟子・論四端》：「治天下可運之～上。」❷ 動物的腳掌。唐・駱賓王《詠鵝》：「白毛浮綠水，紅～撥清波。」❸ 掌握，主管，主持。《左傳・僖公三十二年》：「鄭人使我～其北門之管。」

**丈** ⦿ zhàng ⦿ zoeng6 象
❶ 長度單位，十尺為一丈。❷ 丈量，度量。《左傳・襄公九年》：「巡～城。」

**杖** ⦿ zhàng ⦿ zoeng6 丈
❶ 枴杖。晉・陶潛《歸去來兮辭》：「或植～而耘耔。」❷ 泛指棍棒。唐・柳宗元《梓人傳》：「右執～。」❸ 持，拿。《戰國策・秦策一》：「迫則～戟相撞。」❹ 倚仗，依靠。《漢書・李尋傳》：「近臣已不足～矣。」

**帳** ⦿ zhàng ⦿ zoeng3 漲
❶ 帷幕。《史記・孝文本紀》：「帷～不得文繡，以示敦

樸。」❷ 特指軍用營帳。《三國演義·楊修之死》：「夏侯惇入～，稟請夜間口號。」❸ 牀帳。唐·白居易《長恨歌》：「芙蓉～暖度春宵。」❹ 記錄財物等的賬簿。《新唐書·百官志三》：「籍～隱沒。」這個意義後來寫作「賬」。

**張** 🔊zhàng
見 400 頁 zhāng。

## zhao

**招** 〔一〕🔊zhāo 🔊ziu1 蕉
❶ 打手勢叫人，招手。《史記·項羽本紀》：「沛公起如廁，因～樊噲出。」❷ 招來，招集。漢·司馬遷《報任安書》：「次之又不能拾遺補闕，～賢進能。」❸ 招致，引起。《尚書·虞書·大禹謨》：「滿～損，謙受益。」❹ 招供，供認罪行。元·關漢卿《竇娥冤》：「你休打我婆婆，我～了吧，是我藥死公公。」❺ 羈絆，捆縛。《孟子·盡心下》：「如追放豚，既入其苙（lì，豬圈），又從而～之。」❻ 箭靶，目標。《呂氏春秋·本生》：「萬人操弓，共射其一～，～無不中。」
〔二〕🔊qiáo 🔊kiu4 喬
❶ 舉起，舉。《列子·說符》：「孔子之勁，能～國門之關。」❷ 揭發，揭示。唐·韓愈《爭臣論》：「惡為人臣～其君之過而以為名者。」

**昭** 🔊zhāo 🔊ciu1 超
❶ 光明，明亮。《呂氏春秋·任數》：「目之見也藉於～，心之知也藉於理。」❷ 明白，顯著。《詩經·小雅·鹿鳴》：「德音孔

（很）～。」❸ 顯示，顯揚。三國蜀·諸葛亮《出師表》：「以～陛下平明之治。」❹ 古代祖先宗廟制度，依輩分排列次序，始祖廟居中，左為昭，右為穆。《左傳·僖公五年》：「大伯、虞仲，大王之～也。」

**啁** 〔一〕🔊zhāo 🔊zaau1 嘲
［啁哳 zhā］形容繁雜細碎的聲音。戰國楚·宋玉《九辯》：「鵾雞～～而悲鳴。」
〔二〕🔊zhōu 🔊zau1 周
［啁啾］❶ 形容鳥叫聲。唐·白居易《燕詩》：「卻入空巢裏，～～終夜悲。」❷ 形容樂器聲。唐·杜甫《渼陂行》：「絲管～～空翠來。」
〔三〕🔊cháo 🔊zaau1 嘲
通「嘲」，戲謔，調笑。《漢書·東方朔傳》：「與枚皋、郭舍人俱在左右，詼～而已。」

**朝** 🔊zhāo
見 31 頁 cháo。

**爪** 🔊zhǎo 🔊zaau2 找
❶ 爪子，鳥獸的腳。唐·白居易《燕詩》：「嘴～雖欲敝，心力不知疲。」❷ 用爪抓、搔。唐·柳宗元《種樹郭橐駝傳》：「甚者～其膚以驗其生枯。」❸ 指甲。《韓非子·內儲說上》：「左右因割其～而效之，昭侯以此察左右之誠不。」

**召** 🔊zhào 🔊ziu6 趙
❶ 呼喚。《詩經·小雅·出車》：「～彼僕夫，謂之載矣。」❷ 指上對下的召見。《史記·廉頗藺相如列傳》：「趙王悉～羣臣議。」❸ 招致，導致。《左傳·襄公二十三年》：「禍福無門，唯人所～。」

Z

## 詔 ⓹zhào ⓿ziu3 照

❶ 告訴，告知。清·龔自珍《病梅館記》：「未可明～大號以繩天下之梅也。」❷ 告誡，教訓。《戰國策·燕策二》：「遺令～後嗣之餘義。」❸ 詔書，皇帝頒發的命令和文告。三國蜀·諸葛亮《出師表》：「深追先帝遺～。」❹ 下詔書，下命令。《淮南子·兵略訓》：「君自宮召將～之。」❺ 召集，召見。《韓非子·難一》：「今使臧獲奉君令～卿相，莫敢不聽。」

## 照 ⓹zhào ⓿ziu3 詔

❶ 照射，照耀。唐·王維《山居秋暝》：「明月松間～，清泉石上流。」❷ 指日光。唐·杜甫《秋野》：「遠岸秋沙白，連山晚～紅。」❸ 照影，對鏡子自照。《晉書·王衍傳》：「在車中攬鏡自～。」❹ 人物的形象。《晉書·顧愷之傳》：「傳神寫～，正在阿堵（這，指眼珠）中。」❺ 知曉，了解。晉·潘岳《夏侯常侍誄》：「心～神交，惟我與子。」❻ 察看，察辨。《戰國策·秦策三》：「終身暗惑，無與～姦。」❼ 照看，照管。宋·楊萬里《插秧歌》：「～管鵝兒與雛鴨。」

## 趙 ⓹zhào ⓿ziu6 召

周代諸侯國名，戰國時為七雄之一，在今山西北部、河北西部和南部一帶。《戰國策·鄒忌諷齊王納諫》：「燕、～、韓、魏聞之，皆朝於齊。」

---

### zhe

## 折 〔一〕⓹zhé ⓿zit3 節

❶ 斷，折斷。《荀子·勸學》：「鍥而舍之，朽木不～。」❷ 彎曲，曲折。唐·柳宗元《小石潭記》：「潭西南而望，斗～蛇行，明滅可見。」❸ 折服，信服。清·趙翼《甌北詩話·韓昌黎詩》：「所心～者，惟孟東野一人。」❹ 毀掉，毀壞。南朝齊·孔稚珪《北山移文》：「或飛柯以～輪。」❺ 損失。《三國演義》第九十五回：「魏延左衝右突，不得脫身，～兵大半。」❻ 夭折，短命。宋·蘇軾《屈原塔》：「古人誰不死，何必較考～。」❼ 判斷。《魏書·高帝紀》：「於東明觀～疑獄。」❽ 批駁，反駁。唐·劉禹錫《天論》：「余之友河東解人柳子厚作《天說》，以～韓退之之言。」❾ 指斥，責備。《漢書·汲黯傳》：「面～，不能容人之過。」❿ 折合，對換。宋·蘇軾《上神宗皇帝書》：「買絹未嘗不～鹽，糴草未嘗不～鈔。」

〔二〕⓹shé ⓿sit6 舌

虧損。《荀子·修身》：「故良農不為水旱不耕，良賈不為～閱不市。」

## 輒 ⓹zhé ⓿zip3 摺

❶ 專擅，獨斷專行。《晉書·劉弘傳》：「甘受專～之罪。」❷ 隨便。《宋史·神宗紀》：「詔山陵所須，應委三司轉運司計置，毋～擾民。」❸ 總是。清·劉蓉《習慣說》：「思而弗得，～起，繞室以旋。」❹ 立即，就。清·蒲松齡《聊齋志異·促織》：「一鳴～躍去。」

## 謫 ⓹zhé ⓿zaak6 擇

❶ 指責，譴責。《左傳·成公十七年》：「國子～我。」❷ 處

罰，責罰。《國語·齊語》：「桓公擇是寡功者而～之。」❸ 因罪降職調任或流放到邊遠地區。宋·范仲淹《岳陽樓記》：「慶曆四年春，滕子京～守巴陵郡。」❹ 過失，缺點。《國語·周語中》：「秦師必有～。」❺ 變異，災異。《左傳·昭公三十一年》：「庚午之日，日始有～。」

**轍** 🔊zhé 🔊cit3 撤

車輪壓出的痕跡。《左傳·曹劌論戰》：「吾視其～亂，望其旗靡，故逐之。」

★**者** 🔊zhě 🔊ze2 姐

❶ 代詞，指人、物、事、時間、地點等，可譯作「的人」、「的東西」、「的事情」等。《論語·里仁》：「仁～安仁，知～利仁。」❷ 代詞，用在數詞後面，可譯作「個」、「樣」。《孟子·魚我所欲也》：「二～不可得兼，舍生而取義者也。」❸ 代詞，用在「今」、「昔」等時間詞後面，表示「……的時候」。《禮記·大同與小康》：「昔～，仲尼與於蜡賓。」❹ 代詞，放在主語後面，引出判斷。《史記·廉頗藺相如列傳》：「廉頗～，趙之良將也。」❺ 代詞，放在主語後面，引出原因。《戰國策·鄒忌諷齊王納諫》：「吾妻之美我～，私我也。」❻ 語氣詞，放在疑問句末，表示疑問。《史記·項羽本紀》：「誰為大王為此計～？」❼ 語氣詞，放在祈使句末，表示祈使、命令等。《史記·商君列傳》：「秦惠王車裂商君以徇，曰：『莫如商鞅反～！』」

**珍** 🔊zhēn 🔊zan1 真

❶ 珍寶。《荀子·解蔽》：「遠方莫不致其～。」❷ 珍味，精美的食物。唐·杜甫《麗人行》：「御廚絡繹送八～。」❸ 貴重的，珍貴的。漢·賈誼《過秦論》：「不愛～器重寶肥饒之地，以致天下之士。」❹ 重視，珍惜。唐·李白《古風五十九首》之一：「綺麗不足～。」

**貞** 🔊zhēn 🔊zing1 晶

❶ 卜問，占卜。唐·韓愈《爭臣論》：「是《易》所謂恆其德～，而夫子凶者也。」❷ 正。《尚書·商書·太甲下》：「一人元良，萬邦以～。」❸ 正當，正對着。戰國楚·屈原《楚辭·離騷》：「攝提～於孟陬兮，惟庚寅吾以降。」❹ 堅定。唐·韋應物《睢陽感懷》：「甘從鋒刃斃，莫奪堅～志。」❺ 忠貞，有節操。三國蜀·諸葛亮《出師表》：「侍中、尚書、長史、參軍，此悉～良死節之臣也。」❻ 特指女子貞節。《史記·田單列傳》：「～女不更二夫。」

**真** 🔊zhēn 🔊zan1 珍

❶ 本原，本性。戰國楚·屈原《楚辭·卜居》：「寧超然高舉以保～乎？」❷ 自然，淳樸。晉·陶潛《飲酒》：「舉世少復～。」❸ 真實，真的，與「假」相對。唐·韓愈《祭十二郎文》：「其傳之非其～邪？」❹ 真誠。《莊子·田子方》：「其為人也～。」❺ 的確，實在。漢·司馬遷《報任安書》：

「此～少卿所親見。」❻ 肖像，畫像。北齊・顏之推《顏氏家訓・雜藝》：「武烈太子偏能寫～，坐上賓客，隨宜點染，即成數人。」

# 砧 ⓟzhēn ⓨzam1針

搗衣石。唐・白居易《太湖石》：「磨刀不如礪，搗（dǎo，同『搗』）帛不如～。」

# 斟 ⓟzhēn ⓨzam1針

❶ 用勺舀取。《韓非子・外儲說左上》：「（瓠）重如堅石，則不可以剖而以～。」❷ 往碗裏或杯裏倒、注。南朝宋・鮑照《答客》：「歡至猶～酒。」❸ 考慮，決定取捨。三國蜀・諸葛亮《出師表》：「至於～酌損益，進盡忠言，則攸之、褘、允之任也。」

# 禎 ⓟzhēn ⓨzing1貞

吉祥。《禮記・中庸》：「國家將興，必有～祥。」

# 榛 ⓟzhēn ⓨzeon1津

❶ 落葉喬木，花黃褐色。也指其果實，果皮堅硬，果仁可吃。《詩經・邶風・簡兮》：「山有～，隰有苓。」❷ 叢生的樹木。唐・柳宗元《始得西山宴遊記》：「緣染溪，斫～莽。」

# 枕 ㊀ⓟzhěn ⓨzam2怎

枕頭。《戰國策・齊策四》：「君姑高～為樂矣。」

㊁ⓟzhèn ⓨzam3浸

❶ 用枕頭或其他東西墊着頭部。《論語・述而》：「曲肱而～之。」❷ 臨近，靠近（山水等）。《漢書・嚴助傳》：「南近諸越，北～大江。」

# 枕 ⓟzhèn

見 404 頁 zhěn。

# 振 ⓟzhèn ⓨzan3震

❶ 搖動，抖動。《詩經・豳風・七月》：「六月莎雞～羽。」❷ 舉起。漢・賈誼《過秦論》：「～長策而御宇內。」❸ 奮起，振作。《史記・酷吏列傳》：「上下相遁，至於不～。」❹ 整，整頓。《史記・五帝本紀》：「乃脩德～兵。」❺ 救，拯救。《韓非子・五蠹》：「智困於內而政亂於外，則亡不可～也。」❻ 通「震」，震動，震懾。《史記・魏公子列傳》：「公子威～天下。」

# 朕 ⓟzhèn ⓨzam6針六聲

❶ 第一人稱代詞，我。戰國楚・屈原《楚辭・離騷》：「回～車以復路兮，及行迷之未遠。」❷ 自秦始皇起專用為皇帝自稱。《史記・秦始皇本紀》：「臣等謹與博士議曰：命為『制』，令為『詔』，天子自稱曰『～』。」

# 陣 ⓟzhèn ⓨzan6真六聲

❶ 軍隊行列。戰國楚・屈原《楚辭・九歌・國殤》：「凌余～兮躐余行。」❷ 泛指一般的行列。唐・王勃《滕王閣序》：「雁～驚寒，聲斷衡陽之浦。」❸ 陣法，軍隊作戰時佈置的局勢。《後漢書・禮儀志中》：「兵官皆肄（yì，學習）孫、吳兵法六十四～。」❹ 指擺開陣勢，列陣。《史記・淮陰侯列傳》：「（韓）信乃使萬人先行，出，背水～。」❺ 陣地，戰場。唐・杜甫《高都護驄馬行》：「此馬臨～久無敵，與人一心成大功。」❻ 量詞，表示事情或動作經過的時間段落，多與「一」連用。唐・韓偓《懶起》：「昨夜三更雨，今朝一～寒。」

陳 <sup>普</sup>zhèn
見 32 頁 chén。

zheng

丁 <sup>普</sup>zhēng
見 59 頁 dīng。

正 <sup>普</sup>zhēng
見 405 頁 zhèng。

征 <sup>普</sup>zhēng <sup>粵</sup>zing1 晶
❶ 遠行。唐·李白《送友人》:「孤蓬萬里～。」❷ 征伐。唐·王翰《涼州詞》:「醉臥沙場君莫笑,古來～戰幾人回?」❸ 爭取,奪取。《孟子·梁惠王上》:「上下交～利,而國危矣。」❹ 賦稅。《孟子·滕文公下》:「去關市之～。」

🔍 征、伐。見 70 頁「伐」。

爭 〔一〕<sup>普</sup>zhēng <sup>粵</sup>zang1 增
❶ 爭奪。《史記·廉頗藺相如列傳》:「相如每朝時,常稱病,不欲與廉頗～列。」❷ 競爭。《史記·屈原賈生列傳》:「推此志也,雖與日月～光可也。」❸ 爭着,爭先恐後。明·劉基《賣柑者言》:「置於市,賈十倍,人～鬻之。」❹ 爭論,爭辯。宋·王安石《答司馬諫議書》:「蓋儒者所～,尤在於名實。」❺ 相差。唐·杜荀鶴《自遣》:「百年身後一丘土,貧富高低～幾多?」
〔三〕<sup>普</sup>zhēng <sup>粵</sup>zaang3 第三聲
通「諍」,靜諫,直言規諫。《呂氏春秋·功名》:「～其上之過。」

政 <sup>普</sup>zhēng
見 406 頁 zhèng。

烝 <sup>普</sup>zhēng <sup>粵</sup>zing1 蒸
❶ 用熱氣蒸。《詩經·大雅·生民》:「釋之叟叟,～之浮浮。」這個意義後來寫作「蒸」。❷ 眾多。《詩經·大雅·烝民》:「天生～民,有物有則。」

徵 <sup>普</sup>zhēng <sup>粵</sup>zing1 晶
❶ 召,徵召。《左傳·僖公十六年》:「齊～諸侯而戍周。」❷ 求,索取。《左傳·昭公二十五年》:「公在乾侯,～褰與襦。」❸ 追究,追問。《左傳·僖公四年》:「寡人是～。」❹ 證明,驗證。《左傳·昭公八年》:「君子之言,信而有～。」❺ 預兆,跡象。《史記·項羽本紀》:「兵未戰而先見敗～。」

整 <sup>普</sup>zhěng <sup>粵</sup>zing2 貞二聲
❶ 整齊。《左傳·僖公三十年》:「以亂易～,不武。」❷ 整頓,調整。《後漢書·張衡傳》:「治威嚴,～法度。」❸ 齊全,齊備。隋·盧思道《後周興亡論》:「器械完～,貨財充實。」

正 〔一〕<sup>普</sup>zhèng <sup>粵</sup>zing3 政
❶ 不偏,不斜。《論語·鄉黨》:「席不～不坐。」❷ 正當,合適。《論語·子路》:「名不～則言不順。」❸(行為)正派,正直。《論語·憲問》:「晉文公譎而不～,齊桓公～而不譎。」❹ 使……端正。《論語·堯曰》:「君子～其衣冠。」❺ 事物的主體,與「副」相對。《隋書·經籍志一》:「補續殘缺,為～副二本,藏於宮中。」❻ 主管人,長官。《禮記·王制》:「成獄辭,史以獄

Z

成告於～、～聽之。」❼ 恰好，正好。《論語・述而》：「～唯弟子不能學也。」❽ 方，表示狀態的持續、動作的進行。唐・李華《弔古戰場文》：「夜～長兮風淅淅。」

㈢ ⓟzhēng ⓖzing1 征

❶ 箭靶的中心。《禮記・中庸》：「射有似乎君子，失諸～鵠，反求諸其身。」❷ 農曆每年第一個月叫「正月」。《左傳・隱公十年》：「十年春王～月，公會齊侯、鄭伯于中丘。」

## 爭

ⓟzhèng
見 405 頁 zhēng。

## 政

㈠ ⓟzhèng ⓖzing3 症

❶ 政治，法令。《孟子・論四端》：「先王有不忍人之心，斯有不忍人之～矣。」❷ 政權。《論語・季氏》：「天下有道，則～不在大夫。」❸ 通「正」，正直。《韓非子・難三》：「故羣臣公～而無私。」❹ 通「正」，恰好。《墨子・節葬下》：「上稽之堯舜禹湯文武之道，而～逆之。」

㈡ ⓟzhēng ⓖzing1 偵

通「征」。❶ 征伐。《大戴禮記・用兵》：「諸侯力～，不朝於天子。」❷ 賦稅。漢・晁錯《論貴粟疏》：「急～暴虐，賦斂不時。」

---
zhi
---

## 支

ⓟzhī ⓖzi1 之

❶ 枝條。《漢書・晁錯傳》：「～葉繁茂。」這個意義後來寫作「枝」。❷ 四肢，肢體。《周易・坤》：「美在其中，而暢於四～。」這個意義後來寫作「肢」。❸ 支撐。

清・方苞《左忠毅公軼事》：「天下事誰可～拄者！」❹ 支付，供給。《漢書・趙充國傳》：「足～萬人一歲食。」❺ 分支，支流。《莊子・天下》：「～川三千。」❻ 分，分散。漢・王逸《魯靈光殿賦》：「～離分赴。」❼ 指地支。

> 🈯 天干和地支合稱「干支」，詳見 86 頁「干」。

## 氏

ⓟzhī
見 270 頁 shì。

## ★之

ⓟzhī ⓖzi1 支

❶ 到⋯⋯去。《論語・子路》：「雖～夷狄，不可棄也。」❷ 指示代詞，此，這。《史記・廉頗藺相如列傳》：「均～二策，寧許以負秦曲。」❸ 第一人稱代詞，我，我們。唐・柳宗元《捕蛇者說》：「君將哀而生～乎？」❹ 第二人稱代詞，你，你們。唐・李白《與韓荊州書》：「使海內豪俊，奔走而歸～。」❺ 第三人稱代詞，他，她，牠，它，也指複數。《論語・為政》：「詩三百，一言以蔽～，曰：思無邪。」❻ 助詞，用在定語和中心詞之間，可譯作「的」。《韓非子・難勢》：「以子～矛陷子～盾，何如？」❼ 助詞，用在主語和謂語中間，取消句子獨立性。唐・韓愈《師說》：「師道～不傳亦久矣。」❽ 助詞，賓語前置的標誌。唐・劉禹錫《陋室銘》：「孔子云：『何陋～有？』」❾ 助詞，用在句末，表示舒緩語氣，可不譯。《史記・廉頗藺相如列傳》：「廉頗居梁久～，魏不能信用。」

🔍 之、往、適、如。見 313 頁「往」。

**卮** 🔊 zhī 🔊 zi1 支
古代一種盛酒器，圓形。《史記·項羽本紀》：「臣死且不避，～酒安足辭！」

**汁** 〔一〕🔊 zhī 🔊 zap1 執
含有某種物質的液體。三國魏·曹植《七步詩》：「煮豆持作羹，漉豉以為～。」

〔二〕🔊 xié 🔊 hip6 協
和諧，協調。漢·張衡《西京賦》：「五緯（指金、木、水、火、土五星）相～。」

**枝** 🔊 zhī 🔊 zi1 支
❶ 植物主幹分出的枝條。《莊子·逍遙遊》：「其大本擁腫而不中繩墨，其小～卷曲而不中規矩。」❷ 歧出的，分支。《荀子·儒效》：「故以～代主而非越也。」❸ 肢體，四肢。《呂氏春秋·圓道》：「感而不知，則形體四～不使矣。」❹ 支撐，支持。《左傳·桓公五年》：「蔡、衛不～，固將先奔。」❺ 量詞，用於帶枝的花朵。宋·蘇軾《惠崇春江晚景》：「竹外桃花三兩～。」

★**知** 〔一〕🔊 zhī 🔊 zi1 支
❶ 知道，了解。晉·陶潛《桃花源記》：「問今是何世，乃不～有漢，無論魏、晉。」❷ 知覺，感覺。《荀子·王制》：「草木有生而無～。」❸ 見解，知識。《禮記·大學》：「致～在格物。」❹ 交好，相親。漢·司馬遷《報任安書》：「絕賓客之～。」❺ 知己，朋友。

南朝宋·鮑照《詠雙燕》：「悲歌辭舊愛，銜淚覓新～。」❻ 主持，主管。宋·李覯《袁州學記》：「范陽祖君無擇～袁州。」

〔二〕🔊 zhì 🔊 zi3 志
通「智」，智慧，聰明。《論語·里仁》：「仁者安仁，～者利仁。」

**智** 🔊 zhī
見 410 頁 zhì。

**織** 〔一〕🔊 zhī 🔊 zik1 職
❶ 編織，紡織。北朝民歌《木蘭詩》：「唧唧復唧唧，木蘭當戶～。」❷ 彩色絲織品。《禮記·玉藻》：「士不衣～。」

〔二〕🔊 zhì 🔊 ci3 次
通「幟」，作標誌的旗幟。《漢書·食貨志》：「治樓船，高十餘丈，旗～加其上。」

**直** 🔊 zhí 🔊 zik6 植
❶ 不彎曲，與「曲」相對。《荀子·勸學》：「故木受繩則～，金就礪則利。」❷ 公正，正直。《詩經·大雅·崧高》：「申伯之德，柔惠且～。」❸ 正當，有理。《左傳·僖公二十八年》：「師～為壯，曲為老，豈在久矣？」❹ 面對，當着。《漢書·刑法志》：「魏之武卒，不可以～秦之銳士。」❺ 值班。《晉書·羊祜傳》：「悉統宿衛，入～殿中。」這個意義後來寫作「值」。❻ 價值，價錢。唐·白居易《賣炭翁》：「半疋紅綃一丈綾，繫向牛頭充炭～。」這個意義後來寫作「值」。❼ 縱的，豎的，與「橫」相對。唐·杜牧《阿房宮賦》：「～欄橫檻多於九土之城郭。」❽ 逕直，直接。唐·杜牧《阿房宮

Z

賦》：「驪山北構而西折，～走咸陽。」❾ 簡直。《莊子·秋水》：「是～用管窺天，用錐指地也。」❿ 竟，竟然。漢·賈誼《論積貯疏》：「可以為富安天下，而～為此廩廩也。」⓫ 僅，只。《戰國策·魏策四》：「雖千里不敢易也，豈～五百里哉？」

# 值 曾 zhí 粵 zik6 夕

❶ 持，拿。《詩經·陳風·宛丘》：「～其鷺羽。」❷ 遭到，逢着。三國蜀·諸葛亮《出師表》：「後～傾覆，受任於敗軍之際，奉命於危難之間。」❸ 價值，價錢。漢樂府《陌上桑》：「腰中鹿盧劍，可～千萬餘。」

# 執 曾 zhí 粵 zap1 汁

❶ 捉拿，擒獲。《莊子·逍遙遊》：「此能為大矣，而不能～鼠。」❷ 拿，握。《詩經·邶風·擊鼓》：「～子之手，與子偕老。」❸ 掌握，主持。《論語·季氏》：「陪臣～國命，三世希不失矣。」❹ 堅持，堅守。《荀子·儒效》：「樂樂兮其～道不殆也。」❺ 執行，施行。《戰國策·秦策三》：「敬～賓主之禮。」

# 植 曾 zhí 粵 zik6 直

❶ 關門後在門外用來加鎖的直木。《墨子·非儒下》：「季孫與邑人爭門關，決～。」❷ 木柱。《墨子·備城門》：「城上百步一樓，樓四～。」❸ 豎立，樹立。《呂氏春秋·知度》：「凡朝也者，相與召理義也，相與～法則也。」❹ 栽種，種植。漢樂府《孔雀東南飛》：「東西～松柏，左右種梧桐。」❺ 草木，植物。南朝梁·范縝《神滅論》：「漸而生者，動～是也。」❻ 古時軍隊中監督工事的將官。《左傳·宣公二年》：「華元為～，巡功。」❼ 通「殖」，生長，繁殖。《淮南子·主術訓》：「五穀蕃～。」

# 職 曾 zhí 粵 zik1 即

❶ 職責。三國蜀·諸葛亮《出師表》：「此臣所以報先帝而忠陛下之～分也。」❷ 官職，職位。晉·李密《陳情表》：「臣具以表聞，辭不就～。」❸ 執掌，主管。《左傳·僖公二十六年》：「太師～之。」❹ 貢品。《淮南子·原道訓》：「海外賓服，四夷納～。」

# 止 曾 zhǐ 粵 zi2 旨

❶ 足，腳。《漢書·刑法志》：「當斬左～者，笞五百。」這個意義後來寫作「趾」。❷ 停止。唐·柳宗元《始得西山宴遊記》：「斫榛莽，焚茅茷，窮山之高而～。」❸ 達到。《禮記·大學》：「大學之道：在明明德，在親民，在～於至善。」❹ 禁止，阻止。《史記·廉頗藺相如列傳》：「臣嘗有罪，竊計欲亡走燕，臣舍人相如～臣。」❺ 居住，棲息。《詩經·商頌·玄鳥》：「邦畿千里，維民所～。」❻ 儀容舉止。《詩經·鄘風·相鼠》：「相鼠有齒，人而無～。」❼ 只，僅。宋·沈括《夢溪筆談·活板》：「若止印三二本，未為簡易。」❽ 句末語氣詞，表肯定語氣。《詩經·小雅·車舝》：「高山仰～，景行行～。」

# 只 曾 zhǐ 粵 zi2 止

❶ 語氣詞，用在句中或句尾，

表感歎。《左傳・襄公二十四年》：「樂～君子，邦家之基。」❷止，僅僅。唐・李商隱《樂遊原》：「夕陽無限好，～是近黃昏」此義古代多寫作「祇」、「衹」、「秖」。

**旨** 🔊zhǐ 🔊zi2 只
❶味美。《禮記・學記》：「雖有嘉肴，弗食，不知其～也。」❷好，美好。《尚書・商書・說命中》：「王曰：『～哉！』」❸意旨，意義。《史記・太史公自序》：「大不通禮義之～。」❹帝王的詔書、命令。明・宋濂《閱江樓記》：「臣不敏，奉～撰記。」

**芷** 🔊zhǐ 🔊zi2 止
白芷，多年生草本植物，開白花，果實長橢圓形，根錐形，有香氣，可入藥。宋・范仲淹《岳陽樓記》：「岸～汀蘭，郁郁青青。」

**抵** 🔊zhǐ
見 55 頁 dǐ。

**祇** 🔊zhǐ
見 227 頁 qí。

**指** 🔊zhǐ 🔊zi2 旨
❶手指。漢樂府《孔雀東南飛》：「～如削葱根，口如含朱丹。」❷腳趾。《史記・高祖本紀》：「漢王傷匈（胸），乃捫足曰：『虜中吾～。』」❸指着，指向。唐・杜牧《清明》：「借問酒家何處有，牧童遙～杏花村。」❹指揮。唐・柳宗元《梓人傳》：「～而使焉。」❺意向，意旨。《孟子・盡心下》：「言近而～遠者，善言也。」這個意義後來寫作「旨」。❻指責，指斥。《漢書・王嘉傳》：「千人所～，無病而死。」❼直立，豎起。《史

記・項羽本紀》：「頭髮上～，目眥盡裂。」❽直，一直。《列子・愚公移山》：「～通豫南，達於漢陰。」❾通「旨」，美好。《荀子・大略》：「雖～非禮也。」

**★至** 🔊zhì 🔊zi3 志
❶到，到達。《荀子・勸學》：「故不積跬步，無以～千里。」❷達到極點的，最完善的。《莊子・逍遙遊》：「此亦飛之～也。」❸極，最。晉・李密《陳情表》：「今臣亡國賤俘，～微～陋。」❹至於，表示進一層意思或另提一事。《史記・管晏列傳》：「～其書，世多有之，是以不論。」❺但，表示前後意思相反。唐・韓愈《後廿九日復上宰相書》：「雖不足以希望盛德，～比於百執事，豈盡出其下哉。」❻得當。宋・蘇軾《賈誼論》：「君子之愛其身，如此其～也？」❼夏至、冬至的簡稱。《左傳・僖公五年》：「凡分、～、啟、閉，必書雲物。」

**志** 🔊zhì 🔊zi3 至
❶心意，志向。《論語・公冶長》：「盍各言爾～？」❷立志，有志於。《論語・為政》：「吾十有五而～於學。」❸記住，記憶。《史記・屈原賈生列傳》：「博聞彊～。」❹記述，記載。唐・柳宗元《始得西山宴遊記》：「然後知吾嚮之未始遊，遊於是乎始，故為之文以～。」❺記人或事的文章、著作，如：《三國志》。

**制** 🔊zhì 🔊zai3 際
❶裁製，剪裁。《莊子・讓王》：「三日不舉火，十年不～衣。」

❷ 製造，製作。《後漢書・樊宏傳附樊準》：「百官備而不～。」以上兩個義項後來均寫作「製」。❸ 作品。南朝梁・蕭統《〈文選〉序》：「戒畋遊則有《長楊》、《羽獵》之～。」❹ 著述，創作。三國魏・曹植《與楊德祖書》：「至於～《春秋》，游夏之徒乃不能措一辭。」❺ 控制，掌握。漢・賈誼《過秦論》：「履至尊而～六合。」❻ 規定，制定。《呂氏春秋・適音》：「故先王之～禮樂也。」❼ 法定的規章制度。《左傳・隱公元年》：「今京不度，非～也。」❽ 規模。宋・范仲淹《岳陽樓記》：「乃重修岳陽樓，增其舊～。」❾ 帝王的命令。《史記・秦始皇本紀》：「命為～，令為詔。」❿ 古代長度單位，一丈八尺為一制。

## 知 🔊zhì
見 407 頁 zhī。

## 炙 🔊zhì 🔊zek3 隻
❶ 烤。《詩經・小雅・瓠葉》：「有兔斯首，燔之～之。」❷ 烤熟的肉。《孟子・盡心下》：「膾～與羊棗孰美？」

## 治 🔊zhì 🔊zi6 字
❶ 治理，管理。《孟子・論四端》：「～天下可運之掌上。」❷ 整理，修建。《漢書・趙充國傳》：「繕～郵亭。」❸ 醫治。《韓非子・喻老》：「君有疾在腠理，不～恐將深。」❹ 懲處。三國蜀・諸葛亮《出師表》：「不效，則～臣之罪。」❺ 治學研究。《漢書・儒林傳》：「高相，沛人也，～《易》。」❻ 治理得好，太平，與「亂」相對。《禮

記・大學》：「家齊而后國～，國～而后天下平。」❼ 指地方政府行政機關所在地，如：州治、縣治。

## 致 🔊zhì 🔊zi3 至
❶ 給予，送達。明・歸有光《歸氏二孝子傳》：「問母飲食，～甘鮮焉。」❷ 獻出。《論語・學而》：「事君能～其身。」❸ 表達，傳達。《漢書・朱博傳》：「遣吏存問～意。」❹ 招引，招來。漢・賈誼《過秦論》：「不愛珍器重寶肥饒之地，以～天下之士。」❺ 獲得，得到。明・宋濂《送東陽馬生序》：「家貧無從～書以觀。」❻ 推極，窮究。《禮記・大學》：「～知在格物。」❼ 到，到達。《荀子・勸學》：「假輿馬者，非利足也，而～千里。」❽ 細密，細緻。《漢書・嚴延年傳》：「按其獄，皆文～，不可得反。」這個意義後來寫作「緻」。❾ 風致，情趣。晉・王羲之《〈蘭亭集〉序》：「雖世殊事異，所以興懷，其～一也。」❿ 通「至」，極，盡。《後漢書・張衡傳》：「尤～思於天文陰陽曆算。」

## 陟 🔊zhì 🔊zik1 職
❶ 登，上，升。一般指登山或登高。《詩經・周南・卷耳》：「陟彼高岡，我馬玄黃。」❷ 提升，提拔，進用。三國蜀・諸葛亮《出師表》：「～罰臧否，不宜異同。」

## 窒 🔊zhì 🔊zɑt6 姪
阻塞，堵塞。《墨子・號令》：「外空井盡～之，無令可得汲也。」

## 智 🗆 🔊zhì 🔊zi3 至
❶ 智慧，智謀。《孟子・論

四端》：「是非之心、～之端也。」
❷ 聰明。《史記·淮陰侯列傳》：
「～者千慮，必有一失。」

三 （普）zhī（粵）zi1 之

通「知」，知道。《墨子·耕柱》：
「豈能～數百歲之後哉？」

**彘** （普）zhì（粵）zi6 字

豬。《孟子·梁惠王上》：「雞
豚狗～之畜，無失其時。」

**置** （普）zhì（粵）zi3 至

❶ 赦免，釋放。《史記·淮
陰侯列傳》：「高帝曰：『～之。』
乃釋通之罪。」❷ 放到一旁，放
棄。《史記·項羽本紀》：「沛公
則～車騎，脫身獨騎。」❸ 放，安
置。宋·歐陽修《賣油翁》：「乃
取一葫蘆～於地。」❹ 擺，設。《戰
國策·趙策三》：「平原君乃～酒。」
❺ 建立，設立。《史記·秦本紀》：
「又攻楚漢中，取地六百里，～漢
中郡。」❻ 購置，購買。《韓非子·
鄭人買履》：「鄭人有且～履者。」
❼ 驛站。《韓非子·難勢》：「五十
里而一～。」❽ 驛車，驛馬。《漢
書·劉屈氂傳》：「乘疾～以聞。」

**雉** （普）zhì（粵）zi6 治

野雞。《詩經·邶風·雄雉》：
「雄～于飛，下上其音。」

**稚** （普）zhì（粵）zi6 治

❶ 幼小。《史記·屈原賈生
列傳》：「懷王～子子蘭勸王行。」
❷ 幼稚。漢·王充《論衡·超奇》：
「長生家在會稽，生在今世，文章
雖奇，論者猶謂～於前人。」

**製** （普）zhì（粵）zai3 際

❶ 裁製衣服。《左傳·襄公
三十一年》：「子有美錦，不使人
學～焉。」❷ 製造，製作。《新唐
書·柳公綽傳》：「置權量於東西
市，使貿易用之，禁私～者。」

**誌** （普）zhì（粵）zi3 至

❶ 記，記住。《新唐書·褚
亮傳》：「博見圖史，一經目輒～
于心。」❷ 記述，記載。《列子·
楊朱》：「太古之事滅矣，孰～之
哉？」❸ 標誌，標記。《南齊書·
韓係伯傳》：「襄陽土俗，鄰居種
桑樹於界上為～。」❹ 作記號。
晉·陶潛《桃花源記》：「便扶向
路，處處～之。」❺ 記人或事的
文章、著作，如：墓誌銘。❻ 通
「痣」，皮膚上的斑痕。《南齊書·
江祐傳》：「高宗胛上有赤～。」

**質** 一 （普）zhì（粵）zi3 至

❶ 作為保證的人或物，抵押
品。《左傳·隱公三年》：「故周、
鄭交～。」❷ 抵押或作人質。《戰
國策·燕策三》：「燕太子丹～於
秦。」

二 （普）zhì（粵）zat1 姪一聲

❶ 本體，本性。《論語·衛靈公》：
「君子義以為～，禮以行之，孫以
出之，信以成之。」❷ 質地。唐·
柳宗元《捕蛇者説》：「永州之野
產異蛇，黑～而白章。」❸ 誠信。
《左傳·昭公十六年》：「楚子聞
蠻氏之亂也，與蠻子之無～也。」
❹ 盟約。《左傳·哀公二十年》：
「黃池之役，先主與吳王有～。」
❺ 質樸，樸實。《論語·雍也》：
「～勝文則野，文勝～則史。」❻ 箭
靶，目標。《荀子·勸學》：「是
故～的張而弓矢至焉。」❼ 詰問，
質問。明·宋濂《送東陽馬生序》：

Z

「援疑～理，俯身傾耳以請。」❽ 對質，評判，評量。唐·劉禹錫《天論》：「而欲～天之有無。」❾ 刑具，古代殺人時作墊的砧板。《史記·廉頗藺相如列傳》：「君不如肉袒伏斧～請罪，則幸得脫矣。」這個意義後來寫作「鑕」。

**遲** ⦿zhì
見 35 頁 chí。

**擲** ⦿zhì ⦿zaak6 擇
❶ 投，拋，扔。南朝宋·劉義慶《世說新語·管寧華歆共園中鋤菜》：「見地有片金，管（寧）揮鋤與瓦石不異，華（歆）捉而去之。」❷ 拋棄。晉·陶潛《雜詩》：「日月～人去，有志不獲騁。」❸ 跳躍。清·蒲松齡《聊齋志異·促織》：「蟲躍～徑出，迅不可捉。」

**織** ⦿zhì
見 407 頁 zhī。

**識** ⦿zhì
見 269 頁 shí。

**躓** ⦿zhì ⦿zi3 至
❶ 跌倒，被絆倒。《舊唐書·蔣鎮傳》：「馬～墮溝澗中，傷足不能進。」❷ 不順利，挫折。晉·謝靈運《還舊園作見顏范二中書》：「事～兩如直，心愜三避賢。」❸ 困頓，疲乏。《梁書·王僧孺傳》：「蓋基薄牆高，途遙力分～。」❹ 語言晦澀，文辭難懂。南朝梁·鍾嶸《詩品〉序》：「若專用比興，患在意深，意深則詞～。」

---

zhong

---

**中** ⦿zhōng ⦿zung1 宗
❶ 中央，中心。《詩經·秦風·蒹葭》：「溯游從之，宛在水～央。」❷ 內，裏面。晉·陶潛《桃花源記》：「村～聞有此人，咸來問訊。」❸ 內心，胸中。清·薛福成《貓捕雀》：「人雖不及救之，未有不惻焉動於～者。」❹ 半，一半。三國蜀·諸葛亮《出師表》：「先帝創業未半，而～道崩殂。」❺ 中等。《戰國策·鄒忌諷齊王納諫》：「上書諫寡人者，受～賞。」

⦿zhòng ⦿zung3 眾
❶ 射中。《岳飛之少年時代》：「同射三矢，皆～的。」❷ 符合，適合。《莊子·逍遙遊》：「吾有大樹，人謂之樗，其大本擁腫而不～繩墨。」❸ 遭遇，遭受。《三國演義》第四十五回：「操雖心知～計，卻不肯認錯。」❹ 中傷，陷害。《史記·秦始皇本紀》：「（趙）高因陰～諸言鹿者以法。」

**忠** ⦿zhōng ⦿zung1 宗
❶ 盡心竭力做好分內之事或別人付託之事。《左傳·曹劌論戰》：「～之屬也，可以一戰。」❷ 忠君。三國蜀·諸葛亮《出師表》：「此臣所以報先帝，而～陛下之職分也。」❸ 忠厚，忠實。《論語·學而》：「主～信。無友不如己者。」

**★終** ⦿zhōng ⦿zung1 中
❶ 結果，末了，跟「始」相對。《禮記·大學》：「物有本末，事有～始。」❷ 結束，完。《韓詩外傳》卷七：「昔者孔子鼓瑟，曾子子貢側門而聽，曲～。」❸ 特指人的生命結束，死去。晉·陶潛《桃花源記》：「未果，尋病～，後

遂無問津者。」❹ 終於，終歸。《史記·廉頗藺相如列傳》：「秦王竟酒，～不能加勝於趙。」❺ 自始至終，永遠。《戰國策·魏策四》：「受地於先王，願～守之，弗敢易。」❻ 整，全。《荀子·勸學》：「吾嘗～日而思矣，不如須臾之所學也。」

**鍾** 🔊zhōng 🔊zung1 宗
❶ 古代酒器。後也稱酒杯、茶杯為「鍾」。漢·王充《論衡·語增》：「文王飲酒千～。」❷ 古代量器，六斛四斗為一鍾。《孟子·魚我所欲也》：「萬～則不辯禮義而受之。萬～於我何加焉？」此處「萬鍾」引申為豐厚俸祿。❸ 積聚。唐·杜甫《望嶽》：「造化～神秀，陰陽割昏曉。」❹ 通「鐘」，古樂器。《詩經·小雅·鼓鍾》：「鼓～欽欽，鼓瑟鼓琴。」

**鐘** 🔊zhōng 🔊zung1 宗
❶ 古樂器。《禮記·樂記》：「故～鼓管磬、羽籥干戚，樂之器也。」❷ 佛寺懸吊的鐘，用作報時，或發出集合、警報等的信號。唐·張繼《楓橋夜泊》：「姑蘇城外寒山寺，夜半～聲到客船。」❸ 指一般的報時器具。李商隱《無題》之一：「月斜樓上五更～。」❹ 通「鍾」，酒器。《列子·楊朱》：「聚酒千～。」

**冢** 🔊zhǒng 🔊cung2 寵
❶ 墳墓。唐·杜甫《詠懷古跡》之三：「獨留青～向黃昏。」這個意義也寫作「塚」。❷ 山頂。《詩經·小雅·十月》：「百川沸騰，山～崒崩。」❸ 大，地位高。《周禮·天官冢宰·序官》：「乃立～宰。」

**腫** 🔊zhǒng 🔊zung2 總
浮脹。《莊子·逍遙遊》：「其大本擁～而不中繩墨，其小枝卷曲而不中規矩。」

**種** 〔一〕🔊zhǒng 🔊zung2 腫
❶ 植物的種子。《莊子·逍遙遊》：「魏王貽我大瓠之～，我樹之成而實五石。」❷ 族類，種族。《後漢書·束夷傳》：「夷有九～。」❸ 指人的後代。《戰國策·齊策六》：「女無謀而嫁者，非吾～也。」❹ 類別，種類。宋·柳永《雨霖鈴》：「便縱有千～風情，更與何人說？」
〔二〕🔊zhòng 🔊zung3 眾
❶ 種植，栽種。唐·李紳《憫農》：「春～一粒粟，秋收萬顆子。」❷ 繁殖。唐·韓愈《祭鱷魚文》：「以肥其身，以～其子孫。」

**踵** 🔊zhǒng 🔊zung2 腫
❶ 腳後跟。《晏子春秋·內篇雜下》：「比肩繼～而在，何為無人？」❷ 追逐，跟隨。唐·韓愈《進學解》：「～常途之促促。」❸ 親至，走到。《孟子·滕文公上》：「（許行）～門而告文公。」❹ 繼承，因襲。《漢書·刑法志》：「～秦而置材官於郡國。」

**中** 🔊zhòng
見 412 頁 zhōng。

**仲** 🔊zhòng 🔊zung6 頌
❶ 位次在中的，如：仲夏（即夏季的第二個月）。❷ 古代以伯（孟）、仲、叔、季排行，「仲」排行第二。《詩經·小雅·何人斯》：

「伯氏吹塤（xūn，陶製的吹奏樂器），～氏吹篪（chí，竹管製成的樂器）。」

**重** 〔一〕⑲zhòng ⑧cung5 蟲五聲
❶ 分量大，與「輕」相對。唐·柳宗元《哀溺文序》：「吾腰千錢，～。」❷ 重量。《史記·秦始皇本紀》：「金人十二，～各千石。」❸ 加上，加重。《呂氏春秋·制樂》：「今故興事動眾，以增國城，是～吾罪也。」❹ 表示程度深，相當於「很」、「深」。漢·司馬遷《報任安書》：「僕以口語，遇遭此禍，～為鄉黨所戮笑。」
〔二〕⑲zhòng ⑧zung6 仲
❶ 重要，價值高。漢·賈誼《過秦論》：「不愛珍器～寶肥饒之地。」❷ 重視，敬重。秦·李斯《諫逐客書》：「然則是所～者在乎色樂珠玉。」❸ 莊重，不輕率。《論語·學而》：「君子不～則不威。」
〔三〕⑲chóng ⑧cung4 蟲
❶ 重疊，重複。宋·陸游《遊山西村》：「山～水複疑無路。」❷ 量詞，層。唐·李白《早發白帝城》：「輕舟已過萬～山。」❸ 重新。宋·范仲淹《岳陽樓記》：「乃～修岳陽樓，增其舊制。」
〔四〕⑲chóng ⑧zung6 仲
又再，還更。《古詩十九首·行行重行行》：「行行～行行，與君生別離。」

**眾** ⑲zhòng ⑧zung3 綜
❶ 多。《韓非子·五蠹》：「上古之世，人民少而禽獸～。」❷ 眾人，大家。《莊子·逍遙遊》：「今子之言，大而無用，～所同去

也。」❸ 一般的，普通。《史記·屈原賈生列傳》：「舉世混濁而我獨清，～人皆醉而我獨醒，是以見放。」

**種** ⑲zhòng
見 413 頁 zhǒng。

zhou

**舟** ⑲zhōu ⑧zau1 州
船。唐·柳宗元《江雪》：「孤～蓑笠翁，獨釣寒江雪。」

**州** ⑲zhōu ⑧zau1 舟
❶ 水中高出水面的土地。《漢書·地理志下》：「自合浦徐聞南入海，得大～，東西南北方千里。」這個意義後來寫作「洲」。❷ 古代地方行政單位，各個時代所指轄境大小不同。唐·柳宗元《始得西山宴遊記》：「自余為僇人，居是～，恆惴慄。」❸ 聚集。《國語·齊語》：「令夫士，羣萃而～處。」

**周** ⑲zhōu ⑧zau1 舟
❶ 環繞，循環。《淮南子·時則訓》：「星 ～ 于天，歲將更始。」❷ 遍及，周遍。唐·杜牧《阿房宮賦》：「瓦縫參差，多於～身之帛縷。」❸ 周密，嚴實。《孫子·作戰》：「夫將者，國之輔也，輔～則國必強。」❹ 親密。《論語·為政》：「君子～而不比，小人比而不～。」❺ 相合。《淮南子·原道訓》：「貴其～於數而合於時。」❻ 救濟，周濟。《論語·雍也》：「君子～急不繼富。」這個意義後來寫作「賙」。❼ 朝代名。一是姬發所建（約公元前 1046 －前 256 年）。原建都鎬京，公元前

770 年遷都洛邑，遷都前史稱「西周」，遷都後史稱「東周」。二是鮮卑族宇文覺所建（公元 557 － 581 年），建都長安，史稱「北周」。三是郭威所建（公元 951 － 960 年），史稱「後周」。

**洲** ⓟzhōu ⓒzau1 舟
水中高出水面的陸地。《詩經·周南·關雎》：「關關雎鳩，在河之～。」

**啁** ⓟzhōu
見 401 頁 zhāo。

**粥** (一) ⓟzhōu ⓒzuk1 祝
稀飯。清·朱柏廬《朱子家訓》：「一～一飯，當思來處不易。」
(二) ⓟyù ⓒjuk6 育
通「鬻」，賣。《禮記·曲禮下》：「君子雖貧，不～祭品。」

**鬻** ⓟzhōu
見 386 頁 yù。

**宙** ⓟzhòu ⓒzau6 袖
❶ 時間的總稱。《淮南子·齊俗訓》：「古往今來謂之～，四方上下謂之宇。」❷ 棟樑。《淮南子·覽冥訓》：「以為不能與之爭於宇（屋檐）～之間。」

**晝** ⓟzhòu ⓒzau3 奏
白天。唐·白居易《慈烏夜啼》：「～夜不飛去，經年守故林。」

**驟** ⓟzhòu ⓒzau6 就
❶ 馬奔跑。《詩經·小雅·四牡》：「駕彼四駱，載～駸駸（qīnqīn，疾行的樣子）。」❷ 急速，快速，迅猛。宋·李清照《如夢令》：「昨夜雨疏風～。」❸ 屢

次。《戰國策·燕策二》：「夫齊，霸國之餘教，而～勝之遺事也。」

**朱** ⓟzhū ⓒzyu1 諸
大紅色，古代稱為正色。唐·王勃《滕王閣序》：「～簾暮捲西山雨。」

> 🔍 朱、赤、緋、丹、紅。五字均為紅色，但在古代所指深淺不同。「朱」是大紅；「赤」是火紅，稍淺於「朱」，與「緋」相似；「丹」是硃砂的顏色，稍淺於「赤」；「紅」是淺紅、粉紅。

**茱** ⓟzhū ⓒzyu1 朱
[茱萸] 植物名，有濃烈香氣。古代風俗，常在農曆九月九日重陽節佩戴茱萸，以祛邪避災。唐·王維《九月九日憶山東兄弟》：「遙知兄弟登高處，遍插～～少一人。」

**株** ⓟzhū ⓒzyu1 朱
❶ 露出地面的樹根。《韓非子·守株待兔》：「宋人有耕者，田中有～，兔走觸～，折頸而死。」❷ 量詞，計算植物的單位。南朝宋·劉義慶《世說新語·言語》：「齋前種一～松。」❸ 牽連。《元史·袁宗儒傳》：「忠、泰廣搜逆黨，～引無辜。」

**誅** ⓟzhū ⓒzyu1 朱
❶ 責問，譴責。明·唐順之《信陵君救趙論》：「余所～者，信陵君之心也。」❷ 責罰，懲罰。《韓非子·難二》：「功當其言則賞，不當則～。」❸ 要求，索要。《左

Z

傳·莊公八年》：「傷足，喪屨。反，～屨於徒人費。弗得，鞭之，見血。」❹ 聲討，討伐。《史記·陳涉世家》：「伐無道，～暴秦。」❺ 殺，殺死。《史記·廉頗藺相如列傳》：「臣知欺大王之罪當～，臣請就湯鑊。」❻ 除去，剷除。戰國楚·屈原《楚辭·卜居》：「寧～鋤草茅以力耕乎？」

🔍 誅、殺、弒。見 256 頁「殺」。

**豬** 🅐zhū 🅑zyu1 朱
❶ 家畜名，哺乳動物。北朝民歌《木蘭詩》：「小弟聞姊來，磨刀霍霍向～羊。」❷ 通「瀦」，水停積。《尚書·夏書·禹貢》：「大野既～，東原底平。」

**諸** 🅐zhū 🅑zyu1 朱
❶ 眾，各。《史記·廉頗藺相如列傳》：「趙王與大將軍廉頗～大臣謀。」❷ 兼詞，「之於」的合音，具有代詞「之」和介詞「於」的功能。《論語·衛靈公》：「君子求～己，小人求～人。」❸ 兼詞，「之乎」的合音，用在句末，具有代詞「之」和語氣詞「乎」的功能。《孟子·梁惠王下》：「文王之囿方七十里，有～？」❹ 第三人稱代詞，相當於「之」，可譯作「他」、「她」、「它」，也指複數。《論語·學而》：「告～往而知來者。」

**竹** 🅐zhú 🅑zuk1 足
❶ 竹子。晉·陶潛《桃花源記》：「有良田、美池、桑、～之屬。」❷ 特指竹簡，古代寫字用的竹片。漢·桓寬《鹽鐵論·利議》：「抱枯～，守空言。」❸ 古代八音

之一，指簫笛一類的竹製樂器。唐·韓愈《送孟東野序》：「金、石、絲、～、匏、土、革、木八者，物之善鳴者也。」

**逐** 🅐zhú 🅑zuk6 族
❶ 追趕。《左傳·曹劌論戰》：「吾視其轍亂，望其旗靡，故～之。」❷ 趕走，驅趕。秦·李斯《諫逐客書》：「請一切～客。」❸ 放逐，流放。戰國楚·屈原《楚辭·九章·哀郢》：「信非吾罪而棄～兮，何日夜而忘之？」❹ 追隨，跟隨。《史記·匈奴列傳》：「～水草移徙。」❺ 競爭。《韓非子·五蠹》：「上古競於道德，中世～於智謀，當今爭於氣力。」❻ 追求。漢·楊惲《報孫會宗書》：「～什一之利。」❼ 依序，逐個。《魏書·江式傳》：「～字而注。」

**燭** 🅐zhú 🅑zuk1 竹
❶ 古代照明用的火炬。《韓非子·外儲說左上》：「火不明，因謂持～者曰：『舉～。』」❷ 蠟燭。《岳飛之少年時代》：「家貧，拾薪為～，誦習達旦且不寐。」❸ 照，照亮。《莊子·天運》：「～之以日月之明。」❹ 洞察。《韓非子·難三》：「明不能～遠姦，見隱微。」

**主** 🅐zhǔ 🅑zyu2 煮
❶ 春秋、戰國時稱大夫為「主」。《左傳·昭公二十八年》：「～以不賄聞於諸侯。」❷ 國君，君主。《史記·太史公自序》：「～倡而臣隨，～先而臣從。」❸ 公主。《史記·外戚世家》：「～（平陽公主）見所侍美人，上弗說。」❹ 主人，接待賓客的人，與「客」、

「賓」相對。唐·王勃《滕王閣序》：「賓～盡東南之美。」❺ 權利、財物等的所有者，物主。唐·柳宗元《鈷鉧潭西小丘記》：「問其～。」❻ 事物的根本。《周易·繫辭上》：「言行，君子之樞機；樞機之發，榮辱之～也。」❼ 主要的。《三國演義》第九十六回：「此病不在兵之多寡，在～將耳。」❽ 掌管，主持。《孟子·萬章上》：「使之～事而事治，百姓安之。」❾ 注重，主張。《論語·學而》：「～忠信。無友不如己者。」

**拄** ⓟzhǔ ⓨzyu2主
❶ 支撐。清·方苞《左忠毅公軼事》：「天下事誰可支～者！」❷ 駁倒，譏刺。《漢書·朱雲傳》：「既論難，連～五鹿君。」

**渚** ⓟzhǔ ⓨzyu2主
❶ 水中的小塊陸地。《詩經·召南·江有汜》：「江有～。」❷ 水邊。晉·陸機《豫章行》：「汎舟清川～，遙望高山陰。」

**煮** ⓟzhǔ ⓨzyu2主
烹煮。三國魏·曹植《七步詩》：「～豆持作羹，漉豉以為汁。」

**屬** ⓟzhǔ
見 279 頁 shǔ。

**助** ⓟzhù ⓨzo6座
❶ 輔助，幫助。《列子·愚公移山》：「鄰人京城氏之孀妻有遺男，始齔，跳往～之。」❷ 殷代的一種租賦制度。《孟子·滕文公上》：「夏后氏五十而貢，殷人七十而～。」

**住** 〔一〕ⓟzhù ⓨzyu6朱六聲
❶ 停留，停止。唐·杜甫《哀江頭》：「清渭東流劍閣深，去～彼此無消息。」❷ 暫宿，居住。宋·辛棄疾《永遇樂·京口北固亭懷古》：「尋常巷陌，人道寄奴曾～。」

〔二〕ⓟzhù ⓨzyu3注
通「駐」，駐紮，駐守。《三國志·蜀書·諸葛亮傳》：「前鋒破，退還，～綿竹。」

**杼** 〔一〕ⓟzhù ⓨcyu5柱
❶ 織布機上的梭子。《古詩十九首·迢迢牽牛星》：「纖纖擢素手，札札弄機～。」❷ 削薄，削尖。《周禮·冬官考工記·輪人》：「凡為輪，行澤者欲～，行山者欲侔（móu，相等）。」

〔二〕ⓟshū ⓨsyu1書
❶ 樹名，柞樹。《莊子·山木》：「衣裘褐，食～栗。」❷ 通「抒」，發泄，抒發。戰國楚·屈原《楚辭·九章·惜誦》：「發憤以～情。」

**注** ⓟzhù ⓨzyu3蛀
❶ 灌注，流入。《孟子·滕文公上》：「禹疏九河，瀹濟漯而～諸海。」❷ 集中，專注。清·方苞《左忠毅公軼事》：「公瞿然～視，呈卷，即面署第一。」❸ 賭博時所下的錢財。《宋史·寇準傳》：「博者輸錢欲盡，乃罄所有出之，謂之孤～。」❹ 註釋，註解。南朝宋·劉義慶《世說新語·文學》：「鄭玄欲～《春秋傳》。」這個意義後來寫作「註」。❺ 記載。《三國志·蜀書·劉禪傳》：「國不置史，～記無官。」這個意義後來寫作「註」。

**柱** ⓟzhù ⓨcyu5儲
❶ 柱子。《史記·廉頗藺相

如列傳》：「王授璧，相如因持璧卻立，倚～。」❷ 支撐。唐‧韓愈《試大理評事王君墓誌銘》：「鼎也，不可以～車。」

## 著

㊀ ⓖzhù ⓨzyu3 注

❶ 顯明，顯著。《禮記‧大同與小康》：「以～其義，以考其信。」❷ 登記，記載。《漢書‧杜周傳》：「前主所是～為律，後主所是疏為令。」❸ 撰述，寫作。《史記‧韓非列傳》：「（韓）非為人口吃，不能道說，而善～書。」

㊁ ⓖzhuó ⓨzoek6 爵六聲

附着，加……於上。漢‧賈誼《論積貯疏》：「今驅民而歸之農，皆～於本，使天下各食其力。」這個意義後來寫作「着」。

㊂ ⓖzhuó ⓨzoek3 爵

❶ 穿，戴。北朝民歌《木蘭詩》：「脫我戰時袍，～我舊時裳。」❷ 衣着，服裝。晉‧陶潛《桃花源記》：「男女衣～，悉如外人。」以上兩個義項後來均寫作「着」。

## 駐

ⓖzhù ⓨzyu3 注

❶ 車馬停止不前。宋‧姜夔《揚州慢》：「淮左名都，竹西佳處，解鞍少～初程。」❷ 停止，停留。漢樂府《孔雀東南飛》：「行人～足聽。」❸ 駐紮，駐守。《三國志‧蜀書‧諸葛亮傳》：「分兵屯田，為久～之基。」

## 築

ⓖzhù ⓨzuk1 竹

❶ 築牆搗土的杵。《史記‧黥布列傳》：「項王伐齊，身負版～，以為士卒先。」❷ 築牆。《詩經‧大雅‧緜》：「～之登登（形容用力搗牆發出的聲音）。」❸ 擊，搗，

《三國志‧魏書‧少帝紀》：「賊以刀～其口，使不得言。」❹ 修造，建築。《史記‧匈奴列傳》：「漢為單于～邸于長安。」❺ 建築物，房舍。唐‧杜甫《畏人》：「畏人成小～，褊性合幽棲。」

## 鑄

ⓖzhù ⓨzyu3 注

❶ 冶煉金屬澆製成器。《左傳‧宣公三年》：「～鼎象物也。」❷ 比喻陶冶、造就人才。漢‧揚雄《揚子法言‧學行》：「孔子～顏淵矣。」

### zhuan

## 專

ⓖzhuān ⓨzyun1 磚

❶ 單，獨。《禮記‧曲禮上》：「有喪者，～席而坐。」❷ 獨有，獨佔。《左傳‧曹劌論戰》：「衣食所安，弗敢～也，必以分人。」❸ 專擅，獨斷專行。《左傳‧桓公十五年》：「祭仲，鄭伯患之。」❹ 專一，集中。《孟子‧告子上》：「其一人～心致志，惟弈秋之為聽。」❺ 專門。唐‧韓愈《師說》：「聞道有先後，術業有～攻。」

## 轉

㊀ ⓖzhuǎn ⓨzyun2 專二聲

❶ 盤繞。唐‧岑參《白雪歌送武判官歸京》：「山迴路～不見君，雪上空留馬行處。」❷ 轉運，轉送。《史記‧項羽本紀》：「丁壯苦軍旅，老弱罷～漕。」❸ 滾動，移動。《詩經‧邶風‧柏舟》：「我心匪石，不可～也。」❹ 轉移。漢‧賈誼《過秦論》：「帥罷散之卒，將數百之眾，～而攻秦。」❺ 轉變，改變。《史記‧管晏列傳》：「善因禍而為福，～敗而為功。」❻ ［輾轉］見 399 頁「輾」。

❼ 婉轉。北魏・酈道元《水經注・江水》：「空谷傳響，哀～久絕。」
❽ 量詞，古代依軍功授爵，軍功每加一等，官爵隨升一級，叫一轉。北朝民歌《木蘭詩》：「策勳十二～，賞賜百千彊。」

㊂ 粵zhuàn 粵zyun3鑽

運轉，轉動。唐・白居易《琵琶行》：「～軸撥弦三兩聲，未成曲調先有情。」

**傳** 粵zhuàn
見 41 頁 chuán。

**轉** 粵zhuàn
見 418 頁 zhuǎn。

### zhuang

**妝** 粵zhuāng 粵zong1莊
❶ 梳妝打扮，裝飾。漢樂府《孔雀東南飛》：「雞鳴外欲曙，新婦起嚴～。」❷ 妝扮所用的脂粉、衣物等。北朝民歌《木蘭詩》：「阿姊聞妹來，當戶理紅～。」❸ 妝扮的樣式。唐・白居易《上陽白髮人》：「外人不見見應笑，天寶末年時世～。」

**莊** 粵zhuāng 粵zong1裝
❶ 莊重，嚴肅。《論語・為政》：「臨之以～，則敬。」❷ 寬闊的大道。《左傳・襄公二十八年》：「得慶氏之木百車於～。」❸ 村莊，田舍。唐・杜甫《懷錦水居止》：「萬里橋西宅，百花潭北～。」

**裝** 粵zhuāng 粵zong1莊
❶ 行裝，行李。《三國演義・楊修之死》：「只見夏侯惇寨內軍士，各準備行～。」❷ 裝束，衣裝。《後漢書・清河孝王慶傳》：

「每朝謁陵廟，常夜分嚴～衣冠待明。」❸ 裝飾，打扮。唐・杜甫《後出塞》之一：「千金買馬鞭，百金～刀頭。」❹ 裝載，運載。《三國演義・楊修之死》：「明日用大簏～絹。」❺ 裝備，安裝。南朝宋・劉義慶《世說新語・政事》：「後桓宣武伐蜀，～船，悉以作釘。」

**壯** 粵zhuàng 粵zong3葬
❶ 壯年，指三十歲以上。漢樂府《長歌行》：「少～不努力，老大徒傷悲。」❷ 強壯，健壯。北朝民歌《木蘭詩》：「將軍百戰死，～士十年歸。」❸ 雄壯，強盛。宋・岳飛《滿江紅》：「～志飢餐胡虜肉，笑談渴飲匈奴血。」

**狀** 粵zhuàng 粵zong6撞
❶ 形狀，樣子。宋・蘇軾《日喻》：「日之～如銅盤。」❷ 狀況，情況。明・馬中錫《中山狼傳》：「試再囊之，我觀其～。」❸ 陳述，描摹。《莊子・德充符》：「自～其過，以不當亡者眾。」❹ 一種文體，指陳述、記敘、申訴的文辭，如：行狀、傳狀、訴狀、供狀等。❺ 看樣子，大概，表示推測。《史記・滑稽列傳》：「～河伯留客之久，若皆罷去歸矣。」

### zhui

**追** 粵zhuī 粵zeoi1錐
❶ 追趕。《左傳・桓公六年》：「少師歸，請～楚師。」❷ 追求。戰國楚・屈原《楚辭・離騷》：「背繩墨以～曲兮，競周容以為度。」❸ 追溯，回溯。三國蜀・諸葛亮《出師表》：「蓋～先帝之殊遇，欲

Z

報之於陛下也。」❹ 補救，挽救。《論語・微子》：「往者不可諫，來者猶可～。」

**惴** 🔈zhuì 🔈zeoi3醉

恐懼。唐・柳宗元《始得西山宴遊記》：「自余為僇人，居是州，恆～慄。」

**綴** 🔈㈠zhuì 🔈zeoi3最

❶ 縫合，連接。《戰國策・秦策一》：「～甲厲兵，效勝於戰場。」❷ 裝飾，點綴。《韓非子・外儲説左上》：「～以珠玉。」❸ 緊跟，追隨。清・蒲松齡《聊齋志異・狼》：「～行甚遠。」

㈡🔈chuò 🔈zyut3拙

通「輟」，停止。《禮記・樂記》：「禮者，所以～淫也。」

**墜** 🔈zhuì 🔈zeoi6序

❶ 落下，掉下。戰國楚・屈原《楚辭・九歌・國殤》：「旌蔽日兮敵若雲，矢交～兮士爭先。」❷ 失，喪失。唐・王勃《滕王閣序》：「窮且益堅，不～青雲之志。」

zhun

**屯** 🔈zhūn

見 307 頁 tún。

**準** 🔈zhǔn 🔈zeon2准

❶ 一種測量水平的器具。《漢書・律曆志上》：「～者，所以揆平取正也。」❷ 測量。《宋史・蘇軾傳》：「遣吏以水平～之，淮之漲水高於新溝幾一丈。」❸ 標準，準則。《漢書・東方朔傳》：「以道德為麗，以仁義為～。」❹ 效法，仿照。晉・左思《詠史》之一：「著論～《過秦》，作賦擬《子虛》。」

❺ 權衡，衡量。《韓非子・難二》：「人主雖使人，必以度量～之。」❻ 箭靶。晉・葛洪《抱朴子・廣譬》：「～的陳則流鏑赴焉。」❼ 鼻子。《史記・高祖本紀》：「高祖為人，隆～而龍顏。」

zhuo

**拙** 🔈zhuō 🔈zyut3茁

❶ 笨，不靈活，與「巧」相對。《莊子・逍遙遊》：「夫子固～於用大矣！」❷ 自謙詞，如：拙見、拙作等。

**捉** 🔈zhuō 🔈zuk1足

❶ 握，持。南朝宋・劉義慶《世説新語・容止》：「帝自～刀立牀頭。」❷ 把握，捉摸。明・馮夢龍《醒世恆言》第二十六卷：「甚是～他不定。」❸ 捕拿。唐・杜甫《石壕吏》：「暮投石壕村，有吏夜～人。」❹ 拾取。南朝宋・劉義慶《世説新語・管寧華歆共園中鋤菜》：「見地有片金，管（寧）揮鋤與瓦石不異，華（歆）～而擲去之。」

**勺** 🔈zhuó

見 260 頁 sháo。

**斫** 🔈zhuó 🔈zoek3爵

❶ 砍，削。唐・柳宗元《始得西山宴遊記》：「遂命僕過湘江，緣染溪，～榛莽。」❷ 攻擊。《三國志・吳書・甘寧傳》：「受敕出～敵前營。」

**酌** 🔈zhuó 🔈zoek3雀

❶ 斟酒。也指斟酒自飲。唐・李白《月下獨酌》：「花間一壺酒，獨～無相親。」❷ 指酒或

酒杯。唐·柳宗元《始得西山宴遊記》：「引觴滿～，頹然就醉。」 ❸ 簡單的酒席。元·王實甫《西廂記》：「會親戚朋友，安排小～為何？」 ❹ 商量，考慮。《左傳·成公六年》：「子為大政，將～於民者也。」 ❺ 舀取。唐·王勃《滕王閣序》：「～貪泉而覺爽，處涸轍以猶歡。」

**啄** 〔普〕zhuó　〔粵〕doek3琢
❶ 鳥用嘴取食。《戰國策·鷸蚌相爭》：「蚌方出曝，而鷸～其肉。」 ❷ 鳥嘴。《韓詩外傳》卷七：「鳥之美羽勾～者，鳥畏之。」 ❸ 獸類啃、咬。戰國楚·屈原《楚辭·招魂》：「虎豹九關，～害下人些。」 ❹ 象聲詞。[啄啄]① 鳥啄食時發出的聲響。唐·韓愈《嗟哉董生行》：「雞來哺其兒，～～庭中拾蟲蟻。」② 叩門、敲門發出的響聲。唐·韓愈《剝啄行》：「剝剝～～，有客至門。」

**著** 〔普〕zhuó
見 418 頁 zhù。

**濁** 〔普〕zhuó　〔粵〕zuk6俗
❶ 液體渾濁，與「清」相對。宋·范仲淹《岳陽樓記》：「陰風怒號，～浪排空。」 ❷ 聲音重濁，不清亮。《韓非子·解老》：「耳不聰則不能別清～之聲。」 ❸ 混亂，昏亂。《呂氏春秋·振亂》：「當今之世～甚矣。」

**擢** 〔普〕zhuó　〔粵〕zok6鑿
❶ 拔，抽。《韓非子·姦劫弒臣》：「～涽王之筋，懸之廟梁。」 ❷ 提拔，選拔。晉·李密《陳情表》：「過蒙拔～，寵命優渥。」

**濯** 〔普〕zhuó　〔粵〕zok6鑿
❶ 洗去污垢，洗滌。宋·周敦頤《愛蓮說》：「予獨愛蓮之出淤泥而不染，～清漣而不妖。」 ❷ 比喻除去罪惡。《左傳·襄公二十一年》：「在上位者，洒～其心，壹以待人。」

**繳** 〔普〕zhuó
見 138 頁 jiǎo。

## zi

**孜** 〔普〕zī　〔粵〕zi1之
[孜孜] ① 象聲詞，形容鳥鳴聲。唐·白居易《燕詩》：「四兒日夜長，索食聲～～。」② 同「孳孳」，努力不懈、勤勉的樣子。《尚書·周書·君陳》：「唯日～～，無敢逸豫。」

**咨** 〔普〕zī　〔粵〕zi1支
❶ 徵詢，商量。三國蜀·諸葛亮《出師表》：「事無大小，悉以～之。」 ❷ 歎息，嗟歎。《宋史·王安石傳》：「祈寒暑雨，民猶怨～。」 ❸ 歎詞，表歎息。《尚書·虞書·堯典》：「帝曰：～，四岳！」

**姿** 〔普〕zī　〔粵〕zi1支
❶ 容貌，儀態。宋·蘇軾《念奴嬌·赤壁懷古》：「遙想公瑾當年，小喬初嫁了，雄～英發。」 ❷ 形態，姿勢。清·龔自珍《病梅館記》：「梅以曲為美，直則無～。」 ❸ 通「資」，資質，才能。《漢書·谷永傳》：「上主之～也。」

**茲** 〔普〕zī　〔粵〕zi之
❶ 草蓆。《史記·周本紀》：「衛康叔封布～。」 ❷ 年，通常用在「今」、「來」之後。《國語·魯

語上》:「今～海其有災乎?」❸指示代詞,此,這。唐·魏徵《諫太宗十思疏》:「總此十思,宏～九德。」❹副詞,表示程度加深,更加。《漢書·五行志下之下》:「賦斂～重,而百姓屈竭。」

**資** 🔊 zī 🔊 zi1 支

❶財物,錢財。《資治通鑑》卷六十五:「孤當續發人眾,多載～糧,為卿後援。」❷資助,供給。秦·李斯《諫逐客書》:「今逐客以～敵國。」❸積蓄。《國語·越語上》:「賈人夏則～皮,冬則～絺(chī,細麻布),旱則～舟,水則～車,以待乏也。」❹依賴,依靠。唐·韓愈《原道》:「賈之家一,而～焉之家六。」❺憑藉。《淮南子·主術訓》:「夫七尺之橈,而制船之左右者,以水為～。」❻資質,才能,稟賦。漢·鄒陽《獄中上梁王書》:「是使布衣之士,不得為枯木朽株之～也。」❼資格,資歷。《三國志·魏書·荀彧傳》:「紹憑世～,從容飾智,以收名譽,故士之寡能好問者多歸之。」

**滋** 🔊 zī 🔊 zi1 支

❶滋生,增長。《左傳·隱公元年》:「無使～蔓,蔓難圖也。」❷培植。戰國楚·屈原《楚辭·離騷》:「余既～蘭之九畹兮,又樹蕙之百畝。」❸汁液。晉·左思《魏都賦》:「墨井鹽池,玄～素液。」❹滋味。《禮記·檀弓上》:「食肉飲酒,必有草木之～焉。」❺黑,污濁。清·吳敬梓《儒林外史》第五十五回:「踹了他一書房的～泥。」

**諮** 🔊 zī 🔊 zi1 支

徵詢,商量。三國蜀·諸葛亮《出師表》:「三顧臣於草廬之中,～臣以當世之事。」

**★子** 🔊 zǐ 🔊 zi2 止

❶嬰兒,小孩。《荀子·勸學》:「干、越、夷、貉之～,生而同聲,長而異俗。」❷兒女,子女。一般指兒子。《戰國策·趙策四》:「丈夫亦愛憐其少～乎?」此指兒子。《論語·先進》:「孔子以其兄之～妻之。」此指女兒。❸指視如自己的子女。《戰國策·齊策四》:「何以王齊國、～萬民乎?」❹泛指人。秦·李斯《諫逐客書》:「此五～者,不產於秦。」❺對人的尊稱,多指男子,可譯作「您」。《左傳·僖公三十年》:「吾不能早用～,今急而求～,是寡人之過也。」❻寫在姓氏後面,作為對人的尊稱,如:孔子、孟子、趙宣子。單用時則專指孔子。《論語·學而》:「～曰:『學而時習之,不亦說乎?』」❼利息。唐·韓愈《柳子厚墓誌銘》:「其俗以男女質錢,約不時贖,～本相侔,則沒為奴婢。」❽植物的籽實。唐·李紳《憫農》:「春種一粒粟,秋收萬顆～。」❾古代五等爵位「公、侯、伯、子、男」之一。

**姊** 🔊 zǐ 🔊 zi2 子

姐姐。北朝民歌《木蘭詩》:「阿～聞妹來,當戶理紅妝。」

**★自** 🔊 zì 🔊 zi6 字

❶自己。《戰國策·鄒忌諷齊王納諫》:「忌不～信。」❷親自。《史記·項羽本紀》:「且日不

可不蚤～來謝項王。」❸ 自然，當然。晉・陶潛《飲酒》：「問君何能爾，心遠地～偏。」❹ 從，由。《論語・學而》：「有朋～遠方來，不亦樂乎？」❺ 因為，由於。《史記・屈原賈生列傳》：「屈平之作《離騷》，蓋～怨生也。」❻ 雖，即使。漢・賈誼《治安策》：「～高皇帝不能以是一歲為安。」❼ 如果。《左傳・成公十六年》：「唯聖人能內外無患，～非聖人，外寧必有內憂。」

**字** 🔊zì 🔊zi6 自
❶ 生子，生育。《山海經・中山經》：「其上有木焉，名曰黃棘，黃華而員葉，其實如蘭，服之不～。」❷ 養育，撫養。唐・柳宗元《種樹郭橐駝傳》：「～而幼孩。」❸ 愛。《左傳・成公四年》：「楚雖大，非吾族也，其肯～我乎？」❹ 人的表字。《岳飛之少年時代》：「岳飛，～鵬舉，相州湯陰人也。」❺ 文字。元・白樸《沉醉東風・漁父詞》：「傲煞人間萬戶侯，不識～煙波釣叟。」

> 📖 除了姓名外，古人成年舉行冠禮時，還會由父親或尊長取字。字往往是名的解釋或補充，如諸葛亮字孔明，名與字意義相近；韓愈字退之，名與字意義相反，相互制衡。古人自稱用名，表示謙虛；稱人用字，表示尊敬。

**眥** 🔊zì 🔊zi6 字
眼角，眼眶。《史記・項羽本紀》：「頭髮上指，目～盡裂。」

## zong

**宗** 🔊zōng 🔊zung1 中
❶ 宗廟，祖廟。《尚書・虞書・大禹謨》：「正月朔旦，受命于神～，率百官若帝之初。」❷ 祖先，祖宗。《左傳・成公三年》：「若不獲命，而使嗣～職。」❸ 同祖，同族。清・方苞《左忠毅公軼事》：「余～老塗山，左公甥也。」❹ 同山一祖的派別，宗派。宋・嚴羽《滄浪詩話・詩辨》：「禪家者流，乘有大小，～有南北，道有邪正。」❺ 宗仰，尊奉。《史記・孔子世家》：「孔子布衣，傳十餘世，學者～之。」❻ 指在學術上被推崇的人。唐・王勃《滕王閣序》：「騰蛟起鳳，孟學士之詞～。」❼ 歸往，歸向。《史記・伯夷列傳》：「天下～周。」❽ 根本，主旨，綱領。《史記・太史公自序》：「故《春秋》者，禮儀之大～也。」

**綜** 〔一〕🔊zōng 🔊zung3 縱
聚總，總合。漢・司馬遷《報任安書》：「略考其行事，～其終始。」
〔二〕🔊zòng 🔊zung3 縱
織布機上使經線與緯線能交織的一種裝置。漢・劉向《列女傳・母儀傳》：「推而往，引而來者，～也。」

**縱** 🔊zōng
見 424 頁 zòng。

**蹤** 🔊zōng 🔊zung1 宗
❶ 足跡，蹤跡。唐・柳宗元《江雪》：「千山鳥飛絕，萬徑人～滅。」❷ 追隨，跟隨。《晉書・劉

Z

曜載記》：「朕欲遠追周文，近～光武，使宗廟有太山之安。」

**總** 〔一〕⑧ zǒng ⑩ zung2腫
❶ 聚束，聚合。《淮南子·精神訓》：「夫天地運而相通，萬物～而為一。」❷ 繫結。戰國楚·屈原《楚辭·離騷》：「飲余馬於咸池兮，～余轡乎扶桑。」❸ 總括。唐·魏徵《諫太宗十思疏》：「～此十思，宏茲九德。」❹ 統領。宋·王禹偁《待漏院記》：「若然，則～百官，食萬錢。」❺ 全，都。宋·朱熹《春日》：「等閒識得東風面，萬紫千紅～是春。」
〔二〕⑧ zòng ⑩ zung3眾
通「縱」，雖然，縱使。唐·劉禹錫《傷愚溪》：「～有鄰人解吹笛，山陽舊侶誰更過。」

**從** ⑧ zòng
見45頁 cóng。

**綜** ⑧ zòng
見423頁 zōng。

**總** ⑧ zòng
見424頁 zǒng。

**縱** 〔一〕⑧ zòng ⑩ zung3眾
❶ 釋放。宋·歐陽修《縱囚論》：「～而來歸，殺之無赦。」❷ 放縱，放任。唐·魏徵《諫太宗十思疏》：「既得志，則～情以傲物。」❸ 放（火）。《後漢書·班超傳》：「（班）超乃順風～火。」❹ 即使。唐·杜甫《兵車行》：「～有健婦把鋤犁，禾生隴畝無東西。」❺ 身體往上跳。漢·王充《論衡·道虛》：「若士者舉臂而～身，遂入雲中。」
〔二〕⑧ zòng ⑩ zung1忠
豎，直，與「橫」相對。宋·歐陽

修《祭石曼卿文》：「荊棘～橫。」
〔三〕⑧ zōng ⑩ zung1忠
通「蹤」，足跡，蹤跡。《史記·酷吏列傳》：「言變事～跡安起？」

**諏** ⑧ zōu ⑩ zau1周
商議，詢問。三國蜀·諸葛亮《出師表》：「陛下亦宜自謀，以諮～善道。」

🔍 諏、叩、問、訊。見162頁「叩」。

**走** ⑧ zǒu ⑩ zau2酒
❶ 跑。北朝民歌《木蘭詩》：「兩兔傍地～，安能辨我是雄雌？」❷ 逃跑。《史記·廉頗藺相如列傳》：「臣嘗有罪，竊計欲亡～燕。」❸ 奔向，趨向。漢·晁錯《論貴粟疏》：「趨利如水～下。」❹ 輕快。《資治通鑑》卷六十五：「豫備～舸，繫於其尾。」❺ 滾動，流動。唐·岑參《走馬川行奉送封大夫出師西征》：「隨風滿地石亂～。」❻ 僕，僕人，多用為謙稱自己。漢·司馬遷《報任安書》：「太史公牛馬～司馬遷再拜言。」此處以「牛馬走」謙稱自己是像牛馬一樣被驅使的僕人。

**奏** ⑧ zòu ⑩ zau3咒
❶ 進。《莊子·養生主》：「～刀騞然，莫不中音。」❷ 進獻，奉獻。《史記·廉頗藺相如列傳》：「相如奉璧～秦王。」❸ 向君主進言或上書。《漢書·霍光傳》：「光遂復與丞相嬰等上～。」❹ 奏章。三國魏·曹丕《典論·論文》：

「蓋～議宜雅，書論宜理，銘誄尚實，詩賦欲麗。」❺ 彈奏，奏樂。《史記・廉頗藺相如列傳》：「寡人竊聞趙王好音，請～瑟。」

## zu

**租** [普]zū [粵]zou1 遭
❶ 田賦和各種賦稅。唐・杜甫《兵車行》：「縣官急索～，～稅從何出？」❷ 徵收賦稅。唐・元稹《故萬州刺史劉君墓誌銘》：「君不願為刺史婿，刺史怒，暴～其田。」❸ 租用。《宋史・劉宰傳》：「鄰邑有～牛縣境者，～戶於主有連姻。」❹ 出租。《北史・斛律光傳》：「帝又以鄴清風園賜提婆～賃之。」❺ 積聚。《詩經・豳風・鴟鴞》：「予所蓄～。」

★**足** [普]zú [粵]zuk1 竹
❶ 人或其他動物的腳。唐・杜甫《兵車行》：「牽衣頓～攔道哭。」❷ 器物下部的支撐部分。《周易・鼎》：「鼎折～。」❸ 足夠，充足。三國蜀・諸葛亮《出師表》：「今南方已定，兵甲已～。」❹ 補足。《列子・楊朱》：「以晝～夜。」❺ 值得，夠得上。《左傳・僖公二十三年》：「吾觀晉公子之從者，皆～以相國。」

**卒** [一] [普]zú [粵]zeot1 之蟀一聲
❶ 士卒，步兵。《史記・陳涉世家》：「比至陳，車六七百乘，騎千餘，～數萬人。」❷ 古代軍隊編制，一百人為卒。也泛指軍隊。《孫子・謀攻》：「全～為上，破～次之。」❸ 差役。清・方苞《左忠毅公軼事》：「（史可法）持五十金，涕泣謀於禁～，～感焉。」❹ 古代指大夫死亡。後泛指死亡。《資治通鑑》卷六十五：「初，魯肅聞劉表～。」❺ 終結，完畢，結束。《史記・匈奴列傳》：「語～而單于大怒。」❻ 終，終於。《史記・廉頗藺相如列傳》：「～廷見相如，畢禮而歸之。」

[二] [普]cù [粵]cyut3 撮
通「猝」，突然。《淮南子・兵略訓》：「同舟而濟於江，～而遇風波。」

> 🔍 1. 卒、士、兵。三字均可指兵士，區別在於：「卒」指步兵，「士」指戰車上的甲士，「兵」指士卒、軍隊。2. 卒、死、崩。見 285 頁「死」。

**族** [普]zú [粵]zuk6 俗
❶ 宗族，同姓的親屬。《莊子・逍遙遊》：「聚～而謀曰：『我世世為洴澼絖，不過數金。』」❷ 種族，民族。《後漢書・東夷傳》：「厥區九～。」❸ 類，種類。唐・韓愈《師說》：「士大夫之～，曰師、曰弟子云者。」❹ 滅族。古代的一種刑罰，一人犯罪，刑及整個家族。《史記・項羽本紀》：「毋妄言，～矣！」❺ 聚結，羣集。《莊子・在宥》：「雲氣不待～而雨，草木不待黃而落。」❻ 交錯聚結之處。《莊子・養生主》：「每至於～，吾見其難為，怵然為戒。」❼ 羣，眾。《莊子・養生主》：「～庖月更刀，折也。」

**鏃** [普]zú [粵]zuk6 族
箭頭。漢・賈誼《過秦論》：

Z

「秦無亡矢遺～之費，而天下諸侯已困矣。」

**阻** 🔊zǔ 🔊zo2左

❶ 險要之地。《左傳·僖公二十二年》：「古之為軍也，不以～隘也。」❷ 險阻，難行。《古詩十九首·行行重行行》：「道路～且長，會面安可知？」❸ 艱難。《尚書·虞書·舜典》：「黎民～飢。」❹ 妨礙，阻止。《三國演義·楊修之死》：「君奉王命而出，如有～當者，竟斬之可也。」❺ 隔。《晉書·段灼傳》：「去賊十里，～澗列陣。」❻ 依恃，依仗。晉·潘岳《馬汧督誄》：「～眾陵寡。」

**俎** 🔊zǔ 🔊zo2左

❶ 古代祭祀前或宴會時盛祭品或食品的器具。《禮記·樂記》：「鋪筵席，陳尊～。」❷ 切肉用的砧板。《史記·項羽本紀》：「如今人方為刀～，我為魚肉。」

> 📖「俎」和「豆」都是古代祭祀、宴享時盛食物用的器具。「俎」是形狀似几，用來切肉和盛肉的器皿；「豆」是似盤、有柄、圓足，用來盛放醃菜、肉醬等調味料的器皿。二字連用時可泛指各種食器，也可指祭祀。

**祖** 🔊zǔ 🔊zou2組

❶ 祖廟，宗廟。《尚書·虞書·舜典》：「受終于文～。」❷ 祖先，自父以上都稱「祖」。漢·桓寬《鹽鐵論·結和》：「故先～基之，子孫成之。」❸ 特指祖父。唐·柳宗元《捕蛇者說》：「吾～死於是，吾父死於是。」❹ 宗奉，

效法。《漢書·藝文志》：「～述堯舜，憲章文武。」❺ 始，開始。《莊子·山木》：「浮遊乎萬物之～。」❻ 出行時祭祀路神。《戰國策·燕策三》：「至易水上，既～，取道。」❼ 餞別，餞行。《宋史·胡瑗傳》：「乙太常博士致仕，歸老於家，諸生與朝士～於門外。」

## zui

**嘴** 🔊zuǐ 🔊zeoi2咀

❶ 本指鳥喙。後泛指人、動物或器物的口。唐·白居易《燕詩》：「～爪雖欲敝，心力不知疲。」❷ 指形狀突出的部分。唐·皇甫松《天仙子》：「躑躅花開紅照水，鷓鴣飛繞青山～。」

**最** 🔊zuì 🔊zeoi3醉

❶ 極，尤。宋·李清照《聲聲慢·秋情》：「乍暖還寒時候，～難將息。」❷ 古代考核政績軍功的等級，上等為「最」，下等為「殿」。《漢書·樊噲傳》：「攻趙賁，……灌廢丘，～。」❸ 集合，聚合。《管子·禁藏》：「冬，收五藏，～萬物。」❹ 總計，合計。《史記·絳侯周勃世家》：「～從高帝得相國一人，丞相二人，將軍二千石各三人。」

**罪** 🔊zuì 🔊zeoi6聚

❶ 犯法或作惡的行為。《史記·廉頗藺相如列傳》：「臣知欺大王之～當誅，臣請就湯鑊。」❷ 犯人，罪犯。《資治通鑑》卷六十五：「近者奉辭伐～。」❸ 過失，錯誤。《史記·廉頗藺相如列傳》：「廉頗聞之，肉袒負荊，因

賓客至藺相如門謝～。」❹ 懲處，判罪。《韓非子·內儲說上》：「有過不～，無功受賞，雖亡，不亦可乎？」❺ 歸罪於，責備。《孟子·梁惠王上》：「王無～歲，斯天下之民至焉。」

**醉** ⓤ zuì ⓥ zeoi3 最
❶ 酒醉。唐·柳宗元《始得西山宴遊記》：「引觴滿酌，頹然就～，不知日之入。」❷ 糊塗。《史記·屈原賈生列傳》：「眾人皆～我獨醒。」❸ 沉迷。《莊子·應帝王》：「列子見之而心～。」

---

### zun

**尊** 一 ⓤ zūn ⓥ zyun1 專
❶ 尊貴，高貴，與「卑」、「賤」相對。《孟子·梁惠王下》：「將使卑踰～，疏踰戚。」❷ 尊奉，尊崇。《史記·高祖本紀》：「諸侯及將相相與共請～漢王為皇帝。」❸ 尊重，尊敬。《論語·子張》：「君子～賢而容眾。」❹ 對人的敬稱。《三國志·蜀書·馬良傳》：「～兄應期贊世，配業光國。」
二 ⓤ zūn ⓥ zeon1 遵
盛酒器，酒樽。《後漢書·張衡傳》：「合蓋隆起，形似酒～。」這個意義也寫作「樽」、「罇」。

**樽** ⓤ zūn ⓥ zeon1 津
盛酒器。唐·李白《行路難三首》之一：「金～清酒斗十千。」

**遵** ⓤ zūn ⓥ zeon1 津
❶ 順着，沿着。《詩經·周南·汝墳》：「～彼汝墳，伐其條枚。」❷ 遵守，遵循。《禮記·中庸》：「君子～道而行。」

---

### zuo

**昨** ⓤ zuó ⓥ zok6 鑿
❶ 昨天，前一天。北朝民歌《木蘭詩》：「～夜見軍帖，可汗大點兵。」❷ 指過去。晉·陶潛《歸去來兮辭》：「覺今是而～非。」

**左** ⓤ zuǒ ⓥ zo2 阻
❶ 左邊，與「右」相對。清·方苞《左忠毅公軼事》：「～膝以下，筋骨盡脫矣。」❷ 向左，往左。《史記·項羽本紀》：「～，乃陷大澤中。」❸ 地理上以東為左。宋·姜夔《揚州慢》：「淮～名都，竹西佳處。」❹ 古代以右為尊、上，以左為卑、下。《史記·陳涉世家》：「發閭～適戍漁陽九百人。」❺ 古代以右指親近、贊助，以左指疏遠、反對。《左傳·襄公十年》：「天子所右，寡君亦右之；所～，亦～之。」❻ 邪，不正。《禮記·王制》：「執～道以亂政。」❼ 違背。唐·韓愈《答竇秀才書》：「身勤而事～，辭重而請約，非計之得也。」❽ 證人，證據。《漢書·張湯傳》：「使吏捕案（張）湯～田信等。」

**佐** ⓤ zuǒ ⓥ zo3 助三聲
❶ 輔助，幫助。《史記·陳涉世家》：「陳勝～之，并殺兩尉。」❷ 輔助的人，助手。《左傳·襄公三十年》：「有趙孟以為大夫，有伯瑕以為～。」

**★作** ⓤ zuò ⓥ zok3 昨
❶ 起立，起來。《論語·先進》：「舍瑟而～。」❷ 振奮，振作。《左傳·曹劌論戰》：「一鼓～

氣，再而衰，三而竭。」❸興起，發生。《禮記·大同與小康》：「是故謀閉而不興，盜竊亂賊而不～。」❹製造，製作。《孟子·梁惠王上》：「始～俑者，其無後乎！」❺工作，勞作。《莊子·讓王》：「日出而～，日入而息。」❻創作，寫作。唐·白居易《燕詩》：「故～《燕詩》以諭之矣。」❼為，充任。漢樂府《孔雀東南飛》：「君當～磐石，妾當～蒲葦。」

★坐　🔊zuò　🔊zo6助
❶古人席地而坐，雙膝跪地，把臀部靠在腳後跟上。後也指一般的坐。唐·柳宗元《始得西山宴遊記》：「到則披草而～，傾壺而醉。」❷座位。《韓非子·鄭人買履》：「鄭人有且置履者，先自度其足而置之其～。」這個意義後來寫作「座」。❸犯罪，獲罪，治罪。唐·韓愈《柳子厚墓誌銘》：「不自貴重顧藉，謂功業可立就，故～廢退。」❹因為。唐·杜牧《山行》：「停車～愛楓林晚。」❺徒然，枉然。明·劉基《賣柑者言》：「～糜廩粟而不知恥。」

祚　🔊zuò　🔊zou6做
❶福。晉·李密《陳情表》：「門衰～薄，晚有兒息。」❷賜福，保祐。《左傳·宣公三年》：「天～明德。」❸年。三國魏·曹植《元會》：「初歲元～，吉日惟良。」❹帝位，國統。唐·駱賓王《為徐敬業討武曌檄》：「知漢～之將盡。」

# 筆畫檢字表

【說明】

1. 單字按筆畫數由少到多排列，同畫數內的字按第一筆的筆形，以（一）（｜）（丿）（丶）（㇇）的順序歸類。

2. 每字右邊的數字是字典正文中的頁碼。

| | | | | | | | |
|---|---|---|---|---|---|---|---|
| **一畫** | | 于 | 379 | **【㇇】** | | 匹 | 220 |
| 一 | 361 | 工 | 91 | 弓 | 92 | 牙 | 352 |
| **二畫** | | 士 | 269 | 己 | 125 | 屯 | 307 |
| **【一】** | | 土 | 306 | 已 | 364 | 戈 | 89 |
| 二 | 69 | 才 | 22 | 子 | 422 | 比 | 11 |
| 十 | 267 | 寸 | 47 | 也 | 360 | 互 | 111 |
| 丁 | 59 | 下 | 330 | 女 | 214 | 切 | 234 |
| 七 | 226 | 大 | 48 | 刃 | 249 | **【｜】** | |
| **【｜】** | | 丈 | 400 | **四畫** | | 止 | 408 |
| 卜 | 20 | **【｜】** | | **【一】** | | 少 | 260 |
| **【丿】** | | 上 | 259 | 王 | 312 | 日 | 250 |
| 八 | 4 | 小 | 338 | 井 | 147 | 曰 | 389 |
| 人 | 249 | 口 | 162 | 天 | 298 | 中 | 412 |
| 入 | 252 | 巾 | 142 | 夫 | 80 | 內 | 210 |
| 乃 | 208 | 山 | 257 | 元 | 387 | 水 | 283 |
| 九 | 150 | **【丿】** | | 云 | 391 | **【丿】** | |
| **【㇇】** | | 千 | 231 | 丐 | 86 | 牛 | 213 |
| 了 | 179 | 乞 | 228 | 木 | 205 | 手 | 274 |
| 刀 | 52 | 凡 | 71 | 五 | 324 | 午 | 324 |
| 力 | 174 | 久 | 150 | 支 | 406 | 毛 | 193 |
| 又 | 378 | 勺 | 260 | 不 | 20 | 升 | 264 |
| **三畫** | | 夕 | 326 | 犬 | 245 | 夭 | 358 |
| **【一】** | | **【丶】** | | 太 | 294 | 仁 | 249 |
| 三 | 254 | 亡 | 312 | 尤 | 376 | 什 | 267 |
| 干 | 86 | | | 友 | 378 | 片 | 220 |

| | | | | | | | |
|---|---|---|---|---|---|---|---|
| 河 | 106 | 妹 | 195 | 垠 | 370 | 貞 | 403 |
| 沾 | 399 | 姑 | 94 | 某 | 205 | 叟 | 287 |
| 沮 | 151 | 姊 | 422 | 甚 | 264 | 省 | 265 |
| 油 | 377 | 始 | 269 | 耶 | 360 | 削 | 337 |
| 況 | 164 | 阿 | 1 | 革 | 89 | 昧 | 195 |
| 泗 | 286 | 阻 | 426 | 故 | 96 | 眄 | 198 |
| 泊 | 19 | 附 | 84 | 胡 | 111 | 是 | 271 |
| 泛 | 72 | **九畫** | | 南 | 209 | 則 | 396 |
| 注 | 417 | **【一】** | | 柑 | 87 | 眈 | 49 |
| 泣 | 229 | 契 | 229 | 枯 | 163 | 冒 | 194 |
| 泳 | 374 | 奏 | 424 | 相 | 334 | 映 | 373 |
| 泥 | 210 | 春 | 42 | 柝 | 309 | 星 | 343 |
| 泯 | 199 | 珍 | 403 | 柳 | 184 | 昳 | 59 |
| 波 | 18 | 珊 | 257 | 柱 | 417 | 昨 | 427 |
| 治 | 410 | 拭 | 271 | 述 | 279 | 昭 | 401 |
| 宗 | 423 | 持 | 35 | 軌 | 100 | 畏 | 319 |
| 定 | 60 | 封 | 77 | 要 | 359 | 思 | 284 |
| 宜 | 362 | 拱 | 93 | 巹 | 123 | 品 | 222 |
| 宙 | 415 | 城 | 34 | 咸 | 332 | 咽 | 353 |
| 官 | 97 | 指 | 409 | 威 | 314 | 幽 | 375 |
| 空 | 161 | 垤 | 59 | 厚 | 109 | **【丿】** | |
| 穹 | 240 | 苦 | 163 | 郁 | 384 | 垂 | 42 |
| 宛 | 311 | 政 | 406 | 砌 | 230 | 拜 | 5 |
| 祇 | 227 | 若 | 253 | 斫 | 420 | 看 | 158 |
| **【一】** | | 赴 | 84 | 面 | 198 | 迭 | 59 |
| 居 | 151 | 英 | 371 | 耐 | 209 | 怎 | 397 |
| 刷 | 281 | 苟 | 94 | 俎 | 45 | 牲 | 264 |
| 屈 | 242 | 苑 | 389 | 殃 | 356 | 香 | 334 |
| 弦 | 331 | 哉 | 393 | 殆 | 48 | 秋 | 241 |
| 承 | 33 | 苔 | 293 | 皆 | 138 | 科 | 159 |
| 孟 | 196 | 茅 | 194 | 致 | 410 | 重 | 414 |
| 狇 | 42 | 拾 | 268 | 勁 | 147 | 竽 | 380 |
| 狀 | 419 | 挑 | 300 | **【丨】** | | 便 | 15 |
| 孤 | 94 | 按 | 2 | 背 | 9 | 保 | 7 |

| | | | | | | | |
|---|---|---|---|---|---|---|---|
| 桐 | 303 | 恩 | 68 | 臭 | 39 | 凌 | 182 |
| 株 | 415 | 唧 | 121 | 射 | 262 | 凍 | 60 |
| 桃 | 296 | 豈 | 229 | 皋 | 88 | 衰 | 281 |
| 格 | 90 | 峽 | 330 | 躬 | 93 | 畝 | 205 |
| 根 | 90 | 罟 | 95 | 息 | 326 | 高 | 88 |
| 索 | 291 | 峨 | 67 | 烏 | 322 | 席 | 327 |
| 軒 | 349 | 峯 | 78 | 鬼 | 100 | 庭 | 302 |
| 酌 | 420 | 迴 | 117 | 倨 | 153 | 病 | 18 |
| 翅 | 37 | 峻 | 157 | 師 | 267 | 疾 | 124 |
| 匪 | 75 | 【丿】 | | 追 | 419 | 疲 | 220 |
| 辱 | 252 | 耕 | 91 | 徒 | 305 | 效 | 339 |
| 脣 | 47 | 耘 | 391 | 徑 | 148 | 唐 | 295 |
| 夏 | 330 | 缺 | 246 | 徐 | 347 | 凋 | 58 |
| 砧 | 404 | 矩 | 152 | 殷 | 369 | 剖 | 224 |
| 破 | 223 | 氣 | 230 | 飢 | 121 | 旁 | 217 |
| 原 | 387 | 特 | 297 | 逃 | 296 | 旅 | 188 |
| 烈 | 180 | 乘 | 34 | 衾 | 235 | 畜 | 40 |
| 殊 | 276 | 租 | 425 | 釜 | 83 | 悖 | 9 |
| 殉 | 351 | 笑 | 339 | 豺 | 27 | 悟 | 324 |
| 晉 | 144 | 倩 | 232 | 翁 | 321 | 差 | 27 |
| 【丨】 | | 倖 | 345 | 朕 | 404 | 羔 | 358 |
| 鬥 | 61 | 借 | 142 | 狹 | 330 | 迸 | 11 |
| 時 | 268 | 值 | 408 | 狽 | 9 | 拳 | 245 |
| 財 | 22 | 倚 | 365 | 狸 | 172 | 送 | 287 |
| 眩 | 350 | 倒 | 52 | 狼 | 169 | 粉 | 77 |
| 眠 | 198 | 修 | 346 | 卿 | 237 | 料 | 179 |
| 哺 | 20 | 俱 | 153 | 脈 | 192 | 迷 | 196 |
| 晌 | 259 | 倡 | 28 | 留 | 183 | 益 | 366 |
| 晏 | 355 | 個 | 90 | 【丶】 | | 兼 | 131 |
| 蚌 | 6 | 候 | 109 | 討 | 297 | 朔 | 284 |
| 畔 | 217 | 倫 | 190 | 訊 | 351 | 逆 | 211 |
| 骨 | 95 | 俯 | 83 | 訖 | 230 | 烙 | 170 |
| 圄 | 225 | 倍 | 9 | 託 | 308 | 浦 | 225 |
| 哭 | 163 | 倦 | 154 | 記 | 126 | 酒 | 150 |